EL FACTOR
SCARPETTA

EL FACTOR SCARPETTA

Patricia Cornwell

Traducción de Magdalena Palmer

EDICIONES B
GRUPO ZETA

Barcelona • Bogotá • Buenos Aires • Caracas • Madrid • México D.F. • Montevideo • Quito • Santiago de Chile

Título original: *The Scarpetta Factor*
Traducción: Magdalena Palmer
1.ª edición: enero 2011

© 2008 by Cornwell Enterprises, Inc.
© Ediciones B, S. A., 2011
    Consell de Cent 425-427 - 08009 Barcelona (España)
    www.edicionesb.com

Printed in Spain
ISBN: 978-84-666-4650-5
Depósito legal: B. 40.958-2010

Impreso por LIBERDÚPLEX, S.L.U.
Ctra. BV 2249 Km 7,4 Polígono Torrentfondo
08791 - Sant Llorenç d'Hortons (Barcelona)

Para Michael Rudell:
Abogado, amigo y hombre renacentista

Y, como siempre, para Staci

A los vivos se les debe respeto.
A los muertos, sólo la verdad.

VOLTAIRE, 1785

1

Un viento gélido procedente del East River agitaba el abrigo de la doctora Kay Scarpetta, que andaba a paso rápido por la calle Treinta.

Faltaba una semana para Navidad y nada indicaba la proximidad de las fiestas en lo que ella consideraba el Triángulo Trágico de Manhattan, tres vértices conectados por la desdicha y la muerte. A su espalda estaba el Memorial Park, una voluminosa carpa blanca que albergaba los restos humanos de la Zona Cero que, envasados al vacío, seguían sin identificar o sin reclamar. Ante ella, a la izquierda, se alzaba el rojo edificio neogótico del hospital psiquiátrico Bellevue, ahora un centro de acogida de indigentes. Al otro lado estaba la zona de carga y descarga de la Oficina del jefe de Medicina Forense, donde una puerta de acero gris permanecía abierta. Un camión retrocedía, se descargaban más palés. Había sido un día bullicioso en el depósito de cadáveres, un martilleo constante en los pasillos que difundían el sonido como un anfiteatro. Los técnicos del depósito estaban ocupados montando ataúdes sencillos de pino, tamaño adulto, tamaño niño, apenas capaces de seguir el ritmo de la creciente demanda de entierros urbanos en el cementerio para pobres. Cosas de la economía. Todo lo era.

Scarpetta ya renegaba de la hamburguesa con queso y las patatas que llevaba en la caja de cartón. ¿Cuánto tiempo habrían pasado expuestas en la cafetería de la Facultad de Medicina de la Universidad de Nueva York? Era tarde para almorzar, casi las tres, y estaba bastante segura de conocer la respuesta sobre cuán aceptable sería aquel almuerzo, pero no había tenido tiempo de pedir un plato caliente ni de molestarse con el bufé de ensaladas, de comer sano o siquiera engullir algo de lo que pudiese disfrutar. Hasta el momento habían tenido quince casos, suicidios, accidentes, homicidios e indigentes que morían sin que les atendiera un médico o, más triste aún, solos.

Había empezado a trabajar a las seis de la mañana, para arrancar temprano, y a las nueve ya había terminado sus dos primeras autopsias, dejando la peor para el final: una joven con heridas y artefactos desconcertantes que requerían mucho tiempo. Scarpetta había pasado más de cinco horas con Toni Darien; había elaborado diagramas y notas meticulosamente detallados, tomado numerosas fotografías, fijado todo el cerebro en formol para llevar a cabo estudios posteriores, recogido y conservado más muestras de las habituales de fluidos y secciones de órganos y tejidos, mientras documentaba todo cuanto le era posible en un caso que resultaba extraño no por inusual, sino porque era una contradicción.

La forma y la causa de la muerte de la mujer de veintiséis años eran deprimentemente prosaicas y no había necesitado un prolongado examen post mórtem para responder a las preguntas más rudimentarias. Era un caso de homicidio debido a traumatismo por objeto contundente, un único golpe en la parte posterior del cráneo con un objeto de superficie posiblemente multicolor. Lo que no tenía sentido era todo lo demás. Cuando descubrieron su cuerpo en un extremo de Central Park, a unos nueve metros de la calle Ciento diez Este poco después del amanecer, se supuso que la noche anterior la víctima corría bajo la lluvia cuando fue agredida sexualmente y asesinada. El pantalón del chándal y las bragas estaban bajados hasta los tobillos, el forro polar y el sujetador de deporte subidos por encima del pecho. Tenía una bufanda de Polartec atada con doble nudo alrededor del cuello. A primera vista, la policía y los investigadores médico-legales de la OCME, la Oficina del jefe de Medicina

Forense, que acudieron a la escena del crimen creyeron que la habían estrangulado con una prenda de su propio atuendo.

No era así. Cuando Scarpetta examinó el cadáver en el depósito, no encontró nada indicativo de que la bufanda hubiera sido la causa de la muerte ni que siquiera hubiese contribuido a ella, ninguna señal de asfixia, ninguna reacción vital como enrojecimiento o hematoma; sólo una abrasión seca del cuello, como si le hubiesen anudado la bufanda post mórtem. Era posible, por supuesto, que el agresor la hubiese golpeado en la cabeza y en algún momento posterior la hubiese estrangulado, quizá sin advertir que ya estaba muerta. Pero, en tal caso, ¿cuánto tiempo había pasado con ella? Basándose en la contusión, la hinchazón y la hemorragia del córtex cerebral, había sobrevivido cierto tiempo, posiblemente horas. Sin embargo, había poca sangre en la escena del crimen. Sólo cuando volvieron el cuerpo advirtieron la herida en la parte posterior del cráneo, una laceración de 3,8 centímetros con hinchazón significativa pero sólo una ligera supuración de fluido de la herida; se culpó a la lluvia de la ausencia de sangre.

Scarpetta lo ponía seriamente en duda. La laceración del cuero cabelludo habría sangrado profusamente y era poco probable que una lluvia intermitente, moderada a lo sumo, hubiese lavado casi toda la sangre del cabello largo y espeso de Toni. ¿Le fracturó el cráneo su asaltante, y después pasó un largo intervalo con ella una lluviosa noche de invierno antes de anudarle una bufanda alrededor del cuello, para asegurarse de que no vivía para contarlo? ¿O era la ligadura parte de un ritual sexual violento? ¿Por qué la lividez y el rígor mortis discrepaban claramente con lo que la escena del crimen parecía decir? La impresión era que la joven había muerto en el parque bien entrada la noche anterior, y a su vez parecía que llevaba muerta treinta y seis horas. Scarpetta estaba desconcertada. Quizá le daba demasiadas vueltas al caso. Quizá no pensaba con claridad, porque se sentía agobiada y tenía el azúcar bajo por no haber comido nada en todo el día salvo café, montones de café.

Llegaba con retraso a la reunión de las tres y tenía que estar en casa a las seis para ir al gimnasio y cenar con su marido, Benton Wesley, antes de correr a la CNN, lo último que le apetecía hacer. No tendría que haber accedido a aparecer en *El informe Crispin*. ¿Por qué diantres había accedido a aparecer en directo con Carley Crispin para hablar de los cambios post mórtem en el cabello y la importancia de la microscopía y otras disciplinas de la ciencia forense, que se malinterpretaban precisamente por aquello en lo que Scarpetta se había involucrado: la industria del espectáculo? Avanzó con su almuerzo embalado por la zona de descarga, llena de cajas y cajones y material del depósito de cadáveres, carretillas de metal, carros y palés. El guardia de seguridad hablaba por teléfono detrás del plexiglás y apenas la miró cuando pasó ante él.

En lo alto de la rampa, utilizó la tarjeta que le colgaba del cuello para abrir una pesada puerta metálica y entrar en una catacumba de baldosas blancas con toques verde azulado y barandillas que parecían llevar a todas partes y a ninguna. Cuando había empezado a trabajar aquí como forense a tiempo parcial, se perdía con frecuencia, y acababa en el laboratorio de antropología en lugar del de neuropatología o el de cardio, o en el vestuario de hombres en lugar del de mujeres, o en la sala destinada a los cadáveres en descomposición en lugar de la sala de autopsias, o en una cámara frigorífica equivocada o en la escalera, o hasta en el piso equivocado cuando subía en el viejo montacargas de acero.

Pronto comprendió la lógica del trazado, lo sensato del flujo circular que empezaba en la zona de estacionamiento. Como la zona de carga y descarga, se hallaba detrás de una descomunal puerta de garaje. Cuando el equipo de transporte forense entregaba un cuerpo, se descargaba la camilla en la zona de estacionamiento y pasaba por un detector de radiación que había en la puerta. Si no se disparaba ninguna alarma que indicase la presencia de material radiactivo, como los radiofármacos utilizados en el tratamiento de algunos cánceres, la siguiente parada era la balanza donde se pesaba y medía el cuerpo. A dónde iría después dependía de su estado. Si estaba en malas condiciones o se consideraba potencialmente peligroso para los vivos, lo trasladaban a la cámara frigorífica para cadáveres en descomposición que había junto a una sala especialmente habilitada, donde la autopsia se llevaría a cabo en aislamiento, con ventilación especial y otras medidas de protección.

Si el cuerpo estaba en buen estado, se lo llevaban por un pasillo situado a la derecha de la zona de estacionamiento, un trayecto que en ciertos puntos incluía la posibilidad de diferentes paradas, en función del estado de descomposición del cadáver: la sala de radiología, la sala de histología para la recogida de muestras, el laboratorio de antropología forense, dos cámaras frigoríficas más para cuerpos recientes pendientes de examen. El ascensor para los que tenían que identificarse arriba, armarios para las pruebas, la sala de neuropatología, la sala de patologías cardiacas, la sala de autopsias principal. Una vez se completaba un caso y el cuerpo estaba listo para la devolución, se cerraba el círculo devolviéndolo a otra cámara frigorífica de la zona de estacionamiento, que era donde ahora estaría Toni Darien, dentro de una bolsa en una gaveta.

Pero no era así. Estaba en una camilla aparcada frente a la puerta de acero inoxidable del refrigerador, donde una técnica de identificación le colocaba una sábana azul alrededor del cuello, hasta la barbilla.

—¿Qué haces? —preguntó Scarpetta.

—Ha habido cierta animación arriba. Van a verla.

—¿Quién y por qué?

—La madre está en recepción y no se marchará sin verla. No te preocupes, me haré cargo.

El nombre de la técnica era Rene; unos treinta y cinco años, cabello negro rizado, ojos de ébano y extraordinariamente dotada para tratar con las familias. Si tenía un problema con alguna, no era trivial. Rene podía desactivarlo casi todo.

—Creía que el padre la había identificado —dijo Scarpetta.

—Él ha rellenado los papeles y luego le he enseñado la fotografía que me habías descargado; eso ha pasado poco antes de que te marcharas a la cafetería. Poco después, la madre entra y los dos empiezan a discutir en el vestíbulo, montan una gorda, y finalmente él se larga hecho una furia.

—¿Están divorciados?

—Y es evidente que se odian. Ella insiste en ver el cuerpo, no aceptará un no como respuesta —explicó Rene. Sus manos enfundadas en nitrilo morado retiraron un mechón de cabello húmedo de la frente de la muerta y colocaron varios mechones más detrás de las orejas, para que no se vieran las suturas de la autopsia—. Sé que tienes una reunión dentro de unos minutos, yo me encargo de esto.

Miró la caja de cartón que sostenía Scarpetta y añadió:

—Ni siquiera has almorzado. ¿Has comido algo hoy? Seguramente nada, como siempre. ¿Cuántos kilos has perdido? Vas a acabar en el laboratorio de antropología, confundida con un esqueleto.

—¿De qué discutían en el vestíbulo?

—De funerarias. La madre quiere una de Long Island. El padre, una de Nueva Jersey. La madre quiere entierro; el padre, incineración. Los dos peleándose por ella. —Rene tocó el cadáver de nuevo, como si formara parte de la conversación—. Han empezado a culparse mutuamente de todo lo imaginable. Era tal el escándalo que hasta ha salido el doctor Edison.

Era el jefe forense y el de Scarpetta cuando ella trabajaba en la ciudad. Aún no estaba del todo acostumbrada a que la supervisaran, pues ella había sido jefa forense o había tenido una consulta propia durante casi toda su carrera. Aunque no le gustaría estar al frente de la Oficina del jefe de Medicina Forense de Nueva York, aunque no se lo habían pedido ni era probable que lo hicieran. Dirigir una entidad de esta magnitud era como ser la alcaldesa de una metrópolis.

—Bueno, ya sabes cómo va la cosa —dijo Scarpetta—. Una disputa y el cuerpo aquí se queda. Retendremos la salida hasta que Legal diga lo contrario. ¿Has enseñado la fotografía a la madre y después qué?

—Lo he intentado, pero no ha querido ni mirarla. Dice que quiere ver a su hija y que no se irá hasta conseguirlo.

—¿Está en la sala de familiares?

—Ahí es donde la he dejado. El archivo está en tu mesa, con las copias de los papeles.

—Gracias. Echaré un vistazo cuando suba. Métela en el ascensor y yo me encargaré de todo a partir de ahí. Quizá puedas informar al doctor Edison de que me perderé lo de las tres; de hecho, ya ha empezado. Con suerte, espero verlo antes de que se marche. Él y yo tenemos que hablar de este caso.

—Se lo diré. —Rene posó las manos en el brazo de la camilla de acero—. Buena suerte en la tele esta noche.

—Dile que he descargado las fotografías de la escena del crimen, pero que no podré dictar el protocolo de la autopsia ni darle las fotografías hasta mañana.

—He visto los anuncios del programa. Son *cool*. —Rene seguía hablando de la televisión—. Pero no soporto a Carley Crispin y ¿cómo se llama ese de los perfiles psicológicos, que siempre está ahí? El doctor Agee. Estoy asqueada y harta de que hablen de Hannah Starr. Seguro que Carley te pregunta al respecto.

—La CNN sabe que no hablo de casos en activo.

—¿Crees que está muerta? Porque yo estoy segurísima. —La voz de Rene siguió a Scarpetta hasta el ascensor—. Como la chica de Aruba, ¿cómo se llamaba, Natalee? Las personas desaparecen por algún motivo... porque alguien quiere que lo hagan.

A Scarpetta se lo habían prometido. Carley Crispin no le haría eso, no se atrevería. Scarpetta no era una experta más, alguien de fuera, un invitado infrecuente, un busto parlante, razonó mientras el ascensor subía. Era la analista forense de la CNN y se había mostrado inflexible con el productor ejecutivo Alex Bachta: no hablaría, ni siquiera mencionaría a Hannah Starr, la hermosa magnate de las finanzas que se había esfumado la víspera de Acción de Gracias; la habían visto por última vez saliendo de un restaurante de Greenwich Village y subiendo a un taxi. Si había pasado lo peor, si estaba muerta y su cadáver aparecía en la ciudad de Nueva York, entraría en su jurisdicción y Scarpetta podría acabar haciéndose cargo del caso.

Salió en la primera planta, recorrió un largo pasillo hasta dejar atrás la División de Operaciones Especiales y tras cruzar otra puerta cerrada llegó al vestíbulo, decorado con sofás y butacas tapizados en burdeos y azul, mesitas, revisteros, un árbol de Navidad y una menorah en la ventana que daba a la Primera Avenida. Bajo la mesa de recepción se leía, tallado en mármol, *Taceant colloquia. Effugiat risus. Hic locus est ubi mors gaudet succurrere vitae.* «Que cese la conversación. Que huya la risa. Éste es el lugar donde la muerte se deleita en socorrer a los vivos.» En una radio del suelo, detrás de recepción, los Eagles cantaban «Hotel California». Filene, una de las guardias de seguridad, había decidido que un vestíbulo vacío era algo que podía llenar con lo que llamaba «sus canciones».

—«Puedes registrarte siempre que gustes, pero nunca marcharte» —cantaba Filene con la radio, ajena a la ironía.

Scarpetta se detuvo ante recepción.

—Hay alguien en la sala de familiares, ¿no?

—Oh, lo siento. —Filene alargó el brazo y apagó la radio—. Creía que no se oía desde aquí. Pero no importa, puedo pasar sin mis canciones. Es que estoy tan aburrida, ¿sabe? Aquí sentada, sin que pase nada.

Lo que Filene presenciaba de forma rutinaria en este lugar nunca era alegre, y probablemente era eso, más que el aburrimiento, la razón de que escuchase rock suave y optimista en cuanto tenía ocasión, tanto si trabajaba en recepción como abajo, en el depósito de cadáveres. A Scarpetta no le importaba, siempre y cuando no hubiese familiares de luto a quienes la música o las letras pudieran parecerles provocativas o irrespetuosas.

—Dile a la señora Darien que voy para allá. Necesito un cuarto de hora para comprobar unos detalles y mirar el papeleo. Déjate de canciones hasta que se haya marchado, ¿de acuerdo?

Pasado el vestíbulo, a la izquierda, se hallaba el ala administrativa que compartía con el doctor Edison, dos ayudantes de sección y la jefa de personal, que estaba de luna de miel hasta después de Año Nuevo. En un edificio de medio siglo de antigüedad sin espacio que desperdiciar, no había sitio para Scarpetta

en la tercera planta, donde los patólogos forenses que trabajaban a jornada completa tenían sus despachos. Cuando estaba en
la ciudad, Scarpetta se metía en la antigua sala de conferencias
del jefe, en la planta baja, con vistas a la entrada de ladrillos azul
turquesa de la OCME, en la Primera Avenida.

Scarpetta abrió la puerta y entró. Colgó el abrigo, dejó la
caja con el almuerzo en la mesa y se sentó ante el ordenador.

Abrió un navegador y tecleó «BioGraph» en un campo de
búsqueda. En la parte superior de la pantalla apareció la frase «Quizá quiso decir: BioGraphy». No, no quería decir eso.
«Biograph Records». No es lo que estaba buscando. «American
Mutoscope and Biograph Company», la compañía cinemato-
gráfica más antigua de Estados Unidos, fundada en 1895 por un
inventor que trabajaba para Thomas Edison, ancestro lejano del
jefe forense, desconocía cuán lejano. Una interesante coincidencia. Nada para BioGraph con B mayúscula y G mayúscula, del
modo en que estaba grabado en el dorso del raro reloj que Toni
Darien llevaba en la muñeca izquierda cuando su cuerpo llegó al
depósito por la mañana.

Nevaba copiosamente en Stowe, Vermont; copos grandes
que caían pesadamente, se acumulaban en las ramas de los abe-
tos balsámicos y los pinos albares. Los telesillas que atravesaban
las Montañas Verdes eran unas finas telarañas borrosas, casi invisibles en la tormenta y sin funcionar. Nadie esquía con este
tiempo, nadie hace nada que no sea quedarse en casa.

El helicóptero de Lucy Farinelli estaba atrapado en el cercano Burlington. Al menos estaba a salvo en un hangar, pero ella y
la ayudante del fiscal del condado de Nueva York, Jaime Berger,
pasarían cinco horas, quizá más, sin ir a ninguna parte; no antes de las nueve de la noche, cuando se suponía que la tormenta
amainaría en el sur. En este punto, las condiciones meteorológi-
cas debían volver a ser adecuadas: un techo superior a 900 metros, visibilidad de más de 8 kilómetros, vientos de noreste de
hasta 30 nudos. Habían tenido un viento de cola de pesadilla de

vuelta a Nueva York, llegarían a tiempo para lo que tenían que hacer, pero Berger no estaba de humor, se había pasado el día en la otra habitación o al teléfono, sin intentar siquiera ser amable. Para ella, el mal tiempo las había inmovilizado más tiempo de lo planeado y, puesto que Lucy era la piloto, la culpa era suya. Tanto le daba que los meteorólogos se hubiesen equivocado, que lo que empezó como dos pequeñas tormentas se hubiese transformado en una sobre Saskatchewan, Canadá, para después fundirse con una masa de aire ártico y crear una especie de monstruo.

Lucy bajó el volumen del vídeo de YouTube, el solo de batería de Mick Fleetwood en «World Turning», concierto en directo de 1987.

—¿Me oyes ahora? —dijo por teléfono a su tía Kay—. La señal es bastante mala y el mal tiempo no ayuda.

—Mucho mejor. ¿Cómo va? —La voz de Scarpetta en la mandíbula de Lucy.

—De momento no he encontrado nada. Lo que me parece raro.

Lucy tenía tres MacBook encendidos, cada una de las pantallas dividida en cuadrantes que mostraban las actualizaciones del Centro Meteorológico para la Aviación, datos de búsquedas de redes neuronales, vínculos de sitios web de interés, el correo electrónico de Hannah Starr, el correo de Lucy y la grabación realizada por una cámara de seguridad del actor Hap Judd vestido de enfermero en el depósito de cadáveres del hospital Park General, antes de hacerse famoso.

—¿Estás segura del nombre? —preguntó Lucy mientras escrutaba las pantallas y su mente saltaba de una preocupación a la siguiente.

—Todo lo que sé es lo que está grabado en el acero del dorso. BioGraph. —La voz de Scarpetta, seria, apresurada, volvió a deletrearlo—. Y un número de serie. Quizá no aparezca con el software habitual de búsqueda en Internet. Como los virus. Si no sabes de antemano lo que buscas, no lo encontrarás.

—No es como el software de un antivirus. Los buscadores que utilizo no van con este tipo de software. Hago búsquedas de código abierto. No encuentro BioGraph porque no está en la red. Nada publicado al respecto. No está en los foros ni en los blogs ni en las bases de datos ni en nada.

—Por favor, no te metas en sistemas ajenos.

—Simplemente me aprovecho de la debilidad de los sistemas operativos.

—Ya, y si una puerta trasera no está cerrada y entras en la casa de alguien, no es invadir la propiedad.

—Ninguna mención de BioGraph, o lo habría encontrado.

Lucy no iba a entrar en el debate habitual de si el fin justifica los medios.

—No veo cómo puede ser eso posible. Es un reloj muy sofisticado con un puerto USB. Tienes que cargarlo, probablemente en una base. Sospecho que es bastante caro.

—No lo encuentro si lo busco como reloj, ni como dispositivo, ni como nada. —Lucy miró los resultados que se sucedían, su búsqueda con redes neuronales revisaba una infinidad de palabras clave, textos ancla, archivos, URL, etiquetas, correos electrónicos y direcciones IP—. Busco y no encuentro nada que se acerque remotamente a lo que me describes.

—Tiene que haber algún modo de averiguar qué es.

—No es. A eso voy. No existe nada llamado reloj o dispositivo BioGraph, ni nada que encaje con lo que llevaba Toni Darien. Su reloj BioGraph no existe.

—¿Qué quieres decir con «no existe»?

—Quiero decir que no existe en Internet, dentro de la red de comunicación o, metafóricamente, en el ciberespacio. En otras palabras: a efectos prácticos, el reloj BioGraph no existe. Si veo físicamente esa cosa, sea lo que sea, es posible que lo averigüe. Sobre todo si estás en lo cierto y es una especie de dispositivo para almacenar datos.

—Eso no puedo hacerlo hasta que hayan terminado en el laboratorio.

—Mierda, no dejes que saquen los destornilladores y los martillos.

—Sólo buscan ADN, eso es todo. La policía ya ha buscado huellas. Nada. Por favor, dile a Jaime que me llame cuando le parezca conveniente. Espero que lo estéis pasando bien. Lo siento, ahora no tengo tiempo para charlas.

—Si la veo, se lo diré.

—¿No está contigo? —sondeó Scarpetta.

—El caso de Hannah Starr y ahora esto. Jaime está ocupada, tiene muchas cosas en la cabeza. Tú sabrás, más que nadie, a qué me refiero. —Lucy no estaba interesada en hablar de su vida personal.

—Espero que su cumpleaños fuese feliz.

Lucy no quería hablar de eso:

—¿Cómo está el tiempo por ahí?

—Hace viento y frío. Nublado.

—Os llegará más lluvia, y posiblemente nieve en el norte de la ciudad —auguró Lucy—. Se habrá despejado a medianoche, porque el sistema se debilita a medida que avanza hacia allí.

—Vosotras os quedaréis donde estáis, espero.

—Si no saco el helicóptero, Jaime saldrá a buscar un trineo de perros.

—Llámame antes de salir y ten cuidado, por favor. Tengo que irme, voy a hablar con la madre de Toni Darien. Te echo de menos. ¿Cenamos un día de éstos?

—Fijo.

Lucy colgó el teléfono y volvió a subir el volumen de You-Tube, Mick Fleetwood de nuevo a la batería. Con ambas manos en los MacBook, como si tocara su propio solo de teclados en un concierto de rock, seleccionó otro parte meteorológico y un correo que acababa de aterrizar en la bandeja de entrada de Hannah Starr. La gente era muy rara. ¿Si sabes que una persona ha desaparecido y puede estar muerta, por qué le sigues mandando correos? Lucy se preguntó si Bobby Fuller, el marido de Hannah Starr, era tan estúpido que ni se le ocurría que el Departamento de Policía de Nueva York y la Oficina del Fiscal del Distrito estaban controlando el correo electrónico de Hannah, o que habían contratado a un informático forense, como ella misma, para que lo hiciera. Durante las últimas tres semanas, Bobby había enviado mensajes diarios a su mujer desaparecida.

Quizá sabía exactamente lo que hacía, quería que los agentes de la ley viesen que escribía a su *bien-aimée*, su *chouchou*, su *amore mio*, el amor de su vida.

```
De: Bobby Fuller
Enviado: Jueves, 18 de diciembre, 15.24
Para: Hannah
Asunto: Non posso vivere senza di te

Mi pequeña:
Espero que estés a salvo en algún lugar, y
que leas esto. Las alas de mi alma llevan mi co-
razón y te encontrarán estés donde estés. No lo
olvides. No puedo comer ni dormir. B.
```

Lucy comprobó la dirección IP y la reconoció de inmediato. El piso de Bobby y Hannah en el norte de Miami Beach, donde él languidecía mientras se ocultaba de los medios en un entorno palaciego que Lucy conocía demasiado bien; de hecho, había estado en ese mismo piso con la ladrona que tenía por esposa, no hacía mucho. Siempre que Lucy veía un correo de Bobby e intentaba meterse en su cabeza, se preguntaba cómo se sentiría él realmente, si creyese que Hannah estaba muerta.

O tal vez sabía que Hannah estaba muerta, o que no lo estaba. Quizá sabía exactamente lo que le había sucedido porque estaba involucrado. Lucy no tenía ni idea, pero cuando intentaba ponerse en el lugar de Bobby, no lo conseguía. A Lucy sólo le importaba que Hannah había cosechado lo que había sembrado, o que lo haría, más temprano que tarde. Se merecía todo lo malo que le pasara, había desperdiciado el tiempo y el dinero de Lucy y ahora le robaba algo más precioso aún. Tres semanas de Hannah. Nada con Berger. Incluso cuando Berger y Lucy estaban juntas, estaban separadas. Lucy estaba asustada. Estaba furiosa. A veces se sentía capaz de hacer algo terrible.

Reenvió el último correo de Bobby a Berger, a la que oía caminar en la otra habitación. El sonido de sus pies en la madera.

Lucy se interesó en la dirección de un sitio web que había empezado a centellear en el cuadrante de uno de los MacBook.

—¿Y ahora en qué andamos? —preguntó a la sala vacía de la casa rural que había alquilado como escapada sorpresa para el cumpleaños de Berger, un establecimiento de cinco estrellas con conexión inalámbrica de alta velocidad, chimeneas, colchones de pluma y sábanas de ochocientos hilos. El retiro había tenido de todo, menos lo que se pretendía: intimidad, romance, diversión, y Lucy culpaba a Hannah, culpaba a Hap Judd, culpaba a Bobby, culpaba a todos. Lucy se sentía perseguida por ellos y no deseada por Berger.

—Esto es ridículo —Berger dijo al entrar, refiriéndose al mundo que había al otro lado de sus ventanas, todo blanco, sólo las siluetas de los árboles y los perfiles de los tejados entre la nieve que caía en velos—. ¿Llegaremos a salir de aquí?

—Vaya, ¿qué es esto? —murmuró Lucy, entrando en un vínculo.

Una búsqueda por dirección IP había encontrado algo en un sitio web del Centro de Antropología Forense de la Universidad de Tennessee.

—¿Con quién hablabas?

—Mi tía. Ahora hablo conmigo misma. Tengo que hablar con alguien.

Berger hizo caso omiso de la indirecta, no iba a disculparse por lo que no podía evitar. No era culpa suya que Hannah Starr hubiese desaparecido y que Hap Judd fuese un pervertido que quizás ocultase información y, por si no era suficiente, la noche anterior habían violado y asesinado a una mujer que corría por Central Park. Berger quiso decirle a Lucy que debía ser más comprensiva y menos egoísta, que tenía que crecer y dejar de ser insegura y de exigir atención.

—¿Podemos pasar de la batería?

Las migrañas de Berger habían vuelto. Las sufría a menudo.

Lucy salió de YouTube y la sala quedó en silencio, sin más sonido que el fuego a gas de la chimenea:

—Más del mismo rollo enfermo.

Berger se puso las gafas y se inclinó para mirar. Olía a aceite de baño Amorvero, no llevaba maquillaje y no lo necesitaba. Tenía despeinado el corto cabello oscuro y estaba de lo más sexy con un chándal negro y nada debajo, la chaqueta con la cremallera bajada que dejaba mucho escote a la vista; no es que Berger pretendiese nada. Lucy no sabía lo que Berger pretendía o dónde estaba últimamente, pero no estaba presente, al menos no emocionalmente. Lucy quiso abrazarla, mostrarle lo que solía haber entre ellas, cómo eran antes las cosas.

—Está mirando el sitio web de la granja de cuerpos y dudo que sea porque piensa matarse y donar su cadáver a la ciencia —dijo Lucy.

—¿De quién hablas?

Berger leyó lo que aparecía en la pantalla de un MacBook, un formulario con el encabezamiento:

Centro de Antropología Forense
Universidad de Tennessee, Knoxville
Cuestionario para la donación del cuerpo

—Hap Judd —respondió Lucy—. Su dirección IP lo relaciona con este sitio web porque acaba de utilizar un nombre falso... Espera, veamos qué pretende el tipejo. Sigamos su rastro... A esta pantalla de aquí. —Abrió páginas web—. Venta de software FORDISC. Un programa informático interactivo que funciona con Windows. Clasifica e identifica restos de esqueletos. Este tío es un morboso. No es normal. Te lo aseguro, gracias a él encontraremos algo.

—Seamos sinceras. Gracias a él encontrarás algo porque lo estás buscando —dijo Berger, como dando por supuesto que Lucy no era sincera—. Intentas encontrar pruebas de lo que tú percibes que es el crimen.

—Encuentro pruebas porque él las va dejando —replicó Lucy. Llevaban semanas sin discutir de Hap Judd—. No sé por qué eres tan reticente. ¿Crees que me estoy inventando todo esto?

—Quiero hablar con él de Hannah Starr y tú quieres crucificarlo.

—Tienes que meterle miedo en el cuerpo si quieres que hable. Sobre todo si está presente un maldito abogado. Y yo he conseguido esa entrevista, te he dado lo que quieres.

—Si conseguimos salir de aquí y si él se presenta. —Berger se apartó de la pantalla—. Quizás en su próxima película tenga que interpretar a un antropólogo, un arqueólogo, un explorador. Algo como *En busca del arca perdida* o una de esas películas de momias con tumbas y maldiciones ancestrales.

—Ya. Sigue el Método, inmersión total en su próximo personaje retorcido, escribe otro de sus patéticos guiones de mierda. Ésa será su coartada cuando vayamos a por él por lo de Park General y sus extraños intereses.

—No «iremos» a por él. Yo iré. Tú no harás nada, salvo mostrarle lo que has encontrado en tus búsquedas informáticas. Marino y yo nos encargaremos de la charla.

Lucy ya lo hablaría después con Marino, cuando no hubiera peligro de que Berger oyese su conversación. Marino no sentía respeto alguno por Hap Judd y seguro que no le tenía ningún miedo. Marino no tenía reparos en investigar a alguien famoso o encerrarlo. Berger parecía intimidada por Judd y Lucy no lo comprendía. Nunca había visto a Berger intimidada por nadie.

Lucy la atrajo y la sentó en sus rodillas:

—Ven aquí. ¿Qué te pasa? —Le acarició la espalda, deslizó las manos por debajo de la chaqueta del chándal—. ¿Qué te tiene tan asustada? Va a ser una noche muy larga. Debemos hacer una siesta.

Grace Darien tenía el cabello largo y oscuro, y la misma nariz respingona y labios carnosos de su hija. Vestía un abrigo de lana roja abrochado hasta la barbilla, parecía pequeña y lastimosa de pie ante la ventana que daba a la negra valla de hierro y al ladrillo cubierto de enredadera muerta de Bellevue. El cielo tenía el color del plomo.

—¿Señora Darien? Soy la doctora Scarpetta.

Scarpetta entró en la sala de familiares y cerró la puerta.

—Quizá sea un error. —La señora Darien se apartó de la ventana. Le temblaban mucho las manos—. No dejo de pensar que no puede ser cierto. No puede ser. Es otra persona. ¿Cómo lo saben con seguridad?

Se sentó ante la mesita de madera próxima al dispensador de agua, con el rostro aturdido e inexpresivo y un brillo aterrado en los ojos.

—Hemos llevado a cabo la identificación preliminar de su hija basándonos en los efectos personales recuperados por la policía. —Scarpetta tomó una silla y se sentó frente a ella—. Su ex marido también ha mirado la fotografía.

—La que le han hecho aquí.

—Sí. Por favor, permítame que le diga cuánto lo siento.

—¿A él se le ocurrió mencionar que sólo la ve una o dos veces al año?

—Compararemos el historial dental y haremos pruebas de ADN si es necesario.

—Puedo anotar los datos de su dentista. Todavía va al mío. —Grace Darien rebuscó en el bolso y un pintalabios y el maquillaje repiquetearon en la mesa—. El detective con quien hablé cuando llegué a casa y oí el mensaje. No recuerdo el nombre, una mujer. Luego llamó otro detective. Un hombre. Mario, Marinaro.

Le tembló la voz y reprimió las lágrimas mientras sacaba un cuadernito y un bolígrafo.

—¿Pete Marino?

La señora Darien garabateó algo y arrancó la hoja, las manos torpes, con un temblor incontrolable.

—No sé el teléfono del dentista de memoria. Aquí están su nombre y dirección. —Tendió el papel a Scarpetta—. Marino. Eso creo.

—Es detective del Departamento de Policía de Nueva York y está asignado a la oficina de la fiscal auxiliar del distrito Jaime Berger. Será su oficina la que se hará cargo de la investigación criminal.

Scarpetta metió la nota en la carpeta que Rene le había dejado.

—Dijo que entrarían en el apartamento de Toni a llevarse su cepillo dental y el del cabello. Seguramente ya los tendrán, no lo sé, no he sabido nada más. —La señora Darien continuó con voz entrecortada y temblorosa—. La policía habló primero con Larry porque yo no estaba en casa. Había llevado el gato al veterinario. Tuve que sacrificar al gato, ya ve qué mal momento. Eso es lo que hacía cuando intentaban localizarme. El detective del fiscal del distrito dijo que usted podría sacar el ADN de mi hija de las cosas que había en su apartamento. No comprendo cómo puede estar tan segura de que se trata de ella, si todavía no ha hecho esas pruebas.

Scarpetta no tenía dudas de la identidad de Toni Darien. Su carné de conducir y las llaves del apartamento estaban en un bolsillo del forro polar que llegó con el cuerpo. Las radiografías post mórtem mostraban fracturas curadas de la clavícula y el brazo derecho, lesiones antiguas que coincidían con las sufridas por Toni cinco años antes, cuando un coche chocó con su bicicleta, según la información del Departamento de Policía de Nueva York.

—La advertí sobre lo de hacer *jogging* en la ciudad —decía la señora Darien—. La advertí muchas veces, aunque ella nunca iba a correr de noche. Y no comprendo por qué correría bajo la lluvia, sobre todo si hacía frío. Creo que ha habido un error.

Scarpetta le acercó una caja de pañuelos de papel y respondió:

—Me gustaría hacerle unas preguntas, comprobar algunas cosas antes de verla. ¿Le parece bien? —Después de ver a su hija, Grace Darien no estaría en condiciones para hablar—. ¿Cuándo fue la última vez que tuvo contacto con su hija?

—El martes por la mañana. No puedo decirle la hora exacta, pero sería a eso de las diez. La llamé y charlamos un rato.

—Hace dos mañanas, la del 16 de diciembre.

La señora Darien se enjugó los ojos.

—Sí.

—¿Nada desde entonces? ¿Ninguna llamada, o mensaje de voz, o correo electrónico?

—No hablábamos ni nos enviábamos correos a diario, pero me mandó un mensaje de texto. Puedo mostrárselo. —Buscó en el bolso—. Tendría que habérselo dicho al detective, supongo. ¿Cómo ha dicho que se llama?

—Marino.

—Me preguntó por el correo electrónico de Toni, porque dijo que tendrían que examinarlo. Le di la dirección, pero claro, no sé la contraseña. —Rebuscó el teléfono, las gafas—. La llamé el martes por la mañana para preguntarle si quería pavo o jamón. Para Navidad. No quería ni lo uno ni lo otro. Dijo que traería pescado y respondí que ya compraría yo lo que ella quisiera. Fue sólo una conversación normal, sobre todo hablamos de eso, pues sus dos hermanos venían a casa. Todos juntos, en Long Island. Ahí es donde vivo, en Islip. Soy enfermera del Hospital de la Misericordia. —Tenía el teléfono en la mano y las gafas puestas. Bajaba el cursor con manos temblorosas. Finalmente le dio el teléfono a Scarpetta—: Eso es lo que envió anoche.

Sacó más pañuelos de la caja. Scarpetta leyó el mensaje de texto:

Remitente: Toni
Intento sacar días libres pero Navidad es una locura. Necesito q me sustituyan y nadie quiere sobre todo por el horario. Besos
917-555-1487
Recibido: miér 17 dic 20.07

—¿Y este número 917 es el de su hija?

—Su móvil.

—¿Puede explicarme a qué se refiere en el mensaje?

Scarpetta se aseguraría de que Marino recibiera la información.

—Trabaja noches y fines de semana e intentaba que alguien la sustituyera para poder tener más tiempo libre en las vacaciones. Vienen sus hermanos.

—Su ex marido ha dicho que trabajaba de camarera en la Cocina del Infierno.

—Él lo diría así, como si ella se dedicase a pasar chocolate o a darle la vuelta a unas hamburguesas. Trabaja en el salón de High Roller Lanes, un lugar muy agradable, de mucha categoría, no es la típica bolera. Algún día Toni quiere abrir su propio restaurante en algún gran hotel de Las Vegas, o París, o Montecarlo.

—¿Trabajaba anoche?

—No suele trabajar los miércoles. Suele librar de lunes a miércoles y luego trabaja muchas horas de jueves a sábado.

—¿Sus hermanos saben lo sucedido? No me gustaría que se enterasen por las noticias.

—Seguramente Larry se lo habrá dicho. Yo habría esperado. Quizá no sea cierto.

—Queremos tener en consideración a cualquiera que no deba enterarse de lo sucedido por las noticias —dijo Scarpetta con toda la suavidad de la qué era capaz—. ¿Hay algún novio? ¿Alguien importante?

—Bueno, me lo he preguntado. En septiembre visité a Toni en su apartamento y tenía en la cama un montón de peluches y muchos perfumes y cosas así, y me salió con evasivas acerca de dónde habían salido. Y en Acción de Gracias enviaba mensajes de texto continuamente, feliz un momento, de mal humor el siguiente. Ya sabe cómo se comporta la gente cuando está prendada de alguien. Y sé que en el trabajo conoce a mucha gente, muchos hombres atractivos e interesantes.

—¿Es posible que se franquease con su padre? ¿Que le contase que tenía novio, por ejemplo?

—No eran íntimos. Lo que usted no comprende es por qué Larry hace esto, qué es lo que pretende en realidad. Todo lo hace para vengarse de mí y para que todos crean que es un buen padre en lugar de un borracho, un jugador compulsivo que abandonó a su familia. Toni nunca hubiera querido que la incinerasen y, si ha pasado lo peor, utilizaré la funeraria que se hizo cargo de mi madre, Levine e Hijos.

—Me temo que hasta que usted y su marido no se pongan de

acuerdo sobre cómo disponer de los restos de Toni, la OCME no puede entregársela.

—No pueden escucharle a él. Abandonó a Toni cuando era un bebé. ¿Por qué alguien tendría que escucharle?

—La ley exige que una disputa como la suya esté resuelta, si es necesario en los juzgados, para que podamos entregarle el cuerpo. Lo siento. Sé que lo último que le hace falta ahora es frustración y más disgustos.

—Qué derecho tiene a aparecer de pronto después de veintitantos años y hacer exigencias, pedir las cosas personales de Toni. Discutir conmigo en el vestíbulo y decir a esa chica que quería las pertenencias de Toni, todo lo que llevase encima cuando llegó aquí, y quizá ni siquiera es ella. ¡Decir esas cosas horribles, crueles! Estaba borracho y miró una fotografía. ¿Van a fiarse de eso? Oh, Dios. ¿Qué es lo que voy a ver? Dígamelo, para saber a qué atenerme.

—La causa de la muerte de su hija es traumatismo por un objeto contundente que le fracturó el cráneo y le lesionó el cerebro —explicó Scarpetta.

—Alguien le golpeó en la cabeza —dijo la señora Darien. Se le quebró la voz y rompió a llorar.

—Sufrió un grave golpe en la cabeza. Sí.

—¿Cuántos? ¿Sólo uno?

—Señora Darien, tengo que advertirle desde el principio que cualquier cosa que le diga es confidencial y que es mi deber ser cauta y sensata respecto a lo que usted y yo hablamos en estos momentos. Es de suma importancia que no se filtre nada que pueda ayudar al agresor de su hija a salir impune de este crimen horrible. Espero que lo comprenda. Una vez haya finalizado la investigación policial, puede pedir cita conmigo y mantendremos una conversación tan detallada como usted desee.

—¿Toni corría anoche, bajo la lluvia, en el norte de Central Park? Para empezar, ¿qué hacía allí? ¿Alguien se ha molestado en preguntarse eso?

—Todos nos hacemos muchas preguntas y, por desgracia, de momento no tenemos muchas respuestas. Pero, por lo que sé, su hija vive en el Uppper East Side, en la Segunda Avenida. A unas veinte manzanas de donde se la encontró, lo que no está demasiado lejos para una buena corredora.

—Pero era en Central Park cuando ya había oscurecido. Era cerca de Harlem cuando ya era de noche. Toni nunca correría por una zona así, de noche. Y odiaba la lluvia. Odiaba pasar frío. ¿Alguien la siguió? ¿Toni se resistió? Oh, Dios mío.

—Le recuerdo lo que le he dicho de los detalles, la precaución con la que ahora hay que proceder. Puedo decirle que no observamos signos evidentes de forcejeo. Parece que a Toni la golpearon en la cabeza, lo que le provocó una gran contusión y una copiosa hemorragia interna, lo que indica un periodo de supervivencia lo bastante prolongado para dar lugar a una respuesta tisular significativa.

—Pero no estaba consciente.

—Los hallazgos indican cierto margen de supervivencia, pero no, no estuvo consciente. Quizá no se enteró de nada de lo que sucedió, del ataque. No lo sabremos con certeza hasta tener los resultados de las pruebas. —Scarpetta abrió la carpeta, extrajo el formulario del historial sanitario y lo colocó ante la señora Darien—. Su ex marido lo ha rellenado. Le agradecería que lo comprobase.

Los papeles temblaron en las manos de la señora Darien mientras los revisaba.

—Nombre, dirección, lugar de nacimiento, nombre de los padres. Por favor, hágame saber si tenemos que corregir algo —dijo Scarpetta—. ¿Tenía la tensión alta, diabetes, hipoglucemia, trastornos mentales... estaba embarazada, por ejemplo?

—Él ha marcado «no» a todo. ¿Qué demonios sabrá él?

—¿Ni depresión, ni mal humor, ni ningún cambio en su conducta que le pareciese fuera de lo común? —Scarpetta pensaba en el reloj BioGraph—. ¿Tenía problemas para dormir? ¿Algo, cualquier cosa, diferente del pasado? Ha dicho que últimamente no estaba del todo bien.

—Quizás algún problema con un novio o en el trabajo, así como está la economía. Han despedido a algunas de las chicas con quienes trabaja. Tiene sus días de mal humor, como todo el mundo. Sobre todo en esta época del año. No le gusta el invierno.

—¿Alguna medicación, que usted sepa?

—Sólo cosas sin receta, vitaminas. Toni se cuida mucho.

—Me interesaría saber quién es su médico de cabecera, sus médicos en general. El señor Darien no ha rellenado esa parte.

—Él qué va a saber. Nunca le han llegado las facturas. Toni vive por su cuenta desde la universidad y no estoy segura de quién era su médico. Nunca se pone enferma, tiene más energía que nadie. Siempre está en marcha.

—¿Sabría decirme si solía llevar alguna joya en concreto? Tal vez anillos, una pulsera, un collar que no solía quitarse?

—No lo sé.

—¿Y un reloj?

—No creo.

—¿Algo que parece un reloj digital deportivo de plástico negro? ¿Un reloj negro, grande? ¿Eso le resulta familiar?

La señora Darien negó con la cabeza.

—He visto relojes parecidos en personas relacionadas con investigaciones científicas. Y en su profesión, seguro que también los ha visto. Relojes que son monitores cardiacos, o que llevan personas con trastornos del sueño, por ejemplo —insistió Scarpetta.

Una expresión esperanzada en los ojos de la señora Darien.

—¿Y lo que me ha dicho de Toni, cuando la vio el día de Acción de Gracias? —preguntó Scarpetta—. Quizá llevase un reloj como el que le he descrito.

—No. —La señora Darien negó con la cabeza—. A eso me refiero. Quizá no sea ella. Nunca la he visto llevar nada parecido.

Scarpetta le preguntó si quería ver el cuerpo y ambas se levantaron y se dirigieron a la habitación vecina, pequeña y vacía, con sólo unas pocas fotografías panorámicas de Nueva York en las paredes color verde claro. La ventana de observación llegaba aproximadamente a la altura de la cintura, como la altura de un ataúd sobre unas andas, y al otro lado había una pantalla de acero; en realidad, las puertas del ascensor que había subido el cuerpo de Toni del depósito.

—Antes de abrir la pantalla, quiero explicarle lo que va a ver. ¿Quiere sentarse en el sofá?

—No. No, gracias. Me quedaré de pie. Estoy lista.

Tenía los ojos muy abiertos y asustados y respiraba con rapidez.

—Voy a pulsar un botón. —Scarpetta señaló un panel de tres botones en la pared, dos rojos y uno negro, viejos botones de ascensor—. Y, cuando la pantalla se abra, el cuerpo estará aquí mismo.

—Sí. Lo comprendo. Estoy lista.

Apenas podía hablar de lo asustada que estaba. Temblaba como si sintiera un frío glacial y respiraba con rapidez, como si acabase de realizar un esfuerzo físico.

—El cuerpo está en una camilla dentro del ascensor, al otro lado de la ventana. La cabeza estará aquí, a la izquierda. El resto está tapado.

Scarpetta pulsó el botón negro de arriba y las puertas de acero se abrieron con un seco sonido metálico. Al otro lado del plexiglás rayado, Toni Darien estaba amortajada en azul, el rostro pálido, los ojos cerrados, los labios sin color y el largo cabello negro todavía mojado por el lavado. Su madre presionó las manos contra la ventana. Abrazándose, empezó a gritar.

2

Pete Marino observaba el apartamento con inquietud; intentaba leer su personalidad y su humor, intentaba intuir lo que tenía que contarle.

Las escenas eran como los muertos. Tenían mucho que contar si uno entendía su lenguaje mudo, y lo que le preocupaba justo entonces era que el ordenador portátil y el móvil de Toni Darien habían desaparecido y sus cargadores seguían enchufados en la pared. Lo que continuaba inquietándole es que no parecía que faltase o hubiesen movido nada más y la policía era de la opinión que el apartamento no estaba relacionado en modo alguno con el asesinato. Pero él sentía que alguien había estado aquí. No sabía por qué lo sentía, era una de esas sensaciones que notaba en la nuca, como si algo lo observase o quisiera llamar su atención, y él no lograse ver qué era.

Marino retrocedió a la entrada, donde un policía uniformado vigilaba el apartamento; no le estaba permitida la entrada a nadie, a menos que Jaime Berger diese la orden. Berger quería el apartamento precintado hasta estar absolutamente segura de que no necesitaba nada más de él; se había mostrado inflexible con Marino al teléfono, pero también había hecho afirmaciones contradictorias: «No te obsesiones con el apartamento y trátalo como la escena del crimen.» Bueno, ¿en qué quedamos? Marino ya llevaba muchos años en el ajo para prestar demasiada atención a nadie, su jefa incluida. Él iba a lo suyo. En lo que a él concernía, el apartamento de Toni Darien era una escena y no dejaría piedra por remover.

—Oye, tendrías que llamar a Bonnell —dijo Marino al poli de la puerta—. Necesito hablar con ella del portátil desaparecido, asegurarme de que no se lo ha llevado.

Bonnell era la investigadora de la policía de Nueva York a cargo del caso, que ya había estado antes en el apartamento, con los de criminalística.

—¿Qué, tú no tienes teléfono?

Mellnik estaba apoyado en la pared del rellano apenas iluminado; había una silla plegable cerca, en lo alto de la escalera.

Cuando Marino se fuese, Mellnik devolvería la silla al interior del apartamento y se quedaría ahí sentado hasta la pausa para ir al servicio o hasta que apareciese su reemplazo para el turno de medianoche. Un trabajo de mierda. Alguien tenía que hacerlo.

—¿Tan ocupado estás?

—Que esté aquí sentado tocándome las pelotas no significa que no esté ocupado. Estoy ocupado pensando. —Se dio unos golpecitos en el negro cabello engominado, un tipo bajo con constitución de bala—. Intentaré localizarla, pero es lo que te he dicho. Cuando he llegado, el tipo al que he sustituido me ha hinchado los oídos con lo que decían los de criminalística. Cosas como ¿dónde está su teléfono? ¿Dónde está el portátil? Pero no creen que alguien viniese aquí a llevárselos. No hay pruebas de eso. Creo que está bastante claro lo que le pasó a la chica, joder. ¿Por qué la gente sigue yendo a correr al parque de noche, sobre todo las mujeres? Vete tú a saber.

—¿Y la puerta estaba cerrada con llave cuando llegaron Bonnell y los de criminalística?

—Ya te lo he dicho, el encargado del mantenimiento del edificio la abrió, un tipo llamado Joe, vive en el primero, al otro lado. —Señaló—. Compruébalo tú mismo. Ninguna señal de que alguien forzase la puerta. La puerta estaba bien cerrada, las persianas bajadas, todo en su sitio, normal. Eso es lo que ha dicho el tipo que estaba aquí antes que yo y que ha visto todo lo que hacían los de criminalística, todo.

Marino examinaba el pomo de la puerta, el cerrojo, los tocaba con las manos enguantadas. Se sacó una linterna del bolsillo y miró detenidamente sin ver ninguna señal de que hubiesen forzado la entrada. Mellnik tenía razón. No había daños ni arañazos.

—Encuentra a Bonnell por mí, ponme también con la operadora para que pueda darme la información directamente. Porque cuando la jefa vuelva a la ciudad, si no antes, va a preguntarme por eso cincuenta veces. Cuando alguien se lleva el portátil, suele llevarse también el cargador. Eso me fastidia —dijo Marino.

—Los de criminalística se habrían llevado el cargador, de haberse llevado el portátil. No se han llevado nada. Quizá la víctima tenía un cargador de recambio, ¿se te ha ocurrido eso? Igual se llevó el portátil a algún sitio donde había un cargador, o ella tenía uno de más. Eso es lo que creo que pasó.

—Seguro que Berger te mandará una nota de agradecimiento por tu opinión.

—¿Cómo es trabajar para ella?

—El sexo no está mal —respondió Marino—, si me diese un poco de tiempo para recuperarme. Cinco, diez veces al día, hasta yo acabo molido.

—Ya, y yo soy Spiderman. Por lo que he oído, los hombres no son lo que le va. La miro y no me lo pensaría dos veces, te lo juro. Serán maldades que se dicen por el poder que tiene, ¿no? ¿Una mujer con su poder y su importancia? Sabes lo que se rumorea, pero eso no implica que sea verdad. A mi novia le pasa lo mismo. Como es bombero, o es lesbiana o sale en bañador en un calendario, eso es lo que se da por supuesto.

—No me jodas. ¿Sale en el calendario de las bomberas? ¿El de este año? Pediré un ejemplar.

—He dicho que eso es lo que se supone. A lo que íbamos. ¿Es verdad lo de Jaime Berger? Me encantaría saberlo, lo reconozco. En todo Internet se habla de lo suyo con la pariente de la doctora Scarpetta... ¿Qué es, su hija, su sobrina? La chica que era del FBI y ahora lleva la investigación informática de Berger. O sea, ¿odia Jaime Berger a los hombres y por eso quiere encerrarlos? Casi siempre encierra hombres, eso es verdad. No es que las mujeres cometan muchos delitos sexuales, pero bueno. Si alguien sabe la verdadera historia, supongo que ése eres tú.

—No esperes a la película. Lee el libro.

—¿Qué libro? —Mellnik se sentó en la silla plegable y sacó el teléfono de la funda que llevaba en el cinturón—. ¿De qué libro hablas?

—Quizá deberías escribirlo, si sientes tanta curiosidad.

Marino miró a lo largo del rellano, moqueta marrón, paredes pintadas de un marrón claro mugriento, un total de ocho apartamentos aquí, en la segunda planta.

—Como te decía, he estado pensando que no quiero pasarme la vida con trabajos de mierda como éste, igual tendría que meterme en investigación, ¿sabes? —Mellnik siguió hablando como si Marino estuviera interesado y fuesen amigos desde hacía años—. Que me asignaran a la oficina de Berger como a ti, siempre que no sea una odia hombres, eso por descontado. O quizás a la sección del FBI que lleva los robos a bancos, o el terrorismo. Ir a un despacho de verdad todos los días, que me den un buen coche, que me traten con respeto.

—No hay portero. Para entrar en este edificio, o usas la llave o tienes que llamar al portero automático para que te dejen entrar, como has hecho tú cuando he llegado. Una vez en el vestíbulo, donde están los buzones, hay que elegir. O giras a la izquierda, pasas cuatro apartamentos, incluido el del tipo de mantenimiento, y subes por la escalera, o bien giras a la derecha, pasas el cuarto de las lavadoras y los armarios de mantenimiento y de los sistemas mecánicos, y subes por esa escalera. Dos plantas arriba y aquí estás, a menos de dos metros del apartamento de Toni. Si alguien que tenía llaves del piso vino aquí, pudo entrar y salir sin que le vieran los vecinos. ¿Cuánto tiempo llevas aquí sentado?

—Llegué a las dos. Como te he dicho, antes había otro agente aquí. Creo que en cuanto encontraron el cuerpo, mandaron a alguien hacia aquí.

—Sí, lo sé. Berger ha tenido algo que ver con eso. ¿Cuántas personas has visto? Ya sabes, vecinos.

—¿Desde que estoy aquí? A nadie.

—¿Has oído correr agua en las tuberías, gente andando, ruido en los otros pisos?

—¿Desde donde he estado? ¿En la escalera o dentro, al otro lado de la puerta? Todo ha estado muy silencioso. Pero sólo llevo aquí... —Mellnik consultó el reloj—. Unas dos horas.

Marino se guardó la linterna en el bolsillo del abrigo.

—Todos están fuera a esta hora del día. No es un edificio conveniente si eres un jubilado o te pasas el día en casa por enfermedad. Un detalle: no hay ascensor, conque si eres viejo o inválido o enfermo, es una mala elección. Aquí no se controla el precio de los alquileres, no es una cooperativa ni una comunidad en que los inquilinos se conozcan bien; no hay residentes que lleven mucho tiempo aquí, la media de permanencia es de un par de años. Muchas personas sin pareja o parejas sin hijos. Media de edad, entre veinte y treinta años. Hay cuarenta apartamentos, ocho vacíos en la actualidad, y supongo que no hay muchos agentes inmobiliarios presentándose a llamar al encargado. Porque la economía está de pena, que es una de las razones de que haya tantos apartamentos vacíos para empezar, todos abandonados durante los últimos seis meses.

—¿Cómo coño lo sabes? ¿Tienes poderes paranormales, como la de *Médium*?

Marino se sacó del bolsillo un fajo de papeles plegados.

—Por el RTCC. En su base de datos tienen una lista de todos los residentes del edificio, quiénes son, qué hacen, si los han arrestado, dónde trabajan, dónde compran, qué coche tienen si tienen alguno, con quién follan.

—Nunca he estado ahí.

Se refería al Real Time Crime Center, o lo que Marino consideraba el puente de mando del *USS Enterprise*, el centro de información-tecnología que controlaba las operaciones interestelares del Departamento de Policía de Nueva York, desde la sede de One Police Plaza.

—No hay mascotas.

—¿Y qué tienen que ver las mascotas en esto? —Mellnik

bostezó—. Desde que me han pasado al horario de noche, estoy hecho polvo. No duermo una mierda. Mi novia y yo somos como barcos en la noche.

—En los edificios en que la gente no está en casa durante el día, ¿quién saca al perro? Aquí los alquileres se sitúan alrededor de los 1200 dólares. No son el tipo de inquilino que puede permitirse pagar a alguien que le pasee el perro, ni se molesta siquiera en planteárselo. ¿Y qué tiene eso que ver? Volvemos al punto de partida: apenas hay movimiento, no hay ojos ni oídos. No durante el día, como decía. Es el momento que yo elegiría para entrar en su apartamento, si tuviese malas intenciones. Hacerlo a la vista de todos, cuando la calle y la acera están llenas, pero el interior del edificio está vacío.

—Te recuerdo que no la atacaron aquí. La asesinaron mientras corría en el parque.

—Empieza ya tu formación como investigador y localiza a Bonnell. Quizá de mayor seas Dick Tracy.

Marino regresó al interior del apartamento, dejando la puerta abierta. Toni Darien había vivido como muchas personas que empiezan, en un espacio diminuto que Marino parecía llenar por completo, como si de pronto el mundo se hubiese encogido a su alrededor. Unos 35 metros, calculó; no es que su apartamento de Harlem fuera mucho mayor, pero al menos él tenía un dormitorio, no dormía en la puta sala, y tenía un patio trasero, un pedazo de hierba artificial y una mesa con bancos adosados que compartía con los vecinos, no mucho de lo que presumir, pero más civilizado que esto. Cuando había entrado por primera vez media hora antes, hizo lo que siempre hacía ante una escena de un crimen: crearse una imagen general, sin mirar nada con detenimiento.

Ahora prestaría más atención, empezando por el vestíbulo, el espacio justo para volverse, y eso era todo, con una diminuta mesa de ratán. Encima había un cenicero del Caesar Palace, quizá donde Toni dejaba las llaves, que habían encontrado en un llavero con unos dados de plata en el bolsillo del polar que llevaba cuando la asesinaron. Quizá Toni fuese como su viejo y le gustase apostar. Marino lo había investigado: Lawrence Darien, un par de detenciones por conducir ebrio, se había declarado en bancarrota y unos años antes había estado implicado en un garito de apuestas ilegales en el condado de Bergen, Nueva Jersey. Había indicios de vínculos con el crimen organizado, posiblemente con la familia Genovese, cargos retirados, el tipo un cerdo, un fracasado, un ex ingeniero bioeléctrico que había abandonado a su familia, un padre vago y gorrón. De los capaces de perjudicar a su hija por haberse involucrado con la clase equivocada de tipos.

Toni no parecía una bebedora. Por el momento, a Marino no le parecía que fuese dada a las fiestas o las compulsiones, más bien todo lo contrario: controlada, ambiciosa y decidida, una fanática del *fitness*, una maniática de la salud. En la mesa de ratán había una fotografía enmarcada de Toni en una carrera, quizás una maratón. Era bonita, como una modelo, cabello largo y oscuro, alta y más bien delgada, con el típico cuerpo de corredora, sin caderas, sin tetas, una expresión de intensa determinación en el rostro. Corría vigorosamente en una calle repleta de otros corredores, a los lados gente animando. Marino se preguntó quién habría tomado la foto, y cuándo.

A unos pasos de la entrada estaba la cocina. Una cocina de dos fogones, una nevera, un fregadero de una sola cubeta, tres armarios, dos cajones, todo blanco. En la encimera había cartas amontonadas, ninguna abierta, como si Toni hubiese entrado con ellas, las hubiera dejado ahí y se hubiese ocupado de otros asuntos, o no se le antojaran de interés. Marino vio varios catálogos y circulares con cupones, lo que él llamaba correo basura, y un papel color rosa vivo que advertía a los residentes del edificio que mañana, 19 de diciembre, cortarían el agua de las ocho de la mañana hasta mediodía.

Al lado había un escurreplatos de acero inoxidable y en él un cuchillo de mantequilla, un tenedor, una cuchara, un plato, un cuenco, un tazón con una viñeta de *The Far Side*, la del niño en la Escuela Midvale para Superdotados que empuja una puerta donde pone TIRAR. El fregadero estaba vacío y limpio, un estropajo y una botella de detergente líquido Dawn, ni migas ni manchas de comida en la encimera, el suelo de madera inmaculado. Marino abrió el armario de debajo del fregadero y encontró un pequeño cubo de basura con una bolsa de plástico blanco. En su interior había una piel de plátano marrón que olía acre, unos pocos arándanos marchitos, un cartón de leche de soja, posos de café y un montón de toallitas de papel.

Abrió algunas y detectó algo que olía a miel y cítrico, como amoníaco con aroma a limón, tal vez limpiadores para los muebles y los cristales. Vio un aerosol de limpiacristales Windex con aroma a limón, una botella de líquido para la madera que contenía miel de abejas y aceite de naranja. Parecía que Toni era muy diligente, tal vez obsesiva, y que la última vez que estuvo en casa la había limpiado y ordenado. ¿En qué habría usado el Windex? Marino no veía nada de cristal. Se dirigió a la pared del otro extremo, se asomó entre las persianas y pasó un dedo enguantado por el cristal. Las ventanas no estaban sucias, pero tampoco parecía que las hubiesen limpiado recientemente. Quizás habría utilizado el Windex para limpiar un espejo o algo así, o quizás otra persona había estado limpiando, para eliminar huellas y ADN, o eso creía. Marino regresó a la cocina, lo que le llevó menos de diez pasos. Las toallitas de papel de la basura fueron a parar a una bolsa de pruebas para el análisis de ADN.

Toni había guardado los cereales en la nevera, varias cajas de cereales integrales Kashi, más leche de soja, arándanos, quesos, yogur, lechuga romana, tomates cherry, un recipiente de plástico que contenía pasta con lo que parecía salsa parmesana, quizás era comida para llevar, quizás había cenado en algún sitio y se había llevado a casa las sobras. ¿Cuándo? ¿Anoche? ¿O lo último que había comido en su apartamento era un bol de cereales con plátano y arándanos, y una taza de café? ¿El desayuno? No había desayunado esta mañana, eso seguro. ¿Había desayunado aquí ayer por la mañana, luego estuvo ausente todo el día y quizá cenó fuera, en algún restaurante italiano? Y después, ¿qué? ¿Volvió a casa, metió la pasta en la nevera y en algún momento de la noche lluviosa salió a correr? Pensó en el contenido del estómago, sintió curiosidad por lo que Scarpetta habría encontrado en la autopsia. Había intentado hablar con ella varias veces esa tarde y le había dejado varios mensajes.

El suelo de madera crujió bajo las grandes botas de Marino cuando éste regresó a la salita. El tráfico de la Segunda Avenida era ruidoso, motores y cláxones y peatones en la acera. El ruido y la actividad constantes tal vez habían dado a Toni una falsa sensación de seguridad. No era probable que se hubiera sentido aislada aquí, una planta por encima de la calle, pero seguramente bajaba las persianas de noche para que nadie viese el interior de la vivienda. Mellnik aseguraba que las persianas estaban bajadas cuando llegaron Bonnell y los de criminalística, lo que daba a entender que las había bajado Toni. ¿Cuándo? Si su última comida aquí había tenido lugar ayer por la mañana, ¿no se molestaba en subir las persianas cuando se levantaba? Era evidente que le gustaba mirar por las ventanas, porque había colocado una mesita y dos sillas entre ellas. La mesa estaba limpia, sólo con un mantel individual de caña, y Marino se la imaginó ahí sentada ayer por la mañana, desayunando cereales. Pero ¿con las persianas bajadas?

Entre las ventanas había un televisor de pantalla plana sujeto por un único brazo a la pared, un Samsung de 32 pulgadas cuyo mando a distancia estaba en una mesilla junto a un confidente. Marino pulsó el botón del mando a distancia para comprobar qué era lo último que Toni había visto. El televisor se encendió en las Noticias de la CNN; uno de los presentadores hablaba del asesinato de «una corredora en Central Park cuyo nombre aún no han facilitado las autoridades», luego el alcalde Bloomberg hacía una declaración al respecto y después el inspector jefe Kelly, lo que solían decir los políticos y las autoridades para tranquilizar a la población. Marino escuchó hasta que pasaron a hablar del último escándalo por el rescate de la aseguradora AIG.

Dejó el mando en la mesita, exactamente donde lo había encontrado, se sacó el cuaderno del bolsillo y anotó en canal, preguntándose si los de criminalística o Bonnell lo habían advertido. Seguramente, no. Se preguntó cuándo habría mirado Toni las noticias. ¿Era lo primero que hacía al levantarse por la mañana? ¿Ponía las noticias durante el día o las miraba antes de acostarse? ¿Cuándo las habría mirado por última vez, dónde se había sentado? Por la inclinación del brazo del televisor, la pantalla miraba la cama doble. Ésta estaba cubierta por una colcha de raso azul claro, con tres animales de peluche en las almohadas: un mapache, un pingüino y un avestruz. Marino se preguntó si alguien se los habría regalado, quizá su madre, poco probable un novio. No parecía algo que un tipo diese como regalo, a menos que fuese gay. Marino tocó el pingüino con un dedo enguantado y miró la etiqueta, luego comprobó la de los otros dos. «Gund.» Lo anotó.

Junto a la cama había una mesa con un cajón. Contenía una lima de uñas, unas pilas doble A, un bote de ibuprofeno y un par de viejos libros sobre crímenes reales: *The Jeffrey Dahmer Story: An American Nightmare* y *Ed Gein-Psycho*. Marino anotó los títulos, hojeó ambos ejemplares por si Toni había escrito alguna anotación, no encontró ninguna. Entre las páginas de *The Jeffrey Dahmer Story* había un recibo con fecha 18 de noviembre de 2006, cuando parecía que lo había adquirido de segunda mano en Moe's Books, Berkeley, California. ¿Una mujer que vivía sola leía esas cosas terroríficas? Tal vez alguien se las había dado. Las metió en una bolsa de pruebas. Irían al laboratorio por si encontraban huellas o ADN. Un presentimiento que él tenía.

A la izquierda de la cama estaba el armario, la ropa que contenía era moderna, sexy: mallas, jerséis largos, camisetas escotadas con serigrafías, licra, un par de vestidos elegantes. Marino no reconoció las marcas, aunque tampoco era un experto en diseño de moda. Baby Phat, Coogi, Kensie Girl. En el suelo había diez pares de zapatos, entre ellos unas zapatillas de corredor Asics como las que calzaba cuando fue asesinada y un par de botas de borreguillo Ugg para el invierno.

La ropa de cama estaba plegada y guardada en un estante alto, junto a una caja de cartón que Marino bajó para ver el contenido. DVD, películas, la mayoría comedias y de acción, la serie de *Ocean's Eleven*, otro tema de apuestas. Le gustaban George Clooney, Brad Pitt, Ben Stiller. Nada muy violento, nada terrorífico como los libros que tenía junto a la cama. Quizá ya no comprase DVD y mirase las películas, también las de terror, por cable o en canales de pago. Tal vez mirase las películas en su portátil. ¿Dónde demonios estaba su portátil? Marino tomó fotografías y más notas.

Reparó en que, hasta el momento, no había visto ningún abrigo de invierno. Algunas cazadoras y un abrigo largo de lana roja que parecía muy pasado de moda, quizá de la época del instituto, quizá se lo habría dado su madre u otra persona, pero ¿y un abrigo de invierno de verdad, para cuando tenía que andar por la ciudad en un día como éste? Una parka, un anorak, algo de plumón. Había mucha ropa informal, mucha ropa para correr, polares y pantalones de chándal, pero ¿y cuando iba a trabajar? ¿Y cuando salía a hacer recados o a cenar o a correr si hacía frío de verdad? No habían encontrado ningún abrigo grueso ni en el cadáver ni en los alrededores, sólo un polar, lo que a Marino se le antojaba incongruente con el severo frío de anoche.

Entró en el único cuarto de baño y encendió la luz. Un lavabo blanco, una bañera y ducha en una pieza, una cortina de ducha azul con un pez y un barco blanco. Varias fotografías enmarcadas en las paredes de azulejos blancos, más fotografías de ella corriendo, no la misma carrera que en la otra fotografía del vestíbulo. Tenía diferentes números de dorsal, debía de participar en muchas carreras, debía de gustarle mucho y también los perfumes, tenía seis frascos con diferentes fragancias en la repisa, marcas de diseñadores como Fendi, Giorgio Armani, Escada, y se preguntó si los habría adquirido en tiendas de saldos o los habría comprado *online* con un setenta por ciento de descuento, como había hecho él un mes antes con las compras de Navidad.

Entonces se le ocurrió que tal vez fuese mala idea regalar a Georgia Bacardi un perfume llamado Trouble, «problema», que había comprado por 21,10 dólares, un descuento enorme porque iba sin caja. Cuando lo descubrió en eBay le había parecido divertido y coqueto. Ahora que ambos tenían problemas, no era tan divertido. Tantos problemas que lo único que hacían era discutir, sus visitas y sus llamadas eran menos frecuentes, los mismos avisos de siempre. La historia se repetía. Él nunca había tenido una relación duradera o no estaría viéndose con Bacardi, para empezar; estaría felizmente casado, quizás aún seguiría con Doris.

Abrió el botiquín que había encima del lavabo, a sabiendas de que una de las primeras cosas que le preguntaría Scarpetta sería qué contenía. Ibuprofeno, Midol, vendas adhesivas de deportista, tiritas, parches para las ampollas, gel en barra también para las ampollas y montones de vitaminas. Había tres recetas para el mismo producto aunque escritas en diferentes fechas, la más reciente poco antes de Acción de Gracias. Diflucan. Marino no era farmacéutico, pero conocía el Diflucan, sabía lo que implicaba si la mujer que le gustaba tenía que usarlo.

Quizá Toni tenía un problema crónico de candidiasis, quizá le iba mucho el sexo, tal vez estuviera relacionado con tanto *jogging*. Llevar ropa estrecha que no transpiraba, como charol o vinilo. Que la humedad quedase atrapada era el peor enemigo, es lo que a Marino siempre le habían dicho, eso y no lavar la ropa con agua lo bastante caliente. Había oído de mujeres que metían las bragas en el microondas, y alguien con quien se veía en sus días de policía en Richmond había dejado de usarlas, pues afirmaba que la circulación del aire era la mejor prevención, lo que a él le parecía perfecto. Marino hizo inventario de todo lo que contenía el botiquín y la repisa de debajo del lavabo, cosméticos en su mayoría.

Seguía en el cuarto de baño tomando fotografías cuando apareció Mellnik, hablando al teléfono, e indicándole con el pulgar en alto que había localizado a la detective Bonnell.

Marino le arrebató el teléfono y respondió:

—Sí.

—¿En qué puedo ayudarte?

Una voz de mujer, agradable, grave, como le gustaba a Marino.

No conocía a Bonnell, nunca había oído hablar de ella hasta el día de hoy. Algo que no era sorprendente en un departamento de policía como el de Nueva York, con unos cuarenta mil polis, de los cuales unos seis mil eran detectives. Marino indicó a Mellnik con la cabeza que esperase en el vestíbulo.

—Necesito cierta información —dijo Marino al teléfono—. Trabajo con Berger y no creo que tú y yo nos hayamos conocido.

—Trato directamente con los fiscales del distrito. Que es probablemente por lo que tú y yo nunca nos hemos conocido.

—Nunca he oído hablar de ti. ¿Cuánto llevas en Homicidios?

—Lo bastante para evitar triangular.

—¿Eres matemática?

—Si Berger quiere información, que me llame.

Marino estaba acostumbrado a que la gente intentara evitarle para hablar directamente con Berger. Estaba acostumbrado a oír todo tipo de gilipolleces sobre por qué alguien tenía que hablar con ella y no podía hablar con él. Bonnell no llevaría mucho tiempo en Homicidios o no estaría tan agresiva y a la defensiva; o tal vez hubiera oído rumores y había decidido, antes de hablar directamente con él, que Marino no le gustaba.

—Verás, ahora está algo ocupada; es por eso que llamo en su nombre, mañana no quiere empezar el día con una llamada del alcalde preguntándole qué cojones hace para evitar males mayores a la industria turística, o lo que queda de ella. Una semana antes de Navidad una corredora es violada y asesinada en Central Park e igual ya no te traes a la mujer y los hijos aquí, para ver el desfile de las Rockettes.

—Supongo que Berger no ha hablado contigo.

—Sí, ha hablado conmigo. ¿Por qué crees que estoy en el apartamento de Toni Darien?

—Si Berger quiere información de mí, tiene mi teléfono. Estaré encantada de ayudarla en lo que necesite.

—¿Por qué me das largas? —Marino ya estaba cabreado y no llevaba ni un minuto al teléfono.

—¿Cuándo has hablado con ella por última vez?

—¿Por qué lo preguntas?

Pasaba algo; algo que Marino no sabía.

—Quizá sería de ayuda que respondieras a mi pregunta —dijo Bonnell—. Funciona en dos sentidos. Tú me preguntas. Yo te pregunto.

—Vosotros ni habíais despejado la escena del parque esta mañana cuando yo ya hablaba con ella. En cuanto se lo notificaron, me llamó por teléfono, ya que está a cargo de esta puta investigación. —Ahora era Marino el que parecía a la defensiva—. Llevamos todo el día hablando por el puto teléfono.

No era exactamente verdad. Había hablado con Berger tres veces, la última tres horas antes.

—Lo que intento decir —continuó Bonnell— es que igual tendrías que hablar con ella de nuevo, en lugar de hablar conmigo.

—Si quisiera hablar con ella, la llamaría. Te llamo a ti porque tengo que hacerte unas preguntas. ¿Algún problema con eso? —preguntó Marino, andando nervioso por el apartamento.

—Puede.

—¿Cómo has dicho que te llamas? Y no me des tus iniciales.

—L. A. Bonnell.

Marino se preguntó qué aspecto y qué edad tendría.

—Encantado de conocerte. Yo soy P. R. Marino. Como en «Relaciones Públicas», pero al revés, un talento especial que tengo. Sólo pretendo confirmar que no os habéis llevado el portátil y el móvil de Toni Darien. Que no estaban aquí cuando llegasteis.

—No estaban. Sólo los cargadores.

—¿Toni tenía un bolso de diario, una cartera? Aparte de un par de bolsos vacíos en el armario, no veo nada que pudiera llevar habitualmente. Y dudo que se fuera a correr con el bolso o la cartera.

Una pausa, después:

—No. No he visto nada así.

—Bueno, eso es importante. Parece que, si tenía un bolso o

una cartera, han desaparecido. ¿Os habéis llevado algo de aquí a laboratorio?

—Por el momento no consideramos el apartamento una escena del crimen.

—Curioso que lo hayáis descartado de forma terminante, que hayáis decidido categóricamente que no está relacionado en forma o modo alguno. ¿Cómo sabéis que la persona que la mató no es un conocido? ¿Alguien que ha estado en su casa?

—No la han matado dentro, no hay pruebas de que hayan forzado la puerta ni de que hayan robado o alterado nada —declaró Bonnell como si fuera un comunicado de prensa.

—Oye. Estás hablando con otro poli, no con los putos medios de comunicación.

—Lo único inusual es el portátil y el móvil desaparecidos. Y quizás el bolso y la cartera. Vale, reconozco que tenemos que resolver eso —dijo Bonnell en un tono menos rígido—. Ya trataremos esos detalles más tarde, cuando Jaime Berger haya vuelto y podamos sentarnos a hablar.

Marino no iba a ceder:

—Me parece que tendrías que estar más preocupada por el apartamento de Toni, preocupada de que alguien haya entrado para llevarse esas cosas que faltan.

—Nada indica que Toni no se llevó esos objetos. —Era evidente que Bonnell sabía algo que no iba a contarle por teléfono—. Por ejemplo, quizá llevaba el móvil encima mientras corría en el parque anoche y el agresor se lo quitó. Quizá cuando salió a correr lo dejara en otro sitio, la casa de una amiga, de un novio. Es difícil saber cuándo estuvo en casa por última vez. Hay muchas cosas difíciles de saber.

—¿Has hablado con testigos?

—¿Qué te crees que he estado haciendo? ¿Pasear por el centro comercial?

Bonnell también se estaba cabreando.

—Testigos de aquí, del edificio —dijo Marino, y tras una pausa que él interpretó como las nulas ganas de responder de ella, añadió—: Voy a transmitirle todo esto a Berger en cuanto acabe de hablar contigo. Te sugiero que me des los detalles, no me obligues a decirle a Berger que he tenido un problema de cooperación.

—Ella y yo no tenemos problemas de cooperación.

—Bien. Dejémoslo así. Te he hecho una pregunta. ¿Con quién has hablado?

—Con un par de testigos. Un hombre que vive en la misma planta dice que la vio llegar ayer, a última hora de la tarde. Dice que él acababa de llegar del trabajo y se iba al gimnasio cuando la vio subiendo la escalera. Toni abrió la puerta de su casa mientras él salía al rellano.

—¿Se dirigió hacia ella?

—Hay escaleras a ambos extremos del rellano. Él se fue por la escalera más próxima a su puerta, no la escalera más cercana a la de ella.

—Así que no se acercó, no la pudo ver bien; eso es lo que estás diciendo.

—Entraremos en detalles más tarde. Quizá, cuando vuelvas a hablar con Jaime, puedas decirle que tendríamos que sentarnos todos a hablar —respondió Bonnell.

—Tienes que contarme los detalles ahora, y eso es indirectamente una directiva de Berger. Intento imaginarme lo que acabas de describir. El tipo vio a Toni desde su extremo del rellano, a casi treinta metros de distancia. ¿Has hablado tú personalmente con el testigo?

—Una directiva indirecta. Ésa es nueva. Sí, he hablado personalmente con él.

—¿Su número de apartamento?

—Doscientos diez, a tres puertas de la víctima, a la izquierda. El otro extremo del pasillo.

—Haré una parada ahí cuando me vaya —dijo Marino mientras sacaba su informe plegado del RTCC para comprobar quién vivía en el apartamento 210.

—No creo que esté. Me dijo que salía de la ciudad aprovechando el puente. Tenía un par de maletas y un billete de avión. Me temo que andas algo desorientado.

—¿Qué quieres decir con «algo desorientado»?

Maldita sea. ¿Qué era lo que no le habían dicho?

—Me refiero a que tu información y la mía quizá difieran —replicó Bonnell—. Intento decirte algo, algo de tus directivas indirectas, y no prestas atención.

—Compartamos. Yo te cuento mi información y tú me cuentas la tuya. Graham Tourette —leyó Marino del informe del RTCC—. Cuarenta y un años, arquitecto. Mi información es lo que averiguo molestándome en mirar. No tengo ni idea de dónde sacas tu información, pero no me parece que te molestes en mirar.

—Graham Tourette es la persona con quien he hablado.
—Bonnell ya no estaba tan quisquillosa. Ahora su voz sonaba cauta.

—¿Este tal Graham Tourette era amigo de Toni?

—Ha dicho que no. Que ni siquiera conocía su nombre, pero está seguro de que la vio entrar en su apartamento ayer, a eso de las seis. Ha dicho que Toni llevaba el correo en la mano. Lo que parecían cartas, revistas y un folleto. No me gusta hablar de ello por teléfono y mi llamada en espera está que arde. Tengo que colgar. Nos reuniremos cuando Jaime vuelva.

Marino no había dicho que Berger no estaba en la ciudad. Empezaba a considerar que Bonnell había hablado con Berger y que no iba a contarle lo que se había dicho. Berger y Bonnell sabían algo que Marino desconocía.

—¿Qué folleto?

—Uno de color rosa muy vivo. Tourette ha dicho que lo reconoció a distancia porque a todos les llegó uno ese día... ayer.

—¿Has comprobado el buzón de Toni cuando estabas aquí?

—El encargado del mantenimiento lo ha abierto. Se necesita una llave. Toni llevaba las llaves en el bolsillo cuando la encontraron en el parque. Te lo expondré como sigue: tenemos una situación delicada entre manos.

—Sí, lo sé. Los homicidios sexuales en Central Park suelen ser situaciones delicadas. He visto las fotografías de la escena, no

—51—

gracias a ti. He tenido que conseguirlas de la Oficina del jefe de Medicina Forense, de sus investigadores. Tres llaves en un llavero con los dados de la suerte, que resultaron no serlo tanto.

—El buzón estaba vacío cuando lo he examinado esta mañana, con los de criminalística.

—Tengo el teléfono fijo de este Tourette, pero no el móvil. Envíame por correo electrónico lo que sabes de él, por si quiero hablarle. —Marino le dio su dirección—. Hay que echar un vistazo a lo que grabó la cámara de seguridad. Supongo que el edificio tiene una delante, o quizás haya alguna cerca que permita ver quién entraba y salía. Creo que sería una buena idea hablar con algunos de mis contactos del RTCC, pedirles que se conecten a esa cámara en directo.

—¿Para qué? —Bonnell ahora parecía frustrada—. Tenemos un poli ahí sentado veinticuatro horas al día. ¿Crees que alguien volverá a por más, que la casa está relacionada con el asesinato?

—Nunca se sabe quién decide pasar —replicó Marino—. Los asesinos son personas curiosas, paranoicas. A veces viven al otro lado de la puta calle o son el vecino de al lado. ¿Quién sabe? La cuestión es que si el RTCC puede conectar en directo con la cámara de seguridad, nos aseguramos de que el vídeo sea nuestro y no graban encima por error. Berger querrá el vídeo, lo que es una cuestión aún más importante. Querrá el archivo WAV de la llamada al 911 que hizo quienquiera que descubriese el cuerpo esta mañana.

—No hubo sólo una. Varias personas llamaron al pasar por delante, creían haber visto algo. Como el asunto ha llegado a las noticias, los teléfonos están que arden. Tenemos que hablar. Hablemos tú y yo. No vas a callarte, conque mejor que nos veamos cara a cara.

—También habrá que conseguir el listado de las llamadas de Toni y entrar en su correo electrónico —siguió Marino—. Con suerte habrá alguna explicación lógica para la desaparición del móvil y el portátil, puede que los dejara en casa de un amigo. Igual que el bolso y la cartera.

—Como he dicho, hablemos.

—Creía que eso ya lo hacíamos. —Marino no iba a permitir que Bonnell llevase la voz cantante—. Quizás aparecerá alguien que diga que Toni fue de visita, salió a correr y nunca volvió. Encontraremos su portátil y su móvil, encontraremos su bolso y su cartera, quizá me sienta un poco mejor. Porque ahora mismo no me siento muy bien. Habrás visto la fotografía enmarcada de Toni en la mesita, nada más cruzar la puerta. —Entró en la vivienda y volvió a coger la fotografía—. Participa en una carrera, lleva el dorsal número cuarenta y tres. Hay un par más en el cuarto de baño.

—¿Qué pasa con ellas?

—No lleva auriculares ni iPod en ninguna de las fotos. Ni tampoco veo nada así en el apartamento.

—¿Y?

—De eso se trata. Del peligro de tenerlo ya todo decidido. A los corredores de maratón, los que participan en carreras, no se les permite escuchar música. Está prohibido. Cuando vivía en Charleston, la maratón de los Marines siempre salía en primera página. Amenazaban con descalificar a los corredores si se presentaban con auriculares.

—¿Y adónde quieres ir a parar con eso?

—Si alguien viene por detrás y te golpea en la parte posterior de la cabeza, es muy posible que tengas más opciones de oírlo si no escuchas música a todo volumen. Y parece que Toni Darien no escuchaba música mientras corría. Pese a lo cual alguien consiguió llegar por detrás y golpearla en la cabeza sin que ella siquiera se volviese. ¿Te cuadra?

—No sabes si el asesino llegó por delante y ella se volvió, se agachó o intentó protegerse la cara. Y no la golpearon exactamente en la parte posterior de la cabeza, sino más bien en el lado izquierdo, bajo la oreja izquierda. Es posible que empezara a volverse, estuviera reaccionando, pero fue demasiado tarde. Quizás haces ciertas suposiciones porque te falta información.

—Por lo general, cuando una persona reacciona e intenta protegerse, su reflejo es alzar los brazos, las manos, y entonces recibe lesiones de defensa. En las fotos de la escena que yo he visto, Toni no las tiene, pero aún no he hablado con Scarpetta, y cuando lo haga, confirmaré este punto. Toni Darien no tenía ni idea y de pronto estaba en el suelo. Eso resulta un poco raro en alguien que corría de noche, alguien acostumbrado a estar al tanto de lo que sucede a su alrededor, porque corre con frecuencia y no lleva auriculares.

—¿Anoche participaba en una carrera? ¿Qué te hace pensar que nunca se ponía auriculares? Quizá los llevase anoche y el asesino se marchó con su iPod o su walkman.

—Todo lo que sé de los corredores de verdad es que no llevan auriculares estén o no en una carrera, sobre todo en la ciudad. Mira a tu alrededor. Dime cuántos corredores auténticos ves en Nueva York que lleven auriculares, para desviarse al carril de bicis, o dejarse atropellar por conductores, o dejarse atracar por la espalda.

—¿Tú te dedicas a correr?

—Oye. No sé qué información tendrás que evidentemente no compartes pero, según la mía, basada en observar lo que tengo delante de las narices, debemos evitar llegar a conclusiones precipitadas cuando no sabemos una mierda.

—Estoy de acuerdo. Es lo mismo que intento transmitirte, P. R. Marino.

—¿A qué responden las iniciales L. A.?

—Aparte de la ciudad de California, a nada. Si quieres llamarme algo que no sea Bonnell o gilipollas, puedes llamarme L. A.

Marino sonrió. Tal vez Bonnell no estuviese tan mal.

—Te propongo algo, L. A. Estaba a punto de ir a la bolera High Roller Lanes. ¿Por qué no nos vemos allí? ¿Juegas a los bolos?

—Creo que hay que tener un cociente intelectual por debajo de sesenta, o no te alquilan los zapatos.

—Es más bien setenta. Yo soy bastante bueno. Y tengo mis propios zapatos —replicó Marino.

3

A Scarpetta no le sorprendía que hoy Marino hubiese intentado contactar con ella. Tenía dos mensajes de voz y unos minutos antes también le había enviado un mensaje de texto plagado de sus típicos errores tipográficos, abreviaturas casi indescifrables y una completa falta de puntuación o mayúsculas, a menos que el BlackBerry se lo hiciese de forma automática. Marino aún tenía que averiguar cómo insertar símbolos o espacios, o posiblemente ni se molestaba en intentarlo.

```
    Berger fuera como sbes pro vuelve hoy qurra
dets
    d Darien y tengo algo q decir y mucho q preg
asi q llma
```

Marino le recordaba a Scarpetta que Jaime Berger estaba fuera de la ciudad. Sí, Scarpetta lo sabía muy bien. Cuando Berger regresara a Nueva York esta noche, seguían los jeroglíficos de Marino, esperaba conocer los resultados de la autopsia y todos los detalles que Scarpetta pudiese aportar, ya que sería la Unidad de Delitos Sexuales de Berger la que se haría cargo del caso. Bien. A Scarpetta tampoco hacía falta que le contaran eso. Marino también indicaba que tenía información y preguntas, y que lo llamase en cuanto pudiese.

Intentó responderle con un mensaje mientras entraba en su despacho, de nuevo disgustada con el BlackBerry que Lucy le había comprado dos semanas antes. Fue una sorpresa generosa y considerada que Scarpetta veía como un caballo de Troya, algo que le habían metido por la puerta trasera y que sólo le causaba problemas. Su sobrina había decidido que Berger, Marino, Benton y Scarpetta debían tener el último modelo del mismo PDA que Lucy poseía y se había tomado como una cuestión personal instalar un servidor para empresas, o lo que ella describía como un entorno autenticado bidireccionalmente con triple cifrado de datos y cortafuegos.

El nuevo artilugio tenía pantalla táctil, cámara, vídeo, GPS, reproductor, correo electrónico inalámbrico, mensajería instantánea... en otras palabras, más capacidades multimedia de las que Scarpetta tenía tiempo o interés en descubrir. No mantenía buenas relaciones diplomáticas con su Smartphone y estaba bastante convencida de que era mucho más listo que ella. Se detuvo para teclear en la pantalla LCD con los pulgares; con frecuencia tuvo que borrar y volver a teclear porque, a diferencia de Marino, ella no enviaba mensajes repletos de errores:

```
Llamo luego. Tengo que ver al jefe. Tenemos
problemas/asuntos pendientes.
```

Eso era todo lo específica que pretendía ser, pues desconfiaba enormemente de la mensajería instantánea, aunque cada vez le resultaba más difícil evitarla porque todo el mundo la utilizaba sin más.

Dentro de su despacho, el olor rancio de la hamburguesa con queso y patatas era repugnante; su almuerzo iba en camino de convertirse en objeto de interés arqueológico. Tiró la caja, sacó el cubo al otro lado de la puerta y empezó a bajar las persianas de las ventanas que daban a la escalera de entrada al edificio, donde solían sentarse los familiares y amigos de los pacientes cuando ya no soportaban esperar en el vestíbulo. Se detuvo a observar cómo Grace Darien entraba en el asiento trasero de un sucio Dodge Charger blanco, algo menos temblorosa, pero todavía desorientada y conmocionada.

Al ver el cuerpo casi se había desmayado y Scarpetta tuvo que acompañarla a la sala de familiares, donde se sentó con ella un buen rato, le preparó una taza de té y la cuidó lo mejor que pudo hasta sentir que la destrozada mujer era capaz de marcharse. Scarpetta se preguntó qué haría la señora Darien. Esperaba que el amigo que la había traído se quedara a su lado, que no la dejase sola. Quizá sus colegas del hospital cuidarían de ella y sus hijos llegarían pronto a Islip. Quizás ella y su ex marido zanjarían la disputa por los restos mortales y las pertenencias de su hija asesinada, decidirían que la vida era demasiado breve para el rencor y los conflictos.

Scarpetta se sentó ante su mesa, en realidad una improvisada terminal de trabajo que la rodeaba por tres lados; cerca había dos archivadores de metal que le servían de soporte para la impresora y el fax. Detrás había una mesa para su microscopio Olympus BX41, que conectado a un iluminador de fibra óptica y a una cámara de vídeo le permitía ver las muestras y las pruebas en un monitor, mientras reproducía las imágenes electrónicamente o las imprimía en papel fotográfico. Tenía al alcance de la mano un buen surtido de viejos amigos: *Cecil. Tratado de Medicina Interna*, la *Patología de Robbins*, el *Manual Merck*, Saferstein, Schlesinger, Petraco y unas pocas cosas más que se había traído de casa para que le hicieran compañía. Un equipo de disección de su época de estudiante de medicina en Johns Hopkins y otros objetos que le recordaban la larga tradición en medicina forense que la precedía. Balanzas de latón, un mortero y una mano de mortero. Botellas y recipientes de farmacia. Un equipo quirúrgico de campo de la guerra de Secesión. Un microscopio compuesto de finales del siglo XIX. Una colección de gorras e insignias de la policía.

Llamó al móvil de Benton. Saltó el buzón de voz, lo que solía indicar que Benton tenía el teléfono apagado porque estaba en un lugar donde no podía utilizarlo, en general la sala de reclusos de Bellevue, donde trabajaba como psicólogo forense. Llamó a su despacho y sintió que se le aligeraba el ánimo cuando él respondió.

—Sigues ahí —dijo ella—. ¿Quieres compartir un taxi?

—¿Intentas ligar conmigo?

—Se rumorea que eres bastante fácil. Me queda una hora más, debo hablar antes con el doctor Edison. ¿Cómo lo tienes tú?

—Una hora debería bastarme. —Sonaba apagado—. También tengo que reunirme con mi jefe.

—¿Estás bien?

Scarpetta se embutió el teléfono entre el hombro y la barbilla y entró en su correo electrónico.

—Es posible que tenga que matar a un dragón —dijo Benton con su voz familiar, tranquilizadora, de barítono, pero ella detectó un matiz de ansiedad y enojo. Últimamente lo detectaba a menudo.

—Creía que tu deber era ayudar a los dragones, no matarlos. Seguramente no me lo contarás.

—En efecto. No lo haré.

Le estaba diciendo que no podía contárselo. Posiblemente Benton tenía problemas con un paciente, algo que se volvía habitual. Desde el mes pasado, Scarpetta tenía la impresión de que Benton evitaba McLean, el hospital psiquiátrico afiliado a Harvard de Belmont, Massachusetts, donde tenían su hogar y de cuya plantilla él formaba parte. Actuaba de un modo más tenso y distraído de lo habitual, como si algo realmente lo estuviese corroyendo, algo que él no quería contar, insinuando que legalmente no le estaba permitido hacerlo. Scarpetta sabía cuándo preguntar y cuándo abandonar, y hacía tiempo que se había acostumbrado a cuan poco Benton podía compartir.

Eran las vidas que llevaban, repletas de secretos como habitaciones que tenían tanto de sombra como de luz. Su largo peregrinaje juntos estaba surcado de desvíos y destinos independientes no siempre conocidos por el otro, pero, por difícil que fuese para ella, en muchos sentidos era peor para él. Eran escasas las ocasiones en que no era ético para Scarpetta discutir los casos con su marido psicólogo forense y buscar su opinión y consejo, pero ella casi nunca podía devolverle el favor. Los pacientes de

Benton estaban vivos y gozaban de ciertos derechos y privilegios que los pacientes muertos de Scarpetta no tenían. A menos que alguien fuera un peligro para sí o para los demás, o estuviese condenado por un delito, Benton no podía hablar de esa persona con Scarpetta sin violar la confidencialidad del paciente.

—En algún momento tendremos que hablar de cuándo vamos a casa. —Benton había vuelto al tema de las vacaciones y de una vida en Massachusetts que se volvía cada vez más remota—. Justine pregunta si tiene que decorar la casa. Tal vez colgar unas luces blancas en los árboles.

—Es una buena idea que parezca que hay alguien ahí, supongo —dijo Scarpetta mientras echaba un vistazo a su correo electrónico—. Eso mantendrá alejados a los ladrones; por lo que he oído, los robos están en alza. Pongamos algunas luces. En los setos, quizá sólo a ambos lados de la puerta y en el jardín.

—Interpreto eso como que no haremos nada más.

—Así como están aquí las cosas, no tengo ni idea de dónde estaremos la semana que viene. Tengo un caso verdaderamente malo y hay gente peleándose.

—Tomo nota de eso. Luces para ahuyentar a los ladrones. El resto, para qué molestarse.

—Recogeré unas amarilis para el piso, quizás un pequeño abeto que luego podamos replantar —dijo Scarpetta—. Y, con suerte, quizá pasemos unos días en casa, si eso es lo que quieres.

—Yo no sé lo que quiero. Quizá deberíamos plantearnos quedarnos aquí. Entonces ya no habrá que tomar más decisiones. ¿Qué te parece? ¿Hecho? ¿Decidido? ¿Montamos una cena, o algo así? Jaime y Lucy. Y Marino, supongo.

—Supones.

—Claro, si quieres que venga.

Benton no iba a decir que él quería que Marino viniese. No quería. Para qué fingir.

—Trato hecho. Nos quedaremos en Nueva York —replicó Scarpetta, pero no se sintió bien al respecto. De hecho, empezaba a sentirse bastante mal, ahora que estaba decidido.

Pensó en su casa de dos plantas de 1910, estilo bungaló, una sencilla armonía de madera, yeso y piedra que le recordaba diariamente cuánto adoraba a Frank Lloyd Wright. Por un instante echó de menos su gran cocina con electrodomésticos industriales de acero inoxidable. Echó de menos el dormitorio principal, con sus claraboyas y su chimenea de ladrillo a la vista.

—Tanto da, aquí o en casa, siempre que estemos juntos —añadió ella.

—Oye, una pregunta: ¿has recibido alguna carta inusual, como una felicitación? ¿Algo que te hayan enviado a tu despacho de Massachusetts, o a la oficina del forense aquí en Nueva York, o a la CNN?

—¿Una felicitación? ¿De alguien en particular?

—Sólo me preguntaba si has recibido algo inusual.

—Correos electrónicos, felicitaciones electrónicas, casi todo lo que recibo de extraños lo envían a la CNN y, por fortuna, otras personas se encargan.

—No me refiero a correo de admiradores, sino a una felicitación de las que hablan, o cantan. No electrónica, de las de verdad.

—Suena como si tuvieras a alguien en mente.

—Sólo es una pregunta.

Sí tenía a alguien en mente. A una paciente. Tal vez el dragón que tendría que matar.

—No —respondió Scarpetta, mientras abría un correo electrónico del jefe. Bien. Estaba en su despacho y allí estaría hasta las cinco.

—No es necesario que hablemos más de ello. —Lo que significaba que Benton no iba a hablar más de ello—. Llámame cuando vayas a salir y te esperaré delante. Hoy te he echado de menos.

Benton se enfundó unos guantes de algodón y extrajo un sobre de FedEx y una felicitación navideña de la bolsa de pruebas donde los había guardado antes, ese mismo día.

Le inquietaba que le hubiesen enviado la inapropiada felicitación aquí, a Bellevue. ¿Cómo podía saber Dodie Hodge, a quien habían dado de alta en McLean cinco días antes, que Benton estaba ahora mismo en Bellevue? ¿Cómo tenía Dodie la menor idea de dónde estaba él? Benton había considerado varias posibilidades, se había obsesionado con eso todo el día; el espectro de Dodie le sacaba el poli que llevaba dentro, no el médico de salud mental.

Conjeturaba que Dodie, tras ver los anuncios televisivos de la aparición en directo de Scarpetta en *El informe Crispin* de esta noche, había supuesto que Benton acompañaría a su esposa, sobre todo con las fiestas tan próximas. Dodie habría deducido que si Benton iba a estar en la ciudad, pasaría por Bellevue, al menos para echar un vistazo al correo. También era posible que el estado mental de Dodie se hubiese deteriorado ahora que estaba en casa, que su insomnio hubiera empeorado o que simplemente le faltase la dosis de emoción que tanto ansiaba. Pero ninguna explicación satisfacía a Benton que, con el paso de las horas, se iba sintiendo más inquieto y alerta, en lugar de lo contrario. Le preocupaba que el gesto perturbado de Dodie no le cuadrase, que no fuese lo que él habría previsto, y que quizá no actuase sola. Y también se preocupaba de sí mismo. Parecía que Dodie había despertado en él ciertas inclinaciones y conductas inaceptables en su profesión. Y últimamente tampoco se había comportado como era propio de él. No lo había hecho.

No había nada escrito en el sobre rojo de la felicitación, ni el nombre de Benton, ni el de Scarpetta, ni el de Dodie Hodge. Hasta ahí, al menos todo cuadraba con lo que él sabía de ella. Mientras estuvo en McLean, Dodie se había negado a escribir. Se había negado a dibujar. Al principio, había declarado que era tímida. Luego decidió que la medicación que tomaba durante la hospitalización le provocaba temblores y había dañado su coordinación, de manera que le resultaba imposible copiar la secuencia más sencilla de elementos geométricos o relacionar números en cierto orden, o clasificar tarjetas o manipular bloques. Durante casi un mes, todo lo que había hecho era fingir, crear problemas, quejarse, sermonear, aconsejar, fisgonear, mentir y hablar con cualquiera que la escuchase, a veces a grito pelado. Nunca se cansaba de montar dramas para engrandecerse, ni de sus ideas mágicas; era la estrella de su propia película y su mayor admiradora.

No había un trastorno de la personalidad que Benton temiese más que el histrionismo, y desde el momento de la detención de Dodie en Detroit, Michigan, por hurto menor y alteración del orden público, el objetivo de todos los involucrados había sido conseguirle cuidados psiquiátricos, lo más lejos posible de ellos. Nadie quería tener nada que ver con esta mujer pomposa, que aullaba en la librería del Betty's Café que ella era tía de la estrella de cine Hap Judd, que estaba en su «lista gratuita» y que, por tanto, meterse cuatro DVD de Judd en los pantalones no era robar. Hasta la misma Betty se mostró más que dispuesta a no presentar cargos siempre que Dodie no volviera a pisar jamás su tienda, o Detroit, o el estado de Michigan. El trato era que Dodie estuviese hospitalizada un mínimo de tres semanas y, si lo acataba, se olvidarían del caso.

Ella había cooperado con la condición de que la admitiesen en McLean porque era donde iban los VIP, los ricos y famosos; porque estaba cerca de su propiedad de Greenwich, Connecticut, y también de Salem, donde le gustaba comprar artículos de brujería, dar conferencias y hacer rituales, así como ofrecer, a cambio de un precio, los dones del Oficio. Insistió en que, dado el dinero que iba a costarle la hospitalización privada, quería que la atendiese el experto forense más prominente y prestigioso, un varón con un doctorado como mínimo y formado en el FBI, que además tuviese una mentalidad abierta hacia lo sobrenatural y tolerancia hacia otras fes, la religión antigua incluida.

La primera elección de Dodie fue el psiquiatra forense Warner Agee porque había realizado perfiles criminológicos para el FBI, según ella, y también lo hacía en televisión. La petición fue denegada. Por un lado, Agee no estaba relacionado con el McLean y, por otro, la Oficina del Fiscal del Distrito de Detroit no quería asociarse en ningún modo con quien llamaban «el teledoctor forense». Que el nombre de Agee fuera conocido era suficiente para que Benton se largase en dirección contraria, independientemente de quién fuera la paciente: hasta tal punto despreciaba a ese hombre. Pero Benton tenía obligaciones profesionales hacia McLean y fue mala suerte por su parte ser el candidato obvio para la desagradable tarea de evaluar a esta mujer que afirmaba ser una bruja con parientes famosos. El objetivo era mantenerla fuera de los juzgados y fuera de la cárcel; aunque seguro que ninguna cárcel del planeta la querría.

Durante las cuatro semanas que había sido paciente de Benton, éste pasó todo el tiempo que le era posible en Nueva York, no sólo para estar con Scarpetta, sino para mantenerse lejos de Dodie. Se había sentido tan aliviado cuando le dieron el alta el pasado domingo por la tarde, que comprobó varias veces si la habían pasado a buscar para llevarla a casa, no a una propiedad en Greenwich, porque eso era otra mentira. La depositaron en una casa pequeña de Edgewater, Nueva Jersey, donde vivía sola, tras haber pasado por cuatro maridos, todos muertos o huidos años atrás. Pobres desgraciados.

Benton descolgó el teléfono, marcó la extensión del jefe de psiquiatría forense de Bellevue, el doctor Nathan Clark, y le preguntó si podía dedicarle unos minutos. Mientras esperaba, volvió a examinar el sobre de FedEx; algunos detalles seguían desconcertándole y preocupándole, y le impulsaban a actuar de modos que sabía inapropiados. No había dirección de remite en el albarán del transportista y la dirección de Benton en Bellevue estaba escrita con una caligrafía tan funcional y precisa que parecían caracteres de imprenta. Para nada lo que habría esperado de alguien como Dodie, que lo único que había escrito durante su estancia en McLean era un garabato largo y torcido con el que firmó varios formularios.

Sacó la gruesa tarjeta brillante del sobre: un Santa Claus grande y gordo era perseguido por una furiosa señora Claus armada con un rodillo, y la frase: «¡A quién llamas zorra...!» Abrió la felicitación y la voz grabada y desafinada de Dodie Hodge empezó a cantar, con la melodía de «A Holly, Holly Christmas»:

Felices Navidades tengas
y, si de mí te acuerdas,
pon muérdago donde te quepa
y un ángel de tu árbol cuelga.
¡Felices, Felices Navidades,
A Benton y Kay les desean!

Una y otra vez, la misma letra enloquecedora con voz entrecortada e infantil.

—No es exactamente Burl Ives —dijo el doctor Clark, entrando con el abrigo, su sombrero y una gastada cartera de cuero de correa larga, que a Benton le recordaba las sacas de los carteros en la época de los carromatos y el correo a caballo.

—Si puedes soportarlo, seguirá hasta que se acabe el tiempo de grabación. Exactamente cuatro minutos —dijo Benton.

El doctor Clark dejó sus pertenencias en una silla, se acercó a Benton y se inclinó para examinar la felicitación, posando ambas manos en el extremo de la mesa para mantener el equilibrio. Tenía poco más de setenta años y hacía poco le habían diagnosticado la enfermedad de Parkinson, un cruel castigo para un hombre de talento cuyo cuerpo siempre había sido tan ágil como su mente. Tenis, esquí, alpinismo, pilotar su propia avioneta; no había muchas cosas que no hubiese probado con éxito, su amor por la vida era ilimitado. Se habían burlado de él la biología, la genética, el entorno, quizás algo tan prosaico como la exposición a la pintura con plomo o las viejas cañerías; los radicales libres habrían dañado los ganglios basales de su extraordinario cerebro. Quién demonios sabía cómo había acabado Clark con semejante flagelo. Pero avanzaba con rapidez. Ya estaba encorvado y sus movimientos eran lentos y torpes.

Benton cerró la tarjeta y la voz de Dodie se interrumpió bruscamente a media canción.

—Fabricación casera, es evidente —dijo Benton—. En una típica felicitación con voz, el tiempo de grabación suele ser de diez segundos, cuarenta y cinco como mucho, pero nunca cuatro minutos. Por lo que sé, para componer una grabación más larga hay que comprar un módulo de voz vacío que tenga más memoria. Se pueden adquirir en Internet y te fabricas tu propia tarjeta de felicitación. Que es lo que ha hecho esta antigua paciente mía. O alguien lo ha hecho por ella.

Cogió la tarjeta con las manos, enfundadas en guantes de algodón blanco, y la volvió en diferentes ángulos para que el doctor Clark examinara los extremos y viese cómo los habían pegado cuidada y meticulosamente.

—Ella encontró esta tarjeta de felicitación, o alguien lo hizo —continuó Benton—, y luego grabaron la voz en un módulo que pegaron dentro. Después pegaron un papel blanco encima, posiblemente la página en blanco recortada de otra tarjeta de felicitación. Motivo por el cual el interior de esta tarjeta está en blanco. Dodie no escribió nada ahí. Dodie no escribió nada durante toda su estancia en McLean. Ella dice que no escribe.

—¿Grafofobia?

—Eso y la medicación, o al menos es lo que dice.

El doctor Clark se desplazó al otro lado de la mesa:

—Una perfeccionista que no soporta la crítica.

—Una falsa enferma.

—Ah. Trastorno facticio. ¿Por qué motivo? —El doctor Clark ya no confiaba en lo que Benton le decía.

—El dinero y la atención son dos motivaciones importantes. Pero quizás haya algo más. Empiezo a preguntarme quién y qué tuvimos en McLean durante un mes. Y por qué.

El doctor Clark se sentó despacio, con cuidado; el mínimo acto físico no era algo que pudiese hacer sin más. Benton reparó en cuánto había envejecido su colega desde el verano.

—Siento importunarte con eso. Sé que estás ocupado —añadió Benton.

—Nunca me importunas, Benton. Echaba de menos hablar contigo y he estado pensando que debía llamarte. Me preguntaba cómo estabas. —El doctor Clark lo dijo como si tuvieran asuntos que hablar y Benton se hubiera mostrado esquivo—. Así que ella se negó a hacer las pruebas de papel y lápiz.

—No hizo el Bender-Gestalt, ni la figura compleja de Rey-

Osterrieth, ni la sustitución de símbolos-dígitos, ni el test de cancelación de letras, ni siquiera el test del trazo.

—¿Y las pruebas de la función psicomotora?

—Ni el test de los cubos, ni el del tablero perforado, ni el de oscilación dactilar.

—Interesante. Nada que mida el tiempo de reacción.

—Su última excusa fue la medicación que tomaba; dijo que le provocaba temblores, que las manos le temblaban tanto que ni podía sostener un lápiz y no quería humillarse intentando escribir, dibujar o manipular objetos.

Benton no pudo evitar pensar en el estado del doctor Clark mientras explicaba las supuestas dolencias de Dodie Hodge.

—Nada que le exija llevar una acción física cuando se le pide, nada que pueda, en su opinión, incitar a la crítica o al juicio. No quiere que la midan. —El doctor Clark miró por la ventana, detrás de la cabeza de Benton, como si hubiese algo que mirar aparte de los ladrillos beige del hospital y el avance de la noche—. ¿Medicación?

—Ahora nada, supongo. No es exactamente cumplidora con las tomas y no le interesan las sustancias, a menos que la hagan sentir bien. Alcohol, por ejemplo. Durante su hospitalización tomaba Risperdal.

—Que puede causar discinesia tardía. Pero de forma atípica —consideró el doctor Clark.

—No tuvo espasmos musculares ni tics, salvo los que simulaba. Claro que ella afirma que su estado es crónico.

—Teóricamente podría ser un posible efecto permanente del Risperdal, sobre todo en mujeres de cierta edad.

—En su caso es simulación, sólo mentiras. Ella tiene algún plan. Gracias a Dios, seguí mi intuición e hice que grabasen todas mis sesiones con ella en vídeo.

—¿Y eso qué le pareció a ella?

—Interpretaba el papel que se le ocurría, según su estado de ánimo: seductora, caritativa o bruja.

—¿Temes que pueda ser violenta?

—Sufre obsesiones violentas, afirma tener recuerdos de excesos en cultos satánicos, que su padre mataba a niños en altares de piedra y tenía relaciones sexuales con ella. No hay pruebas de que ocurriese nada semejante.

—¿Y qué pruebas podría haber?

Benton no respondió. No le estaba permitido comprobar la veracidad de las afirmaciones de un paciente. Se suponía que él no podía investigar. Operar de este modo era contraintuitivo para él, era casi intolerable, y los límites no estaban claros.

—No le gusta escribir, pero le va el drama —dijo el doctor Clark, observándolo con detenimiento.

—El drama es el denominador común —replicó Benton, y supo que el doctor Clark ya se acercaba a la verdad.

Intuía lo que Benton había hecho; o que había hecho algo. Benton pensó que subconscientemente había orquestado la conversación sobre Dodie porque en realidad necesitaba hablar de sí mismo.

—Una sed insaciable de dramatismo y un trastorno del sueño que ha sufrido durante la mayor parte de su vida —siguió Benton—. Le hicieron pruebas en el laboratorio del sueño de McLean y parece ser que ha participado en varios estudios actográficos a lo largo de los años; es evidente que sufre un trastorno del ritmo circadiano y padece insomnio crónico. Cuanto más se agrava, más empeoran su criterio y su percepción, más caótico se vuelve su estilo de vida. Tiene un amplio repertorio de conocimientos; tiene un nivel de inteligencia entre brillante y superior.

—¿Alguna mejora con el Risperdal?

—Se estabilizó su estado de ánimo, menos hipomanía, dijo que dormía mejor.

—Si ha dejado la medicación, es muy probable que empeore. ¿Qué edad tiene?

—Cincuenta y seis.

—¿Bipolar? ¿Esquizofrénica?

—Sería más tratable si lo fuera. Trastorno de la personalidad eje dos, histriónica con rasgos de trastorno límite y antisocial.

—Encantador. ¿Y por qué se le prescribió Risperdal?

—Cuando ingresó el mes pasado, parecía sufrir ideas deli-
rantes y falsas, pero en realidad es una mentirosa patológica.

A continuación Benton le ofreció un breve resumen de la
detención de Dodie en Detroit.

—¿Alguna posibilidad de que te acuse de haber violado sus
derechos civiles, que afirme que la hospitalización se llevó a
cabo en contra de su voluntad, que diga que fue coaccionada y
forzada a tomar una medicación que la ha perjudicado de forma
permanente? —preguntó el doctor Clark.

—Firmó un acuerdo voluntario, se le facilitó un tocho con
sus derechos civiles, una notificación de sus derechos para consulta legal y todo lo demás. Por ahora, no es un litigio lo que me
preocupa, Nathan.

—No suponía que llevabas guantes de reconocimiento porque temes que te demanden.

Benton devolvió la felicitación y el sobre de FedEx a la bolsa
de pruebas y la selló de nuevo. Se sacó los guantes y los arrojó a
la papelera.

—¿Cuándo le dieron el alta de McLean? —preguntó el doctor Clark.

—La tarde del pasado domingo.

—¿La entrevistaste, hablaste con ella, antes de que se fuera?

—Dos días antes, el viernes.

—¿Y entonces no te dio ningún recuerdo, ninguna felicitación navideña, cuando podría haberlo hecho en persona y experimentar la gratificación de mirar tu reacción?

—No lo hizo. Habló de Kay.

—Comprendo.

Claro que lo comprendía. Sabía muy bien la clase de asuntos
que preocupaban a Benton.

El doctor Clark añadió:

—¿Es posible que Dodie seleccionara McLean porque sabía
de antemano que tú, el célebre marido de la célebre Kay Scarpetta, trabajaba allí? ¿Es posible que Dodie eligiese McLean
para poder pasar tiempo en exclusiva contigo?

—Yo no fui su primera opción.

—¿Quién lo fue?

—Otro.

—¿Alguien a quien yo conozca? —preguntó el doctor Clark, como si tuviese a alguien en mente.

—Conoces su nombre.

—Posiblemente dudas de que su primera opción fuese en realidad su primera opción, ya que los motivos y la sinceridad de Dodie están en duda. ¿Fue McLean su primera elección?

—Lo fue.

—Eso es significativo, ya que quizás el primer facultativo que eligió no tenía privilegios allí, a menos que formara parte del personal.

—Que es lo que pasó —dijo Benton.

—¿Ella tiene dinero?

—Supuestamente de todos los maridos por los que ha pasado. Se alojó en el pabellón, que es de pago y no lo cubre ninguna aseguradora, como bien sabes. Pagó en efectivo. Bueno, su abogado lo hizo.

—¿Cuánto es ahora? ¿Tres mil al día?

—Algo así.

—Pagó más de noventa mil dólares en efectivo.

—Un depósito al ingresar, después el resto cuando se le dio el alta. Una transferencia bancaria. Que realizó su abogado en Detroit.

—¿Vive ella en Detroit?

—No.

—Pero tiene un abogado allí.

—Eso parece.

—¿Qué hacía esa mujer en Detroit? Además de que la arrestaran.

—Dijo que estaba de visita. De vacaciones. Se hospedaba en el Gran Palais. Utilizaba su magia en las tragaperras y la ruleta.

—¿Apuesta mucho?

—Te venderá unos cuantos amuletos de la suerte, si eso te gusta.

—Parece disgustarte intensamente —observó el doctor Clark, con la misma expresión escrutadora en la mirada.

—No doy por hecho que yo no influyese en su elección de hospital. O Kay.

—Lo que oigo es que empiezas a temerlo —dijo el doctor Clark, quitándose las gafas para limpiarlas con su corbata de seda gris—. ¿Alguna posibilidad de que los últimos acontecimientos te vuelvan ansioso y desproporcionadamente descon-fiado de quienes te rodean?

—¿Te refieres a algunos acontecimientos en particular?

—Por qué no me lo dices tú.

—No estoy paranoico.

—Eso es lo que dicen los paranoicos.

—Me lo tomaré como una perla de tu humor mordaz.

—¿Cómo te va? ¿Aparte de esto? Han pasado muchas cosas por aquí, ¿verdad? Muchas cosas a la vez, este mes pasado.

—Siempre pasan muchas cosas.

—Kay ha aparecido en televisión y se ha expuesto a la mira-da pública. —El doctor Clark se puso las gafas—. También lo ha hecho Warner Agee.

Benton ya había anticipado que el doctor Clark mencionaría a Agee. Probablemente, Benton había estado evitando al doctor Clark. Probablemente, no. Lo había evitado. Hasta hoy.

—Se me ha ocurrido que reaccionarías al ver en las noticias a Warner, el hombre que saboteó tu carrera en el FBI, que saboteó toda tu vida porque quería ser tú —añadió el doctor Clark—. Ahora interpreta públicamente tu papel, metafóricamente ha-blando, asume el personaje de experto forense, de creador de perfiles del FBI, como su última oportunidad para alcanzar el estrellato.

—Hay muchas personas que hacen afirmaciones exageradas o falsas.

—¿Has leído su biografía en Wikipedia? Lo citan como uno de los padres fundadores de la elaboración de perfiles, y como tu mentor. Dice que durante la época que pasaste en la acade-mia del FBI, en la Unidad de Ciencias de la Conducta, y cuan-do iniciabas tu relación adúltera, y cito textualmente, con Kay Scarpetta, él trabajó con ella en varios casos célebres. ¿Es cierto que trabajó con Kay? Por lo que sé, Warner nunca ha elaborado perfiles para el FBI ni para nadie.

—No sabía que considerabas Wikipedia una fuente fiable —dijo Benton, como si fuese el doctor Clark quien difundiese estas mentiras.

—Eché un vistazo porque a menudo los individuos anónimos que contribuyen con información supuestamente objetiva a las enciclopedias *online* y otros sitios de Internet resultan tener también un gran y no tan imparcial interés en el tema del que escriben furtivamente. Resulta curioso que estas últimas semanas la biografía de Warner se haya editado y ampliado considerablemente. Me pregunto por quién.

—Quizá por la misma persona de la que habla. —Benton sentía el estómago tirante de resentimiento e ira.

—Supongo que Lucy podría descubrirlo, o ya lo sabe y podría eliminar esa falsa información. Pero es posible que no se le haya ocurrido comprobar ciertos detalles como he hecho yo, porque no has compartido con ella lo que sí has compartido conmigo acerca de tu pasado.

Benton no recordaba la última vez que se había sentido tan amenazado.

—Hay cosas mejores que perder el tiempo en individuos limitados que buscan atención desesperadamente. Lucy no tiene por qué malgastar sus recursos informáticos de investigación forense en cotilleos de Internet. Estás en lo cierto. No le he contado todo lo que te he contado a ti.

—Si no me hubieses llamado esta tarde, yo no habría tardado mucho en inventar alguna excusa para hablar contigo y poner todo esto sobre la mesa. Tienes todos los motivos para querer destruir a Warner Agee. Tengo motivos para esperar que superes tus deseos de hacerlo.

—No sé qué tiene esto que ver con lo que hablábamos, Nathan.

—Todo tiene que ver con todo, Benton. —Observándolo, leyéndolo—. Pero volvamos al tema de tu ex paciente Dodie Hodge, porque tengo la sensación de que está relacionada, en cierto modo. Me sorprenden varias cosas. La primera es la felicitación en sí, la evidente insinuación de violencia doméstica, de un hombre que degrada a una mujer llamándola zorra, la esposa que persigue al marido con la intención de golpearle con un rodillo, los matices sexuales. En otras palabras, una de esas bromas que no son divertidas. ¿Qué es lo que te dice Dodie?

—Proyección. —Benton se obligó a echar de la habitación la furia que sentía hacia Warner Agee—. Es lo que ella proyecta —se oyó decir en un tono razonable.

—Bien. ¿Y qué es lo que proyecta, en tu opinión? ¿Quién es Santa Claus? ¿Y quién es la señora Claus?

—Yo soy Santa Claus —respondió Benton, y la oleada ya pasaba. Le había parecido tan grande como un tsunami, luego retrocedió y casi había remitido. Se relajó un poco—. La señora Claus siente hostilidad hacia mí por algo que hice, que ella percibe como desagradable y degradante. Yo, Santa Claus, sólo dije «hola, hola, hola», pero ella interpretó que la llamaba zorra.

—Dodie Hodge percibe que es falsamente acusada, degradada, despreciada, trivializada. Sin embargo, sabe que su percepción es falsa. Ése es el trastorno de personalidad histriónica en funcionamiento. El mensaje obvio de la postal es que el pobre Santa Claus va a recibir una paliza porque la señora Claus ha malinterpretado terriblemente lo que él ha dicho, y es evidente que Dodie ha captado la broma o no hubiera escogido esa felicitación.

—Si la escogió ella.

—Sigues aludiendo a eso. La posibilidad de que cuente con ayuda. La posibilidad de un cómplice.

—La parte técnica del asunto —dijo Benton—. Entender de grabadoras, adquirirlas, montar el maldito artilugio. Dodie es impulsiva y busca la gratificación inmediata. Hay un grado de deliberación que no cuadra con lo que observé durante su estancia en el hospital. ¿Y cuándo ha tenido tiempo? Como he dicho, le dieron el alta el domingo pasado. La carta la enviaron ayer, miércoles. ¿Cómo supo que tenía que enviarla aquí? La dirección escrita a mano en el albarán es extraña. Todo es muy extraño.

—A ella le encanta dramatizar y la felicitación cantada es una interpretación. ¿No crees que eso encaja con sus tendencias histriónicas?

—Tú mismo has señalado que ella no ha presenciado la función. La función no es divertida si no hay público. No me ha visto abrir la felicitación, no sabe con certeza si lo he hecho. ¿Por qué no dármela antes de recibir el alta, hacerlo en persona?

—Así que alguien la incitó a hacerlo. Su cómplice.

—La letra me inquieta.

—¿Qué parte?

—Pon muérdago donde te quepa y un ángel de tu árbol cuelga —respondió Benton.

—¿Quién es el ángel?

—Dímelo tú.

—Podría ser Kay —el doctor Clark sostuvo la mirada—. Tu árbol podría ser una referencia a tu pene, a la relación sexual con tu esposa.

—Y una alusión a un linchamiento —añadió Benton.

4

El jefe de Medicina Forense de la ciudad de Nueva York estaba inclinado sobre su microscopio cuando Scarpetta llamó suavemente a la puerta abierta.

—¿Sabes lo que pasa cuando te ausentas de una reunión de personal? —dijo el doctor Brian Edison sin alzar la vista, mientras colocaba una muestra en la platina—. Que se habla de ti.

Scarpetta entró en el despacho y se sentó en una butaca frente a la mesa de su colega.

—No quiero saberlo.

—Bueno, debo matizar. El tema de la discusión no fuiste tú, per se. —Giró la silla para mirarla, su cabello blanco despeinado y su mirada intensa, como de halcón—. Sino tangencialmente: CNN, TLC, Discovery, todas las cadenas por cable habidas y por haber. ¿Sabes cuántas llamadas recibimos a diario?

—Estoy segura de que podrías contratar a otra secretaria sólo para eso.

—Cuando en realidad tenemos que dejar que la gente se marche. Personal auxiliar, técnicos. Hemos reducido los servicios de conserjería y seguridad. Dios sabe dónde acabará, si el Estado cumple con su amenaza y corta nuestro presupuesto otro treinta por ciento. No nos dedicamos al mundo del espectáculo. Ni queremos, ni nos lo podemos permitir.

—Si estoy causando problemas, lo siento, Brian.

Probablemente era el mejor patólogo forense que Scarpetta

conocía en persona y tenía perfectamente clara cuál era su misión, que en cierto modo difería de la de ella, y no había vuelta de hoja. Para Edison, la medicina forense era un servicio de la salud pública sin ninguna utilidad para los medios de comunicación que no fuera informar al público sobre asuntos de vida o muerte, como los riesgos para la salud y las enfermedades contagiosas, tanto si se trataba de una cuna de diseño peligroso o un brote del virus Hanta. No es que su percepción fuese incorrecta. Lo incorrecto era todo lo demás. El mundo había cambiado y no necesariamente para mejor.

—Intento navegar por una ruta que no he escogido —dijo Scarpetta—. Te mueves en el más elevado de los caminos en un mundo de caminos bajos. ¿Qué hacer, entonces?

—¿Bajar a su nivel?

—Espero que no creas que estoy haciendo eso.

—¿Cómo te sientes respecto a tu carrera en la CNN? —Edison cogió una pipa de brezo que ya no se le permitía encender en el interior del edificio.

—Sin duda, no lo considero una carrera. Es algo que hago para difundir información de un modo que creo necesario en esta época y en los tiempos que corren.

—Si no puedes vencerlos, únete a ellos.

—Lo dejaré si quieres, Brian. Te lo he dicho desde el principio. Nunca haría nada, al menos intencionadamente, para avergonzar esta oficina o comprometerla lo más mínimo.

—Bien, no es necesario darle vueltas al tema de nuevo. En teoría, no discrepo, Kay. El público está mal informado acerca de la justicia penal y de todo lo forense. Y sí, no entiende de escenas del crimen, de juicios, de legislación y de adónde se destinan los dólares de los impuestos. Pero no creo, de corazón, que aparecer en esos programas vaya a resolver el problema. Claro que es mi opinión y soy de opiniones bastante fijas, y de vez en cuando me siento obligado a recordarte los cementerios indios que no debes pisar. Hannah Starr es uno de ellos.

—Supongo que ése fue el tema que se discutió en la reunión de personal. La discusión que no trató de mí, per se.

—No veo esos programas. —Edison jugueteó con la pipa—. Pero los Carley Crispin, los Warner Agee del mundo parecen haber convertido a Hannah Starr en su monotema, como antes lo fueron Caylee Anthony o Anna Nicole Smith. Dios quiera que no te pregunten por nuestra corredora asesinada cuando aparezcas esta noche en televisión.

—El acuerdo con la CNN es que no hablo de casos en activo.

—¿Y qué me dices de tu acuerdo con la tal Crispin? Parece que no es célebre por atenerse a las reglas, y será ella quien tendrá la palabra esta noche, en directo.

—Me han pedido que hable de microscopía, específicamente del análisis del cabello.

—Eso está bien, probablemente sea útil. Sé que a muchos de nuestros colegas del laboratorio les preocupa que sus disciplinas científicas se consideren cada vez más secundarias, porque el público, los políticos, creen que el ADN es la lámpara de Aladino. Si la frotamos, se resuelven todos los problemas, y al infierno con las fibras, el cabello, toxicología, el análisis de documentos, hasta las huellas dactilares. —El doctor Edison devolvió la pipa a un cenicero que llevaba años sin ensuciar—. No hay problemas con la identificación de Toni Darien, supongo. Sé que la policía quiere hacer pública esa información.

—Hacer público su nombre no me supondría un problema, pero sin duda no hablaré de los detalles. Me preocupa que la escena del crimen fuera un montaje, que no se la asesinara donde la encontramos y que quizá no estuviese corriendo cuando la atacaron.

—¿En qué te basas?

—En varias cosas. La golpearon en la parte posterior del cráneo, un golpe en la porción inferior del temporal izquierdo. —Scarpetta se tocó la cabeza para mostrárselo—. Un periodo de supervivencia de quizás horas, como muestra la gran masa fluctuante y el tejido edematoso y hemorrágico por debajo del cuero cabelludo. Después, en cierto momento posterior a su muerte, le anudaron una bufanda alrededor del cuello.

—¿Alguna idea del arma?

—Una fractura circular conminuta que empujó múltiples fragmentos de hueso al cerebro. Fuese lo que fuese lo que la golpeó, tiene como mínimo una superficie redondeada de cincuenta milímetros de diámetro.

—No perforado, sino fragmentado —reflexionó el doctor Edison—. Así que no hablamos de algo como un martillo, no es algo redondeado de superficie plana. Y no será algo similar a un bate de béisbol, si la superficie es redonda y de cincuenta milímetros. El tamaño aproximado de una bola de billar. Siento curiosidad por lo que pueda ser.

—Creo que lleva muerta desde el martes —dijo Scarpetta.

—¿Empezaba a descomponerse?

—En absoluto. Pero la lividez estaba establecida, la pauta indica que el cuerpo estuvo boca arriba cierto tiempo después de la muerte, al menos doce horas, sin ropa, con los brazos a los lados, palmas hacia abajo. No es así como se la encontró, el cuerpo no tenía esa posición en el parque. Estaba tumbada boca arriba, pero tenía los brazos por encima de la cabeza, los codos algo doblados, como si la hubieran arrastrado o tirado de las muñecas.

—¿Rigor?

—Se rompió con facilidad cuando intenté mover las extremidades. En otras palabras, el rígor mortis se había completado y empezaba a disminuir. De nuevo, eso lleva tiempo.

—No habría sido difícil manipularla, trasladarla, y supongo que a eso te refieres. Que arrojaron el cuerpo al parque, lo que sería bastante difícil si hubiera presentado rigidez. ¿Deshidratación? ¿La que sería de esperar si hubiera estado bien conservada en un lugar fresco durante uno o dos días?

—Cierta deshidratación en los dedos, los labios y mancha negra esclerótica; tenía los ojos entrecerrados y la conjuntiva marrón, debido a la deshidratación. La temperatura axilar era de diez grados. Anoche la mínima fue de un grado y la máxima durante el día fue de ocho. La marca que dejó la bufanda es una abrasión seca marrón, circunferencial y superficial. No hay sufusión ni petequias en la cara ni en la conjuntiva. La lengua no sobresalía.

—Post mórtem, por tanto —concluyó el doctor Edison—. ¿Estaba la bufanda anudada en cierto ángulo?

—No. En el centro del cuello. —Scarpetta se lo mostró en el suyo—. Atada delante con doble nudo, que no corté, por supuesto. Lo retiré cortando la bufanda por detrás. No había respuesta vital, tampoco internamente. Los músculos hioideo, tirohioideo e infrahioideos estaban intactos y sin lesiones.

—Lo que subraya tu hipótesis de que quizá la asesinaran en otro lugar y luego la dejaran donde la hallamos, al límite del parque, a la vista de todos a la luz del día, tal vez para que la descubrieran rápidamente esta mañana, cuando la gente pasaba por allí. ¿Pruebas de que la ataran? ¿Agresión sexual?

—No hay contusiones ni marcas de ataduras visibles. No hay lesiones defensivas. Encontré dos contusiones en la cara interior de la parte superior de ambos muslos. La horquilla vulvar muestra abrasión superficial con sangrado muy leve y contusión adyacente. Los labios están enrojecidos. No hay secreciones visibles en el introito o en la bóveda vaginal, pero muestra una abrasión irregular en la pared posterior. He recogido un PERK.

Se refería al equipo de recuperación de pruebas físicas, que incluía muestras de ADN.

—También la he examinado con luz forense y he recogido todo lo que encontré, fibras incluidas, sobre todo del cabello —continuó Scarpetta—. Mucho polvo y desechos en el cabello, que he afeitado en la zona de la laceración. He observado con lupa varias motas de pintura, algunas incrustadas en la herida. Rojo vivo, amarillo vivo, negro. Veremos lo que dicen en rastros. He dicho a los de laboratorio que aceleren las cosas en la medida de lo posible.

—Creo que siempre se lo dices.

—Otro detalle de interés. Llevaba los calcetines en el pie equivocado.

—¿Cómo pueden estar unos calcetines en el pie equivocado? ¿Te refieres a que estaban del revés?

—Calcetines para correr, diseñados anatómicamente para encajar correctamente en el pie derecho y el pie izquierdo. Una L en el pie izquierdo y una R en el derecho. Los suyos estaban al revés, llevaba el calcetín derecho en el pie izquierdo y el izquierdo en el pie derecho.

—¿Es posible que se los pusiera ella y no lo advirtiese cuando se vestía? —preguntó el doctor Edison mientras se ponía la americana.

—Es posible, por supuesto. Pero si era tan detallista con su ropa de deporte, ¿se pondría los calcetines en el pie equivocado? ¿Y correría bajo la lluvia y el frío sin llevar guantes, ni algo para mantener las orejas calientes, y sin chaqueta, sólo con un polar? La señora Darien dice que Toni odiaba correr con mal tiempo. Tampoco sabía nada del extraño reloj que Toni llevaba puesto. Un reloj digital enorme, de plástico negro, con el nombre BioGraph grabado; es posible que sirva para recoger cierto tipo de datos.

El doctor Edison se puso en pie.

—¿Lo has buscado en Google?

—Y he dicho a Lucy que haga una búsqueda. Lo investigará con más detenimiento cuando los de ADN hayan terminado con él. De momento, nada de un dispositivo o reloj llamado BioGraph. Espero que alguno de los médicos de Toni, o algún conocido, sepa por qué lo llevaba y qué es.

—Te habrás percatado de que tu jornada a tiempo parcial se está convirtiendo en completa. —El doctor Edison cogió su maletín y recuperó el abrigo que tenía detrás de la puerta—. No creo que este mes hayas vuelto a Massachusetts ni una sola vez.

—Ha habido mucho ajetreo por aquí.

Scarpetta se levantó y empezó a recoger sus pertenencias.

—¿Quién te lleva las cosas allí?

—Todos los caminos llevan a Boston —dijo mientras se ponía el abrigo y salían juntos—. Una repetición de los viejos tiempos, lo que es una lástima. Mi oficina del distrito noreste, en Watertown, cerrará posiblemente en verano. Como si la de Boston no estuviese bastante saturada.

—Y Benton va de aquí a allá.

—Puente aéreo. A veces Lucy lo lleva en su helicóptero. Él pasa mucho tiempo aquí.

—Ayudarnos con el reloj, el BioGraph, es un detalle por parte de Lucy. No podemos permitirnos sus conocimientos informáticos. Pero cuando en ADN hayan terminado con él y si Jaime Berger no se opone, si hay datos dentro de ese artilugio me gustaría saber cuáles son. Tengo una reunión en el ayuntamiento por la mañana, con el alcalde y compañía. Nuestro negocio es malo para el turismo. Hannah Starr. Ahora Toni Darien. Ya sabes lo que voy a oír.

—Quizá deberías recordarles que, si siguen recortando el presupuesto, nuestro negocio será aún peor para el turismo porque nos será imposible hacer nuestro trabajo.

—Cuando empecé aquí, a principios de los noventa, el diez por ciento de todos los homicidios del país se cometían aquí, en Nueva York —recordó él mientras cruzaban el vestíbulo, con Elton John en la radio—. Dos mil trescientos homicidios en mi primer año. El año pasado tuvimos menos de quinientos, una disminución del setenta y ocho por ciento. Todo el mundo parece olvidarlo. Todo lo que recuerdan es el último asesinato espectacular. Filene y su música. ¿Debería quitarle la radio?

—Nunca lo harás.

—Tienes razón. Trabajar aquí es difícil y no hay mucho que te haga sonreír.

Salieron al viento gélido de la Primera Avenida y su ruidoso tráfico. Era hora punta, los taxis impacientes daban bocinazos y sonaban las sirenas de las ambulancias que corrían al hospital de Bellevue, a unas manzanas de distancia, y al vecino Centro Médico Langone. Eran más de las cinco y había oscurecido por completo. Scarpetta recordó que debía llamar a Benton y buscó el BlackBerry en el bolso.

Dodie Hodge y su Libro de Magia de tapa negra con estrellas amarillas. Lo llevaba a todas partes.

—Hechizos, rituales, amuletos, venta de cosas como pedazos de coral, clavos de hierro, bolsitas de seda con almendras de cumarú —contaba Benton al doctor Clark—. Tuvimos algunos problemas con ella en McLean. Otros pacientes y unos pocos empleados del hospital se tragaron lo de sus dotes espirituales y buscaron su consejo y sus talismanes por un precio elevado. Dodie afirma que tiene dotes paranormales y otros poderes sobrenaturales y, como es de esperar, hay personas, sobre todo las que tienen problemas, sumamente vulnerables a alguien así.

—Parece que no tenía dotes paranormales cuando robó esos DVD de la librería de Detroit. O habría previsto que la pillarían —dijo el doctor Clark, avanzando por la senda de la verdad, el destino justo delante.

—Si le preguntas, dirá que no los robó. Eran suyos por derecho, pues Hap Judd es su sobrino.

—¿Y ese parentesco es real, u otra falsedad? ¿O, en tu opinión, una idea delirante?

—No sabemos si está emparentada con él —respondió Benton.

—Parece bastante fácil averiguarlo.

—He llamado a la agente de Judd en Los Ángeles.

La declaración de Benton era una confesión. No estaba seguro de por qué acababa de ofrecerla, aunque había sabido desde el principio que lo haría.

El doctor Clark esperó, sin llenar el silencio, con los ojos fijos en Benton.

—La agente ni lo ha confirmado ni lo ha negado; ha dicho que no le estaba permitido hablar de la vida personal de Hap Judd. —Benton continuó mientras la oleada de ira regresaba, esta vez aún mayor—. Luego ha querido saber por qué indagaba acerca de alguien llamado Dodie Hodge, y el modo en que lo ha dicho me ha hecho pensar que sabía exactamente de quién le hablaba, aunque fingiese lo contrario. Era muy limitado lo que yo podía divulgar, claro está, por lo que simplemente he respondido que me había dado esa información e intentaba corroborarla.

—No has mencionado quién eras o el motivo de tu interés.

El silencio de Benton fue su respuesta. Nathan Clark conocía muy bien a Benton, porque éste se lo había permitido. Eran amigos. Quizá fuera el único amigo de Benton, el único a quien permitía entrar en sus zonas restringidas, el único además de Scarpetta, y hasta ella tenía sus límites, evitaba zonas que la asustaban, y todo aquello pertenecía a la zona que Scarpetta más temía. El doctor Clark le sacaba la verdad a Benton y Benton no iba a detenerle. Necesitaba hablar.

—Ése es el problema de ser un ex agente del FBI, ¿verdad? Es difícil resistirse al incógnito, a obtener información por los medios que sean. ¿Incluso después de cuántos años en el sector privado?

—Posiblemente haya creído que yo era periodista.

—¿Así es como te has identificado?

Ninguna respuesta.

—En lugar de especificar quién eres, de dónde llamabas y por qué. Pero eso habría sido una violación de la HIPAA —continuó el doctor Clark.

—Sí, lo habría sido.

—Lo que has hecho, no lo es.

Benton guardó silencio, permitiendo que el doctor Clark fuese tan lejos como quisiera.

—Seguramente tendremos que discutir en profundidad tu vínculo con el FBI. Ha pasado mucho tiempo desde que hablamos de esos años en que fuiste un testigo protegido y Kay creía que el cártel criminal de la familia Chandonne te había asesinado; la más oscura de las épocas, cuando vivías con una identidad falsa, vivías un horror que la mayoría de las personas ni acierta a imaginar. Quizá tú y yo deberíamos investigar cómo te sientes ahora respecto a tu pasado con el FBI. Quizá no sea el pasado.

—Eso pasó hace mucho tiempo. En otra vida. En otro FBI. —Benton no quería hablar de eso y lo había hecho. Había permitido que el doctor Clark profundizase—. Pero seguramente es verdad. Una vez policía...

—Siempre policía. Sí, me sé el tópico. Me atrevo a decir que esto es más que un tópico. Has admitido ante mí que hoy has actuado como un agente de la ley, como un policía, en lugar de como un médico de salud mental cuya prioridad es el bienestar de su paciente. Dodie Hodge ha despertado algo en ti.

Benton no respondió.

—Algo que nunca ha estado del todo dormido; sólo creías que lo estaba —continuó el doctor Clark.

Benton siguió callado.

—Así que, me pregunto, ¿cuál habrá sido el detonante? Porque Dodie no lo es. No es lo bastante importante; ella es más bien un catalizador. ¿Estás de acuerdo conmigo?

—No sé qué es Dodie. Pero tienes razón. No es el detonante.

—Me inclino a pensar que Warner Agee es el detonante —avanzó el doctor Clark—. Durante las últimas tres semanas ha sido un invitado habitual del mismo programa en que esta noche aparecerá Kay, promocionado como psiquiatra forense del FBI, el primer elaborador de perfiles, el experto supremo de todo lo psicopático y en serie. Es comprensible que te despierte sensaciones intensas. De hecho, en una ocasión me dijiste que te provocaba deseos homicidas. ¿Conoce Kay a Warner?

—No personalmente.

—¿Sabe ella lo que Agee te hizo?

—No hablamos de esa época. Hemos intentado dejarla atrás, empezar de nuevo. Hay mucho de lo que no puedo hablar pero, aunque pudiese, ella no quiere, prefiere que no lo haga. Sinceramente, cuanto más lo analizo, menos seguro estoy de lo que ella recuerda y me he cuidado mucho de presionarla.

—Quizá temas lo que sucedería si ella recordase. Quizá temes su ira.

—Tiene todo el derecho a sentirla. Pero Kay no habla de eso. Creo que es ella la que teme su propia ira.

—¿Y qué me dices de tu ira?

—La ira y el odio son destructivos. No quiero experimentar esos sentimientos.

La ira y el odio le estaban perforando el estómago, como si acabara de tragar ácido.

—Voy a suponer que nunca le has contado los detalles de lo

que te hizo Warner. Voy a suponer que verlo en televisión y en las noticias te ha afectado gravemente, ha abierto la puerta de una habitación en la que evitabas a toda costa entrar.

Benton no comentó nada.

—¿Te has planteado que Warner ha elegido deliberadamente el mismo programa en que aparece Kay porque disfruta de competir contigo? ¿No mencionaste que Carley Crispin estuvo insistiendo para que tú y Kay aparecierais juntos? Hasta creo que ha llegado a proponerlo en directo, creo haberlo visto u oído en alguna parte. Tú te negaste a aparecer en ese programa, y bien que hiciste. ¿Y luego qué sucede? Que aparece Warner en tu lugar. ¿Una conspiración? ¿Un complot de Warner contra ti? ¿Todo está vinculado a sus deseos de competir contigo?

—Kay nunca aparece en programas junto con otros invitados, no participa en debates, se niega a formar parte de lo que llama el famoseo televisivo, los debates de supuestos expertos que se gritan y discuten entre sí. Y casi nunca aparece en ese programa, *El informe Crispin*.

—El hombre que intentó robarte la vida después de tu regreso de los muertos se está convirtiendo en un experto famoso, se está convirtiendo en ti, el hombre que más ha envidiado. Y ahora aparece en el mismo programa, en la misma cadena, que tu mujer. —El doctor Clark insistió en la cuestión.

—Kay no aparece habitualmente en ese programa y nunca lo hace junto a otros invitados —repitió Benton—. Sólo es una invitada ocasional del programa de Carley; en contra de lo que le aconsejo, debo añadir. Ha aparecido en dos ocasiones como un favor al productor. Carley necesita toda la ayuda que pueda conseguir. Sus índices de audiencia están bajando; en realidad, más que un descenso es una caída en picado.

—Me alegra que no te muestres defensivo o evasivo al respecto.

—Me gustaría que Kay se mantuviera alejada, eso es todo. Lejos de Carley. Kay es demasiado amable, demasiado servicial, se siente en la obligación de enseñar al mundo. Ya sabes cómo es.

—Es fácil reconocerla, supongo. ¿Eso te resulta difícil? ¿Amenazador, quizá?

—Ojalá no apareciera en televisión, pero ella tiene que vivir su vida.

—Por lo que entiendo, Warner empezó a acaparar protagonismo hará unas tres semanas, aproximadamente cuando Hannah Starr desapareció. Con anterioridad a eso, estaba entre bastidores. Apenas aparecía en *El informe Crispin*.

—El único modo de que una persona sin interés o carisma, un don nadie, aparezca en televisión en horario de máxima audiencia es hablar con Carley con grosera impropiedad de un caso sensacionalista. Ser una puta zorra, en otras palabras.

—Es un alivio que no opines nada del carácter de Warner Agee.

—Está mal, muy mal. Hasta alguien tan capullo sabe que está mal —dijo Benton.

—Hasta ahora no has querido pronunciar su nombre o hablar directamente de él. Pero quizá nos estemos acercando.

—Kay desconoce los detalles de lo sucedido en esa habitación de motel de Waltham, Massachusetts, en 2003. —Benton miró al doctor Clark a los ojos—. Desconoce todos los detalles, las complejidades de la maquinaria, el diseño de la maquinaria que dirigió la operación. Cree que fui yo quien lo organizó y planeó todo, que eligió entrar en el programa de testigos protegidos, que fue idea mía, por completo, que yo elaboré el perfil del cártel Chandonne y que predije mi muerte, que todos los que me rodeaban morirían, a menos que el enemigo creyese que yo había muerto. De estar vivo, habrían venido a por mí, a por Kay, a por todos. Por supuesto. Pues bien, eso hice y fueron a por Kay de todos modos, Jean-Baptiste Chandonne la atacó y está viva de milagro. No es como yo lo hubiera manejado. Yo lo hubiera manejado como finalmente hice, eliminando a aquellos que intentaban eliminarme, que intentaban eliminar a Kay y a los demás. Habría hecho lo que tenía que hacer sin la maquinaria.

—¿Qué es la maquinaria?

—El FBI, el Departamento de Justicia, Seguridad Nacional, el Gobierno, cierto individuo que dio un consejo malicioso. La maquinaria que se puso en funcionamiento por ese maldito consejo, por un consejo interesado.

—El consejo de Warner. Su influencia.

—Hubo ciertas personas entre bastidores que influyeron en los de arriba. Una persona en concreto que me quería fuera de circulación, que quería castigarme.

—¿Castigarte por qué?

—Por tener la vida que ese individuo quería. Yo era culpable de eso, parece ser, aunque cualquiera que conozca mi vida se preguntará por qué alguien iba a quererla.

—Si conocen tu vida interior, quizá. Tus tormentos, tus demonios. Pero en la superficie eres bastante envidiable, da la impresión de que lo tienes todo. Atractivo, un pedigrí que incluye el dinero; estabas en el FBI, eras su estrella de los perfiles, y ahora eres un célebre psicólogo forense afiliado a Harvard. Y tienes a Kay. Comprendo que alguien codicie tu vida.

—Kay cree que fui un testigo protegido, que viví en el anonimato durante seis años y que, tras reaparecer, presenté mi dimisión al FBI.

—Porque te volviste contra el FBI y perdiste todo el respeto por la agencia.

—Algunas personas creen que ésa es la razón.

—¿Lo cree ella?

—Es posible.

—Cuando la verdad es que tú sentiste que el FBI se volvía en tu contra y que te había perdido el respeto. Que te traicionó porque Warner lo hizo.

—La agencia recabó opiniones de su experto y obtuvo información y consejo. Comprendo que hubiese preocupación por mi seguridad. Independientemente de cualquier influencia tendenciosa, aquellos en posición de decidir tenían buenas razones para estar preocupados. Y comprendo que estuvieran preocupados por mi estabilidad después de lo sucedido, después de todo por lo que pasé.

—¿Entonces crees que Warner Agee estaba en lo cierto respecto a los Chandonne y la necesidad de simular tu muerte? ¿Entonces crees que estaba en lo cierto respecto a tu estabilidad y la decisión de que ya no eras apto para el servicio?

—Sabes la respuesta. Yo estaba jodido. Pero no creo que las apariciones televisivas sean una cuestión de rivalidad hacia mí. Sospecho que hay algo más que no tiene relación alguna conmigo, al menos no directamente. Pero me habría resultado más fácil que nada me lo recordase, eso es todo. Habría estado mucho mejor sin eso.

—Es interesante. Warner ha estado muy callado, si no invisible, durante toda su prolongada y no particularmente notable carrera —dijo el doctor Clark—. Ahora, de pronto, aparece en todas las noticias nacionales. Lo admito, me siento desconcertado y perdido respecto a cuál puede ser el verdadero motivo. No estoy seguro de que seas tú, o al menos no eres sólo tú y su envidia o ansias de celebridad. Coincido contigo. Probablemente habrá algo más. Y bien, ¿qué puede ser? ¿Por qué ahora? Quizá sea sencillamente una cuestión de dinero. Tal vez, como mucha gente, tenga problemas financieros y, a su edad, eso da mucho miedo.

—Los programas de noticias no pagan a sus invitados —replicó Benton.

—Pero esas apariciones, si son lo bastante estimulantes y provocativas, si mejoran los índices de audiencia de un programa, abrirán la puerta a otras formas de conseguir dinero. Libros, asesoría.

—Es muy cierto que muchas personas han perdido su jubilación y buscan el modo de sobrevivir. Beneficio personal. Gratificación del ego. Me resulta imposible saber el motivo. Salvo que es evidente que Hannah Starr ha sido una oportunidad para él. Si ella no hubiera desaparecido, él no saldría en televisión, no recibiría toda esa atención. Como has dicho, antes de eso estaba entre bastidores.

—«Él.» Por fin has utilizado el pronombre. Hablamos de la misma persona, después de todo. Esto es progreso.

—Sí, él. Warner. Se encuentra mal. —Benton se sintió derrotado y aliviado a un tiempo. Sintió una profunda tristeza, se sintió vacío—. No es que antes estuviera bien. No es una buena persona, nunca lo ha sido, nunca lo será. Destructivo y peligroso y despiadado, sí. Un narcisista, un sociópata, un megalómano. Pero se encuentra mal y en esta etapa de su miserable vida es muy probable que se descompense aún más. Me aventuro a decir que le motiva su insaciable necesidad de validación, por aquello que percibe como recompensa si aparece en público con sus teorías obsoletas e infundadas. Y tal vez necesite dinero.

—Coincido en que está mal. Pero no quiero que lo estés tú.

—Yo no estoy mal. Admito que no me ha gustado ver su puta cara en todas las putas noticias y verlo llevarse los putos méritos de mi carrera sin siquiera mencionar mi nombre, el muy cabrón.

—¿Te sentirías mejor si supieras lo que opino de Warner Agee, a quien he visto más veces de las que me gusta recordar a lo largo de los años?

—Adelante.

—Siempre en reuniones profesionales, he visto que intentaba congraciarse o, mejor aún, rebajarme.

—Menuda sorpresa.

—Olvidemos lo que te hizo —continuó el doctor Clark.

—Eso nunca sucederá. Debería ir a la puta cárcel por eso.

—Probablemente debería ir al infierno por eso. Es un espanto de ser humano. ¿Qué me dices de la franqueza? Al menos hay algo bueno en hacerse viejo y romperse en pedazos, en preguntarse a diario si el día de hoy será peor, o quizá un poco mejor, si quizá no me caeré al suelo ni me derramaré el café en la camisa. La otra noche cambiaba de canal y ahí estaba él. No pude evitarlo. Tenía que mirar. Warner hablaba sin parar, soltaba una sarta de tonterías acerca de Hannah Starr. No sólo se trata de un caso sin resolver, es que a la mujer ni siquiera la han encontrado viva o muerta, y entretanto él especula sobre todas las cosas truculentas que un asesino en serie puede haberle hecho. Ese pobre idiota pomposo. Me sorprende que el FBI no haya encontrado un medio discreto de silenciar a ese cordero. Warner es un bochorno terrible, le está dando más que problemas a la Unidad de Análisis de Conducta.

—Nunca ha estado relacionado con la Unidad, ni tampoco con la Unidad de Ciencias de la Conducta cuando yo la dirigía. Eso es parte del mito que él se dedica a perpetuar. Nunca ha sido un agente del FBI.

—Pero tú sí. Y ahora no.

—Tienes razón. Ahora no.

—Así que recapitulemos y resumamos, y luego tengo que irme o me perderé una cita muy importante —dijo el doctor Clark—. La Oficina del Fiscal del Distrito de Detroit te pidió que elaborases una evaluación psicológica de esta acusada, Dodie Hodge, lo que no te daba derecho a empezar a investigarla por otros supuestos delitos.

—No, no tenía ese derecho.

—Recibir una felicitación navideña musical no te daba ese derecho.

—En efecto. Pero no es sólo una felicitación musical. Es una amenaza velada.

Benton no iba a ceder en ese punto.

—Eso depende del punto de vista. Es como demostrar que una imagen del test de Rorschach es un bicho aplastado o una mariposa. ¿Qué es? Sería posible afirmar que tu percepción de la felicitación como una amenaza velada es regresivo por tu parte, una clara evidencia de que tus años como agente de la ley, de exposición a la violencia y al trauma, han dado como resultado la sobreprotección de las personas que amas y un miedo subyacente, omnipresente, de que los cabrones van a por ti. El peligro es que seas tú quien acabe pareciendo que sufre un trastorno del pensamiento.

—Me guardaré mis trastornados pensamientos. No haré comentarios de personas que no tienen remedio y que son un fastidio.

—Buena idea. No es cosa nuestra decidir quién no tiene remedio o es un fastidio.

—Aunque sepamos que es verdad.

—Sabemos muchas cosas, muchas de las cuales desearía no saber. Llevo haciendo esto desde mucho antes que la palabra «perfil» existiera, cuando el FBI todavía utilizaba metralletas y estaba más empeñado en cazar comunistas que asesinos en serie. ¿Crees que estoy enamorado de todos mis pacientes? —Se levantó de la butaca, apoyándose en los reposabrazos—. ¿Crees que quiero al paciente con quien hoy he pasado varias horas? El querido Teddy, que juzgó de lo más razonable y útil verter gasolina en la vagina de una niña de nueve años. Como me explicó amablemente, para que no se quedara embarazada después de haberla violado. ¿Es él responsable? ¿Puede culparse a un esquizofrénico que nunca se ha tratado, él mismo víctima de abusos sexuales y de torturas durante su infancia? ¿Merece la inyección letal, el pelotón de fusilamiento, la silla eléctrica?

—Que se le culpe o se le considere responsable son dos cosas distintas —dijo Benton, y sonó su teléfono.

Respondió, con la esperanza de que fuera Scarpetta.

—Estoy aquí fuera —dijo la voz de ella en su oído.

—¿Aquí fuera? —Benton estaba alarmado—. ¿De Bellevue?

—He paseado un poco.

—Joder. Bien. Espera en el vestíbulo. No esperes fuera. Entra en el vestíbulo y ahora bajo.

—¿Algo va mal?

—Hace frío, un tiempo horrible. Ahora mismo bajo —dijo Benton, poniéndose en pie.

—Deséame suerte. Voy a Tennisport. —El doctor Clark se detuvo en el umbral, con el sombrero y el abrigo puestos, la bolsa colgando al hombro, como un cuadro de Norman Rockwell de un psiquiatra viejo y frágil.

—No te pases con McEnroe. —Benton empezó a meter las cosas en su maletín.

—La máquina lanzapelotas va muy lenta. Y siempre gana. Me temo que estoy llegando al final de mi carrera tenística. La semana pasada estaba en la pista, tenía al lado a Billie Jean King. Me caí y acabé cubierto de tierra roja de la cabeza a los pies.

—Eso te pasa por querer fardar.

—Yo estaba recogiendo pelotas con un tubo cuando tropecé con la maldita cinta y ahí estaba ella, inclinada sobre mí para ver si me encontraba bien. Vaya forma de conocer a una heroína. Cuídate, Benton. Recuerdos a Kay.

Benton se planteó qué hacer con la felicitación musical de Dodie y decidió meterla en el maletín, sin estar seguro de la razón. No podía mostrársela a Scarpetta, pero tampoco quería dejarla aquí. ¿Y si pasaba algo más? No iba a pasar nada más. Sólo estaba ansioso, agotado, perseguido por fantasmas del pasado. Todo iría bien. Cerró la puerta de su despacho y echó a andar a paso rápido, apresuradamente. Ningún motivo para estar ansioso, pero él lo estaba. Como no lo había estado desde hacía mucho tiempo. Tenía un mal presentimiento, su psique estaba magullada, la imaginaba amoratada y herida. «Son sensaciones recordadas, ya no son reales», se dijo, oyendo mentalmente su voz. Pasó mucho tiempo atrás. Eso fue entonces, y ahora nada va mal. Las puertas de sus colegas estaban cerradas, algunos se habían ido, otros estaban de vacaciones. Faltaba una semana para el día de Navidad.

Se encaminó al ascensor. La entrada de la zona de reclusos estaba al otro lado, el ruido habitual proveniente de esa dirección. Voces elevadas, algunas gritaban «Entramos», porque el guardia de la sala de control nunca abría las puertas lo bastante rápido. Benton alcanzó a ver a un recluso con el mono naranja de Rikers Island, con grilletes y escoltado, un poli a cada lado; probablemente habría simulado alguna enfermedad, quizás una autolesión, para pasar las vacaciones aquí. Se acordó de Dodie Hodge mientras entraba en el ascensor y las puertas de acero se cerraban. Se acordó de sus seis años de inexistencia, aislado y atrapado en un personaje que no era real, Tom Haviland. Seis años de estar muerto, debido a Warner Agee. Benton no soportaba cómo se sentía. Era espantoso querer herir a alguien y él sabía lo que era eso, lo había hecho más de una vez porque era su deber, pero nunca porque fantaseara al respecto, con un deseo cercano a la lujuria.

Deseó que Scarpetta hubiese llamado antes, que no hubiera esperado sola, de noche, en esta parte de la ciudad, que contaba con una cuota superior a la media de indigentes, drogadictos y graduados en psiquiatría, los mismos pacientes que entraban y salían hasta que el saturado sistema no podía encajarlos ya en ningún sitio. Entonces quizás empujaran a un pasajero a las vías del metro cuando pasaba un tren o atacasen a un grupo de desconocidos con un cuchillo, causando muerte y destrucción porque oían voces y nadie les escuchaba.

Benton recorrió rápidamente lo que parecían ser pasillos interminables; pasó la cafetería y la tienda de artículos para regalo, zigzagueando entre un flujo constante de pacientes, visitas y personal hospitalario ataviado con batas de laboratorio y ropas quirúrgicas esterilizadas. Las salas del Centro Hospitalario Bellevue se habían engalanado para las fiestas, con música alegre y adornos brillantes, como si en cierto modo eso hiciera que no estuviese mal estar enfermo, herido o ser un criminal demente.

Scarpetta lo esperaba cerca de las puertas de cristal de la entrada, abrigada con un largo abrigo negro y guantes negros de piel, y no lo distinguió entre la multitud cuando él se le acercaba, atenta a las personas que la rodeaban, a cómo algunas la miraban como si les resultase familiar. La reacción de Benton al verla era siempre la misma, una desgarradora combinación de emoción y tristeza, la emoción de estar a su lado ensombrecida por el dolor recordado, cuando creía que nunca volvería a estarlo. Siempre que la observaba en la distancia y ella no se percataba, Benton revivía todas las veces que lo hizo en el pasado, secreta y pausadamente; cómo la espió, cómo la deseó. A veces se preguntaba qué vida habría tenido ella si lo que creía hubiese sido verdad, si él estuviera muerto. Se preguntó si Kay estaría mejor. Tal vez. Él le había causado dolor y sufrimiento, la había puesto en peligro, la había herido, y no podía perdonárselo.

—Quizá deberías cancelar lo de esta noche —dijo Benton cuando estuvo a su lado.

Ella se volvió, sorprendida, feliz, sus intensos ojos azules como el cielo, sus pensamientos y sensaciones como el tiempo, luces y sombras, sol brillante y nubes y bruma.

—Deberíamos ir a cenar a un sitio bonito y tranquilo —añadió, tomándola del brazo, manteniéndola cerca, como si se necesitaran para conservar el calor—. Il Cantinori. Llamaré a Frank, a ver si nos hace un hueco.

—No me atormentes —dijo ella, el brazo rodeando la cintura de Benton—. *Melanzane alla parmigiana*. Un Brunello de Montalcino. Podría comerme tu parte y beberme toda la botella.

—Eso sería de una glotonería increíble. —La mantuvo protectoramente cerca mientras se dirigían a la Primera Avenida. Soplaba el viento y empezaba a llover—. Podrías cancelarlo, lo digo en serio. Dile a Alex que tienes la gripe.

Alzó el brazo para llamar a un taxi y se acercó uno a toda prisa.

—No puedo, y debemos ir a casa. Tenemos una teleconferencia.

Benton abrió la puerta trasera del taxi.

—¿Qué teleconferencia?

—Jaime. —Scarpetta se deslizó al otro extremo del asiento trasero y Benton subió tras ella. Dio la dirección al taxista y dijo a Benton que se abrochara el cinturón. Tenía la peculiar costumbre de recordárselo a la gente, aunque no fuera necesario hacerlo—. Lucy cree que podrán salir de Vermont dentro de un par de horas, que entonces el frente se habrá despejado al sur de Nueva York. Entretanto, Jaime nos quiere a ti, a mí, a Marino, a todos nosotros, al teléfono. Me ha llamado hará unos diez minutos, cuando te esperaba en la calle. No era un buen momento para hablar, por lo que desconozco los detalles.

—¿Ni la menor idea de lo que quiere? —preguntó Benton mientras el taxi doblaba por la Tercera Avenida y se dirigía al norte, los limpiaparabrisas arrastrándose ruidosamente en la lluvia brumosa, la parte superior de los edificios iluminados envuelta en un velo.

—La situación de esta mañana. —No iba a ser específica delante del taxista, independientemente de si entendía el inglés o podía oírlos.

—La situación en la que llevas todo el día metida.

Benton se refería al caso de Toni Darien.

—Ha habido un soplo esta tarde —dijo Scarpetta—. Parece que alguien vio algo.

5

La de Marino era una dirección desafortunada: el número de habitación 666 de Hogan Place 1. Le molestó más de lo habitual cuando él y L.A. Bonnell se detuvieron en el pasillo de baldosas grises y paredes cubiertas hasta el techo de archivadores de cartón; los tres seis de la puerta parecían una censura a su carácter, una advertencia que bien valía tener en consideración.

—Hum, bien —dijo Bonnell, alzando la vista—. Yo no podría trabajar aquí. Como mínimo, causa pensamientos negativos. Si la gente cree que algo trae mala suerte, por algo será. Me mudaría sin dudarlo.

Marino abrió la puerta beige, sucia alrededor del pomo, la pintura desconchada en los extremos, el aroma a comida china abrumador. Se moría de hambre, estaba impaciente por echar mano a sus crujientes rollitos de pato y las costillas a la barbacoa, y le gustaba que Bonnell hubiese pedido algo similar, teriyaki de ternera, fideos y nada crudo, nada de esa mierda de sushi que le recordaba al cebo para peces. Bonnell no era como la había imaginado; la creía menuda e inquieta, una fiera que podía tumbarte en el suelo y esposarte las manos a la espalda antes de que supieras lo que pasaba. Con Bonnell, sabías lo que pasaba.

Medía metro ochenta y tenía los huesos grandes, las manos grandes, los pies grandes y las tetas grandes; era la clase de mujer que podía tener a un hombre totalmente ocupado en la cama o darle una patada en el culo, como Xena, la princesa guerrera, vestida con traje chaqueta; sólo que Bonnell tenía los ojos azul hielo y el cabello corto, rubio claro, y Marino estaba bastante seguro de que era natural. Se había sentido orgulloso cuando estaba con ella en la bolera y vio que algunos de los tíos miraban y se daban codazos. Deseó haber podido jugar un poco para pavonearse.

Bonnell entró en el despacho de Marino con las bolsas de comida para llevar y dijo:

—Igual tendríamos que ir a la sala de juntas.

Marino no supo si lo decía por la puerta o por el hecho de que su despacho era un vertedero, y replicó:

—Berger llamará aquí. Es mejor que nos quedemos. Además, necesito el ordenador y no quiero que nadie escuche la conversación. —Depositó su maletín para escenas del crimen, una caja de aparejos de pesca de cuatro compartimentos color gris pizarra, perfecta para sus necesidades, y cerró la puerta—. Ya imaginé que te darías cuenta. —Se refería al número de la habitación—. No vayas a creer que es algo personal acerca de mí.

—¿Por qué iba a creer que era algo personal? ¿Decidiste tú el número del despacho?

Bonnell retiró unos papeles, un chaleco antibalas y la caja de aparejos de una silla, y se sentó.

—Imagina mi reacción cuando me enseñaron este despacho por primera vez. —Marino se acomodó tras varias cordilleras de objetos que había en su mesa de metal—. ¿Quieres esperar a comer después de la llamada?

—Buena idea.

Bonnell miró a su alrededor como si no hubiese espacio para comer, lo que no era verdad. Marino siempre podía encontrar un punto donde depositar una hamburguesa, un bol o una caja de poliestileno.

—Nos quedaremos aquí para la llamada y comeremos en la sala de juntas —dijo Marino.

—Mejor incluso.

—Tengo que admitir que casi lo dejé. Me lo planteé muy en serio. —Marino continuó su historia donde la había dejado—.

La primera vez que me enseñaron este despacho, pensé, vamos, estarás de coña.

Había creído de verdad que Jaime Berger le tomaba el pelo, que el número de la puerta era una muestra del humor enfermizo que abundaba en quienes trabajan en la justicia penal. Hasta se le ocurrió que quizá Jaime le estuviera restregando por la cara el motivo de que hubiese acabado con ella; que lo había contratado como un favor, que le daba una segunda oportunidad después de todo lo malo que Marino había hecho. Menudo recordatorio, cada vez que entraba en el despacho. Con todos los años que él y Scarpetta habían trabajado juntos y luego él la hirió de ese modo. Se alegraba de no acordarse demasiado, había estado jodido, borracho perdido, nunca había querido ponerle las manos encima, hacer lo que hizo.

—No me considero supersticioso —le decía a Bonnell—, pero me crié en Bayonne, Nueva Jersey. Fui a una escuela católica, me confirmaron, hasta fui monaguillo, lo que no duró mucho porque siempre me metía en peleas, empecé a boxear. No era el Sangrador de Bayonne, no le hubiera aguantado quince *rounds* a Muhammad Ali, pero un año fui finalista de los National Golden Gloves, pensé en hacerme profesional, pero en lugar de eso me hice poli. —Se aseguró de que Bonnell supiera unas cuantas cosas de él—. Nadie ha negado nunca que seis-seis-seis sea el símbolo de la Bestia, un número que debe evitarse a toda costa. Y siempre lo he hecho, sea en una dirección, un apartado de correos, una matrícula, la hora del día.

—¿La hora del día? —preguntó Bonnell, Marino no supo si divertida, pues su comportamiento era difícil de anticipar o descifrar—. No hay ninguna hora del día que sea las seis y sesenta y seis.

—Las seis y seis minutos del día seis del mes, por ejemplo.

—¿Por qué no te cambia Berger de despacho? ¿No hay otro lugar donde puedas trabajar?

Bonnell se metió la mano en el bolsillo, sacó una memoria USB y se la arrojó a Marino.

—¿Esto es todo? —Marino la enchufó en su ordenador—. ¿Apartamento, escena del crimen y archivos WAV?

—Todo salvo las fotografías que has tomado hoy allí.

—Tengo que descargarlas de la cámara. Nada que sea muy importante. Probablemente nada que no vieras tú cuando estuviste con los de criminalística. Berger dice que estoy en la sexta planta y que mi despacho es el 66 en secuencia numérica. Yo le dije, bueno, también está en el Apocalipsis.

—Berger es judía; no lee el Apocalipsis.

—Eso es como decir que si Berger no lee el periódico, ayer no pasó nada.

—No es lo mismo. El Apocalipsis no trata de algo que ha pasado.

—Trata de algo que va a pasar.

—Algo que va a pasar es una predicción, o la ilusión de que algo suceda, o una fobia —dijo Bonnell—. No es un hecho real.

Sonó el teléfono de la mesa.

Marino descolgó y dijo:

—Marino.

—Soy Jaime. Creo que ya estamos todos. —La voz de Jaime Berger.

—Precisamente hablábamos de ti —dijo Marino. Miraba a Bonnell, le resultaba difícil no hacerlo. Quizá porque era una mujer inusualmente grande, super *deluxe* en todos los sentidos.

—¿Kay? ¿Benton? ¿Todos seguimos ahí? —preguntó Berger.

—Aquí estamos. —Benton sonaba muy distante.

—Te pongo en altavoz —advirtió Marino. Pulsó un botón del teléfono y colgó—. La detective Bonnell, de homicidios, está conmigo. ¿Dónde está Lucy?

—En el hangar, preparando el helicóptero. Con suerte saldremos dentro de unas horas. Por fin ha parado de nevar. Si comprobáis vuestro correo electrónico, encontraréis dos archivos que Lucy ha enviado antes de irse al aeropuerto. Siguiendo el consejo de Marino, analistas del RTCC han entrado en el servidor que opera la cámara de seguridad situada frente el edificio de Toni Darien. Sin duda, todos sabéis que el Departamento de Policía de Nueva York tiene un acuerdo con la mayor parte de los proveedores de cámaras de seguridad para poder acceder a los registros de las grabaciones sin tener que localizar los administradores del sistema para las contraseñas. Resulta que uno de estos proveedores se encarga del edificio de Toni, por lo que el RTCC ha podido acceder al servidor de vídeo y ha examinado algunas de las grabaciones, centrándose prioritariamente en la última semana y comparando las imágenes con fotografías recientes de Toni, entre ellas la de su carnet de conducir y las que aparecen en Facebook y MySpace. Es increíble. El archivo llamado «Grabación 1», empezaremos por ahí. Ya lo he mirado, y también el segundo archivo; lo que he visto corrobora la información recibida hace unas horas que discutiremos con más detalle dentro de unos minutos. Tendríais que poder descargar el vídeo y abrirlo. Así que hacedlo ahora.

—Lo tenemos. —La voz de Benton, y no era agradable. Nunca lo era, últimamente.

Marino encontró el correo del que hablaba Berger y abrió el vídeo mientras Bonnell se levantaba de su silla y se acercaba a verlo, agachándose a su lado. No había audio, sólo imágenes del tráfico de la Segunda Avenida frente al edificio de ladrillo de Toni Darien; coches, taxis y autobuses al fondo, peatones vestidos para el clima lluvioso de invierno, algunos con paraguas, ajenos a la cámara que los grababa.

—Ahora aparece ella. —Berger siempre sonaba como si estuviera al mando, hasta cuando hablaba con normalidad, independientemente del tema—. Viste una parka verde oscuro con ribete de piel en la capucha. Lleva la capucha puesta, guantes negros y una bufanda roja. Un bolso de piel negro, pantalones negros y zapatillas de deporte.

—Estaría bien conseguir un primer plano de las zapatillas, para ver si son las mismas que calzaba esta mañana cuando la encontraron. —La voz de Scarpetta—. Unas Asics modelo Gel-Kayano, blancas con rayas rojas a los lados y talón rojo. Número 42.

—Aquí las zapatillas son blancas con algo de rojo —dijo Marino, consciente de la cercanía de Bonnell. Sentía su calidez en la pierna, junto al codo.

La figura de la parka verde estaba de espaldas, la cara no se veía por su posición respecto a la cámara y porque llevaba la capucha puesta. Dobló a la derecha y subió saltando los escalones mojados del portal con las llaves ya en la mano, lo que indicó a Marino que Toni era organizada y pensaba en lo que hacía, que estaba al tanto de lo que la rodeaba y era consciente de su seguridad. Toni abrió la puerta y desapareció en el interior. La hora grabada en el vídeo era las 17.47 del 17 de diciembre, el día anterior. Luego una pausa, y otra grabación de la misma figura de la parka verde con la capucha puesta, el mismo gran bolso negro al hombro, que salía del edificio, bajaba los escalones, doblaba a la derecha y se alejaba en la noche lluviosa. La hora grabada era las 19.01 del 17 de diciembre.

—Siento curiosidad. —Era Benton quien hablaba—. Puesto que no le vemos la cara, ¿cómo saben los analistas quién es?

—Me preguntaba lo mismo, pero creo que se debe a que las imágenes anteriores, que veréis en breve, muestran claramente que se trata de ella —respondió Berger—. Según los analistas del RTCC, lo que vemos ahora es la última imagen de Toni con vida. La última vez que se la grabó entrando o saliendo de su edificio. Parece que regresó a su apartamento y que estuvo allí poco más de una hora, luego se marchó. La pregunta es: ¿dónde estuvo después?

—Debo añadir —y era Scarpetta quien hablaba— que Grace Darien recibió un mensaje de Toni aproximadamente una hora después de este segundo fragmento del vídeo. Alrededor de las ocho de la noche.

—He dejado un recado en el contestador de la señora Darien. Conseguiremos su móvil para ver qué más encontramos ahí —dijo Marino.

—No sé si querréis profundizar en esto ahora. Pero la hora del mensaje de texto y de los vídeos se contradice con lo que he observado al examinar el cuerpo —apuntó Scarpetta.

—Centrémonos primero en lo que encontró el RTCC; luego pasaremos a los resultados de la autopsia —replicó Berger.

Berger acababa de decir que consideraba más importantes

los hallazgos del RTCC que los de Scarpetta. ¿Una declaración de un testigo y Berger ya lo tenía todo resuelto? Pero Marino no conocía los detalles, sólo lo que Bonnell le había contado, y había sido muy imprecisa; al final, había admitido haber hablado por teléfono con Berger y que Berger le había dicho que no contara a nadie ningún detalle de su conversación. Todo lo que Marino había logrado sacarle a Bonnell era que había aparecido un testigo cuya información dejaría «más claro que el agua» por qué el apartamento de Toni no guardaba relación con su asesinato.

—Mirando los vídeos, vuelvo a preguntarme qué pasó con su abrigo. La parka verde no está en su casa ni ha aparecido —dijo Marino.

—Si alguien tuviese el móvil de Toni —Scarpetta seguía con su tema—, esa persona podría haber enviado un mensaje de texto a cualquiera de los contactos de Toni, su madre incluida. No hace falta ninguna contraseña para enviar un mensaje de texto. Sólo necesitas el teléfono móvil de la persona a cuyo nombre quieres que aparezca el mensaje; en este caso, Toni Darien. Si alguien que tenía su teléfono revisó los mensajes que había enviado y recibido, esa persona sabría qué escribir y cómo escribirlo, si el objetivo era engañar a alguien para que creyese que ese mensaje era de Toni, si el objetivo era hacer creer que seguía viva anoche, cuando no era así.

—Según mi experiencia, no es habitual que los asesinatos se planeen tan inteligente o minuciosamente como sugieres —objetó Berger.

Marino no podía creérselo. Berger le estaba diciendo a Scarpetta que esto no era Agatha Christie, no era una puta novela policiaca.

—Habitualmente no haría esta observación —respondió Scarpetta, sin mostrar irritación alguna—, pero el homicidio de Toni Darien no tiene nada de habitual.

—Intentaremos rastrear de dónde se envió el mensaje de texto, la localización física —terció Marino—. Eso es todo cuanto podemos hacer. Es justificado plantearlo, ya que no hemos encontrado el móvil. Estoy de acuerdo. ¿Y si alguien lo tiene y esa persona envió el mensaje a la madre de Toni? Puede que suene descabellado, pero ¿cómo saberlo?

Deseó no haber dicho «descabellado». Sonaba como si criticase a Scarpetta o dudase de ella.

—Viendo el vídeo, también me pregunto cómo sabemos que la persona de la parka verde es Toni Darien. No se le ve la cara, en ninguno de los vídeos. —Era Benton quien hablaba.

—Sólo que parece de raza blanca. —Marino retrocedió para volver a comprobar la grabación—. Le veo la mandíbula y un poco de barbilla, porque lleva la capucha puesta y fuera está oscuro y ella no mira a la cámara. La cámara la graba de espaldas y Toni anda mirando el suelo. Tanto cuando entra en el edificio como cuando sale.

—Si abrís el segundo archivo que Lucy ha enviado con el título «Grabación 2», veréis imágenes de grabaciones previas, de días anteriores: mismo abrigo, misma figura, sólo que tenemos una visión clara de la cara de Toni.

Marino cerró el primer archivo y abrió el segundo. Entró en las diapositivas y empezó a mirar imágenes fijas de Toni frente al portal de su edificio, entrando y saliendo. En todas ellas llevaba una bufanda de color rojo vivo y la misma parka verde con ribete de piel, sólo que en estas imágenes no llovía y no llevaba la capucha puesta, y se le veía el cabello moreno, largo y suelto, cayéndole sobre los hombros. En varias de las imágenes vestía pantalones de *jogging* y, en otras, pantalones informales o tejanos, y en una llevaba mitones verde oliva y marrón claro, y en ninguna guantes negros o un gran bolso negro al hombro. En todas las ocasiones iba a pie, salvo una vez que llovía y la cámara la grabó subiendo a un taxi.

—Corrobora la declaración del vecino —dijo Bonnell, rozando el brazo de Marino, la tercera vez que lo hacía, apenas tocándolo, pero vaya si él lo notaba—. Ése es el abrigo que describió. Me dijo que llevaba un abrigo verde con capucha y que iba con el correo, que acabaría de sacar del buzón después de entrar en el edificio a las 5.47 de la tarde. Supongo que abrió el buzón, sacó lo que había y luego subió la escalera, que fue cuando la vio su vecino. Entró en el apartamento y dejó el correo en la encimera de la cocina, donde lo he encontrado esta mañana cuando he estado allí con los de criminalística. El correo no estaba abierto.

—¿Llevaba la capucha puesta dentro del edificio? —preguntó Scarpetta.

—El vecino no especificó. Sólo dijo que llevaba un abrigo verde con capucha.

—Graham Tourette —intervino Marino—. Tenemos que investigarlo y también al de mantenimiento, Joe Barstow. Ninguno está fichado salvo por infracciones de tráfico, pasarse un ceda el paso, matrícula no reglamentaria, un faro trasero roto, ir marcha atrás; ningún caso acabó en arresto. He dicho al RTCC que me consiga información de todos los que viven en el edificio.

—Graham Tourette especificó que él y su pareja masculina fueron al teatro anoche, alguien les había dado entradas para *Wicked*. Así que iré al grano y le preguntaré al doctor Wesley...

—Improbable. Muy improbable que un gay haya cometido este crimen.

—No he visto mitones en el apartamento —dijo Marino—. Y no estaban en la escena del crimen. Tampoco lleva guantes negros ni una bolsa negra en las imágenes anteriores.

—En mi opinión, es un homicidio de carácter sexual —añadió Benton, como si Marino no estuviera al teléfono.

—¿Indicios de agresión sexual en la autopsia? —preguntó Berger.

—Tiene heridas genitales; magulladuras, enrojecimiento, evidencia de algún tipo de penetración, de traumatismo.

—¿Fluido seminal?

—Yo no lo he visto. Esperemos a los hallazgos de laboratorio.

—La posibilidad que plantea la doctora es que quizá la escena del crimen y tal vez el mismo crimen sean un montaje —intervino Marino, que todavía se sentía mal por haber dicho «descabellado» poco antes, y esperaba que Scarpetta no creyese que implicara nada con ello—. En tal caso, podría ser un tipo gay, ¿verdad, Benton?

—Por lo que sé, Jaime —Benton respondió a Berger en lugar de a Marino—, sospecho que con los montajes se pretende ocultar la verdadera naturaleza y el motivo del crimen, así como cuándo se cometió, y la posible relación de la víctima con su agresor. En este caso, la puesta en escena tiene como propósito la evasión. Quienquiera que lo hizo teme que le atrapen. Y, reitero, el crimen tiene una motivación sexual.

—No parece que creas que fue un desconocido quien lo hizo —apuntó Marino, y Benton no respondió.

—Si lo que dice el testigo es verdad, me parece que eso es exactamente de lo que se trata —dijo Bonnell a Marino, tocándole de nuevo—. No creo que hablemos de un novio, quizá tampoco nadie que conociera antes de anoche.

—Necesitamos traer a Tourette para interrogarlo. Y al encargado del mantenimiento. Quiero hablar con los dos, sobre todo con el de mantenimiento, Joe Barstow —dijo Berger.

—¿Por qué sobre todo Joe Barstow? —quiso saber Benton, y sonaba algo cabreado.

Quizá Benton y la doctora no se llevaban bien. Marino no tenía ni idea de lo que les pasaba a ninguno de ellos, llevaba semanas sin verlos, pero le cansaba tener que comportarse de un modo antinatural para ser amable con Benton. Se estaba hartando de que le faltase siempre el respeto.

—Tengo la misma información del RTCC que Marino. ¿Te has fijado en el historial laboral de Barstow? —preguntó Berger a Marino—. Un par de empresas de alquiler de vehículos, taxista, y otros muchos trabajos, como camarero. Trabajó para una empresa de taxis hasta fecha tan reciente como 2007. Parece que ha hecho muchas cosas mientras estudiaba a tiempo parcial en la Manhattan Community College, entrando y saliendo durante los últimos tres años, por lo que veo.

Bonnell se había levantado, había abierto un cuaderno y permanecía de pie, junto a Marino.

—Intenta sacarse la licenciatura en artes visuales. Toca el bajo, antes tocaba en un grupo, le gustaría producir conciertos de rock y sigue esperando su gran oportunidad en el negocio de la música.

Bonnell leía sus notas, su muslo rozando a Marino.

—Últimamente ha trabajado media jornada en una productora —continuó Bonnell— haciendo trabajillos, casi todos de machaca de oficina, recados, lo que él llama ayudante de producción y yo recadero. Tiene veintiocho años. He hablado con él unos quince minutos. Afirma que sólo conocía a Toni de tratarla en el edificio, que él —cito textualmente— nunca había salido con ella, pero se había planteado invitarla a salir.

—¿Le has preguntado directamente si salía con ella o se lo había planteado? ¿O lo ha dicho por iniciativa propia? —preguntó Berger.

—Iniciativa propia. También por iniciativa propia ha dicho que llevaba varios días sin verla. Dice que estuvo toda la noche en su apartamento, le trajeron una pizza y miró la tele porque hacía mal tiempo y estaba cansado.

—Ofreciendo un montón de excusas —dijo Berger.

—Podría verse así, pero tampoco es raro en casos como éste. Todos se creen sospechosos. O en sus vidas hay algo que no quieren que sepamos —replicó Bonnell, hojeando el cuaderno—. La describió como simpática, alguien que no se quejaba mucho, y que él supiera no era de las que montaba fiestas o traía gente a casa, o (y cito textualmente de nuevo) muchos tíos. Lo noté muy alterado y asustado. No parece que ahora conduzca taxis —añadió, como si fuera un detalle importante.

—No lo sabemos con seguridad —dijo Berger—. No sabemos si tiene acceso a un taxi, podría hacerlo de forma extraoficial para no pagar impuestos, por ejemplo, como muchos de los taxistas de la ciudad que van por libre, sobre todo últimamente.

—La bufanda roja se parece a la que retiré del cuello de Toni —dijo Scarpetta, y Marino la imaginó sentada en alguna parte con Benton, mirando la pantalla del ordenador, probablemente en su piso de Central Park West, no lejos de la CNN—. Un rojo puro, intenso, confeccionado con un tejido tecnológico que, pese a ser fino, calienta mucho.

—Eso es lo que parece que lleva —dijo Berger—. Lo que los vídeos y el mensaje de texto enviado al móvil de su madre parecen establecer es que Toni estaba viva ayer cuando salió del edificio a las siete y un minuto y que seguía viva una hora después, a eso de las ocho. Kay, has empezado a decirnos que quizá tengas una opinión distinta de la hora de la muerte, distinta de lo que implican estos vídeos, por ejemplo.

—Mi opinión es que anoche no estaba viva.

La voz de Scarpetta tranquila, como si lo que acababa de decir no debiera sorprender a nadie.

—¿Entonces qué acabamos de ver? —preguntó Bonnell, frunciendo el ceño—. ¿A un impostor? ¿Alguien que lleva su abrigo y entra en su edificio? ¿Alguien que tenía llaves?

—¿Kay? ¿Recapitulamos? ¿Mantienes la misma opinión, ahora que has visto los vídeos? —preguntó Berger.

—Mi opinión se basa en mi examen del cuerpo, no en fragmentos de vídeo —respondió Scarpetta—. Y sus artefactos post mórtem, específicamente el lívor y el rígor mortis, sitúan el momento de la muerte mucho antes que anoche. Tan pronto como el martes.

—¿El martes? ¿Anteayer? —Marino estaba asombrado.

—Mi opinión es que recibió el golpe en la cabeza en algún momento del martes, posiblemente por la tarde, varias horas después de que comiera ensalada de pollo. Su contenido gástrico era lechuga romana, tomates y carne de pollo parcialmente digeridos. Después de que la golpeasen en la cabeza, la digestión se detuvo, de modo que la comida quedó sin digerir mientras moría, lo que creo que llevó cierto tiempo, quizás horas, según la respuesta vital a la herida.

—Tenía lechuga y tomates en la nevera —recordó Marino—. Así que es posible que comiese su última comida en el apartamento. ¿Estás segura de que no pudo hacerlo cuando estaba allí, cuando parece que estuvo allí durante una hora? ¿Durante el intervalo que acabamos de ver en el vídeo?

—Tendría sentido —terció Bonnell—. Comió y, varias horas después, a las nueve o a las diez, la agredieron cuando estaba fuera.

—No tiene sentido. Lo que vi al examinarla indica que no estaba viva anoche y que es muy improbable que estuviera viva ayer. —La voz tranquila de Scarpetta.

Casi nunca sonaba nerviosa o mordaz y nunca se daba ínfulas, y eso que tenía todo el derecho a dárselas. Según la experiencia de Marino, después de muchos años de trabajar juntos durante casi toda su carrera en una ciudad u otra, si un cadáver le decía algo a Scarpetta, era verdad. Pero lo estaba pasando mal con lo que la doctora decía ahora. No parecía tener ningún sentido.

—Bien. Tenemos muchas cosas que discutir —dijo Berger—. Vayamos por partes. Centrémonos en lo que acabamos de ver en estos vídeos. Asumamos que la persona de la parka verde no es un impostor, que es Toni Darien y que también envió anoche un mensaje de texto a su madre.

Berger no creía lo que afirmaba Scarpetta. Berger creía que Scarpetta estaba equivocada y, aunque pareciera increíble, Marino también se lo preguntaba. Se le ocurrió que quizá Scarpetta había empezado a creer en su propia leyenda, que se veía capaz de averiguar la respuesta a todo y nunca equivocarse. *El factor Scarpetta*. «Mierda», pensó Marino. Lo había visto una y otra vez, personas que creían lo que se decía de ellas y dejaban de trabajar de verdad, luego la jodían y acababan haciendo el ridículo.

—La cuestión es —continuó Berger—, ¿dónde estuvo Toni después de salir de su edificio?

—No en el trabajo —respondió Marino, intentando recordar si Scarpetta había cometido en alguna ocasión la clase de error que pone en tela de juicio a un experto, que hace que un caso se malogre en los tribunales.

No se le ocurría ni un solo ejemplo. Pero antes no era famosa ni salía constantemente en la tele.

—Empecemos con el trabajo, con High Roller Lanes. —La voz de Berger sonó alta y fuerte por el altavoz del teléfono—. Marino, empecemos por ti y la detective Bonnell.

Marino se sintió decepcionado cuando Bonnell se levantó para desplazarse al otro lado de la mesa. La detective simuló beber con un gesto de la mano, para preguntarle si quería la Coca-Cola *light*. Marino sintió algo distinto mientras la miraba, se fijó en el color de sus mejillas, el brillo de sus ojos, lo llena de energía que parecía. Aún sentía el roce de ella en su brazo aunque ya no la tenía cerca, sentía su firme redondez, el peso de ella contra él, e imaginó su cuerpo, la textura de su piel, y se notó atento y alerta como llevaba tiempo sin estarlo. Bonnell tenía que saber lo que hacía al rozarse con él.

—Primero, describiré el sitio, porque no es la típica bolera —dijo él.

—Es más tipo Las Vegas —añadió Bonnell, mientras abría la bolsa de papel, sacaba las dos Coca-Cola *light* y ofrecía una a Marino, los ojos tocando los suyos, brevemente, como chispas.

—Bien —empezó Marino, abriendo la lata. La cola salió a borbotones y se derramó por la mesa. Marino limpió el desaguisado con varias toallitas de papel y después se secó las manos en los pantalones—. Es una bolera de categoría. Luces de neón, pantallas de vídeo, sofás de piel y una sala espectacular con un bar enorme forrado de espejos. Más de veinte pistas, mesas de billar, un maldito código de cómo hay que vestirse. No se puede entrar ahí con pinta de colgado.

Había llevado a Georgia Bacardi a High Roller Lanes el pasado junio, para celebrar sus seis meses juntos. Era sumamente improbable que celebrasen los doce. La última vez que se vieron, el primer fin de semana del mes, ella había pasado de sexo. Le había dicho lo mismo de diez formas distintas: olvídalo. No se encontraba bien, estaba demasiado cansada, su trabajo en el Departamento de Policía de Baltimore era tan importante como el suyo, tenía sofocos, había otras mujeres en la vida de Marino y ella estaba harta de eso. Berger, Scarpetta, incluso Lucy. Con Bacardi, eran cuatro las mujeres en la vida de Marino y la última vez que había echado un polvo era el 7 de noviembre, hacía casi seis malditas semanas.

—Es un sitio precioso, como también lo son las mujeres que esperan mientras juegas a los bolos —continuó él—. Hay muchas que quieren entrar en el mundo del espectáculo, modelos, una clientela selecta, fotos de famosos, hasta en los aseos, al menos en los de hombres. ¿Hay en los de mujeres? —A Bonnell.

Ella se encogió de hombros y se quitó la chaqueta del traje, por si él tenía dudas de lo que había debajo. Marino miró. Miró sin tapujos.

—En el de hombres hay una fotografía de Hap Judd —añadió Marino, porque a Berger le interesaría—. Evidentemente no ocupa un puesto de honor; está en la pared, encima de un urinario.

—¿Sabes cuándo tomaron la foto y si es cliente habitual? —La voz de Berger.

—Lo es él y muchos otros famosos que viven en la ciudad o ruedan aquí. El interior es como uno de esos restaurantes con las paredes plagadas de fotografías. La de Hap Judd quizá sea del verano pasado. Nadie con quien hablé lo recordaba con precisión. Ha estado ahí, pero no es un cliente habitual.

—¿Y qué tiene de especial? —preguntó Berger—. No sabía que los bolos fuesen tan populares entre los famosos.

—¿Nunca has oído hablar de las campañas de beneficencia con famosos que juegan a los bolos?

—No.

—Muchos famosos juegan a los bolos, pero además High Roller Lanes está de moda —dijo Marino, que se sentía aletargado, como si la sangre se le hubiese escurrido de la cabeza en dirección sur—. El dueño es un tipo que tiene restaurantes, salas de juego, establecimientos de ocio, en Atlantic City, Indiana, el sur de Florida, Detroit, Luisiana. Se llama Freddie Maestro, es más viejo que Matusalén. Aparece en todas las fotos con los famosos, así que debe de pasar mucho tiempo en la ciudad.

Apartó los ojos de Bonnell para poder concentrarse.

—La cosa es que ahí nunca sabes a quién vas a conocer, a eso voy —continuó Marino—. Para alguien como Toni Darien, tal vez fuese parte de lo que le gustaba del sitio. Ella quería hacer dinero y ahí dan buenas propinas, y quería contactos, relacionarse. Su turno era el que yo llamaría de máxima audiencia. Noches, por lo general empezaba a las seis hasta la hora de cierre, a las dos de la madrugada, de jueves a domingo. O iba al trabajo andando o en taxi, no tenía coche propio.

Tomó un sorbo de Coca-Cola *light* sin despegar los ojos de la pizarra blanca que colgaba de la pared, junto a la puerta. Berger y sus pizarras blancas, todo con un código de color, los casos listos para los tribunales en verde, los que no en azul, las fechas de los juicios en rojo, quién está de guardia en admisiones de delitos sexuales en negro. Era más seguro mirar la pizarra blanca. Así pensaba mejor.

—¿A qué tipo de contactos te refieres? —La voz de Berger.

—Supongo que en un sitio de categoría como ése puedes conseguir lo que te dé la gana. Así que quizá Toni se cruzó con la persona equivocada.

—O tal vez High Roller Lanes no tuvo nada que ver. Podría no guardar ninguna relación con lo sucedido. —Bonnell dijo lo que creía, motivo por el que, probablemente, no le habían interesado las fotografías, ni los que jugaban en las grandes pantallas de vídeo, ni los ricos y famosos del establecimiento.

Bonnell estaba convencida de que el asesinato de Toni Darien era aleatorio, que la eligió un depredador, un asesino en serie al acecho. Quizá llevase ropa para correr, pero no era eso lo que hacía cuando acabó en el lugar y el momento equivocados. Bonnell dijo que Marino lo entendería cuando oyese la llamada del testigo al 911.

—Doy por supuesto que seguimos sin saber el paradero del móvil y el portátil. —La voz de Scarpetta.

—Y la cartera y el bolso —les recordó Marino—. Tampoco han aparecido. No estaban en el apartamento, tampoco en la escena del crimen. Y ahora me pregunto qué habrá sido del abrigo y los mitones.

—Los objetos perdidos concuerdan con la llamada al 911, la información que ha recibido la detective Bonnell —intervino Berger—. Lo que ha dicho un testigo. Posiblemente Toni subió a un taxi, llevaba esas cosas consigo por alguna razón, porque no iba a correr. Iba a hacer otra cosa, lo más probable pararse en algún sitio e ir a correr más tarde.

—¿Se han encontrado otros tipos de cargador, además de los del portátil y el móvil? ¿Algo más en el apartamento? —preguntó Scarpetta.

—Eso es todo lo que he visto —respondió Marino.

—¿Y un puerto USB, por ejemplo? ¿Cualquier cosa que indicase que tenía otro dispositivo que necesitaba recargarse, como el reloj que llevaba en la muñeca? Parece ser una especie de dispositivo para almacenar datos llamado BioGraph. Ni Lucy ni yo lo hemos encontrado en Internet.

—¿Cómo puede existir un reloj de ese nombre y que no esté en Internet? Alguien tiene que venderlo, ¿no? —dijo Marino.

—No necesariamente. —Cuando Benton le respondía, era siempre para mostrar su desacuerdo o dejarlo en mal lugar—. No si está en fase de investigación y desarrollo o es un proyecto clasificado.

—Así que quizá Toni Darien trabajaba para la puta CIA —espetó Marino.

6

Si el asesinato de Toni Darien era obra de una agencia de inteligencia, quienquiera que fuese responsable no iba a dejar un dispositivo de almacenamiento de datos en su muñeca.

Benton lo señaló con el tono neutro que utilizaba al hablar con personas que no le gustaban. Un tono árido, desabrido, que a Scarpetta le evocó la tierra agostada, la piedra, mientras permanecía sentada en el sofá de una habitación de invitados que Benton había convertido en su despacho en la parte trasera del piso, un bonito espacio con vistas a la ciudad.

—Propaganda. Para hacernos creer algo. En otras palabras, amañado —dijo la voz de Marino por el terminal de audioconferencia próximo al ordenador de Benton—. Sólo respondo a tu sugerencia de que podría formar parte de algún proyecto clasificado.

Benton escuchó, impasible, desde su butaca de piel, a su espalda una pared de libros organizados por tema, de tapa dura, algunos de ellos primeras ediciones, varios muy antiguos. Marino se había molestado y finalmente había saltado porque Benton lo había hecho quedar como un tonto, y cuanto más hablaba Marino, más tonto parecía. Scarpetta deseó que ambos dejaran de actuar como adolescentes.

—Si vamos por ahí, quizás ellos quisieran que encontrásemos el reloj porque, sea lo que contenga, es información falsa —siguió Marino.

—¿Quiénes son «ellos»? —preguntó Benton en un tono decididamente desagradable.

Marino ya se había hartado de defenderse y Benton ya no fingía que lo había perdonado. Como si lo que había ocurrido en Charleston hacía un año y medio fuese algo entre ellos y ya no guardase relación con Scarpetta. Típico de las agresiones, ella ya no era la víctima. Lo eran todos los demás.

—No lo sé, pero, para ser sincero, no deberíamos descartar nada. —La gran voz de Marino invadió el pequeño espacio privado de Benton—. Cuanto más se trabaja en esto, más se aprende a mantener una actitud abierta. Y hay un montón de mierda en el país, terrorismo, contraterrorismo, espionaje, contraespionaje, los rusos, los norcoreanos, de todo.

—Me gustaría apartarme de la hipótesis de la CIA. —Berger era seria y directa, y el giro que había dado la conversación estaba acabando con su paciencia—. No hay pruebas de que estemos ante un trabajo organizado de motivación política, o relacionado con el terrorismo o el espionaje. De hecho, hay muchas evidencias de lo contrario.

—Querría preguntar por la posición del cadáver en la escena del crimen —dijo la detective Bonnell con voz suave pero segura, y en ocasiones irónica y difícil de interpretar—. Doctora Scarpetta, ¿ha encontrado alguna indicación de que la hubieran agarrado de los brazos o arrastrado? Porque la postura me pareció extraña. Casi un poco ridícula, como si estuviera bailando «Hava Naguila», las piernas dobladas como una rana y los brazos hacia arriba. Sé que os parecerá extraño, pero es lo que se me ha pasado por la cabeza cuando la he visto.

Benton observó las fotografías de la escena del crimen.

—La posición del cuerpo es degradante, una burla. —Abrió más fotografías—. Está expuesta de un modo sexualmente gráfico que pretende mostrar desprecio y escandalizar. No se ha hecho esfuerzo alguno para ocultar el cuerpo, sino exactamente lo contrario. La posición está amañada.

—Aparte de la posición que has descrito, no había evidencias de que la hubieran arrastrado. —Scarpetta respondió a la pregunta de Bonnell—. No hay abrasiones posteriores, ni magulladuras en las muñecas, pero hay que tener en cuenta que no iba a mostrar respuesta vital a las lesiones. Una vez muerta, no mostraría moretones aunque la arrastraran de las muñecas. En general, el cuerpo estaba relativamente libre de lesiones, salvo por la herida de la cabeza.

—Asumamos que estás en lo cierto respecto a que llevaba cierto tiempo muerta. —Era Berger la que hablaba convincentemente desde el sofisticado altavoz negro que Benton usaba para las conferencias—. Pienso que quizás haya una explicación para eso.

—La explicación es lo que sabemos que le sucede al cuerpo tras la muerte —dijo Scarpetta—. Lo rápidamente que se enfría, el modo en que la sangre que no circula se deposita por una cuestión de gravedad en las partes declives y el aspecto que toma, y la rigidez característica de los músculos debida a la disminución del trifosfato de adenosina.

—Puede haber excepciones, sin embargo —objetó Berger—. Se ha comprobado que estos artefactos asociados con el momento de la muerte varían en gran medida en función de lo que la persona hacía justo antes de morir, las condiciones climatológicas, el tamaño corporal y cómo iba vestida, y hasta los fármacos que estuviese tomando. ¿Estoy en lo cierto?

—El cálculo del momento de la muerte no es una ciencia exacta.

A Scarpetta no le sorprendió en absoluto que Berger debatiese con ella. Era una de esas situaciones en que la verdad lo ponía todo mucho más difícil.

—Entonces es posible que ciertas circunstancias pudiesen explicar por qué la rigidez y la lividez cadavéricas de Toni parecían tan avanzadas —dijo Berger—. Por ejemplo, si hacía un gran esfuerzo, si corría, quizá si huía de su agresor cuando la golpeó en la cabeza. ¿Eso no explicaría un inicio inusualmente rápido del rígor mortis? ¿O un rigor instantáneo incluso, lo que se conoce como espasmo cadavérico?

—No, porque no murió de inmediato, después del golpe en

la cabeza —respondió Scarpetta—. Sobrevivió cierto tiempo, durante el cual no estuvo, en absoluto, físicamente activa. Habría estado incapacitada, básicamente en coma y agonizando.

—Pero si somos objetivos al respecto —como insinuando que quizá Scarpetta no lo era—, su lívor mortis, por ejemplo, no puede decirte exactamente cuándo murió. Hay muchas variables que pueden afectar la lividez.

—Su lividez no me dice exactamente cuándo murió, pero sí da una estimación. No obstante, me dice inequívocamente que la trasladaron. —Scarpetta empezaba a sentirse como un testigo en el estrado—. Posiblemente cuando la llevaron al parque, y es muy probable que quienquiera que lo hiciese no advirtiera que, al colocar los brazos del modo en que lo hizo, ofrecía una inconsistencia obvia. Los brazos no estaban por encima de la cabeza cuando se formó la lividez, sino junto a los costados, con las palmas hacia abajo. Tampoco hay hendiduras ni marcas de la ropa, pero sí hay palidez bajo la correa del reloj, lo que indica que estaba en su muñeca después de que el livor se intensificara y fijase. Sospecho que durante al menos doce horas después de la muerte estuvo completamente desnuda, salvo por el reloj. Ni siquiera llevaba los calcetines, que eran de un material elástico que hubiese dejado marcas. Cuando el asesino la vistió, antes de trasladar el cadáver al parque, puso los calcetines en el pie equivocado.

Les habló de los calcetines anatómicos que Toni usaba para correr y añadió que cuando los agresores visten a sus víctimas después del ataque, suelen dejar indicios reveladores. Los errores son frecuentes. Por ejemplo, las ropas están torcidas o del revés. O, en este caso, las prendas de la derecha y la izquierda se han invertido inadvertidamente.

—¿Por qué dejar el reloj? —preguntó Bonnell.

—No era importante para quien la desnudó. —Benton miraba las fotografías de la escena en su pantalla y amplió el reloj BioGraph que Toni llevaba en la muñeca izquierda—. Quitar joyas, excepto si el propósito es llevarse recuerdos, no tiene tanta carga sexual como quitar la ropa, exponer la piel desnuda.

Pero todo depende de lo que sea simbólico y erótico para el agresor. Y quienquiera que estuviera con el cuerpo no tenía prisa. No si lo retuvo durante día y medio.

—Kay, me pregunto si alguna vez has tenido un caso en que alguien llevara sólo seis horas muerto, pero aparentase cinco veces más tiempo.

Berger había tomado una decisión y estaba haciendo todo lo posible por influir en el testigo.

—Sólo en los casos en que el inicio de la descomposición se intensifica espectacularmente, como en un entorno tropical o subtropical muy caluroso. Cuando fui forense en Florida, la descomposición acelerada no era algo inusual. La observé a menudo.

—En tu opinión, ¿Toni sufrió una agresión de tipo sexual en el parque, o quizás en un vehículo, y después la trasladaron y colocaron como ha descrito Benton? —preguntó Berger.

—Siento curiosidad. ¿Por qué un vehículo? —preguntó Benton, reclinándose en la butaca.

—Estoy planteando la posibilidad de que fuera agredida sexualmente y asesinada en el interior de un vehículo y que luego el cuerpo fuera abandonado y dispuesto del modo en que se encontró —dijo Berger.

—No he observado nada, ni durante el examen externo ni durante la autopsia, que indique que fue atacada en el interior de un vehículo —respondió Scarpetta.

—Pienso en las lesiones que presentaría si el agresor la hubiese atacado en el parque, en el suelo —insistió Berger—. Me pregunto si, según tu experiencia, cuando alguien sufre una agresión sexual en una superficie dura, como un suelo de tierra, lo habitual es que se observen magulladuras y escoriaciones.

—Lo veo a menudo.

—A diferencia de una violación, por ejemplo, en el asiento trasero de un coche, cuando la superficie que hay debajo de la víctima es más clemente que la tierra helada cubierta de piedras, palos y otros desechos —continuó Berger.

—Me es imposible saber si fue atacada en un vehículo —repitió Scarpetta.

—Es posible que subiera a un vehículo, la golpearan en la cabeza y luego la persona la agrediese sexualmente, y la conservara cierto tiempo antes de arrojar el cadáver donde lo encontramos. —Berger no preguntaba. Afirmaba—. Y la lividez, la rigidez, la temperatura corporal son en realidad engañosas y confunden porque el cuerpo apenas estaba vestido y estuvo expuesto a temperaturas próximas a la congelación. Y si es verdad que tuvo una agonía prolongada, quizá de horas, debido a la herida en la cabeza... quizá la lividez se anticipara debido a eso.

—Hay excepciones a las reglas, pero no creo poder ofrecerte las excepciones que pareces buscar, Jaime —dijo Scarpetta.

—He llevado a cabo muchas investigaciones en la literatura a lo largo de los años, Kay. El momento de la muerte es algo que trato y que discuto en los tribunales con bastante frecuencia. He encontrado un par de datos interesantes. Casos de personas que sufren una agonía prolongada, debida a un fallo cardiaco o un cáncer, por ejemplo, en que el *lívor mortis* se inicia antes de que hayan muerto. Y, repito, también hay casos de personas que sufren un rígor instantáneo. De modo que, hipotéticamente, ¿y si por alguna razón inusual la lividez de Toni se desarrolló antes de que muriese y sufrió un rígor mortis instantáneo? Creo que eso es posible en muertes por asfixia, y Toni tenía una bufanda anudada al cuello, parece que fue estrangulada además de golpeada con un objeto contundente. ¿No sería posible que llevara muerta menos tiempo del que supones? ¿Quizá sólo unas horas? ¿Menos de ocho horas?

—En mi opinión, eso no es posible —respondió Scarpetta.

—Detective Bonnell, ¿tiene ese archivo WAV? —preguntó Berger—. Quizá pueda reproducirlo en el ordenador de Marino. Esperemos que pueda oírse por el altavoz del teléfono. Es la grabación de una llamada al 911 recibida hoy, a eso de las dos de la tarde.

—Ya está. Avisadme si no podéis oírlo —indicó Bonnell.

Benton subió el volumen del terminal cuando se inició la grabación:

—*Operador de la policía 5-1-5, ¿cuál es la emergencia?*

—Hum, la emergencia es por la mujer del parque que han encontrado esta mañana, en el extremo norte del parque, en la calle Ciento diez.

La voz sonaba nerviosa, asustada. Un hombre que parecía joven.

—¿A qué mujer se refiere?

—La mujer, hum, la corredora asesinada. Lo he oído en las noticias...

—Señor, ¿es esto una emergencia?

—Eso creo, porque he visto, creo que he visto, quién lo ha hecho. Yo conducía por la zona a eso de las cinco de la mañana y he visto un taxi amarillo que se detenía y un tipo ayudaba a salir del asiento trasero a una mujer que parecía borracha. Lo primero que he pensado es que era su novio, y que había salido de fiesta toda la noche. No pude verlo bien. Estaba oscuro y había niebla.

—¿El taxi era amarillo?

—Y ella estaba borracha, o sin sentido. Ha sido muy rápido y, como he dicho, estaba oscuro y había mucha niebla, era difícil ver con claridad. Yo pasaba en coche, en dirección a la Quinta Avenida, y alcancé a ver algo. No reduje la velocidad, pero sé lo que vi, y era sin duda un taxi amarillo. La luz del techo estaba apagada, como cuando los taxis están ocupados.

—¿Anotó el número de matrícula, o el número del taxi?

—No, no. No vi por qué hacerlo, hum, pero lo he visto en las noticias, dicen que era una corredora y yo recuerdo que la mujer parecía ir vestida con ese tipo de ropa deportiva. ¿Un pañuelo rojo, o algo así? Creo que vi algo rojo alrededor del cuello y que llevaba una sudadera de color claro, o algo similar, en lugar de un abrigo, porque vi enseguida que no iba muy abrigada. Según la hora que dicen que la encontraron, bueno, no fue mucho después de que yo pasara por ahí...

El archivo WAV se detuvo.

—Me avisaron y he hablado con este caballero por teléfono y lo investigaré en persona, también hemos hecho averiguaciones acerca de él —dijo Bonnell.

Scarpetta recordó el fragmento de pintura amarilla que había recuperado del cabello de Toni Darien, en la zona de la herida de la cabeza. Recordó haber pensado en el depósito de cadáveres, al observar la pintura con lupa, que el color le recordaba a la mostaza francesa y al amarillo de los taxis.

—Harvey Fahley, veintinueve años, director de proyectos en Kline Pharmaceuticals, Brooklyn —siguió Bonnell—. Tiene piso en Brooklyn y su novia vive en Manhattan, en Morningside Heights.

Scarpetta no sabía si la pintura era de automóvil. Podía ser de un edificio, un aerosol, una herramienta, una bicicleta, una señal de tráfico, de casi cualquier cosa.

—Lo que me ha contado concuerda con lo que dijo en la grabación del 911. Pasó la noche con su novia y volvía a casa; se dirigía a la Quinta Avenida y pensaba llegar al puente de Queensboro atajando por la 59, para arreglarse e ir a trabajar.

Tenía sentido que Berger se mostrara reacia a aceptar la hora de la muerte que defendía Scarpetta. Si el asesino era un taxista, parecía más plausible que estuviese al volante y divisara a Toni cuando estaba en la calle, caminando o corriendo, bien entrada la noche anterior. No era tan plausible que un taxista la hubiera recogido en algún momento del martes, quizá por la tarde, y que hubiese conservado el cuerpo hasta las cinco de la pasada madrugada.

Bonnell continuó:

—No hay nada sospechoso en lo que me ha contado ni tampoco nada en su historial. Lo más importante es su descripción de cómo iba vestida la mujer, de lo que vio cuando la ayudaban a salir del vehículo. ¿Cómo iba a saber esos detalles? No se han hecho públicos.

El cadáver no miente. Scarpetta recordó lo que había aprendido durante sus primeros años de formación: «No fuerces la evidencia para que encaje en el crimen.» Toni Darien no murió anoche. No importaba lo que Berger quisiera creer o lo que dijera un testigo.

—¿Ofreció Harvey Fahley una descripción más detallada

del hombre que supuestamente ayudaba a la mujer ebria a salir del taxi? —preguntó Benton, mirando al techo, las manos juntas, golpeándose las yemas con impaciencia.

—Un hombre vestido con ropa oscura, gorra de béisbol, quizá gafas. Su impresión fue que era un hombre delgado, de estatura media —dijo Bonnell—. Pero no lo vio bien, porque no redujo la velocidad y también por las condiciones climatológicas. Dijo que el mismo taxi le entorpecía la vista porque el hombre y la mujer estaban entre el taxi y la acera, lo que sería cierto si conduces por la 101 en dirección a la Quinta Avenida.

—¿Y el taxista? —preguntó Benton.

—No lo vio, pero supone que lo había.

—¿Por qué iba a suponer eso? —quiso saber Benton.

—La única puerta abierta era la trasera del lado derecho, como si el conductor siguiera al volante y el hombre y la mujer hubieran ocupado los asientos posteriores. Harvey ha dicho que si hubiera sido el conductor quien la hubiese ayudado a salir del vehículo, probablemente él se habría detenido. Habría supuesto que la señora estaba en apuros. No dejas a una persona ebria y sin sentido en la acera.

—Parece como si buscara excusas por no haberse detenido —dijo Marino—. No quiere pensar que lo que vio en realidad fue un taxista que dejaba a una mujer herida o muerta en la calle. Es más fácil creer que era una pareja que se había pasado toda la noche bebiendo.

—La zona que describe en la grabación del 911, ¿a qué distancia estaba de donde se encontró el cuerpo? —preguntó Scarpetta.

—A unos nueve metros —respondió Bonnell.

Scarpetta les contó lo del fragmento de pintura amarilla que había recuperado del cabello de Toni. Les advirtió que no dieran demasiada importancia al detalle, porque los rastros aún no habían sido analizados y también había encontrado fragmentos microscópicos negros y rojos en el cuerpo de Toni. La pintura pudo haberse transferido del arma que fracturó el cráneo de la joven. La pintura podía ser de otra cosa.

—Si estaba en un taxi amarillo, ¿cómo podía llevar muerta treinta y seis horas? —Marino puso voz a la obvia pregunta.

—Habría sido un taxista quien la mató —replicó Bonnell con más confianza de la que cualquiera de ellos tenía derecho a sentir en aquel momento—. Se mire como se mire, si lo que Harvey dice es verdad, tuvo que ser un taxista quien la recogió anoche, la mató y arrojó su cuerpo al parque esta madrugada. O la conservó cierto tiempo y luego la arrojó ahí, si la doctora Scarpetta está en lo cierto respecto a la hora de la muerte. Y el taxi relacionaría a Toni Darien con Hannah Starr.

Scarpetta había estado esperando esa suposición.

—Hannah Starr fue vista por última vez subiendo a un taxi amarillo —dijo Bonnell.

—No estoy preparada para relacionar el caso de Toni con el de Hannah —dijo Berger.

—El problema es que no digamos nada y vuelva a suceder. Entonces tendríamos tres —dijo Bonnell.

—No tengo ninguna intención de relacionar ambos casos en este momento —dijo Berger, como una advertencia: que a nadie más se le ocurriera plantear esa relación en público.

—No es necesariamente lo que creo, no respecto a Hannah Starr —continuó Berger—. Hay otros factores en su desaparición. Muchos elementos que he examinado señalan que es posible que se trate de un caso muy distinto. Y no sabemos si está muerta.

—Tampoco sabemos si alguien más ha hecho lo mismo que Harvey Fahley —apuntó Benton mirando a Scarpetta, diciéndolo por ella—. No conviene que otro testigo haga lo que ahora es habitual y, en lugar de acudir a la policía, vaya a una cadena de televisión. No querría encontrarme en un radio de diez kilómetros de la CNN o de otro mercado de medios, si se ha filtrado el detalle del taxi amarillo.

—Lo comprendo pero, haya o no sido así, mi ausencia del programa sólo empeoraría las cosas —dijo Scarpetta—. Sólo aumentaría el sensacionalismo. La CNN sabe que no voy a hablar de Toni Darien ni de Hannah Starr. No hablo de casos en activo.

—Yo no iría. —Benton la miró con intensidad.

—Está en mi contrato. Nunca he tenido problemas al respecto —le dijo ella.

—Estoy de acuerdo con Kay. Yo seguiría según lo previsto —terció Berger—. Si cancelas a última hora, sólo le darás a Carley Crispin algo de que hablar.

7

El doctor Warner Agee se sentó en la cama deshecha de su pequeña suite de antigüedades inglesas, las cortinas echadas para darle privacidad.

La habitación de su hotel estaba rodeada de edificios, las ventanas al alcance de todas las miradas, y le resultó inevitable acordarse de su ex esposa y lo que supuso para él verse obligado a encontrar otro sitio donde vivir. Le había horrorizado comprobar cuántos pisos del centro de Washington tenían telescopios, algunos decorativos pero funcionales, otros para la más seria observación. Por ejemplo, un soporte y un trípode para binoculares Orion instalados frente a una butaca reclinable que no daba a un río o al parque, sino a otro edificio. El de la inmobiliaria alardeaba de la vista mientras Agee miró directamente enfrente, donde alguien desnudo andaba por su piso con las cortinas descorridas.

¿De qué servían los telescopios y binoculares en las áreas congestionadas de grandes ciudades como Washington D.C. o aquí, en Nueva York, si no era para espiar, para el voyeurismo? Vecinos estúpidos que se desnudaban, copulaban, discutían y peleaban, se bañaban, se sentaban en el retrete. Si la gente creía que tenía privacidad en sus propios hogares o habitaciones de hotel, que se lo pensara dos veces. Depredadores sexuales, ladrones, terroristas, el gobierno... no dejes que te vean. No dejes que te oigan. Asegúrate de que no te vigilan. Asegúrate de que no te escuchan. Si no te ven ni te oyen, no pueden ir a por ti. Cámaras de seguridad en todas las esquinas, localizadores de vehículos, cámaras ocultas, amplificadores de sonido, escuchar conversaciones ajenas, observar a extraños en sus momentos más vulnerables y humillantes. Basta con que un fragmento de información llegue a las manos equivocadas para que tu vida cambie por completo. Si se quiere jugar a ese juego, hay que hacerlo antes de que otros te lo hagan. Agee siempre tenía las cortinas corridas y las persianas bajadas, incluso durante el día.

¿Sabes cuál es el mejor sistema de seguridad? Las persianas.

Un consejo que había dado a lo largo de toda su carrera.

Nunca se había dicho mayor verdad, y fue exactamente lo que le dijo a Carley Crispin la primera vez que se vieron en una de las cenas de Rupe Starr, cuando ella era secretaria de prensa de la Casa Blanca y Agee un asesor que se movía en diferentes órbitas, no sólo en la del FBI. Fue en el año 2000 y vaya bomba era ella, increíblemente atractiva, pelirroja, provocativa, inteligente y maliciosa cuando no hablaba con periodistas y podía decir lo que pensaba en realidad. Sin saber cómo, los dos habían terminado en la biblioteca de libros singulares de Rupe Starr, examinando tomos antiguos de algunos de los temas favoritos de Agee: el hereje volador Simón el Mago y el santo volador José de Cupertino, que irrefutablemente era capaz de levitar. Agee le habló de Franz Anton Mesmer y le explicó los poderes curativos del magnetismo animal, y después Braid y Bernheim y sus teorías sobre la hipnosis y el sueño nervioso.

Fue natural que Carley, dada su pasión periodística, se mostrara menos interesada en lo paranormal y más atraída por la estantería de álbumes de fotos, todos encuadernados en piel florentina, el fichero de delincuentes de los llamados amigos de Rupe, como Agee definió la sección más popular de la sala de libros raros y singulares. Durante horas prolongadas y solitarias en la tercera planta de la gran mansión, Agee y Carley examinaron con cinismo décadas de fotografías, sentados uno junto al otro, señalando a las personas que reconocían.

—Es asombroso los amigos que el dinero puede comprar, y él cree que lo son. Eso es lo que me parecería triste, si pudiera llegar a sentir lástima de un puto multibillonario —dijo Agee a alguien que no confiaba en nadie, porque era tan amoral y aprovechada como cualquiera de los conocidos de Rupe Starr.

Sólo que Rupe nunca había hecho ganar dinero a Carley. Ella era simplemente una atracción para los otros invitados, igual que Agee. No se podía ni conseguir una entrevista en el club especial de Rupe sin contar con un mínimo de un millón de dólares, pero era posible ser su invitado si le gustabas y te consideraba capaz de divertir, de un modo u otro. Te invitaba a cenas, a fiestas, como entretenimiento para sus verdaderos invitados. Los que tenían dinero que invertir. Actores, atletas profesionales, los genios más novedosos de Wall Street se dejaban caer por la mansión de Park Avenue y, por el privilegio de enriquecer aún más a Rupe, se mezclaban con otras lumbreras cuya materia prima no era el dinero. Políticos, presentadores de televisión, periodistas, forenses, abogados de los tribunales; cualquiera que saliese en las noticias o tuviese un par de buenas historias que contar, que encajasen con el perfil de aquel a quien Rupe quería impresionar. Investigaba a sus clientes potenciales para ver qué les conmovía y después se dedicaba a reclutar. No tenía que conocerte para incluirte en su lista de secundarios. Recibías una carta o una llamada telefónica. Rupert Starr solicita el placer de su compañía.

—Como arrojar cacahuetes a los elefantes —había dicho Agee a Carley, en una noche que nunca olvidaría—. Nosotros somos los cacahuetes, ellos los elefantes. Nosotros jamás seremos pesos pesados, ni aunque llegásemos a vivir tanto como los elefantes, y lo irónico del asunto es que algunos de estos elefantes no son lo bastante viejos para unirse al circo. Mira a éste. —Dio unos golpecitos a la fotografía de una joven de una belleza feroz, que miraba audazmente a la cámara con un brazo alrededor de Rupe. El año escrito en la página era 1996.

—Será una joven actriz. —Carley intentaba averiguar cuál.

—Inténtalo de nuevo.

—Vale, ¿quién es? Es bonita de una forma distinta. Como si fuera un chico muy guapo. Quizá lo sea. No, creo que veo pechos. Sí. —Movió la mano de Agee al girar la página, y el roce lo sobresaltó un poco—. Aquí hay otra. Sin duda no es un chico. Guau. Muy guapa, pese a la ropa de Rambo y la falta de maquillaje; tiene un cuerpo muy bonito, atlético. Estoy intentando recordar dónde la he visto.

—No la has visto y nunca lo adivinarás. —Dejó su mano donde estaba con la esperanza de que ella volviese a moverla—. Te doy una pista. FBI.

—Debe de ser del crimen organizado, si puede permitirse estar en la colección de estrellas de Starr. —Como si los seres humanos no se diferenciaran de los valiosos coches antiguos de Rupe—. Al otro lado de la ley, ésa es la única relación con el FBI que puede tener si es asquerosamente rica. A menos que sea como nosotros.

Se refería a la lista de segundones.

—No es como nosotros. Ella podría comprar esta mansión y aún le sobraría el dinero.

—¿Quién diantres es?

—Lucy Farinelli.

Agee encontró otra fotografía, esta de Lucy en el garaje de Starr, sentada al volante de un Duesenberg, resuelta a descifrar un bólido antiguo de valor incalculable que no dudaría en conducir, lo que quizás hizo ese día en concreto o cualquier otro, cuando estaba en la contaduría de Starr, contando su dinero.

Agee no lo sabía. No había coincidido en la mansión con Lucy, por la sencilla razón de que Agee sería la última persona invitada para entretenerla o complacerla. Como mucho, ella lo recordaría de Quantico, donde como niña prodigio ayudó a diseñar y programar la Red de Inteligencia Artificial contra el Crimen, a la que el FBI se refería simplemente como CAIN.

—Vale, sí sé quién es éste. —Carley estaba intrigada, ahora que había descubierto la relación de Lucy con Scarpetta, y sobre todo con Benton Wesley, que era alto y de atractivos rasgos muy marcados, como de granito—. Fue en quien se inspiró el actor de *El silencio de los corderos*. —Según ella—. ¿Cómo se llama, el que interpretaba a Crawford?

—Y una mierda. Benton ni estaba en Quantico cuando se rodó la película. Estaba trabajando sobre el terreno, en un caso, y hasta él te lo confirmaría, por muy arrogante y gilipollas que sea —dijo Agee, que sintió algo más que ira. Otras sensaciones se agitaban en su interior.

Carley estaba impresionada.

—Entonces los conoces.

—A toda la panda. Yo los conozco y, como mucho, quizás ellos sepan de mí, de oídas. No somos amigos. Bien, con excepción de Benton. Él me conoce bastante. La vida y sus relaciones disfuncionales. Benton se folla a Kay. Kay quiere a Lucy. Benton le consigue a Lucy unas prácticas en el FBI. Y Warner acaba puteado.

—¿Por qué te putearon?

—¿Qué es inteligencia artificial?

—Un sustituto de la verdadera.

—Verás, puede ser difícil si llevas esto. —Agee se tocó los audífonos.

—Pareces oírme bien, no sé a qué te refieres.

—Baste decir que me habrían confiado ciertas tareas, ciertas oportunidades, de no haber aparecido un sistema informático que las hiciese por mí —había dicho Agee.

Quizá fue el vino, un burdeos excelente, pero empezó a contar a Carley su injusta y poco satisfactoria carrera, y el precio que había pagado; la gente y sus problemas, los polis con sus traumas y su estrés, y los peores eran los agentes, a quienes no se les permitía ser humanos, que eran primero y ante todo FBI, y se veían obligados a descargarse en un psicólogo o psiquiatra designado por el FBI. Hacer de canguro, servir de consuelo, casi nunca consultado sobre casos criminales, nunca si causaban sensación. Ilustró sus palabras con una historia ambientada en la academia del FBI de Quantico, Virginia, en 1985, cuando un director adjunto llamado Pruitt había dicho a Agee que alguien que era sordo no podía ir a las cárceles de máxima seguridad a realizar entrevistas.

Un psiquiatra forense que utilizaba audífonos y leía los labios implicaba ciertos riesgos inherentes y, con toda franqueza, el FBI no utilizaría a alguien que podía malinterpretar lo que decían criminales peligrosos o que tenía que pedirles continuamente que repitiesen lo que habían dicho. ¿O si ellos malinterpretaban lo que Agee les decía? ¿Y si malinterpretaban lo que Agee hacía, un gesto, el modo en que cruzaba las piernas o ladeaba la cabeza? ¿Y si a algún esquizofrénico paranoico que acababa de descuartizar a una mujer y sacarle los ojos no le gustaba que Agee le mirase los labios?

Fue entonces cuando Agee supo quién era él para el FBI, quién sería siempre para el FBI. Un discapacitado. Alguien imperfecto. Alguien que no imponía lo suficiente. La cuestión no era su capacidad para evaluar asesinos en serie; la cuestión eran las apariencias, cómo iba a representar a la Todopoderosa Agencia. La cuestión era que lo consideraban una vergüenza. Agee había dicho a Pruitt que entendía la situación y que haría lo que el FBI necesitase, por supuesto. Era hacerlo a su modo o de ninguno, y Agee siempre había querido acercarse a la lumbre del FBI, desde que era un frágil niñito que jugaba a policías y ladrones, al ejército y Al Capone, y disparaba pistolas de juguete que apenas alcanzaba a oír.

El FBI podía utilizarlo para uso interno, le dijeron. Episodios críticos, gestión del estrés, la Unidad de Protección de los Agentes Secretos, básicamente servicios psicológicos para los que mantienen la ley y el orden, sobre todo para los agentes que salen de misiones secretas. Incluidos en el amasijo estaban los agentes especiales supervisores, los que elaboraban los perfiles. Puesto que la Unidad de Ciencias del Comportamiento era relativamente nueva en cuanto a formación y desarrollo, al FBI le preocupaba a qué se exponían regularmente los elaboradores de perfiles y si eso interfería en la adquisición de información y la eficacia de las operaciones.

En este punto de un diálogo en cierto modo unilateral, Agee

preguntó a Pruitt si el FBI se había planteado el análisis de la documentación sobre los delincuentes, porque Agee podía ayudar con eso. Si tuviera acceso a los datos en bruto, como transcripciones de entrevistas, evaluaciones, fotografías de la escena del crimen y de la autopsia, toda la documentación, él podría asimilarlos y analizarlos, creando así una valiosa base de datos y estableciéndose como el recurso que merecía ser.

No era lo mismo que sentarse con un asesino, pero era mejor que ser una abnegada enfermera al estilo Florence Nightingale, un mero servicio de apoyo mientras que el verdadero trabajo, el trabajo satisfactorio que se reconocía y recompensaba, caía en manos de inferiores que no tenían, ni de lejos, la formación, la inteligencia o la perspicacia que poseía él. Inferiores como Benton Wesley.

—Claro que el análisis manual de datos no es necesario si se tiene inteligencia artificial, si se tiene a CAIN —dijo Agee a Carley mientras miraban fotografías en la biblioteca de Rupe Starr—. A principios de los noventa, los cómputos estadísticos y los distintos tipos de clasificación y análisis se llevaron a cabo automáticamente, todos mis esfuerzos se importaron al ingenioso medio de inteligencia artificial de Lucy. Para mí, continuar con lo que estaba haciendo habría sido como alijar el algodón manualmente después de que Eli Whitney inventara la máquina. Volví a evaluar agentes; eso era lo único para lo que servía a ojos del puto FBI.

—Imagina cómo me siento, sabiendo que el presidente de Estados Unidos se lleva el mérito de mis ideas. —Carley, como era habitual, sólo pensaba en ella.

Después de haberle ofrecido una visita guiada por la mansión, mientras los otros invitados festejaban varios pisos más abajo, él se la llevó a la cama, sabiendo muy bien que lo que la excitaba no era él. Eran el sexo y la violencia, el poder y el dinero, y la conversación acerca de «ellos», la entidad de Benton, Scarpetta y Lucy, y de cualquiera que cayese bajo su influjo. Después Carley no quiso nada más y Agee sí; quería estar con ella, quería hacerle el amor durante el resto de sus días y cuando, por fin, ella dijo que dejara de escribirle correos y dejarle mensajes, ya era demasiado tarde. El daño estaba hecho. Agee no siempre sabía con certeza quién oía sus conversaciones o lo alto que hablaba; sólo fue necesario un descuido, un mensaje de voz a Carley cuando su esposa estaba al otro lado de la puerta cerrada del despacho, a punto de entrar con un sándwich y una taza de té.

El matrimonio acabó rápidamente y él y Carley mantuvieron un infrecuente contacto a larga distancia; por lo general, él sabía de ella por las noticias, mientras ella se movía por distintos medios de comunicación.

Entonces, casi un año atrás, él leyó un artículo sobre un nuevo programa, *El informe Crispin*, descrito como periodismo curtido sobre temas policiales, con especial hincapié en casos actuales y en las llamadas de los telespectadores; Agee decidió ponerse en contacto con Carley para hacerle una propuesta, quizá más de una. Estaba solo. No había superado lo de ella. Francamente, necesitaba dinero. Apenas se requerían sus servicios como asesor, sus relaciones con el FBI se habían roto no mucho después que las de Benton, en parte debido a la situación con él, que algunos habían considerado problemática y otros un sabotaje. Durante los últimos cinco años, las actividades de Agee habían tomado otros derroteros: un carroñero a quien pagaban miserias en efectivo por los servicios prestados a industrias, particulares u organizaciones que se aprovechaban hábilmente de su capacidad para manipular clientes, pacientes, la policía, a Agee le daba lo mismo. No había hecho más que doblegarse ante otros que eran inferiores a él, viajaba constantemente, con frecuencia a Francia, y se hundía cada vez más en las deudas y la desesperación. Entonces se encontró con Carley, cuyo panorama era igualmente peligroso, pues ambos habían dejado de ser jóvenes.

Lo que alguien en la situación de Carley necesitaba ante todo era acceso a la información, le vendió Agee; el problema al que ella tendría que enfrentarse era que los expertos esenciales para el éxito del programa no querrían ponerse ante las cámaras.

«Los buenos no hablan. No pueden. O, como Scarpetta, tienen contratos y nadie se atreve a preguntar. Pero tú sí puedes hablar —había dicho Agee. Ése fue el secreto que enseñó a Carley—. Llega al plató armada de todo lo que necesitas saber y no preguntes: cuenta.» Él podría buscar y reunir información previamente y ofrecerle las transcripciones, lo que respaldaría y daría validez a las noticias que ella presentara o, al menos, evitaría que pudiesen desmentirlas.

Por supuesto, estaría encantado de aparecer en el programa siempre que ella quisiera. Lo cual no tendría precedentes, afirmó. Nunca antes se había puesto ante las cámaras, ni le habían fotografiado, y casi nunca ofrecía entrevistas. No dio explicaciones porque nunca se las habían pedido y ella tampoco dijo que sabía que ése era el motivo. Carley no era una persona decente, como tampoco lo era él; pero había sido amable con él, todo lo amable que era capaz de ser. Se toleraban e iniciaron un ritmo, una armonía de conspiración profesional, pero sin pasar a más, y ahora Agee ya había aceptado que su noche de burdeos en la mansión Starr no se repetiría.

No había sido una coincidencia, porque Agee no creía en ellas, que lo que reunió originariamente a Agee y Carley formara parte de un destino mayor. Carley no creía en la percepción extrasensorial ni en *poltergeist*, tampoco era receptora o emisora de mensajes telepáticos; cualquier información que le llegase estaba demasiado ensordecida por el ruido sensorial. Pero ella confiaba en la estrella de los Starr —sobre todo en Hannah, la hija de Rupe— y, cuando desapareció, aprovecharon la oportunidad de inmediato, lo consideraron el caso que habían estado esperando. Tenían derecho, tenían prioridad, debido a una conexión previa que no era aleatoria para Agee, sino una transferencia de información desde Hannah, a quien había llegado a conocer en la mansión y a quien había iniciado en sus preocupaciones paranormales y después había presentado a conocidos nacionales y extranjeros, con uno de los cuales se había casado. Para Agee no era inconcebible que Hannah empezara a enviar señales telepáticas después de su desaparición. No era inconcebible que Harvey Fahley le enviase algo. No una idea o una imagen, sino un mensaje.

¿Qué iba a hacer con él? Agee estaba sumamente ansioso y cada vez más irritado; había respondido al correo electrónico de Harvey hacía casi una hora y no había sabido nada más de él. No le quedaba margen de espera si Carley iba a dar la noticia esa noche, y con la patóloga forense que había realizado la autopsia de Toni sentada ahí mismo. ¿Habría una ocasión mejor? Debería ser Agee quien estuviera ahí sentado; eso sería aún mejor, pero no le habían invitado. No podían entrevistarle si Scarpetta aparecía en el programa, no podían compartir plató ni estar en el mismo edificio. Ella se negaba a aparecer con él; no lo consideraba creíble, según Carley. Quizás Agee le diese a Scarpetta una lección de credibilidad y le hiciera un favor a Carley. Necesitaba una transcripción.

Cómo hacer que Harvey se pusiera al teléfono. Cómo entablar conversación con él. Cómo apropiarse de la información. Agee se planteó enviarle un segundo correo con su teléfono y pedir a Harvey que lo llamara, pero de nada serviría que lo hiciera. La única opción válida para los propósitos de Agee era que Harvey marcase el número 1-800 del servicio telefónico web para personas con dificultades de audición, pero entonces Harvey sabría que un tercero le estaba escuchando, una persona que transcribía cada una de las palabras que pronunciaba en tiempo real. Si era tan cauto y estaba tan traumatizado como parecía, Harvey no iba a permitirlo.

Sin embargo, si era Agee quien llamaba, Harvey no sabría que transcribían sus palabras, lo que era una prueba casi tan buena como una grabación, pero perfectamente legal. Era lo que Agee hacía siempre que entrevistaba a fuentes para Carley, y en las raras ocasiones en que la persona en cuestión se quejaba o afirmaba no haber dicho tal cosa, Carley presentaba la transcripción, que no incluía la parte de Agee, sólo lo que la fuente había dicho, lo que era aún mejor. Sin un registro de las preguntas y los comentarios de Agee, lo que el entrevistado había dicho podía interpretarse como se le antojara a Carley. La mayoría de los entrevistados sólo quería darse importancia. Tanto les daba que tergiversaran sus palabras, siempre que su nombre se entendiera bien o, cuando correspondiese, se mantuviera en el anonimato.

Agee tecleó con impaciencia la barra espaciadora del portátil para reanimarlo y comprobar si había mensajes nuevos en su buzón de la CNN. Nada de interés. Había estado comprobándolo cada cinco minutos y Harvey no respondía. Otra punzada de irritación y ansiedad, esta vez más intensa. Releyó el correo electrónico que Harvey le había enviado antes:

Estimado doctor Agee:

Le he visto en *El informe Crispin* y no escribo para aparecer en el programa. No quiero atención.

Me llamo Harvey Fahley. Soy testigo del caso de la corredora asesinada que, acabo de ver en las noticias, han identificado como Toni Darien. Esta mañana temprano yo pasaba ante Central Park por la calle Ciento diez y estoy seguro de haber visto que alguien la sacaba de un taxi amarillo. Ahora sospecho que era su cadáver lo que sacaba. Sucedió unos minutos antes de que la encontraran.

A Hannah Starr también se la vio por última vez en un taxi amarillo.

He prestado declaración a la policía, a una investigadora llamada Bonnell, que me ha dicho que no puedo hablar con nadie de lo que he visto. Puesto que usted es psiquiatra forense, confío en que tratará mi información de forma inteligente y estrictamente confidencial.

Evidentemente, lo que me preocupa es si se debe advertir al público, pero no creo que hacerlo sea cosa mía y, de todos modos, no puedo, o tendré problemas con la policía. Pero si alguien más resulta asesinado o herido, no seré capaz de vivir con la conciencia tranquila. Ya me siento culpable por no haberme detenido, en lugar de seguir al volante. Tendría que haberme parado a comprobar cómo estaba ella. Seguramente ya era demasiado tarde, pero ¿y si no hubiera sido así? Todo esto me ha alterado mucho. No sé si visita a pacientes particulares, pero es posible que finalmente necesite hablar con alguien.

Le pido que haga uso de esta información del modo que considere adecuado y correcto, pero que no revele que procede de mí.

Atentamente, HARVEY FAHLEY

Agee entró en la carpeta Elementos enviados y buscó el correo que había escrito como respuesta hacía cuarenta y seis minutos; lo revisó, preguntándose si habría dicho algo que hubiese disuadido a Harvey de que respondiese:

Harvey:

Por favor, facilítame un número de teléfono donde pueda localizarte y manejaremos esto con sensatez. Entretanto, te aconsejo encarecidamente que *no hables de esto con nadie más*.

Saludos, doctor WARNER AGEE

Harvey no había respondido porque no quería que Agee lo llamara por teléfono. Eso era lo más probable. La policía le había dicho a Harvey que no hablase, posiblemente se arrepentía de haberse puesto en contacto con Agee para empezar, o quizá no había comprobado su correo electrónico durante la última hora. Agee no encontraba a Harvey Fahley en ningún listado telefónico; había encontrado uno en Internet, pero no estaba activo. Podría haberle dado las gracias, o al menos acusar recibo del correo de Agee. Harvey pasaba de él. Quizá se había puesto en contacto con otra persona. Un pobre control de los impulsos, Harvey divulga la valiosa información a otro y Agee resulta de nuevo burlado.

Apuntó el mando a distancia hacia el televisor, pulsó el botón de encendido y apareció la CNN. Otro anuncio de la aparición de Kay Scarpetta esa noche. Agee consultó su reloj. Faltaba menos de una hora. Un montaje de imágenes: Scarpetta saliendo de un todoterreno blanco del departamento forense, con el maletín de la escena del crimen colgándole al hombro. Scarpetta vestida con un mono de Tyvek blanco desechable en la plataforma de la unidad móvil, un colosal camión con diferentes espacios adaptados para atender catástrofes, como accidentes aéreos; Scarpetta en el plató de la CNN.

«Lo que necesitamos es el Factor Scarpetta, y para eso tenemos a nuestra doctora Kay Scarpetta. El mejor consejo forense en televisión aquí, en la CNN.»

La frase típica de los presentadores antes de pasar a entrevistarla. Agee la escuchó mentalmente, como si la escuchara en su dormitorio mientras miraba el anuncio sin sonido en el televisor sin sonido. Scarpetta y su factor especial, que salvaban el día. Agee observó las imágenes de ella, imágenes de Carley, un anuncio de treinta segundos del programa de esa noche, un programa en el que Agee tendría que haber aparecido. Carley estaba frenética con los índices de audiencia, no estaba segura de durar otra temporada de no producirse un cambio espectacular y, si le retiraban el programa, ¿qué iba a hacer Agee? Él era un mantenido, mantenido por mortales inferiores, mantenido por Carley, que no sentía por él lo que él sentía por ella. Si el programa no continuaba, tampoco lo haría Agee.

Agee se levantó de la cama para coger los audífonos intraauriculares que había dejado en la repisa del baño y se miró en el espejo la cara barbuda, las entradas en el cabello gris, miró al hombre que le devolvía la mirada, familiar y desconocido a un tiempo. Se conocía y no se conocía. «¿Quién eres ahora?» Al abrir un cajón vio las tijeras y una navaja de afeitar y las puso en una toalla que empezaba a oler a rancio, encendió los audífonos y el teléfono sonaba. Alguien que volvía a quejarse del televisor. Agee bajó el volumen y la CNN pasó de un ruido blanco apenas discernible a un volumen moderadamente alto que, para las personas con una audición normal, resultaría harto estridente. Volvió a la cama para iniciar los preparativos: sacó dos teléfonos móviles, uno de ellos un Motorola con número de Washington D.C. registrado a su nombre y otro un TracFone desechable por el que había pagado quince dólares en una tienda de electrónica para turistas de Times Square.

Acopló el auricular Bluetooth con el Motorola y conectó el portátil al servicio telefónico web de subtitulado para sordos. Seleccionó «llamadas externas» en la parte superior de la pantalla y tecleó su número de móvil de Washington. Utilizando el móvil desechable, marcó el número 1-800 del servicio web y, después del tono, se le indicó que marcase el número de diez dígitos al que deseaba llamar (su número de Washington) seguido del signo de la libra.

El teléfono desechable que tenía en la mano derecha llamó al móvil Motorola que tenía en la izquierda. Éste sonó y él respondió, el teléfono pegado a la oreja izquierda.

—¿Diga? —Con su grave voz habitual, una voz agradable y tranquilizadora.

—Soy Harvey. —Voz nerviosa de tenor, la voz de alguien joven, de alguien muy alterado—. ¿Está solo?

—Sí, estoy solo. ¿Cómo se encuentra? Parece angustiado —dijo Agee.

—Ojalá no lo hubiese visto. —La voz de tenor entrecortada, al borde del llanto—. ¿Lo comprende? No quería ver algo así, verme involucrado. Tendría que haber detenido el coche. Tendría que haber intentado ayudar. ¿Y si ella seguía con vida cuando vi que la sacaban del taxi?

—Cuénteme exactamente lo que vio.

Agee hablaba sensata, razonablemente, cómodamente instalado en su papel de psiquiatra, rotando los teléfonos en su
oreja izquierda mientras un mecanógrafo a quien nunca había
conocido ni hablado, alguien identificado tan sólo como operador 5622, transcribía en tiempo real la conversación que Agee
mantenía consigo mismo. El texto en negrita aparecía en la ventana del navegador de la pantalla de Agee, mientras él hablaba
con dos voces distintas en dos diferentes teléfonos, farfullando
entre medio para que pareciese una mala conexión mientas el
mecanógrafo transcribía sólo su imitación de la parte de Harvey
Fahley.

«... Cuando la investigadora hablaba conmigo, dijo algo de que la policía sabía que Hannah
Starr estaba muerta por el cabello que se había
encontrado, en descomposición (confuso). ¿De dónde? Hum, no lo ha dicho. ¿Quizá ya sabían lo del
taxista porque vieron a Hannah subirse a un taxi? Quizá sepan mucho más de lo que han hecho
público por las implicaciones, lo malo que sería para la ciudad. Sí, exacto. Dinero (confuso). Pero si el cabello en descomposición de
Hannah se encontró en un taxi y nadie ha dado a
conocer la información (confuso), mal, está muy
mal (confuso). Mire, no le oigo bien (confuso).
Y no debería estar hablando con usted. Estoy
muy asustado. Tengo que colgar.»

Warner Agee colgó y subrayó el texto, lo copió y lo pegó en
un documento de Word. Lo adjuntó a un correo electrónico que
en cuestión de segundos aterrizaría en el iPhone de Carley:

Carley:

Adjunto la transcripción de lo que un testigo
acaba de contarme en una entrevista telefónica.

Como siempre: no debe publicarse ni emitirse,
pues debemos proteger la identidad de la fuente. Pero ofrezco la transcripción como prueba,
en caso de que hagan preguntas a la cadena.

WARNER

Hizo clic en Enviar.

El plató de *El informe Crispin* recordaba a un agujero negro. Baldosas acústicas negras, una mesa negra y sillas negras en
un suelo negro bajo un entramado de focos pintados de negro.
Scarpetta supuso que con ello daban a entender noticias tratadas
con sobriedad y drama creíble, que era el estilo de la CNN y
exactamente lo que Carley no ofrecía.

—El ADN no es la panacea —dijo Scarpetta en directo—.
En ocasiones, ni siquiera es relevante.

—Me deja de piedra. —Carley, vestida de un rosa chicle
que desentonaba con su cabello cobrizo, estaba inusualmente
animada esa noche—. ¿La forense más reputada no cree que el
ADN sea relevante?

—Eso no es lo que he dicho, Carley. Lo que intento explicar es lo que llevo exponiendo desde hace dos décadas: el ADN
no es la única prueba y no puede sustituir una investigación me-
ticulosa.

—¡Ya lo han oído! —La cara de Carley, hinchada por los
rellenos faciales y paralizada por el Botox, miró fijamente a la
cámara—. El ADN no es relevante.

—Repito que eso no es lo que he dicho.

—Doctora Scarpetta. A ver, con sinceridad. El ADN es relevante. De hecho, el ADN podría acabar siendo la prueba más
relevante en el caso de Hannah Starr.

—¿Carley...?

—No voy a preguntarle al respecto —la interrumpió Carley
alzando la mano, intentando una nueva estratagema—. Cito a

Hannah Starr como ejemplo. El ADN podría probar que está muerta.

En los monitores del estudio: la misma fotografía de Hannah Starr que desde hacía semanas circulaba por todas las noticias. Descalza y hermosa, con un escotado vestido blanco de tirantes, sonreía con nostalgia en un paseo junto a la playa, un mar multicolor y palmeras al fondo.

—Y eso es lo que han decidido muchas personas de la comunidad de la justicia penal, aunque usted no vaya a admitirlo en público. Y, al no admitir la verdad —Carley empezaba a sonar acusatoria—, permite que se llegue a conclusiones peligrosas. Si está muerta, ¿no deberíamos saberlo? ¿No debería saberlo Bobby Fuller, su pobre marido? ¿No debería iniciarse una investigación formal por homicidio y conseguirse las órdenes judiciales pertinentes?

En los monitores, otra fotografía que llevaba semanas en circulación: Bobby Fuller y su sonrisa blanqueada, vestido con ropa de tenis, en su Porsche rojo Carrera GT de cuatrocientos mil dólares.

—¿No es cierto, doctora Scarpetta? ¿En teoría, no podría probar el ADN que alguien está muerto? ¿Si se obtiene el ADN de un cabello recuperado en una localización como puede ser un vehículo, por ejemplo?

—El ADN no puede probar que una persona está muerta. El ADN trata de la identidad —dijo Scarpetta.

—El ADN sin duda podría decirnos que el cabello encontrado en un vehículo es, por ejemplo, de Hannah.

—No voy a hacer comentarios.

—Y, además, si el cabello diese muestras de descomposición...

—No puedo hablar de este caso.

—¿No puede o no quiere? ¿Qué es lo que no quiere que sepamos? ¿Tal vez la verdad sea inconveniente, tal vez que expertos como usted estén equivocados sobre lo que realmente le sucedió a Hannah Starr?

Otra imagen reciclada en los monitores. Hannah vestida de

Dolce & Gabbana, la larga melena rubia peinada hacia atrás, gafas puestas, sentada ante una mesa Biedermeier en un despacho con vistas al Hudson.

—Que su trágica desaparición se deba a un motivo completamente distinto a lo que todos, usted incluida, han supuesto.

Las preguntas de Carley, presentadas como hechos, adquirían el tono de un contrainterrogatorio de F. Lee Bayley.

—Carley, soy forense de la ciudad de Nueva York. Seguro que comprendes por qué no puedo mantener esta conversación.

—Técnicamente es una contratista particular, no una funcionaria de la ciudad de Nueva York.

—Soy una empleada que responde directamente ante el jefe de Medicina Forense de Nueva York —dijo Scarpetta.

Otra fotografía: la fachada de ladrillo azul de los años cincuenta de la Oficina del jefe de Medicina Forense de Nueva York.

—Trabaja sin cobrar. Creo que eso ha salido en las noticias; dona su tiempo a la oficina de Nueva York. —Carley se volvió hacia la cámara—. Para los telespectadores que no lo sepan, permitan que les explique que la doctora Kay Scarpetta es forense de Massachusetts y también trabaja a tiempo parcial para la Oficina del jefe de Medicina Forense de la ciudad de Nueva York. —A Scarpetta—: No es que yo entienda del todo cómo puede trabajar para la ciudad de Nueva York y para el estado de Massachusetts.

Scarpetta no se lo explicó.

Carley cogió un lápiz, como si fuera a tomar notas, y dijo:

—Doctora Scarpetta, el mero hecho de que afirme no poder hablar de Hannah Starr implica que la cree muerta. Si no fuera así, no habría problema alguno en que nos diese su opinión. No puede ser un caso suyo, a menos que esté muerta.

No era verdad. Los patólogos forenses pueden, si es necesario, examinar a pacientes vivos o verse involucrados en casos de personas desaparecidas que se suponen muertas. Scarpetta no iba a ofrecer aclaración alguna.

En lugar de eso, respondió:

—No es de recibo discutir los detalles de ningún caso en investigación o que no haya sido adjudicado. Lo que acordé que haría en el programa de esta noche, Carley, era hablar de forma general de las pruebas forenses, específicamente de rastros, uno de cuyos tipos más habituales es el análisis microscópico del pelo.

—Bien. Hablemos entonces de los rastros, del pelo. —El lápiz dio golpecitos en los papeles—. ¿No es un hecho que ciertas pruebas pueden demostrar que el pelo le cayó a alguien que estaba muerto? ¿Si el pelo se descubriese en un vehículo, por ejemplo, que se hubiera utilizado para transportar el cadáver?

—El ADN no va a decirte si alguien está muerto —repitió Scarpetta.

—Entonces, hipotéticamente, ¿qué podría decirnos un cabello, por ejemplo un cabello identificado como de Hannah, recuperado en una localización como podría ser un vehículo?

—Hablemos del examen microscópico del pelo en general, ya que es eso lo que acordamos hablar esta noche.

—En general, entonces. Díganos cómo podría determinar que el pelo es de una persona muerta. Encuentra un cabello en algún sitio, digamos que en el interior de un vehículo. ¿Cómo puede saber si la persona que lo perdió estaba viva o muerta en ese momento?

—El daño de la raíz post mórtem o la ausencia de éste puede decirnos si el cabello cayó de una persona viva o de un cadáver —respondió Scarpetta.

—A eso iba, precisamente. —Carley golpeaba el lápiz como si fuera un metrónomo—. Porque, según mis fuentes, en el caso de Hannah Starr se ha recuperado un cabello que muestra sin ninguna duda el daño que se asociaría con la muerte y la descomposición.

Scarpetta no tenía ni idea de lo que hablaba Carley y se preguntó, extrañada, si no estaría confundiendo los detalles del caso de Hannah Starr con los del niñito Caylee Anthony, cuyos cabellos recuperados del maletero del coche familiar mostraban signos de descomposición.

—Y bien, ¿cómo explicaría que un cabello esté dañado como sucede tras la muerte si la persona no está muerta? —Carley clavó en Scarpetta una mirada que parecía perpetuamente sobresaltada.

—No sé a qué te refieres con «dañado» —dijo Scarpetta, y se le pasó por la cabeza irse del plató.

—Dañado digamos que por insectos, por ejemplo. —Carley golpeó el lápiz sonoramente—. Ciertas fuentes me han informado de que el cabello hallado en el caso de Hannah Starr muestra evidencia de daño, el tipo de daño que se ve después de la muerte. —A la cámara—: Y esto aún no se ha hecho público. Lo discutimos aquí por primera vez, aquí y ahora, en mi programa.

—El daño ocasionado por los insectos no implica necesariamente que la persona a quien le cayó ese cabello esté muerta. —Scarpetta respondió a la pregunta, evitando el tema de Hannah Starr—. Si, de forma natural, se te caen cabellos en casa, en el coche, en el garaje, es muy probable que esos cabellos muestren daños ocasionados por insectos.

—Quizá pueda explicar a nuestros telespectadores cómo los insectos dañan el cabello.

—Se lo comen. Microscópicamente se aprecian las marcas de los mordiscos. Si el cabello muestra este tipo de daño, por lo general se asume que el cabello no cayó recientemente.

—Y se asume que la persona está muerta. —Carley la apuntó con el lápiz.

—Basándose únicamente en ese hallazgo, no, no puede llegarse a tal conclusión.

En los monitores: imágenes microscópicas de dos cabellos humanos con una ampliación de 50X.

—Bien, doctora Scarpetta, tenemos las imágenes que pidió que mostráramos a los telespectadores —anunció Carley—. Díganos exactamente qué estamos viendo.

—El ribeteado de la raíz post mórtem o, en palabras del eminente examinador de rastros Nick Petraco, una banda opaca elipsoidal que parece compuesta de una serie de espacios de aire alargados y paralelos a lo largo del cuerpo del pelo más próximo al cuero cabelludo.

—Guau, ¿qué le parece si lo traduce para los telespectadores?

—En las fotografías que estás mirando es la zona oscura de la raíz con forma de bulbo. ¿Ves las bandas oscuras? Basta con decir que este fenómeno no se da en las personas vivas.

—Y estos cabellos que estamos viendo son los de Hannah Starr —dijo Carley.

—No, no lo son. —Si se iba del plató, sólo empeoraría las cosas. «Aguanta», se dijo Scarpetta.

—¿No? —Una pausa dramática—. ¿De quién son, entonces?

—Simplemente muestro ejemplos de lo que el análisis microscópico del cabello puede decirnos —respondió Scarpetta, como si la pregunta fuese razonable, que no lo era en absoluto. Carley sabía muy bien que el cabello no estaba relacionado con el caso de Hannah Starr. Sabía pero que muy bien que la imagen era genérica, una presentación PowerPoint que Scarpetta proyectaba de forma rutinaria en las facultades de investigación forense.

—¿No es cabello de Hannah, y no está relacionado con su desaparición?

—Son un ejemplo.

—Bien, supongo que eso es el «factor Scarpetta». Se saca algo de la manga que apoye su teoría, que es claramente que Hannah está muerta, por lo que nos muestra cabello de una persona muerta. Pues bien, estoy de acuerdo, doctora Scarpetta —dijo Carley, lenta y categóricamente—: creo que Hannah Starr está muerta. Y creo posible que lo que le ha sucedido guarde relación con la corredora asesinada brutalmente en Central Park, Toni Darien.

En los monitores: una fotografía de Toni Darien con pantalón ceñido y blusa breve, con una bolera al fondo; otra fotografía, esta del cuerpo en la escena del crimen.

«¿De dónde demonios ha salido eso?» Scarpetta no mostró

su conmoción. ¿Cómo había llegado a manos de Carley una fotografía de la escena?

—Como sabemos —dijo Carley Crispin a la cámara—, tengo mis fuentes y no siempre puedo entrar en detalles de quiénes son, pero sí puedo verificar la información. Y tengo información de que al menos un testigo ha declarado al Departamento de Policía de Nueva York que vio que sacaban el cuerpo de Toni Darien de un taxi esta mañana, que parece ser que un taxista sacaba el cuerpo de un taxi amarillo. ¿Está usted al corriente, doctora Scarpetta? —Al ritmo lento del golpeteo del lápiz.

—Tampoco voy a hablar de la investigación de Toni Darien.

Scarpetta intentó no alterarse con la fotografía de la escena del crimen. Se asemejaba a las fotografías tomadas esa mañana por un investigador médico-legal de la Oficina del jefe de Medicina Forense.

—Lo que está diciendo es que hay algo de lo que hablar.

—No estoy diciendo eso.

—Permítame que recuerde a todos que a Hannah Starr se la vio por última vez subiendo a un taxi, después de haber cenado con unos amigos en Greenwich Village la víspera de Acción de Gracias. Doctora Scarpetta, no va a hablar de ello, lo sé. Pero permita que le pregunte algo que debería ser capaz de responder. ¿No es la prevención una parte de la misión del forense? ¿No se supone que usted debe averiguar por qué alguien ha muerto, para evitar que le suceda lo mismo a otra persona?

—Prevención, sin duda. Y la prevención en ocasiones requiere que aquellos de nosotros responsables de la salud y la seguridad públicas sean extremadamente cautos con la información que dan a conocer.

—Bien, permita que le pregunte lo siguiente: ¿no sería de gran interés público saber que quizás haya un asesino en serie que conduce un taxi amarillo en la ciudad de Nueva York, en busca de su siguiente víctima? Si se tiene acceso a una información de este tipo, ¿no debería hacerse pública, doctora Scarpetta?

—Si la información es verificable y protege al público, sí, estoy de acuerdo contigo. Debería hacerse pública.

—¿Entonces por qué no ha sido así?

—No tengo por qué saber si lo ha sido o no, o si tal información es auténtica.

—¿Cómo no va a saberlo? Tiene un cadáver en su depósito, se entera, por la policía o por un testigo creíble, que un taxi quizás esté involucrado, ¿y no cree que es su responsabilidad transmitir esa información al público, para que otra pobre e inocente mujer no sea brutalmente violada y asesinada?

—Te has desviado a un campo que no pertenece ni a mi jurisdicción ni a mi conocimiento directo —replicó Scarpetta—. La función del forense es determinar la causa y la forma de la muerte, aportar información objetiva a aquellos cuyo trabajo es hacer que se cumpla la ley. No es de recibo que el forense actúe como un funcionario de tribunales o que dé a conocer supuestos datos basados en informaciones, o posiblemente rumores, reunidos y generados por otros.

El *autocue* hizo saber a Carley que había una llamada en espera. Scarpetta sospechó que el productor, Alex Bachta, quizás estuviera intentando frenar aquello, alertar a Carley de que parase. El contrato de Scarpetta se había incumplido en todas sus formas posibles.

—Bien, tenemos mucho de qué hablar —dijo Carley a sus telespectadores—, pero primero atendamos a Dottie, que llama desde Detroit. Dottie, estás en antena. ¿Cómo están las cosas en Michigan? ¿Os alegra que las elecciones hayan acabado y que os hayan informado de que estamos en recesión, por si no lo sabíais?

—He votado por McCain y a mi marido acaban de despedirlo de la Chrysler y no me llamo...

A Scarpetta le llegó una voz tranquila y entrecortada a través del auricular.

—¿Cuál es tu pregunta? —inquirió Carley.

—Es una pregunta para Kay. Sabes, Kay, me siento muy cercana a ti. Ojalá pudieras pasar por aquí a tomar un café, porque sé que nos haríamos buenas amigas y me encantaría ofrecerte la orientación espiritual que ningún laboratorio...

Carley la interrumpió:

—¿Cuál es tu pregunta?

—¿Qué tipo de pruebas hacen para ver si un cuerpo ha empezado a descomponerse? Creo que ahora pueden hacer pruebas con una especie de robot...

—No he oído nada de un robot —interrumpió Carley de nuevo.

—No te preguntaba a ti, Carley. Ya no sé qué creer, salvo que la ciencia forense no está resolviendo lo que va mal en el mundo. La otra mañana estaba leyendo un artículo del doctor Benton Wesley, el muy respetado psicólogo forense y marido de Kay y, según él, la proporción de homicidios resueltos ha bajado un treinta por ciento en los últimos veinte años, y sigue bajando. Entretanto, en este país uno de cada treinta adultos está en la cárcel, así que imagínate si atrapan a todo el que se lo merece. ¿Dónde iban a meterlos, y cómo nos lo íbamos a permitir? Quiero saber, Kay, si es verdad lo del robot.

—Te refieres a un detector al que llaman nariz electrónica o sabueso mecánico y, sí, dices bien. Ese robot existe y se utiliza en lugar de perros para localizar sepulturas clandestinas —respondió Scarpetta.

—Esta pregunta es para ti, Carley. Es una lástima que seas tan banal y maleducada. Fíjate cómo te desacreditas noche tras...

—No es una pregunta. —Carley desconectó la llamada—. Y me temo que se ha acabado el tiempo. —Miró fijamente la cámara y movió unos papeles de su mesa, papeles que no eran más que atrezo—. Espero verles mañana por la noche en *El informe Crispin* para conocer más detalles en exclusiva sobre la escalofriante desaparición de Hannah Starr. ¿Está relacionada con el brutal asesinato de Toni Darien, cuyo cuerpo brutalmente maltratado se ha encontrado esta mañana en Central Park? ¿Es el eslabón que los une un taxi amarillo, y se debería alertar al público? De nuevo tendremos aquí al ex psiquiatra forense del FBI Warner Agee, que opina que ambas mujeres podrían haber sido asesinadas por un violento psicópata sexual, tal vez un taxista de la ciudad de Nueva York, y que es posible que las autoridades no hagan pública la información para proteger el turismo. Sí, lo han oído bien. El turismo.

—Carley, ya no estamos en antena. —La voz de un cámara.

—¿Ha entrado lo último, del turismo? Tendría que haberle colgado antes a esa mujer —dijo Carley al plató a oscuras—. Supongo que había muchas llamadas en espera.

Silencio. Y después:

—Ha entrado la parte del turismo. Ha sido un toque de suspense, Carley.

—Bien, eso hará que los teléfonos suenen por aquí. —Carley a Scarpetta—: Muchas gracias, ha estado genial. ¿No cree que ha sido genial?

Scarpetta se quitó el auricular.

—Creí que teníamos un acuerdo.

—No le he preguntado nada de Hannah o de Toni. He hecho afirmaciones. No puede esperar que pase por alto una información creíble. No tiene que responder a nada que la incomode y se ha manejado a la perfección. ¿Por qué no vuelve mañana por la noche? Tendría a Warner y a usted. Voy a pedirle que elabore un perfil del taxista.

—¿Basándose en qué? —replicó Scarpetta acaloradamente—. ¿En alguna anticuada teoría anecdótica sobre la creación de perfiles que no está basada en la investigación empírica? Si Warner Agee está relacionado con la información que acabas de hacer pública, tienes un problema. Pregúntate cómo puede haber llegado hasta él, que no está ni remotamente vinculado a los casos. Y, que conste, Agee nunca ha elaborado perfiles para el FBI.

Scarpetta se quitó la pinza del micro, se levantó y se marchó sola del estudio, esquivando cables. Salió a un largo pasillo bien iluminado, pasó fotografías tamaño póster de Wolf Blitzer, Nancy Grace, Anderson Cooper y Candy Crowley, y le sorprendió encontrar a Alex Bachta en la sala de maquillaje, sentado en una silla giratoria. Miraba inexpresivamente un televisor con el volumen bajo mientras hablaba por teléfono. Scarpetta cogió su abrigo, que colgaba de una percha en el armario.

—... No es que hubiera dudas al respecto, pero sí, hecho consumado. No podemos permitir esta clase de... Lo sé, lo sé. Tengo que colgar —dijo Alex a quienquiera que estuviera al teléfono.

Cuando colgó, la camisa y la corbata arrugadas, tenía un aspecto serio y cansado. Scarpetta notó cuánto habían aumentado las canas en la barba pulcramente recortada, las arrugas de la cara, las bolsas bajo los ojos. Carley producía ese efecto en la gente.

—No vuelvas a pedírmelo —le dijo Scarpetta.

Alex le indicó que cerrase la puerta, mientras las luces del teléfono empezaban a parpadear.

—Abandono —añadió la doctora.

—No tan rápido. Siéntate.

—Has quebrantado mi contrato. Más importante, has quebrantado mi confianza, Alex. Por Dios, ¿de dónde has sacado la fotografía de la escena del crimen?

—Carley investiga por su cuenta, yo no tengo nada que ver con eso. La CNN no tiene nada que ver con eso. No sabíamos que Carley fuera a mencionar nada de unos putos taxis ni de cabellos. Joder, espero que sea verdad. Grandes titulares, vale, eso está bien. Pero espero que sea verdad, joder.

—¿Esperas que sea verdad que un asesino en serie conduce un taxi por la ciudad?

—No me refiero a eso; joder, Kay. Esto es una locura, los teléfonos no paran de sonar. El subcomisario de información pública de la policía de Nueva York lo niega. Lo niega categóricamente. Dice que el detalle del cabello en descomposición de Hannah Starr es infundado, pura basura. ¿Tiene razón?

—No voy a ayudarte en esto.

—Maldita Carley. Es tan competitiva, está tan celosa de Nancy Grace, de Bill Kurtis, de Dominick Dunne. Será mejor que tenga algo que apoye lo que ha dicho, porque la gente se nos está echando encima. Ni me imagino cómo será mañana. Aunque el vínculo del taxi es interesante, ¿no? Ni confirmado ni negado por el Departamento de Policía. ¿Cómo interpretas eso?

—No voy a interpretarlo de ninguna manera. Mi trabajo como analista forense no consiste en ayudarte con tus casos en antena.

Alex se pasó los dedos por el cabello.

—Habría estado bien tener imágenes del sabueso mecánico.

—No sabía que iban a sacar el tema. Se me prometió que no se mencionaría a Hannah Starr. Ni se planteó que se hablaría de Toni Darien. Dios, sabes que es un caso de la oficina del forense, estaba en mi despacho esta mañana. Me lo prometiste, Alex. ¿Qué ha pasado con los contratos?

—Intento imaginarme el aspecto que tiene. Cuesta tomarse en serio un artilugio anticrimen que se llama sabueso mecánico. Pero supongo que la mayoría de departamentos de policía no tiene acceso a perros rastreadores de cadáveres.

—No puedes traer al programa a expertos que trabajan en casos criminales y permitir que suceda algo así.

—Si hubieras explicado lo de esos perros... habría sido asombroso.

—Me hubiera encantado poder hablar detalladamente de eso, pero no de lo otro. Acordamos que el caso Starr estaba vetado. Sabes muy bien que el caso de Toni Darien está vetado.

—Oye. Esta noche has estado genial, ¿vale? —Bachta la miró a los ojos y suspiró—. Sé que no lo crees así y que estás disgustada. Sé que estás cabreada, es comprensible. También lo estoy yo.

Scarpetta dejó el abrigo en una silla de maquillaje y se sentó.

—Tendría que haber renunciado hace meses, hace un año. Nunca tendría que haber empezado. Le prometí al doctor Edison que nunca hablaría de casos en activo y él confió en mi palabra. Me has puesto en una situación delicada.

—Yo no, ha sido Carley.

—No, he sido yo. Yo me he puesto en esta situación, tendría que haberlo sabido. Estoy segura de que encontrarás a algún patólogo forense o a un criminalista que disfrute con esto y que estará encantado de expresar opiniones sensacionalistas y especulaciones, en lugar de ser prudente y objetivo, como yo.

—Kay...

—No puedo ser una Carley. Yo no soy así.

—Kay, *El informe Crispin* está acabado. No son sólo los índices de audiencia, la critican los críticos, los blogs, me llegan quejas de arriba, me llegan desde hace tiempo. Carley era una periodista decente, pero ya no lo es, eso seguro. Ella no fue idea mía y, para ser justos con la cadena, hay que decir que Carley ha sabido desde el principio que esto es una prueba.

—¿De quién ha sido la idea, entonces? Tú eres el productor ejecutivo. ¿Qué prueba?

—Una antigua secretaria de prensa de la Casa Blanca, antes era alguien importante. No sé qué ha pasado. Fue un error y, con franqueza, ella sabía que el programa era una prueba. Nos prometió que utilizaría sus contactos para conseguir invitados destacados como tú.

—He participado porque, con ésta, son tres las veces que me has puesto una pistola en la cabeza.

—Para intentar salvar lo que es insalvable. Lo he intentado. Tú lo has intentado. Le hemos dado todas las oportunidades. No importa de quién haya sido la idea, nada de eso importa, y sus invitados, salvo tú, son una mierda, pura basura. Ese fósil de psiquiatra forense, el doctor Agee, no quiero escuchar ni un segundo más sus monólogos pedantes. El lema de este negocio: una temporada no muy buena y puede que lo intentes de nuevo. Dos temporadas y estás fuera. En el caso de Carley, la respuesta es obvia. Su sitio está en un canal local de una ciudad pequeña. Quizá para dar la predicción del tiempo, o llevar un programa de cocina, o de curiosidades... Pero su sitio no es la CNN, de eso no me cabe duda.

—Supongo que lo que intentas decir es que vas a despedirla. No son buenas noticias, sobre todo en esta época del año y así como está la economía. ¿Ella lo sabe?

—Aún no. Por favor, no menciones nada. —Bachta se apoyó en la mesa de maquillaje y hundió las manos en los bolsillos—. Oye, iré al grano: queremos que la sustituyas.

—Espero que estés de broma. No podría. Y eso no es realmente lo que quieres, de todos modos. Yo no soy buena para esta clase de teatro.

—Es teatro, de acuerdo. Teatro del absurdo. Eso es en lo que Carley lo ha convertido. Ha tardado menos de un año en joderlo por completo. No nos interesa en absoluto que hagas el mismo tipo de programa, que hagas el programa de mierda de Carley, no, demonios. Un programa sobre crímenes en la misma franja horaria, pero ahí es donde acaba cualquier parecido. Lo que tenemos en mente es totalmente distinto. Llevamos cierto tiempo hablándolo y todos opinamos lo mismo. Tú deberías tener tu propio programa, algo hecho a la medida de quién y qué eres.

—Algo a la medida de quién y qué soy sería una casa en la playa y un buen libro, o mi despacho un sábado por la mañana, cuando no hay nadie cerca. No quiero un programa. Te dije que te ayudaría sólo como analista, y sólo si no interfería en mi vida ni perjudicaba a nadie.

—Lo que hacemos es la vida.

—¿Recuerdas nuestras primeras discusiones? Llegamos a un acuerdo, siempre que no interfiriese en mis responsabilidades como patóloga forense en activo. Después de esta noche, no cabe duda de que interfiere.

—Lee los blogs, los correos electrónicos. La respuesta hacia ti es fenomenal.

—No los leo.

—«El factor Scarpetta.» Un gran nombre para tu nuevo programa.

—Lo que sugieres es precisamente aquello de lo que quiero apartarme.

—¿Por qué apartarse? Se ha convertido en una expresión popular, en un cliché.

—Que es, sin duda, en lo que no me quiero convertir —replicó Scarpetta, intentando no mostrase ofendida, como se sentía.

—Es un término que se dice por ahí, a eso me refiero. Siempre que algo parece insoluble, la gente busca el factor Scarpetta.

—Se dice por ahí porque tú lo iniciaste, haciendo que tu gente lo propagase por televisión. Presentándome así. Presentando así lo que yo tengo que decir. Es vergonzoso y engañoso.

—Te he enviado una propuesta a tu casa. Échale un vistazo y hablamos —dijo Alex.

8

Las luces brillaban en Nueva Jersey como un millón de llamas diminutas y los aviones parecían supernovas, algunos de ellos suspendidos en el espacio, del todo inmóviles. Una ilusión, que le recordó a Benton lo que siempre decía Lucy: «Cuando un avión parece inmóvil, o se dirige directamente hacia ti o se aleja directamente de ti; mejor saber de qué se trata, o estás muerto.»

Se incorporó, tenso, en su silla de roble favorita, ante las ventanas que dominaban Broadway, y dejó otro mensaje a Scarpetta.

—Kay, no vuelvas andando sola a casa. Llámame, por favor, y saldré a tu encuentro.

Era la tercera vez que la llamaba. No respondía y tendría que haber llegado hacía una hora. Benton sintió el impulso de coger los zapatos y el abrigo y salir corriendo. Pero eso no sería inteligente. El Time Warner Center y toda la zona de Columbus Circle eran inmensos. No era probable que Benton la encontrase, y ella se preocuparía si al volver a casa no lo veía allí. Mejor quedarse donde estaba. Se levantó de la silla y miró hacia el sur, donde estaba la CNN; sus torres de cristal, de color gris metálico, una cuadrícula de tenue luz blanca.

Carley Crispin había traicionado a Scarpetta y los dirigentes de la ciudad armarían un escándalo. Tal vez Harvey Fahley se había puesto en contacto con la CNN, había decidido ser periodista por un día, o como se autoproclamasen los periodistas aficionados de televisión. Quizás otra persona declaró haber visto algo, tener información, tal y como Benton había temido y predicho. Pero los detalles de los cabellos en descomposición encontrados en un taxi no venían de Fahley a menos que se lo hubiera inventado, que estuviera soltando una sarta de mentiras. ¿Quién diría algo así? No se había encontrado un cabello de Hannah Starr en ninguna parte.

Volvió a llamar al teléfono de Alex Bachta. Esta vez el productor respondió.

—Busco a Kay. —Benton ni se molestó en saludar.

—Se ha marchado hace unos minutos, con Carley —respondió Alex.

—¿Con Carley? ¿Estás seguro? —preguntó Benton, desconcertado.

—Del todo. Salían a la vez y se han marchado juntas.

—¿Sabes adónde iban?

—Pareces preocupado. ¿Todo va bien? Sólo para que lo sepas, la información del taxi y Hannah...

—No llamo por eso —interrumpió Benton.

—Bueno, pues todos los demás, sí. No ha sido idea nuestra. Ha sido cosa de Carley y tendrá que responder de ello. No me importa quién sea su fuente. Ella es la responsable.

Benton caminaba ante las ventanas, nada interesado en Carley ni en su carrera.

—Kay no responde al teléfono.

—Intentaré llamar a Carley por ti. ¿Algún problema?

—Dile que intento localizar a Kay y que lo mejor es que tomen un taxi.

—Eso suena bastante raro, si lo piensas bien. No sé si ahora mismo recomendaría algo así —comentó Alex, y Benton se preguntó si pretendía hacerse el gracioso.

—No quiero que Kay venga andando. No pretendo alarmar a nadie.

—Entonces te preocupa que ese asesino pueda andar tras...

—Tú no sabes lo que me preocupa y no quiero perder el tiempo discutiéndolo. Te pido que localices a Kay.

—No cuelgues. Lo voy a intentar con Carley ahora mismo —dijo Alex.

Benton lo oyó marcar un número en otro teléfono y dejar un mensaje a Carley: «... Así que llámame cuanto antes. Benton quiere localizar a Kay. No sé si aún estás con ella, pero es urgente.»

—Quizá se han olvidado de conectar los teléfonos después del programa. —Alex a Benton.

—Te dejo el teléfono de la portería de mi edificio. Me pasarán la llamada si oyes algo. Y te daré mi número de móvil.

Deseaba que Alex no hubiese utilizado la palabra «urgente». Le dio los números y, de nuevo sentado y con el teléfono en las rodillas, se planteó llamar a Marino; no quería hablar con él ni volver a oír su voz esa noche, pero necesitaba su ayuda. Las luces de los edificios al otro lado del Hudson se reflejaban en el agua a lo largo de la orilla, el río oscuro en el centro, un vacío, ni siquiera una barcaza a la vista, una oscuridad vacía y gélida, la que Benton sentía en el pecho cuando pensaba en Marino. Benton no sabía qué hacer, y por unos momentos no hizo nada. Le enfurecía que, siempre que Scarpetta estaba en peligro, Marino era la primera persona que se le ocurría, que se les ocurría a todos, como si un poder superior lo hubiese designado para protegerla. ¿Por qué? ¿Por qué necesitaba él a Marino?

Benton seguía cabreadísimo y en ocasiones como ésta lo notaba aún más. En cierto modo, era peor que cuando tuvo lugar el incidente. Esta primavera haría dos años, una infracción que de hecho era un delito. Benton lo sabía todo, todos los detalles morbosos, se había enfrentado a aquello después de que hubiera sucedido. Marino borracho como una cuba, enloquecido, culpó al alcohol y a los potenciadores sexuales que tomaba, un factor sumado a otro, qué más daba. Todos lo sentían, no podían sentirlo más. Benton había manejado la situación con elegancia y habilidad, sin duda con humanidad, había puesto a Marino en tratamiento, le había conseguido trabajo, y ahora Benton debería tenerlo superado. Pero no era así. Planeaba sobre él como uno de esos aviones, brillante e inmenso como un planeta, inmóvil y tal vez a punto de estrellarse contra él. Era psicólogo, pero desconocía por qué no podía apartarse, o por qué estaba en el mismo maldito espacio aéreo, para empezar.

—Soy yo —dijo Benton cuando Marino respondió al primer tono—. ¿Dónde estás?

—En mi apartamento de mierda. ¿Quieres contarme lo que acaba de pasar? ¿De dónde sacó Carley Crispin esa basura? Cuando Berger se entere, joder. Está en el helicóptero y no lo sabe. ¿Quién cojones ha hablado con Carley? No se habrá sacado esa información de la manga, alguien tiene que haberle dicho algo. ¿De dónde demonios sacó la fotografía de la escena? He intentado hablar con Bonnell. Salta el contestador, menuda sorpresa. Seguro que está al teléfono con el comisario, todos quieren saber si tenemos un asesino en serie paseándose en taxi por la ciudad.

Marino había estado viendo a Scarpetta en *El informe Crispin*. Benton sintió una punzada de resentimiento, luego no sintió nada. No iba a permitirse caer en su pozo oscuro.

—No sé qué ha pasado. Alguien ha hablado con Carley, obviamente. Tal vez Harvey Fahley, tal vez otra persona. ¿Estás seguro de que Bonnell no...? —empezó a decir Benton.

—¿Bromeas, joder? ¿Crees que iba a filtrar detalles de su caso a la CNN?

—No la conozco, y parecía preocupada de que no se alertara a los ciudadanos.

—Esto no va a hacerle ninguna gracia, te lo digo yo —aseguró Marino, como si él y Bonnell fueran los mejores amigos.

—¿Estás cerca del ordenador?

—Puedo estarlo. ¿Por qué? ¿Qué dice la doctora al respecto?

—No lo sé. Aún no ha vuelto a casa.

—¿No lo sabes? ¿No estás con ella?

—Nunca voy a la CNN, nunca la acompaño allí. A ella no le gusta. Ya sabes como es.

—¿Ha ido andando sola hasta allí?

—Son seis manzanas, Marino.

—Eso da igual. No debería ir sola.

—Bueno, pues lo hace. Siempre va sola, insiste en ello; desde que empezó a aparecer en programas, hace más de un año. No quiere que le pida un taxi y no deja que la acompañe, suponiendo que me encuentre en la misma ciudad, lo que no sucede a menudo. —Benton divagaba y parecía irritado. Le molestaba estar explicándose. Marino hacía que se sintiera un mal marido.

—Uno de nosotros debería estar con ella cuando aparece en directo por televisión. Se anuncian sus apariciones; se anuncian en la página web de la cadena, en anuncios, con días de antelación. Alguien debería quedarse fuera del edificio, esperándola tanto antes como después. Uno de nosotros debería estar con ella, como hago yo con Berger. En un directo, es muy fácil saber cuándo y dónde estará esa persona.

Eso era exactamente lo que preocupaba a Benton. Dodie Hodge. Había llamado a Scarpetta, en televisión. Benton no sabía dónde estaba Dodie. Quizás en la ciudad. Quizá cerca. No vivía lejos de allí. Sólo al otro lado del puente de George Washington.

—Haremos lo siguiente. Te permito que le des a Kay un sermón sobre seguridad, y a ver si te presta más atención de la que me presta a mí —dijo Benton.

—Seguramente tendría que vigilarla sin que ella lo supiera.

—Una forma muy rápida de que te odie.

Marino no respondió, y podría haberlo hecho, podría haber dicho que Scarpetta era incapaz de odiarle, o ya llevaría mucho tiempo haciéndolo. Habría empezado a odiarle esa noche de primavera en Charleston, un año y medio atrás, cuando Marino, ebrio y fuera de sí, la había agredido sexualmente en la misma casa de ella. Pero Benton guardaba silencio. Lo que acababa de decir acerca del odio parecía persistir, planear como uno de esos aviones inmóviles, y lamentaba haberlo dicho.

—Dodie Hodge —dijo Benton—. La que supuestamente ha llamado de Detroit. Puedo decirte que conozco su nombre porque nos ha enviado una felicitación navideña anónima. A Kay y a mí.

—Si eso es lo que puedes decirme, entonces es que hay otras cosas que no puedes. Deja que lo adivine. De la nave de los locos. Bellevue, Kirby, McLean's. Una de tus pacientes, lo que explica que leyese algún artículo tuyo sobre el índice de mierda de homicidios resueltos. Aunque todo es verdad. Dentro de veinte años, no se resolverá nada. Todo el mundo vivirá en fuertes con ametralladoras.

—No he publicado ningún artículo de ese tema en concreto.

No añadió que Warner Agee sí lo había hecho. Algún editorial manido y trillado, Benton no recordaba en qué periódico. Tenía a Agee en su alerta Google. Por defensa propia, después de toda la mierda que había empezado a aparecer en Wikipedia. El doctor Clark no había dicho a Benton nada que él no supiese.

—Es paciente tuya. ¿Verdadero o falso? —La voz de Marino. Joder, era potente.

—No puedo decirte si lo era o no.

—En pasado. Está fuera, entonces, libre como un pájaro. Dime qué quieres que haga.

—Creo que sería una buena idea investigarla en el RTCC.

Benton sólo alcanzó a imaginar lo que diría el doctor Clark.

—Tenía que pasarme por allí de todos modos, seguramente me pasaré allí todo el día de mañana.

—Me refería a esta noche. Ahora —puntualizó Benton—. Para ver si esa bestia de sistema informático sale con algo que debamos saber. ¿Ahora te dejan acceder a distancia o tienes que ir a One Police Plaza?

—No puedo acceder a la base de datos a distancia.

—Lo siento. Odio obligarte a salir.

—Tendré que trabajar con los analistas, lo que no está mal. No soy Lucy, todavía tecleo con dos dedos y no sé un carajo de fuentes dispares de datos ni conexiones directas. Lo que llaman la caza. Me estoy poniendo las botas mientras hablamos y saldré a cazar sólo por ti, Benton.

Benton estaba harto de que Marino intentara apaciguarle,

que intentara ganárselo como si nada hubiese sucedido. Benton no era cordial, apenas era educado; él lo sabía y había empeorado las últimas semanas. Quizá sería mejor que Marino lo mandase a la mierda. Quizás entonces podrían superarlo.

—Si no te importa que lo pregunte, ¿cómo has conseguido relacionar una felicitación navideña con esta Dodie que ha llamado desde Detroit? ¿La doctora sabe lo de la felicitación?

—No.

—¿No a qué pregunta?

—A todas.

—¿Esta tal Dodie conoce a la doctora?

—No, que yo sepa. No tiene que ver con Kay, sino conmigo. Llamó a la CNN por mí.

—Sí, lo sé, Benton. Todo es por ti, pero no es eso lo que te he preguntado.

Agresión, como un dedo clavado en el pecho de Benton. «Bien. Adelante, enfádate. Contraataca.»

—He reconocido la voz —respondió Benton.

En un siglo anterior, quizás hubieran salido a la calle a darse unos puñetazos. Había algo que decir a favor de la conducta primitiva. Era purgante.

—¿En una felicitación navideña? No comprendo.

—Era una felicitación con voz. De las que abres y se oye una grabación. Una grabación de Dodie Hodge cantando un villancico bastante inapropiado.

—¿La conservas?

—Claro. Es una prueba.

—¿Prueba de qué? —quiso saber Marino.

—Mira a ver qué encuentras en el ordenador.

—Lo preguntaré otra vez. ¿La doctora no sabe nada de Dodie Hodge o de la felicitación?

—Nada. Ponme al corriente de lo que encuentres en el RTCC.

Benton no podía ir allí a encargarse en persona, no tenía autoridad, lo que le molestaba sobremanera.

—Lo que significa que algo encontraré. Por eso lo has sugerido. Ya sabes lo que voy a encontrar. ¿Te das cuenta del tiempo que se pierde con esa mierda tuya de la confidencialidad?

—No sé lo que encontrarás. Sólo tenemos que cerciorarnos de que Dodie no es peligrosa, de que no la han arrestado por algo —dijo Benton.

Marino encontraría un arresto de Dodie en Detroit. Tal vez hubiese más. Benton volvía a ser un poli, sólo que por poderes, y la impotencia que sentía se estaba volviendo intolerable.

—Me preocupan los individuos inestables que se interesan agresivamente por personas conocidas —añadió Benton.

—¿Quién más, aparte de la doctora? Aunque lo que Dodie ha hecho sea por ti... ¿Quién más? ¿Tienes otras personas conocidas en mente?

—Estrellas de cine, por ejemplo. Hipotéticamente, una estrella de cine como Hap Judd.

Silencio, después Marino dijo:

—Es interesante que lo menciones.

—¿Por qué?

¿Qué sabía Marino?

—Quizá tú deberías decirme por qué lo has mencionado.

—Como he sugerido, a ver qué encuentras en el RTCC. —Benton había dicho demasiado—. Como sabes, no estoy en posición de investigar.

Ni siquiera podía pedir el permiso de conducir cuando se sentaba en una sala con un paciente. No podía cachearlo, por si llevaba un arma. No podía investigar sus antecedentes. No podía hacer nada.

—Echaré un vistazo a Dodie Hodge. Echaré un vistazo a Hap Judd. Si estás interesado en algo más, házmelo saber. Puedo investigar lo que me dé la gana. Me alegra no ser un elaborador de perfiles con todas esas gilipolleces de limitaciones. Me volvería loco.

—Si aún me dedicase a eso no tendría limitaciones ni te necesitaría para investigar nada —replicó Benton con irritación.

—¿Y si consigo hablar con la doctora antes que tú? ¿Le cuento lo de Dodie?

La idea de que Marino hablase con Scarpetta antes que él le resultó más que irritante.

—Si, por alguna razón, hablas con ella antes de que lo haga yo, te agradecería mucho que le dijeras que he intentado localizarla.

—Te he entendido y ya salgo. Me extraña que no esté en casa. Puedo mandar un par de unidades, a que echen un vistazo.

—No lo haría en este momento, a menos que quieras que salga en todas las noticias. Recuerda con quien está. Ha salido de la CNN con Carley Crispin. Si se les acerca la poli, ¿de qué crees que tratará el programa de Carley de mañana?

—Voto por «El taxi que aterroriza Manhattan».

—¿Ahora inventas titulares? —preguntó Benton.

—No he sido yo. Ya lo dicen. Por cierto, respecto al taxi amarillo, seguramente no oiremos hablar de otra cosa estas fiestas. Puede que la doctora y Carley hayan parado a tomar un café, o algo así.

—No imagino por qué Kay iba a querer tomar café con ella, después de lo que le ha hecho.

—Si necesitas algo más, házmelo saber. —Marino colgó.

Benton llamó de nuevo a Scarpetta y saltó directamente el buzón de voz. Tal vez Alex estuviera en lo cierto, Kay había olvidado conectar el móvil y nadie se lo había recordado. O igual se había quedado sin batería. No era típico de ella, fuese cual fuese la explicación. Debía de estar preocupada. No era habitual que estuviera ilocalizable cuando iba de camino y sabía que él la esperaba en una franja horaria determinada. Alex tampoco respondía. Benton empezó a estudiar su grabación de la aparición de Scarpetta en *El informe Crispin* una hora antes, mientras abría un archivo de vídeo del pequeño portátil que tenía en las rodillas, grabado en McLean a mediados de noviembre.

«... La otra mañana leía un artículo del doctor Benton Wesley, el muy respetado psicólogo forense y marido de Kay...»

La voz entrecortada, incorpórea, de Dodie, saliendo de la pantalla plana del televisor.

Benton avanzó el archivo de vídeo mientras miraba a Scarpetta en el televisor que había sobre la chimenea que no funcionaba en su piso de preguerra de Central Park West. Estaba deslumbrante, el rostro de rasgos finos joven para su edad, el cabello rubio peinado de forma natural, rozándole el cuello de la chaqueta con la falda a juego, azul marino con un toque de color ciruela. Le resultaba incongruente y desconcertante mirarla y ver después la grabación de Dodie Hodge en el portátil que tenía en las rodillas:

—Tenemos un poquito en común, ¿no es así? Casi estamos en el mismo barco, ¿verdad, Benton? —Una mujer robusta, poco agraciada, vestida de forma anticuada. El cabello cano recogido en un moño, el Libro de Magia, con sus tapas negras y las estrellas amarillas, ante ella—. Claro que no es como tener a una estrella de cine en la familia, pero tienes a Kay. Espero que le digas que nunca me la pierdo cuando sale en la CNN. ¿Por qué no te ponen a ti, en lugar de a ese engreído de Warner Agee, con esos audífonos que parecen sanguijuelas color carne detrás de las orejas?

—Parece que no te cae bien.

Porque antes Dodie había hecho comentarios similares.

Benton observó la imagen grabada de sí mismo, sentado muy tieso, inescrutable, con un adecuado traje oscuro y corbata. Estaba tenso y Dodie lo notaba. Disfrutaba de su malestar y parecía intuir que el tema de Agee incomodaba a Benton.

—Tuvo su oportunidad. —Dodie sonrió, pero sus ojos eran inexpresivos.

—¿Qué oportunidad fue ésa?

—Tenemos conocidos comunes, y debería haberse sentido orgulloso...

A la sazón, Benton no había dado importancia a aquel comentario, se sentía demasiado consumido por el deseo de largarse de la sala de entrevistas. Ahora que había recibido una felicitación musical y Dodie había llamado a la CNN, Benton se preguntó a qué se había referido con su comentario de Agee. ¿Quién podían tener en común Benton y Dodie, salvo Warner Agee, y por qué iba ella a conocerle? A menos que no lo cono-

ciera. Quizá fuese un conocido del abogado de Dodie en Detroit. La absurda petición de que fuera Agee el experto que la
evaluase en McLean fue cosa de su asesor, alguien llamado Lafourche, que hablaba despacio, que parecía cajún y que se traía
algo entre manos. Benton no lo conocía personalmente y no
sabía nada de él, pero habían hablado varias veces cuando Lafourche lo llamaba para preguntarle cómo iba «nuestra chica»,
y bromeaba sobre una paciente «capaz de contar cuentos chinos
del estilo "Las habichuelas mágicas"».

—... Es una lástima que seas tan banal y maleducada... —La
voz de Dodie en el televisor encima de la chimenea.

La cámara enfocó a Scarpetta, que se tocó distraídamente
el auricular mientras escuchaba, y luego devolvió las manos a
la mesa, y las unió con placidez. Para reconocer ese gesto, había que conocerla tan bien como la conocía Benton. Kay hacía
grandes esfuerzos para controlarse. Tendría que haberla advertido. Al diablo con la privacidad y confidencialidad obligadas
por la HIPAA. Resistió el impulso de salir a la gélida noche de
diciembre en busca de su esposa. Observó y escuchó, y sintió
cuánto la amaba.

9

Las luces de Columbus Circle contenían la oscuridad de Central Park. Junto a la entrada del parque, la fuente del monumento al Maine y su escultura dorada de Columbia triunfante estaban desiertas.

Los puestos rojos del mercado estaban cerrados, sus clientes dramáticamente menguados en esta época del año, y no había ni un alma cerca del quiosco, ni siquiera los policías habituales, sólo un anciano que parecía un indigente envuelto en capas de ropa, durmiendo en un banco de madera. Los taxis que pasaban veloces no anunciaban nada en sus iluminados techos y no había largas colas de limusinas ante los edificios y hoteles. Mírase donde mirase, Scarpetta veía señales de tiempos aciagos, de los peores tiempos que alcanzaba a recordar. Se había criado pobre en una zona marginal de Miami, pero eso había sido distinto porque no todos estaban igual. Eran sólo ellos, los Scarpetta, inmigrantes italianos en apuros.

—¿No te sientes afortunada de vivir precisamente aquí? —preguntó Carley, asomándose por el cuello alzado de su abrigo mientras ella y Scarpetta avanzaban por la acera, bajo la irregular luz de una farola—. Alguien te paga bien. O quizá sea el piso de Lucy. Ella sería perfecta para hablar en mi programa de investigaciones informáticas forenses. ¿Sigue siendo buena amiga de Jaime Berger? Las vi una noche en el Monkey Bar. No sé si te lo mencionaron. Jaime se niega a aparecer en el programa y no pienso pedírselo de nuevo. No es justo, yo no le he hecho nada.

Carley no parecía sospechar que no habría futuros programas, al menos no con ella como anfitriona. O quizás andaba a la caza de información sobre lo que sucedía entre bastidores en la CNN. A Scarpetta le incomodaba que cuando ella y Alex salían de la sala de maquillaje, habían descubierto a Carley esperando en el pasillo, a menos de dos metros de la puerta. Aparentemente se iba en aquel preciso instante y ella y Scarpetta salieron juntas, lo que carecía de sentido. Carley no vivía cerca, sino en Stamford, Connecticut. No se iba andando, ni en tren, ni en taxi; siempre utilizaba un servicio de automóviles de la cadena.

—Después de que Berger apareciera en el programa *American Morning* el año pasado, no sé si lo viste. —Carley esquivó unos charcos de hielo sucio—. Ese caso de maltrato animal, la cadena de tiendas de mascotas. La CNN la llevó al programa para que hablase de aquello, en realidad como un favor. Y ella se molestó porque le hicieron preguntas comprometidas. Y adivina quién sale perdiendo. Yo. Si tú se lo pidieras, seguramente aparecería. Seguro que puedes convencer a cualquiera, con los contactos que tienes.

—¿Paramos un taxi para ti? Te estás apartando de tu camino y no me importa andar sola, vivo ahí mismo.

Scarpetta quería llamar a Benton para que supiera el motivo de su tardanza y no se preocupara, pero no tenía el BlackBerry. Lo habría dejado en el piso, probablemente junto al lavabo del baño. Ya se le había pasado varias veces por la cabeza pedirle el teléfono a Carley; pero eso implicaría utilizarlo para llamar a un número particular que no constaba en las guías y, si Scarpetta había aprendido algo esa noche, era que Carley no era de fiar.

—Me alegro de que Lucy no invirtiese su fortuna con Madoff, aunque no es que él sea el único ladrón —dijo Carley entonces.

El metro traqueteó bajo sus pies y salió aire caliente de la rejilla. Scarpetta no iba a morder el anzuelo. Carley estaba pescando.

—No salí del mercado cuando debía, esperé hasta que el Dow cayó por debajo de ocho mil —continuó Carley—. Y aquí estoy, a veces coincido con Suze Orman en algunas galas, y ¿le pedí consejo? ¿Cuánto ha perdido Lucy?

Como si Scarpetta fuera a decírselo, en caso de que lo supiera.

—Sé que ganó una fortuna con la informática y las inversiones, siempre aparecía en la lista de *Forbes*, entre los cien primeros. Salvo ahora. He notado que ya no está en la lista. ¿No era antes, bueno, no hace mucho, billonaria por todas las tecnologías de alta velocidad y todo el software que inventó desde que iba en pañales? Además, estoy segura de que tiene un buen asesor financiero. O lo tenía.

—No miro las listas de *Forbes* —replicó Scarpetta. No sabía la respuesta. Lucy nunca había sido muy comunicativa en cuanto a sus finanzas y Scarpetta no le había preguntado. Añadió—: No hablo de mi familia.

—Hay muchas cosas de las que no hablas.

—Y ya hemos llegado. —Estaban ante el edificio de Scarpetta—. Cuídate, Carley. Que pases unas felices fiestas y un feliz año nuevo.

—El trabajo es el trabajo, ¿verdad? Todo vale. No olvides que somos amigas.

Carley la abrazó. Nunca lo había hecho antes.

Scarpetta entró en el vestíbulo de mármol de su edificio. Buscó las llaves en los bolsillos del abrigo y recordó que le parecía que era allí donde había visto el BlackBerry por última vez. ¿Estaba en lo cierto? No lograba recordarlo e intentó reconstruir lo que había hecho esa noche. ¿Había utilizado el teléfono, lo había llevado a la CNN y se lo había olvidado en alguna parte? No, estaba convencida de que no era así.

—Lo ha hecho muy bien en la tele. —El conserje, joven, recién contratado y elegante con su pulcro uniforme azul, le sonrió—. Carley Crispin se lo ha hecho pasar mal, ¿eh? Yo, en su lugar, me hubiera puesto como una moto. Acaba de llegar algo para usted.

Buscó detrás del mostrador. Scarpetta recordó que se llamaba Ross.

—¿Acaba de llegar? ¿A esta hora?

Entonces recordó que Alex le había enviado una propuesta.

—Nueva York, la ciudad que nunca duerme. —Ross le entregó un paquete de FedEx.

Scarpetta entró en el ascensor y pulsó el botón de la planta veinte, mientras echaba un vistazo al albarán, para después mirarlo más detenidamente. Buscó la confirmación de que el paquete era de Alex, de la CNN, pero no constaba la dirección del remitente y su propia dirección estaba escrita de un modo harto inusual:

DOCTORA KAY SCARPETTA
JEFA FORENSE DE GOTHAM CITY
111 CENTRAL PARK WEST USA 10023

Referirse a ella como jefa forense de Gotham era sarcástico. Era estrambótico. La caligrafía era tan precisa que parecía una fuente generada por ordenador, pero Scarpetta vio que no era así y casi intuyó una inteligencia burlona guiando la mano que sostenía la pluma. Se preguntó cómo sabía la persona en cuestión que ella y Benton tenían un piso en este edificio. Sus direcciones y sus números de teléfono no constaban en ninguna parte y advirtió con creciente alarma que el comprobante del remitente seguía unido al albarán. El paquete no lo había transportado FedEx. «Dios mío, no permitas que esto sea una bomba.»

El ascensor era antiguo, con puertas adornadas de latón y techo de madera tallada, y subía terriblemente despacio. Scarpetta imaginó una explosión sorda, que caía por el negro hueco y se estrellaba en el fondo. Notó un desagradable olor químico, como a alquitrán o a acelerante con base de petróleo, dulce pero repugnante. Combustible diésel. DPPP y peróxido de acetona, C4 y nitroglicerina. Olores y peligros que ella conocía de cuando enseñaba a investigar explosiones a finales de los años noventa, cuando Lucy era una agente especial de la ATF, la agencia de alcohol, tabaco, armas de fuego y explosivos, cuando Scarpetta y Benton eran miembros de su Equipo Internacional de Respuesta. Antes de que Benton estuviese muerto y luego vivo de nuevo.

Cabello plateado, carne y hueso chamuscado, el reloj Breitling en una sopa de agua tiznada en la escena del incendio en Filadelfia, donde ella sintió que su mundo terminaba. Lo que había creído que eran los restos de Benton. Sus efectos personales. No sólo lo sospechó, no tuvo duda de que él estaba muerto porque se suponía que no tenía que dudarlo. El olor sucio y nauseabundo del incendio provocado y los acelerantes. El vacío abriéndose ante ella, impenetrable y eterno, nada quedaba que no fuese aislamiento y dolor. Temió la nada porque ya la había sentido. Año tras año de inexistencia, su cerebro fortaleciéndose, pero no su corazón. ¿Cómo describirlo? Benton todavía se lo preguntaba, pero no a menudo. Se había ocultado del cártel Chandonne, del crimen organizado, de la escoria asesina y, por supuesto, así también la había protegido a ella. Si él estaba en peligro, ella estaba en peligro. Como si ella hubiera estado menos en peligro, con él lejos. Pero tampoco le habían preguntado. Mejor si todos creían que Benton estaba muerto, habían dicho los federales. «Dios, por favor, que esto no sea una bomba.» Olor a petróleo, a asfalto. El olor fétido del alquitrán, del ácido nafténico, del napalm. Le lloraban los ojos. Tenía náuseas.

Las puertas de latón se abrieron y movió el paquete el mínimo posible. Le temblaban las manos. No podía dejarlo en el ascensor. No podía dejarlo en el suelo, no podía deshacerse de él sin poner en peligro a los otros residentes o empleados del edificio. Sus dedos manejaron nerviosamente las llaves mientras se le aceleraba el corazón e hipersalivaba, con la respiración entrecortada. Metal contra metal. La fricción, la electricidad estática, podía activarlo. Respira hondo, despacio, y mantén la calma. Abrió la puerta del piso con un clic sorprendentemente ruidoso. «Por favor, Dios, que esto no sea lo que creo que es.»

—¿Benton?

Entró, dejando la puerta abierta de par en par.

—¿Hola? ¿Benton?

Depositó cuidadosamente el paquete de FedEx en el centro de la mesita de la sala desierta, entre obras de arte y muebles estilo misión. Imaginó la onda expansiva de las ventanas, la explosión de una enorme bomba de cristal y la lluvia de esquirlas, afiladas como cuchillas, bajando veinte plantas. Cogió una escultura de cristal, un cuenco ondulado de colores vibrantes, y la sacó de la mesita; la depositó en el suelo, asegurándose de que el camino entre el paquete de FedEx y la puerta quedaba despejado.

—Benton, ¿dónde estás?

Había una montaña de papeles en su sillón reclinable Morris, junto a unas ventanas con vistas a las luces del Upper West Side y al río Hudson. A lo lejos, los aviones parecían ovnis sobre las pistas de aterrizaje de Teterboro. Probablemente Lucy estaría pilotando su helicóptero, rumbo a Nueva York, al condado de Westchester. A Scarpetta no le gustaba que Lucy volase de noche. Si fallaba el motor podía auto-rotar, pero ¿cómo iba a ver dónde aterrizar? ¿Y si le fallaba el motor en una zona de kilómetros de árboles?

—¡Benton!

Scarpetta cruzó el pasillo y se dirigió al dormitorio principal. Respiraba hondo y tragaba repetidamente para intentar enlentecer el corazón y calmar las entrañas. Oyó la cadena del retrete.

—¿Qué le pasa a tu teléfono, joder? —Después de su voz, Benton apareció en el umbral del dormitorio—. ¿Te ha llegado alguno de mis mensajes? ¿Kay? ¿Qué diantres pasa?

—No te acerques más.

Benton aún vestía su traje de sencilla franela azul, nada que sugiriese dinero porque nunca llevaba nada caro en las salas de reclusos o en las unidades forenses, se cuidaba de lo que telegrafiaba a los reclusos o a los pacientes psiquiátricos. Se había quitado la corbata y los zapatos, y la camisa blanca estaba desabrochada en el cuello y por fuera del pantalón. El aspecto del cabello plateado era el que solía tener cuando se había estado pasando los dedos repetidamente.

—¿Qué ha pasado? —preguntó él, sin moverse del umbral—. Ha pasado algo, ¿qué?

—Coge tus zapatos y el abrigo —dijo Scarpetta, carraspeando, desesperada por lavarse las manos con una solución de lejía, descontaminarse, darse una prolongada ducha caliente, quitarse capas de maquillaje, lavarse el pelo—. No te acerques. No sé qué llevo encima.

—¿Qué ha pasado? ¿Te has encontrado con alguien? ¿Ha sucedido algo? He intentado localizarte.

Benton era una estatua en el umbral, el rostro pálido, los ojos mirando más allá de ella, a la puerta, como si temiese que alguien hubiese entrado con Scarpetta.

—Tenemos que irnos.

El maquillaje de televisión estaba pegajoso, pringoso como el pegamento. Scarpetta olía algo, creía olerlo. Alquitrán, sulfuro, las moléculas atrapadas en el maquillaje, en la laca del cabello, en el interior de la nariz. El olor a fuego y a azufre, a infierno.

—¿La que ha llamado de Detroit? He intentado localizarte —repitió Benton—. ¿Qué pasa? ¿Te han hecho algo?

Scarpetta se quitó el abrigo, los guantes, y los dejó en el pasillo, apartándolos de una patada:

—Tenemos que irnos. Ahora. Un paquete sospechoso. Está en la sala. Trae abrigos calientes para los dos. —«No te marees. No vomites.»

Benton desapareció en el interior del dormitorio y ella lo oyó abrir el armario y el roce de las perchas. Reapareció con un par de botas de montaña, un abrigo de lana y un anorak de esquí que hacía tanto que no llevaba que aún conservaba un tiquet del telesilla colgando de la cremallera. Le tendió el anorak y salieron rápidamente del pasillo. La cara de Benton adquirió una expresión severa al mirar la puerta abierta, el paquete de FedEx en la sala, el cuenco de cristal en la alfombra oriental. «Abre las ventanas para minimizar la presión y el daño en caso de explosión. No, no puedes. No entres en la sala, no te acerques a la mesita. Mantén la calma. Evacua el piso, cierra la puerta e impide que entren otros. No hagas ruido. No crees ondas expansivas.» Scarpetta cerró la puerta con suavidad, sin usar la llave, para que la policía pudiera entrar. Había dos viviendas más en la planta.

—¿Has preguntado en la portería cómo ha llegado hasta aquí? —preguntó Benton—. No me he movido en toda la noche, nadie ha llamado para decirme que había una entrega.

—Sólo he pensado en los detalles cuando ya estaba en el ascensor. No, no he preguntado. Huele muy raro.

Scarpetta se puso el anorak de Benton, que la sepultó hasta las rodillas. Aspen. ¿Cuándo habían estado allí por última vez?

—¿Qué clase de olor?

—Dulzón, alquitranado, como a huevo podrido. No sé. Quizá lo haya imaginado. Y el albarán, lo que había escrito. No tendría que haberlo subido. Tendría que haberlo dejado en la portería y hacer que Ross saliera, que todos salieran hasta que llegase la policía. Dios, soy una estúpida.

—No lo eres.

—Oh, claro que lo soy. Me he dejado trastornar por Carley Crispin y soy una estúpida redomada.

Llamó al timbre de la vivienda vecina, un piso esquinero propiedad de un diseñador de moda al que Scarpetta sólo había visto de pasada. Eso era Nueva York. Podías vivir puerta con puerta con alguien, durante años, y nunca haber entablado conversación.

—Creo que no está. Últimamente no lo he visto —dijo Scarpetta mientras llamaba al timbre y a la puerta.

—¿Qué ponía en el albarán? —quiso saber Benton.

Le explicó que el comprobante del remitente seguía pegado al albarán, dirigido a ella como jefa forense de Gotham City. Describió la caligrafía poco habitual mientras llamaba una vez más al timbre. Luego fueron a la tercera vivienda, habitada por una anciana que había sido actriz de comedia años atrás, conocida sobre todo por sus apariciones en *El show de Jackie Gleason*. Su marido había fallecido un año antes y eso era todo lo que Scarpetta sabía de ella, de Judy, salvo que tenía un caniche miniatura, muy nervioso, que inició su cacofonía de ladridos en cuanto Scarpetta llamó al timbre. Judy parecía sorprendida, y no particularmente complacida, cuando abrió la puerta. Se interpuso en el umbral, como si ocultase a un amante o a un fugitivo, mientras el perro saltaba y bailaba detrás de sus pies.

—¿Sí? —dijo, mirando socarronamente a Benton, que llevaba puesto el abrigo pero tenía las botas en la mano.

Scarpetta le explicó que necesitaba utilizar su teléfono.

—¿Ustedes no tienen teléfono? —Judy arrastraba un poco las palabras. Tenía buena osamenta, pero la cara ajada. Bebía.

—No podemos utilizar los móviles ni el fijo de nuestro piso y no hay tiempo para explicárselo. Tenemos que usar su línea fija.

—¿Mi qué?

—El teléfono fijo, y usted tiene que bajar con nosotros. Es una emergencia.

—Ni hablar. Yo no voy a ninguna parte.

—Me han entregado un paquete sospechoso. Tenemos que utilizar su teléfono y hay que evacuar toda la planta cuanto antes —explicó Scarpetta.

—¡Y lo ha subido aquí! ¿Por qué ha hecho eso?

Scarpetta olió el alcohol. A saber qué recetas encontraría en el botiquín de Judy. Depresión irritable, consumo de sustancias, nada por lo que vivir. Ella y Benton entraron en una sala revestida de madera, atestada de antigüedades francesas y porcelanas de Lladró de parejas románticas en góndolas y carruajes, a lomos de caballos y en columpios, besándose y charlando. En un alféizar había una compleja Natividad de cristal y, en otro, varios Santa Claus de Royal Doulton, pero no había luces navideñas, ni árbol, ni menorah, sólo piezas de coleccionista y fotografías de un ilustre pasado que incluía un Emmy en una vitrina con lacado Vernis Martin y escenas de cupidos y amantes pintadas a mano.

—¿Ha pasado algo en su piso? —preguntó Judy mientras el perro ladraba de forma aguda y estridente.

Sin preguntar, Benton descolgó el teléfono que había en una consola dorada. Marcó un número de memoria y Scarpetta apenas dudó de a quién intentaba localizar. Benton siempre manejaba las situaciones con eficacia y discreción, lo que él denominaba «línea directa», conseguir y facilitar información directamente de la fuente, que en este caso era Marino.

—¿Les han subido un paquete sospechoso? ¿Por qué harían eso? ¿Qué clase de seguridad es ésa? —continuó Judy.

—Seguramente no será nada, pero más vale prevenir —le aseguró Scarpetta.

—¿Estás en la central? Bueno, no te molestes con eso ahora —dijo Benton a Marino, añadiendo que había una remota posibilidad de que alguien hubiese entregado un paquete peligroso a Scarpetta.

—Supongo que alguien como usted tendrá a un montón de sonados esperándola ahí fuera. —Judy se puso un abrigo de chinchilla con puños festoneados. El perro saltaba arriba y abajo y ladró con más frenesí en cuanto Judy sacó su correa de un estante de madera de satín.

Benton encorvó el hombro y usó la opción manos libres del teléfono mientras se calzaba las botas:

—No, en el piso de una vecina. No hemos querido utilizar el nuestro y enviar una señal electrónica sin saber qué contiene el paquete. Supuestamente de FedEx. En la mesa de centro. Bajamos ahora mismo.

Colgó y Judy se tambaleó al agacharse para enganchar la correa al collar a juego del caniche, cuero azul y chapa de Hermès, probablemente con el nombre grabado del perro neurótico. Salieron del piso y entraron en el ascensor. Scarpetta detectó el olor químico, acre y dulzón, de la dinamita. Una alucinación. Imaginaciones suyas. Era imposible que oliese a dinamita. No había dinamita.

—¿Hueles algo? —preguntó a Benton—. Siento que su perro esté tan alterado.

Era su forma de decirle a Judy que hiciese callar al maldito chucho.

—No huelo nada —respondió Benton.

—Quizá mi perfume. —Judy se olió las muñecas—. Oh, se refiere a algo malo. Espero que no le hayan enviado ant-trax o como se llame. ¿Por qué ha tenido que subirlo? ¿Le parece justo para el resto de nosotros?

Scarpetta cayó en la cuenta de que su bolso estaba en el piso, en la mesa de la entrada. Su cartera, sus credenciales, estaban dentro, y no había cerrado la puerta con llave. No lograba recordar qué había sido de su BlackBerry. Tendría que haber comprobado el paquete antes de subirlo. Pero ¿qué diantres le pasaba?

—Marino viene hacia aquí, pero no llegará antes que los otros —dijo Benton, sin molestarse en explicar a Judy quién era Marino—. Viene del centro, de la central, de Operaciones de Emergencia.

—¿Por qué? —Scarpetta miraba el lento descenso de las plantas.

—RTCC. Hacía una búsqueda de datos. O iba a hacerla.

—Si esto fuese una cooperativa, yo no habría votado que entrase. —Judy dirigió esto a Scarpetta—. Sale en televisión y habla de esos crímenes horribles y mire lo que pasa. Se lo trae a casa y nos somete al resto. Las personas como usted atraen a los maleantes.

—Esperamos que no sea nada y siento haberla alterado. Y a su perro —replicó Scarpetta.

—Condenado ascensor, va lentísimo. Calma, *Fresca*, calma. Solo ladra, ¿saben?, no lastimaría ni a una mosca. No sé adónde esperan que vaya, supongo que al vestíbulo. No pienso pasarme toda la noche sentada en el vestíbulo.

Judy fijó la vista al frente, a las puertas de latón, su rostro tieso por el disgusto. Benton y Scarpetta no hablaron más. Imágenes y sonidos que Scarpetta no recordaba desde hacía tiempo. Entonces, en la época de la ATF, a finales de los años noventa, la vida se había vuelto todo lo trágica posible. Sobrevolaba unos pinos achaparrados y un suelo de arena que parecía nieve, las palas del rotor removían el aire con un sonido rítmico. El viento corrugaba los ríos metálicos y los pájaros asustados eran una pizca de pimienta arrojada a la bruma, mientras se dirigía a la antigua base de dirigibles de Glynco, Georgia, donde la ATF tenía sus explosivos, casas para simulacros de explosiones, búnkeres de cemento, células para pruebas de incendios. No le gustaban las escuelas de investigadores de incendios. Había dejado de enseñar allí después del incendio de Filadelfia. Había dejado la ATF y también lo había hecho Lucy; ambas habían seguido adelante sin Benton.

Ahora él estaba aquí, en el ascensor, como si esa parte del pasado de Scarpetta fuese una pesadilla, un sueño surrealista del que nunca se había recuperado ni podría recuperarse. No impartía clases de investigación de incendios desde entonces: evitación, no era tan objetiva como debería. Le trastornaban los cuerpos destrozados. Las quemaduras y la metralla, la avulsión masiva de tejido blando, los huesos fragmentados, los órganos huecos lacerados y reventados, los muñones de las manos ensangrentados. Pensó en el paquete que había llevado al piso. No había prestado atención, había estado demasiado ocupada poniéndose nerviosa con Carley y con lo que Alex le había confiado, demasiado ensimismada en lo que el doctor Edison había llamado su carrera en la CNN. Tendría que haber visto de inmediato que el albarán no tenía remite, que el comprobante del remitente seguía unido al albarán.

—¿Es *Fresca* o *Fresco*? —preguntaba Benton a Judy.

—*Fresca*, como la marca de refrescos. Tenía un vaso en la mano cuando Bud entró en el piso, con ella metida en la caja de un pastel. Por mi cumpleaños. Ésa tendría que haber sido la primera pista, todos los agujeros de la tapa. Yo creía que era un pastel, y entonces *Fresca* ladró.

—Vaya si lo hizo —dijo Benton.

Fresca empezó a tirar de la correa y a ladrar en un tono demoledor que perforó el oído de Scarpetta y se le clavó en el cerebro. Scarpetta hipersalivaba, le brincaba el corazón. «No te marees.» El ascensor se detuvo y las pesadas puertas se abrieron arrastrándose. Unas luces rojas y azules relampagueaban tras las puertas de cristal del vestíbulo. Entró una ráfaga de aire gélido y, con ella, media docena de policías vestidos con uniformes de combate, chaquetas tácticas y botas, cinturones de operaciones provistos de baterías, cargadores, porras, linternas y pistolas enfundadas. Un agente cogió dos carros de equipaje y los sacó a la calle. Otro se dirigió directamente a Scarpetta, como si la conociera. Un hombre grande, joven, de piel y cabello oscuros, musculoso, cuya insignia de la chaqueta mostraba las estrellas doradas y la caricaturesca bomba roja de la brigada de artificieros.

—¿Doctora Scarpetta? Teniente Al Lobo —dijo, estrechándole la mano.

—¿Qué pasa aquí? —exigió saber Judy.

—Señora, hay que evacuar el edificio. Tiene que salir al exterior hasta que autoricemos lo contrario. Por su propia seguridad.

—¿Cuánto tiempo? Dios, esto no es justo.

El teniente miró a Judy como si le resultara familiar.

—Señora, salga, por favor. Una vez fuera, alguien le indicará...

—No puedo quedarme fuera, expuesta al frío, con mi perra. Esto no es justo. —Fulminando a Scarpetta con la mirada.

—¿Y el bar de al lado? —sugirió Benton—. ¿Puede ir allí?

—No admiten perros en el bar —replicó Judy, indignada.

—Seguro que si lo pide con amabilidad... —Benton la acompañó no más lejos del portal.

Volvió junto a Scarpetta y la tomó de la mano; de pronto el vestíbulo se volvió un lugar caótico, ruidoso y lleno de corrientes de aire. Las puertas del ascensor estaban abiertas y miembros de la brigada subían para iniciar la evacuación de las viviendas situadas justo encima, debajo y a ambos lados del piso de Scarpetta y Benton, o lo que el teniente denominaba «el objetivo». Empezó a acribillarlos a preguntas.

—Estoy bastante segura de que no queda nadie en nuestra planta, la veinte —respondió Scarpetta—. Un vecino no ha contestado y parece que no está en casa, aunque deberíais cercioraros. La otra vecina es ella.

Se refería a Judy.

—Me recuerda a alguien. A alguien de esos viejos programas, como el de Carol Burnett? ¿Sólo hay una planta encima de la suya?

—Dos. Hay dos plantas —dijo Benton.

A través del cristal, Scarpetta vio que llegaban más vehículos de emergencias, blancos con rayas azules, uno de ellos con un remolque. Advirtió que habían cortado el tráfico en las dos direcciones; la policía había cerrado esta sección de Central Park West. Los motores diésel ronroneaban ruidosamente y las sirenas se acercaban; la zona que rodeaba su edificio empezaba a parecer un plató, con camiones y coches de la policía flanqueando la calle, focos halógenos que brillaban desde pedestales y remolques, y luces estroboscópicas de emergencia, rojas y azules, girando sin parar.

Miembros de la brigada de artificieros abrieron las puertas laterales de sus vehículos. Sacaron maletines Pelican y bolsas y sacos Roco, así como arneses y herramientas, antes de correr cargados escalera arriba y depositarlos en los carros. A Scarpetta se le habían aquietado las tripas, pero notó frío dentro al ver que una mujer de la brigada de artificieros extraía de un contenedor una túnica y unos pantalones, treinta y cinco kilos de coraza forrada de material ignífugo. Un traje antibombas. Un todoterreno negro se detuvo y de él salió otro técnico, que sacó a un labrador marrón de la parte trasera.

—Tienes que darme toda la información que recuerdes del paquete —le decía Lobo al conserje, Ross, que permanecía de pie detrás de la mesa de la portería, con expresión atónita y asustada—. Pero será mejor que lo hagamos fuera. ¿Doctora Scarpetta, Benton? Acompáñennos.

Los cuatro salieron a la acera. Los focos halógenos eran tan potentes que hirieron los ojos de Scarpetta, los motores diésel resonaban como un terremoto. Patrullas de la policía y miembros de la Unidad de Servicios de Emergencia estaban sellando el perímetro del edificio con la cinta amarilla utilizada para demarcar escenas del crimen, mientras el gentío se arremolinaba en la calle y, en las profundas sombras del parque, se sentaba en los muros, hablaba animadamente y tomaba fotografías con los teléfonos móviles. Hacía mucho frío, las ráfagas de frío ártico rebotaban en los edificios, pero el aire le sentó bien. A Scarpetta se le empezó a despejar la cabeza y notó que respiraba mejor.

—Describa el paquete. ¿Tamaño? —le preguntó Lobo.

—Paquete de FedEx de tamaño medio, diría que de 35 × 28 centímetros y quizá 7 centímetros de grosor. Lo deposité en el centro de la mesita de la sala. Nada se interpone entre el paquete y la puerta, tendría que ser de fácil acceso para vosotros o, si es necesario, para vuestro robot. La puerta no está cerrada con llave.

—¿Peso estimado?

—Algo más de medio kilo.

—¿El contenido del paquete se movió cuando lo transportaba?

—Yo procuré no moverlo, pero no noté nada.

—¿Ha oído u olido algo?

—No he oído nada, pero sí que despedía un olor parecido al petróleo. Alquitranado, dulce y fétido, quizás un olor sulfúreo, pirotécnico. No pude identificarlo, pero era tan desagradable que me lloraban los ojos.

—¿Y usted? —Lobo miró a Benton.

—No he olido nada, pero no me acerqué al paquete.

—¿Notaste algún olor cuando entregaron el paquete? —preguntó Lobo a Ross.

—No lo sé. Estoy resfriado, tengo la nariz tapada.

—El abrigo que llevaba y los zapatos están en el piso, en el suelo del pasillo. Quizá quieran embolsarlos, llevarlos a analizar, por si encuentran residuos.

El teniente no iba a decírselo, pero ella acababa de darle bastante información. Por el tamaño y el peso del paquete, no podía contener mucho más de medio kilo de explosivos y no era sensible al movimiento, a menos que se hubiera conectado un creativo temporizador a un sensor de movimiento.

—No he notado nada raro. —Ross hablaba rápido mientras observaba el drama que tenía lugar en la calle y las luces centelleaban en su rostro de muchacho—. El tipo lo ha dejado en la mesa, ha dado media vuelta y se ha ido. Luego yo lo he puesto detrás de la mesa porque sabía que la doctora Scarpetta volvería pronto.

—¿Cómo lo sabías? —preguntó Benton.

—Tengo una tele en la salita de conserjería. Nosotros sabíamos que esta noche la doctora salía en la CNN...

—¿Quién es nosotros? —inquirió Lobo.

—Yo, el portero, uno de los recaderos. Y yo estaba aquí cuando ella se fue a la CNN.

—Describe a la persona que ha dejado el paquete.

—Un tío negro, abrigo largo y oscuro, guantes; gorra de FedEx; una carpeta sujetapapeles. No sé qué edad, pero era más bien joven.

—¿Lo habías visto antes, haciendo repartos o entregas en este edificio o en la zona?

—No que yo recuerde.

—¿Se presentó a pie, o aparcó una furgoneta aquí delante?

—No he visto ninguna furgoneta ni nada parecido. Lo que suelen hacer es aparcar donde pueden y acercarse a pie. Eso es todo. Es todo lo que vi.

—Lo que dices es que no tienes ni idea de si el tipo era un empleado de FedEx —afirmó Lobo.

—No puedo probarlo. Pero no hizo nada que me pareciera sospechoso. Eso es todo lo que sé.

—Y luego, ¿qué? Ha dejado el paquete, ¿qué ha pasado después?

—Se ha ido.

—¿De inmediato? ¿Ha ido derechito a la puerta? Estás seguro de que no se ha entretenido, no ha merodeado por aquí, no se ha acercado a la escalera ni se ha sentado en el vestíbulo?

Los policías de la ESU, la Unidad del Servicio de Emergencias, salían del ascensor y acompañaban a los otros residentes fuera del edificio.

—¿Estás seguro de que el tipo de FedEx entró y vino derecho a tu mesa, que luego dio media vuelta y se fue de inmediato? —insistió Lobo.

Ross miraba, asombrado, la caravana que se acercaba al edificio; coches patrulla que escoltaban un camión de catorce toneladas con un tanque de contención total para la desactivación de bombas.

—Mierda... ¿hay un ataque terrorista, o algo así? ¿Todo esto es por el paquete de FedEx? ¿Es una broma?

—¿Puede que se acercara al árbol de Navidad del vestíbulo? ¿Estás seguro de que no ha merodeado por los ascensores? —siguió Lobo—. Ross, ¿estás prestando atención? Porque esto es muy importante.

—La hostia.

El camión blanco y azul de los artificieros, cuyo tanque de contención total estaba cubierto con una lona negra, aparcó justo delante del edificio.

—Lo más insignificante puede tener consecuencias. Hasta el más pequeño detalle es importante, así que te lo pregunto de nuevo: el tipo de FedEx. ¿Ha ido a algún lado, ni que fuera un segundo? ¿Al baño? ¿A beber agua? ¿Ha mirado lo que había bajo el árbol de Navidad del vestíbulo?

—No lo creo. Joder. —Ross miraba el camión, embobado.

—¿No lo crees? Eso no basta, Ross. Necesito estar completamente seguro de dónde ha ido y no ha ido. ¿Comprendes la razón? Te la explicaré. Tenemos que asegurarnos de que, allá donde haya ido, no haya instalado un dispositivo que nadie tenga en cuenta. Mírame cuando te hablo. Vamos a comprobar las grabaciones de las cámaras de seguridad, pero es más rápido que me digas ahora mismo lo que has visto. ¿Estás seguro de que no llevaba nada más cuando entró en el vestíbulo? Cuéntame cualquier detalle, por insignificante que sea. Luego miraré las grabaciones.

—Estoy bastante seguro de que ha venido directamente aquí, me ha entregado el paquete y ha salido sin desviarse —dijo Ross—. Pero no sé lo que ha podido hacer fuera del edificio o si ha ido a otra parte. No lo he seguido. No tenía motivos para desconfiar. El ordenador del sistema de cámaras está en la parte de atrás. Eso es todo lo que se me ocurre.

—Cuando ha salido, ¿hacia dónde ha ido?

—Lo he visto salir por la puerta —señaló con la mano la puerta de cristal de la entrada— y eso es todo.

—¿A qué hora?

—Poco después de las nueve.

—Así que la última vez que lo viste fue hace dos horas, dos horas y cuarto.

—Eso creo.

—¿Llevaba guantes? —preguntó Benton a Ross.

—Negros. Creo que estaban forrados de pelo de conejo. Cuando me entregaba la caja, creo que vi pelo saliendo de los guantes.

De pronto, Lobo se apartó de ellos y atendió su radio.

—¿Recuerdas algo más, lo que sea, acerca de cómo iba vestido? —inquirió Benton.

—Ropa oscura. Me parece que llevaba botas y pantalón oscuros. Y un abrigo largo, ya sabe, por debajo de las rodillas. Negro. El cuello del abrigo subido, los guantes puestos, como he dicho puede que forrados, y la gorra de FedEx. Eso es todo.

—¿Gafas?

—Oscuras, de las tintadas.

—¿Tintadas?

—De las de espejo, ya sabe. Otra cosa. Acabo de recordarlo. Creí oler a cigarrillo, cerillas tal vez. Como si el tipo hubiese estado fumando.

—Creía que tenías la nariz tapada y no podías oler nada —le recordó Benton.

—Se me acaba de ocurrir. Que quizás he olido algo como cigarrillos.

—Pero eso no es lo que crees haber olido tú —dijo Benton a Scarpetta.

—No —respondió ella, sin añadir que quizá lo que Ross había detectado era sulfuro, que olía como una cerilla encendida y eso le había recordado a los cigarrillos.

—Qué me dices del hombre que ha descrito Ross: ¿has visto a alguien que encaje con esa descripción cuando volvías andando hacia aquí, o quizás antes, de camino a la CNN?

Scarpetta lo meditó pero no se le ocurrió nada, y entonces cayó en la cuenta:

—El sujetapapeles. ¿Te pidió que le firmaras algo? —preguntó a Ross.

—No.

—¿Entonces para qué quería el sujetapapeles?

Ross se encogió de hombros, su aliento era vapor blanco cuando habló:

—No me pidió que hiciera nada. Nada. Sólo me entregó el paquete.

—¿Dijo específicamente que se lo entregaras a la doctora Scarpetta? —preguntó Benton.

—Dijo que me asegurase de que lo recibía, sí. Y dijo su nombre, ahora que lo menciona. Dijo: «Esto es para la doctora Scarpetta. Ella lo espera.»

—¿Suelen ser los empleados de FedEx tan específicos, tan personales? ¿No es un poco raro? Porque yo nunca he oído que hagan comentarios de ese estilo. ¿Cómo podía saber el empleado que ella esperaba algo? —quiso saber Benton.

—No lo sé. Sí que me parece raro.

—¿Qué había en el sujetapapeles? —Scarpetta volvió a eso.

—La verdad es que no miré. Tal vez recibos, comprobantes de los paquetes. ¿Me meteré en un lío por esto? Mi mujer está embarazada. No me hacen falta más problemas —dijo Ross, que no parecía tener edad de estar casado y ser padre.

—Me pregunto por qué no has llamado al piso para decirme que había llegado un paquete —le dijo Benton.

—Porque el tipo de FedEx indicó que era para la doctora, como le he dicho, y yo sabía que ella volvería pronto y supuse, ahora que lo estamos recordando todo, que lo esperaba.

—¿Y sabías que ella volvería pronto porque...?

—Estaba en conserjería cuando me marché —Scarpetta respondió por Ross— y me deseó buena suerte con el programa.

—¿Cómo sabías que la doctora aparecía esta noche en televisión? —preguntó Benton.

—He visto los anuncios, los avances. Basta que eche un vistazo. —Ross señaló lo alto de un edificio al otro lado de Columbus Circle, donde un cartel luminoso mostraba el teletipo de noticias de la CNN, visible a manzanas de distancia—. Su nombre está ahí arriba, en putas letras luminosas.

Debajo del rótulo de color rojo de la CNN, el comentario fuera de cámara de Scarpetta se arrastraba alrededor del rascacielos:

> ... relacionado a Hannah Starr y la corredora asesinada y ha afirmado que los perfiles del FBI están anticuados y no se basan en datos creíbles. En *El informe Crispin* de esta noche, la doctora forense Kay Scarpetta ha relacionado a Hannah Starr y la corredora asesinada y ha afirmado que los perfiles del FBI...

10

Pete Marino apareció en mitad de la calle iluminado desde atrás por los focos halógenos, como si emergiera de ultratumba.

Las señalizaciones luminosas rotaban sobre su gran rostro curtido y sus anticuadas gafas de montura metálica, y se le veía alto y ancho con una chaqueta de plumón, pantalones militares y botas. Calada bien abajo de la calva llevaba una gorra del Departamento de Policía de Nueva York con un distintivo de la Unidad de Aviación en la visera, un viejo helicóptero Bell 47 que recordaba a la serie MASH. Un regalo de Lucy, con cierta guasa: Marino odiaba volar.

—Supongo que ya habéis conocido a Lobo —dijo Marino cuando llegó junto a Scarpetta y Benton—. ¿Os ha cuidado bien? No veo chocolate caliente. Ahora mismo, un bourbon no estaría mal. Vamos a sentarnos en mi coche antes de que os congeléis.

Marino echó a andar hacia su coche, aparcado al norte del camión de los artificieros, que estaba iluminado por halógenos que colgaban de postes de luz. La policía había retirado la lona y había bajado una rampa de acero especial que Scarpetta había visto en otras ocasiones, con un troquelado del tamaño de unos dientes de sierra. Si alguien tropezaba y se caía en la rampa, se desgarraba hasta el hueso, pero si resbalaba llevando una bomba, el problema era mucho mayor. El tanque de contención total estaba montado sobre una plataforma de diamante-acero y parecía una campana de inmersión de color amarillo intenso sellada por una abrazadera que un policía de la ESU aflojó y retiró. Debajo estaba la tapa de unos diez centímetros de grosor, a la que el policía ató un cable de acero, utilizando un cabrestante para bajarla a la plataforma. Extrajo una bandeja de nailon y marco de madera, dejó el mando del cabrestante encima y sujetó el cable de forma que no estorbase al artificiero, cuyo trabajo sería encerrar el paquete sospechoso de Scarpetta dentro de catorce toneladas de acero de alta tensión, antes de que se lo llevaran para ser desactivado por lo mejor de Nueva York.

—Siento todo esto —dijo Scarpetta a Marino mientras se acercaban a su Crown Vic azul oscuro, aparcado a una distancia prudencial del camión y su tanque de contención—. Estoy segura de que acabará en nada.

—Y estoy seguro de que Benton coincidirá conmigo. Nunca se está seguro de nada; habéis hecho lo correcto.

Benton miraba el rótulo de neón rojo de la CNN que asomaba por detrás del hotel Trump International y su resplandeciente Unisfera de plata, una réplica a pequeña escala del globo de diez plantas de altura de Flushing Meadows, sólo que esta representación del planeta conmemoraba el universo en expansión de Donald Trump, y no la era espacial. Scarpetta observó el teletipo luminoso de noticias, el mismo sinsentido fuera de contexto girando sin parar, y se preguntó si Carley habría orquestado el momento exacto de su aparición; decidió que sí.

Carley no habría querido tender su emboscada a plena luz, cuando acompañaba a la víctima a casa. Espera una hora, causa a Scarpetta problemas con el FBI y quizá se lo piense dos veces antes de volver a aparecer en televisión. ¡Maldita sea! ¿Era necesario este tipo de conducta? Carley sabía que sus índices de audiencia eran malos, ése era el motivo. Un intento sensacional y desesperado de aferrarse a su carrera. Y, tal vez, también sabotaje. Carley había oído la propuesta de Alex y sabía lo que le aguardaba. Ya no eran meras sospechas; ahora Scarpetta estaba convencida.

Marino abrió el coche y dijo a Scarpetta:

—¿Qué tal si te sientas delante, para que podamos hablar? Lamento meterte atrás, Benton. Lobo y algunos de los artificieros acaban de llegar de Bombay, han ido a averiguar cuanto podían para evitar que nos pase la misma mierda aquí. Como Benton ya sabrá, lo último en tácticas terroristas ya no es el terrorista suicida, sino pequeños comandos muy bien entrenados.

Benton no respondió, y Scarpetta notó la hostilidad como si fuera electricidad estática. Cuando Marino era excesivamente amable con Benton, no hacía más que empeorar las cosas; Benton reaccionaba poniéndose desagradable y luego Marino tenía que reivindicarse porque se mosqueaba y se sentía menospreciado. Una fluctuación tediosa y ridícula, primero uno, después el otro, de aquí para allá, y Scarpetta deseó que acabase de una vez. Estaba harta, maldita sea.

—Lo importante es que no podría estar en mejores manos. Estos tipos son los mejores, cuidarán bien de ti, doctora.

—Como si él se hubiese asegurado personalmente de ello.

Scarpetta cerró su puerta y alargó el brazo en busca del cinturón de seguridad, por pura costumbre, pero luego se lo pensó dos veces. No iban a ninguna parte.

—Me siento fatal por todo esto.

—Tú no has hecho nada, que yo sepa. —La voz de Benton detrás de ella.

Marino encendió el motor y puso la calefacción al máximo:

—Seguramente será una caja de galletas, como le pasó a Bill Clinton. Dirección equivocada y llaman a los artificieros. Resulta que son galletas.

—Justo lo que quería oír —replicó Scarpetta.

—¿Preferirías que fuese una bomba?

—Preferiría que nada de esto hubiera pasado.

No podía evitarlo. Se sentía abochornada. Se sentía culpable, como si todo fuese culpa suya.

—No tienes que disculparte —terció Benton—. En casos así no se corren riesgos, aunque nueve de cada diez veces no sea nada. Esperemos que no sea nada.

Scarpetta vio en la pantalla del ordenador instalado en el

salpicadero un mapa del aeropuerto del condado de Westchester, en White Plains. Quizá guardase relación con Berger, con el vuelo de esa noche en el helicóptero de Lucy, si es que no habían llegado aún. Pero era extraño. No tenía sentido que Marino tuviese el mapa en la pantalla. En aquel momento, nada tenía sentido. Scarpetta se sentía confusa, inquieta y humillada.

—¿Se sabe algo ya? —preguntó Benton a Marino.

—Se han divisado algunos helicópteros de periodistas por la zona. Es imposible que esto esté tranquilo. Te traes a la madre de todos los camiones antibombas y ya se monta la de Dios, cuando se lleven el paquete de la doctora a Rodman's Neck esto parecerá un puto desfile presidencial. Que yo haya llamado directamente a Lobo nos ha ahorrado mucha mierda, pero no puedo mantener esto en secreto. Tampoco te hace falta llamar la atención, ya que ahí está tu nombre en letras luminosas, poniendo a parir al FBI.

—No puse a parir al FBI. Estaba hablando de Warner Agee y eso era en privado y fuera de cámara —puntualizó Scarpetta.

—No existe tal cosa —replicó Benton.

—Sobre todo con Carley Crispin, que se ha hecho famosa por quemar a sus fuentes. No sé por qué demonios vas a ese programa —dijo Marino—. No es que ahora sea el momento de entrar en eso, pero vaya puto follón. ¿Veis lo desierta que está la calle ahora? Si Carley sigue con su mierda del taxi, las calles estarán así de desiertas de ahora en adelante, que es probablemente lo que ella quiere. Otro notición. Treinta mil taxis y ni un pasajero, entretanto un montón de gente acojonada por la calle, como si King Kong anduviera suelto. Feliz Navidad.

—Siento curiosidad: ¿por qué tienes el aeropuerto del condado de Westchester en la pantalla? —Scarpetta no quería hablar de sus pifias en la CNN, ni tampoco de Carley o escuchar las exageraciones de Marino—. ¿Tienes noticias de Lucy y Jaime? Creía que ya habrían aterrizado.

—También lo creía yo. Estaba haciendo un MapQuest, intentaba imaginar la ruta más rápida, no es que quiera irme allí. Son ellas las que vienen para acá.

—¿Por qué iban a querer venir aquí? ¿Saben lo que está pasando?

Scarpetta no quería que su sobrina apareciese en medio de todo aquello.

En su vida anterior como agente especial e investigadora certificada de incendios para la ATF, Lucy había tratado de forma rutinaria con explosivos e incendios provocados. Era buena, destacaba en cualquier campo técnico y arriesgado, y cuanto más otros rehuían o fallaban algo, más rápido lo dominaba ella y los dejaba en evidencia. Su talento y su fiereza no le ganaban amigos. Aunque ahora era emocionalmente más flexible que a los veinte años, el trato con la gente seguía sin ser algo natural para ella, y respetar los límites y la ley le resultaba imposible. Si Lucy se plantaba allí, tendría una opinión y una teoría, y quizás un remedio justiciero y, por el momento, Scarpetta no estaba de humor.

—No aquí donde estamos nosotros —decía Marino—, sino aquí de vuelta a la ciudad.

—¿Desde cuándo necesitan MapQuest para encontrar el camino de vuelta a la ciudad? —preguntó Benton.

—Por un asunto del que no puedo hablar.

Scarpetta observó el familiar perfil de facciones duras de Marino, miró la pantalla del ordenador montado sobre la consola universal. Se volvió para mirar a Benton en el asiento trasero. Miraba por la ventana a los miembros de la brigada que salían del edificio.

—Doy por supuesto que todo el mundo tiene los móviles desconectados —dijo Benton—. ¿Y tu radio?

—Apagada —replicó Marino, como si le hubiesen acusado de ser estúpido.

La artificiera con el traje y el casco para la desarticulación de explosivos salía del edificio, los brazos acolchados, sin forma, extendidos, sosteniendo una bolsa negra blindada e ignífuga.

—Los rayos X habrán mostrado algo que no les ha gustado —comentó Benton.

—Y no usan a Android —dijo Marino.

—¿A quién? —preguntó Scarpetta.

—Al robot. Lo llaman Android, por el nombre de la artificiera, que se llama Ann Droiden. Es raro eso de los nombres de la gente, como esos dentistas que se llaman Dolores, o De las Muelas. Ann Droiden es buena en su trabajo. Y también está buena. Todos los tíos quieren que sea ella la que les coja el paquete, ya me entendéis. Tiene que ser duro ser la única mujer de la brigada de artificieros. La razón de que la conozca —siguió Marino, como si tuviera que explicar por qué no dejaba de hablar de una bonita artificiera llamada Ann— es que antes trabajaba en la Dos de Harlem, donde guardan el tanque de contención, y ella aún se deja caer por ahí para visitar a sus antiguos colegas de la Unidad de Emergencias. La Dos no está lejos de mi casa, a unas manzanas. Suelo pasarme por allí, tomarme un café, llevarle unas golosinas al bóxer de la compañía, un perro de puta madre, *Mac*. Un perro recogido de la calle. Siempre que puedo, si todos están ocupados, me llevo a *Mac* a casa para que no pase toda la noche solo.

—Si la usan a ella en lugar del robot, lo que contiene la caja, sea lo que sea, no es sensible al movimiento. Deben de estar seguros de eso —dijo Scarpetta.

—Si fuera sensible al movimiento, supongo que te estarían despegando de la luna, ya que has subido el paquete a tu casa —replicó Marino con su diplomacia habitual.

—Podría ser sensible al movimiento, con un temporizador. Evidentemente, no es el caso —intervino Benton.

La policía hizo retroceder a la gente, asegurándose de que no hubiera nadie a menos de 100 metros de la artificiera que bajaba los escalones de la entrada con el rostro tapado por una visera. Caminaba despacio, con cierta rigidez pero con una agilidad sorprendente, hacia el camión, que esperaba con el motor en marcha.

—El 11 de septiembre los de la Dos perdieron a tres colegas, Vigiano, D'Allara y Curtin, y al artificiero Danny Richards —dijo Marino—. No se ve desde aquí, pero sus nombres están pintados en el camión antibombas, en todos los camiones de la

Dos. En las dependencias tienen una pequeña sala conmemorativa, un santuario con algunas piezas del equipo que se recuperaron con los cuerpos: llaves, linternas, radios, algunas fundidas. Sientes algo distinto cuando ves la linterna fundida de un tipo, ¿sabéis?

Scarpetta llevaba cierto tiempo sin ver a Marino. Inevitablemente, siempre que venía a Nueva York estaba frenética y con una agenda apretadísima. No se le había ocurrido que él pudiera sentirse solo. Se preguntó si tendría problemas con su novia, Georgia Bacardi, una detective de Baltimore con quien había empezado una relación seria el año anterior. Quizá la relación había terminado o estaba en proceso de hacerlo, lo que no era una gran sorpresa. Las relaciones de Marino solían tener la misma esperanza de vida que una mariposa. Ahora Scarpetta se sentía aún peor. Se sentía mal por haber subido un paquete a su casa sin examinarlo antes y se sentía culpable con Marino. Debía llamarlo cuando estaba en la ciudad. Debía seguir en contacto con él aunque no estuviese, una simple llamada o un correo electrónico de vez en cuando.

La artificiera había llegado al camión y sus pies, enfundados en las botas, se aferraron al serrado de la rampa a medida que subía. Era difícil ver más allá de Marino, la ventanilla del coche y la calle, pero Scarpetta reconoció lo que sucedía, no era ajena al procedimiento. La técnica artificiera depositaría la bolsa en la bandeja y la deslizaría al interior del tanque de contención. Con el cabrestante replegaría el cable de acero que devolvería la enorme tapa de acero a la abertura circular y luego colocaría de nuevo la abrazadera y la tensaría, probablemente con las manos sin enguantar. Como mucho, los artificieros llevaban guantes finos de Nomex o quizá de nitrilo para protegerse del fuego o de posibles sustancias tóxicas. Cualquier material muy acolchado imposibilitaría ejecutar la tarea más simple y, de todos modos, no salvaría ningún dedo en caso de detonación.

Cuando la artificiera hubo terminado, otros policías y el teniente Lobo se reunieron en la parte posterior del camión, devolvieron la rampa a su sitio, cubrieron el tanque de contención con la lona y la ataron. El camión se alejó hacia el norte por la calle cerrada escoltado por coches patrulla, el convoy un mar agitado de rápidos fogonazos de luz rumbo a la carretera del West Side. De ahí seguiría una ruta segura hasta el campo de tiro de la policía en Rodman's Neck, probablemente por la Cross Bronx y la 95 Norte, lo que mejor protegiese al tráfico, los edificios y los peatones de ondas expansivas, riesgo biológico, radiación y metralla, en caso de que el artilugio estallase durante el traslado y pudiese con el tanque de contención.

Lobo se dirigía hacia ellos. Cuando llegó al coche de Marino, subió atrás con Benton, y con él entró una ráfaga de aire frío mientras decía:

—He enviado imágenes de las cámaras de seguridad a tu correo.

Cerró la puerta.

Marino empezó a teclear en el Toughbook que descansaba en un pedestal entre los asientos delanteros, el mapa de White Plains sustituido por una pantalla que le solicitaba su nombre de usuario y la contraseña.

—El tipo de FedEx tiene un tatuaje interesante —dijo Lobo, inclinándose hacia delante mientras mascaba chicle. Scarpetta olió a canela—. Uno grande a la izquierda del cuello, cuesta distinguirlo por la piel oscura.

Marino abrió un correo electrónico y su archivo adjunto. La imagen fija de un vídeo de seguridad llenó la pantalla, un hombre con gorra FedEx que caminaba hacia el conserje.

Benton cambió de posición para verlo mejor y dijo:

—No, ni idea. No lo reconozco.

El hombre tampoco le resultaba familiar a Scarpetta. Afroamericano, pómulos altos, barba y bigote, la gorra de FedEx calada hasta unos ojos tapados por gafas de espejo. El cuello del abrigo negro de lana ocultaba parcialmente un tatuaje que le cubría el lado izquierdo del cuello y llegaba hasta la oreja, un tatuaje de calaveras. Scarpetta contó ocho pero no alcanzó a ver sobre qué se amontonaban, sino sólo una línea de algo inidentificable.

—¿Puedes ampliarlo? —Scarpetta señaló el tatuaje y lo que

parecía el extremo de una caja que con un clic del *trackpad* aumentó de tamaño—. Quizás un ataúd. Cráneos humanos amontonados en un ataúd. Lo que hace que me pregunte de inmediato si este hombre sirvió en Irak o Afganistán. Calaveras, esqueletos, esqueletos que salen de ataúdes, lápidas. Monumentos conmemorativos a soldados caídos en combate, en otras palabras. Por lo general cada cráneo representa a un compañero fallecido. Estos tatuajes se han vuelto muy populares últimamente.

—El RTCC puede hacer una búsqueda —dijo Marino—. Si este tipo está en la base de datos por algún motivo, quizá lo encontremos gracias al tatuaje. Tenemos toda una base de datos de tatuajes.

El intenso aroma a canela volvió, lo que a Scarpetta le trajo a la memoria escenas de incendios, la sinfonía de olores inesperados en lugares que habían ardido hasta los cimientos. Lobo le tocó el hombro y dijo:

—Así que nada de este tipo le resulta familiar. No le evoca nada.

—No —respondió ella.

—A mí me parece un cabronazo —añadió Lobo.

—El conserje, Ross, ha dicho que no vio en él nada que resultara alarmante —dijo Scarpetta.

—Ya, eso es lo que ha dicho. —Masticando chicle—. Claro que también consiguió el empleo después de que lo despidieran de otro edificio, por dejar la conserjería desatendida. Al menos ha sido sincero respecto a eso. Aunque se le ha olvidado mencionar que el pasado marzo se le acusó de posesión de una sustancia controlada.

—¿Seguro que no está relacionado con este tipo? —Benton se refería al hombre que se veía en la pantalla.

—No estoy seguro de nada. —Lobo señaló al hombre del cuello tatuado—. Pero no creo que este tipo sea un empleado de FedEx, por mencionar lo obvio. Puedes comprar gorras como ésa en eBay, sin problemas. O hacerte una. ¿Y cuando regresaba andando de la CNN? ¿Vio a alguien, sobre todo a alguien que por lo que fuera le llamase la atención?

—Un indigente que dormía en un banco es todo lo que se me ocurre.

—¿Dónde? —preguntó Benton.

—Cerca de Columbus Circle. Ahí mismo.

Scarpetta se volvió y señaló con el dedo.

Vio que los vehículos de emergencias y los curiosos se habían ido, los focos halógenos estaban apagados y la calle volvía a la incompleta oscuridad. Pronto se restablecería el tráfico, los vecinos volverían al edificio y los conos, las barreras y la cinta amarilla desaparecerían como si nada hubiese pasado. No conocía ninguna otra ciudad donde las emergencias se manejasen con tanta rapidez y el orden habitual se restableciera igual de rápido. Lecciones del 11-S. Experiencia a un precio terrible.

—Ahora no hay nadie en la zona. Nadie en ningún banco, pero toda esta actividad los habrá ahuyentado. ¿Nadie más le llamó la atención cuando volvía a casa? —insistió Lobo.

—No.

—Pregunto porque, a veces, a los que dejan paquetes antisociales les gusta quedarse a mirar o aparecer después del hecho, para ver el daño que han causado.

—¿Hay otras fotos? —preguntó Benton, su aliento rozando la oreja de Scarpetta y revolviéndole el cabello.

Marino abrió otras dos imágenes fijas y las colocó una junto a la otra; mostraban al hombre del tatuaje de cuerpo entero, dirigiéndose a conserjería y alejándose.

—No lleva el uniforme de FedEx —observó Scarpetta—. Unos simples pantalones oscuros, botas negras y abrigo negro abrochado hasta el cuello. Y guantes, y creo que Ross estaba en lo cierto. Creo ver algo de pelo, quizás estuviesen forrados de pelo de conejo.

—Sigue sin sonarme de nada —admitió Lobo.

—Ni a mí —dijo Benton.

—Ni a mí —añadió Scarpetta.

—Bien, sea quien sea, o es el mensajero o el remitente, y la pregunta de la noche es si conoce a alguien que quisiera herirla o amenazarla —dijo Lobo.

—Específicamente, no.

—¿Y en general?

—En general, podría ser cualquiera.

—¿Ha recibido algún correo extraño de un admirador, en su despacho en Massachusetts o aquí, en la oficina del forense? ¿Quizás en la CNN?

—No se me ocurre nada.

—A mí, sí. La mujer que te ha llamado esta noche al programa. Dodie —intervino Benton.

—Exacto —dijo Marino.

—¿Exacto? —preguntó Lobo.

—Dodie Hodge, una antigua paciente en McLean's. —Marino nunca pronunciaba correctamente el nombre del hospital. No había una «s» con apóstrofe, nunca la había habido—. Aún no la he investigado en el RTCC porque me ha interrumpido el pequeño incidente de la doctora.

—No la conozco —afirmó Scarpetta, pero al recordar a la persona que había mencionado a Benton por su nombre, refiriéndose a un artículo que él nunca había escrito, sintió náuseas de nuevo. Se volvió hacia Benton y dijo—: No voy a preguntar.

—No puedo decir nada —respondió él.

—Permíteme, ya que me importa un carajo proteger a chalados —dijo Marino a Scarpetta—. Esta señora en concreto sale de McLean's y Benton recibe una felicitación musical navideña con su voz, que también se dirige a ti; y a continuación llama a la tele en directo y alguien te envía un paquete.

—¿Es eso verdad? —preguntó Lobo a Benton.

—No puedo verificarlo y nunca he dicho que haya sido paciente de McLean.

—¿Vas a decirnos que no lo ha sido? —presionó Marino.

—Tampoco voy a decir eso.

—Bien, veamos: ¿Sabemos si esta paciente, Dodie Hodge, está en la zona, quizás en la ciudad, ahora mismo?

—Tal vez.

—¿Tal vez? ¿No crees que tendríamos que saber si lo está? —preguntó Marino.

—No, a menos que sepamos con certeza que ha hecho algo ilegal o es una amenaza. Ya sabes cómo funciona esto.

—Oh, por Dios. Normas para proteger a todo el mundo, salvo a las personas inocentes. Sí, sé cómo funciona —dijo Marino—. Chalados y menores. Ahora tenemos niños de ocho años que disparan a la gente. Pero ante todo hay que proteger su confidencialidad.

—¿Cómo entregaron la felicitación musical? —quiso saber Lobo.

—FedEx. —Benton alcanzó a decir eso—. No afirmo que guarde relación. Tampoco afirmo lo contrario. No lo sé.

—Lo comprobaremos con la CNN, averiguaremos la procedencia de la llamada de Dodie Hodge al programa. Necesito una grabación del programa, y tendremos que encontrarla y hablar con ella. ¿Algún motivo para considerarla peligrosa? —preguntó a Benton—. Qué más da. No puede hablar de ella.

—No, no puedo.

—Bien. Cuando haga saltar a alguien por los aires, quizás entonces sí —comentó Marino.

—No sabemos quién dejó el paquete, salvo que es un varón negro con un tatuaje en el cuello —dijo Benton—. Y no sabemos qué contiene el paquete. No sabemos si se trata de un artefacto explosivo.

—Sabemos lo suficiente para intranquilizarnos —replicó Lobo—. Lo que hemos visto por rayos X: algunos cables, pilas de botón, un microinterruptor y, lo que me preocupa de verdad, un pequeño recipiente transparente, una especie de tubo de ensayo con cierto tipo de tapón. No se ha detectado radiación, pero no hemos utilizado ningún otro equipo de detección, no hemos querido acercarnos tanto.

—Estupendo —dijo Marino.

—¿Has olido algo? —preguntó Scarpetta.

—No me he acercado —respondió Lobo—. Los que han subido a vuestra planta han trabajado desde la escalera y la técnica que ha entrado en el piso llevaba un traje de contención integral. No iba a oler nada, a menos que el olor fuese muy intenso.

—¿Os encargaréis del paquete esta noche? ¿Para que sepamos qué cojones contiene? —preguntó Marino.

—No desactivamos artefactos de noche. Droiden, que también es técnica en materiales peligrosos, se dirige a Rodman's Neck y pronto estará allí para proceder al traslado del tanque de contención a un polvorín. Utilizará detectores para determinar si existe riesgo de contaminación química, biológica, radiológica o nuclear, si hay gases que se puedan neutralizar sin peligro. Como he dicho, no se han disparado las alarmas de riesgo radiactivo y no hay evidencias de polvo blanco, pero no sabemos. Los rayos X han mostrado un recipiente con forma de vial que obviamente puede contener algo, lo cual es motivo de preocupación. El paquete permanecerá cerrado en un polvorín y nos encargaremos del asunto a primera hora de la mañana, neutralizándolo para ver a qué nos enfrentamos.

—Tú y yo nos mantendremos en contacto —dijo Marino a Lobo cuando éste salía del coche—. Seguramente pasaré la noche en el RTCC, para ver qué encuentro de esa chalada de Dodie, del tatuaje y lo que surja.

—Perfecto.

Lobo cerró la puerta.

Scarpetta lo vio alejarse en dirección a un todoterreno azul oscuro. Se metió las manos en los bolsillos, en busca del teléfono, y recordó que aquél no era su abrigo y que no tenía el BlackBerry.

—Tenemos que asegurarnos de que Lucy no oye esto en las noticias o lee un informe de la Oficina de Gestión de Emergencias.

Esta oficina publicaba constantes actualizaciones en Internet y el personal con necesidad de información tenía acceso a informes de todo tipo, desde tapas de alcantarilla perdidas hasta homicidios. Si Lucy veía que habían enviado la brigada de artificieros a Central Park West, se preocuparía innecesariamente.

—Cuando lo he comprobado por última vez, seguían volando. Puedo llamarla al teléfono del helicóptero —dijo Marino.

—La llamaremos cuando volvamos al piso.

Benton quería salir del coche. Quería alejarse de Marino.

—No llames al teléfono del helicóptero, no necesita distraerse mientras vuela —advirtió Scarpetta.

—Os propongo que entréis e intentéis relajaros, y yo contactaré con ellas. De todos modos, tengo que informar a Berger de lo sucedido.

Scarpetta creía encontrarse bien hasta que Benton abrió la puerta del piso.

—Maldita sea —exclamó, quitándose el anorak de esquí y arrojándolo sobre una silla, de pronto tan enfadada que a punto estuvo de gritar.

La policía había sido considerada, tan sólo había la huella de un pie en el suelo de madera y su bolso estaba en la mesa de la entrada, donde lo había dejado antes de ir a la CNN. Pero la escultura millefiori que había visto elaborar a un maestro vidriero de la isla veneciana de Murano no estaba en su sitio. No estaba en la mesa de centro, sino en la mesa con tablero de piedra que había junto al sofá, y así se lo señaló a Benton, que no dijo palabra. Sabía cuándo guardar silencio, y éste era uno de esos momentos.

—Tiene huellas dactilares.

Scarpetta alzó la escultura a la luz, mostrando a Benton apreciables rugosidades y surcos, espirales y un arco, patrones identificables en el borde del cristal coloreado. Pruebas de un crimen.

—Lo limpiaré —dijo Benton, pero ella no se lo dio.

—Alguien no llevaba guantes. —Scarpetta limpió furiosamente el cristal con el dobladillo de su blusa de seda—. Habrá sido la artificiera. Los artificieros no llevan guantes. Cómo se llama, Ann. No llevaba guantes. Lo ha cogido y lo ha cambiado de sitio. —Como si la artificiera fuese una ladrona—. ¿Qué más habrán tocado aquí, en nuestra casa?

Benton no respondió porque era zorro viejo. Sabía lo que hacer y no hacer en las raras ocasiones en que Scarpetta se alteraba, y ella creía que volvía a oler el paquete y luego olió la bahía, la laguna de Venecia. El agua salada y la calidez del sol primaveral cuando ella y Benton habían salido del taxi acuático en la parada de Colona y recorrieron la *fondamenta* hasta la calle San Cipriano. Las visitas a la fábrica no estaban permitidas, pero eso no la detuvo; había tirado de la mano de Benton y dejado atrás una barcaza con desechos de cristal y el cartel «Fornace-Entrata Libera» para entrar y pedir una demostración en un espacio abierto con hornos como crematorios, muros de ladrillo pintado de rojo y techos altos. Aldo, el artesano, era pequeño y con bigote; vestía pantalón corto y playeras y procedía de una dinastía de sopladores de vidrio, un linaje ininterrumpido de setecientos años de antigüedad. Sus antepasados nunca habían abandonado la isla; no les estaba permitido aventurarse al otro lado del lago so pena de muerte o de que les cortasen las manos.

Scarpetta le había encargado, ahí mismo, algo para los dos, Benton y ella, la pareja feliz, lo que a Aldo le gustase. Era un viaje especial, un viaje sagrado, y quería recordar aquel día, cada minuto. Benton le dijo después que nunca la había oído hablar tanto, explicando su fascinación por la ciencia del vidrio. Arena, cal y sosa que se transforman en algo que no es líquido ni sólido, sin datos empíricos de si continúa evolucionando después de convertirse en el cristal de una ventana o un jarro, explicó ella en su italiano no muy perfecto. Después de la cristalización, sólo grados vibracionales de libertad permanecen activos, pero la forma está establecida. Un cuenco sigue pareciendo un cuenco al cabo de mil años y las hojas de obsidiana prehistóricas no pierden el filo. Un misterio, quizá por eso le gustaba el vidrio. Por eso y por lo que hace a la luz visible, había dicho Scarpetta. Lo que sucede cuando se añaden agentes de color como hierro, cobalto, boro, manganeso y selenio para el verde, azul, morado, ámbar y rojo.

Al día siguiente, Scarpetta y Benton habían regresado a Murano para recoger su escultura después de que la hubiesen templado lentamente en el horno, se hubiese enfriado y después envuelto en plástico con burbujas. Ella la había subido al avión como equipaje de mano, embutida en el compartimento situado encima de sus cabezas, durante el regreso de un viaje de trabajo que no debía ser de placer, pero Benton la había sorprendido. Le había pedido que se casara con él. Aquellos días en Italia se habían convertido, al menos para ella, en más que memorables. Eran un templo imaginado donde se refugiaban sus pensamientos cuando se sentía tanto feliz como triste, y sintió que su templo había sido pisoteado y mancillado mientras devolvía la escultura a su sitio, la mesilla de madera de cerezo. Se sentía profanada, como si al entrar se hubiese encontrado con su casa saqueada, desvalijada, la escena de un crimen. Empezó a dar vueltas en busca de otras cosas perdidas o fuera de lugar; comprobó lavabos y jabones para ver quién se había lavado las manos o tirado de la cadena del retrete.

—En los cuartos de baño no ha entrado nadie —proclamó.

Abrió las ventanas de la sala para librarse del olor.

—Huelo el paquete; tienes que olerlo —dijo a Benton.

—No huelo nada —replicó él, de pie en la entrada con el abrigo puesto.

—Sí. Tienes que olerlo. Huele como hierro, ¿no lo notas? —insistió Scarpetta.

—No. Quizá recuerdas lo que has olido. Se han llevado el paquete. Se lo han llevado y estamos a salvo.

—Es porque no lo has tocado, y yo sí. Un olor como a moho-metal, como si mi piel hubiese estado en contacto con iones de hierro.

Benton le recordó, con mucha calma, que llevaba guantes cuando sostuvo el paquete que quizá fuese una bomba.

—Pues me habrá tocado la piel en la zona entre los guantes y los puños del abrigo —insistió ella, acercándose.

El paquete le había dejado su aroma en las muñecas, un perfume maligno, peróxidos lipídicos de los aceites de la piel, del sudor, oxidados por las enzimas causantes de la corrosión, la descomposición. Como sangre, explicó. Olía como a sangre.

—Como huele la sangre untada en la piel —dijo Scarpetta, y alzó las muñecas para que Benton las oliera.

—No huelo nada —repitió él.

—Algo con base de petróleo, algo químico, no sé qué es. Sé que huelo óxido. —Le resultaba imposible dejar de hablar de aquello—. Hay algo en esa caja que es malo, muy malo. Me alegra que no la tocaras.

En la cocina, se lavó las manos, las muñecas, los antebrazos, con lavavajillas y agua, como lavándose para el quirófano, como si se descontaminase. Limpió con Murphy Oil Soap la mesita donde había estado el paquete. Bufó y refunfuñó mientras Benton la observaba en silencio, intentando no interferir en su desahogo, intentando ser comprensivo y racional, un comportamiento que no hacía más que enojarla y molestarla aún más.

—Al menos podrías reaccionar. O quizá no te importe.

—Me importa mucho. —Benton se quitó el abrigo—. No es justo que digas eso; me doy perfecta cuenta de lo horrible que es esto.

—No sé si te importa. Nunca lo sé. Nunca soy capaz de saberlo.

Como si fuera Benton quien hubiese dejado el presunto paquete bomba.

—¿Te sentirías mejor si perdiera los nervios? —Mirándola con expresión sombría.

—Voy a darme una ducha.

Se desvistió, enfadada, mientras cruzaba el pasillo hacia el dormitorio. Metió la ropa en la bolsa de lavado en seco y la ropa interior en un cesto. Se metió en la ducha, con el agua todo lo caliente que podía soportar, pero el vapor hizo que el olor penetrara aún más en la nariz, hasta los senos nasales. El olor del paquete, a fuego y azufre, unido al calor, hizo que sus sentidos iniciaran otra proyección de diapositivas. Filadelfia, oscuridad e infierno en llamas, escaleras que subían al cielo nocturno, sonidos de sierras que abrían agujeros en el techo y agua brotando de mangueras a 5.500 litros por minuto, un chorro de gran caudal que salía de lo alto del camión para sofocar un gran incendio como aquél.

El agua caía en forma de arco desde los camiones que rodeaban la manzana y los restos carbonizados de un automóvil aparecían retorcidos como una bandeja de cubitos de hielo, los neumáticos quemados por completo. Aluminio y cristal fundidos, perlas de cobre, paredes despellejadas y acero deformado, madera rugosa alrededor de ventanas rotas y espeso humo negro. Un poste de electricidad parecía una cerilla consumida. Dijeron que era un incendio de los que engañan a los bomberos, primero sin calor excesivo y después con tanto que te hierve el casco. Avanzaba, el agua sucia hasta las rodillas, un arco iris de gasolina flotando en la superficie; las linternas sondeaban la absoluta oscuridad, goteo constante, agua cayendo de los boquetes cuadrados que las hachas habían abierto en el techo de cartón alquitranado. El aire, espeso, olía a nube de azúcar agria chamuscada, era dulce, intenso y vomitivo cuando la llevaron hasta él, hasta lo que quedaba de él. Mucho después le dijeron que ya estaba muerto cuando se inició el incendio: atraído hasta allí y muerto de un disparo.

Scarpetta cerró el agua y permaneció en el vapor, respirando nubes de vaho por la nariz y la boca. No veía a través de la puerta de cristal, estaba empañada, pero la luz cambiante era Benton que entraba. Aún no estaba preparada para hablar con él.

—Te he traído una copa —dijo Benton.

La luz volvió a moverse, Benton pasaba ante la ducha. Oyó que sacaba el taburete del tocador y se sentaba.

—Ha llamado Marino.

Scarpetta abrió la puerta, cogió la toalla que colgaba cerca y la metió en la ducha.

—Por favor, cierra la puerta del cuarto de baño, para que no se enfríe —indicó a Benton.

Benton se levantó y cerró la puerta. Volvió a sentarse.

—Lucy y Jaime se encuentran a unos minutos de White Plains.

—¿Todavía no han aterrizado? ¿Pasa algo?

—Salieron tarde por el mal tiempo. Ha habido muchos retrasos por ese motivo. Marino ha hablado con Lucy por el teléfono del helicóptero. Están bien.

—Le he dicho a Marino que no lo hiciera, maldita sea. Lucy no necesita hablar por el maldito teléfono cuando pilota.

—Ha dicho que sólo han hablado un minuto. No le ha contado lo sucedido. Ya se lo explicará en detalle cuando estén en tierra. Estoy convencido de que Lucy te llamará. No te preocupes, están bien. —La cara de Benton mirándola entre el vapor.

Scarpetta se secaba en el interior de la ducha con la puerta entreabierta. No quería salir. Benton no le preguntó qué le pasaba, por qué se escondía en la ducha como si fuera una niñita.

—He buscado tu teléfono, una vez más, por todas partes. No está en el piso —añadió.

—¿Has intentado llamar a mi número?

—Seguro que está en el suelo de la CNN, dentro del armario de la sala de maquillaje donde siempre cuelgas el abrigo, si no me equivoco.

—Lucy puede encontrarlo, si vuelvo a hablar con ella.

—Creía que habías hablado con ella hoy, cuando aún seguía en Stowe. —Era su forma de animarla a que fuera razonable.

—Porque la he llamado yo. —Para Scarpetta, ahora era imposible ser razonable—. Nunca me llama, últimamente casi nunca. Muy de vez en cuando saca tiempo para hablar, cuando la ha retrasado una tormenta de nieve o aún no ha aterrizado.

Benton sólo la miró.

—Ella puede encontrar mi maldito teléfono. Vaya si puede, ya que fue idea suya instalar un receptor WAAS en mi BlackBerry, en tu BlackBerry, en el BlackBerry de Jaime, en el BlackBerry de Marino, en el cogote de su bulldog, de modo que puede saber dónde estamos o, más exactamente, dónde están nuestros teléfonos y su perro, con un margen de error de unos tres metros.

Benton guardaba silencio, mientras la observaba a través del vapor. Scarpetta siguió secándose dentro de la ducha, algo inútil debido al vaho. Se secaría y luego volvería a sudar.

—Es la misma tecnología que la Administración de Aviación Federal se está planteando utilizar en aproximaciones de vuelos y en aterrizajes con piloto automático. —Como si fuera otra persona quien hablase por su boca, alguien que ella no conocía o no le gustaba—. Quizá lo usen en aviones teledirigidos, a quién le importa un carajo. Salvo que mi puto teléfono sabe exactamente dónde está aunque yo no lo sepa precisamente ahora, y averiguarlo es un juego de niños para Lucy. Le enviaré un correo electrónico. Quizás encuentre algo de tiempo para localizar mi teléfono. —Secándose el cabello, al borde de las lágrimas sin saber el motivo—. Igual Lucy llamará porque le preocupará un poco que alguien me haya puesto una bomba.

—Kay, por favor. No te alteres tanto.

—Ya sabes cuánto odio que me digan que no me altere. Me he pasado toda la vida sin alterarme porque no se me permite que me altere, joder. Pues bien, ahora mismo estoy alterada y así voy a seguir, porque no puedo evitarlo. Si pudiera evitarlo, no estaría alterada, ¿verdad? —Le temblaba la voz.

Le temblaba todo el cuerpo, como si hubiese enfermado. Puede que así fuera. Muchos empleados de la oficina de medicina forense tenían la gripe. Circulaba por ahí. Scarpetta cerró los ojos y se apoyó en los azulejos húmedos que estaban enfriándose.

—Le dije que me llamara antes de salir de Vermont. —Intentó tranquilizarse, ahuyentar la tristeza y la ira que la abrumaban—. Antes solía llamarme antes de aterrizar o despegar, o simplemente para decir hola.

—No sabes si lo ha hecho, has perdido el teléfono. Estoy seguro de que ha intentado llamarte. —El tono conciliador de Benton, su forma de hablar cuando intentaba apaciguar una situación cada vez más explosiva—. Volvamos sobre tus pasos. ¿Recuerdas haber sacado el teléfono en algún momento, después de salir del piso?

—No.

—Pero estás segura de que lo llevabas en el bolsillo del abrigo al marcharte de aquí.

—Ahora mismo no estoy segura de nada.

Recordaba haber dejado el abrigo en una de las sillas de maquillaje mientras hablaba con Alex Bachta. Tal vez se había caído entonces, y el teléfono seguía en la silla. Enviaría un correo a Alex, le pediría que alguien echase un vistazo y se lo guardase hasta que ella fuera a recogerlo. Odiaba ese teléfono y había hecho una estupidez. Había hecho algo tan estúpido que resultaba difícil de creer. El BlackBerry no estaba protegido por una contraseña y no iba a decírselo a Benton. No iba a decírselo a Lucy.

—Lucy lo encontrará —dijo Benton—. Marino ha mencionado que quizá quieras ir a Rodman's Neck para ver qué encuentran, si sientes curiosidad. Pasará a buscarte cuando quieras. Pronto, a eso de las siete de la mañana. Te acompañaré.

Scarpetta se envolvió en la toalla y salió a la alfombrilla antideslizante de bambú. Benton, sin camisa y descalzo, vestido con los pantalones del pijama, estaba sentado de espaldas al tocador. Scarpetta odiaba cómo se sentía. No quería sentirse así. Benton no había hecho nada para merecerlo.

—Creo que deberíamos averiguar cuanto podamos de los artificieros y del laboratorio. Quiero saber quién ha enviado ese paquete, por qué, y qué es exactamente. —Benton la observaba, el ambiente cálido y vaporoso.

—Sí, la caja de galletas que me ha dejado alguna considerada paciente tuya —replicó Scarpetta con cinismo.

—Supongo que podrían ser galletas a pilas y una botella de licor con forma de tubo de ensayo que huele a acelerante.

—¿Y Marino también quiere que vayas? ¿No sólo yo? ¿Los dos?

Scarpetta se peinaba, pero el espejo del lavabo estaba demasiado empañado para que pudiera verse.

—¿Qué pasa, Kay?

Scarpetta desempañó el espejo con una toallita.

—Me preguntaba si Marino te ha invitado específicamente, eso es todo.

—¿Cuál es el problema?

—Deja que lo adivine. No te ha invitado. O, si lo ha hecho, no lo decía con sinceridad, después de cómo lo has tratado hoy, durante la teleconferencia. Y después en su coche. —Se cepillaba el cabello, mirando su reflejo.

—No empecemos con él —dijo Benton, alzando el vaso, bourbon solo con hielo.

Scarpetta olió el Maker's Mark, lo que le recordó un caso en que había trabajado tiempo atrás. Un hombre que murió escaldado en un río de fuego cuando empezaron a estallar los barriles de whisky de una destilería envuelta en llamas.

—No he sido ni cortés ni descortés —añadió Benton—. He sido profesional. ¿Por qué estás de tan mal humor?

—¡Cómo que por qué! —exclamó ella, como si fuera imposible que él hablase en serio.

—Además de lo obvio.

—Estoy harta de la guerra fría que te traes con Marino. Es innecesario que finjas. La tienes, y lo sabes.

—No la tenemos.

—No creo que él la tenga; Dios sabe que antes sí. Parece haberlo superado, pero tú no, lo que hace que él se ponga a la defensiva, que se enfade. Me parece una ironía considerable, después de todos los años en que él sí tuvo problemas contigo.

—Seamos precisos, el problema lo tenía contigo. —La paciencia de Benton se disipaba con el vapor. Hasta él tenía sus límites.

—Precisamente ahora no hablo de mí, pero si quieres sacar el tema, sí, tenía un problema importante conmigo. Pero ya no lo tiene.

Benton jugueteó con su bebida como si fuera incapaz de decidir qué hacer con ella.

—Coincido en que ha mejorado. Espero que dure.

En el vapor que se disipaba, Scarpetta distinguió una nota que se había dejado a sí misma encima del granito: «Jaime-llamar vier. mañana.» Por la mañana entregarían una orquídea en el número 1 de Hogan Place, el despacho de Berger, un tardío regalo de cumpleaños. Tal vez una suntuosa Princess Mikasa. El color preferido de Berger era el azul zafiro.

—Estamos casados, Benton. Marino no podría tenerlo más presente y lo ha aceptado, probablemente con alivio. Imagino que será mucho más feliz ahora que lo ha aceptado, tiene una relación seria y se ha labrado una nueva vida.

No estaba muy convencida de la relación seria de Marino o

de su nueva vida, no después de la soledad que había intuido antes, sentada a su lado en el coche. Se lo imaginó dejándose caer por el garaje de la Unidad de Emergencias de Harlem, la Dos, como él la llamaba, para salir con un perro recogido de la calle.

—Él lo ha dejado atrás, y también tienes que hacerlo tú —decía Scarpetta—. Quiero que acabe. Haz lo que tengas que hacer. Acaba con eso. No sólo lo finjas. Puedo ver la falsedad, aunque no digas nada. Todos estamos juntos en esto.

—Una gran familia feliz.

—A eso me refiero. Tu hostilidad, tus celos. Quiero que eso acabe.

—Toma un sorbo de tu copa. Te sentirás mejor.

—Ahora me siento tratada con condescendencia, y estoy empezando a enfadarme.

Volvía a temblarle la voz.

—No te trato con condescendencia, Kay. —Con dulzura—. Y ya estabas enfadada. Llevas enfadada mucho tiempo.

—Siento que me tratas con condescendencia y no llevo enfadada mucho tiempo. No comprendo por qué has dicho algo así. Me estás provocando.

Scarpetta no quería discutir, odiaba discutir, pero estaba empujando las cosas en esa dirección.

—Siento que tengas esa impresión. No es así, lo juro por Dios. Y no te culpo por estar enfadada. —Tomó un trago de su copa, removiendo el hielo—. Lo último que quiero es provocarte.

—El problema es que no perdonas. Ni mucho menos olvidas. Ése es tu problema con Marino. No le perdonas, ni mucho menos olvidas y, en última instancia, ¿de qué sirve eso? Él hizo lo que hizo. Estaba ebrio y drogado y fuera de sí e hizo algo que no debería haber hecho. Sí, lo hizo. Quizá tendría que ser yo la que no perdona ni olvida. Fue a mí a quien maltrató y de quien abusó. Pero es el pasado. Él lo siente. Lo siente tanto que me evita. Pasan las semanas y no tengo contacto alguno con él. Es excesivamente educado cuando estoy cerca, cuando estamos cerca; excesivamente atento contigo, casi servil, y eso empeora aún más las cosas. Nunca lo superaremos, a menos que tú lo permitas. Depende de ti.

—Es verdad que no olvido —dijo Benton con gravedad.

—Lo que no es del todo justo, considerando lo que algunos hemos tenido que olvidar y perdonar —replicó Scarpetta, tan molesta que casi se asustó. Se sentía a punto de estallar, como el paquete que se habían llevado.

Los ojos pardos de Benton la miraron, la observaron con detenimiento. Estaba sentado, muy quieto, a la espera de lo que vendría a continuación.

—Sobre todo Marino. Sobre todo Lucy. Los secretos que les obligaste a guardar. Ya fue bastante malo para mí, pero para ellos fue terriblemente injusto que tuvieran que mentir por ti. Y no es que tenga el menor interés en desenterrar el pasado.

Pero Scarpetta no podía parar. El pasado le subía por la garganta y ya asomaba fuera. Tragó saliva, para evitar que el pasado se derramase por toda su vida, la que ella y Benton tenían en común.

Benton la observó con una dulzura, con una tristeza inconmensurables. El sudor se le acumulaba en el hueco de la clavícula, desaparecía en el vello plateado del torso y se escurría por el vientre, empapando la cintura elástica del pijama gris de algodón que ella le había comprado. Benton era esbelto y bien formado, de piel y músculos tersos; seguía siendo un hombre muy atractivo, un hombre guapo. El cuarto de baño era como un invernadero, húmedo y cálido por la prolongada ducha que no había conseguido que se sintiera menos contaminada, menos sucia y estúpida. No podía librarse del paquete de olor peculiar, ni del programa de Carley Crispin ni del rótulo luminoso de la CNN, y se sentía impotente.

—Bien, ¿no tienes nada que decir? —preguntó con voz muy temblorosa.

Benton se levantó del taburete.

—Ya lo sabes.

—No quiero que discutamos. —Se le llenaron los ojos de lágrimas—. Debo de estar cansada, eso es todo. Estoy cansada. Siento estar tan cansada.

—El sistema olfativo es una de las partes más antiguas de nuestro cerebro, envía información que rige las emociones, la memoria, la conducta. —Benton estaba detrás de ella y le rodeó la cintura con los brazos, ambos de cara al espejo empañado—. Las moléculas olfativas individuales estimulan todo tipo de receptores. —La besó en la nuca, abrazándola—. Dime qué has olido. Cuéntamelo con el mayor detalle posible.

Ahora Scarpetta no veía nada en el espejo, tenía los ojos anegados de lágrimas. Murmuró:

—Alquitrán caliente. Petróleo. Cerillas encendidas. Carne humana quemada.

Benton cogió otra toalla y le frotó el cabello, masajeando el cuero cabelludo.

—No lo sé. No lo sé con exactitud —añadió ella.

—No es necesario que lo sepas con exactitud. Es lo que te ha hecho sentir, eso es lo que necesitamos saber con exactitud.

—Quienquiera que haya dejado el paquete ha conseguido lo que quería —dijo Scarpetta—. Era una bomba, aunque resulte no serlo.

11

Lucy mantenía el helicóptero Bell 407 en vuelo estacionario sobre la pista Kilo; el viento la zarandeaba como unas manos enormes, mientras aguardaba el permiso para aterrizar de la torre.

—Otra vez no —dijo a Berger, en el asiento de la izquierda, el del copiloto, porque Jaime no era de las que se ponen detrás si se les da la oportunidad—. Es increíble dónde me han puesto la maldita plataforma.

La zona oeste del aeropuerto del condado de Westchester estaba a rebosar de aviones estacionados; desde aeronaves de un solo motor y experimentales de fabricación artesanal, hasta un Challenger de tamaño medio o una de los grandes Boeing Business Jet. Lucy se obligó a tranquilizarse, pues la agitación y el vuelo forman una combinación peligrosa, pero no le hacía falta nada especial para alterarse. Era temperamental e impulsiva y lo odiaba, pero odiar algo no hace que desaparezca, y no lograba librarse de la ira. Tras todos sus esfuerzos por contenerla y ciertas cosas buenas que le habían pasado, acontecimientos felices que lo habían facilitado todo, ahora la ira surgía nuevamente, quizá mucho más explosiva que antes, por haber pasado tanto tiempo descuidada e ignorada. No se había ido. Ella había creído que sí. «No hay nadie más inteligente, ni dotada físicamente, ni tampoco más querida que tú; ¿por qué estás siempre fuera de quicio?», le gustaba decir a su tía Kay. Ahora Berger le decía lo mismo. Berger y Scarpetta sonaban igual. El mismo lenguaje, la misma lógica, como si sus comunicados se emitiesen por la misma frecuencia.

Lucy calculó la mejor aproximación a la pequeña plataforma de madera sobre ruedas que habían situado demasiado cerca del otro avión, con la barra de remolque en la dirección equivocada. El mejor plan era el vuelo estacionario entre los extremos de las alas del Learjet y el King Air que estaba a las diez de su posición. Éstos soportarían mejor que los pequeños la corriente de su rotor. A continuación descendería directamente a la plataforma, en un ángulo más pronunciado de lo que le gustaba, y tendría que aterrizar con un viento de veintiocho nudos soplándole en la cola, todo eso suponiendo que el controlador aéreo volviese a contactar con ella. Todo ese viento en el culo, y encima tenía que preocuparse de aterrizar con potencia, bruscamente y de mala manera, y les entraría humo en la cabina. Berger se quejaría del humo, le daría uno de sus dolores de cabeza, no querría volver a volar con Lucy durante una temporada. Algo más que no harían juntas.

—Esto es intencionado —dijo Lucy por el intercomunicador, brazos y piernas tensos, manos y pies firmes en los controles, obligando al helicóptero a que no hiciese nada más que mantener su posición a unos diez metros por encima del suelo—. Pediré su nombre y su número.

—La torre no tiene nada que ver con dónde sitúan las plataformas. —La voz de Berger en los cascos de Lucy.

—Ya has oído al tipo.

La atención de Lucy se hallaba al otro lado del cristal. Escrutaba las siluetas oscuras de las aeronaves, que formaban un buen rebaño; tomaba nota de las cuerdas amarradas al pavimento, mal enrolladas, los extremos deshilachados ondeando ante su reflector NightSun, con una intensidad luminosa de veinte millones de candelas.

—Me ha dicho que tomase la ruta Eco —prosiguió—. Exactamente lo que he hecho, y bien que me he asegurado de estar atenta a sus instrucciones. Me toma el pelo.

—La torre tiene mejores cosas que hacer que preocuparse por dónde han aparcado las plataformas.

—El controlador puede hacer lo que quiere.

—Pasa, Lucy; no vale la pena.

El rico timbre de la voz firme de Berger se asemejaba a la madera noble. Una madera como el abedul, la caoba, la teca. Hermosa, pero rígida, dura.

—Siempre que está de servicio, pasa algo. Es personal. —Lucy mantenía la posición y miraba al exterior, cuidándose de no dejarse arrastrar.

—No importa; déjalo ya.

Berger la abogada.

Lucy se sintió injustamente acusada, aunque no sabía exactamente por qué. Se sentía controlada y juzgada, sin saber a ciencia cierta la razón. Como la hacía sentir su tía. Como la hacía sentir todo el mundo. Hasta cuando Scarpetta decía que no pretendía controlarla ni juzgarla, siempre hacía que Lucy se sintiera controlada y juzgada. Scarpetta y Berger no se llevaban muchos años, prácticamente tenían la misma edad; una generación del todo distinta, un estrato de civilización entre ellas y Lucy. Ésta no lo había considerado un problema, más bien había creído lo contrario. Por fin había encontrado a alguien que le inspiraba respeto, alguien fuerte, con talento, que nunca le aburría.

Jaime Berger era cautivadora, de cabello castaño corto y hermosos rasgos, tenía clase en los genes, se había cuidado bien y era deslumbrante, de verdad, y endemoniadamente lista. A Lucy le encantaba Berger, cómo se movía y se expresaba; le encantaba cómo vestía, sus trajes, sus pantalones de pana o sus vaqueros, su maldito abrigo de piel políticamente incorrecto. A Lucy aún le resultaba difícil creer que por fin había conseguido lo que siempre había querido, lo que siempre había imaginado. No era perfecto. Ni estaba cerca de serlo y Lucy no entendía qué había sucedido. Llevaban juntas menos de un año. Las últimas semanas habían sido horribles.

Pulsó el botón de transmisión y dijo por la radio:

—Helicóptero nueve-lima-foxtrot sigue en espera.

Tras una pausa, respondió la voz oficiosa:

—Llamando al helicóptero. Interferencias con otra llamada. Repita solicitud.

—Helicóptero nueve-lima-foxtrot en espera —repitió Lucy con sequedad y, tras soltar el botón de transmisión, dijo a Berger por el intercomunicador—. No había otra llamada. ¿Oyes tráfico, precisamente ahora?

Berger no respondió y Lucy no la miró, no miró a ningún lado salvo al otro lado del cristal. Algo bueno de volar era que no tenía que mirar a nadie si se sentía enfadada o herida. Ninguna buena obra queda impune. Cuántas veces se lo había dicho Marino, sólo que utilizando la palabra «favor» en lugar de «buena obra». Ningún favor queda impune, se lo decía desde que era niña, Marino siempre crispado. Ahora mismo, le parecía que Marino era su único amigo. Increíble. No hacía mucho había querido meterle una bala en la cabeza, como había hecho con su hijo de mierda, un fugitivo que la Interpol buscaba por asesinato, en una silla de la habitación 511 del hotel Radisson en Szczecin, Polonia. A veces Rocco junior se le aparecía de la nada y lo recordaba sudoroso, temblando y con ojos como platos, bandejas de comida por todas partes, el aire hediondo por habérselo hecho encima. Suplicando. Y, cuando eso no funcionó, sobornando. Después de todo lo que había hecho a personas inocentes, suplicaba una segunda oportunidad, clemencia o intentaba comprarse una salida.

Ninguna buena acción queda impune y Lucy no había hecho una buena acción, porque de haber sido clemente y dejado vivir a Rocco, éste habría matado a su propio padre policía, por venganza. Peter Rocco Marino junior se había cambiado el apellido a Caggiano, tanto odiaba a su padre, y el pequeño Rocco, la mala hierba, tenía órdenes, tenía un plan preciso para cargarse a sangre fría a su papá Marino durante sus vacaciones anuales, cuando iba a pescar solo en su cabaña del lago Buggs. Simulando un allanamiento de morada que había salido mal. «Pues bien, vuelve a pensártelo, pequeño Rocco.» Cuando Lucy salió de ese hotel, el eco del disparo todavía en los oídos, tan sólo sintió alivio; bueno, no tan sólo eso. Era algo de lo que ella y Marino no hablaban. Lucy había matado a su hijo, una ejecución formal que parecía un suicidio, una operación especial sin cobertura legal, su trabajo, lo correcto. Sin embargo, seguía siendo el hijo de Marino, su único hijo, por lo que ella sabía, la última rama de su árbol genealógico.

El controlador respondió:

—Nueve-lima-foxtrot espere.

«Puto fracasado.» Lucy se lo imaginó sentado en la oscura sala de control, sonriendo con suficiencia mientras la miraba desde lo alto de su torre.

—Nueve-lima-foxtrot —respondió, y luego dijo a Berger—: Lo mismo que hizo la última vez. Me está provocando.

—No te alteres.

—Mejor que no me hayan perdido el coche o me lo hayan jodido.

—La torre no controla el aparcamiento.

—Espero que tengas influencias en la policía estatal, porque voy a acelerar. No podemos llegar tarde.

—Esto no ha sido una buena idea. Tendríamos que haberlo dejado para otro momento.

—En otro momento no habría sido tu cumpleaños —replicó Lucy.

No iba a permitirse sentirse herida, no con un par torsión de casi el noventa por ciento y un viento de costado en la cola que intentaba sortear mientras mantenía la posición con los pedales, realizando diminutas correcciones con los mandos cíclico y colectivo. Berger lo admitía, decía la verdad: no había querido ir a Vermont a celebrar su cumpleaños. Tampoco hacía falta que se lo dijera, joder. Sola ante el fuego, mirando las luces de Stowe, mirando la nieve, y Berger que bien podría haber estado en México, tan distante y preocupada como estaba. Como responsable de la Unidad de Delitos Sexuales del Fiscal del Distrito del Condado de Nueva York, supervisaba los que siempre resultaban ser los casos más execrables de la ciudad. A las pocas horas de la desaparición de Hannah Starr, se temió que hubiese sido víctima de un crimen, probablemente un delito sexual. Tras tres semanas de investigaciones, Berger tenía una teoría muy distinta, gracias a Lucy y a sus habilidades como informática forense. ¿La recompensa de Lucy? Berger apenas pensaba en nada que no fuera ese caso. Y luego la corredora tenía que morir. Una escapada sorpresa que Lucy llevaba meses planeando, al carajo. Otra buena acción castigada.

Por otra parte Lucy, que tenía sus propias preocupaciones y emociones, había sido capaz de beber un Chablis Grand Cru junto a la chimenea mientras contemplaba imperceptiblemente sus propios pensamientos sombríos, muy sombríos; sus temores por los errores cometidos, en concreto el error que había cometido con Hannah Starr. Lucy no se lo perdonaba ni lograba librarse de aquello. Se sentía tan furiosa y llena de odio que era como estar enferma, como la fatiga crónica o la mioneuralgia; siempre estaba allí, amargándola. Pero no mostraba nada. Berger no sabía, ni podía desentrañar, lo que había dentro de Lucy. Tras años de operaciones secretas con el FBI y la ATF, así como investigaciones paramilitares y privadas, Lucy controlaba lo que mostraba y lo que se guardaba para sí, le era imprescindible tener un control impecable cuando el más mínimo gesto o tic facial podía fastidiar un caso o hacer que la mataran.

Objetivamente, éticamente, no debería haber accedido a encargarse del análisis informático forense del caso Hannah Starr, y era evidente que debía recusarse pero no iba a hacerlo, después de lo que Hannah Starr había tramado con deliberación. De todas las personas del mundo, era Lucy quien debía hacerse cargo de semejante farsa. Ella había tenido su propia historia con Hannah Starr, mucho más devastadora de lo que había imaginado antes de empezar a buscar y restaurar los archivos electrónicos de esa zorra consentida y sentarse día tras día a mirar los correos que su maridito Bobby seguía enviándole. Cuanto más descubría Lucy, más desprecio sentía, más justificada era su rabia. Ahora no lo dejaría, ni nadie conseguiría que lo dejara.

Permaneció inmóvil sobre la línea pintada de amarillo, mientras escuchaba que el controlador mandaba de un lado para otro al pobre piloto de un Hawker. ¿Qué le pasaba a la gente? Cuando la economía había empezado su caída libre y el mundo parecía desintegrarse, Lucy había supuesto que la gente se portaría mejor, como hizo después del 11-S. Como mínimo, uno se asusta y entra en modo supervivencia. Las probabilidades de sobrevivir aumentan si uno actúa de forma civilizada y no va por ahí cabreando a los demás, a menos que se tenga algo concreto que ganar. No había nada concreto que ganar con lo que el gilipollas del controlador aéreo hacía a Lucy, a los otros pilotos, y lo hacía porque era alguien anónimo ahí en su torre, el maldito cobarde. Sintió la tentación de enfrentarse a él, de ir a la torre y pulsar el botón del interfono que había ante la puerta cerrada. Alguien le abriría. Los de la torre la conocían muy bien. «Hostia, cálmate», se dijo. Para empezar, ni había tiempo.

Una vez en tierra, no iba a repostar. No iba a esperar al camión cisterna. Tardaría una eternidad, quizá ni llegase a su helicóptero, así como estaban las cosas. Guardaría el helicóptero y correría en coche hasta Manhattan. Sin dar opción a más demoras, debían llegar al Village, a su loft, a la una y media de la madrugada. Justo a tiempo para la entrevista de las dos que no tendrían opción de repetir; una entrevista que tal vez las conduciría a Hannah Starr, cuya desaparición había exaltado el morbo de la opinión pública desde la víspera de Acción de Gracias, cuando supuestamente se la vio por última vez subiendo a un taxi en la calle Barrow. Irónicamente a unas pocas manzanas de donde vivía Lucy, Berger había señalado en más de una ocasión. «Y estabas en casa esa noche. Una lástima que no vieras nada.»

—Helicóptero nueve-lima-foxtrot —dijo Lucy sin ninguna inflexión, como sonaba su voz antes de eliminar a alguien o amenazarlo. Avanzó levemente el aparato.

Se mantuvo inmóvil en el extremo de la zona de estacionamiento, descendió en vertical y aterrizó en su plataforma, situada entre un helicóptero Robinson que le recordaba a una libélula y un reactor Gulfstream que le recordó a Hannah Starr. El viento agarró la cola y la cabina se llenó de humo.

—¿Poco familiarizada? —Lucy dejó el motor al ralentí y

apagó la alarma de bajas r.p.m.—. ¡¿Que estoy poco familiarizada?! ¿Has oído eso? Intenta hacerme quedar como una piloto de mierda.

Berger guardó silencio; el olor a humo era intenso.

—Ahora lo hace cada puta vez. —Lucy alargó el brazo y cerró los interruptores que tenía sobre la cabeza—. Siento lo del humo, ¿estás bien? Espera unos minutos. Lo siento mucho.

Tenía que vérselas con el controlador. No permitiría que quedase impune.

Berger se quitó los cascos, abrió su ventana y acercó la cara tanto como podía.

—Abrir la ventana empeora las cosas —le recordó Lucy.

Debía ir a la torre de control, subir en el ascensor hasta arriba y darle su merecido dentro de la sala de control, delante de sus colegas.

Vio pasar los segundos en su reloj digital, cincuenta y pico segundos para salir, y su ansiedad y su enfado crecieron. Descubriría cómo se llamaba el maldito controlador aéreo e iría a por él. ¿Qué la había hecho ella a ese tipo, o a cualquiera que trabajaba allí, salvo comportarse con respeto, preocuparse de sus asuntos, dejar buenas propinas y pagar sus cuotas? Treinta y un segundos para salir. No sabía cómo se llamaba. No lo conocía. Ella siempre había sido una profesional en el aire, independientemente de lo maleducado que fuese él, que siempre lo era con todos. «Bien. Si busca pelea, la tendrá, joder.» Ese tipo no tenía ni idea de con quién se las veía.

Lucy llamó por radio a la torre y le respondió el mismo controlador.

—Solicito el teléfono de su supervisor —dijo Lucy.

El controlador tuvo que dárselo porque no le quedaba más remedio. Normas de la Aviación Federal. Lucy lo anotó en el sujetapapeles. Que se preocupe. Que sude un poco. Llamó por radio a la terminal y pidió que le trajeran el coche y metieran su helicóptero en el hangar. Se preguntó si la siguiente sorpresa desagradable sería que su Ferrari estuviese dañado. Quizás el controlador también se había encargado de eso. Apagó el motor y silenció la alarma por última vez. Se quitó los cascos, los colgó en un gancho.

—Voy a salir —dijo Berger dentro de la cabina oscura y maloliente—. No hace falta que te pelees con nadie.

Lucy accionó el freno del rotor.

—Espera a que detenga las palas. Recuerda que estamos en una plataforma móvil, no en el suelo. No lo olvides cuando salgas. Espera unos segundos más.

Berger se desabrochó el arnés de cuatro puntos mientras Lucy concluía el proceso de apagado. Tras asegurarse de que el NG estaba a cero, apagó el interruptor de la batería. Salieron, Lucy se hizo cargo de las maletas y cerró. Berger se dirigió a la terminal sin esperarla, andando a paso rápido entre las aeronaves, rodeando cuerdas y esquivando un camión cisterna, su figura esbelta enfundada en un abrigo de visón alejándose hasta desaparecer. Lucy conocía la rutina. Berger correría a los aseos de señoras, se tragaría cuatro Advil o un Zomil y se echaría agua fría en la cara. En diferentes circunstancias, no subiría al coche de inmediato, sino que se concedería cierto tiempo para recuperarse, pasearía un rato al aire libre. Pero no había tiempo.

Si no estaban en el loft de Lucy a las dos de la madrugada, Hap Judd se asustaría, se iría y jamás volvería a contactar con Berger. No era del tipo que toleraba excusas de ninguna clase; daba por supuesto que una excusa era siempre una mentira. Le habían tendido una trampa, los *paparazzi* estarían a la vuelta de la esquina, eso es exactamente lo que pensaría porque estaba muy paranoico y se sentía muy culpable. Las dejaría colgadas. Se conseguiría un abogado y hasta el abogado más tonto le diría que no hablase y la pista más prometedora se perdería. No encontrarían a Hannah Starr, ni pronto ni nunca, y ella merecía que la encontrasen, por el bien de la verdad y la justicia; no por hacerle justicia a ella. Hannah Starr no merecía algo que había negado a todos los demás. Menudo chiste. El público no tenía ni idea. Todo el puto mundo se compadecía de ella.

Lucy nunca se había compadecido de Hannah, pero sólo desde hacía tres semanas sabía exactamente lo que sentía por ella. Cuando se comunicó su desaparición, Lucy era muy consciente del daño que podía hacer esa mujer y que ya había hecho, aunque hasta entonces no lo consideraba deliberado. Lo había atribuido a la mala suerte, al mercado, a la crisis económica y el consejo superficial de una persona superficial, un favor que recibió su castigo, pero nada premeditado o malévolo. Error. Error. Error. Hannah Starr era diabólica; era malvada. Ojalá Lucy hubiese confiado más en su intuición, porque la primera impresión que tuvo de Hannah Starr cuando se conocieron en Florida no fue buena, ni de lejos, ahora era muy consciente de eso. Hannah era educada y simpática hasta el punto del coqueteo, pero había algo más. Lucy lo veía ahora porque no había querido verlo antes. Quizás era el modo en que Hannah no dejaba de mirar las potentes embarcaciones que pasaban haciendo un ruido detestable bajo el balcón de su glamuroso piso de North Miami Beach, tan estruendosas que Lucy apenas alcanzaba a oír su propia voz. Codicia, codicia desbocada. Y competitividad.

—Seguro que tienes una de ésas guardada en alguna parte —había dicho Hannah con voz ronca y sugerente, mientras una 46 Rider XP con casco escalonado y motores dentro de la borda de 950 caballos como mínimo zarpaba con un estruendo similar al de una Harley a todo gas, si se tenía la cabeza junto al motor Screamin' Eagle.

—No me van las lanchas rápidas. —Lucy las odiaba, a decir verdad.

—No me lo creo. ¡Tú y todas tus máquinas! Recuerdo cómo babeabas ante los coches de mi padre. Eras la única a quien dejó conducir su Enzo. No me lo podía creer, eras sólo una niña. Supuse que las lanchas rápidas serían de tu gusto.

—Para nada.

—Y yo que creía conocerte.

—No me llevarían a ninguna parte, a menos que tuviese una vida secreta o traficara con drogas para la mafia rusa.

—¿Una vida secreta? Cuéntame.

—No la tengo.

—Dios, mira eso.

Otra lancha dejó una amplia estela de encaje blanco y, surcando atronadoramente el canal intracostero, se dirigió al Atlántico.

—Es otra de mis ambiciones; tener una, algún día —añadió—. No una vida secreta, sino una lancha como ésa.

—Si tienes una, mejor que no la descubra. Y no me refiero a las lanchas.

—Yo no, querida. Mi vida es un libro abierto.

El anillo de diamantes art déco de Hannah resplandeció al sol cuando posó las manos en la barandilla del balcón y contempló el agua, el cielo azul pastel, la larga franja de arena color hueso salpicada de sombrillas plegadas que parecían piruletas y las palmeras cuyas hojas amarilleaban en las puntas.

Lucy recordó haber pensado que Hannah bien podría salir del anuncio de un hotel de cinco estrellas, vestida con su Ungaro *prêt-à-porter*, rubia y hermosa, el peso justo para ser sexy y los años justos para resultar creíble como financiera de alto nivel. Cuarenta años y perfecta, una de esas privilegiadas no tocada por la vulgaridad ni las privaciones, por nada desagradable, alguien a quien Lucy siempre evitaba en las cenas suntuosas y las fiestas ofrecidas por Rupe Starr, su padre. Hannah le había parecido incapaz de delinquir, ni que fuera porque no tenía razones para molestarse en algo tan sucio como mentir o robar. Lucy no había leído correctamente el libro abierto de Hannah, lo había malinterpretado lo suficiente para sufrir un daño incalculable. Un golpe de nueve dígitos debido al pequeño favor de Hannah. Una mentira lleva a otra y ahora Lucy vivía una, aunque ella tuviese su propia definición de lo que era mentir. No era literalmente una mentira, si finalmente el resultado era verdad.

Se detuvo a medio camino y llamó a Marino con su Black-Berry. Ahora el policía estaría de vigilancia, comprobando el paradero de Hap Judd y asegurándose de que no se largaba después de todo el montaje de quedar de madrugada porque no quería que le reconocieran. Judd no quería nada que acabase en la página seis del *Post* ni por toda la red. Quizá tendría que haberlo pensado antes de escaquearse de alguien como Jaime

Berger la primera vez que intentó contactar con él, tres semanas antes. Quizá tendría que haber pensado, y punto, antes de hablar por los codos con un desconocido que, mira por donde, resultó ser un amigo de Lucy, un soplón.

—¿Eres tú? —La voz de Marino en su auricular Jawbone—. Ya empezaba a preocuparme de que hubieras decidido visitar a John Denver.

Lucy no rio, ni sonrió siquiera. Nunca bromeaba acerca de personas fallecidas en accidentes. De avión, helicóptero, moto, coche, naves espaciales. No era divertido.

—Te he enviado un MapQuest —siguió Marino mientras Lucy reemprendía la marcha, con el equipaje al hombro—. Ya sé que ese coche de carreras tuyo no tiene GPS.

—¿Por qué iba a necesitar un GPS para encontrar el camino a casa?

—Han cerrado calles y han desviado el tráfico por un asuntillo del que no quería hablarte mientras volabas con esa trampa mortal que tienes. Además, llevas al paquete. —Se refería a Berger, su jefa—. Si te pierdes o desconectas y llegas tarde a tu cita de las dos, ¿quién se la carga? Ya va a cabrearse cuando no me presente.

—¿No vendrás? Tanto mejor —dijo Lucy.

Lucy le había pedido a Marino que se tomase su tiempo, que llegase treinta o cuarenta minutos tarde para que ella tuviese una opción con Hap Judd. Si Marino estaba ahí sentado desde el principio, ella no podría llevar la entrevista por donde quería, y lo que quería era una deconstrucción. Lucy tenía un talento especial para los interrogatorios y pretendía averiguar lo que necesitaba para hacerse cargo de la situación.

—¿Te has enterado de las noticias? —preguntó Marino.

—En las paradas para repostar. Estamos al tanto de todo lo que circula por Internet acerca del taxi, Hannah y la corredora.

Lucy supuso que Marino se refería a eso.

—Imagino que no has seguido la Oficina de Gestión de Emergencias.

—Ni hablar. No había tiempo. Me han desviado dos veces.

Un aeropuerto no tenía combustible y otro seguía cerrado. ¿Qué pasa?

—Un paquete de FedEx en el edificio de tu tía. Ella está bien, pero deberías llamarla.

Lucy dejó de andar:

—¿Un paquete de FedEx? ¿A qué te refieres?

—No sabemos qué contiene. Quizás esté relacionado con una paciente de Benton. Una chiflada que le ha dejado un regalo de navidad a la doctora. El trineo de Santa Claus se lo ha llevado a Rodman's Neck. Ni hace una hora, va directo hacia ti por la Cross Bronx que cruzarás al salir de White Plains, por lo que te he enviado un mapa. Te dirijo al este del Bronx, por si acaso.

—Mierda. ¿Con quién tratas de los artificieros? Hablaré con quien sea.

La comisaría sexta, donde la brigada de artificieros tenía su cuartel general, estaba en el Village, cerca del loft de Lucy. Ella conocía a algunos de los técnicos.

—Gracias, agente especial de la ATF, pero ya está controlado. El Departamento de Policía de Nueva York se las ha arreglado, no sé cómo, sin ti. La doctora te lo contará. Está bien. La misma chalada de Benton puede que tenga cierta relación con Hollywood. —El nombre sarcástico que Marino daba a Hap Judd—. Voy a comprobarlo en el RTCC. Aunque quizás habría que sacarle el tema. Se llama Dodie Hodge, paciente psiquiátrica en McLean's.

Lucy reanudó la marcha.

—¿Por qué iba ella a conocer a Judd?

—Puede ser otra de sus fantasías, una alucinación, ¿vale? Pero después del incidente en el edificio de tu tía, quizá deberías preguntar a Hollywood por ella. Seguramente yo pasaré la noche en el RTCC. Explícaselo a la jefa. —Se refería a Berger—. No quiero que se cabree conmigo. Pero esto es importante, voy a llegar al fondo del asunto antes de que pase algo peor.

—Entonces, ¿dónde estás? ¿En TriBeCa?

Lucy avanzaba entre alas de reactores, atenta a las extensiones que sobresalían como aletas dorsales y las antenas que podían sacarle un ojo a alguien. En una ocasión, había presenciado cómo un piloto que hablaba por teléfono y tomaba café se abría la cabeza con el extremo del alerón de su Junker.

—He pasado por casa de Hollywood hace un momento, de camino al centro. Parece que está ahí. Eso son buenas noticias, quizás aparezca.

—Deberías vigilarlo, asegurarte de que aparece. Ése era nuestro trato.

Lucy no soportaba depender de otras personas para hacer un trabajo. La maldita tormenta. Si hubiera llegado antes, habría seguido personalmente a Judd para asegurarse de que no faltaba a su cita.

—Ahora mismo tengo que hacer cosas más importantes que controlar a un pervertido que se cree el nuevo James Dean. Llama si te desvían y acabas perdiéndote, Amelia Earhart.

Lucy colgó y caminó más rápido, pensó en llamar a su tía y después pensó en el número que había anotado en su carpeta. Quizá debía llamar al supervisor antes de salir del aeropuerto. Quizás era preferible esperar al día siguiente y hablar con el responsable del control aéreo o, mejor aún, quejarse a la Administración de Aviación Federal y mandar al tipo a un curso de reciclaje. Le hervía la sangre cada vez que recordaba lo que él había emitido por la frecuencia de la torre, asegurándose de que todos oyesen que la acusaba de ser una piloto incompetente, de no saber el camino en un aeropuerto del que despegaba y aterrizaba varias veces a la semana.

Era en estos hangares donde guardaba su helicóptero y su reactor Citation X, por Dios. Tal vez ése fuera el motivo. Rebajarla, restregárselo por las narices porque había oído rumores o hacía suposiciones de lo que le había sucedido durante lo que todos llamaban la peor debacle financiera desde la década de 1930. Sólo que no era la crisis de Wall Street lo que la había perjudicado, sino Hannah Starr. Un favor, un regalo que el padre, Rupe, habría querido para Lucy. Un detalle de despedida. Cuando Hannah salía con Bobby, eso es todo lo que había oído. Lucy esto y Lucy aquello.

—Mi padre te creía Einstein. Una Einstein bonita, aunque algo marimacho. Te adoraba —le había dicho Hannah, no hacía ni seis meses.

Tanto si era una maniobra de seducción o una broma, Lucy no sabía lo que Hannah sabía, suponía o afirmaba. Rupe conocía los detalles de la vida de Lucy, eso seguro. Gafas de fina montura de oro, cabello blanco enmarañado, ojos azul grisáceo, un hombre diminuto vestido con trajes pulcros y tan honrado como inteligente. Le importaba un comino quién estaba en la cama de Lucy siempre que se mantuviera fuera de sus bolsillos, siempre que a Lucy no le costase nada de lo que importaba. Comprendía por qué las mujeres aman a las mujeres puesto que él también las amaba, decía que bien podría ser él una lesbiana ya que, de ser mujer, hubiera deseado a las mujeres. ¿Y qué era alguien, de todos modos? Lo que cuenta es lo que tienes en el corazón, solía decir Rupe. Siempre sonriente. Un hombre amable y decente. El padre que Lucy nunca tuvo. Cuando murió el mayo pasado durante un viaje de negocios a Georgia, de una infección por salmonela que lo arrolló como un camión de cemento, Lucy se sintió destrozada, incrédula. ¿Cómo podía un chile jalapeño acabar con alguien como Rupe? ¿Estaba la existencia supeditada a la puta decisión de pedir unos nachos?

—Lo echamos muchísimo de menos. Era mi mentor y mi mejor amigo. —El pasado junio. Hannah en su balcón, mirando pasar embarcaciones de un millón de dólares—. Te fue bien con él. Puede irte aún mejor conmigo.

Lucy le dijo que gracias pero no, gracias, se lo dijo más de una vez. No se sentía cómoda confiando toda su cartera a Hannah Starr. Ni de coña, había dicho Lucy con educación. Al menos ahí sí que había escuchado su intuición, pero tendría que haber prestado atención a lo que sintió respecto al favor. «No lo hagas.» Pero Lucy lo hizo. Quizá por la necesidad de impresionar a Hannah, porque intuía cierta competencia. Quizás ésa fuera su herida, en la que Hannah hurgó porque fue lo bastante astuta para reconocerla. De niña, Lucy había sido abandonada por su padre y de adulta no quería ser abandonada por Rupe. Él había administrado sus finanzas desde el principio y siempre había sido honorable, se preocupaba por ella. Era su amigo. Habría querido que Lucy tuviera algo especial al abandonar esta vida, ya que ella era muy especial para él.

—Un detalle que habría tenido contigo, de vivir lo suficiente —afirmó Hannah, rozando los dedos de Lucy mientras le tendía una tarjeta con su estudiada y espléndida caligrafía al dorso: «Finanzas Bay Bridge» y un número de teléfono.

»Eras como una hija para él y me hizo prometer que cuidaría de ti —había dicho Hannah.

¿Cómo habría podido prometer él tal cosa? Lucy lo comprendió demasiado tarde. Había enfermado con tal rapidez que Hannah no llegó a verle ni a hablar con él antes de que falleciese en Atlanta. Lucy no se había planteado esa pregunta hasta nueve cifras más tarde y ahora estaba convencida de que había algo más, aparte del considerable bocado que Hannah habría conseguido conduciendo a los ricos al matadero. Hannah había querido herir a Lucy por el placer de herirla, de lisiarla, de debilitarla.

El controlador aéreo nada podía saber de lo sucedido al patrimonio neto de Lucy, no tenía ni la más remota idea del daño y la degradación causados. Lucy se mostraba ansiosa y excesivamente alerta, se portaba de un modo irracional, lo que Berger denominaba patológico, y estaba de un humor de perros porque el fin de semana sorpresa que había planeado durante meses había sido un fracaso y Berger se había mostrado distante e irritable, la había rechazado de mil maneras distintas. La había ignorado en la casa de campo y cuando se iban, y a bordo del helicóptero, las cosas no habían ido mejor. No le había hablado de nada personal durante la primera mitad del vuelo, y había pasado la segunda enviando mensajes de texto desde el móvil del helicóptero, por culpa de Carley Crispin y los taxis y quién sabe qué, y todos los desaires conducían indirectamente a lo mismo: Hannah. Se había apoderado de la vida de Berger y también de algo más de Lucy, esta vez de valor incalculable.

Lucy echó un vistazo a la torre de control, cuya parte superior acristalada resplandecía como un faro, y se imaginó al controlador, al enemigo sentado ante la pantalla de radar, mirando objetivos y señales luminosas que representaban a seres humanos reales en aeronaves reales, todos haciendo cuanto podían para llegar sanos y salvos a su destino mientras él ladraba órdenes e insultos. Vaya un mierda. Se enfrentaría a él. Se enfrentaría a alguien.

—A ver, ¿quién ha sacado mi plataforma móvil y la ha colocado en la dirección del viento? —preguntó al primer empleado que vio en el interior de la terminal.

—¿Está segura?

Era un chaval flaco y con granos vestido con un mono enorme que acumulaba barras luminosas en los bolsillos de la chaqueta. No la miró a los ojos.

—¿Que si estoy segura? —dijo, como si no lo hubiese oído bien.

—¿Quiere que pregunte a mi supervisor?

—No, no quiero que preguntes a tu supervisor. Ésta es la tercera vez que aterrizo con viento de cola en las últimas dos semanas, F. J. Reed. —Leyó el nombre de la placa—. ¿Sabes lo que significa eso? Significa que quienquiera que saque mi plataforma del hangar la orienta con la barra de remolque señalando exactamente en la dirección equivocada; directamente en la dirección del viento, de modo que debo aterrizar con el viento en la cola.

—No he sido yo. Y no sé de nadie que oriente las plataformas en la dirección del viento.

—Precisamente eso. Oriente.

—¿Eh?

—Oriente. Como en Extremo Oriente. ¿Sabes algo de aerodinámica, F. J. Reed? Las aeronaves, y eso incluye a los helicópteros, despegan y aterrizan con el viento de cara, no en el culo. El viento de costado también es una mierda. ¿Por qué? Porque la velocidad del viento es igual a la velocidad en el aire menos la velocidad en tierra y la dirección del viento cambia la trayectoria del vuelo, jode el ángulo de ataque. Si no tienes el viento de cara al despegar, es más difícil alcanzar la velocidad traslacional. Cuando aterrizas, puedes perder altura pese a una potencia correcta del motor, puedes estrellarte, joder. ¿Quién es el controlador con quien he hablado? Conoces a los tíos de la torre, ¿verdad, F. J. Reed?

—No conozco a nadie de la torre.

—¿De veras?

—Sí, señora. Usted tiene el helicóptero negro con infrarrojo de barrido frontal y foco NightSun. Uno que parece de la Seguridad Nacional. Pero si usted lo fuese, yo lo sabría. Sabemos quién entra y sale de aquí.

De eso Lucy estaba segura. Él era el imbécil que había sacado su plataforma del hangar y la había colocado deliberadamente en la dirección del viento porque el capullo de la torre de control así se lo había indicado, o al menos lo había animado para que se burlase de ella, para que la hiciese quedar como una tonta, para que la humillara y menospreciara.

—Te lo agradezco. Me has dicho lo que necesitaba saber.

Se alejó mientras Berger salía del aseo de señoras abrochándose el abrigo de visón. Lucy supo que se había lavado la cara con mucha agua fría. Berger sufría, a la mínima, lo que ella llamaba «jaqueca» y Lucy «migraña». Las dos salieron de la terminal y subieron al 599GTB, el motor de doce cilindros gruñó ruidosamente cuando Lucy pasó su linterna Surefire por la pintura Rosso Barcheta, el rojo oscuro de un buen vino tinto, en busca del mínimo defecto, la más leve señal de percance o daño en su supercupé de 611 caballos. Comprobó los neumáticos *run-flat* y miró bien el maletero mientras distribuía el equipaje. Se situó tras el volante de fibra de carbono y examinó el salpicadero —tomando nota del kilometraje, comprobando la emisora de radio, mejor que fuera la que había dejado al irse— para asegurarse de que nadie se había agenciado su Ferrari para dar un paseo mientras ella y Berger estaban ausentes o, en palabras de Berger, «colgadas en Stowe». Lucy pensó en el correo electrónico que le había enviado Marino, pero no lo buscó. No necesitaba su ayuda para orientarse, por mucho que hubieran desviado el tráfico o cerrado calles. Tenía que llamar a su tía.

—No lo he visto —dijo Berger, su perfil limpio y adorable en la casi oscuridad.

—Mejor para él que yo no lo haya hecho —replicó Lucy, poniendo primera.

—Me refería a la propina. No le he dejado propina al guardacoches.

—Nada de propinas. Hay algo que no está bien. Y no volveré a ser amable hasta que lo descubra. ¿Cómo te encuentras?

—Estoy bien.

—Marino dice que alguien, una antigua paciente de Benton, ha dejado un paquete en el edificio de mi tía. Han tenido que llamar a los artificieros. El paquete está en Rodman's Neck.

—Es por eso que nunca voy de vacaciones. Me marcho y mira lo que pasa.

—Se llama Dodie Hodge; Marino dice que puede estar relacionada con Hap Judd y que va a investigarla en el RTCC.

—¿La recuerdas? Con todas las búsquedas que has hecho, tendría que haber aparecido, de existir esa conexión.

—No me suena. Deberíamos preguntar a Hap por ella, descubrir de qué la conoce, o si la conoce. No me gusta que este gilipollas pueda estar relacionado con alguien que quizás haya dejado un paquete a mi tía.

—Hacer esa conexión es prematuro.

—Marino está de trabajo hasta arriba. Me dijo que te lo dijera.

—¿Y qué quiere decir con eso?

—Sólo me ha dicho que te diga que tiene mucho que investigar. Parecía frenético.

Lucy redujo a tercera después de haber alcanzado casi los cien por hora en tres segundos. Del carril de acceso pasó a la Nacional 120. Podía conducir medio dormida a 160 kilómetros por hora. No iba a decirle a Berger que Marino no iría a la entrevista.

—Reduce —dijo Berger.

—Maldita sea. Ya hablé con la tía Kay de lo de salir en directo por televisión. —Doblaba las esquinas como si pretendiese derrapar, el *manettino* en modo «race», la dirección asistida apagada—. Lo mismo que te preocupa a ti. Si sales en directo por televisión, la gente sabe dónde estás. Era evidente que mi tía estaba en la ciudad esta noche y tenemos muchos medios para dificultar que alguien le haga una putada así. Ella tendría que ponérselo muy difícil a quien quisiera hacerle una putada así.

—No responsabilices a la víctima. No es culpa de Kay.

—Le he dicho muchas veces que no se acerque a Carley Crispin, joder.

Lucy dio luces a un tonto que apareció arrastrándose ante ella y lo adelantó, haciéndole tragar polvo.

—No es culpa suya. Ella cree ser de ayuda —replicó Berger—. Dios sabe la de estúpidos que hay por ahí. Sobre todo en los jurados. Todo el mundo se considera un experto. Sin prisa pero sin pausa, personas informadas como Kay tienen que poner las cosas en su lugar. Todos lo hacemos.

—Ayuda a Carley. Mi tía sólo la ayuda a ella. Y no pones las cosas en su lugar con alguien así. Evidentemente. Mira lo que acaba de pasar. Ya veremos cuántas personas paran un taxi por la mañana.

—¿Por qué eres tan inflexible con ella?

Lucy condujo rápido y no respondió.

—Quizá por la misma razón por la que lo eres conmigo —añadió Berger, con la vista fija al frente.

—¿Y cuál será esa razón? Te veo, veamos... ¿dos noches a la semana? Siento que odiases tu cumpleaños.

—No me refería a eso.

—Sé a qué te referías.

Lucy aceleró.

—Supongo que Marino va de camino a tu loft —dijo Berger.

—Ha dicho que igual se retrasa un poco.

Una de esas mentiras que no lo eran demasiado.

—No tengo buenas sensaciones al respecto.

Berger pensaba en Hannah Starr, en Hap Judd. Preocupada, obsesionada, pero no con Lucy. No importaba lo mucho que Berger la tranquilizara o se disculpase, las cosas habían cambiado.

Lucy intentó recordar exactamente cuándo. En verano, tal

vez, cuando empezaron a anunciarse los recortes presupuestarios en la ciudad y el planeta empezó a tambalearse. Después, en las últimas semanas, mejor olvidarlo. ¿Y ahora? Se había ido. El sentimiento se había ido. Acabado. No era posible. Lucy no iba a permitirlo. De algún modo, tenía que impedir que esa sensación la abandonase.

—Lo repetiré. Todo depende del resultado. —Lucy buscó la mano de Berger, la acercó y la acarició con el pulgar—. Hap Judd hablará porque es un sociópata arrogante, porque sólo actúa por interés personal y cree que esto es una cuestión de interés personal.

—Eso no implica que yo me sienta cómoda —respondió Berger, entrelazando sus dedos con los de Lucy—. Está a un paso de la incitación al delito. Ni a un paso.

—Ya estamos en las mismas. Todo va bien. No te preocupes. Eric llevaba encima cuatro gramos de Viuda Blanca para el tratamiento del dolor. El uso terapéutico de la marihuana no tiene nada de malo. ¿Y de dónde la consiguió? Puede que de Hap. Hap le da a los porros.

—Recuerda con quién estás hablando. No quiero saber nada de dónde Eric, o tú, conseguís la marihuana terapéutica y doy por supuesto que tú no tienes ni nunca has tenido. —Berger se lo había dicho antes, repetidas veces—. Será mejor que no descubra que la cultivas bajo techo, en alguna parte.

—No lo hago. Ya no hago cosas así. No he encendido uno en años. Te lo prometo.

Lucy sonrió y cambió de marcha para tomar la salida de la I-684 sur; el roce de Berger la había tranquilizado, reafirmado:

—Eric tenía unos canutos. Se lo estaba pasando bien cuando se encontró con Hap, que frecuenta los mismos sitios, es un animal de costumbres. No es muy listo. Es fácil encontrarse con él y entablar conversación.

—Sí, ya me lo has dicho. Y yo sigo diciendo lo siguiente: ¿y si Eric decide hablar con quien no debería? Como con el abogado de Hap, porque se buscará uno. En cuanto yo haya acabado con él, lo hará.

—Le caigo bien a Eric, y le doy trabajo.

—Exacto. Depositas tu confianza en un chapuzas.

—Un fumeta con antecedentes —puntualizó Lucy—. No es creíble, nadie le creería si el asunto llegase a ese extremo. No tienes nada de qué preocuparte, te lo juro.

—Tengo mucho de qué preocuparme. Has inducido a un actor famoso...

—No es exactamente Christian Bale, por Dios. Nunca habías oído hablar de Hap Judd antes de esto.

—He oído ahora, y es lo bastante famoso. Más en concreto, lo animaste a infringir la ley, a utilizar una sustancia controlada, y lo hiciste en nombre de un funcionario, para obtener pruebas en su contra.

—No estaba allí, ni siquiera en Nueva York. Tú y yo estábamos en Vermont el lunes por la noche, cuando Hap y mi chapuzas se lo pasaban en grande.

—Así que por eso querías alejarme de aquí en días laborables.

—Yo no decidí que tu cumpleaños cayera en 17 de diciembre y no era mi intención que nos quedáramos aisladas por la nieve. —Otra puñalada—. Pero sí, tiene su lógica que Eric se diera una vuelta por unos cuantos bares mientras estábamos fuera de la ciudad. Sobre todo cuando tú estabas fuera de la ciudad.

—No sólo le pediste que se paseara por los bares, también le suministraste la sustancia ilegal.

—No. Eric se la compró.

—¿De dónde sacó el dinero?

—Ya hemos hablado de todo esto. Te estás volviendo loca.

—La defensa alegará inducción al delito, conducta abusiva por parte del gobierno.

—Y tú dirás que Hap estaba predispuesto a hacer lo que hizo.

—¿Ahora me das consejos? —Berger rio amargamente—. No sé por qué me molesté en estudiar Derecho. En resumen, seamos sinceras: has implantado en el cerebro de Hap la idea de que podemos acusarlo de algo que nunca conseguiremos probar. Básicamente lo hinchaste a porros e hiciste que tu soplón lo incitase a hablar del hospital Park General, de lo que sospechabas porque entraste ilegalmente en la cuenta de correo de Hap y Dios sabe qué más. Probablemente también en la del maldito hospital. Santo cielo.

—Conseguí la información de ellos de forma totalmente legal.

—Por favor.

—Además, no necesitamos probarlo. ¿No es ésa la cuestión? ¿Que el señor Hollywood se cague de miedo para que haga lo correcto?

—No sé ni por qué te escucho —dijo Berger, apretando la mano de Lucy y acercándola a su cuerpo.

—Podría haber sido honorable. Podría haber sido servicial. Podría haber sido un ciudadano normal, respetuoso de las leyes, pero resulta que no lo es. Él se lo ha buscado —zanjó Lucy.

12

Los reflectores recorrieron un entramado de acero que acababa en lo alto del puente George Washington, donde un hombre dispuesto a saltar se agarraba a los cables. Era corpulento, de unos sesenta años; el viento le agitaba los pantalones y, a la luz cegadora, sus tobillos desnudos eran del mismo blanco que el vientre de un pescado, su expresión aturdida. Marino no podía desviar la atención de las imágenes en directo de la cámara que tenía ante sí.

Deseó que las cámaras se demorasen en la cara del hombre. Quería ver lo que había allí, y lo que echaba en falta. No importaban todas las veces que había presenciado situaciones como aquélla. Para cada persona desesperada era distinta. Marino había visto morir a personas, las había visto comprender que iban a vivir, las había visto matar y morir, las había mirado a la cara y había presenciado el momento en que reconocían que todo había terminado, o no. La expresión nunca era la misma. Ira, odio, conmoción, dolor, angustia, terror, desdén, diversión, una combinación de todas ellas, y nada. Tan distinto como distintas son las personas.

La habitación azul sin ventanas donde últimamente Marino se dedicaba a menudo a la minería de datos le recordaba a Times Square, a Niketown. Estaba rodeado de un vertiginoso despliegue de imágenes, algunas dinámicas, otras estáticas, todas a mayor tamaño del natural en pantallas planas y en la pared de datos de dos plantas formada por un mosaico de inmensos cubos Mitsubishi. Un reloj de arena giraba en uno de los cubos mientras el software del RTCC buscaba en la base de datos de más de tres terabits a cualquiera que encajase con la descripción del hombre de FedEx; en la pared había una imagen suya de tres metros de alto de las cámaras de seguridad, y al lado una imagen del edificio de granito de Scarpetta en Central Park West.

—Nunca llegará al agua —dijo Marino desde su sillón ergonómico de la terminal de trabajo, donde contaba con la ayuda de un analista llamado Petrowski—. Joder. Se dará con el puto puente. ¿En qué pensaba cuando empezó a subir por los cables? ¿Que aterrizaría en un coche? ¿Acabar con un pobre desgraciado que pase por allí al volante de su Mini Cooper?

—La gente en ese estado no piensa.

Petrowski, un detective en la treintena vestido con traje y corbata de pijo, no estaba especialmente interesado en lo que sucedía en el puente de George Washington cuando eran casi las dos de la madrugada.

Estaba ocupado introduciendo palabras clave en una memoria de tatuajes. «*In vino*» y «*veritas*» e «*In vino veritas*» y «huesos» y «calaveras» y ahora «ataúd». El reloj de arena giraba como una batuta en su cuadrante de la pared de datos junto a la imagen del hombre de la gorra FedEx y la imagen por satélite del edificio de Scarpetta. En la pantalla plana, el suicida se lo pensaba, atrapado en los cables como un trapecista desquiciado. De un momento a otro, el viento iba a arrancarlo de allí. El fin.

—No tenemos nada de mucha utilidad en términos de búsqueda —dijo Petrowski.

—Sí, ya me lo has dicho.

No podía ver bien la cara del suicida, aunque quizá no le hiciera falta. Quizá ya conocía la sensación. Finalmente el tipo había dicho «A la mierda». La cuestión era qué pretendía con ello. Esta madrugada, o moría o permanecía en este infierno en vida, así que ¿qué pretendía al subirse a lo alto de la torre norte del puente y aventurarse en los cables? ¿Era su intención exterminarse o hacer una declaración porque estaba cabreado?

Marino intentó determinar su estatus socioeconómico por su aspecto, sus ropas, sus joyas. Era difícil saberlo. Pantalones militares anchos, sin calcetines, algún tipo de zapatilla de deporte, chaqueta oscura, sin guantes. Un reloj metálico, tal vez. Algo desaliñado y calvo. Probablemente había perdido su dinero, su trabajo, a su esposa, quizá los tres. Marino sabía cómo se sentía. Estaba bastante convencido de saberlo. Hacía año y medio él se había sentido igual, se había planteado arrojarse de un puente, le había faltado poco para lanzar su camioneta contra el pretil y hundirse en el río Cooper de Charleston.

—Ninguna dirección, salvo dónde vive la víctima —añadió Petrowski.

Se refería a Scarpetta. La doctora era la víctima y a Marino le incomodó que se refieran a ella de ese modo.

—El tatuaje es único. Es lo mejor que tenemos. —Marino vio que el hombre se sujetaba a los cables de la parte superior del puente, justo por encima del negro abismo del Hudson—. Joder, no le enfoques la puta luz a los ojos. ¿Cuántas candelas de potencia? Tendrá las manos entumecidas. ¿Sabes lo fríos que están esos cables? Hazte un favor, la próxima vez cómete el arma, colega. Tómate un bote de pastillas.

Marino no podía sino pensar en sí mismo, recordar Carolina del Sur, el periodo más negro de su vida. Había querido morir. Merecía morir. Aún no estaba del todo seguro de por qué no lo había hecho, de por qué no había acabado en la tele como ese pobre desgraciado del puente. Marino imaginó a los policías y los bomberos, a un equipo de buceadores sacando su camioneta del río Cooper, con él dentro; qué desagradable habría sido eso, qué injusto para todos, pero cuando se está tan desesperado, cuando se está tan jodido, no se piensa en lo que es justo. Hinchado por la descomposición, los cadáveres de ahogados eran los peores, hinchado y verdoso por los gases, los ojos saltones como los de una rana, los labios, las orejas y quizá la polla mordisqueados por los cangrejos y los peces.

El castigo definitivo habría sido tener ese aspecto repugnante, apestar hasta el extremo de provocar el vómito, ser un horror repulsivo en la mesa de la doctora. Él habría sido su caso, la oficina de la doctora en Charleston era la única de la ciudad. Ella se habría encargado de él. De ningún modo habría hecho que lo transportaran a cientos de kilómetros de distancia, de ningún modo se habría traído a otro patólogo forense. Ella se habría encargado de él. Marino estaba convencido de eso. La había visto encargarse de personas que conocía, les envolvía una toalla en la cara, en la medida de lo posible cubría sus desnudos cuerpos muertos con una sábana, por respeto. Porque ella era quien mejor podía hacerse cargo de ellos, y lo sabía.

—... No tiene por qué ser necesariamente único y probablemente no estará en la base de datos —decía Petrowski.

—¿Qué?

—El tatuaje. En cuanto a la descripción física del tipo, incluye a media ciudad. —El presunto suicida de la pantalla plana bien podría haber sido una película que ya había visto. Apenas hizo que Petrowski volviera la cabeza—. Hombre negro de entre veinticinco y cuarenta y cinco años, entre uno setenta y cinco y uno noventa de altura. Sin número de teléfono, ni dirección, ni número de matrícula, nada para iniciar la búsqueda. Por el momento no puedo hacer mucho más.

Como si Marino no debiera haber venido a la octava planta de la central a molestar a un analista del RTCC con minucias como aquélla.

Era verdad. Marino podría haber llamado, preguntar primero. Pero era mejor presentarse con un disco en la mano. Como solía decir su madre: «Presencia, Pete. Tener un pie dentro.»

El pie del suicida resbaló en un cable y se sujetó para no caer.

—Para —dijo Marino a la pantalla plana, medio preguntándose si pensar en la palabra «pie» habría hecho que el suicida moviese el suyo.

Petroswki miró donde miraba Marino y comentó:

—Suben ahí arriba y cambian de idea. Siempre pasa lo mismo.

—Si realmente quieres acabar con todo, ¿por qué pasar por

todo esto? ¿Por qué cambiar de idea? —Marino empezaba a sentir desprecio por el suicida, empezaba a cabrearse—. En mi opinión, es pura comedia. ¿Chalados como éste? Sólo quieren atención, salir en la tele, quieren desquitarse, quieren algo más que la muerte, en otras palabras.

Había un atasco de tráfico en la parte superior del puente, incluso a esa hora, y la policía delimitaba una zona justo debajo del suicida y extendía un colchón de aire. Un negociador intentaba hacerle cambiar de opinión y otros policías subían por la torre, con la intención de acercarse a él. Todos arriesgaban su vida por alguien que pasaba de todo, que había dicho «a la mierda», fuera lo que fuera lo que implicase. El volumen estaba apagado y Marino no oía lo que hablaban ni falta que le hacía, porque no era su caso, no tenía nada que ver con aquello y no tendría ni que prestarle atención. Pero en el RTCC siempre había algo que lo distraía, un exceso de estímulos sensoriales que, sin embargo, no eran suficientes. Toda clase de imágenes en las paredes pero ninguna ventana, sólo paneles acústicos azules, hileras curvas de terminales de trabajo con pantallas dobles y moqueta gris.

Sólo cuando se descorrían las persianas de la sala de conferencias adyacente, que ahora no era el caso, tenía Marino un punto de referencia, vistas al puente de Brooklyn, la iglesia presbiteriana, Pace Union y el antiguo edificio Woolworth. La Nueva York que recordaba de cuando empezaba a servir en la policía, cuando era un don nadie de Bayonne que había colgado los guantes de boxeo, que había dejado de dar palizas al personal y en lugar de eso había decidido ayudar. No sabía bien por qué. No sabía cómo acabó marchándose de Nueva York para acabar en Richmond, Virginia, a principios de los años ochenta. Así estaban las cosas cuando un buen día al despertar descubrió que era el detective estrella de la antigua capital de la Confederación. El coste de la vida, un buen sitio para formar una familia. Lo que Doris quería. Probablemente ésa era la explicación.

Menuda cagada. Su único hijo, Rocco, se fue de casa, se involucró con el crimen organizado y estaba muerto, y Doris se largó con un vendedor de coches y también podría estar muerta, y durante los años de Marino en Richmond la ciudad había tenido uno de los índices más elevados de homicidios per cápita de Estados Unidos. Era la parada de los traficantes en el corredor entre Nueva York y Miami, donde la escoria hacía negocios en ruta porque Richmond tenía el cliente base, siete complejos de viviendas subvencionadas. Plantaciones y esclavitud. Lo que se siembra, se cosecha. Richmond era un buen sitio para traficar con drogas y matar gente porque los polis eran estúpidos, eso se decía en las calles y en el corredor, al norte y al sur de la Costa Este. Aquello solía ofender muchísimo a Marino. Ya no. Había pasado mucho tiempo y de qué servía tomarse las cosas personalmente cuando no eran personales. Casi todo era fruto del azar.

Cuanto mayor se hacía, más le costaba relacionar dos acontecimientos de su vida de un modo que probase que había algo inteligente y bondadoso detrás de sus decisiones y errores, y de los errores de quienes cruzaban sus fronteras, sobre todo las mujeres. ¿A cuántas había amado y perdido, o simplemente follado? Recordaba la primera vez, tan clara como el agua. El parque estatal de Bear Mountain en el muelle que daba al Hudson cuando él tenía dieciséis años. Pero en general no tenía ni idea, todas las veces que estaba borracho, ¿cómo iba a acordarse? Los ordenadores no se emborrachaban ni olvidaban, no se arrepentían, les daba lo mismo. Lo relacionaban todo, creaban árboles lógicos en la multipantalla de datos. Marino temía su propia multipantalla de datos. Temía que no tuviese sentido, temía que casi todas las decisiones que hubiese tomado fuesen malas, sin razón ni concierto, sin plan general. No quería ver cuántas ramas no llegaban a ninguna parte o estaban vinculadas a Scarpetta. En cierto modo, ella se había convertido en el icono central de sus conexiones y desconexiones. En cierto modo, ella les daba más sentido, y también menos.

—Sigo pensando que puedes combinar imágenes y fotografías —dijo Marino a Petrowski mientras miraba al suicida de la pantalla plana—. Por ejemplo, si la foto del tipo de FedEx está en alguna base de datos y tienes sus rasgos faciales y el tatuaje para relacionarlo con lo que nos muestra la cámara de seguridad.

—Comprendo lo que dices. Salvo que creo que hemos descartado que se trate de un empleado de FedEx.

—Puedes hacer que el ordenador haga su minería de datos y coteje las imágenes.

—Si buscas por palabra clave o por categoría. No por imagen. Quizás algún día.

—¿Entonces cómo puedes buscar en Google imágenes las fotografías que quieres y bajarlas?

Marino no podía despegar la vista del suicida. Era verdad. Había cambiado de parecer. ¿Qué había sido? ¿El miedo a las alturas? ¿O todo era por la puta atención? Dios. Helicópteros, polis y tele en directo. Tal vez había decidido esperar y salir en la portada de la revista *People*.

—Porque buscas por palabras clave, no por la imagen en sí —explicó Petrowski pacientemente—. Una aplicación para buscar imágenes necesita una o varias palabras clave, como, veamos, ¿ves nuestro logo en esa pared de ahí? Buscas con las palabras clave *logo RTCC* y el software encuentra una imagen o imágenes que incluyen esas mismas palabras clave; de hecho encuentra la localización del servidor.

—¿La pared? —preguntó Marino, confundido, mientras miraba la pared con el logo, un águila y banderas de Estados Unidos.

—No, no es la pared. Es una base de datos, en nuestro caso un almacén de datos debido a la complejidad y el tamaño inmensos desde que empezamos la centralización. Cualquier orden de arresto, cualquier denuncia de un delito o de un incidente, arma, mapa, arresto, queja, citación criminal, detención, cacheo y registro, delincuencia juvenil, lo que se te ocurra. El mismo tipo de análisis de enlaces que hacemos en contraterrorismo —dijo Petrowski.

—Claro. Y si podéis vincular imágenes, podéis identificar terroristas, diferentes nombres pero la misma persona, así que

¿por qué no lo estamos haciendo? Vale. Casi lo han pillado. Joder. Que tengamos que hacer rápel por un mono como ése.

Polis de la unidad de emergencias, suspendidos de cuerdas, se acercaban por tres lados.

—No podemos. Quizás algún día —respondió Petrowski, imperturbable ante el suicida o ante si conseguía o no su objetivo—. Lo que relacionamos son informes públicos, como direcciones, ubicaciones, objetos, otras grandes compilaciones de datos, pero no fotografías ni caras en sí. La búsqueda da fruto mediante las palabras clave, no por imágenes de tatuajes. ¿Me explico? Porque me da la impresión de que no te acabas de aclarar con mi explicación. Quizá si centraras la atención en esta sala, en mí, en lugar de en el puente de George Washington...

—Ojalá pudiera verle mejor la cara —dijo Marino a la pantalla plana que mostraba al suicida—. Hay algo en él... como si lo conociera de algún lado.

—De todos lados. Últimamente los hay a montones. Es de lo más egoísta. Si quieres acabar contigo, no te lleves a otros, no arriesgues la vida de otras personas, que no lo paguen los contribuyentes. Esta noche les espera una buena en Bellevue. Mañana se descubrirá que estaba metido en un esquema Ponzi. Han reducido cien millones del presupuesto y aquí estamos, salvándole el culo en el puente. Dentro de una semana, intentará matarse de otra forma.

—No. Estará en el programa de Letterman.

—No me jorobes.

—Vuelve a ese tatuaje del monte Rushmore que tenías ahí hace un minuto —dijo Marino, alargando el brazo hacia su café mientras los polis de emergencias arriesgaban sus vidas para rescatar a alguien que no lo merecía, uno más del montón y que ya tendría que haberse hundido en el agua para que lo recogiesen los guardacostas y lo llevasen al depósito de cadáveres.

Petrowski seleccionó un registro que había abierto antes y, utilizando el ratón, arrastró una imagen a un gran cuadrado vacío en la pantalla de un portátil. En la multipantalla apareció una fotografía del registro de la policía que mostraba a un hombre negro con un tatuaje que le cubría el lado derecho del cuello: cuatro esqueletos en un afloramiento de rocas, que a Marino le parecían el monte Rushmore, y la frase en latín *In vino veritas*.

—Al pan, pan, y al vino, vino —recitó Marino, y dos polis de la unidad de emergencias casi tenían al suicida. Marino no conseguía verle la cara, ni lo que sentía, o si hablaba.

—«En el vino está la verdad» —dijo Petroswki—. Creo que se remonta a tiempos de los romanos. Cómo diantres se llama, Plinio algo. O Tácito.

—Mateus y Lancers Rosé. ¿Te acuerdas de esa época?

Petrowski sonrió, pero no respondió. Era demasiado joven, seguramente nunca había oído hablar de bebidas como Mad Dog o Boone's Farm.

—Bebías una botella de Lancers en el coche y, si mojabas, le dabas a la chica la botella, de recuerdo —siguió Marino—. Las chicas ponían velas en ellas y dejaban que la cera se fundiese, un montón de velas de diferentes colores. Lo que yo llamaba vela de polvos. Bueno, supongo que había que estar ahí.

Petrowski y su sonrisa. Marino nunca estaba seguro de lo que indicaba, salvo que intuía que el tipo era algo rígido y estreñido; muchos informáticos lo eran, excepto Lucy. Lucy estaba más bien pasada de revoluciones, últimamente. Echó un vistazo a su reloj y se preguntó cómo les iría a ella y a Berger con Hap Judd, mientras Petrowski disponía imágenes, una junto a otra, en la multipantalla. Yuxtapuso el tatuaje del cuello del hombre de la gorra FedEx con el tatuaje de las cuatro calaveras y la frase *In vino veritas*.

Marino tomó otro sorbo de café, negro y frío.

—No. Ni se parecen, si te fijas bien.

—He intentado decírtelo.

—Pensaba en patrones, por ejemplo dónde se hizo el tatuaje. Si encontramos algo de diseño parecido podría encontrar al artista que lo hizo y mostrarle una fotografía del tipo de FedEx —explicó Marino.

—No está en la base de datos, al menos no con esas palabras clave. Tampoco sale nada con «ataúd» ni «camarada muerto» ni nada de lo que hemos intentado. Necesitamos un nombre, un incidente, una localización, un mapa, algo.

—¿Qué me dices del FBI, de su base de datos? —sugirió Marino—. Ese nuevo sistema informático de mil millones de dólares que tienen, no recuerdo el nombre.

—NGI, nueva generación de identificación. Se encuentra en fase de desarrollo.

—Pero en funcionamiento, por lo que he oído.

La persona de quien lo había oído era Lucy.

—Hablamos de una tecnología muy avanzada que abarca un marco temporal multianual. Sé que se han puesto en práctica las fases iniciales, lo que incluye el IAFIS, el CODIS, creo que el sistema fotográfico interestatal, el IPS. No sé con seguridad qué más, ya sabes, así como está la economía. Han hecho muchos recortes.

—Bueno, he oído decir que tienen una base de datos de tatuajes —dijo Marino.

—Oh, sí.

—Entonces propongo ampliar nuestra red al ámbito nacional, quizá también internacional, para cazar a esa escoria de FedEx. Eso asumiendo que no puedas utilizar la base de datos del FBI, su NGI, desde aquí.

—Ni hablar, no compartimos bases de datos. Pero les enviaré tu tatuaje, no hay problema. Vaya, ya no está en el puente.

Petrowski se refería al suicida. Por fin había despertado su curiosidad, aunque sólo con cierto aburrimiento.

—No es buena señal. —Marino miró la pantalla plana, consciente de que se había perdido el momento crucial—. Mierda. Veo a los de emergencias, pero no al hombre.

—Ahí está.

Los focos de los helicópteros se desplazaban sobre el hombre que yacía en el suelo, una imagen distante del cuerpo sobre el cemento. No había caído en el colchón hinchable.

—Los de emergencias estarán jodidos. —El resumen de la situación para Petrowski—. No les gusta que pase eso.

—¿Por qué no envías al FBI esta fotografía con el tatuaje

—mirando al supuesto empleado de FedEx en la pantalla— mientras intentamos otras búsquedas? «FedEx», tal vez «uniforme FedEx» o «gorra FedEx». Cualquier cosa con FedEx.

—Eso podemos hacerlo.

Petrowski empezó a teclear.

El reloj de arena volvió a girar en la pantalla múltiple. Marino notó que la pantalla plana instalada en la pared estaba negra, habían desconectado el vídeo del helicóptero policial porque el suicida también lo estaba. De pronto cayó en por qué aquel hombre le resultaba familiar; era un actor que había visto, ¿en qué película? ¿La del jefe de policía que se metía en problemas con una puta? ¿Cómo cojones se llamaba la película? Marino no recordaba el título. Últimamente le pasaba a menudo.

—¿Has visto una película con Danny DeVito y Bette Midler? ¿Cómo se llamaba?

—Ni idea. —Petrowski miraba el reloj de arena y el tranquilizador mensaje «Su informe se está ejecutando»—. ¿Qué tiene que ver una película en todo esto?

—Todo tiene que ver con todo. Creía que ésa era la razón de ser de este sitio.

Marino indicó la gran sala azul.

«Once informes encontrados».

—Ahora nos entendemos. Me parece increíble que antes odiase los ordenadores y los pringados que trabajaban con ellos.

En los viejos tiempos vaya si los odiaba, y le encantaba ridiculizar a los que trabajaban con ordenadores. Ya no. Se estaba acostumbrando a descubrir información crucial mediante lo que se denominaba análisis de enlaces y a transmitirla electrónicamente casi al instante. Se había acostumbrado, y le gustaba, llegar a una escena para investigar un incidente o entrevistar a un reclamante y saber de antemano lo que alguien había hecho en el pasado y qué aspecto tenía, con quién estaba emparentado o relacionado y si era peligroso para sí mismo o para los demás. Era todo un mundo feliz, le gustaba decir a Marino, citando un libro que no había leído, pero que leería, un día de éstos.

Petrowski distribuía los datos en la pantalla múltiple. Informes de agresiones, robos, una violación y dos tiroteos en los que FedEx aparecía, o bien relacionado con los paquetes robados, las palabras pronunciadas o el trabajo del involucrado, o bien, en una ocasión, con el ataque mortal de un pitbull. Ninguno de los datos asociados con los informes fueron de utilidad hasta que Marino echó un vistazo a una citación judicial de la oficina de transporte público del pasado 1 de agosto, que apareció a tamaño gigantesco en la pantalla múltiple. Marino leyó el apellido, el nombre, la dirección de Edgewater en Nueva Jersey, el sexo, la raza, la altura y el peso.

—Vaya, qué te parece. Mira quién ha aparecido. Iba a pedirte que la investigaras a continuación —dijo mientras leía los detalles de la infracción:

La sujeto subió al autobús metropolitano en Southern Boulevard con la calle 149 Este a las once y media en punto e inició una discusión con otro pasajero que según la sujeto la había privado de su asiento. La sujeto empezó a gritar al pasajero. Cuando este agente se acercó e indicó que dejara de gritar y se sentara, ella declaró: «Ya puedes mandarte a la quinta mierda por Fedex, porque yo no he hecho nada. Ese hombre de ahí es un maleducado y un hijo de puta.»

—No creo que ésa lleve una calavera tatuada —dijo Petrowski con ironía—; no creo que sea tu hombre del paquete.

—Es increíble, joder. ¿Puedes imprimirme eso?

—Deberías contar cuántos «joder» sueltas por hora. En mi casa, te saldría bien caro.

—Es Dodie Hodge, joder. La chalada que llamó a la CNN.

13

La agencia de investigación de informática forense de Lucy, Connextions, estaba ubicada en el mismo edificio del siglo XIX donde vivía, un antiguo almacén de jabón y velas de la calle Barrow, en Greenwich Village, técnicamente el Far West Village. Era una construcción de ladrillo de dos plantas, audazmente románica, con ventanas en forma de arco y declarado edificio histórico, como también lo era la antigua cochera vecina, que Lucy había adquirido la primavera pasada para utilizarla como garaje.

Lucy era un sueño para cualquier comisión de conservación, pues no tenía el menor interés en alterar la integridad de un edificio más allá de los arreglos imprescindibles para sus inusuales necesidades cibernéticas y de vigilancia. Más relevante era su filantropía, no carente de intereses personales, aunque Berger no tenía ninguna fe en la pureza de los motivos altruistas, en absoluto. No tenía ni idea de cuánto había donado Lucy a lo que de facto suponía una incompatibilidad de intereses, y debería saberlo, y eso la molestaba. Lucy no debía ocultarle nada, pero lo hacía y, durante las últimas semanas Berger había empezado a sentir cierta incomodidad en su relación, distinta de los recelos que había experimentado hasta entonces.

—Igual tendrías que tatuártelo en la mano, a modo de apunte. A los actores les gusta que les sople el apuntador. —Lucy alzó la mano, con la palma abierta. Simulando que leía algo escrito en la palma de su mano, añadió—: «Depende.» Hazte un tatuaje que diga «depende» y míralo cada vez que vayas a mentir.

—No necesito apuntes y no estoy mintiendo —replicó Hap Judd con aplomo—. La gente dice muchas cosas y eso no implica necesariamente que haya hecho algo malo.

—Ya —terció Berger, deseando que Marino se apresurase. ¿Dónde diantres estaba?—. Entonces lo que dijiste en el bar el pasado lunes por la noche, la noche del 15 de diciembre, depende de cómo alguien, yo en este caso, interprete lo que dijiste a Eric Mender. Si le dijiste que te parecía comprensible sentir curiosidad por una chica de diecinueve años en coma, por querer verla desnuda y quizá tocarla de un modo sexual, todo depende de la interpretación. Estoy intentando imaginarme cómo puedo interpretar un comentario como ése sin considerarlo turbador.

—Dios, eso es lo que intento decir. La interpretación. No es... lo que piensas. Su foto apareció en todas las noticias. Y entonces yo trabajaba ahí, resulta que ella estaba en el hospital donde yo tenía un trabajo —dijo Judd con menos desenvoltura—. Sí, sentí curiosidad. La gente es curiosa, cuando es sincera. Yo soy curioso, siento curiosidad por todo. Eso no implica que hiciese nada.

Hap Judd no parecía una estrella de cine. No era del tipo que obtenía papeles en franquicias de alto presupuesto como *Tomb Raider* o *Batman*. Berger no dejaba de pensarlo mientras permanecía sentada ante él, al otro lado de la mesa de acero cepillado en la especie de granero donde vivía Lucy, de vigas a la vista, suelos de madera color tabaco y pantallas planas dormidas en mesas sin papeles. Hap Judd era de altura media y nervudo tirando a demasiado flaco, de vulgares cabellos y ojos marrones y una cara de perfecto Capitán América, aunque desabrida; las típicas facciones resultonas en pantalla pero no tan atractivas en persona. De ser el vecino de al lado, Berger lo habría descrito como de aspecto agradable y cuidado; de tener que definirle, lo habría llamado caótico y desgraciado, pues había en él algo trágicamente obtuso y temerario, algo que Lucy no veía, o quizá sí, y por eso lo torturaba. Durante la última media hora lo había acorralado de un modo que preocupaba sobremanera a Berger. ¿Dónde demonios estaba Marino? Ya tendría que haber llegado. Era él quien en teoría debía ayudarla en el interrogatorio, no Lucy, que estaba descontrolada, que actuaba como si hubiera algo personal con Hap Judd, alguna conexión previa. Tal vez así fuera. Lucy había conocido a Rupe Starr.

—Que supuestamente haya dicho ciertas cosas a un desconocido no significa que haya hecho algo. —Judd había repetido lo mismo unas diez veces—. Tenéis que preguntaros por qué dije lo que supuestamente dije.

—Yo no me pregunto nada. Te pregunto a ti —replicó Lucy antes de que Berger tuviese ocasión de intervenir.

—No lo recuerdo todo. Había bebido. Soy una persona ocupada, tengo muchas cosas en la cabeza. Es inevitable que olvide cosas. Tú no eres abogada, ¿por qué me habla como si lo fuera? —preguntó a Berger—. No eres poli, sólo una ayudante, o algo así —dijo a Lucy—. ¿Quién eres tú para hacerme todas esas preguntas y acusarme?

—Recuerdas lo bastante para decir que no hiciste nada. Recuerdas lo bastante para cambiar tu versión.

Lucy no sentía ninguna necesidad de justificarse, estaba segura de sí misma en la mesa de conferencias de su loft, con un ordenador abierto ante ella, un mapa en la pantalla, una cuadrícula de una zona que Berger no alcanzaba a reconocer.

—No he cambiado nada. No recuerdo esa noche, cuando quiera que fuese. —Judd respondió a Lucy mientras miraba a Berger, como si ésta fuera a salvarle—. ¿Qué cojones quieres de mí?

Lucy tenía que calmarse. Berger le había enviado infinidad de señales, pero ella las ignoraba; ni debería estar hablando con Hap, no a menos que Berger le pidiese directamente que explicase detalles relacionados con la investigación informática, un punto al que ni siquiera habían llegado. ¿Dónde estaba Marino? Lucy actuaba como si fuera Marino, había tomado su lugar y Berger empezaba a albergar sospechas que no había considerado antes, probablemente porque ya sabía suficiente y dudar aún más de Lucy le resultaba insoportable. Lucy no era sincera. Conoció a Rupe Starr y no se lo había dicho. Lucy tenía motivos personales y no era fiscal, ya no era agente de la ley, y parecía no tener nada que perder.

Berger lo tenía todo que perder, no necesitaba que un famoso manchara su reputación. Ya tenía más manchas de las que merecía, injustamente infligidas. Su relación con Lucy no había ayudado. Dios, había sido de todo, salvo de ayuda. Cotilleos desagradables y vilezas en Internet. La fiscal Berger, bollera odiapollas, bollera y judía, había llegado al número uno de los más odiados de una lista neonazi, su dirección y otros datos personales bien a la vista por si alguien se decidía a hacer «lo correcto». Los cristianos evangélicos, por su parte, le recordaban que hiciera el equipaje para su viaje sin retorno al infierno. Berger nunca habría imaginado que ser sincera fuese tan arduo y agotador. Aparecer con Lucy en público, sin ocultarse ni mentir, le había dolido, le había dolido más de lo que imaginaba. Y ¿para qué? Para que Lucy la engañase. ¿Cuán profundo era el engaño, dónde terminaba? Terminaría, sin duda. «Terminará», se repetía. En cierto punto mantendrían una conversación, Lucy se explicaría y todo acabaría bien. Lucy le contaría lo de Rupe.

—Lo que queremos es que nos digas la verdad. —Berger logró hablar antes de que Lucy se le adelantara—. Esto es muy, muy serio. No es ningún juego.

—No sé por qué estoy aquí. No he hecho nada —le dijo Hap Judd, y a Berger no le gustaron sus ojos.

La miraba con atrevimiento, de arriba abajo, consciente del efecto que eso producía en Lucy. Sabía lo que se hacía, actuaba de modo desafiante y a veces Berger tenía la impresión de que se divertía con ellas.

—Tengo la sensación de que mandaré a alguien a la cárcel.

—¡No he hecho nada!

Quizá sí, quizá no, pero tampoco estaba ayudando. Berger le había concedido casi tres semanas para que colaborase. Tres semanas era mucho tiempo cuando había una persona desaparecida, posiblemente secuestrada, posiblemente asesinada, o lo más probable, creándose una nueva identidad en Sudamérica, las islas Fiji, Australia, quién sabe dónde.

—Eso no es lo peor —dijo Lucy, sus verdes ojos inquebrantables, el corto cabello rosa-dorado resplandeciente a la luz, dispuesta a atacar de nuevo, como un gato exótico—. Ni me imagino lo que harán los reclusos a un depravado como tú.

Empezó a teclear, ahora estaba en su correo electrónico.

—¿Sabes qué? He estado a punto de no venir. Si supierais lo cerca que he estado, no os lo creeríais —dijo a Berger, y la mención de la cárcel había surtido efecto. No se mostraba tan petulante. No le miraba el pecho. Sin rastro de aplomo, añadió—: Y ésta es la mierda que consigo. No pienso quedarme aquí sentado a escuchar vuestra mierda.

No hizo amago de levantarse de la silla; una pierna de tejano gastado subía y bajaba, había manchas de sudor en las axilas de la holgada camisa blanca. Berger vio que el pecho le subía y bajaba con la respiración y que una extraña cruz de plata, que colgaba de una tira de cuero, se movía bajo el algodón blanco con cada agitado aliento. En las manos, crispadas en los reposabrazos, destacaba un voluminoso anillo de plata en forma de calavera; los músculos tensos, las venas sobresalían del cuello. Tendría que quedarse ahí sentado, no podía despegarse de allí como no podría despegar la vista de dos trenes a punto de chocar.

—¿Recuerdas a Jeffrey Dahmer? —preguntó Lucy, sin alzar la vista mientras tecleaba—. ¿Recuerdas lo que le pasó a ese pervertido? ¿Lo que le hicieron los reclusos? Le mataron a golpes con el palo de una escoba, a saber qué otras cosas le hicieron con ese palo. Le iba la misma mierda que te va a ti.

—¿Jeffrey Dahmer? ¿Lo dices en serio? —Judd rio demasiado alto. En realidad, no era una risa. Estaba asustado—. Está loca —dijo a Berger—, nunca he hecho daño a nadie en mi vida. Yo no hago daño a la gente.

—Hasta ahora no, querrás decir —apuntó Lucy, la cuadrícula de una ciudad en la pantalla, como si estuviera en MapQuest.

—No pienso hablar con ella —dijo Judd a Berger—. No me gusta. Joder, haz que se largue o me voy.

—¿Y si te doy una lista de las personas a las que has hecho daño? ¿Empezando por la familia y amigos de Farrah Lacy? —preguntó Lucy.

—No sé quién es ésa y tú puedes irte a la mierda.

—¿Sabes lo que es un delito de clase E? —intervino Berger.

—No he hecho nada. No le hecho daño a nadie —insistió Judd.

—Hasta diez años en la cárcel. Eso es lo que es.

—Aislado por tu propia protección —continuó Lucy, haciendo caso omiso de las señales de Berger para que se calmase, otro mapa en su pantalla.

Berger alcanzaba a ver formas verdes que representaban parques y formas azules que representaban agua en una zona de muchas calles. Sonó un tono de aviso en el BlackBerry. Alguien acababa de enviarle un correo electrónico cuando eran casi las tres de la madrugada.

—Incomunicación. Probablemente en Fallsburg. Están acostumbrados a los reclusos célebres, como el Hijo de Sam. Attica no está tan bien. Ahí le rajaron la garganta.

El correo era de Marino:

```
Paciente siquiatrica posiblem relacionada
con incidente doctora dodie hodge encontrado
algo en rtcc pregunta testigo si la conoce stoy
ocupado explicare despues
```

Berger alzó la vista del BlackBerry mientras Lucy continuaba aterrorizando a Hap Judd con lo que les sucedía en la cárcel a los tipos como él.

—Háblame de Dodie Hodge, de tu relación con ella —dijo Berger.

Judd pareció sorprendido, después enfadado. Espetó:

—Es una farsante, una puta bruja. Soy yo quien debería estar aquí como víctima de esa loca de mierda. ¿Por qué me lo preguntas? ¿Qué tiene ella que ver? Quizás es ella la que me acusa de algo. ¿Es ella la que está detrás de todo esto?

—Quizá yo responda a tus preguntas cuando tú respondas a las mías. Cuéntame de qué la conoces —advirtió Berger.

—Es vidente, consejera espiritual, como quieras llamarla. Mucha gente de Hollywood, gente importante, hasta políticos, la conocen y buscan su consejo en cuestiones de dinero, trabajo, relaciones. Fui un estúpido y hablé con ella, y no ha dejado de molestarme. Llama continuamente a mi oficina de Los Ángeles.

—Te acosa, entonces.

—Así lo llamo yo, exacto.

—¿Y cuándo empezó esto? —preguntó Berger.

—No sé. El año pasado. Puede que haga un año, el otoño pasado. Me la recomendaron.

—¿Quién?

—Alguien del mundillo pensó que me convendría. Asesoramiento profesional.

—Te he pedido el nombre —insistió Berger.

—Respeto la confidencialidad. Son muchas las personas que acuden a ella, te sorprendería.

—¿Acudías a ella, o era ella la que se desplazaba? ¿Dónde os veíais?

—Venía a mi piso de TriBeCa. Los famosos no van a ir dondequiera que viva ella y arriesgarse a que les sigan o les graben. También atiende por teléfono.

—¿Y cómo cobra?

—En efectivo. O, si la consulta es por teléfono, envías un cheque a un apartado postal de Nueva Jersey. Hablé unas pocas veces con ella por teléfono y luego desconecté, porque está como una cabra. Sí, me acosa. De eso deberíamos hablar, de que me están acosando.

—¿Se presenta allí donde te encuentras? ¿Por ejemplo tu piso de TriBeCa, los rodajes, los lugares que frecuentas, como el bar de la calle Christopher en Nueva York? —preguntó Berger.

—Deja mensajes en la oficina de mi agente, continuamente.

—¿Llama a Los Ángeles? Bien. Te proporcionaré un buen contacto en el FBI de Los Ángeles. El FBI se encarga de los casos de acoso. Es una de sus especialidades.

Judd no respondió. No tenía interés alguno en hablar con el FBI de Los Ángeles. Era un cabrón taimado y Berger se preguntó si la persona cuya confidencialidad protegía no sería Hannah Starr. Por lo que él había dicho, entró en contacto con Dodie Hodge cuando inició sus operaciones financieras con Hannah. En otoño del año pasado.

—El bar de la calle Christopher —retomó Berger, que no acababa de creer que Dodie Hodge estuviera relacionada con nada importante y que estaba disgustada con Marino por haber interrumpido su interrogatorio de alguien que empezaba a aborrecer.

—No puedes probar nada.

La actitud desafiante había vuelto.

—Si crees de verdad que no puedo probar nada, ¿por qué te has molestado en venir?

—Sobre todo si has estado a punto de no hacerlo —interrumpió Lucy, ocupada con su MacBook, tecleando correos y consultando mapas.

—Para cooperar. He venido a cooperar —dijo Judd a Berger.

—Comprendo. Hace tres semanas, cuando supe de ti e intenté repetidamente contactar contigo, estabas tan ocupado que te fue imposible cualquier tipo de cooperación.

—Estaba en Los Ángeles.

—Se me olvidaba. No hay teléfonos en Los Ángeles.

—Estaba muy ocupado y los mensajes que me llegaron no estaban claros. No lo comprendí.

—Vale, así que ahora lo entiendes y te has decidido a cooperar —resumió Berger—. Bien, hablemos del pequeño incidente del pasado lunes, en concreto de lo que pasó después de salir del bar Stonewall Inn, en el 53 de la calle Christopher, el lunes por la noche. Te fuiste con ese tipo que conociste, Eric. ¿Recuerdas a Eric? ¿El chaval con quien fumaste hierba? ¿Con quién hablaste tan abiertamente?

—Estábamos colocados.

—Sí, la gente habla cuando está colocada. Te colocaste y le

contaste una historia alucinante, según sus palabras, de lo que sucedió en el hospital Park General de Harlem —dijo Berger.

Yacían desnudos bajo un edredón de plumón, incapaces de dormir, acurrucados y mirando la vista. Los edificios de Manhattan no eran el océano, ni las Rocosas, ni las ruinas de Roma, pero sí un panorama que adoraban, y tenían la costumbre de descorrer las persianas de noche, después de apagar las luces.

Benton acariciaba la piel desnuda de Scarpetta, con la barbilla apoyada en su cabeza. Le besó el cuello, las orejas, dejando una sensación de frescor en la piel donde había posado los labios. Tenía el torso contra la espalda de ella, que notaba el lento latir del corazón de Benton.

—Nunca te pregunto por tus pacientes.

—Es evidente que no te entretengo, si ahora piensas en mis pacientes —le dijo Benton al oído.

Scarpetta hizo que la abrazara y le besó las manos.

—Quizá puedas entretenerme de nuevo dentro de un momento. Me gustaría plantear una hipótesis.

—Tienes todo el derecho. Me sorprende que sea sólo una.

—¿Cómo tu antigua paciente podía saber dónde vivo? No insinúo que ella dejase el paquete.

Scarpetta no quería pronunciar el nombre de Dodie Hodge en la cama.

—Podría especularse que si alguien es bastante manipulador, puede sacar información de otros —respondió Benton—. Por ejemplo, en McLean hay miembros del personal que saben nuestra dirección, ya que a veces me envían paquetes y correo aquí.

—¿Y alguien del personal se lo diría a una paciente?

—Espero que no, y no digo que eso es lo que ha sucedido. Ni siquiera afirmo que esa persona estuviera en McLean, que fuera una paciente.

Ni hacía falta que lo dijera. Scarpetta no tenía la menor duda de que Dodie Hodge había sido paciente en McLean.

—Tampoco afirmo que tenga nada que ver con lo que alguien ha dejado en el edificio —añadió.

Tampoco hacía falta que dijera eso. Scarpetta sabía que Benton temía que fuera su antigua paciente quien había dejado el paquete.

—Lo que diré es que quizás otros sospechen que lo ha hecho ella, independientemente de que se descubra lo contrario.

Benton hablaba con ternura, un tono incongruente con la conversación.

—Marino lo sospecha; de hecho, está convencido, pero tú no. Eso es lo que estás diciendo.

Scarpetta no lo creía así. Creía que Benton estaba convencido de que había sido su antigua paciente de nombre Dodie, que también había llamado a la CNN. Benton estaba convencido de que era peligrosa.

—Puede que Marino esté en lo cierto. Y puede que no —respondió Benton—. Alguien como mi antigua paciente podría ser potencialmente peligrosa y todo un problema, pero peor sería que el paquete lo hubiese enviado otra persona y que todos dejen de investigar porque creen saber quién lo hizo. ¿Y si no es así? ¿Luego, qué? ¿Qué pasa a continuación? Quizás alguien salga herido la próxima vez.

—No sabemos qué contiene el paquete. Quizá no sea nada. Te estás adelantando a los acontecimientos.

—Hay algo en el paquete. Eso casi puedo prometértelo. A menos que hayas aparecido en una película de Batman sin decírmelo, no eres la jefa forense de Gotham City. No me gusta el tono de eso. No sé bien por qué me preocupa tanto, pero lo hace.

—Porque es despectivo. Es hostil.

—Tal vez. Me interesa la caligrafía. Tu descripción de que era tan precisa y estilizada que parecía una fuente.

—Quienquiera que escribiese esa dirección tenía el pulso firme, tal vez dotes artísticas —dijo Scarpetta, y notó que estaba pensando en otra cosa.

Benton sabía algo de Dodie Hodge que hacía que se centrara en la caligrafía.

—¿Estás segura de que no salió de una impresora láser?

—Tuve bastante tiempo para examinarla cuando subía en ascensor. Tinta negra, bolígrafo, la suficiente variación en la formación de la letra para que fuese evidente que se había escrito a mano.

—Espero que haya algo que mirar cuando lleguemos a Rodman's Neck. Esa etiqueta quizá será nuestra mejor prueba.

—Si tenemos suerte —dijo ella.

La suerte tendría un papel importante. Lo más probable era que, para desactivar cualquier posible circuito del paquete de FedEx, la brigada de artificieros disparase un cañón disruptor PAN, más conocido como cañón de agua, que descarga un decilitro de agua mediante una escopeta modificada calibre 12. El principal objetivo sería la supuesta fuente de energía del dispositivo explosivo: las pequeñas pilas que habían observado con rayos X. Scarpetta sólo esperaba que las pilas no estuviesen directamente debajo de la etiqueta con la dirección escrita a mano. En tal caso, por la mañana tan sólo les quedaría una pasta mojada que contemplar.

—Podemos tener una conversación de tipo general —dijo Benton, incorporándose un poco, recolocando las almohadas—. Estás familiarizada con lo que se conoce como personalidad límite. La persona que muestra interrupciones o escisiones en los límites del ego y que, en casos de estrés, puede actuar de forma agresiva, violenta. La agresión era relacionada con competir. Competir por el macho, por la hembra, por la persona más apta para reproducirse. Competir por los recursos, como el alimento o el cobijo. Competir por el poder, porque sin una jerarquía no puede haber orden social. En otras palabras, la agresión se produce cuando tiene un beneficio.

Scarpetta pensó en Carley Crispin. Pensó en el BlackBerry perdido. Llevaba horas pensando en su BlackBerry. Tenía el corazón encogido por la ansiedad, independientemente de lo que hiciera; hasta cuando hacía el amor sentía miedo. Sentía ira. Estaba muy disgustada con ella misma y no sabía cómo Lucy se tomaría la verdad. Scarpetta había sido estúpida. ¿Cómo podía ser tan estúpida?

—Por desgracia, estos impulsos primitivos básicos que quizá tengan sentido en términos de supervivencia de una especie pueden convertirse en algo maligno y no adaptativo, pueden desarrollarse en formas sumamente inapropiadas e infructuosas —siguió Benton—. Porque, a fin de cuentas, un acto agresivo, como acosar o amenazar a alguien conocido como tú, es infructuoso para el iniciador. El resultado será el castigo, la pérdida de todas las cosas por las que vale la pena competir, sea en una institución psiquiátrica o el presidio.

—Por lo que debo concluir que la mujer que me ha llamado a la CNN esta noche sufre un trastorno límite de la personalidad, se puede volver violenta si se da el nivel suficiente de estrés, y compite conmigo por el macho, que serías tú.

—Te llamó para hostigarme, y lo consiguió. Quiere mi atención. La personalidad límite se crece con el refuerzo negativo, le encanta estar en el ojo del huracán. Añade otros desafortunados trastornos de la personalidad, y pasarás del ojo del huracán a quizá la tormenta perfecta.

—Transferencia. Todas esas pacientes tuyas lo tienen difícil. Quieren lo que yo tengo ahora mismo.

Lo quería ahora mismo. Quería su atención y no quería hablar más de trabajo, de problemas, de seres humanos espantosos. Quería sentirse cerca de él, sentir que nada era imposible, y su deseo de intimidad era insaciable porque ella no podía conseguir lo que deseaba. Nunca había conseguido lo que deseaba de Benton y era por eso que aún lo deseaba, lo deseaba de un modo palpable. Era por lo que lo había deseado de entrada, o lo que la había atraído, lo que hizo que sintiera un intenso deseo hacia él la primera vez que se vieron. Sentía lo mismo ahora, veinte años después, una atracción desesperada que la llenaba y hacía que se sintiera vacía, y el sexo con él era eso, un ciclo de dar y recibir, de llenarse y vaciarse y luego rearmar el mecanismo para volver, los dos, a por más.

—Te quiero, ¿sabes? Hasta cuando estoy enfadada —susurró ella en la boca de Benton.

—Siempre estarás enfadada. Espero que siempre me quieras.

—Quiero entender.

Scarpetta no entendía y, posiblemente, nunca lo haría.

Cuando recordaba, nunca entendía las decisiones que él había tomado, que la hubiese dejado de un modo tan súbito, tan terminante, sin hablarlo con ella. Ella no habría hecho algo así, pero no iba a sacar ese tema de nuevo.

—Sé que siempre te querré. —Scarpetta lo besó y se situó encima de él.

Modificaron la posición, sabiendo intuitivamente cómo moverse, dejando muy atrás los días en que necesitaban calcular conscientemente cuál era el mejor lado, o los límites, antes de que llegaran la fatiga o la incomodidad. Scarpetta había escuchado todas las variaciones de las bromas sobre sus conocimientos de anatomía y la ventaja que eso supondría en la cama, lo que era ridículo, ni siquiera eso, porque no le parecía divertido. Con raras excepciones, sus pacientes estaban muertos y la respuesta que mostraban al tacto era, por consiguiente, discutible y de ninguna utilidad. Eso no significaba que la morgue no le hubiese enseñado algo fundamental, porque sin duda lo había hecho. La había obligado a pulir sus sentidos, a ver, oler y sentir los matices más sutiles en personas que ya no podían hablar, personas poco dispuestas que la necesitaban, pero que nada podían darle a cambio. La morgue la había dotado de unas manos fuertes y capaces, también de fuertes deseos. Quería calor y que la tocasen. Quería sexo.

Después Benton cayó en un sueño profundo. No se movió cuando ella se levantó de la cama, su mente de nuevo en marcha, en rápido movimiento, ansiedades y resentimientos arremolinándose una vez más. Pasaban unos minutos de las tres de la madrugada. Tenía ante sí un largo día que se desvelaría a medida que se desarrollase, uno de esos días que ella llamaba improvisados. Rodman's Neck y su posible bomba, y quizás el laboratorio, y tal vez la oficina para dictar informes de autopsias y ponerse al día de llamadas y papeleo. No tenía autopsias programadas, pero eso siempre podía cambiar, según quién salía y lo que llegaba. Qué iba a hacer respecto al BlackBerry. Quizá Lucy le había respondido. Qué iba a hacer con su sobrina. Últimamente actuaba de un modo muy extraño, se irritaba con facilidad, se mostraba muy impaciente, y además lo que había hecho con los teléfonos inteligentes, cambiarlos sin pedir permiso, como si eso fuera generoso y considerado. «Debes volver a la cama y descansar. Con el cansancio todo parece peor», se dijo. Ahora mismo, volver a la cama no era posible. Tenía cosas que hacer, necesitaba hablar con Lucy, aclarar aquello. «Dile lo que has hecho. Dile lo estúpida que es su tía Kay.»

Probablemente Lucy era la persona con más talento técnico que Scarpetta había conocido; desde que nació había sentido curiosidad por el funcionamiento de todo, montaba y desmontaba artilugios, siempre convencida de que podía mejorar el funcionamiento de cualquier cosa. Esa propensión, unida a una gran inseguridad, unida a una necesidad desbocada de poder y control, daban como resultado a Lucy, una hechicera que podía destruir con la misma facilidad con la que reparaba, según cuáles fueran sus motivos y, sobre todo, su estado de ánimo. Cambiar los teléfonos sin pedir permiso no había sido un acto apropiado y Scarpetta seguía sin comprender por qué su sobrina lo había hecho. En el pasado, Lucy habría preguntado. No se habría autoproclamado administradora del sistema sin el permiso de todos, sin avisarlo al menos, y se pondría hecha una furia cuando se enterase de la insensatez de Scarpetta, de su estupidez. Lucy le diría que era como cruzar la calle sin mirar, como darse de bruces con el rotor de cola.

Scarpetta temía el sermón que sin duda le iba a caer cuando confesara que había desactivado la contraseña de su BlackBerry a los dos días de recibirlo, tan grande había sido su frustración. «No deberías, no deberías», se había repetido sin cesar. Pero siempre que sacaba el aparato de la funda tenía que desbloquearlo. Si no lo utilizaba durante diez minutos, se bloqueaba de nuevo. Luego, la gota que había colmado el vaso y le había dado un susto de muerte, cuando se equivocó seis veces al teclear la contraseña. Ocho intentos fallidos —lo dejaban bien claro las instrucciones de Lucy— y el BlackBerry prácticamente se autodestruía, todo el contenido se eliminaba como las grabaciones de *Misión imposible*.

Cuando Scarpetta había enviado un correo a Lucy hablándole del BlackBerry perdido, no había mencionado el detalle de la contraseña. Si alguien tenía su teléfono, sería terrible: era algo que Scarpetta temía profundamente; también temía a Lucy y, sobre todo, se temía a sí misma. «¿Cuándo empezaste a ser tan descuidada? Has llevado una bomba a tu casa y has desactivado la contraseña de tu teléfono inteligente. ¿Qué demonios te pasa? Haz algo. Soluciona algo. Responsabilízate de las cosas, en lugar de sólo inquietarte.»

Necesitaba comer, eso era parte del problema; tenía acidez de estómago porque estaba vacío. Si comía algo, se sentiría mejor. Necesitaba trabajar con las manos, ocuparlas en algo beneficioso, un acto que no fuera el sexo. Preparar comida era reparador y tranquilizante. Cocinar uno de sus platos favoritos, prestar atención a los detalles, la ayudaría a volver al orden y a la normalidad. Era cocinar o limpiar, y ya había limpiado bastante, el aroma a producto limpiador seguía presente cuando fue de la sala a la cocina. Abrió la nevera, en busca de inspiración. ¿Una *frittata*, una tortilla? No le apetecían huevos, ni pan ni pasta. Algo ligero y saludable, con aceite de oliva y hierbas, como una *insalata caprese*. Eso estaría bien. Era un plato veraniego, que se servía sólo en la temporada del tomate, preferiblemente los del propio huerto de Scarpetta. Pero en ciudades como Boston o Nueva York era posible encontrar todo el año tomates de los de antaño, en mercados especializados o en tiendas de la cadena Whole Foods: deliciosos Black Krims, jugosos Brandywines, suculentos Caspian Pinks, los dulces Golden Eggs o los Green Zebras, con un toque ácido.

Seleccionó unos cuantos de la cesta que había en la mesa de la cocina y los cortó a dados en una tabla. Calentó mozzarella fresca de búfala a temperatura ambiente metiéndola en una bolsa hermética y sumergiéndola unos segundos en agua caliente. Dispuso el tomate y el queso en círculo en el plato, añadió albahaca fresca y un generoso chorro de aceite virgen de primera presión en frío, terminando con una pizca de sal marina gruesa. Se llevó el tentempié al comedor contiguo con vistas al oeste, a los edificios iluminados, al Hudson y al tráfico distante de Nueva Jersey.

Tomó un bocado de ensalada mientras abría el navegador de su MacBook. Había llegado la hora de tratar con Lucy. Probablemente ya le habría respondido. También tenía que enfrentarse a las consecuencias de la pérdida del BlackBerry. No era algo trivial, no era una nimiedad; Scarpetta no se lo había sacado de la cabeza desde que descubrió la desaparición, y ahora ya se había convertido en una obsesión. Llevaba horas intentando recordar qué había en el teléfono, imaginar a qué podría acceder quienquiera que lo tuviese, mientras una parte de ella deseaba volver a un pasado en que su mayor preocupación era que alguien curioseara en su Rolodex o sus planillas, en los protocolos de autopsias y las fotografías que solía tener en la mesa. En los viejos tiempos, su respuesta a las potenciales indiscreciones y filtraciones eran las cerraduras. Los informes confidenciales se guardaban bajo llave y, si había algo en su mesa que no quería que viesen otros, cerraba con llave la puerta del despacho cuando salía de allí. Claro y simple. De sentido común. Manejable. Bastaba con esconder la llave.

Cuando era jefa forense de Virginia y el primer ordenador entró en su despacho, también fue algo manejable y no sintió un gran temor ante lo desconocido; tuvo la impresión de que podía controlar lo malo y lo bueno. Claro que había problemas técnicos de seguridad, pero todo era solucionable y prevenible. Tampoco los teléfonos móviles habían sido un problema entonces, no al principio, cuando la desconfianza que sentía hacia ellos tenía más que ver con el posible uso de escáneres para escuchar conversaciones privadas y con las personas que desarrollaron la incivilizada y temeraria costumbre de mantener conversaciones al alcance de cualquiera. Esos peligros no eran comparables con los que existían en la actualidad. No había una descripción adecuada para aquello que la intranquilizaba. La tecnología moderna ya no le parecía su mejor amiga. La mordía con frecuencia. Esta vez le había dado una buena dentellada.

El BlackBerry de Scarpetta era un microcosmos de su vida personal y profesional, contenía teléfonos y direcciones electrónicas de contactos que se indignarían o se verían comprometidos si alguien con malas intenciones accedía a esa información personal. Más aún, se sentía con el deber de proteger a las familias, a aquellos que acababan de sufrir una muerte trágica. En cierto modo, esos supervivientes se convertían en sus pacientes; dependían de ella para cuestiones de información, la llamaban para comunicarle un detalle súbitamente recordado, para plantearle preguntas, teorías, simplemente porque necesitaban hablar, con frecuencia en los aniversarios o en esta época del año, en Navidad. Las confidencias que Scarpetta compartía con las familias y los seres queridos de los difuntos eran sagradas; el aspecto más sagrado de su trabajo.

Qué atroz, qué horrible sería si la persona equivocada, una persona que trabajaba para una cadena de noticias, por ejemplo, se topara con uno de estos nombres, muchos de ellos asociados con casos muy célebres, un nombre como el de Grace Darien. Era la última persona con quien Scarpetta había hablado a las siete y cuarto de la tarde, después de la teleconferencia con Berger y antes de prepararse a toda prisa para la CNN. La señora Darien había llamado al BlackBerry de Scarpetta al borde de la histeria porque en el comunicado de prensa que identificaba a Toni Darien por su nombre se afirmaba también que había sido agredida sexualmente y muerta a golpes. La señora Darien estaba confusa y aterrada, para ella un golpe en la cabeza era diferente a que te maten a golpes, y nada de lo que le había dicho Scarpetta la había tranquilizado. Scarpetta no había mentido. No la había engañado. El comunicado de prensa no era suyo, ella no lo había redactado y, por muy difícil que fuera, la señora Darien debía comprender por qué no podía ofrecerle más detalles. Lo sentía mucho, pero simplemente le era imposible darle más información del caso.

—¿Recuerda lo que le he dicho? —Scarpetta había hablado con ella mientras se cambiaba de ropa—. La confidencialidad es esencial, porque algunos detalles sólo los conocen el asesino, el forense y la policía. Es por eso que, por ahora, no puedo decirle más.

Aquí estaba ella, la abanderada de la discreción y la conducta ética cuando, por lo que sabía, cualquiera podría haber encontrado información de Grace Darien en un BlackBerry no protegido por contraseña alguna y haber contactado con la angustiada mujer. Scarpetta no dejaba de pensar en lo que Carley había proclamado en televisión, el detalle del taxi amarillo y la consiguiente conexión de Hannah Starr y Toni Darien, así como la falsa información del hallazgo de un cabello en descomposición de Hannah Starr. Claro que un periodista, sobre todo si era de los desalmados, de los desesperados, querría hablar con las Grace Darien del mundo. La lista de posibles profanaciones mayúsculas causadas por el teléfono perdido de Scarpetta se alargaba a medida que iba recordando. Continuó evocando nombres de los contactos que había guardado desde los inicios de su carrera, primero en papel, finalmente en formato electrónico, exportados de móvil a móvil a medida que los cambiaba, hasta acabar finalmente en el aparato que Lucy había comprado.

Había cientos de nombres en la subcarpeta de contactos de Scarpetta, muchos de ellos personas que nunca volverían a confiar en ella si alguien como Carley Crispin las llamaba a sus móviles, a sus líneas directas o a casa. El alcalde Bloomberg, el inspector Kelly, el doctor Edison, importantes funcionarios nacionales y extranjeros, por no hablar de la extensa red de colegas forenses y médicos y fiscales y abogados, y su familia, amigos, facultativos, el dentista, el peluquero, el entrenador personal, la asistenta. Los comercios donde hacía las compras. Lo que adquiría en Amazon, como los libros que leía. Restaurantes. Su contable. Su empleado del banco. La lista se alargaba cuanto más pensaba en ella; se hacía más larga y más preocupante. Mensajes de voz guardados, visibles en la pantalla y que podían reproducirse sin necesidad de contraseña alguna. Documentos y presentaciones PowerPoint que incluían imágenes gráficas descargadas de correos electrónicos, entre ellas fotografías de la escena de Toni Darien. La que Carley mostró en directo quizás había salido del teléfono de Scarpetta, y entonces su ansiedad se centró en los mensajes instantáneos, todas esas aplicaciones que permitían y fomentaban el contacto constante.

Scarpetta no creía en la mensajería instantánea, consideraba tales tecnologías una compulsión, no una mejora, posiblemente una de las más desafortunadas e insensatas innovaciones de la historia, la gente tecleando en diminutas pantallas táctiles y teclados numéricos cuando deberían prestar atención a otras actividades importantes como conducir, cruzar una calle concurrida, manejar maquinaria peligrosa como aviones o trenes o prestar atención en un aula o una sala de conferencias, asistir a un congreso médico, al teatro o a un concierto, o escuchar a quienquiera que estuviese frente a ellos en un restaurante o a su lado, en la cama. Recientemente había sorprendido a un estudiante de medicina chateando en plena autopsia, pulsando las diminutas teclas con los pulgares enfundados en látex. Lo había sacado a patadas del depósito de cadáveres, lo había expulsado de su clase y había animado al doctor Edison a prohibir los dispositivos electrónicos en cualquier zona más allá de la antesala, pero eso nunca iba a suceder. Ya era demasiado tarde, sería como dar marcha atrás y nadie acataría las normas.

La policía, los investigadores médico-legales, los científicos, los patólogos, los antropólogos, los odontólogos, los arqueólogos forenses, los del depósito de cadáveres, los técnicos de identificación y los guardias de seguridad no iban a abandonar sus PDA, iPhones, BlackBerrys, teléfonos móviles y localizadores, pese a las continuas advertencias sobre la diseminación de información confidencial a través de la mensajería instantánea y los correos electrónicos o, Dios no lo quisiera, las fotografías o vídeos tomados con esos dispositivos, lo que sucedía de todos modos. Hasta ella había sucumbido, había enviado mensajes de texto y descargado imágenes e información más allá de lo aconsejable, se había relajado al respecto. Últimamente pasaba tanto tiempo en taxis y aeropuertos... El flujo de información nunca se detenía, nunca descansaba. Y casi nada de todo aquello estaba protegido por una contraseña porque se había sentido frustrada o porque no le gustaba sentirse controlada por su sobrina.

Scarpetta seleccionó la bandeja de entrada. El correo más reciente, enviado tan sólo unos minutos antes, era de Lucy, con la siguiente provocación como asunto:

```
SIGUE LAS MIGAS DE PAN
```

Scarpetta lo abrió.

```
    Tía Kay: Adjunto un registro de datos del
rastreador GPS actualizado cada 15 segundos. He
incluido sólo horarios y localizaciones clave,
empezando aprox. a las 19.35 cuando colgaste el
abrigo en el armario de la sala de maquillaje,
supuestamente con el BlackBerry en un bolsi-
llo. Una foto vale más que mil palabras. Mira
las diapos y saca tus propias conclusiones. Sé
cuáles son las mías. Ni que decir tiene que me
alegra que estés bien. Marino me ha contado lo
del FedEx.


                                             L
```

La primera diapositiva era lo que Lucy llamaba una imagen «a vista de pájaro» del Time Warner Center, o básicamente una vista aérea con el TWC en primer plano. A continuación había un mapa con la dirección de la calle, la longitud y la latitud incluidas. Era incuestionable que el BlackBerry de Scarpetta había estado en el Time Warner Center a las 19.35, cuando llegó a la entrada de la torre norte de la calle Cincuenta y nueve; pasó seguridad, subió el ascensor a la quinta planta, cruzó el pasillo hasta la sala de maquillaje y colgó su abrigo en el armario. En ese momento, sólo ella y la maquilladora estaban allí y era imposible que alguien hubiese metido la mano en el bolsillo de su abrigo durante aproximadamente los veinte minutos que pasó

en la silla, mientras la retocaban y después simplemente esperaba, mirando a Campbell Brown en el televisor que siempre
había en esa sala.

Por lo que Scarpetta recordaba, un técnico de sonido le colocó el micrófono alrededor de las ocho y veinte —unos veinte
minutos antes de lo habitual, ahora que lo pensaba—, la con-
dujeron al plató y la sentaron ante la mesa. Carley Crispin no
apareció hasta unos minutos antes de las nueve y se sentó frente a ella, bebió agua con una pajita, intercambió los cumplidos
de rigor y luego empezaron la emisión. Durante el programa y
hasta que Scarpetta abandonó el edificio a eso de las once de la
noche, la ubicación del BlackBerry, según Lucy, fue la misma,
con una consideración:

     Si tu BB fue trasladado a otra localización
     en la misma dirección —a otra sala u otra plan-
     ta, por ejemplo— las coordinadas de latitud y
     longitud no cambiarían. Por lo que no estoy se-
     gura. Sólo sé que estaba en el edificio.

Después, casi a las once de la noche, cuando Carley Crispin y Scarpetta salieron del Time Warner Center, el BlackBerry
también salió de allí. Scarpetta siguió el viaje del teléfono en el
log, en las diapositivas, seleccionando una vista aérea, esta de
Columbus Circle, y luego otra de su edificio en Central Park
West, captada a las 23.16. En este punto, cabría concluir que el
BlackBerry de Scarpetta seguía en el bolsillo de su abrigo y lo
que el receptor WAAS rastreaba y grababa cada quince segundos era la propia ubicación de Scarpetta, de regreso a casa. Pero
no era así. Benton la había llamado muchas veces. Si el BlackBerry estaba en el bolsillo de Scarpetta, ¿por qué no sonó? No lo
había apagado. Casi nunca lo hacía.

Más significativo, advirtió Scarpetta, era que cuando entró
en su edificio, el BlackBerry no lo hizo. Las siguientes imágenes
eran una serie de fotos aéreas, mapas y direcciones que mostraban el curioso viaje emprendido por su teléfono, empezando por

regresar al Time Warner Center y luego seguir la Sexta Avenida hasta detenerse en el número 60 de la calle 54 Este. Scarpetta amplió la imagen y examinó un conglomerado de edificios de granito gris embutidos entre los rascacielos, automóviles y taxis paralizados en la calle. Reconoció, al fondo, el Museo de Arte Moderno, el edificio Seagram y la aguja gótica de la iglesia de Santo Tomás.

La nota de Lucy:

En el número 60 de la calle Cincuenta y cuatro está el hotel Elysée, donde se encuentra, no abierto oficialmente a menos que estés al corriente, el Monkey Bar. Una especie de club privado, muy exclusivo, muy Hollywood. Frecuentado por famosos y deportistas.

¿Era posible que el Monkey Bar estuviera abierto ahora, a las tres y diecisiete de la madrugada? Según el registro, parecía que el BlackBerry de Scarpetta seguía en la dirección de la calle 54 Este. Recordó lo que Lucy había dicho sobre la latitud y la longitud. Quizá Carley no había ido al Monkey Bar, pero estaba en el mismo edificio.

Envió un correo electrónico a su sobrina:

¿Bar sigue abierto o puede que BB esté en el hotel?

Respuesta de Lucy:

Podría ser el hotel. Estoy con un testigo, si no iría en persona.

Scarpetta:

Marino puede, a menos que esté contigo.

Lucy:

    Creo que debo eliminar todos los datos. Hay
    copia de casi todo en el servidor. Todo irá
    bien. Marino no está aquí.

Le estaba diciendo que podía acceder a su BlackBerry por
control remoto y erradicar la mayor parte de los datos en él al-
macenados y las modificaciones personales; en esencia, devolver
el aparato a su configuración original. Si lo que Scarpetta sospechaba era verdad, era un poco tarde para eso. Hacía seis horas
que el BlackBerry no estaba en su poder y, si Carley Crispin era
la ladrona, había tenido mucho tiempo para meter mano en un
tesoro de información privilegiada de la que quizá se hubiera
servido antes, lo que explicaría la fotografía de la escena del crimen que había mostrado en directo. Scarpetta no pensaba perdonárselo y necesitaría poder probarlo.
Escribió:

    No destruyas nada. El BB y lo que contiene es
    una prueba. Por favor, sigue rastreando. ¿Dónde
    está Marino? ¿En su casa?

La respuesta de Lucy:

    El BB no se ha movido de esa ubicación en las
    últimas tres horas. Marino está en el RTCC.

Scarpetta no respondió. No iba a mencionar el problema de
la contraseña, no en aquellas circunstancias. Lucy podría deci-
dirse a destruir el BlackBerry pese a las instrucciones de Scarpetta, pues últimamente no parecía pedir permiso para nada. Era
sorprendente todo lo que Lucy sabía, y a Scarpetta le turbaba, le
inquietaba, algo que no alcanzaba a definir del todo. Lucy sabía
dónde estaba el BlackBerry, parecía saber dónde estaba Marino,
parecía involucrada en la vida de todos de un modo diferente al

pasado. ¿Qué más sabía su sobrina, y por qué estaba tan decidida a tenerlos a todos vigilados, o al menos tener la capacidad de hacerlo? «Por si te secuestran», había dicho Lucy, y no en broma. «O por si pierdes tu BlackBerry. Si lo olvidas en un taxi, puedo encontrarlo», le había explicado.

Era extraño. Scarpetta rememoró la aparición de esos sofisticados aparatos y se maravilló de la premeditación, la exactitud y la inteligencia con que Lucy los había sorprendido con su regalo. Un sábado por la tarde, el último sábado de noviembre, el veintinueve, recordaba Scarpetta. Ella y Benton estaban en el gimnasio, donde tenían hora con sus entrenadores personales y después baño de vapor, sauna, una cena temprana y al teatro, *Billy Elliot*. Tenían sus rutinas y Lucy las conocía.

Sabía que nunca llevaban los móviles al gimnasio de su edificio. La recepción era terrible y de todos modos no los necesitaban, porque no podían responder. Las llamadas de emergencia les llegaban por la recepción del club de *fitness*. Cuando ella y Benton habían regresado al piso, los nuevos BlackBerry estaban allí, en la mesa del comedor, envueltos en sendas cintas rojas, con una nota que explicaba que Lucy, que tenía llave, había entrado durante su ausencia y había importado los datos de sus antiguos teléfonos a los nuevos aparatos. Algo así, e instrucciones detalladas. Debió de hacer algo parecido con Berger y Marino.

Scarpetta se levantó de la mesa del comedor. Llamó por teléfono. Respondió un hombre con acento francés.

—Hotel Elysée, ¿en qué puedo servirle?

—Carley Crispin, por favor.

Una larga pausa, y después:

—Señora, ¿me está pidiendo que llame a la habitación? Es un poco tarde.

14

Finalmente, Lucy había dejado de escribir. Había dejado de mirar mapas y escribir correos electrónicos. Estaba a punto de decir algo indebido. Berger lo intuía y no pudo detenerla.

—He estado aquí sentada, preguntándome lo que pensarían tus admiradoras. He estado intentando meterme en la cabeza de una de ellas. Esta estrella de cine que me tiene loca... y ahora estoy en la cabeza de una admiradora. Y me imagino a mi ídolo Hap Judd con un guante de látex por condón, follándose el cadáver de una chica de diecinueve años en la cámara frigorífica de un depósito de cadáveres.

Hap Judd se quedó pasmado, como si le hubieran dado una bofetada, la boca abierta, la cara roja. Iba a estallar.

—Lucy, se me acaba de ocurrir que *Jet Ranger* quizá necesite salir —dijo Berger, tras una pausa.

El viejo bulldog estaba arriba, en el piso de Lucy, y no hacía ni dos horas que había salido a hacer sus necesidades.

—Todavía no.

Los ojos verdes de Lucy se encontraron con los de Berger. Temeridad, tozudez. Si Lucy no fuera Lucy, Berger la habría despedido.

—¿Quieres más agua, Hap? Yo me tomaría una Pepsi *light* —dijo Berger, sosteniéndole la mirada a Lucy. No era una sugerencia, sino una orden.

Necesitaba estar un momento a solas con su testigo y que

Lucy se serenase. Esto era una investigación criminal, no un desahogo de su ira. ¿Qué demonios le pasaba?

—Estábamos hablando de lo que le contaste a Eric —prosiguió Berger, mirando a Judd a los ojos—. Él afirma que hiciste referencias sexuales a una chica que acababa de morir en el hospital.

—¡Nunca dije haber hecho algo tan repugnante!

—Le hablaste a Eric de Farrah Lacy. Le dijiste que sospechabas conductas inadecuadas en el hospital. Personal del centro, empleados de la funeraria que habían tenido una conducta inadecuada con su cadáver, quizá con otros cuerpos —dijo Berger mientas Lucy se levantaba de la mesa y salía de la habitación—. ¿Por qué le mencionaste todo esto a alguien que no conocías? Quizá porque estabas desesperado por confesar, necesitabas aliviar la sensación de culpabilidad. Cuando hablabas de lo que pasó en el Park General, en realidad estabas hablando de ti. De lo que hiciste.

—¡Y una mierda! —exclamó Judd—. Es una trampa, pero ¿de quién? —Hizo una pausa—. ¿Es por dinero? ¿Ese cabrón quiere chantajearme o algo así? ¿Es una mentira asquerosa de Dodie Hodge, esa puta chalada?

—Nadie intenta hacerte chantaje. Esto no va de dinero ni de alguien que supuestamente te acosa. Va de lo que hiciste en el hospital Park General antes de tener dinero, posiblemente antes de que tuvieras acosadoras.

Sonó un tono en el BlackBerry que Berger tenía a un lado, en la mesa. Alguien acababa de enviarle un correo.

—Cadáveres. Me dan ganas de vomitar, sólo de pensarlo —afirmó Judd.

—Pero has más que pensado en eso, ¿verdad? —preguntó Berger.

—¿A qué te refieres?

—Ya lo verás.

—Buscas a alguien que pague el pato o quieres hacerte un nombre a mi puta costa.

Berger no sugirió que ya se había labrado un nombre por

ella misma y que no necesitaba la ayuda de un actor de segunda. Dijo:

—Repito, lo que quiero es la verdad. La verdad es terapéutica. Te sentirás mejor. La gente comete errores.

Judd se enjugó los ojos, movía la pierna con tal intensidad que parecía que iba a salir volando de la silla. A Berger no le gustaba Judd, pero menos aún ella misma. Se recordó que él se lo había buscado, podría habérselo ahorrado si le hubiera prestado ayuda cuando lo llamó por primera vez, hacía tres semanas. Si Judd hubiese hablado con ella, no habría sido necesario elaborar un plan que acabó cobrando vida propia. Lucy se había asegurado de ello. Berger nunca había tenido intención de procesar a Hap Judd por los supuestos sucesos del hospital Park General y tenía escasa o ninguna fe en un colgado llamado Eric que se dedicaba a las reparaciones varias, a quien nunca había conocido o interrogado. Marino había hablado con Eric. Marino había dicho que Eric le había contado lo del Park General y sí, la información era desconcertante, posiblemente incriminatoria. Pero Berger estaba interesada en un caso mucho mayor.

Hap Judd era cliente de la muy respetada y exitosa gestoría financiera de Hannah Starr, pero no había perdido su fortuna, ni un centavo, en lo que Berger denominaba un esquema Ponzi por poderes. Él se libró cuando supuestamente Hannah retiró sus inversiones del mercado de valores el 4 de agosto pasado. Exactamente el mismo día transfirieron dos millones de dólares a la cuenta bancaria de Judd. El dinero invertido por Judd un año antes, una cuarta parte de esa suma, ni había entrado en el mercado de valores, sino en los bolsillos de una firma bancaria de inversiones inmobiliarias, Finanzas Bay Bridge, cuyo director general había sido arrestado recientemente por el FBI, acusado de fraude. Hannah proclamaría su inocencia, diría que sabía tanto del esquema Ponzi de Bay Bridge como las reputadas instituciones financieras, organizaciones benéficas y bancos víctimas de Bernard Madoff y los de su calaña. Sin duda, Hannah afirmaría que la habían engañado, como a tantos otros.

Pero Berger no se lo tragaba. El momento de la transacción

de Hannah Starr a favor de Hap Judd, sin que en apariencia ni él ni nadie la instigase a hacerlo, probaba que Hannah era una conspiradora y que sabía exactamente en qué estaba involucrada. La investigación de sus finanzas, iniciada desde su desaparición la víspera de Acción de Gracias, insinuaba que Hannah, única beneficiaria de la fortuna y la empresa de su padre, el difunto Rupe Starr, se dedicaba a las prácticas financieras creativas, sobre todo en lo referente a pasarles cuentas a los clientes. Pero eso no la convertía en una criminal. Nada destacable, hasta que Lucy descubrió la transferencia de dos millones de dólares a Hap Judd. Desde entonces, la repentina desaparición de Hannah, que se supuso obra de un depredador y por tanto terreno de Berger, había empezado a tomar un cariz distinto. Berger había unido fuerzas con otros fiscales y analistas en su División de Investigación, sobre todo el departamento de fraudes, y también había consultado al FBI.

La suya era una investigación muy secreta de la que el público nada conocía, porque lo último que Berger quería transmitir por todo el universo era que, contrariamente a la opinión pública, ella sospechaba que Hannah Starr no era la víctima de un psicópata sexual y que, de haber un taxi involucrado, sería el que la había llevado al aeropuerto para subir a un avión privado, que era exactamente lo programado. Se suponía que tenía que embarcar en su Gulfstream el día de Acción de Gracias, rumbo a Miami y después a Saint Barts. Nunca apareció por allí porque tenía otros planes, más secretos. Hannah Starr era una timadora y muy posiblemente estaba viva y fugada. Y no le habría ahorrado a Hap Judd un terrible destino financiero a menos que hubiese sentido por él un interés más que profesional. Hannah se había enamorado de su cliente famoso y él quizá supiera algo de su paradero.

—Lo que nunca imaginaste es que Eric llamaría a mi despacho el martes por la mañana y repetiría a mi investigador todo lo que le habías contado —dijo Berger.

Si Marino aparecía, podría ayudarla en este punto. Podría repetir lo que Eric le había dicho. Berger se sentía aislada y que la tomaban a la ligera. Lucy no la respetaba y le ocultaba cosas, y Marino estaba demasiado ocupado.

—Lo irónico —continuó Berger— es que no sé si Eric, más que desconfiar de ti, en realidad quería pavonearse. Quería fardar de haber salido de copas con una estrella de cine, de que tenía información de un gran escándalo; quería ser el próximo ídolo televisivo y aparecer en todas las noticias, lo que parece ser la motivación de todo el mundo en los tiempos que corren. Por desgracia para ti, al empezar a investigar la historia de Eric, el escándalo de Park General... resulta que descubrimos algo.

—Ése es sólo un colgado que se ha ido de la lengua.

Judd se mostraba más tranquilo, ahora que Lucy había salido de la habitación.

—Lo comprobamos, Hap.

—Han pasado unos cuatro años desde entonces, o algo así. Hace mucho tiempo, cuando trabajaba allí.

—Cuatro años, cincuenta años. No hay límites establecidos. Aunque reconozco que presentas un desafío legal inusual al pueblo de Nueva York. En general, cuando nos encontramos con un caso en que se han profanado restos humanos, lo llamamos arqueología, no necrofilia.

—Tú desearías que fuera verdad, pero no lo es. Lo juro. Nunca le haría daño a nadie.

—Créeme. Nadie quiere que algo así sea verdad.

—He venido aquí a ayudar. —Las manos le temblaban cuando se enjugó los ojos. Tal vez estuviera actuando, como si quisiera inspirarle lástima—. ¿Lo otro? Te equivocas, te equivocas, joder, dijera lo que dijera ese tipo.

—Eric sonaba muy convincente.

Si Marino estuviese aquí, maldita sea, la ayudaría. Berger estaba furiosa con él.

—Una puta mierda, eso es lo que es, que lo jodan. Yo bromeaba cuando salimos del bar. Nos fumamos un porro. Bromeé con el asunto del hospital, exageré. Joder, no necesito hacer algo así. ¿Por qué iba a hacer algo así? Charlábamos, hubo maría y más charla y quizás algún que otro tequila. Estaba ciego, en un bar y ese tío... Ese puto desgraciado de mierda. Voy a joderlo. Lo demandaré, pienso arruinarlo, al muy cabrón. Eso me pasa por ser amable con un don nadie, con un puto admirador de mierda.

—¿Qué te hace pensar que Eric es un admirador? —preguntó Berger.

—Se me acerca en el bar. Yo estoy a mi rollo, tomando una copa, y me pide un autógrafo. Cometo el error de ser amable y poco después estamos charlando y él me hace un montón de preguntas personales, es evidente que espera que yo sea gay, que no lo soy, no lo he sido ni una sola vez.

—¿Lo es Eric?

—Frecuenta el Stonewall Inn.

—También tú.

—Te lo he dicho, no soy gay ni nunca lo he sido.

—Un lugar algo extraño para ti. Ese bar es uno de los locales gay más famosos del país; de hecho, es un símbolo del movimiento que defiende los derechos de los homosexuales. No suelen frecuentarlo los heteros.

—Si eres actor, tienes que frecuentar todo tipo de sitios, para poder interpretar todo tipo de personajes. Soy un actor del Método, ¿sabes? Investigo. De ahí saco ideas, así es como funciono. Todos saben que soy de los que se arremangan y hacen lo que haga falta.

—¿Ir a un bar gay es investigar?

—No tengo problemas con dónde me meto, porque estoy seguro de mí mismo.

—¿Qué otras cosas investigas, Hap? ¿Te suena la granja de cuerpos de Tennessee?

Judd pareció confuso, después incrédulo.

—¿Qué? ¿También os metéis en mi correo electrónico?

Berger no respondió.

—Les encargué algo. Para una investigación. Interpreto a un arqueólogo en una película y excavamos una fosa con víctimas de la peste; ya sabes, con restos de esqueletos. Cientos y miles de esqueletos. Sólo es investigación, y hasta me planteaba ir a

Knoxville para hacerme una idea de lo que es verse rodeado de todo eso.

—¿Rodeado de cadáveres en descomposición?

—Si quieres entenderlo, para poder interpretarlo, hay que verlo, olerlo. Siento curiosidad por saber lo que le pasa a un cuerpo que ha estado bajo tierra. Ver qué aspecto tiene después de mucho tiempo. No tengo que explicarte esto, no tengo que explicarte lo que es actuar, no tengo que explicarte mi puto trabajo. No he hecho nada. Has violado mis derechos al entrar en mi correo electrónico.

—No recuerdo haber dicho que lo haya hecho.

—Has tenido que hacerlo.

—Búsquedas de datos —replicó Berger, y él la miraba a los ojos o miraba a otra parte, pero ya no la miraba de arriba abajo. Sólo lo hacía cuando Lucy estaba presente—. Cuando usas ordenadores que están conectados a un servidor, compras algo *online*, es sorprendente el rastro que deja la gente. Hablemos un poco más de Eric.

—El puto marica.

—¿Te dijo él que era gay?

—Intentaba ligar, ¿vale? Era evidente, con todas esas preguntas acerca de mí, de mi pasado, y le mencioné que había trabajado en muchas cosas distintas, como auxiliar en un hospital, a media jornada. Los maricones siempre intentan ligar conmigo.

—¿Sacaste tú el tema de tu antiguo trabajo en el hospital, o fue él?

—No recuerdo cómo salió el tema. Empezó a preguntarme por mi carrera, por cómo había empezado, y le conté lo del hospital. Le expliqué lo que había hecho antes de poder vivir de mi trabajo como actor. Cosas como ayudar a un flebotomista, recoger muestras y hasta ayudar en el depósito de cadáveres, fregando suelos, sacando y metiendo cuerpos de la cámara frigorífica, lo que hiciese falta.

—¿Por qué? —preguntó Lucy mientras volvía con una Pepsi *light* y una botella de agua.

—¿A qué te refieres, con «por qué»?

Judd volvió la cabeza y cambió de actitud. La odiaba. No hacía esfuerzo alguno por ocultarlo.

Lucy abrió la lata de Pepsi, la dejó ante Berger y se sentó.

—¿Por qué aceptar trabajos de mierda como ése?

—Lo único que tengo es el diploma del instituto —respondió Judd, sin mirarla.

—¿Por qué no hacer de modelo o algo así, mientras te buscabas la vida como actor?

Lucy siguió por donde lo había dejado, insultándolo y provocando.

Una parte de Berger prestaba atención, mientras a la otra la distrajo un segundo aviso de mensaje en su BlackBerry. Maldita sea, ¿quién intentaba comunicarse con ella a las cuatro de la madrugada? Quizás era Marino, de nuevo. Demasiado ocupado para presentarse y ahora volvía a interrumpirla. Alguien la interrumpía; quizá no fuera él. Acercó el BlackBerry mientras Hap Judd seguía hablando, dirigiendo sus respuestas a ella. Era conveniente que comprobara los mensajes y tecleó sutilmente la contraseña.

—Trabajé un poco como modelo, hice cuanto pude por ganar dinero y vivir experiencias de la vida real. No me asusta trabajar. No me asusta nada, excepto la gente que dice putas mentiras de mí.

El primer correo, recibido unos minutos antes, era de Marino:

```
Necesito orden registro cuanto antes inci-
dente relac con doctora enviaré pronto datos
caso
```

—No me echo atrás ante nada, soy una de esas personas que trabaja en lo que haga falta. Nunca me han regalado nada.

Marino decía que redactaba una orden de registro que enviaría pronto a Berger. Ella tendría que comprobar la precisión y el lenguaje, localizar a un juez al que pudiera llamar a cualquier hora, e ir a su casa para que le firmase la orden. ¿Qué orden de registro, por qué era tan urgente? ¿Qué pasaba con Scarpetta?

Berger se preguntó si guardaría relación con el paquete sospechoso que habían dejado en su edificio.

—Es por eso que puedo interpretar los personajes y ser convincente. Porque no tengo miedo, ni de serpientes ni de insectos —decía Judd a Berger, que escuchaba atentamente y manejaba los correos al mismo tiempo—. O sea, podría hacer como Gene Simmons, comerme un murciélago o sacar fuego por la boca. Me doblo muchas veces en las escenas peligrosas. No quiero hablar con ella. Si tengo que hablar con ella, me largo.

Fulminó a Lucy con la mirada.

El segundo correo, que acababa de llegar, era de Scarpetta:

> Re: Orden de registro. Basándome en mi formación y experiencia, creo que el registro para buscar el dispositivo de almacenamiento robado requerirá la presencia de un experto forense.

Era evidente que Marino y Scarpetta habían estado en contacto, aunque Berger no sabía a qué dispositivo robado se referían o qué tenía que registrarse. No lograba imaginar por qué Scarpetta no había dado instrucciones similares a Marino para que incluyera a un experto forense en el apéndice de la orden de registro que estaba redactando. En su lugar, le decía directamente a Berger que quería que un civil colaborase en el registro, alguien que entendiera de dispositivos de almacenamiento de datos, como ordenadores. Entonces cayó en la cuenta. Scarpetta necesitaba que Lucy estuviera presente en la escena y pedía a Berger que se asegurase de ello. Por alguna razón, era muy importante.

—Pues menuda escenita montaste en el depósito de cadáveres del hospital —dijo Lucy a Judd.

—No hice nada —repuso Judd, dirigiéndose a Berger—. Sólo hablaba, dije que imaginé que podría pasar, quizá cuando se presentaron los de la funeraria y porque era muy bonita y no tenía mal aspecto, después de todo lo que le había pasado. Hablaba medio en broma, aunque me he preguntado lo que hacen algunos de los empleados de las funerarias, y ésa es la verdad. Creo que la gente es capaz de hacer cualquier barbaridad, siempre que no la pillen.

—Eso lo voy a citar: Hap Judd dice que la gente es capaz de todo, con tal de salir impune. ¡Un titular en Yahoo!

Berger dijo a Lucy:

—Quizás ahora sea un buen momento para enseñarle lo que hemos descubierto.

Y a Judd:

—Habrás oído hablar de la inteligencia artificial. Esto es más avanzado aún. Supongo que no has sentido curiosidad por el motivo de que te hayamos citado aquí.

—¿Aquí? —Hudd miró la habitación, ninguna expresión en su rostro de Capitán América.

—Tú decidiste la hora, yo el lugar. Este espacio minimalista futurista. ¿Ves los ordenadores por todas partes? Estás en una empresa de investigación informática forense.

Judd no reaccionó.

—Por eso elegí este lugar. Y permite que te aclare algo. Lucy es una asesora contratada por la Oficina del Fiscal del Distrito, pero es mucho más que eso. Antigua agente del FBI, de la ATF, no me molestaré con su currículo, me llevaría demasiado tiempo, pero tu descripción de que no es una verdadera poli no es demasiado precisa.

Judd no pareció comprender.

—Volvamos a cuando trabajabas en el Park General —continuó Berger.

—La verdad es que no recuerdo... bueno, casi nada de esa situación.

—¿Qué situación? —preguntó Berger, con lo que a Lucy le gustaba describir como una calma «impasible». Sólo que Lucy no lo decía como un cumplido.

—La chica.

—Farrah Lacy.

—Sí, quiero decir no. Lo intento, lo que digo es que fue hace mucho tiempo.

—Eso es lo bonito de los ordenadores —dijo Berger—. No les importa si fue hace mucho tiempo. Sobre todo a los ordenadores de Lucy, sus aplicaciones a redes neuronales, constructos programados para imitar el funcionamiento del cerebro. Permite que te refresque la memoria acerca de tu lejana época en el Park General. Para entrar en el depósito de cadáveres del hospital, tenías que utilizar tu tarjeta de seguridad. ¿Te suena?

—Supongo. O sea, ésa sería la rutina.

—De modo que tu código de seguridad quedaba registrado en el sistema informático del hospital cada vez que utilizabas la tarjeta de seguridad.

—También las grabaciones de las cámaras de seguridad —apuntó Lucy—. Y tus correos electrónicos, porque estaban ubicados en el servidor del hospital, que hace copias rutinarias de los datos, lo que significa que aún conserva registros electrónicos de cuando estabas allí. También de cualquier aparato desde el que escribieras, de cualquier ordenador que usaras en el hospital. Y, si accediste a cuentas privadas de correo desde allí, oh, bueno, ésas también. Todo está conectado. Todo es cuestión de saber cómo. No te marearé con un montón de jerga informática, pero eso es lo que hago en este sitio: conexiones, como las neuronas de tu cerebro están haciendo ahora mismo. Recepción y envío de los nervios sensores y motores de tus ojos, tus manos, flujos de señales cuyas piezas une el cerebro para realizar tareas y resolver problemas. Imágenes, ideas, mensajes escritos, conversaciones. Hasta escribir guiones. Todo está interconectado y forma pautas, lo que hace posible detectar, decidir y predecir.

—¿Qué guiones? —Hap Judd tenía la boca seca, pegajosa cuando hablaba—. No sé de qué me hablas.

Lucy empezó a teclear. Apuntó un mando a distancia a una pantalla plana instalada en una pared. Judd cogió la botella de agua, forcejeó con el tapón, tomó un largo trago.

La pantalla plana se dividió en ventanas, cada una ocupada por una imagen: un joven Hap Judd con ropas de hospital entraba en el depósito de cadáveres, sacaba unos guantes de látex de una caja y abría la cámara frigorífica; una fotografía de prensa de Farrah Lacy, diecinueve años, una afroamericana de piel clara muy bonita, vestida de animadora, pompones en mano y sonriendo; un correo electrónico; la página de un guión.

Lucy hizo clic en la página del guión, que llenó la pantalla al completo:

```
CORTE A:
INT. DORMITORIO, NOCHE
Una hermosa mujer en la cama, destapada, las
sábanas arrugadas entre sus pies descalzos. Parece muerta, tiene las manos cruzadas sobre el
pecho en posición religiosa. Está totalmente
desnuda. ¡Un INTRUSO que no alcanzamos a ver se
acerca más, más, más! La sujeta de los tobillos
y desliza el cuerpo inerte hasta el pie de la
cama, abriéndole las piernas. Se oye el clinc
del cinturón al desabrocharse.

INTRUSO
Buenas noticias. Estás a punto de subir al cielo.
Sus pantalones caen al suelo.
```

—¿De dónde habéis sacado eso? ¿Quién cojones os lo ha dado? No tenéis derecho a meteros en mi correo —dijo Judd en voz alta—. Y no es lo que creéis. ¡Esto es una trampa!

Lucy pulsó el botón del ratón y un correo electrónico ocupó toda la pantalla plana:

```
Oye, siento lo de quien coño se llame. Que
la follen. No leteralmente. Llama si kieres una
fiambre.
                                            HAP
```

—Me refería a ir a comer. —Se le pegaban las palabras. Le temblaba la voz—. Oye, tenía que referirme a ir a comer algo, me equivoqué al teclear.

Lucy se dirigió a Berger:

—No sé. Parece como que ha supuesto que interpretábamos «fiambre» como otra cosa. ¿Un cadáver, quizá? Tendrías que pasar el corrector ortográfico, de vez en cuando —dijo a Judd—. Y deberías tener cuidado con lo que haces, lo que dices en el correo electrónico o los mensajes de texto que escribes desde ordenadores conectados a un servidor. Como el servidor de un hospital. Podemos pasarnos toda la semana sentadas aquí contigo, si quieres. Tengo aplicaciones informáticas que pueden conectar cada una de las piezas de tu fantasiosa y neurótica vida.

Era un farol. En aquel punto tenían muy poco, apenas lo que Judd había escrito en los ordenadores del hospital, sus correos electrónicos, todo lo que a la sazón se hubiera ubicado en el servidor, y algunas imágenes de las cámaras de seguridad y entradas registradas en el depósito de cadáveres durante las dos semanas que Farrah Lacy estuvo hospitalizada. No había habido tiempo de comprobar nada más. Berger había temido que, si posponían la entrevista con Hap Judd, no volviera a presentarse la oportunidad. Esto era lo que ella llamaba un «ataque relámpago». Y, si antes no le acababa de gustar, ahora se sentía realmente incómoda. Tenía dudas. Serias dudas. Las mismas dudas que llevaba sintiendo todo el día, sólo que ahora eran mucho peores. Lucy estaba manejando el asunto. Tenía un objetivo en mente y no parecía importarle cómo llegar hasta él.

—No quiero ver nada más —dijo Judd.

—Hay montones de cosas que examinar. Me estoy quedando bizca. —Lucy dio unos golpecitos al MacBook con el índice—. Todo descargado. Cosas que dudo que recuerdes, de las que no tienes ni idea. No estoy segura de lo que haría la poli con esto. ¿Señora Berger? ¿Qué haría la poli con esto?

—Lo que me preocupa es lo que sucedió cuando la víctima aún estaba viva —dijo Berger, porque tenía que seguir el juego. Ahora no podía dejarlo—. Farrah pasó dos semanas en el hospital antes de morir.

—Doce días, exactamente —precisó Lucy—. Con respiración asistida, nunca recobró la conciencia. Hap estuvo de servicio, trabajando en el hospital, cinco de esos días. ¿Entraste alguna vez en su habitación, Hap? ¿Te la agenciaste cuando estaba en coma?

—¡Eres tú la pervertida!

—¿Lo hiciste?

—Ya lo he dicho. Ni siquiera sé quién es —dijo Judd a Berger.

—Farrah Lacy —Berger repitió el nombre—. La animadora de diecinueve años cuya foto viste en el periódico *Harlem News*. La misma foto que acabamos de mostrarte.

—La misma foto que te enviaste por correo electrónico —intervino Lucy—. A ver si lo adivino. No te acuerdas. Te refrescaré la memoria. Enviaste esa foto a tu correo electrónico el mismo día que apareció en las noticias *online*. Te enviaste el artículo del accidente de tráfico. Eso me parece muy interesante.

Seleccionó de nuevo la fotografía, que ocupó toda la pantalla plana. La fotografía de Farrah Lacy vestida de animadora. Hap Judd desvió la mirada y dijo:

—No sé nada de un accidente de tráfico.

—La familia vuelve a casa del cementerio Marcus Garvey de Harlem. Sábado, una bonita tarde de julio de 2004; un tipo que habla por el móvil se salta un semáforo en la Avenida Lenox, choca en perpendicular.

—No me acuerdo.

—Farrah sufrió lo que se llama una lesión cerebral cerrada, que es básicamente una lesión cerebral causada por una herida no penetrante —explico Berger.

—No me acuerdo. Sólo recuerdo vagamente que estuvo en el hospital.

—Bien. Recuerdas que Farrah Lacy estuvo ingresada en el hospital donde trabajabas. Con respiración asistida, en la UCI. A veces entrabas en la UCI para sacar sangre, ¿te acuerdas?

Judd no respondió.

—¿Es cierto que tenías fama de ser buen flebotomista? —preguntó Berger.

—Podía sacarle sangre a una piedra —comentó Lucy—, por lo que una de las enfermeras dijo a Marino.

—¿Quién es Marino?

Lucy no tendría que haberlo mencionado. Referirse a los investigadores de Berger o a cualquiera que usara en un caso era prerrogativa suya, no de Lucy. Marino había hablado con algunas personas del hospital, por teléfono y con suma cautela. Era una situación delicada. Berger tenía agudizado el sentido de la responsabilidad debido a quién era el potencial acusado. Era evidente que Lucy no compartía sus preocupaciones, que parecía querer destruir a Hap Judd, algo similar a lo que había sentido horas antes por el controlador aéreo y el mozo que regañó en la terminal. Berger lo había oído todo a través de la puerta del baño. Lucy buscaba sangre, tal vez no únicamente la de Hap Judd, tal vez la de muchas personas. Berger no sabía el motivo. Ya no sabía qué pensar.

—Tenemos a muchas personas investigándote. Lucy lleva días analizando todos tus datos en sus ordenadores —dijo Berger a Judd.

No era del todo cierto. Lucy quizás habría invertido un día en ello, desde Stowe. Cuando Marino había iniciado el proceso, el hospital cooperó y envió por correo electrónico cierta información, sin poner objeciones pese a ser un caso personal, un asunto relativo a un antiguo empleado. Marino había sugerido, como sólo él sabía hacerlo, que cuanto más ayudase el hospital, más probable era que el caso se resolviese con diplomacia y discreción. Órdenes de registro y órdenes judiciales, sumadas a un antiguo empleado que ahora era famoso, y aquello se propagaría por todas las noticias. Innecesario, si quizá nadie iba a resultar finalmente acusado, y qué lástima que la familia de Farrah Lacy tuviera que pasar de nuevo por tanto dolor, y no era lamentable el modo en que todos ponían demandas últimamente, había dicho Marino, o algo similar.

—Te refrescaré la memoria —dijo Berger a Hap Judd—. Entraste en la UCI, en la habitación contigua a la de Farrah, la noche del 6 de julio de 2004 para extraer sangre a otra paciente, ésta bastante mayor. Tenía unas venas terribles, por lo que te ofreciste para encargarte del asunto, ya que podías sacarle sangre a una piedra.

—Puedo enseñarte el gráfico de esa paciente —dijo Lucy.

Otro farol. Lucy no podía mostrar tal cosa. El hospital había denegado rotundamente a la oficina de Berger el acceso a la información confidencial de otros pacientes.

Lucy continuó, implacable:

—Puedo sacar el vídeo en que apareces entrando en su habitación con los guantes puestos y el carrito. Puedo mostrarte un vídeo de todas las habitaciones del Park General en que entraste, la de Farrah incluida.

—Nunca lo hice. Todo esto es mentira, pura mentira.

Judd estaba hundido en la silla.

—¿Estás seguro de que no entraste en su habitación esa noche, cuando estabas en la UCI? Le dijiste a Eric que lo habías hecho. Le dijiste que sentías curiosidad, que era muy bonita, que querías verla desnuda.

—Putas mentiras. Es un puto mentiroso.

—Dirá lo mismo bajo juramento, en el estrado de los testigos —añadió Berger.

—Sólo era hablar por hablar. Aunque lo hiciera, fue sólo para mirar. No hice nada. No hice daño a nadie.

—Los delitos sexuales son una cuestión de poder. Quizá te sentiste poderoso violando a una adolescente indefensa que estaba inconsciente y nunca lo contaría; quizá te sentiste grande y poderoso, sobre todo si eras un actor que empezaba y apenas conseguía papeles de poca monta en culebrones. Imagino que te sentías mal contigo mismo, clavando agujas en los brazos de personas enfermas y malhumoradas, fregando suelos, recibiendo órdenes de las enfermeras, de cualquiera, en realidad: eras lo más bajo de la cadena alimentaria.

—No. No lo hice. No hice nada —dijo Judd, meneando la cabeza de lado a lado.

—Bueno, parece que lo hiciste, Hap —intervino Berger—. Seguiré refrescándote la memoria con algunos hechos más. El 7 de julio aparece en las noticias que van a desconectar a Farrah Lacy de la máquina que la mantiene con vida. En cuanto la desconectan, vas a trabajar, aunque el hospital no te había llamado. Te empleaban por días, sólo estabas de servicio cuando te llamaban. Pero el hospital no te llamó la tarde del 7 de julio de 2004. Te presentaste igualmente y decidiste, por tu cuenta, limpiar el depósito de cadáveres. Fregar el suelo, limpiar el acero inoxidable, y esto lo dice un guardia de seguridad que sigue allí y resulta que aparece en un vídeo que vamos a enseñarte. Farrah murió y fuiste directo a la décima planta, a la UCI, a trasladar el cuerpo al depósito. ¿Te suena?

Judd clavó la vista en la mesa de acero y no respondió. Berger no supo leer lo que él sentía. Quizá conmoción; quizá calculaba qué iba a decir a continuación.

—Tú llevaste el cuerpo de Farrah Lacy al depósito de cadáveres. Una cámara lo grabó. ¿Quieres verlo?

Judd se frotó la cara con las manos.

—Esto es una mierda. No es como dices.

—Te pondremos la grabación ahora mismo.

Un clic del ratón y luego otro, y empezó el vídeo: Hap Judd con ropas de hospital y una bata de laboratorio, transportando una camilla al depósito del hospital y deteniéndose ante la puerta cerrada de la cámara frigorífica. Aparece un guardia de seguridad, abre la puerta de la cámara, mira la etiqueta que hay sobre la mortaja del cadáver y dice: «¿Por qué la traen aquí? Tenía muerte cerebral y la han desconectado.» Y Hap Judd responde: «La familia lo quiere así. No me preguntes. Era preciosa, joder, una animadora. Como la chica de tus sueños que llevarías al baile.» El guardia dice: «¿De veras?» Happ Judd retira la sábana, exponiendo el cuerpo de la joven muerta, y dice: «Vaya desperdicio.» El guardia replica, meneando la cabeza: «Métela ahí, tengo cosas que hacer.» Judd empuja la camilla al interior de la cámara frigorífica, su respuesta indistinguible.

Hap Judd se puso en pie.

—Quiero un abogado.

—No puedo ayudarte, no has sido arrestado. No informamos de sus derechos legales a las personas que no han sido arrestadas. Si quieres un abogado, es cosa tuya. Nadie te detiene. Adelante.

—Puedes arrestarme y supongo que vas hacerlo, que es el motivo de que esté aquí.

Parecía indeciso y no miraba a Lucy.

—No ahora.

—¿Por qué estoy aquí?

—No para ser arrestado. No, por ahora. Más tarde, puede que sí, puede que no. No lo sé. No es por eso que te pedí que habláramos, hace tres semanas —dijo Berger.

—Entonces, ¿qué? ¿Qué es lo que quieres?

—Siéntate.

Judd volvió a sentarse.

—No puedes acusarme de algo así. ¿Comprendes? No puedes. ¿Tienes una pistola por aquí? ¿Por qué no me disparas sin más, joder?

—Son dos asuntos distintos —aclaró Berger—. Primero, podemos seguir investigando y puede que te acusemos. Quizá te acusemos formalmente. ¿Qué pasa después? Te la juegas con un jurado. Segundo, nadie va a dispararte.

—Te lo repito, no le hice nada a esa chica. No le hice daño.

—¿Y qué dices del guante? —preguntó Lucy.

—Oye, yo voy a preguntarle por eso —le espetó Berger.

Estaba harta. Lucy tenía que parar de inmediato.

—Yo hago las preguntas —insistió, sosteniendo la mirada a Lucy hasta asegurarse de que, esta vez, iba a escuchar.

—El guardia dice que se fue del depósito y te dejó ahí solo con el cadáver de Farrah Lacy. —Berger prosiguió con el interrogatorio repitiendo la información reunida por Marino, intentando no pensar en lo descontenta que ahora estaba con él—. Dijo que volvió a los veinte minutos y que entonces tú te ibas. Te preguntó qué habías estado haciendo todo ese tiempo en el depósito y no supiste qué responder. Recordaba que sólo llevabas un guante quirúrgico puesto y que parecías sin aliento. ¿Dónde estaba el otro guante, Hap? En el vídeo que acabamos de mostrarte, llevabas los dos guantes. Podemos mostrarte otro vídeo en que apareces entrando en la cámara frigorífica y quedándote ahí casi veinte minutos con la puerta abierta. ¿Qué hacías ahí dentro? ¿Por qué te quitaste un guante? ¿Lo utilizaste para algo, quizá para ponértelo en otra parte del cuerpo? ¿Quizá para ponértelo en el pene?

—No —respondió Judd, negando con la cabeza.

—¿Quieres contárselo a un jurado? ¿Quieres que un jurado escuche todo esto?

Judd mantuvo la vista baja, mirando la mesa mientras desplazaba un dedo por el metal, como un niño pintando con los dedos. Jadeaba, estaba congestionado.

—Lo que me digo es que te gustaría dejar esto atrás —añadió Berger.

—Dime cómo —dijo Judd sin alzar la vista.

Berger no tenía ninguna muestra de ADN. Ni testigos ni otras pruebas, y Judd no iba a confesar. Nunca tendría más que circunstancias indirectas. Pero no necesitaba más que eso para destruir a Hap Judd. Con su celebridad, una acusación era una condena. Si le acusaba de profanar restos humanos, que era la única acusación que existía para la necrofilia, le destrozaría la vida, y Berger no se tomaba eso a la ligera. No se la conocía por acusar de forma maliciosa o por elaborar casos apoyados en procedimientos defectuosos o en pruebas conseguidas de manera incorrecta. Nunca había recurrido a litigios injustificables o irrazonables y no iba a hacerlo ahora, ni tampoco iba a permitir que Lucy la presionara.

—Retrocedamos tres semanas, cuando llamé a tu agente. ¿Recuerdas mis mensajes? Tu agente me dijo que te los transmitió.

—¿Cómo puedo dejar esto atrás?

Judd la miró. Quería hacer un trato.

—La cooperación es algo bueno. Colaborar, como tienes que hacer cuando trabajas en una película. Personas que trabajan juntas. —Berger dejó la pluma encima de su bloc y cruzó las manos—. No colaboraste ni cooperaste hace tres semanas, cuando llamé a tu agente. Quería hablar contigo y tú pasaste de mí. Podría haber enviado a la poli a tu piso de TriBeCa o localizarte en Los Ángeles y hacer que te trajeran ante mí, pero te ahorré el trauma. Actué con delicadeza, tuve en cuenta quién eres. Ahora la situación es distinta. Necesito tu ayuda y tú necesitas la mía. Porque tienes un problema que no tenías hace tres semanas. Hace tres semanas, no habías conocido a Eric en un bar. Hace tres semanas, yo no sabía nada del hospital Park General ni de Farrah Lacy. Quizá podamos ayudarnos mutuamente.

—Dime cómo. —Miedo en sus ojos.

—Hablemos de tu relación con Hannah Starr.

No reaccionó. No respondió.

—No vas a negar que conoces a Hannah Starr—insistió Berger.

—¿Por qué iba a negarlo?

—¿Y no sospechaste, ni por un momento, que te llamaba en relación a ella? Sabes que ha desaparecido, ¿verdad?

—Pues claro.

—Y no se te ocurrió...

—Vale. Sí. Pero no quería hablar de ella por una cuestión de intimidad. Hubiera sido injusto para ella y no veo que eso tenga nada que ver con lo que le ha pasado.

—Sabes lo que le ha pasado.

—Pues no.

—Me da la impresión que sí.

—No quiero verme involucrado. No tiene nada que ver conmigo. Mi relación con ella no era asunto de nadie. Pero ella te diría que no estoy metido en nada pervertido. Si ella estuviese aquí, te diría que lo del Park General es una puta mentira. Quiero decir que la gente que hace esas cosas es porque no se lo puede montar con alguien vivo, ¿no? Ella te diría que no tengo problemas en ese departamento. No tengo problemas con el sexo.

—Tenías una aventura con Hannah Starr.

—Lo dejé hace tiempo. Lo intenté.

Lucy lo miraba con severidad.

—Empezaste a utilizar los servicios de la empresa de inversiones de Hannah hará poco más de un año —dijo Berger—. Puedo darte la fecha exacta, si quieres. Comprenderás, claro está, que tenemos mucha información debido a lo que ha pasado.

—Sí, lo sé. No se habla de otra cosa en las noticias. Y ahora la otra chica. La corredora de maratón. No me acuerdo de su nombre. Y que igual hay un asesino en serie al volante de un taxi amarillo. No me sorprendería.

—¿Qué te hace pensar que Toni Darien era corredora de maratón?

—Lo habré oído en la tele, o lo habré visto en Internet.

Berger intentó recordar cualquier referencia a Toni Darien como corredora de maratón. No recordaba que se hubiera dado esa información a los medios, sólo que era corredora.

—¿Cómo conociste a Hannah? —preguntó.

—En el Monkey Bar, donde va mucha gente de Hollywood. Estaba allí una noche y empezamos a hablar. Era muy inteligente en cuestiones de dinero, me contó muchas cosas de las que yo no tenía ni puta idea.

—Sabes lo que le pasó hace tres semanas —dijo Berger, y Lucy escuchó con suma atención.

—Tengo cierta idea; creo que alguien le hizo algo. Ella cabreaba a la gente, ¿sabes?

—¿A quién cabreó?

—¿Tienes una guía de teléfonos? Deja que le eche un vistazo.

—A mucha gente. ¿Dices que cabreaba a casi todos los que conocía?

—Yo incluido. Lo admito. Siempre quería hacer las cosas a su manera. Siempre quería salirse con la suya.

—Hablas de ella como si estuviese muerta.

—No soy un ingenuo. Casi todo el mundo cree que le ha pasado algo malo.

—Pero no parece alterarte la posibilidad de que esté muerta.

—Claro que me altera. No la odiaba. Sólo me cansé de que siempre estuviera presionándome. Y persiguiéndome, si quieres que te sea sincero. No le gustaba que le diesen un no por respuesta.

—¿Por qué te devolvió tu dinero, en realidad el cuádruple de tu inversión original? Dos millones de dólares. Menudo desembolso, sólo un año después de tu inversión.

Otra vez se encogió de hombros.

—El mercado estaba inestable. Lehman Brothers estaba panza arriba. Me llamó y me dijo que recomendaba salir y yo le dije lo que tú creas. Luego me llegó la transferencia. ¿Y después? Vaya si tenía razón. Lo habría perdido todo, y aún no gano millones y millones. Aún no estoy arriba. Te aseguro que no quiero perder mis ahorros.

—¿Cuándo fue la última vez que mantuviste relaciones sexuales con Hannah? —Berger volvía a hacer anotaciones, consciente de Lucy, de su actitud impasible, del modo en que miraba a Judd.

Hap tuvo que pensar.

—Mmm, vale, me acuerdo. Después de esa llamada. Me dijo que iba a sacar mi dinero y que fuera a verla y me explicaría lo que pasaba. Era sólo una excusa.

—¿A verla dónde?

—A su casa. Me pasé por allí y una cosa llevó a la otra. Ésa fue la última vez. Julio, creo. Yo me iba a Londres y además ella tiene marido. Bobby. No estaba muy cómodo en su casa, cuando él estaba presente.

—¿Estaba presente en esa ocasión? ¿Cuándo te pidió que fueras a verla antes de irte a Londres?

—Mmm, no me acuerdo si estaba por allí. La casa es enorme.

—La casa de Park Avenue.

—Él casi nunca estaba en casa. —Judd no respondió a la pregunta—. Viaja continuamente en sus aviones privados, va y viene de Europa, a todas partes. Creo que pasa mucho tiempo en el sur de Florida, se mueve en los círculos de Miami y tienen esa casa junto al océano. Tiene un Enzo ahí abajo. Uno de esos Ferrari que vale más de un millón de pavos. No lo conozco mucho; lo habré visto un par de veces.

—¿Dónde y cuándo lo conociste?

—Cuando empecé a invertir con la empresa de ambos, hará poco más de un año. Me invitaron a su casa. Lo he visto en su casa.

Berger calculó cuándo tuvo lugar eso y volvió a pensar en Dodie Hodge.

—¿Fue Hannah quien te recomendó a la adivina, a Dodie Hodge?

—Sí, vale. Dodie Hodge daba charlas en casa de ellos. Hannah sugirió que hablase con ella. Fue un error. Esa mujer está como una puta cabra. Se obsesionó conmigo, dijo que yo era la reencarnación de un hijo que había tenido en Egipto, en una vida anterior. Que yo era el faraón y ella mi madre.

—Asegurémonos de que entiendo de qué casa hablas. ¿La misma que visitaste el julio pasado, cuando mantuviste relaciones sexuales con Hannah por última vez?

—La casa de su viejo, que costará unos ochenta kilos, con la colección de coches, antigüedades y estatuas increíbles, pinturas de Miguel Ángel en paredes y techos, frescos, como se llamen.

—Dudo que sean de Miguel Ángel —dijo Berger con ironía.

—Tendrá como cien años, es increíble, ocupa una manzana entera. Bobby también viene de una familia con pasta; él y Hannah tenían una sociedad comercial. Ella me decía que no habían mantenido relaciones sexuales. Ni una vez.

Berger anotó que Hap Judd seguía refiriéndose a Hannah en pasado. Seguía hablando de ella como si estuviese muerta.

—Pero el viejo se cansó de que fuera una niñata rica y le dijo que tenía que sentar cabeza, para que él supiera que el negocio iba a llevarse bien —continuó Judd—. Rupe no iba a dejarle nada si ella seguía por ahí, soltera y de fiesta, y acababa casándose con cualquier memo que metiese mano en todo. Ahora comprenderás por qué iba por ahí pegándosela a Bobby, aunque a veces me decía que le tenía miedo. En realidad no se la pegaba, porque ése no era el trato que tenían.

—¿Cuándo empezó tu relación sexual con Hannah?

—¿La primera vez en la mansión? Te lo explicaré. Ella era muy simpática. Tienen una piscina cubierta, un spa al completo como los de Europa. Estaba yo y también otros clientes VIP, nuevos clientes; para darnos un chapuzón, tomar una copa, cenar, todos esos criados por todas partes, Dom Pérignon y Cristal en abundancia, como si fueran un refresco. Así que estoy en la piscina y ella está muy por mí. Ella empezó.

—¿Empezó la primera vez que fuiste a casa de su padre, hace un año, el pasado agosto?

Lucy permanecía sentada, cruzada de brazos, mirando fijamente. Guardaba silencio y no miraba a Berger.

—Era evidente —dijo Judd.

—¿Dónde estaba Bobby mientras ella era evidente?

—No lo sé. Quizá luciéndose con su nuevo Porsche. Me acuerdo de eso. Se había comprado uno de esos Carrera GT, de color rojo. ¿Esa foto de él que sale en todas las noticias? Ése es el coche. Paseaba a la gente de parte a parte de Park Avenue. Si me preguntases, te diría que investigaras a Bobby. ¿Dónde estaba cuando desapareció Hannah, eh?

Bobby Fuller estaba en su piso de Miami Beach cuando Hannah desapareció, una información que Berger no iba a darle.

—¿Dónde estabas tú la víspera de Acción de Gracias?

—¿Yo? —Casi se echó a reír—. ¿Ahora crees que le he hecho algo a Hannah? Ni hablar. Yo no hago daño a la gente. No es mi rollo.

Berger tomó nota. Judd daba por supuesto que a Hannah le habían hecho daño.

—He preguntado algo muy sencillo. ¿Dónde estabas la noche del miércoles 26 de noviembre, víspera de Acción de Gracias?

—Deja que lo piense. —La pierna volvía a ir de arriba abajo—. La verdad es que no me acuerdo.

—¿Hace tres semanas, la víspera de la fiesta de Acción de Gracias, y no te acuerdas?

—Espera un momento. Estaba en la ciudad. Al día siguiente volé a Los Ángeles, la mañana del día de Acción de Gracias.

Berger lo anotó todo en su bloc y dijo a Lucy:

—Lo comprobaremos.

A Judd:

—¿Recuerdas la compañía, el número de vuelo?

—American Airlines. A eso del mediodía. No recuerdo el número de vuelo. No celebro esa fiesta, me importa un carajo

el pavo, el relleno y todo eso. No me dice nada, por eso he tenido que pensármelo. —La pierna se movía a toda velocidad—. Sé
que probablemente te parecerá sospechoso.

—¿Qué es lo que me parecerá sospechoso?

—Ella desaparece y al día siguiente me largo de aquí en avión
—dijo Judd.

15

El Crown Vic de Marino estaba cubierto de una película de sal, lo que le recordó a su piel seca y escamosa de esta época del año; tanto él como su coche corrían la misma suerte en los inviernos de Nueva York.

Ir al volante de un vehículo sucio con rascadas y golpes en los lados, los asientos de tela gastados y una rasgadura en el raído tapizado del techo nunca había sido su estilo y Marino era crónicamente consciente de ello, lo que a veces le irritaba y le avergonzaba. Cuando antes había visto a Scarpetta frente a su edificio, había advertido una gran mancha blancuzca en su chaqueta, donde había rozado con el asiento del copiloto. Ahora que iba a recogerla, esperaba encontrar de camino un tren de lavado abierto.

Siempre le había importado el aspecto de su vehículo, al menos desde el exterior, fuese un coche de policía, una camioneta o una Harley. El coche de un hombre era una proyección de su persona y de cómo se veía; el desorden era una excepción y no solía molestarle mientras ciertas personas no lo vieran. Reconocía, y culpaba de ello a sus antiguas tendencias autodestructivas, que antes solía ser un cerdo, sobre todo en la época de Richmond: el interior de su coche estaba lleno de papeles, vasos de café, envoltorios de comida, el cenicero tan lleno que ni podía cerrarlo, ropa amontonada detrás y su equipo todo revuelto: bolsas para pruebas, la escopeta Winchester metida de cualquier manera en el maletero. Ya no. Marino había cambiado.

Dejar la priva y el tabaco había arrasado su vida anterior, como si ésta fuera un viejo edificio demolido. Lo que había construido en su lugar estaba bastante bien; pero su calendario y su reloj internos estaban apagados y quizá siempre lo estarían, no sólo por cómo pasaba y no pasaba el tiempo, sino por el que tenía de más, según sus cálculos de tres a cinco horas más al día. Lo había calculado por escrito, una tarea que le había encomendado Nancy, su terapeuta, en el centro de rehabilitación de la costa norte de Massachusetts en junio del año pasado. Se había retirado a una silla plegable fuera de la capilla, donde podía oler el mar y oír cómo rompía contra las rocas, el aire fresco, sintiendo la calidez del sol en la cabeza mientras hacía cuentas, ahí sentado. Nunca olvidaría la conmoción. Cada cigarrillo se llevaba siete minutos de su vida, pero además dedicaba otros dos o tres al ritual: dónde y cuándo fumar, sacar el paquete, después el cigarrillo, encenderlo, la primera calada, luego otras cinco o seis, apagarlo, librarse de la colilla. Beber le robaba aún más tiempo: el día acababa en cuanto empezaba la *happy hour*.

—La serenidad proviene de saber lo que puedes y no puedes cambiar —le había dicho Nancy, la terapeuta, cuando le presentó los resultados—. Y lo que no puedes cambiar es que has malgastado al menos el veinte por ciento de tus horas de vigilia durante gran parte de medio siglo.

O llenaba esos días que eran un veinte por ciento más largos o volvía a las malas costumbres, lo que no era una opción después de todo el daño que habían causado. Empezó a interesarse en la lectura, en mantenerse informado de los acontecimientos, navegar en la red, limpiar, organizar, reparar cosas, recorrer los pasillos de Zabar's y Home Depot y, si no podía dormir, dar un paseo hasta la Dos, tomar un café, sacar a pasear al perro *Mac* y agenciarse el monstruoso garaje de la Unidad de Emergencias. Había convertido su destartalado coche de policía en un proyecto, reparándolo él mismo con cola, retocando la pintura y arreglándoselas para conseguir una sirena Code 3 nuevecita, parrilla y luces estroboscópicas. Convenció al reparador de radios para que le programase la radio móvil Motorola P25 de manera que accediese a una amplia gama de frecuencias además de las de la División de Operaciones Especiales. Gastó dinero de su propio bolsillo en una unidad de almacenaje marca TruckVault que instaló en el maletero para organizar su equipo y suministros, desde baterías y munición extra hasta una bolsa para guardar el equipo, donde metió su carabina Beretta Storm de nueve milímetros, un chubasquero, ropa de trabajo, un chaleco antibalas blando y un par de botas Blackhawk de cremallera.

Marino puso el limpiaparabrisas y echó un buen chorro de líquido en el cristal, que dejó dos arcos limpios mientras salía de la «zona helada», el área restringida del 1 de Police Plaza donde sólo se permitía el paso a personas autorizadas como él. Casi todas las ventanas del cuartel general estaban a oscuras, sobre todo las de la catorceava planta, el centro de mando ejecutivo, donde se ubicaba la sala Teddy Roosevelt y el despacho del comisario; no había nadie en casa. Eran pasadas las cinco de la mañana. Le había llevado cierto tiempo redactar la orden de registro y enviársela a Berger, junto con un recordatorio de por qué no había podido estar presente en el interrogatorio de Hap Judd y si había ido bien, que sentía no haber estado ahí pero que tenía toda una emergencia entre manos.

Le había recordado lo de la posible bomba en el edificio de Scarpetta y ahora le preocupaba que quizás hubiese una brecha en la seguridad de la OCME, la policía de Nueva York y la Oficina del Fiscal del Distrito debido al robo del BlackBerry de la doctora, que contenía mensajes e información privilegiada de toda la comunidad de la justicia penal de Nueva York. Quizás exagerase un poco, pero había plantado a Berger, su jefa. Había puesto a Scarpetta primero. Berger iba a acusarlo de tener un problema con sus prioridades y no sería la primera vez que lo acusaba de eso. Bacardi lo acusaba de lo mismo, y era por eso que no se llevaban bien.

En la intersección de Pearl con Finest aminoró la marcha ante la garita blanca, el poli una figura borrosa que lo saludó desde detrás del cristal empañado. Marino pensó en llamar a Bacardi como solía hacer cuando no importaba la hora ni lo que ella estuviese haciendo. Al principio de su relación nada era inconveniente, la llamaba siempre que quería y le contaba lo que le pasaba, ella le transmitía sus opiniones, sus bromas, y le decía lo mucho que lo echaba de menos y cuándo volverían a verse. Le apetecía llamar a Bonnell (L.A., como la llamaba ahora), pero estaba segurísimo de que aún no podía hacerlo, y notó cuánto deseaba ver a Scarpetta, aunque fuera por trabajo. Le había sorprendido, casi ni se lo creía, cuando ella le había dicho por teléfono que tenía un problema y necesitaba su ayuda, y le complació recordar que el gran Benton tenía sus limitaciones. Benton no podía hacer nada respecto al robo del BlackBerry de Scarpetta perpetrado por Carley Crispin. Él le daría su merecido a la Crispin.

La aguja cobriza del antiguo edificio Woolworth se recortaba como un sombrero de bruja en el cielo nocturno del puente de Brooklyn, donde el tráfico era fluido pero constante, su rumor similar al oleaje, a un viento distante. Subió el volumen de su radio policial, escuchó la conversación entre centralita y los policías, un lenguaje singular de códigos y comunicaciones entrecortadas sin sentido alguno para el mundo exterior. Marino tenía oído para ese lenguaje, como si lo hubiera hablado toda la vida; podía reconocer el número de su unidad por muy preocupado que estuviese.

—... ocho-siete-cero-dos.

Tenía el efecto de un silbato de perro y de inmediato se puso alerta. Sintió una subida de adrenalina, como si alguien hubiera apretado el acelerador, y cogió el micro.

—Aquí cero-dos, K —transmitió, sin mencionar todo el número de su unidad pues, siempre que podía, prefería cierto grado de anonimato.

—¿Puedes llamar a un número?

—Diez-cuatro.

Desde la centralita le dieron el número y Marino lo anotó en una servilleta mientras conducía. Un número de Nueva York que le resultaba familiar, pero que no lograba ubicar. Llamó y alguien contestó al primer tono.

—Lanier —dijo una mujer.

—Detective Marino, Departamento de Policía de Nueva York. La central me ha dado este número. ¿Alguien me busca?

Atajó por Canal en dirección a la Octava Avenida.

—Soy la agente especial Marty Lanier del FBI. Gracias por devolverme la llamada.

¿Lo había llamado a las cinco de la mañana?

—¿Qué pasa? —dijo él, comprendiendo por qué el número le resultaba familiar.

Era el 384 de la oficina del FBI en Nueva York, con la que había tratado muchas veces, pero no conocía a Marty Lanier ni su extensión. Nunca había oído su nombre y no se imaginaba por qué intentaba localizarlo a esas horas de la madrugada. Luego se acordó. Petrowski había enviado las fotografías al FBI, las imágenes de la cámara de seguridad que mostraban al hombre del cuello tatuado. Esperó a ver qué quería la agente especial Lanier.

—Acabamos de recibir información del RTCC, apareces como el contacto de una solicitud de búsqueda de datos. El incidente de Central Park West.

Se puso algo nervioso. Le llamaba por el paquete sospechoso entregado en Central Park West en el preciso instante en que se dirigía hacia allí para recoger a Scarpetta.

—Bien. ¿Has descubierto algo?

—El ordenador ha encontrado una coincidencia en una de nuestras bases de datos.

La base de datos de tatuajes, esperaba él. Se moría por tener información del gilipollas de la gorra de FedEx que había dejado un paquete sospechoso para la doctora.

—Podemos hablarlo en persona en nuestras oficinas. Esta mañana, más tarde.

—¿Más tarde? ¿Dices que has encontrado una coincidencia, pero que puede esperar?

—Va a tener que esperar hasta que el departamento de policía trate con el objeto. —Se refería al paquete FedEx. Estaba cerrado en un polvorín en Rodman's Neck y nadie sabía aún lo que contenía—. No sabemos si tenemos una referencia de un crimen con Central Park West.

—¿Lo que significa que la referencia quizá sea de otra cosa?

—Hablaremos cuando nos veamos.

—¿Entonces por qué me llamas ahora, como si fuera una emergencia?

Le irritaba muchísimo que el FBI tuviera que llamarlo de inmediato y que después no le diese los detalles y le hiciese esperar hasta que fuera conveniente para ellos organizar una puta reunión.

—Supuse que estabas trabajando, ya que nos acaba de llegar la información —explicó Lanier—. Por el sello con la hora de la búsqueda. Parece que tienes turno de noche.

«Putas intrigas de despacho», pensó Marino, disgustado. No tenía nada que ver con el turno de noche de Marino. Tenía que ver con Lanier. Llamaba desde la central 384 porque evidentemente estaba en el despacho, y si había ido a trabajar a esas horas era porque algo importante lo requería. Pasaba algo gordo. Lanier le explicaba que ella decidiría quién más estaría presente en la reunión; traducido, que Marino no se enteraría de una mierda hasta que estuviese allí, fuera cuando fuera eso. En gran parte dependería de lo que la brigada de artificieros decidiese del paquete de Scarpetta.

—Y bien, ¿cuál es tu situación en el FBI? —Marino creyó que debía preguntar, ya que ella le vacilaba y le decía lo que tenía que hacer.

—De momento estoy en el grupo de trabajo conjunto de atracos a bancos. Y soy la principal coordinadora del Centro Nacional para el Análisis de Delitos Violentos.

La división de atracos bancarios era un cajón de sastre, el grupo de trabajo más antiguo de Estados Unidos, que comprendía a investigadores del Departamento de Policía de Nueva York y agentes del FBI que manejaban de todo, desde atracos a bancos, secuestros y acosos hasta crímenes en alta mar, como agresiones sexuales en cruceros y piratería. A Marino no tenía que sorprenderle que esta división estuviese involucrada en un caso en que los federales estaban interesados, pero ¿el Centro Nacional para el Análisis de Delitos Violentos? En otras palabras: una coordinadora de la Unidad de Análisis de la Conducta. En otras palabras: Quantico. Marino no se esperaba eso, hostia. La agente especial Marty Lanier era lo que Marino seguía considerando una elaboradora de perfiles, lo que había sido Benton. Comprendió un poco mejor la reticencia de la agente a hablar por teléfono. El FBI andaba tras algo serio.

—¿Sugieres que Quantico está relacionado con lo sucedido en Central Park West?

—Te veré hoy, más tarde —fue su respuesta y cómo terminó la conversación.

Sólo unos minutos lo separaban del edificio de Scarpetta, en el cuarenta y poco de la Octava Avenida, en el corazón de Times Square. Las vallas publicitarias iluminadas, los carteles de vinilo, los logotipos y las brillantes pantallas multicolor le recordaron al RTCC; había taxis pero no demasiada gente en la calle, y Marino se preguntó qué traería el día. ¿El público se asustaría y no utilizaría taxis por Carley Crispin y lo que había filtrado? Lo dudaba. Esto era Nueva York. El peor momento de pánico que había presenciado ni siquiera era el 11 de septiembre, sino la economía. Era lo que llevaba meses viendo, el terrorismo de Wall Street, las desastrosas pérdidas financieras y el miedo crónico a que todo sólo iba a empeorar. Era mucho más probable que te destrozara el quedarte sin blanca que el supuesto asesino en serie de un taxi amarillo. Si no tenías un puto centavo, no podías permitirte un puto taxi y era mucho más preocupante acabar en la puta calle que morir de un porrazo mientras hacías *jogging*.

En Columbus Circle, la pantalla de la CNN mostraba otras noticias que no guardaban relación con Scarpetta ni *El informe Crispin*, algo acerca de Pete Townshend y The Who en el teletipo, rojo brillante contra la noche. Tal vez el FBI convocaba una reunión de urgencia porque Scarpetta había despotricado contra ellos en público, había dicho que los perfiles estaban anticuados. Cuando alguien de su nivel hacía una afirmación así, se tomaba muy en serio y no se olvidaba fácilmente. Aunque no lo hubiese dicho, o lo hubiese dicho en privado; estaba fuera de contexto y se había malinterpretado.

Marino se preguntó qué habría dicho Scarpetta en realidad, a qué se refería; luego decidió que, quisiera lo que quisiera el FBI, seguramente no guardaba ninguna relación con las críticas a la agencia, que además no era nada nuevo ni fuera de lo común. Los polis, en particular, despotricaban del FBI continuamente. Sobre todo por celos. Si los polis creyeran de verdad las críticas, no harían todo lo posible por entrar en los equipos del FBI ni asistirían a cursos especiales de formación en Quantico. Había sucedido algo más, ajeno a la mala publicidad. Y Marino siempre volvía al mismo punto: estaba relacionado con el tatuaje, con el hombre de la gorra FedEx. Le volvía loco tener que esperar para conocer los detalles.

Aparcó detrás de un taxi amarillo, un todoterreno híbrido, lo más nuevo. Nueva York se volvía verde. Salió de su sucio Crown Vic que consumía como una esponja y entró en el vestíbulo, donde Scarpetta esperaba sentada en un sofá, vestida con un pesado abrigo de borrego y botas, preparada para una mañana que iba a incluir el recinto de Rodman's Neck, ubicado junto al agua y donde siempre hacía frío y mucho viento. Llevaba al hombro la bolsa de nailon negro que solía acompañarla cuando trabajaba, con todo lo imprescindible bien organizado en su interior. Guantes, fundas para los zapatos, mono de trabajo, una cámara digital, material médico básico. Sus vidas eran así, nunca sabían dónde acabarían o qué iban a encontrar, siempre con la sensación de que tenían que estar preparados. Scarpetta parecía trastornada y cansada, pero le sonrió como siempre hacía cuando se sentía agradecida. Le agradecía que hubiera venido a ayudarla y eso hizo que Marino se sintiera bien. Scarpetta se puso en pie, se encontraron en la puerta y bajaron juntos los escalones que llevaban a la calle.

—¿Dónde está Benton? —preguntó Marino mientras abría

la puerta del copiloto—. Cuidado con el abrigo, el coche está hecho un asco. Por toda la sal y la mierda de la nieve, no hay forma de quitársela de encima. No es como Florida, el sur de California o Virginia. Intenta encontrar un tren de lavado y ¿de qué sirve? Después de una manzana, vuelve a parecer que he conducido por una cantera de tiza.

Volvía a sentirse cohibido.

—Le he dicho que no viniese. No puede ayudarnos con lo de mi BlackBerry ni tampoco en Rodman's Neck. Hay mucho en marcha, él tiene cosas que hacer.

Marino no le preguntó nada más. No dejó entrever lo contento que estaba de no tener a Benton cerca, de no verse sometido a él ni a su hostilidad. Benton nunca había sido amigable con Marino, nunca, en los veinte años que se conocían. Nunca habían sido amigos, nunca habían salido juntos, nunca habían hecho nada juntos. No era como conocer a otro policía, nunca lo había sido. Benton no pescaba ni iba a la bolera y le importaban un huevo las motos o los coches; nunca habían tomado una copa en un bar e intercambiado historias de casos o de mujeres, del modo en que charlan los tíos. La verdad era que lo único que Benton y Marino tenían en común era a la doctora, y Marino intentó recordar la última vez que había estado a solas con ella. Le encantaba tenerla para él solo. Él iba a encargarse del problema. Carley Crispin estaba acabada.

Scarpetta dijo lo que siempre decía:

—Abróchate el cinturón.

Marino encendió el motor y tiró del cinturón, por mucho que odiase ponérselo. Una de esas viejas costumbres, como fumar y beber, que podía abandonar, pero que nunca olvidaba ni hacía que se sintiera especialmente bien. Y qué, si eso le convenía. No soportaba llevar puesto el cinturón; eso no iba a cambiar y simplemente esperaba no encontrarse nunca en una situación en que tuviera que salir disparado del coche y ups, oh, mierda, llevara el cinturón de seguridad abrochado y acabase muerto. Se preguntó si la misma unidad especial seguiría patrullando y haciendo registros aleatorios a los polis para crucificar a cualquiera que no llevase el cinturón y dejarlo en dique seco durante seis meses.

—Vamos. Sabrás que hay situaciones en que esas malditas cosas acaban por matar a alguien —dijo a Scarpetta; si había alguien capaz de responder con sinceridad, ésa era ella.

—¿Qué cosas?

—Los cinturones de seguridad; ya sabes, esas camisas de fuerza para coches de las que siempre hablas, doña pesimista. En todos los años en Richmond, jamás vi lo que hay aquí, polis convertidos en soplones que patrullan para buscarnos problemas al resto, a los que no llevan abrochado el cinturón de seguridad. Allí a nadie le importaba y nunca me lo puse. Ni una sola vez. Ni siquiera cuando te subías a mi coche y empezabas a sermonearme con todas las maneras en que podía morir o acabar herido si no lo llevaba. —Le puso de buen humor recordar esos tiempos, en que iban juntos en coche, sin Benton—. ¿Recuerdas esa vez del tiroteo en Gilpin Court? ¿Qué habría pasado, si no hubiera podido salir disparado del coche?

—No tenías el reflejo de desabrocharte el cinturón, debido a tu terrible costumbre. Y, que yo recuerde, eras tú el que perseguías a ese traficante, y no al revés. No creo que el cinturón de seguridad fuese un factor a considerar, estuviera o no abrochado.

—Históricamente, los polis no llevan el cinturón abrochado por una razón. Si nos remontamos al inicio de los tiempos, los polis no los llevaban. ¿Por qué? Porque sólo hay algo peor que ver cómo un capullo te dispara mientras estás en el coche con el cinturón abrochado: que además tengas la luz interior encendida, para que el cabrón pueda verte mejor.

—Puedo darte estadísticas de todos los muertos que estarían vivos si hubiesen llevado el cinturón —dijo Scarpetta, mirando por la ventana con tranquilidad—. No estoy segura de poder darte un solo ejemplo de alguien que haya muerto por llevar el cinturón abrochado.

—¿Y si te caes de un espigón al río?

—Si no llevas el cinturón, puedes darte de cabeza contra el parabrisas. Perder el sentido no es muy útil si estás bajo el agua.

El FBI acaba de llamar a Benton. Supongo que nadie va a contarme qué pasa.

—Quizás él lo sepa, porque te aseguro que yo, no.

—¿También han hablado contigo? —preguntó Scarpetta, y Marino intuyó que estaba triste.

—Ni hace un cuarto de hora, mientras iba a recogerte. ¿Benton te ha dicho algo? ¿Era una elaboradora de perfiles, Lanier?

Marino dobló por Park Avenue y se acordó de Hannah Starr. La mansión de los Starr no estaba lejos de donde iban él y Scarpetta.

—Benton seguía al teléfono cuando me he ido. Todo lo que sé es que hablaba con el FBI.

—Así que no te ha dicho nada de lo que ella quería.

Marino daba por supuesto que se trataba de Lanier, que había llamado a Benton después de hablar con Marino.

—No lo sé. Benton hablaba por teléfono cuando me he ido —repitió Scarpetta.

Había algo de lo que Scarpetta no quería hablar. Quizás había discutido con Benton, o puede que estuviera nerviosa o hecha polvo por el BlackBerry robado.

—No consigo unir la línea de puntos —insistió Marino, sin poder remediarlo—. ¿Por qué iban a llamar a Benton? Marty Lanier hace perfiles para el FBI. ¿Por qué iba a llamar a un antiguo elaborador de perfiles?

Era un placer secreto decirlo en voz alta, una mella en la brillante armadura de Benton. Ya no formaba parte del FBI. Ni siquiera era poli.

—Benton ha estado involucrado en varios casos relacionados con el FBI. —Scarpetta no estaba a la defensiva; hablaba con calma y gravedad—. Pero no lo sé.

—¿Me estás diciendo que el FBI le pide consejo?

—A veces.

A Marino le decepcionó oírlo.

—Vaya sorpresa. Creía que él y la agencia se odiaban.

Como si la agencia fuera una persona.

—No le consultan por haber formado parte del FBI. Le consultan porque es un respetado psicólogo forense y ha partici-pado activamente, con sus evaluaciones y opiniones, en varios casos criminales de Nueva York y otros sitios.

Scarpetta miraba a Marino desde la oscuridad del asiento del copiloto; el tapizado roto colgaba a unos centímetros de su ca-bello. Marino pensó que debía comprar tela forrada de espuma y cola de alta temperatura, y arreglarlo de una maldita vez.

—Todo lo que sé con seguridad es que está relacionado con el tatuaje. —Se retiró del tema de Benton—. Cuando estaba en el RTCC, sugerí que echáramos una red más amplia y no buscá-ramos sólo en la base de datos de la policía de Nueva York, por-que no conseguimos nada del tatuaje, las calaveras ni el ataúd del cuello de ese tío. Sí encontramos algo de Dodie Hodge. Además del arresto del mes pasado en Detroit, causó problemas en un autobús urbano aquí, en Nueva York; mandó a alguien a la mierda por FedEx. Bueno, es interesante, ya que la felicita-ción que le envió a Benton estaba metida en un sobre de FedEx y el tío del tatuaje que dejó tu paquete de FedEx llevaba también una gorra de FedEx.

—¿Eso no es un poco como relacionar diferentes cartas por-que todas llevan sellos?

—Lo sé. Seguramente es ir demasiado lejos. Pero no dejo de preguntarme si habrá cierta relación entre ese tipo y la paciente psiquiátrica que te envió una tarjeta musical y luego te llamó en directo a la televisión. Y, en tal caso, sí que voy a preocuparme, ¿sabes por qué? El tipo del cuello tatuado no es candidato a re-cibir un premio de la ciudadanía si está en la base de datos del FBI, ¿verdad? Si está ahí es porque lo han arrestado por algo, posiblemente por un delito federal.

Aminoró la marcha, pues tenían a la derecha el toldo rojo del hotel Elysée.

Scarpetta dijo:

—Desactivé la contraseña del BlackBerry.

No sonó como algo que hubiese hecho. Al principio, Ma-rino no supo qué responder; notó que ella estaba avergonzada. Scarpetta casi nunca lo estaba.

—A mí también me harta y cansa desbloquearlo continuamente, pero nunca quitaría la contraseña.

No quería sonar crítico, pero lo que la doctora había hecho no era nada inteligente. Le costaba imaginar que Scarpetta hubiese sido tan descuidada.

Empezó a ponerse nervioso al recordar sus comunicaciones con ella. Correos electrónicos, mensajes de voz, mensajes de texto, copias de informes, fotografías del caso Toni Darien, incluidas las que él había tomado en el interior del apartamento, y sus comentarios.

—¿Estás diciendo que Carley puede haber examinado todo tu puto BlackBerry? Mierda —añadió Marino.

—Tú llevas gafas, y siempre las llevas puestas. Yo me las pongo para leer y no siempre las llevo encima. Así que imagínate cuando estoy andando por el edificio o salgo a comprarme un bocadillo, y tengo que hacer una llamada y no puedo teclear la maldita contraseña porque no veo bien.

—Puedes poner un mayor tamaño de fuente.

—Este maldito regalo de Lucy hacía que me sintiese como si tuviera noventa años. Así que desactivé la contraseña. ¿Fue una buena idea? No. Pero lo hice.

—¿Se lo has dicho a Lucy?

—Yo iba a hacer algo al respecto. No sé exactamente qué. Intentaría adaptarme, activar de nuevo la contraseña y finalmente no me dio tiempo. No se lo he dicho. Lucy puede borrarlo todo a distancia y de momento no quiero que lo haga.

—No, claro. ¿Lo recuperas y nada te vincula al BlackBerry, salvo el número de serie? Podría acusar a Carley de delito grave, ya que el precio supera los 250 dólares. Pero preferiría acusarla de algo más gordo. —Marino reflexionó antes de proseguir—: Si ha robado datos, tengo más con que trabajar. ¿Con toda la mierda que tienes en el BlackBerry? Quizá podríamos montar un caso de robo de identidad, un delito clase C, sería posible demostrar premeditación, que ella intentaba vender información de la oficina del forense, aprovecharse de eso para darse publicidad. Igual le causamos una crisis nerviosa.

—Espero que no haga ninguna tontería.

Marino no supo con certeza a quién se refería Scarpetta, si a Carley Crispin o a Lucy.

—Si no hay datos en tu teléfono... —empezó a reiterar Marino.

—Le dije que no lo cociera. Para usar sus términos.

—Entonces no lo hará. Lucy es una investigadora con experiencia, una experta en informática forense que antes era agente federal. Sabe cómo funciona el sistema y probablemente sabrá que no usabas la maldita contraseña, ya que instaló una red en un servidor, y no me hagas hablar en su jerga para explicarte lo que instaló para hacernos un favor, supuestamente. De todos modos, viene para acá con la orden de registro.

Scarpetta guardó silencio.

—Me refiero a que seguramente ella podía comprobar y estar al corriente de lo de tu contraseña —siguió Marino—. Podía saber que dejaste de usarla. Estoy convencido de que ella controla estas cosas, ¿no crees?

—No creo que sea a mí a quien ha estado controlando últimamente.

Marino empezaba a comprender el motivo de que Scarpetta actuara como si algo la reconcomiese, algo ajeno al teléfono robado o a una posible riña con Benton. No hizo comentario alguno y ambos permanecieron sentados en el destartalado coche del policía frente a uno de los hoteles más bonitos de Nueva York, con el portero mirándolos sin aventurarse a salir, dejándolos en paz. El personal de los hoteles reconoce un coche de la policía en cuanto lo ve.

—Pero sí creo que ha estado controlando a alguien —dijo entonces Scarpetta—. Empecé a planteármelo por el registro GPS del que te hablé. Lucy puede saber dónde estamos cualquiera de nosotros en cualquier momento, si quiere. Y no creo que haya estado siguiéndonos a ti o a mí. Ni a Benton. Tampoco es una coincidencia que decidiera, de pronto, que todos debíamos tener unos nuevos teléfonos inteligentes.

Marino apoyaba la mano en la manija de la puerta, sin saber

con certeza qué decir. Lucy llevaba semanas como ausente, distinta, inquieta, malhumorada y un poco paranoica, y él tendría que haber prestado más atención. Tendría que haber hecho la misma conexión, que parecía más obvia cuanto más se asentaba en su vehículo oscuro y sucio. A Marino no se le había ocurrido que Lucy espiase a Berger. No se le había ocurrido porque no quería creerlo. No quería recordar lo que Lucy era capaz de hacer cuando se sentía acorralada o sencillamente justificada. No quería recordar lo que Lucy le había hecho a su hijo. Rocco nació malo, era un criminal curtido a quien nadie le importaba una mierda. Si Lucy no hubiese acabado con él, otro lo habría hecho, pero a Marino no le gustaba recordarlo. Apenas conseguía asimilarlo.

—Jaime no hace más que trabajar. No imagino por qué iba Lucy a estar paranoica, ni me imagino lo que pasaría si Berger se enterase... Bueno, si es verdad. Espero que no lo sea. Pero conozco a Lucy, sé que algo anda mal y que lleva cierto tiempo así. Y tú no sueltas prenda y seguramente éste no es el momento de discutirlo —reconoció Scarpetta—. Y bien, ¿cómo vamos a manejar a Carley?

—Cuando una persona trabaja constantemente, a veces la otra persona puede sentirse mal. Ya sabes, actuar de un modo extraño —dijo Marino—. Ahora tengo el mismo problema con Bacardi.

—¿La controlas con un receptor GPS WAAS instalado en un teléfono inteligente que le has regalado? —preguntó Scarpetta con amargura.

—Yo soy como tú, doctora. Más de una vez he estado a punto de arrojar este teléfono al puto lago —dijo Marino muy serio, sintiéndose mal por ella—. Ya sabes lo mal que tecleo, hasta en un teclado normal, y el otro día creía que le daba al volumen, cuando en realidad me hacía una fotografía del pie.

—No controlarías a Bacardi con un GPS aunque creyeses que tenía una aventura. Nosotros no hacemos cosas así, Marino.

—Ya, bueno, Lucy no es nosotros, y yo no digo que lo esté haciendo.

Marino no lo sabía con seguridad, aunque era muy posible que Lucy lo hiciera.

—Tú trabajas para Jaime. No quiero preguntar si hay algún fundamento... —Scarpetta no acabó la frase.

—No lo hay. Berger no hace nada, te lo juro. Si estuviera follando por ahí, si escondiera algo, yo lo sabría, créeme. Y no es que no tenga opciones. Créeme, eso también lo sé. Espero que Lucy no esté haciendo lo que dices. Espiar. Si Jaime descubre algo así, no lo perdonará.

—¿Tú lo perdonarías?

—No, joder. Si tienes un problema conmigo, dímelo. Si crees que hago algo, dímelo. Pero no me regales un teléfono a tope para espiarme. Eso acaba con cualquier relación, si supuestamente confías en alguien.

—Espero que no sea así —replicó Scarpetta—. ¿Qué hacemos ahora?

Se refería a Carley Crispin.

Salieron del coche.

—Voy a enseñar la placa en recepción y pediré su número de habitación. Luego le haremos una visita. Pero no la noquees, no quiero detenerte por agresión.

—Ojalá pudiera —dijo Scarpetta—. Ni te lo imaginas.

16

Nadie respondió en la habitación 412. Marino aporreó la puerta con su pedazo de puño y empezó a gritar el nombre de Carley Crispin.

—Policía de Nueva York. ¡Abra!

Marino y Scarpetta esperaron y escucharon en un pasillo largo y elegante, con candelabros de cristal y alfombras en tonos amarillos y marrones que parecían de Bijar.

—Oigo el televisor —dijo Marino, golpeando la puerta con una mano y con su caja de aparejos en la otra—. ¿No es un poco raro que esté mirando la tele a las cinco de la mañana? ¿Carley? —gritó—. Policía de Nueva York. ¡Abre!

Con un gesto, indicó a Scarpetta que se apartase de la puerta.

—Olvídalo, no va a responder —añadió Marino—. Así que iremos de duros.

Sacó el BlackBerry de la funda y tuvo que teclear la contraseña, lo que le recordó a Scarpetta el problema que había causado y la triste realidad de que ella no estaría allí si su sobrina no hubiese hecho algo terrible. Lucy había instalado un servidor y les había comprado teléfonos inteligentes de última generación como estratagema. Los había utilizado y engañado a todos. Scarpetta se sentía fatal por Berger. Se sentía mal por ella, por todos. Marino llamó al teléfono de la tarjeta que el encargado nocturno le había facilitado hacía un momento, mientras se dirigían al ascensor. Suponían que Carley estaba despierta y en su habitación, y no querían que oyese lo que decían.

—Sí, tendrá que subir aquí —dijo Marino al teléfono—. No. Y he llamado lo bastante fuerte para despertar a un muerto. —Una pausa, y después—: Puede, pero el televisor está encendido. ¿De veras? Bueno es saberlo. —Colgó y dijo a Scarpetta—: Parece que han tenido problemas por el volumen excesivo del televisor, otros huéspedes se han quejado.

—Eso parece un poco raro.

—¿Es Carley dura de oído, o algo así?

—No, que yo sepa. No lo creo.

Llegaron al otro extremo del pasillo, cerca del ascensor, donde Marino abrió una puerta señalada con un cartel luminoso de salida.

—Si quisieras salir del hotel sin pasar por el vestíbulo, podrías bajar por la escalera. Pero si quisieras volver, tendrías que subir en ascensor —dijo Marino, sosteniendo la puerta y mirando la larga escalera de cemento—. Es imposible acceder a la escalera desde la calle, por evidentes razones de seguridad.

—¿Crees que Carley llegó tarde anoche y se ha ido por la escalera porque no quería que nadie la viese? —Scarpetta quería saber la razón.

Carley, con sus tacones de aguja y faldas ceñidas, no parecía del tipo que bajase escaleras o hiciera grandes esfuerzos, de poder evitarlo.

—No es que mantuviera en secreto que se alojaba aquí —indicó Scarpetta—, lo que también resulta curioso. Si supieras que se alojaba aquí o simplemente te lo planteases, bastaba con llamar y pedir que te pusieran con su habitación. Los famosos no suelen registrarse para evitar que invadan su intimidad. Este hotel en concreto está muy acostumbrado a tener clientes célebres. Es, desde la década de los veinte, un lugar de referencia para los ricos y famosos.

Marino dejó la caja de aparejos en el suelo.

—¿Y quiénes lo han hecho famoso?

Scarpetta no lo sabía con certeza, pero Tennessee Williams había muerto en el hotel Elysée en 1983; se había ahogado con el tapón de una botella.

—Personajes que se sabe que murieron aquí —dijo Marino—. Pero Carley no es tan famosa, así que no la añadiría a la lista de Adivina Quién Durmió Aquí. No es exactamente Diane Sawyer o Anna Nicole Smith, y dudo que la gente la reconozca cuando anda por la calle. Tengo que decidir cuál es la mejor forma de hacer esto.

Marino reflexionaba, apoyado en la pared, todavía vestido con la misma ropa con la que Scarpetta lo había visto la última vez, unas seis horas antes. Una barba de tres días le ensombrecía el rostro.

—Berger ha dicho que tendrá la orden de registro en menos de dos horas. —Marino consultó su reloj—. Hace casi una hora que hablamos, así que faltará otra para que Lucy se presente con la orden en la mano. Pero no voy a esperar tanto tiempo. Vamos a entrar. Encontraremos tu BlackBerry, y quién sabe qué más descubriremos ahí dentro. —Miró toda la extensión del largo pasillo—. He anotado todo lo necesario en el affidávit, todo lo posible y más. Almacenamiento de datos digitales, medios digitales, cualquier disco duro, discos extraíbles, documentos, correos electrónicos, números de teléfono, contando con la posibilidad de que Carley haya descargado todo lo que contiene tu BlackBerry y lo haya impreso o copiado en un ordenador. Nada me gusta más que fisgonear a un fisgón. Y me alegra que Berger haya pensado en Lucy. Si yo no encuentro nada, seguro que ella lo hará.

No era Berger quien había pensado en Lucy, sino Scarpetta, aunque estaba menos interesada en la ayuda de su sobrina que en verla. Tenían que hablar. Aquello ya no podía esperar. Después de enviar a Berger el correo donde sugería añadir al apéndice un párrafo que legalizase la presencia de un civil en el registro de la habitación, había hablado con Benton. Se había sentado a su lado y le había tocado el brazo para despertarlo. Ella iba a la escena de un crimen con Marino, seguramente pasaría con él gran parte de la mañana y tenía un grave asunto personal que tratar. Prefería que Benton no los acompañase, le había dicho antes de que él lo sugiriese, y después había sonado el teléfono. El FBI llamaba a Benton.

La puerta del ascensor se abrió y Curtis, el encargado del turno de noche, un hombre maduro con bigote, apareció muy pulcro, con un traje de tweed oscuro. Les acompañó por el pasillo y llamó a la puerta y al timbre de la habitación 412. Advirtió que la luz de «No molestar» estaba encendida y comentó que casi siempre estaba así; abrió la puerta y asomó la cabeza, gritando para hacen notar su presencia antes de retroceder de nuevo al pasillo, donde Marino le dijo que esperase. Marino y Scarpetta entraron en la habitación y cerraron la puerta; ningún indicio de que hubiese alguien allí. En la pared había un televisor encendido en un canal de la CNN, con el volumen bajo.

—No deberías estar aquí, pero hay tantos teléfonos como el tuyo que necesito que lo identifiques —dijo Marino a Scarpetta—. Ésta es mi versión y a ella me ciño.

Permanecieron de pie, al otro lado de la puerta, mirando la suite de lujo que habitaba alguien descuidado y posiblemente antisocial y deprimido que se había alojado solo, dedujo Scarpetta. La cama grande estaba deshecha, cubierta de periódicos y ropa de hombre, y en la mesilla de noche había un amasijo de botellines de agua y tazas de café. A la izquierda de la cama vio una cómoda y un ventanal con las cortinas echadas. A la derecha, la zona de estar: dos butacas con montones de libros y papeles, una mesita de centro de pluma de caoba con un portátil y una pequeña impresora, y encima de un montón de papeles, totalmente a la vista, un aparato de pantalla táctil, un BlackBerry dentro de una funda de plástico color gris humo. Al lado había la tarjeta-llave de la habitación.

—¿Es éste? —preguntó Marino.

—Eso parece; el mío tiene una funda gris.

Marino abrió su maletín, extrajo unos guantes quirúrgicos y le tendió un par a Scarpetta.

—No es que vayamos a hacer nada indebido, pero esto es lo que yo llamo circunstancias que exigen una acción inmediata.

Probablemente no era así. Scarpetta no vio nada indicativo de que alguien intentase escapar o deshacerse de pruebas. La prueba la tenían bien delante, y allí no había nadie, salvo ellos dos.

—Supongo que no tengo que recordarte la metáfora del fruto del árbol envenenado.

Scarpetta se refería a la doctrina legal que hacía inadmisibles las pruebas obtenidas ilegalmente. No se puso los guantes.

—No hace falta, ya tengo a Berger para eso. Por suerte ha sacado de la cama a su magistrado preferido, el juez Fable, «fábula», vaya nombre. Toda una leyenda. He repasado toda la parte de los hechos por teléfono, con Berger y un segundo detective que ha traído como testigo y que jurará la orden de registro con ella, en presencia del juez. Lo que se conoce como prueba de referencia doble. Algo complicado, pero esperemos que no suponga ningún problema. La cuestión es que Berger no corre riesgos con los affidávits y evita como si fuera la peste ser ella la declarante. A mí me da igual de quién es la orden, o para qué. Sólo espero que Lucy aparezca pronto.

Marino se acercó al BlackBerry y lo cogió por un extremo.

—La única buena superficie para huellas será la pantalla, que no quiero tocar sin haberla empolvado antes —decidió—. Luego buscaré rastros de ADN.

Rebuscó en el maletín y sacó polvo negro y un cepillo de fibra de carbono, mientras Scarpetta dirigía su atención a la ropa de hombre que había sobre la cama; se acercó lo suficiente para captar un olor a rancio, a piel sucia. Reparó en que los periódicos —*The New York Times, The Wall Street Journal*— tenían varios días de antigüedad y la dejó perpleja un móvil con tapa Motorola de color negro que vio encima de la almohada. Entre las sábanas arrugadas había unos pantalones sucios color caqui, una camisa Oxford azul y blanca, varios pares de calcetines, un pijama azul claro y ropa interior de hombre con manchas amarillas en la entrepierna. Parecía que la ropa llevaba tiempo sin lavarse; que alguien se la había puesto un día tras otro sin mandarla a la lavandería. Ese alguien no era Carley Crispin. No era su ropa y Scarpetta no vio nada que perteneciera a Carley en esa habitación. De no ser por el BlackBerry, ni se le hubiera ocurrido pensar en ella.

Scarpetta examinó las diferentes papeleras sin remover su

contenido ni vaciarlas en el suelo. Papeles arrugados, pañuelos de papel, más periódicos. Se dirigió al cuarto de baño, deteniéndose en el umbral. El lavabo y el mármol, así como el mármol del suelo, estaban cubiertos de pelo cortado, mechones de pelo gris de diferentes longitudes, algunos de más de siete centímetros, otros diminutos. En una toalla había unas tijeras, una hoja de afeitar y un bote de espuma de afeitar Gillette adquirido en Walgreens, así como otra tarjeta de acceso a la habitación junto a unas gafas de montura anticuada, negra y cuadrada.

Detrás del tocador había un único cepillo de dientes y un tubo de pasta Sensodyne casi acabado, así como un kit de limpieza y un bastoncillo metálico para las orejas. Dentro de un estuche plateado Siemens vio dos audífonos intraauriculares Siemens Motion 700 color carne. Lo que Scarpetta no vio fue un mando a distancia, y regresó a la habitación cuidándose de no tocar ni modificar nada, resistiéndose a la tentación de abrir el armario o los cajones.

—Alguien con una pérdida auditiva de moderada a grave —dijo a Marino mientras éste recuperaba huellas del BlackBerry—. Audífonos último modelo, reducción del ruido de fondo, supresor de retroalimentación acústica, Bluetooth. Pueden acoplarse al teléfono móvil. Tendría que haber un mando a distancia por algún lado. —Siguió andando, sin verlo—. Para ajustar el volumen, comprobar el nivel de la batería, esa clase de cosas. Se suele llevar en el bolsillo o en la cartera. Lo llevará encima, pero los audífonos están aquí. Lo que no tiene mucho sentido, o quizá debería decir que no presagia nada bueno.

—Aquí tengo un par de buenas —dijo Marino mientras alisaba un pedazo de cinta adhesiva en una tarjeta blanca—. No tengo ni idea de lo que hablas. ¿Quién lleva audífonos?

—El hombre que se ha afeitado la cabeza y la barba en el baño —respondió Scarpetta, abriendo la puerta de la habitación para volver al pasillo, donde esperaba Curtis, el director del turno de noche, nervioso e incómodo.

—No quiero preguntar nada, no debo hacerlo, pero no comprendo lo que sucede —reconoció Curtis.

—Permita que le haga unas preguntas —replicó Scarpetta—. Ha dicho que ha empezado a trabajar a medianoche.

—Trabajo desde la medianoche hasta las ocho de la mañana, en efecto. Y no la he visto desde que llegué. No puedo decir que la haya visto alguna vez, como ya les he explicado hace un momento. La señora Crispin se registró en el hotel en octubre, seguramente porque quería un alojamiento en la ciudad, supongo que por su programa. No es que sus motivos fueran asunto mío, pero eso fue lo que me dijeron. La verdad es que ella casi nunca utiliza la habitación y a su amigo el caballero no le gusta que lo molesten.

Eso era nueva información, lo que Scarpetta buscaba:

—¿Conoce el nombre del caballero, o dónde podría estar?

—Me temo que no. Nunca lo he visto, debido a mi horario de trabajo.

—¿Un hombre mayor, con cabello gris y barba?

—Nunca lo he visto y no sé qué aspecto tiene. Pero me han dicho que suele aparecer como invitado en su programa. Desconozco su nombre y no puedo decirle nada más, salvo que es muy reservado. No debería decirlo, pero es algo raro. Nunca habla con nadie. Sale a buscar comida y la trae aquí, deja bolsas de basura ante la puerta de la habitación. No utiliza el servicio de habitaciones ni el teléfono ni el servicio de limpieza. ¿No hay nadie en la habitación? —preguntó Curtis, sin dejar de mirar la puerta entreabierta de la habitación 412.

—El doctor Agee. El psiquiatra forense Warner Agee. Suele aparecer en el programa de Carley Crispin —dijo Scarpetta.

—No lo veo.

—Es el único invitado habitual que se me ocurre que está casi sordo y tiene el cabello y la barba grises.

—No lo sé. Sólo sé lo que acabo de decirle. Aquí se alojan muchas personas célebres, no espiamos. El único inconveniente de ese hombre era el ruido. Anoche, por ejemplo, otros huéspedes se quejaron de nuevo del ruido del televisor. Sé, por notas que me han dejado, que esta noche, temprano, varios huéspedes llamaron a gerencia para quejarse.

—¿Temprano? ¿A qué hora?

—A las ocho y media, nueve menos cuarto.

Entonces ella estaba en la CNN, y también Carley. Warner Agee estaba en la habitación del hotel, tenía el volumen del televisor muy alto y otros huéspedes se quejaron. El televisor seguía encendido cuando había entrado con Marino poco antes, en el canal de la CNN, pero alguien había bajado el volumen. Se imaginó a Agee sentado en la cama deshecha, mirando *El informe Crispin* de la noche anterior. Si nadie se había quejado pasadas las nueve menos cuarto y el televisor seguía encendido, él tenía que haber bajado el volumen. Se habría puesto los audífonos. ¿Y qué sucedió después? ¿Se los quitó y abandonó la habitación después de afeitarse la cabeza y la barba?

—Si alguien llamaba y preguntaba por Carley Crispin, usted no podía saber si ella estaba aquí —dijo Scarpetta a Curtis—, sino sólo que estaba registrada, que es lo que aparece en el ordenador cuando alguien lo comprueba desde recepción. Tiene una habitación a su nombre, pero un amigo ha estado alojado en ella. Parece que el doctor Agee. Me estoy asegurando de que lo he comprendido.

—Es correcto, siempre y cuando esté en lo cierto respecto a la identidad del amigo.

—¿Quién paga la habitación?

—Yo no debería...

—El hombre que se alojaba en la habitación, el doctor Agee, no está. Eso me preocupa por muchas razones. Estoy muy preocupada. ¿No tiene ni idea de dónde podría estar? Tiene problemas de audición y no parece que se haya llevado los audífonos.

—No. No lo he visto irse. Esto es muy inquietante. Y explicaría su costumbre de poner un volumen excesivo en el televisor, de vez en cuando.

—Puede haberse marchado por la escalera.

El gerente miró hacia el fondo del pasillo, a la señal de salida iluminada.

—Es de lo más desconcertante. ¿Qué esperan encontrar aquí? —preguntó, refiriéndose a la habitación 412.

Scarpetta no iba a darle esa información. Cuando Lucy apareciese con la orden de registro, le entregarían una copia y comprendería lo que estaban buscando.

—Y, si se ha marchado por la escalera, nadie lo habrá visto —continuó Scarpetta—. Los porteros no esperan en la acera ya entrada la noche, sobre todo con este frío. ¿Quién paga la habitación?

—Ella, la señora Crispin. Vino al hotel y pasó por recepción anoche, a eso de las doce menos cuarto. Yo no estaba, llegué unos minutos después.

—¿Por qué se detuvo en recepción si estaba alojada aquí desde octubre? ¿Por qué no subió directamente a su habitación?

—Las habitaciones del hotel se abren con tarjetas magnéticas. Sin duda, alguna vez le habrá pasado que si no utiliza su tarjeta durante cierto tiempo, deja de funcionar. Siempre que confeccionamos nuevas tarjetas queda registrado en el ordenador y se incluye la fecha en que se dejará la habitación. La señora Crispin pidió que le hicieran dos nuevas tarjetas.

Eso era más que desconcertante. Scarpetta indicó a Curtis que reflexionara unos instantes sobre lo que sugería. Si Carley tenía un amigo —el doctor Warner Agee— alojado en su habitación, no le dejaría con una llave caducada.

—Si él no está registrado, ni paga la factura, no tenía ninguna autoridad para que le expidieran una tarjeta si la antigua expiraba por haberse superado la fecha de salida. Él no podía prolongar la reserva, supongo, si no es quien paga ni su nombre aparece en la reserva —explicó Scarpetta.

—Eso es cierto.

—Entonces podemos concluir que la tarjeta no había expirado y que quizás ése no fuera el motivo de que pidiera dos nuevas. ¿Anoche hizo algo más, cuando pasó por recepción?

—Espere un momento. Veré lo que puedo averiguar. —Sacó el teléfono y marcó un número. Preguntó a alguien—: ¿Sabemos si la señora Crispin se quedó encerrada fuera de su habitación, o simplemente se detuvo en recepción para recoger sus nuevas tarjetas? Y, en tal caso, ¿por qué? —Escuchó. Después dijo—: Por supuesto. Sí, sí, hazlo ahora. Siento tener que despertarlo.

Curtis esperó. Alguien estaba llamando al recepcionista que habría hablado con Carley la noche anterior, alguien que probablemente dormía en su casa. Curtis se disculpó con Scarpetta por hacerla esperar. Estaba alterándose muchísimo; se enjugaba la frente con el pañuelo y carraspeaba a menudo. Del interior de la habitación les llegaba la voz de Marino, que andaba y hablaba con alguien por teléfono, pero Scarpetta no logró distinguir lo que decía.

El gerente dijo:

—Sí, sigo aquí. Comprendo. Bien, eso tiene sentido. —Se guardó el teléfono en el bolsillo de la americana de tweed—. La señora Crispin entró y fue directamente a recepción. Dijo que llevaba tiempo sin pasar por el hotel y le preocupaba que su llave no funcionase y su amigo era duro de oído. Le preocupaba que no le oyese si llamaba a la puerta. Verá, prorrogaba sus reservas mensualmente, y la había renovado por última vez el 20 de noviembre, lo que significaba que la tarjeta habría expirado mañana, sábado. De manera que tenía que prorrogar la reserva si pretendía conservar la habitación. Así lo hizo; la renovó y le dieron dos llaves más.

—¿La prorrogó hasta el 20 de enero?

—En realidad sólo hasta el fin de semana. Dijo que posiblemente dejaría la habitación el lunes 22 —explicó Curtis, mirando la puerta entreabierta de la habitación 412.

Scarpetta oía a Marino desplazándose en el interior.

—No la vio marchar —añadió Curtis—. La persona que estaba en recepción la vio subir en el ascensor, pero no bajar. Y yo tampoco la he visto, como les he dicho.

—Entonces tuvo que irse por la escalera, porque no está aquí ni tampoco su amigo, que posiblemente sea el doctor Agee —reflexionó Scarpetta—. ¿Sabe usted si, en el pasado, la señora Crispin solía utilizar la escalera?

—Casi nadie usa la escalera. Nunca me han mencionado que ella lo hiciese. Aunque algunos de nuestros huéspedes más célebres intentan ser muy discretos respecto a sus idas y venidas, la señora Crispin no es lo que yo llamaría una persona tímida.

Scarpetta pensó en los mechones de cabello del lavabo. Se preguntó si Carley habría entrado en la habitación y si habría visto lo que había en el baño. O quizás Agee seguía en la habitación cuando ella se presentó con el BlackBerry robado de Scarpetta. ¿Se habían marchado juntos? ¿Se habrían marchado los dos por la escalera, dejando el BlackBerry de Scarpetta en la habitación? Scarpetta imaginó a Agee con la barba y la cabeza afeitadas, sin audífonos y posiblemente sin gafas, bajando a escondidas por la escalera con Carley Crispin. No tenía sentido. Había pasado algo más.

—¿El sistema informático del hotel guarda un registro de las salidas y entradas de las habitaciones mediante esas tarjetas magnéticas? —Scarpetta lo veía poco probable, pero lo preguntó de todos modos.

—No. Ni conozco ningún hotel con un sistema así. Tampoco tienen información de las tarjetas.

—Ni nombre, ni direcciones, ni números de tarjetas de crédito. Nada de eso está codificado en las tarjetas.

—Por supuesto; eso se conserva en el ordenador, pero no en las tarjetas. Las tarjetas abren la puerta, eso es todo. En ellas no se registra nada. En realidad, casi todas las tarjetas de los hoteles, al menos las que me son familiares, ni siquiera tienen el número de habitación codificado; tampoco información de ningún tipo, salvo la fecha de salida. —Curtis miró la habitación 412 y añadió—: Supongo que no encontrarán a nadie. No hay nadie ahí dentro.

—Está el detective Marino.

—Bien, me alegro —replicó Curtis, aliviado—. No quería imaginarme lo peor de la señora Crispin o de su amigo.

Se refería a que no quería pensar que uno de ellos o ambos estaban muertos dentro de la habitación.

—No es necesario que espere aquí arriba. Le avisaremos cuando hayamos terminado. Quizá nos lleve cierto tiempo.

La habitación estaba silenciosa cuando Scarpetta volvió a entrar y cerró la puerta. Marino había apagado el televisor y estaba en el cuarto de baño, sosteniendo el BlackBerry con una mano enguantada, mirando lo que había en el lavabo y en el suelo.

—Warner Agee —dijo Scarpetta, poniéndose los guantes que Marino le había dado antes—. Es él quien se ha alojado en esta habitación. Es muy probable que Carley nunca se haya hospedado aquí. Por lo visto, anoche se presentó a eso de las doce menos cuarto para, supongo yo, entregarle mi BlackBerry. Tienes que dejarme el tuyo. No puedo utilizar el mío.

—Si él es quien hizo esto, no me gusta —advirtió Marino mientras tecleaba su contraseña en el BlackBerry y se lo ofrecía a Scarpetta—. Afeitarse todo el cabello y marcharse sin gafas ni audífonos.

—¿Cuándo contactaste por última vez con la Oficina de Gestión de Emergencias o con la División de Operaciones Especiales? ¿Hay algo nuevo que debamos saber?

Una expresión extraña en el rostro de Marino.

—Puedo comprobarlo —siguió hablando Scarpetta—. Pero no si está hospitalizado o arrestado, o si lo han llevado a un albergue o si está vagando por las calles. No voy a conseguir nada, a menos que la persona esté muerta y haya muerto en la ciudad de Nueva York.

—El puente de George Washington. No puede ser —dijo Marino.

—¿Qué puente? —preguntó Scarpetta, mientras llamaba a la oficina del forense.

—El tipo que se ha tirado, a eso de las dos de la madrugada. Lo he visto en directo mientras estaba en el RTCC. De unos sesenta años, calvo, sin barba. Un helicóptero de la policía filmó todo el puto asunto.

Un investigador médico-legal llamado Dennis respondió al teléfono.

—Necesito comprobar lo que ha entrado —informó Scarpetta—. ¿Tenemos un caso del puente de George Washington?

—Pues sí. Una caída con testigos. Los de emergencias intentaron convencerlo de que bajara, pero no quiso escucharlos. Lo tienen todo grabado en vídeo. El helicóptero de la policía lo filmó y les he dicho que queremos una copia.

—Buena idea. ¿Se sabe su identidad?

—El policía con quien he hablado dice que no tiene nada. Un varón blanco, de más de cincuenta o sesenta años. Sin efectos personales que contribuyan a su identificación. Ni cartera ni teléfono. No podrá verlo muy bien, está en bastante mal estado. Creo que el punto desde donde cayó se encuentra a unos treinta metros de altura. Como un edificio de veinte plantas, ¿sabe? No va a querer enseñarle su foto a nadie.

—Hazme un favor. Baja y comprueba sus bolsillos. Comprueba cualquier cosa que pueda llevar encima. Hazle una fotografía y me la envías. Llámame cuando estés con el cuerpo. —Le dio el teléfono de Marino—. ¿Otros varones blancos sin identificar?

—Ninguno del que no tengamos pistas. De momento sabemos quiénes son todos. Otro suicidio, un tiroteo, un atropello, una sobredosis, un tipo que llegó con las pastillas aún metidas en la boca. Ése es el primero para mí. ¿Buscas a alguien en concreto?

—Puede que a un psiquiatra desaparecido, Warner Agee.

—¿Por qué me suena? No tenemos a nadie con ese nombre.

—Ve con el suicida del puente y llámame.

—Me resultaba familiar —dijo Marino—. Lo vi todo mientras estaba ahí sentado y no dejaba de pensar que me era familiar.

Scarpetta volvió al cuarto de baño y recogió, sosteniéndola por los extremos, la tarjeta de la habitación que había en el tocador.

—Vamos a empolvarla. Y también la que hay en la mesilla. También necesitaremos algo de cabello y el cepillo de dientes para la identificación. Hagámoslo ahora, ya que estamos aquí.

Marino se puso unos guantes nuevos y tomó la tarjeta que sostenía Scarpetta. Empezó a empolvarla mientras ella consultaba el buzón de voz visual de su BlackBerry. Había once nuevas llamadas desde la última vez que había usado el teléfono, a las siete y cuarto de la noche anterior, cuando habló con Grace Darien antes de ir a la CNN. Desde entonces, la señora Darien había intentado llamarla tres veces más, entre las diez y las once y media de la noche, sin duda por todo lo que apareció en las noticias, gracias a Carley Crispin. Las otras ocho nuevas llamadas aparecían como «Desconocido»; la primera a las diez y cinco de la noche, la última cerca de medianoche. Benton y Lucy. Él había intentado localizarla mientras Scarpetta volvía a casa andando con Carley, y Lucy después de enterarse de la amenaza de bomba. Los iconos verdes que aparecían junto a los nuevos mensajes de voz indicaban que nadie los había escuchado, aunque podrían haberlo hecho. El buzón de voz visual no requiere la contraseña del titular del teléfono, sólo la del BlackBerry, que estaba desactivada.

Marino volvió a cambiarse los guantes y empezó a empolvar la segunda tarjeta del hotel, mientras Scarpetta consideraba si debía acceder a los nuevos mensajes de voz a distancia desde el teléfono de Marino. Le interesaban especialmente los que habría dejado la señora Darien, cuya angustia sería inimaginable después de oír la información del taxi y la falacia sobre el descubrimiento de cabello de Hannah Starr. La señora Darien bien podía creer, como muchas otras personas, que su hija había sido asesinada por un depredador que también había matado a Hannah y que, si la policía hubiera hecho pública la información, quizá su hija no habría subido a un taxi. «No cometas otra estupidez. No abras los archivos hasta que Lucy esté aquí», pensó Scarpetta. Desplazó el cursor por los mensajes instantáneos y los electrónicos. Nadie había leído ninguno de los nuevos.

Nada demostraba que alguien hubiera mirado lo que contenía su BlackBerry, pero no podía estar segura. No le era posible saber si alguien había mirado las presentaciones PowerPoint, las fotografías de escenas del crimen o cualquier archivo que ella hubiera abierto previamente. Pero no tenía razones para creer que Warner Agee hubiese consultado lo que había en el Black-Berry, lo que era desconcertante. Sin duda, Agee tendría que haber sentido curiosidad por los mensajes que le había dejado la madre de la corredora asesinada. Menuda información jugosa para el programa de Carley. ¿Por qué no lo había hecho? Si Carley llegó al hotel alrededor de las doce menos cuarto, Agee aún estaba vivo, suponiendo que fuera el hombre que se arrojó del puente de George Washington dos horas y media después. «Depresión y que nada le importaba; tal vez fue eso», pensó Scarpetta.

Marino había terminado con las tarjetas y Scarpetta le dio un par de guantes nuevos; los usados fueron a parar a un pulcro montón del suelo, como pétalos de magnolia. Scarpetta introdujo la tarjeta que había encontrado en el baño en la puerta de la habitación. Brilló una luz amarilla.

—No —dijo, y lo intentó con la otra tarjeta, la que habían encontrado en la mesilla junto a su BlackBerry; se encendió una luz verde y la puerta emitió un chasquido prometedor—. La nueva. Carley dejó mi BlackBerry y una nueva llave para él, quedándose otra para ella.

—Lo único que se me ocurre es que él no estuviera aquí —apuntó Marino, que usó un rotulador Sharpie para etiquetar una bolsa de pruebas que colocó junto a las otras en su maletín.

Scarpetta recordó los viejos tiempos, cuando Marino depositaba las pruebas (los efectos personales de la víctima, el material de la policía) en cualquier cosa que tuviese a mano. Casi siempre salía de las escenas del crimen con varias bolsas de papel marrón, las típicas de las tiendas de comestibles, o con cajas recicladas que metía en el triángulo de las Bermudas que era el maletero de su coche, donde también había aparejos de pesca, una bola para jugar a los bolos y una caja de cerveza. Siempre se las arreglaba para no contaminar ni perder nada importante y Scarpetta apenas recordaba unos pocos casos en que la falta de disciplina de Marino hubiese acarreado algún pequeño percance a la investigación. Por lo general, Marino había sido una amenaza sólo para él y para cualquiera que de él dependiera.

—Carley aparece y va a recepción porque no le queda más remedio. Debe asegurarse de que tiene una llave que funciona y quiere cambiar la fecha de la reserva; después sube, entra en la habitación y Agee no está. —Marino intentaba imaginar lo que Carley había hecho la noche anterior en el hotel—. A menos que decidiera usar el retrete, no tuvo por qué ver lo que había en el cuarto de baño, el cabello y los audífonos. ¿Mi opinión? No creo que viese nada de eso, ni tampoco a él. Creo que dejó tu teléfono y una nueva llave y se escabulló por la escalera para no llamar la atención, pues no tramaba nada bueno.

—Así que quizás Agee pasó un tiempo fuera, vagando sin rumbo, reflexionando. Reflexionando sobre lo que pensaba hacer. Suponiendo que hiciera algo trágico.

Marino cerraba el maletín cuando sonó el teléfono. Miró la pantalla y se lo dio a Scarpetta. Era de la oficina del forense.

—No hay nada en los bolsillos, que estaban vueltos del revés porque la policía los examinó en busca de algo que lo identificase: un arma, algo ilegal, lo que fuera —dijo Dennis—. Metieron algunas cosas en una bolsa; unas monedas y lo que parece un diminuto mando a distancia, quizá para un transistor o una radio.

—¿Aparece el nombre del fabricante?

—Siemens.

Dennis lo deletreó.

Alguien llamó a la puerta y Marino abrió mientras Scarpetta preguntaba a Dennis:

—¿Puedes decirme si el mando está encendido?

—Bueno, hay una ventanita, una pequeña pantalla.

Entró Lucy, entregó a Marino un sobre de papel manila y se quitó la cazadora de aviador de cuero negro. Iba vestida para pilotar, con camisa y pantalones militares y botas ligeras con suela de goma. Del hombro le colgaba una bolsa marrón oscuro que llevaba a todas partes y otra bolsa con numerosos bolsillos y compartimentos, en uno de los cuales posiblemente guardaba un arma. Lucy se quitó la bolsa del hombro, abrió la cremallera del compartimento principal y sacó un MacBook.

—Tiene que haber un botón de encendido —dijo Scarpetta a Dennis mientras veía a Lucy abrir el ordenador y Marino dirigía su atención al BlackBerry de Scarpetta, ambos hablando en voz baja—. Púlsalo, hasta que creas que has apagado el mando a distancia. ¿Has enviado la foto?

—Ya debería tenerla ahí. Creo que ahora he apagado esto.

—Así que estaría encendido, mientras lo llevaba en el bolsillo.

—Eso creo.

—En tal caso, la policía no vio nada en la pantalla que lo identificase. No se ven esos mensajes hasta que no enciendes de nuevo el aparato, que es lo que harás ahora. Pulsa de nuevo el botón y mira si aparece algún mensaje del sistema, como cuando enciendes el teléfono y tu número aparece en la pantalla. Creo que ese mando corresponde a un audífono. A dos, en realidad.

—No había audífonos en el cuerpo. Aunque, claro, deben de caerse cuando te tiras de un puente.

—¿Lucy? ¿Puedes conectarte al correo electrónico de mi oficina y abrir un archivo que acaban de enviarme? —preguntó Scarpetta—. Es una fotografía. Ya conoces mi contraseña, es la misma que activaste en mi BlackBerry.

Lucy colocó su ordenador en la consola que había debajo del televisor. Empezó a teclear. Apareció una imagen en la pantalla y Lucy buscó y extrajo de su bolsa un adaptador VGA y un cable para la pantalla. Enchufó el adaptador en uno de los puertos del ordenador.

—Aparece algo en la pantalla del mando. «En caso de pérdida, contacte con el doctor Warner Agee». —Dennis recitó un número de teléfono—. Vaya, eso es algo, ya me ha compensado la noche —dijo su voz animada al oído de Scarpetta—. ¿Dos-cero-dos? ¿No es el prefijo de Washington D.C.?

—Llama al número y a ver qué pasa.

Scarpetta imaginaba lo que iba a pasar.

Lucy enchufaba el cable al televisor que había en la pared cuando sonó el teléfono de la habitación del hotel. El tono tenía el volumen alto, la fuga de Bach en re menor. La imagen de un cadáver ensangrentado en una gaveta llenó la pantalla plana del televisor.

—Es el tipo del puente. Reconozco la ropa que llevaba —dijo Marino, acercándose a la pantalla.

La cremallera de la bolsa negra estaba bajada y dejaba al descubierto una cara con la barba y el cabello afeitados, cubierta de sangre negra y tan deformada que resultaba irreconocible. La parte superior de la cabeza estaba destrozada; sangre y cerebro sobresalían de entre los tejidos rasgados del lacerado cuero cabelludo. La mandíbula izquierda estaba fracturada en al menos un punto; la parte inferior colgaba, torcida, dejando al descubierto unos dientes ensangrentados, rotos y algunos perdidos. El ojo izquierdo había saltado casi por completo, el globo colgaba de la cuenca. La americana oscura que llevaba tenía rotas las costuras de los hombros y también la costura de la pernera izquierda. El extremo irregular del fémur sobresalía de la tela caqui como un palo partido. Tenía los tobillos doblados en un ángulo antinatural.

—Aterrizó de pie y luego se golpeó el lado izquierdo de la cabeza —explicó Scarpetta mientras el móvil dejaba de sonar y la fuga de Bach desaparecía—. Sospecho que se golpeó la cabeza con algún saliente del puente, mientras caía.

—Llevaba un reloj —dijo Dennis al teléfono—. Está en la bolsa, con los otros efectos personales. Aplastado. Un viejo Bulova de plata con correa elástica que se detuvo a las dos y dieciocho. Supongo que sabemos la hora de la muerte. ¿Quiere que transmita la información a la policía?

—Estoy con la policía. Gracias, Dennis. Ahora ya me encargo yo.

Scarpetta colgó y el BlackBerry de Marino empezó a sonar cuando se lo devolvía. Marino respondió, sin dejar de andar por la habitación.

—Bien, pero seguramente iré yo solo —advirtió, mirando a Scarpetta. Luego colgó y le dijo—: Era Lobo. Acaba de llegar a Rodman's Neck. Tengo que irme.

—Yo apenas he empezado aquí. La causa y la forma de la muerte no serán lo difícil de averiguar, sino todo lo demás.

La autopsia que debía realizar al doctor Warner Agee era psicológica y posiblemente su sobrina también necesitase otra. Scarpetta recuperó su equipo, que había dejado en la alfombra, junto a la pared, justo en la entrada de la habitación. Sacó una bolsa de pruebas de plástico transparente que contenía un sobre de FedEx y la felicitación musical de Dodie Hodge. Scarpetta no había mirado la felicitación navideña; no la había escuchado. Benton se la había entregado por la mañana, cuando se fue sin él.

Le dijo a Marino:

—Creo que deberías llevarte esto.

17

Las luces de Manhattan proyectaban en el horizonte un resplandor turbio que se teñía de azul violáceo, como un cardenal, mientras Benton se dirigía al sur por la carretera del West Side, siguiendo el Hudson, rumbo al centro.

Entre almacenes y vallas atisbó el edificio Palmolive y el reloj Colgate le mostró que eran las siete menos veinte. La Estatua de la Libertad se recortaba en bajorrelieve contra el río y el cielo, su brazo en alto. El taxista atajó por Vestry St. y se internó en el distrito financiero, donde los síntomas de la lánguida economía eran palpables y deprimentes: ventanales de restaurantes tapados con papel marrón, avisos de embargo pegados a las puertas de los establecimientos, liquidaciones por cierre, tiendas y viviendas en alquiler.

A medida que la gente se iba, llegaban las pintadas; la pintura en aerosol manchaba los restaurantes y comercios abandonados, las persianas metálicas y las vallas publicitarias vacías. Garabatos burdos y crudos, en su mayor parte estrafalarios y sin sentido, y dibujos por todas partes, algunos asombrosos. El mercado de valores caía a lo grande, como Humpty Dumpty. Un barco llamado *Economía* se hundía como el *Titanic*. Un mural representaba a la corporación federal de préstamos hipotecarios, conocida como Freddie Mac, como el malvado Grinch en un trineo cargado de deudas, con sus ocho renos *subprime* cabalgando sobre los tejados de hogares con hipotecas ejecutadas. El tío Sam inclinado para que AIG, el coloso mundial de las finanzas, pueda darle por culo.

Warner Agee estaba muerto. Scarpetta no había informado a Benton; lo había hecho Marino. Había llamado unos minutos antes no porque supiera, o siquiera imaginase, el papel que Agee había desempeñado en la vida de Benton. Marino pensó, sencillamente, que Benton querría saber que el psiquiatra forense se había arrojado de un puente y que habían encontrado el BlackBerry de Scarpetta en la habitación del hotel donde Agee se alojaba desde mediados de octubre, lo que coincidía con la temporada de otoño de la CNN. Carley Crispin habría llegado a un acuerdo con Agee; o ella, u otra persona. Se lo había traído a Nueva York, lo había instalado y había cuidado de él a cambio de información y de que apareciera en su programa. Por algún motivo, Crispin lo consideraba valioso.

Benton se planteó cuán valioso lo creería Crispin; posiblemente a ella no le importaba la veracidad de las afirmaciones de Agee, siempre que éstas le dieran fama en un programa de máxima audiencia. ¿O estaba Agee involucrado en algo que Benton ni podía imaginar? No lo sabía, en realidad no sabía nada y se preguntó si lograría dejar atrás a Warner Agee y por qué no se sentía aliviado ni reivindicado, por qué no sentía nada, nada en absoluto. Insensible. Como se sintió cuando finalmente salió del incógnito, de estar supuestamente muerto.

La primera vez que había paseado por el muelle de Boston —la ciudad de su juventud, donde se había ocultado en diferentes tugurios durante seis años— sabiendo que ya no tendría que ser el ficticio Tom Havilland, no había sentido euforia. No se había sentido libre. Sencillamente no había sentido nada. Había comprendido a la perfección por qué algunas personas, al salir de la cárcel, roban la primera tienda que ven para regresar a prisión. Benton había querido volver al exilio de sí mismo. Se había vuelto fácil no tener que soportar la carga de ser Benton. Se había sentido bien, sintiéndose mal. Había encontrado sentido y consuelo en su absurda existencia y en su sufrimiento, aunque a la vez había calculado desesperadamente cómo salir de la situación, planeado con precisión quirúrgica la eliminación de aquellos que le habían obligado a la inexistencia, el cártel del crimen organizado de los franceses Chandonne.

Primavera de 2003. Fresco, casi frío, el viento que soplaba en el puerto pese al sol; Benton estaba en Burroughs Wharf, la sede de la unidad marítima de los bomberos de Boston, que en aquel momento escoltaba un destructor con bandera noruega, los barcos rojos rodeando el inmenso buque gris, los bomberos animados con sus mangueras en alto, una pluma de agua salpicando el cielo, a modo de saludo juguetón. «Bienvenido a Estados Unidos.» Como si la bienvenida estuviera dirigida a él. «Bienvenido, Benton.» Pero no se había sentido bienvenido. No había sentido nada. Había contemplado el espectáculo simulando que era sólo para él, el equivalente a pellizcarse para saber si aún seguía con vida. «¿Lo estás? —no cesaba de preguntarse—. ¿Quién soy?» Su misión finalmente cumplida en el oscuro corazón de Luisiana, en los pantanos, las mansiones decadentes y los puertos, donde había utilizado su cerebro y su pistola para librarse de sus opresores, los Chandonne y sus secuaces, y había vencido. «Ha terminado —se había dicho—. Has ganado.» Por tanto, no debía sentirse así, se repetía mientras caminaba por el muelle, viendo cómo se divertían los bomberos. Sus fantasías de la alegría que sentiría se habían vuelto falsas e insípidas en un abrir y cerrar de ojos, como morder un filete y comprobar que es de plástico, como conducir por una carretera abrasadora sin lograr acercarse al espejismo.

Le había aterrorizado regresar a algo que ya no estaba ahí, tan aterrorizado de tener la oportunidad como lo había estado de no tener ninguna, tan asustado de tener a Kay Scarpetta como le había asustado no tenerla nunca más. La vida y sus complejidades, y sus contradicciones. Nada tiene sentido y todo lo tiene. Warner Agee se había llevado su merecido y lo había hecho por cuenta propia, por lo que no era responsabilidad de Benton y nadie debía culparle. Una meningitis a los cuatro años había impulsado el destino de Agee como una reacción en cadena, como una colisión múltiple en que un automóvil choca con el siguiente sin parar, hasta que su cuerpo acabó golpeándose contra el suelo de un puente. Agee estaba en el depósito de cadáveres, Benton en un taxi, y ambos compartían algo en este preciso instante: los dos tenían ante sí un día del juicio final, ambos iban a encontrarse con su Creador.

El FBI ocupaba seis plantas del edificio Jacob K. Javits, en el corazón del centro gubernamental, un complejo arquitectónico de cristal y cemento rodeado por los edificios más tradicionales de los juzgados y otros edificios estatales y, a algunas manzanas de distancia, el Ayuntamiento, Police Plaza 1 y Hogan Place 1, así como la cárcel de la ciudad. Como sucedía con muchos centros federales, éste estaba acordonado con cinta amarilla y vallas; unas barreras de cemento estratégicamente ubicadas evitaban que los vehículos pudieran acercarse demasiado. Toda la plaza, un laberinto de bancos verdes y montículos de césped muerto salpicado de nieve, estaba cerrada al público. Para entrar en el edificio, Benton tuvo que salir del taxi en el parque Thomas Paine y cruzar Lafayette, que ya estaba congestionada. Dobló a la derecha en Duane St., también cerrada al tráfico, donde había una barrera con un triturador de neumáticos y una garita, en caso de que no se advirtieran los carteles de «Prohibido el Paso».

El edificio de cuarenta y una plantas de cristal y granito aún no estaba abierto. Benton pulsó un timbre y se identificó a un policía uniformado del FBI que estaba al otro lado de la puerta de cristal. Dijo que venía a ver a la agente especial Marty Lanier y, tras unas comprobaciones, el policía le dejó entrar. Benton le tendió el permiso de conducir, se vació los bolsillos y pasó por el escáner de rayos X, sin ningún estatus especial que lo distinguiera de los inmigrantes que guardaban cola en Worth St. todos los días laborables, en busca de la ansiada ciudadanía estadounidense. Pasado el vestíbulo de granito había un segundo control, éste situado tras una puerta de acero y cristal junto a los ascensores. Benton repitió el proceso, sólo que en esta ocasión tuvo que dejar el permiso de conducir a cambio de una llave y una identificación.

—Cualquier aparato electrónico, teléfonos móviles incluidos, van aquí —dijo el policía desde su garita, señalando unas pequeñas taquillas encima de una mesa, como si Benton nunca hubiera estado allí—. Mantenga su identificación siempre a la vista y recuperará su permiso de conducción cuando devuelva la llave.

—Gracias. Veré si puedo recordarlo.

Benton simuló que dejaba el BlackBerry en la taquilla, pero en realidad se lo metió en la manga. Como si supusiera una gran amenaza que fotografiara o grabase imágenes de una maldita oficina. Se metió la llave de la taquilla en el bolsillo de la americana y, una vez en el ascensor, pulsó la planta 28. La identificación, con una V inmensa que lo tildaba de visitante, era otra afrenta, y se la guardó en el bolsillo, mientras consideraba si había hecho bien cuando Marino había llamado para informarle del suicidio de Agee.

Marino le había dicho que iba de camino a Rodman's Neck y que vería a Benton más tarde, en la reunión, cuando el FBI decidiera la hora. Benton, que acababa de subir al taxi, se dirigía a la reunión mencionada por Marino, y había decidido no decírselo. Había razonado que era una información que él no debía dar. Era evidente que Marty Lanier no había requerido la presencia de Marino. Benton no sabía a quién habría convocado, pero Marino no estaba en la lista, o de lo contrario estaría aquí, y no de camino al Bronx. Benton pensó que quizá Marino había cabreado a Lanier durante la conversación.

Las puertas del ascensor se abrieron ante la sección de la Dirección Ejecutiva, ubicada detrás de unas puertas de cristal grabadas con el sello del Departamento de Justicia. Benton no vio a nadie y no entró a sentarse; prefirió esperar en el pasillo. Paseó entre los típicos expositores que eran el orgullo de todas las sedes del FBI que había visitado: los trofeos de caza, pensaba él. Se quitó la americana y, mientras esperaba oír o ver a alguien, contempló despreocupadamente las reliquias de la guerra fría. Piedras huecas. Monedas y paquetes de cigarrillos para el intercambio clandestino de microfilmes. Armas antitanque del bloque soviético.

Pasó ante los pósteres de películas sobre el FBI: *Contra el imperio del crimen*, *FBI contra el imperio del crimen*, *La casa de la calle Noventa y dos*, *Corazón Trueno*, *Donnie Brasco*; un muro de carteles que seguía creciendo. A Benton siempre le había asombrado el insaciable interés del público por todo lo relacionado con el FBI, no sólo en Estados Unidos sino también en el extranjero: nada que tratase de los agentes del FBI aburría, salvo si eras uno de ellos. No era más que un trabajo, sólo que la Agencia te convertía en su propiedad. Y no únicamente a ti, sino a todos los relacionados contigo. Cuando él había sido propiedad del FBI, también lo fue Scarpetta, y el FBI había permitido que Warner Agee los separase, los arrancara de los brazos del otro, los obligase a subir a trenes distintos con rumbo a diferentes campos de concentración. Benton se dijo que no echaba de menos su anterior vida, que no echaba de menos al puto FBI. El cabrón de Agee le había hecho un favor. Agee estaba muerto. Benton sintió una punzada de emoción que le sobresaltó, como si le hubiese tomado por sorpresa.

Se volvió al oír unos pasos rápidos en el embaldosado. Era una mujer a la que nunca había visto, morena, guapísima, buen cuerpo, unos treinta y cinco años, vestida con cazadora de cuero marrón, pantalones oscuros y botas. El FBI tenía la costumbre de contratar a más personas atractivas y con talento de las que le tocaba. No era un estereotipo, sino un hecho. Era sorprendente que los empleados no confraternizaran más, hombres y mujeres hombro con hombro, día sí y otro también, alto nivel, algo ebrios de poder y con una buena dosis de narcisismo. Por lo general, se contenían. Cuando Benton era agente, los líos en el trabajo eran la excepción, o se ocultaban tan bien que casi nunca se descubrían.

—¿Benton? Marty Lanier. —Lanier tendió la mano y se la estrechó con firmeza—. En seguida me han dicho que subías y no era mi intención hacerte esperar. Ya has estado aquí antes.

No era una pregunta. No lo preguntaría si no supiera la respuesta y todo cuanto hubiera podido averiguar acerca de él. Benton la caló de inmediato. Muy inteligente, hipomaníaca, no conocía el fracaso. Lo que él llamaba una ECM: «En continuo movimiento.» Benton tenía el BlackBerry en la mano. No le importaba que ella lo viese. Consultaría sus mensajes con descaro. No podían decirle lo que tenía que hacer; él no era una maldita visita.

—Iremos a la sala de conferencias del agente al mando —dijo Lanier—. Tomaremos café primero.

Si iban a utilizar esa sala de conferencias, la reunión no era un encuentro sólo entre ambos. Su acento tenía matices de Brooklyn o del Nueva Orleans blanco, era difícil de distinguir. Fuera cual fuese su dialecto, Marty Lanier se había esforzado en atenuarlo.

—El detective Marino no está aquí —apuntó Benton, metiéndose el BlackBerry en el bolsillo.

—Él no es esencial —replicó Lanier, sin dejar de andar.

A Benton le disgustó la respuesta.

—He hablado antes con él, como sabes, y a la luz de los acontecimientos más recientes, será más útil para todos allá donde se dirige. Pronto llegará. —Se refería a Rodman's Neck. La agente consultó su reloj, un Luminox de goma negra muy popular entre los SEAL; probablemente Lanier formaría parte del equipo de inmersión de esa unidad de élite, otra Supermujer del FBI—. El sol sale entre las siete y las siete y cuarto. El paquete en cuestión será desactivado en breve y entonces sabremos cómo proceder.

Benton no dijo nada. Estaba irritado. Se sentía hostil.

—Debería decir «si». Sabremos si hay que proceder. No sé con certeza si guarda relación con otros asuntos importantes.

Lanier continuó respondiendo a preguntas que nadie le había formulado.

Clásico del FBI, como si los nuevos agentes fueran a una especie de academia Berlitz de lenguaje burocrático para aprender a hablar con ambigüedades. Para decir a los demás lo que uno quería que supieran, independientemente de lo que necesitaran en realidad. Confundir, eludir o, lo más habitual, no contarles nada.

—Es difícil saber qué guarda relación con qué en estos momentos —añadió.

Benton sintió como si una cúpula de cristal le hubiese caído encima. De nada le serviría hablar. No se le escucharía. Su voz no traspasaría el cristal. Quizá ni tuviera voz.

—En un principio, llamé a Marino porque aparecía como el contacto de una solicitud de datos enviada desde el RTCC —decía Lanier—. El tatuaje del sujeto que entregó el paquete en vuestro edificio. Eso ya te lo he explicado durante nuestra breve conversación telefónica, Benton, y soy consciente de que lo que no sabes es todo lo demás. Pido disculpas por eso, pero te aseguro que no te habríamos convocado a estas horas de la mañana de no tratarse de un asunto de extrema urgencia.

Caminaban por un largo pasillo; pasaron salas de interrogatorio, vacías a excepción de una mesa, dos sillas y una baranda de acero para las esposas, todo beige y azul, lo que Benton denominaba «azul federal». El fondo azul de todas las fotografías que había visto de un director. El azul de los vestidos de Janet Reno. El azul de las corbatas de George W. Bush. El azul de las personas que mienten hasta la saciedad. El azul republicano. Había un montón de republicanos azules en el FBI. Siempre había sido una organización ultraconservadora. No era de extrañar que hubieran echado a Lucy, joder. Benton era un independiente. Ya no era nada.

—¿Alguna pregunta, antes de que nos unamos a los otros?

Lanier se detuvo ante una puerta de metal beige. Marcó un código en un teclado y la cerradura cedió con un chasquido.

Benton dijo:

—Deduzco que esperas que le explique al detective Marino por qué se le dijo que debía estar aquí. Y que estemos aquí, para tu reunión, sin que él sepa nada al respecto.

Benton hervía de ira.

—Tu relación con Peter Rocco Marino se remonta a mucho tiempo atrás.

Le pareció extraño que alguien llamase a Marino por su nombre completo. Lanier volvía a andar con brío. Otro pasillo, éste más largo aún. La ira de Benton. Estaba a punto de estallar.

—Trabajasteis juntos en varios casos en la década de los noventa, cuando estabas al frente de la Unidad de Ciencias de la Conducta, lo que ahora se llama Unidad de Análisis Conductual. Luego tu carrera se interrumpió. Supongo que te has enterado de la noticia. —Sin mirarlo mientras andaban—. De Warner Agee. No lo conocía, nunca lo vi. Aunque ha sido de interés, durante cierto tiempo.

Benton se detuvo, los dos solos en el centro del interminable pasillo vacío, una larga monotonía de lúgubres paredes beige y gastadas baldosas grises. Despersonalizado, institucionalizado. Concebido para no ser provocativo ni imaginativo ni gratificante ni amable. Puso la mano en el hombro de Lanier y le sorprendió levemente su firmeza. Era pequeña pero fuerte y, cuando sus ojos se encontraron, en los de ella había una pregunta.

—No me cabrees —dijo Benton.

Un resplandor metálico en los ojos de Lanier y su respuesta:

—Por favor, quítame la mano de encima.

Benton la dejó caer a un lado y repitió lo que había dicho con calma y sin ninguna entonación:

—No me cabrees, Marty.

Lanier se cruzó de brazos y lo miró con una actitud algo desafiante, aunque sin miedo.

—Quizá seas de la nueva generación y te hayas puesto hasta el culo de informes, pero me conozco el percal mucho más de lo que tú podrías aprender en diez vidas.

—Nadie cuestiona tu experiencia ni tu competencia, Benton.

—Sabes exactamente a qué me refiero, Marty. No silbes y esperes que venga como un perro para arrastrarme a una reunión en que puedas mostrarle a todos los truquitos que la Agencia me enseñó a hacer en la época oscura. La Agencia no me enseñó ni una mierda. Lo hice yo solito, y tú ni siquiera puedes empezar a comprender por lo que he pasado, ni por qué. Ni quiénes son ellos.

—¿«Quiénes son ellos»?

Lanier no se amilanó en absoluto ante la actitud de Benton.

—La gente con quién trataba Warner. Porque es ahí donde quieres ir a parar, ¿verdad? Como una polilla, Warner se camufló en las sombras de su entorno. Tras cierto tiempo, es imposible distinguir a los entes como él de los edificios contaminados a los que se aferra. Era un parásito. Un caso de trastorno de personalidad antisocial. Un sociópata. Un psicópata. Eso que ahora vosotros llamáis «monstruos». Y precisamente ahora, cuando empezaba a compadecer a ese sordo cabrón.

—No puedo imaginarte compadeciéndolo, después de lo que hizo.

Aquello pilló a Benton desprevenido.

—Basta con decir que si Warner Agee no lo hubiera perdido todo, y no me refiero sólo al dinero; si no se hubiese trastornado más allá de su capacidad para controlarse si, en otras palabras, no se hubiera desesperado, tendríamos mucho más de qué preocuparnos —continuó Lanier—. En cuanto a su habitación de hotel, quizá Carley Crispin pagase, pero era por razones del todo prácticas. Agee no tenía tarjetas de crédito. Todas caducadas. Estaba en la miseria y posiblemente reembolsaba el dinero en efectivo a Carley, o al menos contribuía con algo. Por cierto, dudo sinceramente que Crispin tenga alguna relación con esto. A ella sólo le importaba la continuidad de su programa.

—Con quién se involucró él. —No era una pregunta.

—Intuyo que lo sabes. Encuentra los puntos de presión adecuados y finalmente puedes inutilizar a alguien que te dobla en tamaño.

—Puntos de presión. En plural. Más de uno —dijo Benton.

—Hemos estado investigando, no estamos seguros de quiénes son, pero nos acercamos, pronto los venceremos. Por eso estás aquí.

—No se han ido —afirmó Benton.

Marty Lanier reanudó la marcha.

—No pude acabar con todos —continuó Benton—. Han tenido tiempo para organizarse, causar problemas, decidir lo que quieren.

—Como terroristas.

—Son terroristas. Sólo que de otro tipo.

—He leído el expediente de lo que eliminaste en Louisiana. Impresionante. Bienvenido. No habría querido ser tú durante todo aquello. No habría querido ser Scarpetta. Warner Agee no estaba totalmente equivocado; corrías el mayor peligro imaginable. Pero sus motivaciones no podían ser más incorrectas. Él quería que desaparecieras. Fue peor que matarte, en realidad. —Lo dijo como si describiera qué era más desagradable, si la meningitis o la gripe aviar—. El resto fue error nuestro, aunque yo no estaba por aquí entonces, era una novata ayudante del fiscal en Nueva Orleans. Entré en la Agencia un año después y luego hice un máster en psicología forense porque quería trabajar en análisis de conducta; soy la coordinadora del Centro Nacional para el Análisis de Crímenes Violentos de la oficina de Nueva Orleans. No diré que no me influyó la situación de ahí abajo, o tú.

—Estabas allí cuando estuve yo. Cuando estaban ellos. Sam Lanier, el juez de instrucción de East Baton Rouge. ¿Familia?

—Es mi tío. Supongo que podría decirse que tratar con el lado oscuro de la vida es algo que llevamos en la sangre. Sé lo que sucedió allí, de hecho estoy asignada a la oficina de campo de Nueva Orleans. Llegué a Nueva York hace sólo unas semanas. Podría acostumbrarme a esto si al menos encontrase aparcamiento. Nunca deberían haberte forzado a salir de la Agencia, Benton. Antes no lo creía así.

—¿Antes?

—Warner Agee era evidente. Su evaluación de ti, ostensiblemente a favor de la Unidad de Protección de Agentes Encubiertos. La habitación de hotel en Waltham, Massachusetts, el verano de 2003 en que él te declaró no apto para el servicio y sugirió que te diesen un trabajo de oficina o de instructor de nuevos agentes. Soy muy consciente de eso. Una vez más, se hizo lo correcto, pero por un motivo equivocado. Se le tenía que permitir opinar, y quizá fue lo conveniente. Si te hubieras quedado, ¿qué crees que habrías hecho?

Lanier se lo quedó mirando, mientras se detenía ante la siguiente puerta cerrada.

Benton no respondió. Lanier tecleó el código y entraron en la División Criminal, una madriguera de cubículos, todos de color azul.

—De todos modos, fue una gran pérdida para la Agencia. Sugiero que tomemos café en la salita. —La agente se dirigió a una pequeña habitación donde había una cafetera, una nevera, una mesa y cuatro sillas. Sirvió café para ambos—. El que la hace, la paga; no llegaré a decir eso, hablando de Agee. Él suicidó tu carrera y ahora ha hecho lo mismo con la suya.

—Él empezó a autodestruir su carrera hace mucho tiempo.

—Sí, en efecto.

—El que escapó del corredor de la muerte en Tejas —dijo entonces Benton—. No acabé con todos; no acabé con él, no pude encontrarle. ¿Sigue con vida?

—¿Qué tomas? —preguntó ella, mientras abría una fiambrera que contenía leche en polvo y limpiaba una cuchara de plástico en el fregadero.

—No acabé con todos; no lo atrapé —repitió Benton.

—Si alguna vez acabásemos con todos, me quedaría sin trabajo —replicó Lanier.

Una valla de tres metros de altura coronada con alambre de cuchillas rodeaba la Sección Táctica y de Armas de Fuego de Rodman's Neck. De no ser por esa desagradable obstrucción, los disparos de armamento pesado y los omnipresentes carteles que rezaban PELIGRO DE EXPLOSIÓN y NO ACERCARSE y NI SE OS OCURRA APARCAR AQUÍ, este extremo meridional del Bronx, que sobresalía como un dedo en el estrecho de Long Island, sería, en opinión de Marino, la mejor propiedad inmobiliaria del Noreste.

La mañana era gris y nublada. El viento agitaba las zosteras y los árboles desnudos mientras Marino y el teniente Al Lobo cruzaban en un todoterreno negro lo que, para Marino, era un parque temático de veinte hectáreas de búnkeres de artillería, casas para la instrucción táctica, tiendas de abastecimiento, hangares de camiones de emergencias y vehículos armados, y campos de tiro, tanto cubiertos como al aire libre, incluido uno para francotiradores. La policía, el FBI y agentes de otros organismos disparaban tantas balas que había más tambores vacíos de munición que cubos de basura en un picnic. Nada se desperdiciaba, ni siquiera los vehículos policiales destrozados en acto de servicio o que simplemente habían muerto de viejos. Todos acababan aquí; se les disparaba, los hacían saltar por los aires o los utilizaban en simulacros urbanos, como huelgas o actos de terrorismo suicida.

Pese a toda su seriedad, la base tenía sus toques de humor policial: al más puro estilo cómic, bombas, cohetes y munición para Howitzer pintados de vivos colores y enterrados con el morro en el suelo, asomaban en los lugares más insospechados. En los ratos libres, cuando hacía buen tiempo, los técnicos y los instructores cocinaban fuera de sus cobertizos prefabricados y jugaban a las cartas o con los perros de los artificieros o, en esta época del año, se sentaban a charlar mientras transformaban cualquier artilugio electrónico roto en juguetes que donaban a familias necesitadas que no podían costearse la Navidad. Marino adoraba Rodman's Neck, y mientras él y Lobo hablaban de Dodie Hodge en el coche, se le ocurrió que ésta era la primera vez que estaba allí sin oír un solo disparo de semiautomáticas o de MP5 automáticos, un ruido tan constante que le tranquilizaba, como el crujido de las palomitas cuando estaba en el cine.

Hasta los patos se habían acostumbrado y posiblemente esperaban el ruido, los eider y los de cola larga que pasaban nadando y vadeaban la orilla. No era de extrañar que esta zona fuera una de las mejores para la caza; los patos no identificaban los disparos con el peligro, lo que no era nada deportivo, según Marino. Deberían llamarlo tiro al blanco fácil, opinaba, y se preguntó cómo afectaría a la pesca la constante descarga de armas y detonaciones, porque había oído que en el estrecho había unas preciosas lubinas negras, también lenguados y limandas. Un día de éstos, tendría su propio barco en el puerto deportivo de City Island. Quizá viviría ahí.

—Deberíamos apearnos aquí —dijo Lobo, deteniendo el Tahoe a medio camino del recinto de demolición, a unos cien metros de donde estaba el paquete de Scarpetta—. Mantendré el coche apartado, se mosquean si accidentalmente salta por los aires una propiedad de la ciudad.

Marino salió del vehículo cuidando dónde pisaba, pues el suelo era irregular, con rocas y restos de munición y granadas. Lo rodeaba un terreno de hoyos, parapetos construidos con sacos de arena y pistas de tierra que llevaban a polvorines y a puntos de observación de cemento y cristal antibalas; más allá, estaba el agua. Porque, por lo que alcanzaba a ver, había agua, unas pocas embarcaciones a lo lejos y el Club Náutico de City Island. Había oído historias de naves que se soltaban de sus amarraderos e iban a la deriva hasta acabar en las orillas de Rodman's Neck, y que los remolcadores civiles no se peleaban por ir a recuperarlas, algunos decían que no les podías pagar lo suficiente. Quien lo encuentra, se lo queda, ojalá fuera así. Un World Cat 290 con motor Suzuki de cuatro tiempos varado en la arena, y Marino se enfrentaría a una lluvia de balas y metralla con tal de no tenerlo que devolver.

La artificiera Ann Droiden ya estaba allí vestida con su uniforme táctico: un pantalón de lona azul oscuro de siete bolsillos probablemente forrado de franela debido al frío, una parka, botas ATAC Storm y gafas de lentes ámbar. No llevaba gorra ni guantes en las manos, con las que encajaba el tubo de un disruptor a una base plegable. Era una mujer digna de ver, aunque seguramente demasiado joven para Marino. Treinta y pocos, calculó.

—Intenta comportarte —dijo Lobo.

—Creo que deberían reclasificar a Droiden como arma de destrucción masiva —replicó Marino, a quien siempre le costaba no quedarse embobado mirándola.

Había algo en sus rasgos fuertes y atractivos, y en la sorprendente agilidad de sus manos, que le recordaba a la doctora a esa edad, cuando empezaron a trabajar juntos en Richmond. A la sazón, era insólito que una mujer fuese la responsable de un sistema forense tan formidable como el de Virginia, y Scarpetta había sido la primera médico forense que Marino había conocido, quizá la primera que había visto.

—La llamada telefónica a la CNN salió del hotel Elysée. Es sólo una idea y la mencionaré aunque suene rebuscada, porque esta señora tendrá... ¿qué, más de cincuenta años? —Lobo retomó la conversación que habían iniciado en el vehículo.

—¿Qué relación tiene la edad de Dodie Hodge con que hiciera la llamada? —preguntó Marino, sin estar seguro de haber hecho lo correcto, dejando solas a Scarpetta y Lucy en el hotel Elysée.

Marino no comprendía lo que sucedía allí, salvo que Lucy sabía cuidar muy bien de sí misma, probablemente mucho mejor que Marino, reconocía él. Lucy podía disparar a una piruleta y sacarla del palo a 50 metros de distancia. Pero le inquietaba no acabar de comprender lo sucedido. Según Lobo, la llamada de Dodie Hodge a la CNN la noche anterior había salido del hotel Elysée. Ése era el nombre que aparecía en el identificador, aunque Dodie no se había alojado en el hotel. El mismo director con quien Marino había hablado antes afirmaba que nunca se había registrado nadie con ese nombre, y cuando Marino le facilitó la descripción física de Dodie, según la información recabada en el RTCC, el director había dicho que ni hablar. No tenía ni idea de quién era Dodie Hodge y, además, esa noche no figuraba ninguna llamada del hotel al número 1-800 de *El informe Crispin*. De hecho, no se había hecho ninguna llamada desde el hotel a esa hora en concreto —las nueve y cuarenta y tres—, cuando Dodie había llamado a la CNN y la dejaron en espera antes de conectarla al directo.

—¿Qué sabes del *spoofing*, la suplantación de la identidad de un sistema? ¿Has oído hablar de las SpoofCards?

—Sí, otro coñazo del que tenemos que preocuparnos, joder —respondió Marino.

No le estaba permitido usar el teléfono móvil en el recinto, nada que emitiese una señal electrónica. Quería llamar a Scarpetta y contarle lo de Dodie Hodge. O tal vez debería decírselo a Lucy. Dodie Hodge quizás estuviese relacionada con Warner Agee. Marino no podía llamar a nadie, no en el recinto de demolición, donde al menos había una presunta bomba encerrada en un polvorín.

—Explícamelo —dijo Lobo mientras andaban y un viento gélido del estrecho se colaba por la cerca y entre los parapetos—. Compras estas SpoofCards, que son totalmente legales, y puedes hacer que en la pantalla de quien recibe la llamada aparezca el número que quieras.

Marino reflexionaba acerca de que si Dodie Hodge estaba relacionada con Warner Agee, que evidentemente estaba relacionado con Carley Crispin pues había aparecido en su programa el pasado otoño, y Dodie había llamado la noche anterior, quizá los tres estuvieran relacionados. Era una locura. ¿Cómo podían Agee, Dodie y Carley estar relacionados, y por qué? Era como esos árboles de datos en la pantalla del RTCC. Buscabas un nombre y encontrabas otros cincuenta vinculados, lo que le recordaba al colegio católico St. Henry, los recargados árboles que él dibujaba en la pizarra cuando lo obligaban a hacer un diagrama de frases compuestas en la clase de inglés.

—Hace un par de meses —prosiguió Lobo—, suena el teléfono y veo en la pantalla el número de la puta centralita de la Casa Blanca. Y pienso, ¿qué coño es esto?, así que respondo y es mi hija de diez años intentando cambiar la voz, que me dice: «Espere, por favor, le pongo con el presidente.» No me hace ninguna gracia. Es el móvil que utilizo para trabajar y se me paró el corazón durante un minuto.

Si había un nombre que todos los árboles compartían, ¿cuál era?

—Resulta que uno de sus amigos, un chaval de once años, le dio la idea y una de esas tarjetas. Vas a Internet, el número de la Casa Blanca está justo ahí. Es muy jodido. Cada vez que descubrimos cómo parar esta mierda, sale algo nuevo que invalida nuestros esfuerzos.

Hannah Starr, decidió Marino. Salvo que ahora parecía que lo que todos tenían en común era a la doctora, pensó preocupado. Por eso andaba por el campo de explosivos en el gélido frío del amanecer. Se subió el cuello del abrigo; tenía las orejas tan frías que estaban a punto de caerse.

Dijo a Lobo:

—Parece que si compras una SpoofCard, te pueden localizar a través del operador.

Ann Droiden se dirigía al polvorín de metal blanco con una jarra vacía. La sostuvo debajo de un depósito y empezó a llenarla de agua.

—Si vas al operador con una citación, quizá tengas suerte, siempre y cuando ofrezcas un sospechoso. Si no tienes sospechoso, ¿cómo cojones sabes de quién proviene la llamada con el número falso, sobre todo si no han utilizado su teléfono para hacerla? Es una puta pesadilla —dijo Lobo—. Por tanto, si consideramos que la señora Dodie Hodge es lista, al menos tan lista como un niño de diez años, podría haber simulado que anoche llamaba a *El informe Crispin* desde el Elysée para despistarnos, cuando en realidad no sabemos dónde está. O tal vez fuera una trampa para el tal Agee del que me has hablado. Puede que a ella no le gustase el tipo y que le jugara una mala pasada. La otra cuestión es por qué estás tan seguro de que ella envió la felicitación musical.

—Ella canta en la felicitación.

—¿Quién dice eso?

—Benton. Y tiene que saberlo, la conoció en el manicomio.

—Eso no implica que ella enviase la postal. Debemos ser cautos con las suposiciones, eso es todo. Mierda, hace frío. Y nada de lo que hacemos aquí me permite llevar guantes que sirvan de algo.

Droiden dejó la jarra con agua en el suelo, junto a una gran caja negra con cartuchos de escopeta del calibre 12 y componentes del disruptor PAN, el cañón de agua. Cerca había un depósito portátil de explosivos, bolsas y material de la marca Roco, y otras bolsas más grandes que probablemente contenían más material y ropa, como el traje antibombas o el casco que Droiden se pondría para recuperar el paquete que esperaba en el polvorín. Se agachó juntó a la caja y sacó un tapón, una recámara con rosca y uno de los cartuchos. A lo lejos se oía un motor diésel; una ambulancia de emergencias, aparcada en la pista, por si las cosas no salían según lo previsto.

—Repito, no digo que esta tal Dodie usara una SpoofCard —reiteró Lobo, mientras se sacaba la bolsa del hombro—. Sólo digo que la identidad teórica de quien hizo la llamada ya no significa nada.

—No me hables de eso. A mi novio también le ha pasado —dijo Droiden, tapando un extremo del tubo—. Recibe llamadas de una gilipollas que tiene una orden de alejamiento y en la pantalla aparece que llama su madre.

—Es una pena —replicó Marino. No sabía que Droiden tenía novio.

—Es como esos anonimizadores que la gente usa para que no puedas rastrear su IP, o para que creas que están en otro país cuando es tu vecino de al lado. —Droiden insertó el cartucho en la recámara, que enroscó al extremo del tubo—. Con los teléfonos y los ordenadores, no puedes confiar en las apariencias. Los delincuentes llevan trajes invisibles. No sabes quién hace qué y, aunque lo sepas, es difícil probarlo. Nadie es ya imputable.

Lobo había sacado un ordenador portátil de la bolsa y lo encendía. Marino se preguntó por qué el ordenador estaba permitido y no su teléfono. No preguntó. Estaba sobrecargado. Como si su motor fuera a recalentarse de un momento a otro.

—Así que no me hace falta traje ni nada... ¿Estáis seguros de que ahí dentro no hay ántrax o algo químico que vaya a darme cáncer?

—Anoche, antes de dejar el paquete en el depósito, lo analicé de arriba abajo con el FH 40, el biosensor 2200R y el detector APD 2000; una cámara iónica de alto alcance, un monitor de gases, cualquier detector que se te ocurra, en parte debido al objetivo.

Con «objetivo» se refería a Scarpetta.

—Nos lo tomamos en serio, como poco —siguió Droiden—. No es que aquí nos relajemos en los días normales, pero consideramos esto una circunstancia especial. Negativo para agentes biológicos, al menos los conocidos, como ántrax, ricina, botulismo, enterotoxina estafilocócica B, peste. Negativo para radiación alfa, beta, gamma y de neutrones. Nada de agentes químicos o irritantes. Tampoco agentes neurotóxicos ni vesicantes, al menos, no los conocidos. Nada de gases tóxicos como amoníaco, clorina, sulfuro de hidrógeno, dióxido de sulfuro. No se han disparado alarmas pero, haya lo que haya en el paquete, suelta algún gas. Lo he olido.

—Probablemente lo que contiene el vial —dijo Marino.

—Algo con un olor repugnante, fétido, como alquitrán —matizó Droiden—. No sé qué es. Ninguno de los detectores ha podido identificarlo.

—Al menos, sabemos lo que no es, lo cual es tranquilizador. Esperemos que no sea nada preocupante —dijo Lobo.

—¿Puede ser algo que reaccione con algunos de los contaminantes que hay por aquí?

Marino pensaba en todos los artilugios que desactivaban en el recinto. Décadas de detonar y disparar con cañones de agua todo tipo de bombas y pirotecnia.

—Como he dicho, no hemos conseguido resultados —indicó Droiden—. Además hemos considerado posibles interferencias de vapores que causaran falsos positivos, o dispositivos desactivados aquí que pudieran emitir gas, fuera gasolina, gasóleo o lejía. No hay niveles detectables de vapor que puedan interferir. Ninguna falsa alarma anoche, aunque las temperaturas frías no son las ideales; está claro que al detector LCD no le gusta el frío de ahí fuera y por supuesto no íbamos a meter el recipiente de contención en ningún sitio cubierto sin saber el tipo de dispositivo al que nos enfrentamos.

Inclinó el cañón, apuntado casi en vertical, y lo llenó de agua; luego cerró un extremo con un tapón rojo. Niveló el tubo de acero y ajustó las abrazaderas. Del maletín abierto que tenía detrás sacó un dispositivo láser que deslizó sobre el tubo del cañón, como si fuera una mira. Lobo colocó el portátil sobre un saco de arena, en la pantalla una radiografía del paquete de Scarpetta. Droiden usaría la imagen para trazar una cuadrícula del objetivo que alinearía con la mira láser para eliminar la fuente de energía —las pilas de botón— con el cañón de agua.

—¿Me pasas el tubo de ondas de choque? —preguntó Droiden a Lobo.

Lobo abrió el depósito portátil de explosivos, una caja militar de acero verde de tamaño medio, y extrajo un rollo de lo que parecía cable de calibre doce recubierto de plástico amarillo, un cordón detonador de baja potencia que podía manipularse con seguridad sin ropas ignífugas o trajes antibombas. El interior del tubo estaba recubierto con explosivo HMX, el suficiente para transmitir las ondas de choque necesarias para accionar el percutor del interior de la recámara, que a su vez golpearía el cebo del cartucho que prendería la carga explosiva, sólo que este cartucho era de fogueo. No tenía proyectiles. Lo que salía del tubo eran 1,5 decilitros de agua a una velocidad de casi 250 metros por segundo, suficiente para abrir un buen agujero en el paquete FedEx de Scarpetta y eliminar la fuente de energía.

Droiden desenrolló varios metros de tubo. Sujetó un extremo a un conector de la recámara y el otro a un detonador que parecía un pequeño control remoto verde con dos botones, uno rojo y otro negro. Abrió dos bolsas Roco y sacó la chaqueta verde, los pantalones y el casco del traje antibombas.

—Ahora, chicos, si me perdonáis... Tengo que vestirme —advirtió.

18

El portátil de Agee, un Dell de varios años de antigüedad, estaba conectado a una pequeña impresora y ambos aparatos estaban enchufados a la pared. Los cables cruzaban la alfombra y había páginas impresas por todas partes, por lo que era difícil andar sin tropezar o sin pisar papeles.

Scarpetta sospechaba que Agee había trabajado sin parar en la habitación del hotel que supuestamente pagaba Carley. Había estado muy ocupado en algo en concreto poco antes de quitarse los audífonos y las gafas y dejar la tarjeta magnética en el tocador, bajar por la escalera, subir a un taxi y finalmente encaminarse a su muerte. Scarpetta se preguntó qué habría sido capaz de oír en esos últimos momentos de su vida. Probablemente no a los miembros de emergencias, con sus cuerdas, arneses y demás equipo, que habían arriesgado la vida para intentar salvarle. Probablemente, tampoco el tráfico del puente. Ni siquiera el viento. Había apagado el volumen y desenfocado la imagen, de modo que fuera más fácil caer a la nada sin volver atrás. No sólo no quería seguir aquí; por alguna razón, había decidido que eso no era siquiera una opción.

—Empecemos por las llamadas más recientes —dijo Lucy, concentrándose en el teléfono de Agee, que había conectado al cargador hallado junto a la cama—. No parece que haya pasado mucho tiempo al teléfono. Un par de llamadas ayer por la mañana, luego nada hasta las ocho y seis minutos de anoche. Después de eso, una llamada más, unas dos horas y media más tarde, a las once menos veinte. Empezaré por la primera de las ocho y seis; haré una búsqueda, a ver quién aparece.

Lucy empezó a teclear en su MacBook.

—Desactivé la contraseña del BlackBerry. —Scarpetta no estaba segura de por qué lo había dicho precisamente entonces. Le había rondado por la cabeza pero o se había parado a pensar en ello y ahora estaba ahí delante, como si hubiera madurado y caído de un árbol—. No creo que Warner Agee examinase mi BlackBerry. O que lo hiciera Carley, a menos que entrara en las fotografías de escenas del crimen. Por lo que sé, todas las llamadas, mensajes o correos electrónicos que he recibido desde la última vez que lo usé no se han abierto.

—Lo sé todo —dijo Lucy.

—¿Qué se supone que significa eso?

—Dios. ¿Cómo un millón de personas han tenido el número que llamó al móvil de Agee? Por cierto, el móvil está a su nombre, con una dirección de Washington. Con Verizon, el plan más barato, de pocos minutos. No parece que fuese muy hablador, quizá por sus problemas de oído.

—Dudo que ésa sea la razón. Sus audífonos eran de lo último en tecnología, con adaptador Bluetooth —objetó Scarpetta.

Bastaba mirar aquella habitación para deducir que Agee había pasado casi todo el tiempo en un mundo claustrofóbico, a menudo silencioso. Dudaba que hubiera tenido amigos y, de tener familiares, no era cercano a ellos. Se preguntó si al final su único contacto humano, su única conexión emocional, había sido la mujer que se convirtió en su interesada patrocinadora: Carley. Aparentemente ella le había dado trabajo y techo y, de vez en cuando, se presentaba con una nueva llave. Scarpetta sospechaba que Agee no tenía dinero y se preguntó dónde estaría su cartera. Quizá se había deshecho de ella tras salir anoche de la habitación. Quizá no quería que le identificasen, pero había olvidado el mando a distancia Siemens, que probablemente solía llevar en el bolsillo. Olvidó el mensaje del mando, que habría conducido a alguien como Scarpetta directamente a él.

—¿A qué te refieres, con que lo sabes todo? —volvió a preguntar a Lucy—. ¿Qué es lo que sabes? ¿Ya sabías que nadie había entrado en mi BlackBerry?

—Espera. Voy a probar algo. —Lucy marcó en su Black-Berry un número que aparecía en la pantalla del MacBook. Escuchó un buen rato antes de colgar—. Sólo sonaba y sonaba. Seguro que es un móvil desechable, lo que explicaría por qué tantas personas distintas han tenido el mismo número y por qué no está activado el buzón de voz. —Volvió a mirar el teléfono de Agee y añadió—: Hice algunas comprobaciones. Cuando me contaste lo sucedido, pregunté si querías que lo cociese y dijiste que no, lo comprobé mejor y vi que nadie había accedido a tus nuevos mensajes, correos electrónicos ni mensajes de voz. Ésa es la razón de que no lo friese de todos modos, pese a tus instrucciones. ¿Por qué desactivaste la contraseña?

—¿Cuánto hace que lo sabías?

—Sólo desde que me dijiste que habías perdido el teléfono.

—No lo perdí.

A Lucy le costaba mirarla a los ojos. No porque sintiera remordimientos, eso no era lo que notaba Scarpetta. Su sobrina estaba alterada. Estaba asustada, sus ojos tenían el verde oscuro de las aguas profundas de un foso y la cara una expresión derrotada y ajada que no era nada habitual. Parecía delgada, como si no se hubiera ejercitado, su fuerza y su buena forma estaban en un punto bajo. En el transcurso de las semanas que Scarpetta llevaba sin verla, Lucy había pasado de aparentar veinte años a parecer de cuarenta.

Lucy tecleó y replicó:

—Ahora compruebo el segundo número al que llamó anoche.

—¿La llamada de las once menos veinte?

—Así es. Aparece como no registrada ni publicada, pero la persona no se molestó en bloquear el identificador de llamadas, motivo por el que aparece en el teléfono de Agee. Quienquiera que sea, fue la última persona con quien habló. Al menos, que sepamos. Por tanto, a las once menos veinte estaba vivo y en condiciones.

—Vivo, pero dudo que en condiciones.

Lucy siguió tecleando en el MacBook y a la vez, capaz de hacer diez cosas al mismo tiempo, se desplazó por los archivos del portátil Dell. Podía hacerlo prácticamente todo, salvo mantener una conversación sincera sobre lo que realmente le importaba en la vida.

—Fue lo bastante listo para borrar su historial y vaciar la memoria. Por si te interesa saberlo. Eso no impedirá que recupere lo que él creía que había eliminado. Carley Crispin —dijo entonces—. El número que le llamó a las once menos veinte. Fue ella, Carley. Es su móvil, una cuenta AT&T. Llamó a Agee y hablaron unos cuatro minutos. No debió de ser una buena conversación, si al cabo de un par de horas se tiró de un puente.

A las once menos veinte de la noche anterior Scarpetta aún estaba en la CNN, en la sala de maquillaje, hablando con Alex Bachta con la puerta cerrada. Intentó precisar a qué hora se había ido. Quizás unos diez o quince minutos después, y tuvo la terrible sensación de que lo que temió entonces era verdad. Carley había estado escuchando, había oído lo bastante para saber lo que le esperaba. Scarpetta iba a ocupar su puesto como anfitriona del programa, o eso habría supuesto Carley, porque para ella era impensable que alguien rechazara una oferta como la de Alex. Iban a prescindir de Carley, y eso tenía que haberla destrozado. Aunque se hubiese quedado al otro lado de la puerta el tiempo suficiente para escuchar que Scarpetta se resistía a la idea y expresaba sus reparos, Carley había tenido que aceptar lo inevitable, aquello contra lo que había luchado endemoniadamente: a los sesenta y un años tendría que buscarse otro empleo y las posibilidades de encontrarlo en una cadena tan respetada y poderosa como la CNN eran casi nulas. Con esta coyuntura económica y a su edad, no encontraría nada.

—¿Y entonces, qué? —preguntó Scarpetta, cuando hubo explicado a Lucy lo sucedido la noche anterior, después del programa de Carley—. ¿Se apartó de la puerta, quizá volvió a su camerino e hizo una breve llamada a Warner? ¿Qué le dijo?

—Tal vez que sus servicios ya no eran necesarios —respondió Lucy—. Carley pierde el programa, ¿para qué iba a necesitarlo? Si ella no aparecía en la tele, tampoco iba a hacerlo él.

—¿Desde cuándo los programas de entrevistas proporcionan largas estancias de hotel a sus invitados? Sobre todo ahora, con tanto recorte.

—No lo sé.

—Dudo sinceramente que la CNN le reembolsara ese gasto. ¿Tiene ella dinero? Dos meses de ese hotel habrán costado una fortuna, por muy buena que sea la tarifa que le hayan dado. ¿Por qué iba a gastar el dinero así? ¿Por qué no alojarlo en otra parte, alquilarle algo mucho menos caro?

—No lo sé.

—Quizá tuviera que ver con la ubicación —consideró Scarpetta—. Quizás había alguien más involucrado, que financiaba esto. O a él. Alguien de quien no sabemos nada.

Lucy no parecía escuchar.

—Y si Carley llamó a Agee a las once menos veinte para decirle que estaba despedido y que iban a echarlo del hotel, ¿por qué iba a molestarse en ir allí a dejar mi BlackBerry? —Scarpetta continuaba pensando en voz alta—. ¿Por qué no decirle simplemente que hiciera las maletas y se fuera del hotel al día siguiente? Si Carley pensaba echarlo, ¿por qué iba a traerle mi teléfono? ¿Por qué iba él a ofrecerse a ayudarla si estaba a punto de cortarle el suministro? ¿Tenía Agee que darle mi móvil a otra persona?

Lucy no respondió.

—¿Por qué es tan importante mi BlackBerry?

Era como si Lucy no oyese nada de lo que Scarpetta decía.

—Salvo que sea una vía para llegar a mi persona. A todo lo que me atañe. A nosotros, en realidad —se respondió a su propia pregunta.

Lucy guardaba silencio. No quería hablar en detalle del BlackBerry robado, porque no quería hablar de por qué, para empezar, lo había comprado.

—Hasta sabe dónde estoy por el receptor de GPS que instalaste —añadió Scarpetta—. Siempre que el móvil estuviese en mi poder, claro está. Aunque no creo que a ti te preocupase especialmente dónde había estado o podía estar.

Scarpetta empezó a hojear las páginas impresas que había en la mesita, lo que parecían cientos de búsquedas de Internet de noticias, editoriales, referencias, blogs del caso de Hannah Starr. Pero era difícil concentrarse, la cuestión más importante era una barrera tan sólida como un muro de ladrillo:

—No quieres hablar o admitir lo que has hecho.

—¿Hablar de qué? —Sin alzar la vista.

—Pues bien, vamos a hablarlo —declaró Scarpetta mientras hojeaba más noticias que Agee había impreso, sin duda una investigación realizada para Carley—. Me haces un regalo que no he pedido ni, sinceramente, quiero, este Smartphone de lo más sofisticado, y de pronto toda mi existencia se encuentra en una red creada por ti, de la que soy rehén mediante una contraseña. ¿Y luego te olvidas de controlarme? Si realmente tenías tantas ganas de mejorar mi vida, de mejorar la vida de Marino, de Benton, de Jaime, ¿por qué no harías lo que cualquier respetable administrador de sistema haría? Comprobar que los usuarios tienen las contraseñas activadas, que la integridad de los datos es la que debería ser, que no hay brechas en la seguridad, ni problemas.

—No creía que te gustara que te controlase. —Lucy tecleó rápidamente el portátil Dell para ir a la carpeta de descargas.

Scarpetta alzó otro mazo de papeles:

—¿Cómo se toma Jaime que la controles?

—El septiembre pasado Agee firmó un acuerdo con una inmobiliaria de Washington —dijo Lucy.

—¿Sabe Jaime lo del receptor WAAS de su BlackBerry?

—Parece que puso su casa en venta y se mudó. Aparece como sin muebles. —Lucy volvió a su MacBook y tecleó algo más—. Veamos si la ha vendido.

—¿Vas a hablar conmigo? —preguntó Scarpetta.

—No sólo no la ha vendido, sino que el banco está a punto de quedársela. Es un piso de dos habitaciones y dos baños en la calle Catorce, no lejos de Dupont Circle. Empezó pidiendo seiscientos veinte mil dólares, ahora pide poco más de quinientos mil. Quizás una de las razones de que acabase en esta habitación es que no tenía otro sitio adonde ir.

—No me rehúyas, por favor.

—Cuando Agee la compró, hace ocho años, le costó algo menos de seiscientos mil dólares. Las cosas le iban mejor entonces, supongo.

—¿Le has contado a Jaime lo del GPS?

—Lo pierdes todo y tal vez eso es lo que al final te empuja al abismo o, en el caso de Agee, al puente —dijo Lucy, y su actitud cambió y la voz le tembló, de forma casi imperceptible—. ¿Qué era lo que solías leerme cuando era niña? Ese poema de Oliver Wendell Holmes, «El carruaje de un caballo». «Una cosa te diré: siempre un punto flaco hay en la construcción de un carruaje; y ésa es la razón de que se rompa, pero nunca se gaste...» Cuando era niña y te visitaba en Richmond, vivía contigo de vez en cuando y deseaba quedarme a tu lado para siempre. La cabrona de mi madre. En esta época del año siempre pasa lo mismo. Que si voy a casa por Navidad. No sé nada de ella durante meses, y va y me pregunta si iré a casa por Navidad, porque lo que en realidad quiere es que no me olvide de mandarle un regalo. Algo caro, preferiblemente un cheque. Que la jodan.

—¿Qué ha hecho que desconfíes de Jaime?

—Tú te sentabas a mi lado en la cama de esa habitación al final del pasillo donde también estaba la tuya, la habitación que acabó siendo mía en tu casa de Windsor Farms. Me encantaba esa casa. Me leías un libro de sus poemas: *Old Ironsides, The Chambered Nautilus, Departed Days*. Intentabas explicarme las cosas de la vida. Me decías que las personas eran como ese carruaje del poema. Funcionaban durante cien años, y de pronto un día se desmoronaban y se convertían en un montón de polvo. —Lucy hablaba con las manos en ambos teclados; los archivos y enlaces se abrían y cerraban en las pantallas de los portátiles, pero ella sólo miraba a su tía—. Dijiste que era la metáfora perfecta de la muerte, esas personas que acababan en tu depósito de cadáveres, a quienes todo les iba mal, pero que seguían adelante hasta que un día pasaba eso. Eso que probablemente tenía que ver con su punto flaco.

—Suponía que tu punto flaco era Jaime —dijo Scarpetta.

—Y yo suponía que era el dinero —dijo Lucy.

—¿Has estado espiándola? ¿Por eso nos regalaste esto? —Scarpetta señaló los dos BlackBerry que había en la mesa, el suyo y el de Lucy—. ¿Temes que Jaime te robe? ¿Temes que sea como tu madre? Ayúdame a comprenderlo.

—Jaime no necesita mi dinero, ni tampoco me necesita a mí. —Con voz más tranquila—. Nadie tiene lo que tenía. En esta economía, el dinero se funde como hielo delante de tus narices; como una compleja escultura de hielo que ha costado una fortuna, se convierte en agua y se evapora. Y una se pregunta si alguna vez existió, para empezar, y a qué venía tanta emoción. No tengo lo que tenía. —Lucy titubeó, como si, fuese lo que fuese lo que pensaba, le resultara imposible expresarlo—. No tiene nada que ver con dinero, sino con otro asunto en que me involucré y luego malinterpreté. Quizás eso es todo lo que tengo que decir. Empecé a malinterpretar las cosas.

—Malinterpretar debe de ser difícil, para alguien a quien citar poemas le resulta tan fácil.

Lucy no respondió.

—¿Qué has malinterpretado esta vez?

Scarpetta la haría hablar.

Pero no fue así. Durante unos instantes ambas guardaron silencio; sólo se oyó el teclear de Lucy y el pasar de las hojas que Scarpetta tenía en el regazo. Hojeó más búsquedas de Internet relativas a Hannah Starr y también de Carley Crispin y su programa fallido, reportajes sobre lo que un crítico describió como la caída libre de Carley en el índice Nielsen. También se mencionaba a Scarpetta y el factor Scarpetta. Lo único interesante que Carley había aportado a la temporada, decía un *blogger*, eran las apariciones como invitada de la analista forense de la CNN, la intrépida, acerada y afilada Scarpetta, cuyos comentarios eran de lo más acertado. «Kay Scarpetta llega al meollo del problema con sus acertados comentarios y es mucha competencia —demasiada— para la vanidosa y majadera Carley Crispin».

Scarpetta se levantó de la silla. Dijo a su sobrina:

—¿Recuerdas una de esas visitas a Windsor Farms en que te enfadaste conmigo y formateaste mi ordenador para después desmontarlo? Creo que tenías diez años y que malinterpretaste algo que yo había dicho o hecho, que malentendiste, te confundiste, reaccionaste exageradamente, por decirlo con suavidad. Estás formateando tu relación con Jaime y procediendo a desmantelarla; ¿le has preguntado si lo merece?

Scarpetta abrió su maletín y sacó otro par de guantes. Pasó ante la cama desordenada y llena de ropa y empezó a mirar en los cajones de la cómoda.

—¿Qué ha hecho Jaime que posiblemente has malinterpretado?

Más ropa de hombre, nada plegado. Calzoncillos, camisetas de ropa interior, calcetines, pijamas, pañuelos y pequeñas cajas de terciopelo para gemelos, algunos antiguos, ninguno caro. En otro cajón estaban las sudaderas, camisetas con logotipos. De la Academia del FBI, de varias oficinas de la agencia, de los equipos de rescate de rehenes y de respuesta nacional, todas viejas y gastadas, representando lo que Agee había codiciado y nunca tendría. Sin conocer a Warner Agee, Scarpetta habría sabido que lo que le impulsaba era una necesidad desesperada de validación y la infatigable convicción de que la vida era injusta.

—Qué puedes haber malinterpretado? —preguntó Scarpetta de nuevo.

—No es fácil hablar de eso.

—Inténtalo, al menos.

—No puedo hablar de ella. No contigo.

—Ni con nadie, seamos sinceras.

Lucy sólo la miró.

—Para ti no es fácil hablar con nadie de nada que te resulte profundamente relevante e importante —continuó Scarpetta—. Hablas sin parar de cosas que, en última instancia, son inhumanas, nimias o absurdas. Máquinas, la invisible intangibilidad del ciberespacio y la gente que habita estos lugares de nada, gente que yo llamo sombras, que malgastan el tiempo con twitters y chats y blogs y parloteando de nada con nadie.

El último cajón de la cómoda estaba atascado y Scarpetta tuvo que meter los dedos para desplazar lo que parecía cartón y plástico duro.

—Yo soy real y estoy aquí, en una habitación de hotel habitada por un hombre que es un amasijo destrozado en el depósito de cadáveres porque decidió que la vida ya no valía la pena. Háblame, Lucy, y dime exactamente qué es lo que pasa. Dímelo en la lengua de la carne y de la sangre, en la lengua de los sentimientos. ¿Crees que Jaime ya no te quiere?

El cajón cedió. Dentro había paquetes de TracFone y Spoof-Card con instrucciones, folletos y guías, así como tarjetas de activación que parecían sin usar porque las bandas con el PIN del dorso estaban intactas. Había instrucciones impresas para un servicio web que permitía a los usuarios capaces de hablar, pero con dificultades de oído, leer las conversaciones palabra por palabra en tiempo real.

—¿No os comunicáis? —siguió preguntando Scarpetta, y Lucy continuó en silencio.

Scarpetta escarbó entre los cargadores enredados y los brillantes sobres de plástico para reciclar móviles prepago, de los que al menos contó cinco.

—¿Discutís? —Scarpetta volvió a la cama, empezó a remover la ropa sucia que había encima y retiró las sábanas—. ¿No mantenéis relaciones sexuales?

—Joder. Por Dios, eres mi tía.

Scarpetta abrió los cajones de la mesita de noche y dijo:

—Me paso el día con las manos en cadáveres desnudos y, para mí, el sexo con Benton es una forma de intercambiar energía y fortalecernos, pertenecernos y comunicarnos, que nos recuerda que existimos.

Artículos de revistas, más hojas impresas en los cajones, nada más, ni rastro del TracFone.

—A veces discutimos. Discutimos anoche.

Se agachó para mirar debajo de los muebles.

—Solía bañarte y curarte las heridas y escuchar tus rabietas y solucionar tus líos, o al menos sacarte de ellos lo mejor que sabía, y a veces lloraba en mi habitación, tanto me enfadabas —recordó Scarpetta—. He conocido tu larga ristra de parejas y devaneos y sé con bastante exactitud lo que haces con ellos en la cama porque todos somos iguales, tenemos básicamente las mismas partes corporales y me atrevo a decir que he visto y he oído mucho más de lo que ni siquiera imaginas.

Se levantó, sin encontrar ni rastro de un TracFone por ninguna parte.

—¿Por qué ibas a ser tímida conmigo? Y no soy tu madre. Gracias a Dios no soy la desgraciada de mi hermana, que prácticamente te regaló, aunque ojalá lo hubiera hecho. Ojalá te hubiese entregado a mí y pudieras haber estado a mi lado desde el primer día. Soy tu tía. Soy tu amiga. En esta etapa de nuestras vidas, somos colegas. Puedes hablar conmigo. ¿Amas a Jaime?

Lucy tenía las manos inmóviles en el regazo con la vista baja, fija en ellas.

—¿La quieres?

Scarpetta empezó a vaciar papeleras y revolver los papeles arrugados.

—¿Qué haces? —preguntó Lucy por fin.

—Agee tenía varios TracFone, puede que hasta cinco. Posiblemente adquiridos después de que se mudara aquí, hace dos meses. Sólo tengo los códigos de barras, ninguna etiqueta que indique dónde los compró. Es probable que los utilizara con SpoofCards para ocultar y simular la identidad de sus llamadas. ¿Amas a Jaime?

—¿De cuánto tiempo eran los TracFone?

—Sesenta minutos en llamadas y/o noventa días de servicio.

—Así que pillas uno en una tienda de aeropuerto, una tienda turística, un Target, un Wallmart, y lo pagas al contado. Cuando has utilizado tus sesenta minutos, en lugar de añadir más tiempo, lo que suele requerir una tarjeta de crédito, tiras el teléfono y te compras otro. Desde hace un mes, Jaime ya no quiere que pase la noche en su casa. —Lucy se puso colorada—. Al principio fueron una o dos noches a la semana, después tres o cuatro. Dijo que era porque estaba frenética por el exceso de trabajo. Evidentemente, si no te acuestas con alguien...

—Jaime siempre está frenética por el trabajo. Las personas como nosotras siempre lo estamos.

Scarpetta abrió el armario y descubrió una pequeña caja fuerte. Estaba vacía, la puerta abierta de par en par.

—Eso es peor, ¿no? Ahí está el puto problema. —Lucy parecía tristísima, su mirada furiosa y herida—. Eso significa que para ella es distinto. Tú deseas a Benton por muy ocupada que estés, incluso después de veinte años, pero Jaime no me desea y apenas hemos estado juntas. Así que no es porque está muy ocupada.

—Estoy de acuerdo. Hay algo más.

Scarpetta pasó las manos enguantadas por ropas que habían estado de moda en los ochenta y los noventa, trajes cruzados de tres piezas y raya diplomática de solapas grandes y pañuelos en los bolsillos, así como camisas blancas de puño doble que recordaban a caricaturas de gánsteres en tiempos del FBI de J. Edgar Hoover. Cinco corbatas a rayas colgaban de las perchas, y enrollados en otra había dos cinturones reversibles —uno bordado, otro de cocodrilo de imitación—, que hacían juego con los formales Florsheim con puntera, marrones y negros, que había en el suelo.

—Cuando tú y yo intentábamos seguirle la pista a mi Black-Berry perdido, quedó bien claro lo que tu receptor GPS-WAAS puede hacer. Por eso estamos aquí, en esta habitación. Esas noches en que no has estado con Jaime, ¿la has controlado con el GPS? ¿Has conseguido información útil?

En el fondo del armario, contra la pared, había un maletín negro enorme, con muchas rozaduras y un amasijo de etiquetas de equipaje arrancadas, las cuerdas aún enrolladas alrededor del asa.

—No va a ningún lado —respondió Lucy—. Trabaja hasta tarde en el despacho y después en casa. A menos que no se lleve el BlackBerry, y eso no implica que alguien no haya podido ir a su casa, o que esté liada con alguien del despacho.

—Podrías meterte en el sistema del proveedor de las cámaras de seguridad de su edificio, de la Oficina del Fiscal del Distrito, de todo Hogan Place. ¿Qué vendrá a continuación? O basta que instales unas cámaras en su despacho, en su sala de conferencias, en su ático, y la espíes así. Por favor, no me digas que ya lo has hecho.

Scarpetta forcejeaba con el maletín para sacarlo del armario, muy consciente de lo pesado que era.

—No, joder.

—Esto no tiene nada que ver con Jaime, sino contigo.

Pulsó los cierres del maletín, que se abrieron con un fuerte chasquido.

El estruendo de una detonación.

Marino y Lobo se quitaron los protectores de las orejas y salieron de detrás de varias toneladas de bloques de cemento y cristal a prueba de balas, a casi cien metros de distancia de donde se hallaba Droiden, protegida por el traje antibombas. Ésta se acercó al foso donde acababa de disparar al paquete de Scarpetta, arrodillándose para examinar lo que acababa de desactivar. Con el casco vuelto hacia Marino y Lobo, alzó el pulgar de una mano pequeña y pálida que destacaba contra el relleno verde oscuro del traje, con el que aparentaba un tamaño el doble del normal.

—Ha sido como abrir una de esas bolsas de palomitas con premio —dijo Marino—. Veamos qué nos ha tocado.

Esperaba que, fuese cual fuese el contenido del paquete Fed-Ex, hubiese merecido todo el ajetreo, y también esperaba lo contrario. Su trabajo era un conflicto crónico del que nunca hablaba; ni siquiera le gustaba admitir, para sí, lo que sentía de verdad. Para que una investigación mereciese la pena, tenía que incluir un peligro o un daño real, pero ¿qué ser humano decente desearía algo así?

—¿Qué tenemos? —preguntó Lobo.

Otro técnico ayudó a Droiden a quitarse el traje. La artificiera se puso un anorak y subió la cremallera con expresión disgustada.

—Algo que apesta. El mismo olor asqueroso. No es una broma, ni tampoco se parece a nada que haya visto antes. Ni olido —dijo Droiden a Lobo y Marino mientras el otro técnico se ocupaba del traje—. Tres pilas de botón AG-10 y repetidores aéreos, pirotecnia. Una especie de tarjeta de felicitación con una muñeca de vudú pegada a la parte superior. Una bomba fétida.

El paquete FedEx estaba abierto, confinado en el muro de sucios sacos de arena. Era una masa de cartón mojado, cristal roto, los restos de una muñeca blanca de trapo y lo que parecía pelo de perro. Un módulo de grabación de voz del tamaño de una tarjeta de crédito había estallado en varios pedazos, las pilas de botón cerca; cuando Marino se aproximó, le llegó el olor del que hablaba Droiden.

—Huele a una combinación de asfalto, huevos podridos y mierda de perro. ¿Qué es? —preguntó Marino.

—Es lo que contenía el vial, un vial de cristal. —Droiden abrió una bolsa Roco negra y sacó bolsas para recoger pruebas, una lata de aluminio cubierta de resina de epoxi, mascarillas y guantes de nitrilo—. No se parece a nada que haya olido antes, me recuerda al petróleo, pero no lo es. Alquitrán, sulfuro y estiércol.

—¿Qué se supone que es? —insistió Marino.

—Creo que lo que se pretendía era que abriese el paquete que contenía la tarjeta de felicitación con la muñeca. Al abrir la felicitación, ésta explota y hace que el vial de cristal con el líquido fétido se rompa. Lo que activaba el módulo de voz, las pilas, estaban conectadas a tres voladores bomba unidos a un dispositivo de ignición eléctrico utilizado en pirotecnia profesional.

Droiden señaló lo que quedaba de tres petardos unidos a un cable fino.

—Los fósforos eléctricos son muy sensibles a la corriente —dijo Lobo a Marino—. Fue suficiente con las pilas de una grabadora. Pero alguien tuvo que alterar el interruptor del módulo de voz y el circuito de grabación, para que la corriente de las pilas provocara la explosión, en lugar de reproducir una grabación.

—¿Cualquiera podría hacerlo? —preguntó Marino.

—Cualquiera que no sea estúpido y siga las instrucciones.

—De Internet —pensó Marino en voz alta.

—Sí, claro. Prácticamente puedes montar una puta bomba atómica —dijo Lobo.

—¿Y si la doctora lo hubiese abierto?

—Es difícil saberlo —respondió Droiden—. La habría lastimado, eso seguro. Quizá le habría volado un par de dedos, o el cristal le habría alcanzado la cara o los ojos. Podría haberla desfigurado o cegado. Sin duda, habría acabado impregnada de este líquido fétido.

—Supongo que eso era lo que se pretendía. Alguien quería rociarla con ese líquido, sea lo que sea —intervino Lobo—. Y jugarle una mala pasada. Deja que eche un vistazo a la felicitación.

Marino abrió la cremallera de su maletín y tendió a Lobo la bolsa de pruebas que Scarpetta le había dado. Lobo se enfundó unos guantes y empezó a examinar. Abrió la felicitación navideña, un disgustado Santa Claus perseguido por la señora Claus armada de un rodillo, y la voz aguda y desafinada de una mujer que cantaba «Felices Navidades tengas...». Lobo levantó el rígido papel y extrajo el módulo de voz mientras la molesta canción seguía: «Pon muérdago donde te quepa...» Desconectó el grabador de las pilas, tres pilas de botón AG-10 no mayores que las de los relojes de pulsera. Silencio, el viento soplaba desde el agua, penetraba a través de la cerca. Marino no se notaba las orejas y tenía la boca como el Hombre de hojalata, falta de aceite. Le resultaba difícil hablar, del frío que tenía.

—Un simple módulo de voz, perfecto para montar una felicitación. —Lobo le mostró el dispositivo a Marino—. Del tipo que usan los manitas y los adeptos del hágalo usted mismo. Un circuito completo con un altavoz, un interruptor deslizante para la reproducción automática, que es la clave del asunto. Al deslizarse, el contacto cierra el circuito y hace estallar la bomba. Fácil de adquirir. Mucho más sencillo que montarlo todo uno mismo.

Droiden extrajo partes de la bomba del amasijo mojado y sucio que había en el hoyo. Se levantó y se acercó a Marino y Lobo, sosteniendo en la palma enfundada en nitrilo fragmentos de metal y plástico plateados, negros y verde oscuro, así como cable negro y de cobre. Cogió el módulo de grabación intacto que tenía Lobo y empezó a comparar.

—El examen microscópico lo confirmará —dijo Droiden, pero era evidente lo que insinuaba.

—El mismo tipo de grabador —apuntó Marino, ahuecando sus grandes manos alrededor de las de Droiden para proteger los fragmentos del viento, deseando poderse quedar más tiempo tan cerca de ella. Qué más daba no haber dormido en toda la noche y estar convirtiéndose en un témpano, de pronto había entrado en calor y se sentía despierto—. Joder, eso apesta. ¿Y qué es esto, pelo de perro? ¿Por qué cojones hay pelo de perro aquí dentro?

Con el dedo enfundado en plástico sintético, palpó varios pelos largos y ásperos.

—Parece que la muñeca estaba rellena de pelo; será de perro —dijo Droiden—. Veo similitudes importantes en la construcción. El circuito, el interruptor, el botón de grabación y el micrófono altavoz.

Lobo estudiaba la felicitación navideña. La volvió para ver qué había al dorso.

—*Made in China*. Papel reciclable. Una bomba navideña ecológica. Qué bonito.

19

Scarpetta arrastró el maletín abierto por el suelo. Los veintinueve archivadores de acordeón que contenía, atados con elástico y etiquetados con adhesivos blancos que mostraban fechas escritas, cubrían un periodo de veintiséis años. La mayor parte de la carrera de Warner Agee.

—Si hablase con Jaime, ¿qué crees que me diría de ti? —continuó sonsacando.

La ira de Lucy centelleó.

—Es fácil. Que lo mío es patológico.

En ocasiones su ira era tan súbita e intensa que Scarpetta la veía como un rayo.

—Estoy siempre cabreada, con ganas de hacer daño —añadió Lucy.

Agee debía de haber trasladado gran parte de sus pertenencias al hotel Elysée, sin duda las que eran importantes. Scarpetta sacó los archivadores más recientes y se sentó en la alfombra, a los pies de su sobrina.

—¿Por qué quieres hacer daño?

—Para recuperar lo que me quitaron. Para redimirme de algún modo y conseguir esa segunda oportunidad, para no permitir que nadie vuelva a hacerme algo así. ¿Sabes qué es terrible? —A Lucy le centelleaban los ojos—. Es terrible decidir que hay algunas personas a quienes está bien destruir, matar. E imaginarlo, planteárselo mentalmente sin sentir ni una punzada, ni un temblor. Sin sentir nada. Como probablemente se sintió él. —Hizo un gesto con los brazos, como si Warner Agee siguiera en la habitación—. Es entonces cuando pasa lo peor. Cuando ya no sientes nada. Es entonces cuando lo haces, cuando haces algo que no puedes deshacer. Es terrible saber que una no es tan distinta de los capullos que persigue y de los que intenta proteger a la gente.

Scarpetta retiró el elástico del archivador que parecía más reciente; empezaba el uno de enero del presente año y no había fecha de cierre.

—Tú eres diferente de ellos.

—No puedo volver atrás.

—¿Qué es lo que no puedes deshacer?

Los seis compartimentos del archivador estaban llenos de papeles, recibos, un talonario y una cartera de piel marrón gastada y doblada por años de alojarse en un bolsillo trasero.

—No puedo deshacer lo que hice. —Lucy respiró hondo, negándose a llorar—. Soy una mala persona.

—No, no lo eres.

El permiso de conducir de Agee había caducado hacía tres años. Su MasterCard estaba caducada. Su Visa y su American Express estaban caducadas.

—Lo soy. Tú sabes lo que he hecho.

—No eres mala persona, y lo digo sabiendo lo que has hecho. Quizá no todo, pero mucho. Has estado en el FBI, la ATF y, como Benton, te has visto involucrada en muchos acontecimientos que no pudiste evitar y de los que no podías hablar, ni siquiera ahora. Claro que soy consciente de ello. Y también soy consciente de que lo hiciste porque era tu deber o por una razón de peso. Como un soldado en el frente. Eso es lo que son los policías, soldados que traspasan los límites de la normalidad para así mantener nuestras vidas dentro de ella.

Scarpetta contó 440 dólares en efectivo, todos en billetes de veinte, como si viniesen de un cajero automático.

Entonces Lucy dijo:

—¿Ah, sí? ¿Y qué me dices de Rocco Caggiano?

—¿Y qué habría sido de su padre, Pete Marino, si no lo hubieses hecho? —Scarpetta desconocía los detalles de lo sucedido en Polonia y no quería saberlos, pero comprendía el motivo—. Marino estaría muerto. Rocco formaba parte del crimen organizado y lo habría matado. Ya lo tenía todo dispuesto y tú lo evitaste.

Empezó a mirar recibos de comida, artículos de tocador, viajes; había muchos de hoteles, comercios, restaurantes y taxis de Detroit, Michigan. Pagados en efectivo.

—Ojalá no lo hubiera hecho yo, ojalá alguien lo hubiese hecho en mi lugar. Maté a su hijo. He hecho muchas cosas que no puedo deshacer.

—¿Qué podemos deshacer cualquiera de nosotros? Unas palabras insensatas, una frase. La gente lo dice continuamente pero, en el fondo, no hay nada que podamos desandar. Todo lo que hacemos es circundar los errores que hemos cometido, responsabilizarnos, disculparnos e intentar seguir adelante.

Amontonaba los papeles en el suelo mientras hurgaba en los archivadores de Agee para ver lo que le había parecido importante conservar. Encontró un sobre de cheques anulados. El pasado enero había gastado más de seis mil dólares en dos audífonos Siemens Motion 700 y accesorios. Había donado sus antiguos audífonos a Goodwill y le habían dado un recibo. Poco después se había suscrito a un servicio web telefónico de subtitulado. No había resguardos ni registros bancarios que indicasen de dónde sacaba el dinero. Scarpetta encontró un sobre manila con la etiqueta «IPA». Era grueso y contenía boletines, programas de conferencias y artículos, todos en francés, así como más recibos y billetes de avión. En julio de 2006, Agee viajó a París para asistir a una conferencia del Institut de Psychologie Anomale.

El francés hablado de Scarpetta no era bueno, pero podía leerlo con bastante facilidad. La carta era de un miembro del comité del Proyecto de Conciencia Global que agradecía a Agee su participación en una discusión sobre el uso de herramientas científicas en la búsqueda de estructura en los datos aleatorios durante importantes acontecimientos mundiales, como el 11-S. El miembro del comité se alegraba de volver a encontrarse con Agee y se preguntaba si su investigación sobre telequinesis seguía encontrando dificultades a la hora de replicar los hallazgos. «El problema, claro está, es la materia prima de los sujetos humanos y las restricciones legales y éticas», tradujo Scarpetta.

—¿Por qué piensas en matar y morir? ¿A quién quieres matar? ¿Desearías estar muerta? —preguntó a Lucy, y de nuevo la respuesta fue el silencio—. Será mejor que me lo digas, Lucy. Pienso quedarme contigo en esta habitación hasta que lo hagas.

—Hannah —respondió Lucy.

—¿Quieres matar a Hannah Starr? —Scarpetta alzó la vista para mirarla—. ¿O la has matado, o desearías que estuviese muerta?

—No la he matado. No sé si está muerta, ni me importa. Sólo quiero castigarla. Quiero hacerlo personalmente.

Agee había respondido al miembro del comité en francés. «Aunque es cierto que los humanos son parciales y, por tanto, tienden a ser poco fiables, este obstáculo puede eludirse si los sujetos del estudio son monitorizados de un modo que inhiba la conciencia.»

—¿Castigarla por qué? ¿Qué te ha hecho, para que merezca que te encargues de ella personalmente? —insistió Scarpetta.

Abrió otro archivador de acordeón. Más de parapsicología. Artículos de revistas. Agee se manejaba en francés con fluidez y destacaba en el campo de la psicología paranormal, el estudio del «séptimo sentido», la ciencia de lo sobrenatural. El Institut de Psychologie Anomale, con sede en París, le pagaba sus gastos de viaje y posiblemente le había ofrecido estipendios y otros honorarios, así como subvenciones. La Fundación Lecoq, que financiaba el IPA, mostraba un gran interés por el trabajo de Agee. Había repetidas menciones a cuánto deseaba conocerlo el señor Lecoq, para hablar de sus «pasiones e intereses comunes».

—Hannah te hizo algo —continuó Scarpetta, y no era una pregunta. Lucy tenía que conocer a Hannah—. ¿Qué pasó? ¿Tuviste un rollo con ella? ¿Te acostaste con ella? ¿Qué?

—No me acosté con ella, pero...

—Pero ¿qué? Te acostaste con ella o no, ¿dónde la conociste?

Un resumen. *Dans cet article, publié en 2007, Warner Agee, l'un des pionniers de la recherche en parapsychologie, en particulier l'expérience de mort imminente et de sortie hors du corps...*

—Quería que lo intentase, que tomara la iniciativa, que me insinuara —dijo Lucy.

—Físicamente.

—Hannah daba por sentado que todos querían ligar con ella. No lo hice, ella coqueteó, se exhibió. Estábamos solas. Yo creía que Bobby estaría ahí, pero no fue así. Estaba sólo ella, y me provocó. Pero no caí. La puta zorra.

Experiencias extracorpóreas y al filo de la muerte. Personas que mueren y vuelven a la vida con aptitudes paranormales: sanación, dominio de la mente sobre la materia. Creer que el pensamiento puede controlar nuestros cuerpos e influir en sistemas físicos y en objetos, siguió leyendo Scarpetta... «como dispositivos electrónicos, ruido y dados, del mismo modo que las fases de la Luna influyen en el índice de pérdidas del casino».

Preguntó a Lucy:

—Y bien, ¿qué hizo Hannah exactamente, que tan terrible fue?

—Solía hablarte de mi asesor financiero.

—Al que llamabas «el hombre dinero».

La declaración tributaria del año 2007. Pensión de jubilación, pero no otros ingresos, aunque por la correspondencia y otros papeles era evidente que Agee recibía dinero de alguien o de alguna parte. Posiblemente de la Fundación Lecoq de París.

—Su padre. Rupe Starr. Él era el hombre dinero —informó Lucy—. Desde el principio, cuando yo no tenía ni veinte años y las cosas empezaron a irme bien, él me asesoró. ¿De no haber sido por él? Bien, posiblemente lo habría regalado todo; era tan feliz sólo inventando, soñando, convirtiendo mis ideas en realidad... Creaba cosas de la nada y hacía que la gente las quisiera.

2008. Ningún viaje a Francia. Agee iba y venía de Detroit. ¿De dónde sacaba el dinero?

—En un momento determinado se me ocurrió un asunto digital para hacer animación que me pareció factible, y la persona que conocía, que trabajaba para Apple, me dio el nombre de Rupe. Sabrás que era uno de los asesores financieros más respetados de Wall Street.

—No sé por qué nunca me hablaste de él ni de tus asuntos de dinero.

—No preguntaste.

¿Qué había en Detroit, además de una industria automovilística en quiebra? Scarpetta tecleó en el MacBook de Lucy.

—Tuve que preguntarte —dijo Scarpetta, pero no pudo recordar ni una sola ocasión en que lo hubiese hecho.

—No, nunca.

No encontró nada de la Fundación Lecoq en Google. Del señor Lecoq sólo encontró, como era de esperar, las numerosas referencias a las novelas policiacas francesas del siglo XIX de Émile Gaboriau. No encontró ninguna alusión a una persona real llamada señor Lecoq, un filántropo adinerado que invertía en parapsicología.

—Y la verdad es que no dudas en preguntarme cualquier cosa que te pasa por la cabeza —continuó Lucy—. Pero nunca me has preguntado específicamente por mis finanzas y, si te mencionaba al hombre dinero, nunca me pedías que te hablase de él.

—Quizá tenía miedo, así que me escudé en el razonamiento de que no debía curiosear. —Scarpetta se planteó esa triste posibilidad.

Buscó en Google «Motor City Casino Hotel» y «Grand Palais» en Detroit. Había recibos de ambos hoteles en los últimos años, pero no encontró ninguna prueba de que Agee se hubiera alojado en ellos. ¿Qué hizo allí? ¿Apostar? Un trozo de papel de un bloc de notas personalizado: «De la mesa de Freddie Maestro» y lo que parecía un PIN y «City Bank of Detroit» y una dirección escrita con rotulador. ¿Por qué le resultaba familiar el nombre de Freddie Maestro? ¿El PIN sería para un cajero automático?

—En efecto. Puedes hablar de cadáveres y de sexo, pero no

de los ingresos netos de alguien. Puedes escarbar en los bolsillos de un muerto y en sus cajones, archivos personales y recibos, pero no hacerme preguntas básicas, del tipo cómo me gano la vida y con quién hago negocios. Nunca me lo has preguntado —subrayó Lucy—. Supuse que no querías saberlo porque creías que hacía algo ilegal, como robar o engañar al gobierno, así que lo dejé correr, porque no pienso justificarme, ante ti ni ante nadie.

—No sé por qué no quise saberlo. —La propia inseguridad de Scarpetta, porque se había criado en la pobreza. Se sentía inepta porque de niña se sintió impotente, su familia no tenía dinero y su padre agonizaba—. Quizá quería unas condiciones igualitarias. Y no puedo competir contigo, en lo que a ganar dinero se refiere. Soy bastante buena en conservar lo que tengo, pero nunca he tenido el toque Midas, ni he estado en el negocio de los negocios por puro negocio. No soy muy buena en eso.

—¿Por qué ibas a querer competir conmigo?

—A eso quiero llegar. No querría, porque no puedo. Quizá temía que me perdieras el respeto. ¿Y por qué ibas a respetar mi visión de los negocios? Si yo hubiera sido una brillante mujer de negocios, no habría estudiado en la Facultad de Derecho, ni en la de Medicina, ni habría pasado por una formación posterior de doce años para ganar menos de lo que gana cualquier vendedor o agente inmobiliario.

—Si yo fuera una brillante mujer de negocios, no estaríamos manteniendo esta conversación —replicó Lucy.

Búsqueda de Michigan en Internet. La nueva Las Vegas, y allí se rodaban muchas películas; el Estado hacía cuanto podía por bombear dinero a su sangrante economía. Un cuarenta por ciento de incentivos fiscales. Y casinos. Michigan tenía una escuela para formar crupieres y algunas de las organizaciones colaboradoras eran la Administración de Veteranos, el sindicato de los trabajadores siderúrgicos y el de la automoción. Vuelve de Irak o pierde tu trabajo en GM y conviértete en crupier de black-jack.

—La cagué. Rupe murió el mayo pasado, Hannah lo heredó

todo y se hizo con el control. Máster en Administración de Empresas por Wharton, no digo que sea tonta.

—¿Se hizo cargo de tu cartera?

—Lo intentó.

En estos tiempos la gente sobrevivía como podía, y a los vicios y al espectáculo les iban bien las cosas. Películas, la industria de la alimentación y la bebida. Licor, sobre todo. Cuando la gente se siente mal, busca activamente sentirse bien. ¿Qué tenía eso que ver con Warner Agee? ¿En qué se había involucrado? Scarpetta pensó en el llavero con los dados de Toni Darien y que la bolera High Roller Lanes era como Las Vegas, en palabras de Bonnell. La señora Darien había dicho que Toni esperaba acabar algún día en París o Montecarlo, y Lawrence Darien, su padre formado en el MIT, era un jugador posiblemente vinculado al crimen organizado, según Marino. Freddie Maestro, recordó Scarpetta. El nombre del dueño de High Roller Lanes. Tenía salas de juego y otros negocios en Detroit, Luisiana, el sur de Florida y no recordaba dónde más. Había sido el jefe de Toni Darien. Tal vez conocía a su padre.

—La vi varias veces, discutimos en su casa de Florida y le dije que no —contó Lucy—. Pero bajé la guardia y seguí un consejo que me dio. Esquivé una bala y recibí una puñalada por la espalda. No seguí mi intuición y ella me jodió. Me jodió bien jodida.

—¿Estás arruinada?

Buscó «doctor Warner Agee» con una combinación de palabras clave. «Apuestas, casino, industria del juego y Michigan».

—No. Lo que tengo no es la cuestión. Ni siquiera lo que he perdido. Ella quiso hacerme daño. Por puro placer.

—Si la investigación de Jaime es tan minuciosa, ¿cómo es posible que no lo sepa?

—¿Quién lleva a cabo la investigación minuciosa, tía Kay? Ella, no. Al menos, no la parte electrónica. Eso lo hago yo.

—Jaime no sabe que conocías a Hannah, que tienes este conflicto de intereses. Porque eso es exactamente lo que es —dijo Scarpetta, mientras hojeaba otros archivos de acordeón.

—Me apartaría del proceso, lo que sería contraproducente y ridículo —replicó Lucy—. Si hay alguien que debe ayudar, ésa soy yo. Y yo no fui cliente de Hannah. Lo era de Rupe. ¿Sabes lo que consta en los archivos de Rupe? Digámoslo así: nada relevante de lo que Hannah me hizo va a salir a la luz. Me he asegurado.

—Eso no está bien.

—Lo que no está bien es lo que ella hizo.

Un artículo que Agee había publicado dos años antes en una revista británica, *Mecánica cuántica. Epistemología y medición cuánticas*. Planck, Bohr, De Broglie, Einstein. El papel de la conciencia humana en el colapso de la función de onda. Interferencia de fotón simple y transgresión de la causalidad en termodinámica. Lo esquivo de la conciencia humana.

—¿Qué diantres estás mirando? —preguntó Lucy.

—No estoy segura.

Scarpetta iba pasando páginas, leyendo por encima, deteniéndose en algunos párrafos. Dijo:

—Estudiantes seleccionados para participar en estudios. La relación entre la capacidad creativa y artística y psi. Estudio llevado a cabo aquí, en la escuela Juilliard de Nueva York. Investigación en la Universidad de Duke, en Cornell, en Princeton. Experimentos Ganzfeld.

—¿Fenómenos paranormales? ¿Percepción extrasensorial? —exclamó Lucy con expresión perpleja.

Scarpetta alzó la vista:

—Privación sensorial. ¿Por qué queremos alcanzar un estado de privación sensorial?

—Es inversamente proporcional a la percepción, a la adquisición de información. A mayor privación de los sentidos, más se percibe y crea. Es por eso que la gente medita.

—¿Entonces por qué íbamos a querer lo opuesto? ¿Sobreestimulación, en otras palabras?

—No es algo deseable.

—A menos que te dediques al negocio de los casinos. Entonces sí que buscarías los medios más eficaces para sobreestimular, evitar un estado de privación sensorial. Si quieres que la gente se deje llevar por sus impulsos, que se pierda, bombardeas el entorno visual y auditivamente, el campo total, el Ganzfeld, para que tus clientes se conviertan en una presa confusa, sin la menor idea de qué es seguro y qué no lo es. Los ciegas y los ensordeces con luces brillantes y sonido, para sacarles lo que tienen. Para robarles.

Scarpetta no dejaba de pensar en Toni Darien y en su trabajo en un lugar deslumbrante, de luces centelleantes y de imágenes en rápido movimiento en las enormes pantallas de vídeo, donde se incitaba a la gente a que gastase dinero en comida, alcohol y juego. Juega mal a los bolos y juega un poco más. Juega mal a los bolos y bebe más. En High Roller Lanes había una fotografía de Hap Judd. Probablemente conocía a Toni. Y probablemente conocía a la antigua paciente de Benton, Dodie Hodge. Marino le había comentado a Berger algo al respecto, durante la teleconferencia de la noche anterior. Probablemente Warner Agee conocía al jefe de Toni Darien, Freddie Maestro. Era probable que todas estas personas se conociesen o estuvieran relacionadas de un modo u otro. Eran casi las nueve de la mañana y Scarpetta estaba rodeada de recibos, billetes de transporte, horarios, publicaciones... los desechos de la vida egoísta y malintencionada de Agee. El muy cabrón. Se levantó del suelo.

—Tenemos que irnos —dijo a Lucy—. Al edificio ADN. Ahora.

Las imágenes de una mujer y un hombre, procedentes de una cámara de seguridad, llenaban las múltiples pantallas planas de la sala de conferencias del agente especial al mando. Desde el pasado junio, el mismo par de bandidos descarados, que el FBI llamaba «Abuela y Clyde» habían robado al menos diecinueve bancos distintos.

—¿Lo ves? —Berger inclinó su MacBook para que Benton viese lo que ella estaba mirando, otro correo electrónico que acababa de recibir.

Benton asintió. Lo sabía. Abría mensajes a medida que aterrizaban en su BlackBerry, los mismos mensajes que Lucy y Marino enviaban a Berger, los cuatro se comunicaban casi en tiempo real. El paquete bomba había sido viable y el módulo de voz recuperado de su interior era el mismo modelo que el de la felicitación musical de Dodie Hodge, sólo que Benton ya no creía que la felicitación fuese de Dodie. Ella la había grabado y quizás escribió la dirección en el albarán, pero Benton no creía que la hostil cancioncilla navideña fuese obra suya. Dodie no era el cerebro que había ideado todo lo sucedido hasta el momento, incluida la llamada de Dodie a la CNN, con el objetivo de angustiar a Benton, de enviarle una advertencia antes de mandarle la siguiente bomba. Literalmente.

A Dodie le encantaban los dramas, pero éste no era su drama, no era su espectáculo, no era siquiera su modus operandi. Benton sabía de quién lo era, estaba seguro, y tendría que haberlo descubierto antes, pero no había estado mirando. Había dejado de mirar porque había querido creer que no hacía falta. Era increíble afirmar que sencillamente se le había olvidado, pero así era. Había olvidado mantener su escáner en marcha y ahora el monstruo había regresado; había tomado una forma distinta, otro aspecto, pero el hedor de su sello personal era reconocible. Sadismo. Era inevitable que lo hubiese y, una vez iniciado, no iba a parar. Juega con el ratón y tortúralo hasta el límite, antes de herirlo de muerte. Dodie no era lo bastante creativa ni tenía experiencia suficiente, no era lo bastante brillante ni estaba tan perturbada para crear por sí misma un plan tan gigantesco y complejo. Pero era histriónica y tenía una personalidad límite, y había estado más que dispuesta a ofrecer una audición.

En cierto punto, Dodie se había involucrado con el crimen organizado. También Warner Agee, que parecía ser el responsable de proyectos de investigación de ética más que dudosa relacionados con la industria internacional del juego, con casinos de Estados Unidos y del extranjero, sobre todo de Francia. Benton creía que Agee y Dodie eran soldados de la familia Chandonne, que se habían involucrado con el peor de ellos, el hijo superviviente de una violencia perversa, Jean-Baptiste, que había dejado su ADN en el asiento trasero de un Mercedes negro de 1991 utilizado en el robo a un banco de Miami el mes pasado. Lo que hacía él en el coche era un misterio. Quizá se había apuntado al atraco por la emoción, o tal vez simplemente había sido pasajero de ese Mercedes robado antes de que se utilizara como vehículo de huida en un atraco. Sin duda, Jean-Baptiste sabía que su ADN estaba en la base de datos CODIS del FBI. Era un asesino convicto y un fugitivo. Empezaba a descuidarse, sus compulsiones le estaban superando. Si su pasado servía de indicación, quizás estuviera abusando del alcohol y las drogas.

Tres días después del golpe de Miami, hubo otro, el último de los diecinueve conocidos, esta vez en Detroit. Se había producido el mismo día que Dodie fue arrestada en esa ciudad por hurto y alteración del orden público, por montar un escándalo después de meterse tres DVD de Hap Judd bajo el pantalón. Estaba descontrolada. En su caso, era sólo cuestión de tiempo que sufriera una crisis, que perdiera la razón, que montase un numerito, como hizo en la librería del Betty's Café. Sucedió en un momento inoportuno, un accidente indeseado, y ciertas personas tuvieron que plantearse qué hacer con ella antes de que llamase aún más la atención, algo que no se podían permitir. Alguien le consiguió un abogado en Detroit, Sebastian Lafourche, oriundo de Baton Rouge, Luisiana, donde los Chandonne habían tenido vínculos muy fuertes.

Lafourche había sugerido que Warner Agee evaluase a Dodie. No era el nuevo estatus de celebridad de Agee lo que lo hacía atractivo, sino sus vínculos con el crimen organizado, con la red Chandonne, aunque éstos no fueran directos. Era como poner a un gánster en manos de un celador a sueldo de la mafia. Pero el plan no funcionó. El fiscal del distrito y McLean no lo aceptaron. La red tuvo que replanteárselo y aprovecharon la oportunidad para causar daño y caos. Dodie va a Belmont, lo que da pie al siguiente acto: el enemigo se ha trasladado al campo de un objetivo, al campo de Benton, quizás indirectamente al campo de Scarpetta. Dodie ingresó en el hospital y agobió cuanto pudo a Benton, el juego y la tortura continuaron mientras las risas llegaban al techo de la casa medieval de los Chandonne.

Benton miró a Marty Lanier, sentada a la mesa frente a él, y dijo:

—¿Puede vuestro nuevo sistema informático vincular datos como hacen en el RTCC? ¿Ofrecernos una especie de árbol de decisiones, para que veamos las probabilidades condicionales? ¿Para visualizar aquello de lo que estamos hablando? Porque creo que sería de ayuda para aclarar la situación. Las raíces son profundas y sus ramificaciones densas y de amplio alcance, por lo que es importante saber qué es relevante. Por ejemplo, el atraco al banco del Bronx el pasado uno de agosto. Ese viernes por la mañana, a las diez y veinte, cuando atracaron el American Union. —Benton consultó sus notas—. Ni una hora después, Dodie Hodge fue multada en un autobús, en la confluencia de Southern Boulevard con la calle 149 Este. En otras palabras, se encontraba en la zona, a unas manzanas del banco robado. Estaba agitada, pasada de revoluciones, se enzarzó en una discusión.

—No sé nada de ninguna multa —dijo el detective del Departamento de Policía de Nueva York Jim O'Dell, de cuarenta y pocos, escaso cabello rojo y algo de barriga.

Estaba sentado junto a su colega del Equipo Operativo Antiatracos, el agente especial del FBI Andy Stockman, de treinta y muchos, abundante cabello negro y nada de barriga.

—Salió a la luz durante la minería de datos, cuando buscábamos cualquier cosa relacionada con FedEx —dijo Benton a O'Dell—. Cuando Dodie se enfrentó al policía por el altercado del autobús, ésta lo mandó a la quinta mierda por FedEx. Lo encontramos gracias al RTCC.

—Una expresión muy rara. Nunca la había oído antes —comentó Stockton.

—Le gusta mandar cosas por FedEx. Siempre tiene prisa y quiere de inmediato los resultados de sus dramas. No sé —dijo Benton con impaciencia, porque los estereotipos y las exageraciones de Dodie no eran importantes y pensar en ella lo irritaba sobremanera—, lo que importa es la pauta que veréis repetidamente a medida que profundicemos en esta discusión. Impulsividad. Un líder, un jefe mafioso, que es compulsivo e impulsivo y actúa movido por fuerzas internas que escapan a su control, y las personas que le rodean no son mucho mejores. Los opuestos no siempre se atraen. A veces, lo que atrae es la similitud.

—Dios los cría y ellos se juntan —dijo Lanier.

—O el diablo —replicó Benton.

—Necesitamos una multipantalla de datos como la del RTCC —dijo O'Dell a Berger, como si ésta pudiera hacer algo al respecto.

—Pues buena suerte —se burló Stockton—. Aquí nos pagamos el agua embotellada de nuestro propio bolsillo.

—Ver las ramificaciones de los vínculos nos sería de ayuda —concedió Berger.

—No sabes qué tienes ahí hasta que lo haces, sobre todo con algo tan complejo —afirmó Benton—. Porque estos crímenes no empezaron el pasado junio. Se remontan antes del 11-S, a hace más de una década, al menos desde que estoy involucrado en ellos. No me refiero específicamente a atracos bancarios, sino a la familia Chandonne, a la inmensa red criminal que poseían.

—¿A qué te refieres con «poseían»? Parece que están vivitos y coleando, si todo lo que he oído es verdad —dijo O'Dell.

—No son lo que eran. Es difícil de comprender. Baste decir que ahora es distinto. Es la mala semilla haciéndose cargo del negocio familiar y llevándolo a la ruina o al borde del abismo.

—Parece la historia de los últimos ocho años en la Casa Blanca —broméo O'Dell.

—La familia Chandonne no son la red del crimen organizado que eran, ni por asomo. —Esta mañana Benton no tenía sentido del humor—. Están desorganizados, de camino al caos absoluto, con Jean-Baptiste sentado al volante. Su historia sólo puede acabar de un modo, no importa cuántas veces él se lo cuente o cuántos personajes distintos interprete. Puede mantenerse centrado durante un tiempo y quizá lo haya hecho, aunque sus ideas obsesivas hayan continuado, porque nunca cesan.

No en su caso, y el desenlace es predecible. Sus obsesiones ganan. Se desborda un poco. Se desborda mucho. Se desborda a lo bestia. Su destructividad no tiene límites; salvo que acaba en la muerte. Alguien muere. Después mueren muchos más.

—Claro, podemos hacer un modelo predictivo, poner un gráfico en la pared —dijo Lanier a O'Dell y Stockman.

—Nos llevará un momento. —Stockman empezó a teclear en su portátil. Alzó la vista y preguntó a Lanier—: ¿No sólo los atracos a bancos, sino todo?

—No hablamos sólo de los atracos —respondió Lanier, con algo de impaciencia—. Creo que eso lo ha subrayado Benton y ése es el motivo de esta reunión. Los atracos son secundarios, la punta del iceberg. O, más acorde con esta época del año, el ángel que corona el árbol de Navidad. Yo quiero todo el árbol.

La referencia recordó a Benton la estúpida canción de Dodie, su voz aguda y desentonada deseándoles a él y Scarpetta felices navidades, una felicitación plagada de insinuaciones sexuales violentas y de lo que se avecinaba. Scarpetta acabaría linchada y a Benton le darían por culo, o algo así, e imaginó el deleite de Jean-Baptiste Chandonne. Posiblemente la felicitación había sido idea suya, la primera pulla a la que pronto seguiría la siguiente: un paquete de FedEx que contenía una bomba. No una bomba cualquiera. Los correos electrónicos de Marino se referían a ella como «una bomba fétida que podría haberle arrancado los dedos a la doctora, o dejarla ciega».

—Sí, es ridículo que los federales no puedan instalar algo así, una pared de datos como la que tienen en el RTCC —refunfuñaba O'Dell—. Necesitamos algo diez veces mayor que una sala de conferencias, porque esto no es un árbol de decisiones, sino un maldito bosque.

—Lo volcaré en una pantalla. Sesenta pulgadas, tan grande como uno de los cubos Mitsubishi del RTCC —le dijo Stockman.

—No creo.

—Casi.

—No. Nos ocupará tanto como un cine IMAX.

—Deja de quejarte y ponlo en la pared, para que podamos verlo.

—Sólo digo que, dada la complejidad del asunto, necesitaremos una pared de dos plantas, como mínimo. ¿Todo esto en una pantalla plana? Tendrías que reducirlo al tamaño de la letra de imprenta.

O'Dell y Stockman habían pasado juntos tanto tiempo que discutían y refunfuñaban como un matrimonio de ancianos. Durante los últimos seis meses habían trabajado en las pautas de los atracos de la Abuela y Clyde con equipos de investigación de otras oficinas del FBI, principalmente en Miami, Nueva York y Detroit. El FBI había conseguido que la oleada de robos y sus teorías al respecto no aparecieran en las noticias, deliberadamente y por una buena razón. Sospechaban que los bandidos eran peones de algo mucho más importante y peligroso. Eran peces piloto, pequeños carnívoros que acompañan a los tiburones.

El FBI quería a los tiburones y Benton sabía muy bien a qué orden y familia pertenecían. Tiburones franceses. Tiburones Chandonne. Pero la cuestión era cómo se hacían llamar ellos mismos y dónde encontrarlos. ¿Dónde estaba Jean-Baptiste Chandonne? Él era el gran tiburón blanco, el jefe, la cabeza depravada de lo que quedaba de la prominente familia. El padre, Monsieur Chandonne, disfrutaba de su jubilación en la prisión de alta seguridad de La Santé, en las afueras de París. El hermano de Jean-Baptiste, el supuesto heredero, estaba muerto. Jean-Baptiste no estaba hecho para el liderazgo, pero estaba motivado, lo impulsaban las fantasías violentas y los pensamientos sexuales compulsivos, y ansiaba vengarse. Era capaz de controlarse durante un tiempo, contener sus verdaderas inclinaciones durante un periodo determinado antes de que el frágil envoltorio se rasgase, dejando neuronas y nervios expuestos, un amasijo de impulsos palpitantes capaces del frenesí más asesino, de ataques de furia y juegos crueles más explosivos que nada que hubieran desactivado los artificieros. Había que desactivar a Jean-Baptiste. Tenía que ser ahora.

Benton creía que Jean-Baptiste había enviado el paquete bomba. Él estaba detrás. Probablemente lo había construido y presenciado su entrega, la noche anterior. Mutilar a Scarpetta física y mentalmente. Benton imaginó a Jean-Baptiste fuera del edificio, observando en la oscuridad, esperando que Scarpetta volviera a casa de la CNN. Benton se la imaginó andando a regañadientes con Carley Crispin, pasando ante un indigente envuelto en capas de ropa y una manta en un banco cerca de Columbus Circle. La presencia del indigente había preocupado a Benton la primera vez que Scarpetta la mencionó, cuando hablaban con Lobo en el coche de Marino. Una sensación en las entrañas, cierta perturbación. Y había seguido perturbándolo, cuanto más pensaba en ello. Quienquiera que estuviera detrás de la bomba, tenía como objetivo a Scarpetta, Benton o a ambos, y le habría resultado difícil resistirse a presenciar la última noche de la doctora.

Mutilarla a ella, o a Benton. Fueran uno u otro, fueran ambos, habrían acabado heridos, lisiados, quizá no muertos, quizás algo peor que muertos. Jean-Baptiste habría sabido que Benton estaba en Nueva York, que estaba en casa anoche, esperando a que su esposa regresara de su aparición en directo en la CNN. Jean-Baptiste sabía todo cuanto quería saber, y sabía lo que Scarpetta y Benton compartían. Jean-Baptiste lo sabía porque sabía lo que él nunca había compartido y nunca compartiría. Nadie comprendía la soledad mejor que Jean-Baptiste, y entender su terrible aislamiento le hacía entender su antítesis. Oscuridad y luz. Amor y odio. Creación y destrucción. Los opuestos están íntimamente relacionados. Benton tenía que encontrarlo. Benton tenía que detenerlo.

El método más seguro era atacar las vulnerabilidades. El credo de Benton: sólo eres tan bueno como la gente que te rodea. No cesaba de repetírselo, de convencerse de que Jean-Baptiste había cometido un error. Había reclutado mal, había alistado a pequeños carnívoros que no tenían fortaleza mental ni estaban bien programados ni tenían experiencia, e iba a pagar sus decisiones precipitadas, sus deseos enfermizos y sus elecciones subjetivas. Su mente perturbada acabaría con él. La Abuela y Clyde lo hundirían. Jean-Baptiste nunca tendría que haberse rebajado a lo que, según los parámetros de los Chandonne, eran crímenes de poca monta. Tendría que haber evitado a personas poco aptas para el servicio, personas inestables que se dejaban arrastrar por sus propias debilidades y disfunciones. Jean-Baptiste tendría que haberse mantenido alejado de criminales de segunda trastornados y de los bancos.

El patrón era el mismo en todos los golpes, de manual, como estudiado de un libro. La sucursal bancaria había sufrido al menos un atraco en el pasado y no tenía mamparas a prueba de balas que separasen a los empleados del público. Los robos siempre tenían lugar los viernes entre las nueve y las once de la mañana, cuando era probable que hubiese menos clientes y más dinero en efectivo. Una anciana de aspecto benigno, que hasta esa mañana el FBI sólo había conocido como Abuela, entraba con aspecto de maestra de catequesis ataviada con un vestido anticuado y zapatillas de tenis, la cabeza cubierta por un pañuelo o un sombrero. Siempre llevaba gafas oscuras de montura antigua. Dependiendo del frío, añadía un abrigo y guantes de lana. Si el robo acontecía en un día caluroso, llevaba un par de guantes desechables de plástico transparente, del tipo que utilizan los trabajadores del sector de la alimentación, para no dejar huellas dactilares ni su ADN.

La Abuela siempre llevaba una bolsa con cremallera que empezaba a abrir cuando se acercaba al empleado. Introducía la mano en la bolsa y sacaba un arma que la imagen ampliada mostraba como siempre del mismo tipo, una pistola de nueve milímetros de cañón corto, un juguete. Habían retirado la punta naranja que la ley federal obliga a poner en los cañones de las pistolas realistas de juguete. La anciana deslizaba una nota al cajero, siempre el mismo tipo: «¡Vacía los cajones en la bolsa! ¡Nada de bombas de tinta o te mato!» Estaba escrita con precisa letra de imprenta en una pequeña hoja blanca arrancada de un bloc de notas. Mantenía la bolsa abierta y el cajero metía el dinero. La Abuela cerraba la bolsa mientras se dirigía a la puerta y entraba en el vehículo que conducía su cómplice, el hombre que el FBI llamaba Clyde. En todos los casos, el coche era robado y lo encontraban poco después, abandonado en el aparcamiento de un centro comercial.

Cuando Benton había entrado en la sala de conferencias varias horas antes, había reconocido de inmediato a la Abuela y sus notas. La caligrafía era tan perfecta que parecía una fuente impresa. El FBI dijo que era casi idéntica a una fuente llamada Gotham, la letra sencilla, sin pretensiones, de los paisajes urbanos, el diseño básico que solía verse en las señalizaciones, la misma letra utilizada por quienquiera que hubiese escrito la dirección del sobre FedEx que contenía la felicitación musical de Dodie Hodge y posiblemente la misma caligrafía del paquete FedEx que contenía la bomba. Acerca del último, era difícil saberlo. Según la oleada de correos de Marino, la etiqueta no había sobrevivido al cañón de agua. Pero tal vez no tuviera importancia.

Las imágenes de Dodie Hodge con varios disfraces y su caligrafía estaban en todas las paredes de la sala de conferencias, imágenes procedentes de vídeos donde aparecía con su atuendo de ancianita inocente, entrando y saliendo de bancos. Benton la habría reconocido en cualquier parte, pese a sus esmerados disfraces. Dodie no podía librarse de su gran cara con papada, sus labios finos, nariz bulbosa y orejas de soplillo. Y poco podía hacer para ocultar su cuerpo de matrona y sus piernas desproporcionadamente flacas. En la mayor parte de los robos era blanca. En unos pocos, negra. En uno de los recientes, el octubre pasado, marrón. Una vecina inofensiva, una abuela de aspecto dulce e inocente. En algunas de las imágenes, sonreía mientras salía apresuradamente con más de diez mil dólares dentro de su bolsa resistente al fuego, de un color diferente en cada ocasión: rojo, azul, verde, negro, todas ofrecían la protección adecuada si desobedecían sus instrucciones escritas y explotaba en su interior una bomba de tinta, humo rojo, y, posiblemente, gas lacrimógeno.

Era posible que Dodie Hodge nunca hubiese llamado la

atención de nadie y hubiera seguido robando bancos, quizá por mucho tiempo, si su compinche en los atracos, cuyo verdadero nombre era Jerome Wild, no hubiera decidido hacerse un tatuaje inconfundible en el cuello durante su estancia en la base de Camp Pendleton el pasado mayo, antes de ausentarse sin permiso y no volver. Era un tatuaje que nunca lograba cubrir, aunque tampoco lo intentaba, ni con un cuello alto o un pañuelo, ni con el maquillaje profesional que usaba Dodie, del que se habían encontrado residuos en los vehículos abandonados tras la huida. Maquillaje mineral, había explicado Marty Lanier. Los laboratorios del FBI en Quantico habían identificado nitruro de boro, óxido de zinc, carbonato cálcico, caolín, magnesio, óxidos de hierro, sílice y mica, los aditivos y pigmentos utilizados en sombras de ojos, pintalabios, bases y polvos de maquillaje técnicamente sofisticados y populares entre actores y modelos.

El tatuaje de Jerome Wild era grande y complejo; empezaba justo encima de la clavícula izquierda y terminaba detrás de la oreja izquierda. Quizás él nunca lo consideró un problema. Era el chófer del atraco y posiblemente supuso que nunca lo grabaría una cámara. Supuso mal. En uno de los robos, una cámara de seguridad situada en la esquina de otro banco en la acera de enfrente lo grabó claramente al volante de un Ford Taurus blanco robado, ajustando el retrovisor con una mano fuera de la ventana. Llevaba guantes negros forrados de piel de conejo.

Esa fotografía, que fue su caída, estaba en una pantalla de la sala de conferencias del FBI, y era una cara que Benton había visto antes, precisamente la noche anterior, en las imágenes de la cámara de seguridad del propio edificio de Benton y Scarpetta. Jerome Wild con gafas oscuras, una gorra y guantes de cuero negro forrados de piel de conejo. Unos esqueletos que salían de un ataúd le cubrían el lado izquierdo del cuello. La imagen del atraco al banco y la imagen de la noche anterior estaban una junto a la otra en las ventanas de la gran pantalla plana. Era el mismo hombre, un pez piloto, un pequeño depredador, un recluta tan ingenuo e imprudente que creyó que nunca lo atraparían, o ni siquiera se lo planteó. Wild no sabía nada, ni le importaba, de bases de datos de tatuajes y, por lo que parecía, Jean-Baptiste tampoco.

Wils sólo contaba veintitrés años, era listo y le gustaba la emoción y el riesgo, pero carecía de valores o creencias. No tenía conciencia. No era patriótico y le importaban un carajo su país o quienes luchaban por él. Cuando se alistó en los Marines, lo hizo por dinero, y cuando lo enviaron a Camp Pendleton no sirvió lo suficiente para sufrir la pérdida de camaradas en combate. No había subido al C-17 que iba a llevarlo a Kuwait, no había hecho nada más que disfrutar de California con todos los gastos pagados. Lo único que le había inspirado para hacerse un tatuaje profundamente simbólico y serio había sido la idea de hacerse un tatuaje, cualquiera, siempre que fuese *cool*, había dicho otro soldado que el FBI había entrevistado en varias ocasiones.

Wild se hizo el tatuaje *cool* y poco después volvió a su ciudad natal, Detroit, para pasar un fin de semana de permiso antes de que desplegaran su tropa. Nunca volvió a la base de los Marines. Fue visto por última vez por un conocido del instituto que reconoció a Wild en el casino del hotel Grand Palais jugando en las tragaperras, y las grabaciones de la seguridad del hotel lo habían confirmado. Lo grabaron en las tragaperras, en la ruleta y andando nerviosamente con un anciano bien vestido que el FBI había identificado como Freddie Maestro, a quien se suponían vínculos con el crimen organizado y que era dueño de —entre otros— el High Roller Lanes de Nueva York. Dos semanas después, a principios de junio, una mujer blanca vestida con un anticuado traje de lino que huyó en un Chevy Malibu robado conducido por un hombre negro, atracaba una sucursal bancaria próxima al centro comercial Tower Center de Detroit.

Benton estaba atónito y se sentía estúpido. Necesitaba reexaminar su vida y ahora no era el momento adecuado, no durante una discusión como ésta, con personas como éstas, en el interior de una sala de conferencias del FBI. A efectos prácticos, él había pasado de ser un agente de la ley, un investigador, a convertirse en un puto académico. Una atracadora de bancos había sido su paciente y él no había tenido ni idea porque no le estaba permitido investigar los antecedentes de Dodie Hodge, no le estaba permitido consultar nada referente a quién o qué era, aparte de saberla una mujer odiosa con un grave trastorno de la personalidad que aseguraba ser la tía de Hap Judd.

Benton no cesaba de repetirse que, aunque hubiese investigado minuciosamente su pasado, ¿qué habría encontrado? Lógicamente, la respuesta era nada. Benton se sentía enojado y humillado; deseaba volver a ser un agente del FBI, deseaba llevar un arma y una placa y tener permiso para investigar lo que le diera la gana. «Pero no habrías encontrado nada», no dejaba de decirse mientras seguía sentado ante la mesa de la sala de conferencias, que era, claro está, azul, de la moqueta a las paredes pasando por el tapizado de las sillas. «Nadie había descubierto nada hasta que viste sus imágenes en la pared», se dijo. No la habían reconocido. Era imposible encontrarla en los ordenadores.

No había en Dodie nada que la identificara, como un tatuaje, que pudiera acabar en una base de datos. Nunca la habían acusado de nada más grave que el altercado en el autobús del Bronx y de hurto y alteración del orden en Detroit el mes pasado; en ninguna de tales ocasiones hubo razones para vincular a esa mujer desagradable y exagerada con una serie de atracos bien ejecutados, que no habían cesado por casualidad cuando ella ingresó como paciente en McLean. Benton se recordó repetidas veces que, por mucho que la hubiera investigado, nunca habría podido relacionarla con Jerome Wild o los Chandonne. Habían llegado a vincularlos por pura casualidad. Por casualidad y la ayuda de Jean-Baptiste, que nunca tenía bastante. Había dejado descuidadamente su ADN en el asiento trasero de un Mercedes robado, había hecho varias cosas que iban demasiado lejos. Se hallaba en un proceso de descompensación, y ahora estaba ante él, ante Benton, de nuevo. No sólo un vínculo, o una rama, sino la raíz.

La fotografía de su ficha policial estaba en una pantalla plana al otro lado de la mesa, frente a Benton. Era su última fotografía conocida, tomada por el Departamento de Justicia de Tejas casi diez años antes. ¿Qué aspecto tendría ahora el cabrón? Benton no lograba apartar la vista de la imagen de la pantalla instalada en la pared. Parecía que ambos se miraban, enfrentados, confrontados. La cabeza afeitada, el rostro asimétrico, un ojo más bajo que el otro y la carne que los rodeaba inflamada y enrojecida debido a una quemadura química que Jean-Baptiste aseguraba que lo había cegado. No era así. Dos guardias de la unidad Polunsky lo habían descubierto del peor modo posible, cuando Jean-Baptiste los arrojó contra un muro de cemento y les aplastó el cráneo. En la primavera de 2003, Jean-Baptiste salió de su celda del corredor de la muerte con el uniforme, la identificación y las llaves del coche del guardia que había asesinado.

—No es una ramificación, sino una continuación —decía Lanier a Berger; las dos hablaban mucho y Benton no había estado escuchando.

Llegó otro correo electrónico de Marino:

```
De camino al edif ADN a encontrarme lucy y
doctora
```

—Será más evidente cuando tengamos una visión de conjunto, estoy de acuerdo con Benton. Pero Jerome no es violento, nunca lo ha sido —decía Lanier—. Es tan poco violento que desertó. Se alistó en el ejército porque no encontraba trabajo y luego se marchó porque le salió una oportunidad ilegal.

Benton respondió a Marino:

```
¿Por qué?
```

Lanier seguía hablando:

—Los tentáculos de los Chandonne están en Detroit. También los hay en Luisiana. Y en Las Vegas, Miami, París, Montecarlo. Ciudades portuarias. Ciudades de casinos. Quizás, hasta en Hollywood. Todo lo que atraiga al crimen organizado.

Benton recordó a todos en la mesa:

—Pero ya no se trata del padre, ni del hermano de Jean-Baptiste. Cortamos la manzana podrida en 2003; no llegamos al corazón, pero Jean-Baptiste es de otra cosecha.

La respuesta de Marino:

El reloj de Toni Darien

Benton continuó:

—Hablamos de alguien que se excita matando, de alguien demasiado compulsivo, demasiado dominado por sus impulsos para dirigir con éxito un cártel criminal, algo tan complejo como ha sido el negocio familiar durante casi un siglo. No podemos abordar esto como una acción del crimen organizado, sino como un caso de asesinatos sexuales en serie.

—La bomba era viable —dijo Berger a Lanier, como si Benton no hubiese hablado—. Podría haber herido gravemente y hasta matado a Kay. ¿Cómo puedes interpretar eso como no violento?

—No entiendes adónde quiero ir a parar —replicó Lanier—. Depende de la intención y, de hecho, Wild es sólo el mensajero, quizá ni supiera lo que había en el paquete.

—¿Y el modus operandi del tío en todos esos atracos? No ha hecho nada violento. Es un cobarde, se queda en el coche. Hasta el arma es falsa —dijo Stockman mientras intentaba colocar el árbol de decisiones, o el bosque de decisiones, como él lo llamaba, en la pantalla plana—. Tengo que coincidir con Marty en que él y la Abuela...

»La tal Dodie, disculpadme. Llevo seis meses llamándola abuela. De todos modos, Jerome y Dodie son lacayos.

—Dodie Hodge no es lacayo de nadie —intervino Benton—. Actúa si recibe una gratificación a cambio. Si se divierte. Pero no es una sierva. Sólo coopera y se la puede supervisar hasta cierto punto, que es por lo que Jean-Baptiste se equivocó al reclutarla, al reclutar a Jerome, al reclutar a cualquiera de los que probablemente haya reclutado. Todos saldrán defectuosos, porque él lo es.

—¿Y por qué robó los DVD? ¿Valía la pena que la arrestaran por unos vídeos de Hap Judd? —preguntó Berger a Lanier.

—Ésa no fue la razón —replicó Benton—. Simplemente no pudo controlarse. Y ahora la organización tiene un problema. Acaban de arrestar a una de sus atracadoras. Llaman a un abogado compinchado con ellos que, a su vez, intenta que se encargue del asunto un experto forense compinchado con ellos. En lugar de eso, acaban viéndoselas conmigo debido al histrionismo de Dodie, a su narcisismo. Quería ir al mismo hospital al que iban los ricos y famosos. Repito, no es una lacaya. Es una mala recluta.

—Un mal movimiento, robar esos DVD. —Stockman coincidió con Berger—. Aún estarían robando bancos, de no haberse metido esas malditas películas bajo el pantalón.

—Un mal movimiento, hablar de Hap Judd —añadió Benton—. Tampoco pudo reprimirse, pero está causando problemas, llamando la atención en exceso. Desconocemos cómo encaja Hap Judd en todo esto, pero está relacionado con Dodie, y está relacionado con Hannah Starr, y aparece en una fotografía con Freddie Maestro en High Roller Lanes, lo que también podría vincular a Hap con Toni Darien. Necesitamos el árbol, visualizarlo. Os mostraré cómo todo está relacionado.

—Volvamos a la bomba, para poner las cosas en claro —dijo Berger a Lanier—. Pensáis que hay alguien más detrás de la entrega del paquete bomba, Jean-Baptiste, y esta teoría se basa en...

—No querría decir en el sentido común... —empezó a decir Lanier.

—Es justo lo que querías decir, y acabas de hacerlo —replicó Berger—. Y la condescendencia no sirve de nada.

—Déjame acabar. No pretendía ser condescendiente contigo, Jaime, en absoluto; ni contigo, ni con nadie de esta mesa. Desde una perspectiva analítica —y lo que Lanier quería decir en realidad era «desde el punto de vista de un analista de investigación criminal, de un elaborador de perfiles del FBI»—, lo que se hizo a la doctora Scarpetta, o se ha intentado, es personal.

—Lanier miró a Benton—. Yo diría que íntimamente personal.

Casi implicando que Benton podría haber sido quien había enviado una bomba a su esposa.

Berger miró a Lanier a los ojos:

—No comprendo la parte del sentido común.

A Berger no le gustaba Lanier. Seguramente no era por celos, ni inseguridad, ni ninguna de las razones habituales por las que se enfrentan las mujeres poderosas. Había un problema práctico. Si el FBI se hacía cargo de toda la investigación, incluidos los posibles vínculos de Dodie Hodge o Hap Judd, o de quienquiera que se mencionase en aquella sala en relación con Hannah Starr, sería la Oficina del Fiscal de Estados Unidos la que se encargaría del caso y no el fiscal de distrito del condado de Nueva York, no Berger. «Supéralo», pensó Benton. Esto abarcaba mucho más que Nueva York. Esto era federal. Era internacional. Era siniestro y sumamente peligroso. Si Berger reflexionaba un instante, ni querría acercarse a un kilómetro del caso.

—El tipo de bomba, según se ha descrito, es una amenaza implícita. Intimidación. Burla —decía Lanier a Berger—. E indica un conocimiento previo de la víctima, de sus hábitos, de lo que le es importante. Dodie Hodge podrá haber sido la reina consorte, pero quien hubiera sacado más tajada del asunto, y perdonad la expresión, habría sido Chandonne.

—Me gustaría desplazarme hasta ahí —Stockman miraba algo en su ordenador—, a la casa de Dodie Hodge en Edgewater. —Empezó a escribir un correo electrónico—. ¿Tenía problemas con la bebida? Hay botellas de vino por todas partes.

—Tenemos que entrar en esa casa. —O'Dell miró lo que mostraba el ordenador de Stockman—. Ver si encontramos notas, más pruebas que la relacionen con los atracos y quién sabe qué más. Me refiero a que estos agentes pueden registrarla, claro, pero ellos no saben lo que sabemos nosotros.

—Encontrar a Jean-Baptiste es un asunto más urgente —intervino Benton, porque la policía, el FBI, andaba detrás de Dodie, pero nadie buscaba a Chandonne.

—No se han encontrado notas, sólo un par de pistolas de juguete —dijo O'Dell a Stockman, mientras que agentes y policías del Equipo Conjunto Antiatracos registraban la casa de Dodie y enviaban electrónicamente la información en tiempo real.

—Bingo —exclamó Stockman mientras leía—. Drogas. Parece que a la Abuela le va la coca. Y además, fuma. Oye, Benton, ¿sabes si Dodie fuma cigarrillos franceses? ¿Gauloises? No sé si lo he pronunciado bien.

—Quizás hubiese alguien más con ella —dijo Stockman, mientras respondía a los colegas que llevaban a cabo el registro.

Benton dijo:

—No escucharé nada durante un minuto.

Era una frase que funcionaba casi sin excepción. Cuando la gente discutía, estaba distraída y sus prioridades rompían la superficie del mar y resoplaban como ballenas, si Benton anunciaba que iba a dejar de escuchar, todo el mundo dejaba de hablar.

—Voy a decir lo que pienso, y necesito que me escuchéis porque os ayudará a comprender lo que veréis cuando todos estos vínculos aparezcan en la pared. ¿Cómo va el diagrama? —preguntó con retintín.

—¿Alguien más necesita café? —dijo O'Dell, frustrado—. Demasiadas cosas al mismo tiempo, joder, y además tengo que ir al baño.

20

En la octava planta del edificio de biología forense y ADN perteneciente a la Oficina del jefe de Medicina Forense, Scarpetta, Lucy y Marino estaban en un laboratorio utilizado para la formación de los científicos. Los casos criminales no se analizaban allí, pero las normativas higiénicas de trabajo seguían vigentes.

Los tres eran difíciles de reconocer con las batas desechables, los protectores para el cabello y los zapatos, las máscaras, los guantes y las gafas de seguridad que se habían puesto en el vestíbulo antes de pasar por una cámara hermética y entrar en un espacio de trabajo esterilizado equipado con lo último en tecnología de laboratorio, que Marino llamaba cacharros: analizadores genéticos, amplificadores de genes, centrífugas, mezcladores vórtex, termocicladores en tiempo real y robots para manejar las extracciones de grandes volúmenes de líquidos, como sangre. Marino se movía inquieto, impaciente. Todo le rozaba, tiraba del Tyvek azul y toqueteaba las gafas de seguridad, la máscara y lo que él denominaba el gorro de ducha; se lo reajustaba constantemente mientras renegaba de su atuendo.

—¿Alguna vez le has puesto zapatos de papel a un gato? —La máscara se movió mientras hablaba—. El pobre corre como un loco, para intentar sacárselos. Yo me siento igual, joder.

—Yo de niña no torturaba animales, ni quemaba cosas ni mojaba la cama —replicó Lucy, mientras recuperaba un cable micro-USB que había esterilizado.

Ante ella, encima de una mesa forrada de papel marrón, había dos MacBook, que se habían limpiado con alcohol isopropílico y envuelto en polipropileno transparente, y un objeto similar a un reloj marca BioGraph, al que se habían realizado pruebas de ADN el día anterior en la sala de pruebas y ahora se podía manipular. Lucy enchufó el cable en el BioGraph y lo conectó a uno de los portátiles.

—Como conectarlo al iPod o al iPhone, para sincronizarlo —explicó Lucy—. A ver qué tenemos.

La pantalla se fundió en negro y pidió un nombre de usuario y la contraseña. En la parte superior había una larga tira de ceros y unos que Scarpetta reconoció como un código binario.

—Qué raro —dijo Scarpetta.

—Muy raro —coincidió Lucy—. No quiere que conozcamos el nombre. Tiene un código binario, un elemento de disuasión. Si navegas por Internet y te encuentras con este sitio, te costará bastante saber siquiera dónde has aterrizado. E, incluso así, no puedes acceder a menos que estés autorizado o tengas una llave maestra.

«Llave maestra»; un eufemismo de piratear.

—Seguro que esta dirección en código binario no se convierte en un texto que diga «BioGraph». —Lucy tecleó en otro MacBook y abrió un archivo—. En tal caso, mis buscadores lo hubieran encontrado, porque saben muy bien cómo encontrar mapas de bits y sus secuencias o palabras representadas.

—Joder. Ya no tengo ni puta idea de lo que dices —bufó Marino.

Había estado ligeramente desagradable desde el momento en que Scarpetta se había reunido con él abajo y lo había acompañado a la octava planta. Estaba preocupado por la bomba. No iba a decírselo a ella, pero después de veinte años de conocerse, no hacía falta. Scarpetta lo conocía mejor de lo que él se conocía a sí mismo. Marino estaba irritable porque estaba asustado.

—Empezaré de nuevo y esta vez intentaré mover los labios cuando hablo —replicó Lucy con brusquedad.

—Tienes la boca tapada. No puedo verte los labios. Voy a

sacarme la gorra, por el pelo que me queda en la cabeza... Estoy empezando a sudar.

—Tu calva suelta células epiteliales, motivo probable de que tengas tanto polvo en tu apartamento —dijo Lucy—. Esto a lo que llamamos «reloj» se diseñó para que sincronizara con un portátil, puede conectarse a prácticamente cualquier dispositivo informático gracias al puerto micro USB. Probablemente porque muchas otras personas llevan esta especie de reloj y recogen datos como hacía Toni Darien. Pasemos el binario a ASCII.

Tecleó la secuencia de unos y ceros en un campo del otro MacBook y le dio a la tecla de *intro*. El texto se tradujo instantáneamente en una palabra que a Scarpetta le dio escalofríos.

«Calígula».

—¿No era el emperador romano que incendió Roma? —preguntó Marino.

—Ése fue Nerón —corrigió Scarpetta—. Calígula quizá fuera peor. Fue el emperador más demente, depravado y sádico de toda la historia del Imperio romano.

—Lo que ahora estoy esperando es sortear el nombre de usuario y la contraseña —dijo Lucy—. Simplificando, he secuestrado el sitio y lo que contiene el BioGraph para que los programas de mi servidor puedan ayudarnos.

—Creo que vi una película sobre él —recordó Marino—. Se acostaba con sus hermanas y vivía en palacio con su caballo, o algo así. Igual también se lo hacía con el caballo. Un cabrón de cuidado. Creo que era deforme.

—Un nombre escalofriante para un sitio web —dijo Scarpetta.

—Oh, vamos. —Lucy se impacientaba con el ordenador, con los programas que trabajaban invisiblemente para darle acceso a lo que ella quería.

—Ya te advertí que no fueras y volvieras andando tú sola —dijo Marino a Scarpetta; pensaba en la bomba, en lo que acababa de experimentar en Rodman's Neck—. Cuando apareces en directo por televisión, deberías ir con escolta. Supongo que ya no volverás a discutir al respecto.

Marino daba por sentado que, si la hubiese acompañado anoche, habría advertido que el paquete de FedEx era sospechoso y no habría dejado que lo tocara. Marino se sentía responsable de su seguridad, tenía la costumbre de obsesionarse al respecto, cuando lo irónico era que la vez que Scarpetta se había sentido más insegura era con él, no hacía tanto tiempo.

—Probablemente Calígula es la marca registrada de un proyecto; eso es lo que supongo —intervino Lucy, ocupada con el otro MacBook.

—La cuestión es, ¿qué vendrá a continuación? —preguntó Marino a Scarpetta—. Intuyo que alguien está preparando algo gordo. La felicitación musical que Benton recibió ayer en Bellevue; luego, ni siquiera doce horas después, la bomba FedEx con la muñeca de vudú. Joder, apestaba. Me muero por saber qué tiene que decir Geffner al respecto.

Geffner analizaba rastros en los laboratorios de criminalística de la policía, en Queens.

—Le he llamado de camino hacia aquí y le he dicho que se ponga al microscopio en cuanto lleguen los restos de la bomba. —Marino echó un vistazo a su manga de papel azul y se la subió con una mano enguantada en látex para consultar el reloj—. Ahora estará examinándolo. Hostia, deberíamos llamarle. Joder. Es casi mediodía. Como asfalto caliente, huevos podridos y mierda de perro, como la escena de un incendio realmente asquerosa, como alguien que usara acelerante para incendiar una puta letrina. Casi he vomitado, y eso que no es fácil hacerme potar. Además, pelo de perro. ¿La paciente de Benton? ¿La chalada que llamó a la CNN? Me cuesta imaginármela montando algo así. Lobo y Ann dicen que era un trabajo primoroso.

Como si elaborar una bomba que pudiese reventarle la mano a una persona, o algo peor, fuese digno de elogio.

—Y... estamos dentro —intervino Lucy.

La pantalla negra con la serie binaria se volvió de color negro azulado y CALÍGULA apareció en el centro, en lo que parecían letras tridimensionales de metal plateado. Un tipo de letra que le era familiar. Scarpetta casi sintió náuseas.

—Gotham —dijo Lucy—. Es interesante. La fuente es Gotham.

La bata de papel de Marino crujió cuando éste se acercó a mirar, los ojos enrojecidos tras las gafas de seguridad:

—¿Gotham? Yo no veo a Batman por ninguna parte.

La pantalla decía a Lucy que pulsara cualquier tecla para continuar. Pero no lo hizo. Estaba intrigada por la fuente Gotham y por lo que podía significar.

—Autoritaria, práctica, conocida como el tipo de letra profesional de los espacios públicos —explicó Lucy—. La letra de palo que vemos en nombres y números en carteles, paredes, edificios, y en la primera piedra de la Torre de la Libertad del World Trade Center. Pero la razón de que la fuente Gotham haya recibido tanta atención últimamente es Obama.

—La primera vez que oigo hablar de una fuente que se llama Gotham. Pero claro, no me leo la revista mensual de fuentes ni voy a putas convenciones de fuentes —replicó Marino.

—Gotham es el tipo de fuente que los de Obama usaron durante su campaña. Y deberías prestar atención a las fuentes, como te he dicho muchas veces. Las fuentes son parte del examen de documentos siglo XX y no darles importancia es una irresponsabilidad. Qué son y por qué alguien las elige para comunicar específicamente algo puede ser revelador y significativo.

—¿Por qué la fuente Gotham en este sitio web? —Scarpetta imaginó el albarán de FedEx y su caligrafía inmaculada, casi perfecta.

—No lo sé, salvo que ese tipo de letra supuestamente sugiere credibilidad. Inspira confianza. Subliminalmente, debemos tomarnos este sitio web como algo serio —respondió Lucy.

—El nombre Calígula inspira cualquier cosa menos confianza —razonó Scarpetta.

—Gotham es popular, es *cool*. Sugiere todo lo correcto, si quieres influir para que alguien te tome en serio: a ti, a tu producto, a un candidato político o quizás algún tipo de proyecto de investigación.

—O que te tomes en serio un paquete peligroso —dijo Scarpetta, de pronto enojada—. Este tipo de letra se parece mucho, si no es idéntico, a la del paquete que recibí anoche. Supongo que no has visto la caja antes de que la desactivasen con el cañón de agua.

—Como te he dicho, las pilas que eran el blanco estaban justo debajo de la dirección —respondió Marino—. Dijiste que se refería a ti como la forense jefe de Gotham. Así que ahí está de nuevo la referencia a Gotham. ¿Le resulta curioso a alguien, además de a mí, que Hap Judd haya aparecido en una peli de Batman y que se folle a cadáveres?

—¿Por qué enviaría Hap Judd a mi tía lo que tú has descrito como una bomba fétida? —dijo Lucy, ocupada con el otro Mac-Book.

—¿Quizá porque ese capullo pervertido es el asesino de Hannah? ¿O porque está relacionado con Toni Darien, ya que ha estado en High Roller Lanes y como mínimo la habrá conocido? La doctora hizo la autopsia de Toni y es muy posible que acabe siendo también la forense del caso de Hannah.

—¿Y por eso le mandan una bomba? ¿Y eso va a evitar que atrapen a Hap Judd si aparece el cuerpo de Hannah? —cuestionó Lucy, como si Scarpetta ya no estuviese en el laboratorio con ellos—. No digo que ese gilipollas no le haya hecho nada a Hannah o no sepa dónde está.

—Sí, él y los cadáveres —apuntó Marino—. Interesante, ahora que sabemos que conservaron unos días el cadáver de Toni, antes de deshacerse de él. Me pregunto dónde estuvo el cuerpo y cómo alguien se divirtió con él. Probablemente le hizo lo mismo que a esa chica muerta en la cámara frigorífica del hospital. ¿Por qué, si no, iba a pasar quince minutos ahí dentro y salir con un solo guante?

—Pero no creo que le dejase una bomba a la tía Kay para asustarla y hacer que dejara el caso, o los dos casos, o cualquier caso. Eso es una idiotez. Y la fuente Gotham no tiene nada que ver con Batman.

—Quizá sí, si la persona está metida en algún juego perverso —objetó Marino.

El olor a quemado y a azufre, Scarpetta seguía pensando en la bomba. Una bomba fétida, una clase especial de bomba sucia, una bomba emocionalmente destructiva. Alguien que conocía a Scarpetta. Alguien que conocía a Benton. Alguien que conocía su historia casi con la misma intimidad que ellos. «Juegos. Juegos perversos», pensó Scarpetta.

Lucy dio a la tecla *intro* y CALÍGULA desapareció, sustituido por:

Bienvenida, Toni

A continuación:

¿Quieres sincronizar datos? Sí No

Lucy respondió sí y el siguiente mensaje fue:

Toni, no actualizas tus escalas desde hace tres días. ¿Quieres completarlas ahora? Sí No

Lucy pulsó sí; la pantalla desapareció y la reemplazó otra:

Por favor, puntúa estos adjetivos según el grado en que describen tu estado el día de hoy.

A lo que seguían adjetivos como eufórica, confundida, contenta, feliz, irritable, enfadada, entusiasta, inspirada, cada una de las palabras listadas iba seguida de una escala de cinco puntos, del 1 para «muy poco» o «nada» al 5 para «extremo».

—Si Toni hacía esto todos los días, ¿estaría en su portátil? ¿Será por eso que ha desaparecido? —planteó Marino.

—No estaría en su portátil. Lo que ves reside en el servidor de este sitio web —dijo Lucy.

—Pero ella conectaba el reloj al portátil —insistió Marino.

—Sí. Para cargar información y el reloj. Los datos recogidos en este dispositivo con pinta de reloj no eran para que los usara

Toni y no hubiese podido conservarlos en su portátil. No sólo no podía utilizar los datos; además, carecía del software necesario para agruparlos, clasificarlos, darles sentido.

Aparecieron más preguntas en la pantalla y Lucy las respondió porque quería ver qué sucedía a continuación. Puntuó sus diferentes estados de ánimo como «muy poco» o «nada». Si hubiese sido Scarpetta quien respondía a las preguntas, en aquel instante habría calificado su propio estado de ánimo como «extremo».

—No sé, no se me va de la cabeza que este proyecto Calígula quizás explique por qué alguien entró en el apartamento de Toni Darien para llevarse su portátil y su teléfono, y quién sabe qué más. —Las gafas protectoras de Marino miraron a Scarpetta y añadió—: No sabemos si era Toni quien aparecía en la grabación de las cámaras de seguridad, tienes razón en eso. Sólo porque la persona llevaba lo que parecía su abrigo. ¿Es difícil aparentarlo, si eran dos personas más o menos de la misma altura y calzaban zapatillas de deporte similares? Toni no era pequeña; era delgada, pero alta. Casi uno ochenta, ¿no? No sé cómo iba a entrar en su edificio el miércoles por la tarde a eso de las seis menos cuarto y salir a las siete. Crees que lleva muerta desde el martes. Y ahora esta cosa, este Calígula, dice lo mismo. Lleva tres días sin responder el cuestionario.

—Si es verdad que alguien se hizo pasar por ella en las grabaciones de seguridad, entonces tenía el abrigo de Toni, o uno parecido, y las llaves de su casa —dijo Lucy.

—Llevaba muerta, como mínimo, treinta y seis horas —intervino Scarpetta—. Si iba con las llaves de casa en el bolsillo y el asesino sabía dónde vivía, para éste tuvo que ser fácil coger las llaves, entrar en el apartamento, llevarse lo que quería y devolver las llaves al bolsillo cuando dejó el cadáver en el parque. Es posible que esta persona también tuviese su abrigo. Quizá Toni lo llevaba puesto la última vez que salió de casa. Eso explicaría por qué no llevaba ropa de abrigo cuando se encontró su cuerpo. Le faltaban prendas de ropa.

—Eso supone mucho trabajo y mucho riesgo —opinó

Lucy—. Alguien no lo planeó bien. Parece que todos los cálculos son posteriores al hecho, no anteriores al crimen. Tal vez sea un crimen impulsivo y el asesino era alguien que ella conocía.

—Si se comunicaba con esa persona, tal vez ésa sea la razón de que el portátil y el móvil hayan desaparecido. —Marino seguía con lo mismo—. Mensajes de texto guardados en el teléfono. Quizá cuando consigas entrar en su correo electrónico. Quizás enviaba correos a esos de Calígula, o tenga documentos incriminatorios en su portátil.

—¿Entonces por qué dejar el BioGraph en el cadáver? —preguntó Lucy—. ¿Por qué arriesgarse a que alguien hiciera lo que estamos haciendo ahora mismo?

Scarpetta respondió:

—Tal vez su asesino quisiera el portátil, el teléfono, pero eso no implica que fuese por un motivo racional. Quizá la ausencia de razón sea el motivo de que el BioGraph siguiera en el cadáver.

—Siempre hay una razón —objetó Marino.

—No la clase de razón que crees, porque éste quizá no sea el tipo de crimen que crees —dijo Scarpetta, y pensó en su Black-Berry.

Reconsideró el motivo del robo, tenía la sensación de que quizá se equivocaba respecto a por qué Carley Crispin quería su BlackBerry, que no era simplemente por lo que Carley había dicho cuando pasaban ante Columbus Circle, después de salir de la CNN: «Seguro que puedes convencer a cualquiera, con los contactos que tienes.» Como insinuando que Scarpetta no tendría problemas para atraer invitados a su programa, asumiendo que tuviese programa propio, y Scarpetta había creído que su teléfono desapareció por ese motivo. Carley quería información, quería los contactos de Scarpetta, y es posible que hiciera uso de las fotografías de la escena del crimen cuando se le presentó la oportunidad. Pero, en última instancia, probablemente el destinatario del BlackBerry no era Carley, ni siquiera Agee; quizás éste se lo hubiera dado a una tercera persona, de no haber decidido matarse.

—Una persona comete un asesinato y vuelve a la escena del crimen no siempre por la única razón de que está paranoico e intenta borrar sus huellas —explicó Scarpetta—. A veces lo hacen para revivir un acto violento que les resultó gratificante. Tal vez, en el caso de Toni, haya más de un motivo. Su móvil, su portátil, son *souvenirs*, y también un medio de hacerse pasar por ella antes de que se descubriese su cadáver, para despistarnos acerca de la hora de la muerte fingiendo que era ella quien enviaba un mensaje de texto a su madre alrededor de las ocho de la noche. La noche del miércoles. Manipulaciones, juegos y fantasías con una carga emocional, sexual, sádica. Una combinación de motivaciones que crearon una disonancia maligna. Como pasa tantas veces en la vida. No sólo un único elemento.

Lucy terminó de anotar la puntuación de su estado de ánimo y apareció en pantalla el recuadro «Enviar». Lo seleccionó y recibió la confirmación de que sus escalas se habían enviado al sitio web para proceder a su revisión. «¿Revisión por parte de quién?», se preguntó Scarpetta. Un patrocinador del estudio que fuera psicólogo, psiquiatra, neurocientífico, ayudante de investigación, un estudiante licenciado. Quién demonios lo sabía, pero había más de uno. Probablemente fuera todo un grupo de profesionales. Estos patrocinadores invisibles podían ser cualquiera, podían existir en cualquier parte y estaban involucrados en un proyecto que evidentemente pretendía realizar predicciones de la conducta humana que resultaran de utilidad para alguien.

—Es un acrónimo —dijo Lucy.

En la pantalla:

GRACIAS POR PARTICIPAR EN EL ESTUDIO DEL **CÁL**CULO **I**NTEGRADO MEDIANTE **G**PS DE **U**NIDADES DE **L**UZ Y **A**CTIVIDAD.

—CALÍGULA —dijo Scarpetta—. Sigo sin comprender por qué alguien iba a elegir semejante acrónimo.

—Sufría pesadillas e insomnio crónicos. —Lucy leía distintos archivos del otro MacBook, resultados de la búsqueda en Google de «Calígula»—. Solía vagar toda la noche por palacio, a la espera de que amaneciese. El nombre quizá guarde relación con eso. Si, por ejemplo, el estudio está relacionado con trastornos del sueño y los efectos de la luz y la oscuridad en el estado de ánimo. Su nombre deriva de la palabra latina *caliga*, que significa «botita».

Marino dijo a Scarpetta:

—Tu nombre significa «zapatito».

—Vamos, chicos —musitó Lucy, hablando a sus programas neuronales y motores de búsqueda—. Esto sería mucho más fácil si pudiera llevarme esto a mi despacho.

Se refería al dispositivo BioGraph.

—Aparece por todas partes en Internet que Scarpetta significa «zapatito» —siguió Marino, sus ojos incómodos tras el plástico grueso—. El zapatito, la que pisa fuerte, la que deja huella.

—Por fin lo tenemos —dijo Lucy.

Los datos se desplazaron por la pantalla. Un amasijo de letras, símbolos, números.

—Me pregunto si Toni sabría exactamente qué datos recogía el trasto que llevaba en la muñeca mañana, tarde y noche —dijo Lucy—. O si lo sabía quienquiera que la matase.

—Es poco probable que Toni lo supiera. Los detalles que los investigadores esperan probar no se revelan ni se hacen públicos. Los sujetos del estudio no conocen los detalles, sólo generalidades. De lo contrario, podrían sesgar los resultados —explicó Scarpetta.

—Algo tenía ella que ganar, si llevaba ese reloj todo el tiempo y respondía a esas preguntas todos los días —dijo Marino.

—Quizá tuviera un interés personal en los trastornos del sueño o el trastorno afectivo estacional, quién sabe, y vio un anuncio del estudio o alguien le dio la información. Su madre dice que sufría de cambios de humor y que le afectaba el mal tiempo. Por lo general, a las personas que participan en estudios de investigación, se les paga —razonó Scarpetta.

Pensó en el padre, Lawrence Darien, y en su agresividad a la hora de reclamar los efectos personales de Toni, así como su cadáver. Un ingeniero bioeléctrico del MIT. Un jugador y un borracho vinculado al crimen organizado. Cuando hizo esa escena en el depósito de cadáveres, quizá lo que en realidad buscaba era el reloj BioGraph.

—Es increíble lo que almacenaba este trasto. —Lucy acercó un taburete a su MacBook y se sentó, sin dejar de observar los datos en bruto que guardaba el dispositivo BioGraph de Toni—. Evidentemente es una combinación de un registro actigráfico de datos con un acelerómetro muy sensible o un elemento bimorfo en un sensor piezoeléctrico de dos capas, que básicamente mide la actividad motora gruesa. No veo nada que suene a ejército o gobierno.

—¿Qué esperabas? ¿Que esto fuese de la CIA? —preguntó Marino.

—No lo es. Nada está cifrado como solía ver en los documentos muy confidenciales del gobierno. No es el cifrado estándar de tres bloques con los bits y los tamaños de bloques que yo asocio a los algoritmos utilizados en la criptografía simétrica. Ya sabes, esas claves muy largas, de más de cuarenta bits, que se supone que son exportables, pero que dificultan mucho que un hacker pueda descifrar el código. No es lo que tenemos aquí. Esto no es militar, ni pertenece a ninguna agencia de información. Es del sector privado.

—Supongo que no debemos preguntar cómo sabes el modo en que el Gobierno cifra su información ultrasecreta —comentó Marino.

—El propósito de este trasto es reunir datos para algún tipo de investigación; nada de espionaje, nada de guerras, nada de terroristas, por una vez —dijo Lucy mientras los datos seguían descargándose—. No está ideado para el usuario, sino para los investigadores. Ahí está, manejando datos, pero ¿para quién? Variabilidad en el horario de sueño, cantidad de sueño y pautas de actividad diurna en correlación con la exposición a la luz. Vamos, empezad a agregar cierto orden, para que sea más fácil leerlo —volvió a decir a sus programas—. Dadme los gráficos. Dadme los mapas. Lo está ordenando por tipos de datos. Un montón de datos. Toneladas. Graba datos cada quince segundos. Esta cosa grababa, cinco mil quinientas sesenta veces al día, quién sabe qué clase de datos. Lecturas de podómetro y GPS. Localización, velocidad, distancia, altura y las constantes vitales del usuario. Ritmo cardíaco y SpO2.

—¿SpO2? Creo que te equivocas —dijo Scarpetta.

—Lo estoy viendo, cientos de miles de entradas. El SpO2 se medía cada quince segundos.

—No comprendo cómo puede ser eso posible. ¿Dónde está el sensor? No puede hacerse una pulsioximetría, medir la saturación de oxígeno en sangre, sin sensor alguno. Suele colocarse en la yema del dedo o en un dedo del pie, a veces en el lóbulo de la oreja. Tiene que ser una zona anatómicamente estrecha para que la luz pueda atravesar el tejido. Una luz que comprende longitudes de onda de luz roja e infrarroja que determinan la oxigenación, el porcentaje de saturación de oxígeno en la sangre.

—El BioGraph tiene Bluetooth; quizá los datos del pulsioxímetro puedan transmitirse mediante Bluetooth.

—Sin cables o de otro modo, algo tenía que tomar las mediciones que vemos —replicó Scarpetta—. Un sensor que llevase prácticamente todo el tiempo.

Un punto rojo de láser se desplazó por los nombres, las localizaciones y las ramificaciones que los vinculaban en el árbol gráfico que llenó la pantalla plana.

—Suponemos que el señor Chandonne, el padre, ya no está al mando. —Benton sostenía un puntero láser e ilustraba lo que decía a medida que hablaba—. Y las posibles asociaciones familiares que dejó están dispersas. Tanto él como muchos de sus capitanes se encuentran en la cárcel. El que debía ser el heredero Chandonne, el hermano de Jean-Baptiste, está muerto. Y, en gran parte, los agentes de la ley han centrado su atención en otros problemas internacionales: Al Qaeda, Irán, Corea del

Norte, el desastre económico mundial. Jean-Baptiste, el hijo superviviente, aprovecha la oportunidad para hacerse con el poder, empezar una nueva vida y, esta vez, hacerlo mejor.

—No veo cómo. Es un lunático —objetó O'Dell.

—No es un lunático. Es sumamente inteligente, sumamente intuitivo, y durante ciertos periodos su intelecto puede controlar sus compulsiones, sus obsesiones. La cuestión es durante cuánto tiempo.

—Disiento en todo —dijo O'Dell a Benton—. ¿Este tío, un jefe de la mafia? ¡Si no puede ni presentarse en público, a menos que se ponga una bolsa en la cabeza! Es un fugitivo internacional, buscado por la Interpol, y es deforme, un monstruo.

—Puedes disentir cuanto quieras. No lo conoces —afirmó Benton.

—Tiene una enfermedad genética, no recuerdo el nombre —siguió O'Dell.

—Hipertricosis congénita universal. —Era Marty Lanier quien hablaba—. Los individuos que sufren esta rara enfermedad tienen el cuerpo cubierto de lanugo, un cabello fino, como el de los bebés, hasta en zonas que por lo general apenas tienen vello o carecen de él. La frente, las palmas de las manos, los codos. Y puede incluir también deformidades, como hiperplasia gingival o dientes pequeños y espaciados.

—Como he dicho, un monstruo; parece un puto hombre lobo —dijo O'Dell a todos los de la mesa—. La leyenda se habrá inspirado en las personas que sufrían esa enfermedad.

—No es un hombre lobo y su enfermedad no sale de una historia de terror. No es una leyenda. Es muy real —matizó Benton.

—No sabemos el número de casos —dijo Lanier—. Unos cincuenta, cien. Son pocos los casos comunicados oficialmente.

—Ésa es la cuestión —intervino Berger, que estaba algo apagada—. No puedes contabilizar casos si no se comunican, y es fácil comprender por qué la hipertricosis tenía asociaciones muy negativas y estigmas, que implicaban que quien la sufría era un monstruo, un malvado.

—Por lo que se los trataba como tales y acaban convirtiéndose en eso —añadió Lanier.

—Las familias escondían a los parientes que padecían esta enfermedad y Jean-Baptiste no fue una excepción —continuó Benton—. Creció en un sótano, en lo que era en esencia una mazmorra subterránea sin ventanas en la casa del siglo XVII que la familia Chandonne tenía en la Île Saint-Louis, en París. Es posible que los genes que heredó Jean-Baptiste se remontaran a un hombre de mediados del siglo XVI que nació cubierto de pelo; cuando era bebé, lo regalaron al rey Enrique II en París y creció en palacio como una curiosidad, como una diversión, como una especie de mascota. Este hombre se casó con una francesa y varios de sus hijos heredaron el trastorno. A finales del siglo XIX, se cree que una de sus descendientes se casó con un Chandonne y cien años después el gen recesivo se convirtió en dominante en la forma de Jean-Baptiste.

—Lo que intento que entendáis es que la gente sale corriendo ante alguien así —dijo O'Dell—. ¿Cómo puede Jean-Baptiste hacerse con el control y operar desde la casa familiar de París?

—No sabemos dónde ha vivido Jean-Baptiste —replicó Benton—. No sabemos lo que ha hecho en los últimos cinco años. No sabemos qué aspecto tiene. Eliminación del vello con láser, prótesis dentales, cirugía plástica, la tecnología médica disponible en la actualidad. No tenemos ni idea de lo que se ha hecho desde que escapó del corredor de la muerte. Lo que sabemos es que recuperasteis su ADN del asiento trasero de un Mercedes robado en Miami y eso lo relaciona inequívocamente con los atracos a bancos cometidos por Jerome Wild y Dodie Hodge. Ambos están relacionados con Detroit, lo que probablemente indica que Jean-Baptiste tiene relaciones en esa ciudad. Y en Miami. Y aquí.

—La industria del juego. Y quizá la del cine —dijo Lanier.

—La familia Chandonne estaba metida en cualquier cosa que fuese lucrativa —siguió Benton—. El negocio del espectáculo, el juego, prostitución, drogas, armas, falsificaciones de marcas de diseño, contrabando de todo tipo. Todo aquello que históricamente asociéis al crimen organizado. A Jean-Baptiste le resulta familiar, está versado en el tema. Son cosas de familia. Lo lleva en la sangre. Ha tenido cinco años para aprovecharse del entramado de relaciones que le ha facilitado su familia. Ha tenido acceso al dinero. Ha estado trabajando en su plan, sea cual sea, y cualquier plan organizado necesita reclutas. Jean-Baptiste necesitaba tropas. Si pretendía restablecer la familia criminal de los Chandonne o construirse un imperio propio, reinventarse, recrearse, necesitaba alistar a muchos y escogió mal. Un individuo con su historial de maltrato, de psicopatología y de crímenes extremadamente violentos no iba a tener lo que se requiere para ser un líder astuto y eficaz, al menos no por mucho tiempo. Y lo mueven compulsiones sexualmente violentas. Lo mueve la venganza.

La raíz del árbol de la pared era Jean-Baptiste. Su nombre aparecía en el centro de la pantalla, y los otros nombres eran ramificaciones directas e indirectas.

—Así que tenemos a Dodie Hodge y a Jerome Wild vinculados con él. —Benton apuntó con el láser y el punto se trasladó a los nombres que acababa de mencionar.

—Deberíamos añadir a Hap Judd —dijo Berger, y estaba distinta, muy sombría—. Está relacionado con Dodie, aunque él asegura que ya no tiene nada que ver con ella.

Berger estaba desconocida y Benton no sabía qué había sucedido. Cuando todos tomaban café, Berger se había sentado a la mesa de un agente ausente y había llamado desde un teléfono fijo. A partir de entonces, había enmudecido. Había dejado de ofrecer ideas y argumentos y había dejado de replicar cada vez que Lanier abría la boca. Benton intuía que no tenía nada que ver con la jurisdicción ni con disputas territoriales, con la rencilla de quién llevaría la acusación de qué. Parecía derrotada. Parecía consumida.

—Durante cierto tiempo Hap buscó su consejo espiritual —prosiguió Berger en un tono impersonal, monótono—. Así lo ha declarado cuando lo he interrogado esta mañana. Dice que

Dodie es una pesada, que llama a menudo a su oficina de Los Ángeles y que él la evita.

—¿Cómo conoció a Dodie? —quiso saber Lanier.

—Parece ser que ella ofrecía consejo espiritual y le leía el futuro a Hannah Starr —respondió Berger—. No es nada raro. Muchos famosos y personas ricas e influyentes, políticos incluidos, buscan el consejo de supuestos adivinos, gitanas, brujas, magos y profetas, la mayoría de ellos farsantes.

—Supongo que la mayoría no resultan ser atracadores —dijo Stockman.

—Te sorprendería lo que muchos de ellos resultan ser —replicó Berger—. El robo, la extorsión, los timos, son un componente bastante natural de la profesión.

—¿Dodie Hodge estuvo alguna vez en la mansión de los Starr de Park Avenue? —preguntó Lanier a Berger.

—Hap dice que sí.

—¿Consideras a Hap sospechoso en el caso de Hannah Starr? ¿Sabe él dónde está, o está relacionado con el asunto? —planteó O'Dell.

—En este momento, lo considero el sospechoso más importante —dijo Berger, y sonó extenuada, casi indiferente, o quizá destrozada.

No era que estuviera cansada. Era algo más.

—Hap Judd debería estar en la pared, por Dodie y por Hannah. —Berger miraba al otro lado de la mesa pero no conectaba con nadie, casi como si se dirigiera a un gran jurado—. Y también por Toni Darien. Está vinculado a High Roller Lanes y posiblemente a Freddie Maestro, y debemos añadir el hospital Park General en Harlem, no muy lejos de donde se encontró el cadáver de Toni, en la calle Ciento diez.

Más ramificaciones en la pantalla plana: Hannah Starr relacionada con Hap Judd y ambos relacionados con Dodie Hodge e indirectamente con Jerome Wild. Ahora todas las relaciones vinculaban a Toni Darien, High Roller Lanes y el hospital Park General y volvían a la raíz, Jean-Baptiste Chandonne. Berger habló del pasado de Hap en el hospital de Harlem y de la joven que falleció allí, Farrah Lacy, y luego volvió al vínculo de Hap con los Starr, sus visitas a la mansión de Park Avenue para, como mínimo, cenar una noche y otras veces para acostarse con Hannah. O'Dell la interrumpió para señalar que Rupe Starr no habría cortejado a un actor segundón que apenas podía invertir medio millón de dólares.

—Los jugadores de altos vuelos como Rupe ni te hablan, a menos que tengas mucho más que eso que ofrecer —explicó O'Dell.

—La cena tuvo lugar un año antes de que Rupe muriese. Entonces Hannah ya estaba casada con Bobby Fuller —dijo Berger.

—Quizá sea una de esas situaciones en que la familia empieza a excluir al jefe, que empieza a manejar el cotarro a su manera —sugirió Stockman.

—Sé que habéis investigado las finanzas de Hannah —dijo Berger, refiriéndose al FBI—, por la información que os hice llegar, lo que Lucy y yo descubrimos.

Como si todos supieran quién era Lucy y, significativamente, quién era para Berger.

—Mucha actividad en muchos bancos, aquí y en el extranjero —dijo Stockman—. Empezó hará unos dos años. Después, tras la muerte de Rupe Starr el pasado mayo, la mayor parte del dinero se ha perdido.

—Hap afirma que estaba en Nueva York la víspera de Acción de Gracias, cuando Hannah desapareció. Al día siguiente voló a Los Ángeles. Necesitaremos una orden para registrar su piso de TriBeCa. Habría que hacerlo sin demora. Afirma que Hannah y Bobby nunca han mantenido relaciones sexuales. Según él, ni una sola vez —continuó Berger sin la habitual fuerza en su voz, ni atisbo de su humor irónico.

—Sí, ya —replicó O'Dell con sarcasmo—. El cuento más viejo del mundo. No hay fuego en el hogar, así que buscas calor en otra parte.

—Hannah Starr era mundana, llevaba una vida disipada, se codeaba con los ricos y famosos nacionales y extranjeros, pero nunca en la mansión —prosiguió Berger—. Era mucho más pública, aparecía más en la página 6 del *Post* que en el comedor familiar, su estilo era la antítesis del de su padre. Sus prioridades eran claramente distintas. Según Hap, fue ella quien se puso en contacto con él. Se vieron en el Monkey Bar. Poco después le invitaron a una de las cenas de Rupe y se convirtió en un cliente. Hannah manejaba personalmente el dinero de Hap y Hap afirma que Hannah le tenía miedo a Bobby.

—No era Bobby quien estaba en la ciudad la noche que Hannah se esfumó y luego subió a un avión al día siguiente —apuntó Lanier intencionadamente.

—Exacto —dijo Berger, mirando a Benton—. Me preocupa mucho el vínculo de Hap con todos. Y sus inclinaciones. Kay dice que Toni Darien estuvo muerta día y medio antes de que dejaran su cadáver en el parque. La conservaron en un ambiente fresco, un interior. Quizás ahora eso cobre sentido.

Se iban añadiendo más nombres al gráfico de la pared.

—Y Warner Agee y Carley Crispin. También deberían estar ahí —dijo Benton a Stockman.

—No tenemos ningún motivo para creer que Agee o Carley estén vinculados con alguien de los que aparecen en la pared —replicó O'Dell.

—Sabemos que Carley está vinculada a Kay. Y yo con Agee.

El sonido del teclado. Los nombres de Scarpetta y Benton aparecieron en la pantalla plana. Era horrible verse ahí. Relacionados con todos. Relacionados con la raíz, Jean-Baptiste Chandonne.

Benton continuó:

—Y, basándonos en lo que Lucy y Kay han encontrado en la habitación de hotel de Agee, sospecho que estaba involucrado en el negocio de los casinos.

Se añadió «Casinos» a la pared.

—Utilizaba sus intereses en lo paranormal y sus influencias para investigar algo, manipular algo.

«Paranormal» pasó a ser otra rama del árbol.

—Es posible que lo hiciera con el patrocinio de un francés rico, supuestamente llamado Lecoq —siguió Benton, y ese nombre apareció a continuación—. Alguien, posiblemente el tal señor Lecoq, pagaba a Agee en efectivo. Posiblemente también recibía dinero de Freddie Maestro. Por lo que es posible que Lecoq y Maestro estén relacionados, lo que vincularía Detroit y Francia.

—No sabemos quién es Lecoq ni si existe en realidad —dijo Lanier a Benton.

—¿Crees que el tal Lecoq es el hombre lobo? —preguntó O'Dell.

—No lo llamemos así —respondió Benton—. Jean-Baptiste Chandonne no es un estereotipo. Ni un mito. Es un hombre que, en estos momentos, bien podría tener un aspecto normal. Y posiblemente tendrá varios alias. De hecho, es imprescindible que los tenga.

—¿Habla con acento francés? —Stockman trabajaba con el portátil, añadiendo ramificaciones que aparecían en el árbol de la pared.

—Puede hablar con varios acentos y sin acento —respondió Benton—. Además de francés, habla con fluidez italiano, español, portugués, alemán e inglés. Quizás ahora hable algunas lenguas más. No lo sé.

—¿Por qué Carley Crispin? —cuestionó Stockman mientras completaba el gráfico—. ¿Y por qué le pagaba el hotel a Agee? ¿U otra persona enviaba el dinero por mediación de ella?

—Quizá fuese un blanqueo de dinero de poca monta. —Lanier tomaba notas—. Parece que aquí pasan muchas cosas, aunque sea a una escala relativamente pequeña. Gente que paga en efectivo. Gente que paga a otra gente para que page a otra gente. Ni tarjetas de crédito, ni transferencias, ni cheques que dejen un rastro en papel. Al menos no en ningún negocio que pueda considerarse legítimo.

—Carley iba a echarlo de la habitación este fin de semana. —Berger miró a Benton a los ojos y los suyos eran tan impenetrables como una roca—. ¿Por qué?

—Puedo brindar una teoría —contestó Benton—. Agee envió cierta información a Carley por correo electrónico, supuestamente proveniente de un testigo, y sabemos que era falsa. Agee se hizo pasar por Harvey Fahley utilizando un servicio web de subtitulado. Lucy ha encontrado esa transcripción y varias otras en el ordenador de Agee. Los productores de *El informe Crispin* están con el agua al cuello por lo que ella divulgó anoche en directo, lo del cabello de Hannah Starr recuperado en un taxi amarillo. Un detalle que Agee inventó en la falsa conversación telefónica y que Carley se tragó. O que le convenía tragarse. En cualquier caso, no podía causarle más problemas con la cadena de los que ya tenía.

—Así que lo despidió —dijo Lanier.

—¿Y por qué no? También sabía que iban a despedirla a ella. Ya no iba a necesitar a Agee, independientemente de quién pagase la habitación. Quizás haya un factor personal —sugirió Benton—. No sabemos qué le dijo Carley a Agee cuando lo llamó desde la CNN anoche, a eso de las once. Parece que fue la última llamada que recibió.

—Tenemos que hablar con Carley Crispin —dijo Stockman—. Una lástima que Agee esté muerto. Creo que era la clave de todo.

—Lo que hizo fue una auténtica estupidez —dijo O'Dell—. Era psiquiatra forense. Tendría que haberlo sabido. Ese Harvey Fahley iba a negar haber hablado con él.

—Eso ha hecho —intervino Berger—. He hablado con la detective Bonnell mientras tomábamos café. Lo localizó después del programa de anoche. Fahley admite haber contactado con Agee por correo electrónico, pero afirma que nunca habló con él ni le dijo nada de un cabello de Hannah.

—El registro de llamadas de Harvey Fahley debería mostrar si habló con... —empezó a decir O'Dell.

—La llamada se hizo desde un TracFone que ha desaparecido —interrumpió Benton—. Agee tenía un cajón repleto de cajas vacías de TracFones. Creo que la entrevista con Fahley fue falsa y también lo cree Lucy. Pero dudo que Agee pretendiera conscientemente que lo despidieran.

—Quizás inconscientemente —sugirió Lanier.

—Eso opino yo. —Benton creía que Warner Agee estaba dispuesto a autodestruirse—. Dudo que anoche fuera la primera vez que se planteara el suicidio. El banco está a punto de quedarse con su piso de D.C. Sus tarjetas de crédito están caducadas. Depende de otros para recibir dinero en efectivo, es un parásito al que sólo esperan sus enfermedades y sus demonios, y parece que se involucró en algo que le venía grande. Probablemente sabía que iban a descubrirlo.

—Otro recluta que resultó ser una mala elección —dijo Lanier a todos, mientras miraba a Benton—. ¿Crees que Jean-Baptiste lo sabía?

—¿Qué? —Benton montó en cólera—. ¿Sabía que Agee se aseguró de que acabase exiliado de mi vida y que el FBI me recompensara haciéndome el vacío, y que el motivo de que pudiera hacer eso fueron los Chandonne?

Silencio en la sala de conferencias del FBI.

—¿Si creo que se vio con Jean-Baptiste, si se conocían? Sí, lo creo —afirmó Benton—. Agee, el eterno segundón, habría muerto por hablar con un monstruo como Jean-Baptiste Chandonne y se habría sentido atraído por él hasta sin saber quién era, aunque lo hubiese conocido con alguno de sus alias. Se habría sentido atraído por la psicopatología de Jean-Baptiste, por la maldad que emanaba, lo que posiblemente fue un puto error, el peor que Agee podía cometer.

—Evidente, ya que ahora está en el depósito de cadáveres —dijo Lanier tras una pausa.

—El hotel Elysée está muy cerca de la mansión de los Starr de Park Avenue, sólo a tres o cuatro manzanas. —La actitud de Berger era tranquila, demasiado tranquila—. Sales del hotel y cinco, diez minutos después ya estás en la mansión.

Stockman tecleó «hotel Elysée» y «mansión Starr» y aparecieron en la pantalla plana, las ramificaciones más nuevas del árbol.

—Y también hay que poner ahí el nombre Lucy Farinelli —dijo Berger—. Lo que implica que también hay que añadir el mío. No sólo porque he estado investigando la desaparición de Hannah y he interrogado a su marido y a Hap Judd, sino porque estoy relacionada con Lucy. Ella fue cliente de Rupe Starr; lo fue durante más de una década. Resulta difícil creer que nunca conoció a Hannah, y posiblemente a Bobby.

Benton no sabía a qué se refería o de dónde había sacado la información. La miró a los ojos para preguntárselo porque no quería hacerlo en voz alta, y la mirada prolongada que Berger le dirigió fue la respuesta. No. Lucy no se lo había dicho. Berger lo había descubierto por otros medios.

—Fotografías —dijo Berger a todos—. Volúmenes encuadernados en piel en la sala de libros singulares de Rupe Starr. Fiestas y cenas con clientes a lo largo de los años. Ella aparece en uno de los álbumes. Lucy.

—Y lo descubriste... —empezó Benton.

—Hace tres semanas.

Si lo sabía desde hacía tanto tiempo, su súbito cambio de actitud estaba relacionado con otro asunto. Bonnell le habría transmitido por teléfono cierta información que era más inquietante incluso.

—1996. Lucy tenía veinte años, aún estaba en la universidad. No la he visto en fotografías de otros álbumes, posiblemente porque después de la universidad se hizo agente del FBI y cuidaba muchísimo sus apariciones en cenas o fiestas y, sin duda, no permitía que la fotografiasen. Como sabréis, después de que Bobby, el marido de Hannah, denunciase su desaparición, solicitamos permiso para llevarnos objetos personales, el ADN de Hannah, de la casa de Park Avenue, y yo quise hablar con Bobby.

—Él estaba en Florida cuando Hannah desapareció, ¿verdad? —dijo O'Dell.

—La noche que Hannah salió del restaurante y no regresó a casa, Bobby estaba en su piso de North Miami Beach; lo hemos confirmado por los correos electrónicos enviados desde la dirección IP del piso, los registros telefónicos y también por la declaración del ama de llaves de Florida, Rosie. La interrogaron.

Hablé con ella por teléfono y confirmó que Bobby estaba allí la noche del 26 de noviembre, la víspera de Acción de Gracias.

—¿Sabéis con certeza que fue Bobby quien envió los correos e hizo las llamadas? —inquirió Lanier—. ¿Cómo sabéis que no fue Rosie quien lo hizo, y que mintió para proteger a su jefe?

—No tengo causa probable, ni siquiera sospechas razonables para mantenerlo vigilado cuando no hay prueba alguna de actividad delictiva por su parte —respondió Berger sin ninguna inflexión en la voz—. ¿Implica eso que me fío de él? No me fío de nadie.

—¿Conocemos el testamento de Hannah? —preguntó Lanier.

—Es la única hija de Rupe Starr y cuando él murió el mayo pasado se lo dejó todo —explicó Berger—. Ella revisó su testamento poco después. Si muere, todo va a una fundación.

—Así que excluyó a Bobby. ¿No os parece un poco raro? —intervino Stockman.

—El mejor acuerdo prematrimonial es asegurarse de que tu cónyuge no pueda beneficiarse de traicionarte o matarte —apuntó Berger—. Y ahora eso es discutible. A Hannah le quedaban unos millones y dejó muchas deudas. Supuestamente lo perdió todo en la bolsa y en esquemas Ponzi, y el resto el pasado septiembre.

—Seguramente estará en un yate en el Mediterráneo, haciéndose la manicura en Cannes o Montecarlo —dijo Lanier—. Así que Bobby se queda sin nada. ¿Qué impresión te dio? Además de tu inclinación natural de no fiarte de nadie.

—Muy disgustado. —Berger no hablaba directamente a nadie. Seguía dirigiéndose a la mesa, como si fuera un jurado—. Sumamente preocupado, estresado, cuando hablé con él en su casa. Está convencido de que Hannah es víctima de un acto delictivo, afirma que ella nunca hubiera huido, nunca lo hubiese abandonado. Era una posibilidad que me tomaba en serio hasta que Lucy descubrió la información financiera que ahora conocéis.

—Volvamos a la noche de la desaparición. ¿Cómo supo Bobby que Hannah se había esfumado? —preguntó O'Dell.

—Intentó llamarla, como muestra el registro de llamadas

que Bobby puso a nuestra disposición —respondió Berger—. El día siguiente, Acción de Gracias, Hannah debía subir a un avión privado con rumbo a Miami para pasar el largo fin de semana con él y de allí ir a Saint Barts.

—¿Sola? ¿O ambos? —intervino Stockman.

—Iba a Saint Barts sola —respondió Berger.

—Así que quizá pensaba largarse del país —dijo Lanier.

—Eso es lo que me he planteado. Si lo hizo, no fue en su avión privado, el Gulfstream. Nunca apareció en el aeropuerto de White Plains.

—¿Eso es lo que Bobby te dijo? ¿Lo sabemos con seguridad? —insistió Benton.

—Bobby lo dijo y así consta en el manifiesto de vuelo. Hannah no se presentó en el aeropuerto. No subió al avión y Bobby no aparece en el manifiesto del vuelo a Saint Barts —dijo Berger—. Hannah tampoco respondió al teléfono. Su ama de llaves de Nueva York...

—¿Cómo se llama? —interrumpió Lanier.

—Nastya. —Lo deletreó y el nombre apareció en la pared—. Vive en la mansión y, según su declaración, Hannah nunca volvió después de cenar en el Village el 26 de noviembre. Pero eso no hizo que llamara a la policía. A veces Hannah no volvía a casa. Había ido a cenar, a celebrar un cumpleaños en el restaurante One if by Land, Two if by Sea de la calle Barrow. Estaba con un grupo de amigos y supuestamente se la vio subir a un taxi amarillo cuando todos salieron del restaurante. Eso es todo lo que sabemos.

—¿Bobby sabía que ella se follaba a otros? —preguntó O'Dell.

—En su relación había mucho espacio, es como él lo describió. No sé lo que sabe. Quizá lo que Hap dijo sea verdad. Bobby y Hannah eran socios comerciales, por encima de todo. Él afirma que la ama, pero eso lo oímos todo el tiempo —dijo Berger.

—En otras palabras, tenían un acuerdo. Puede que ambos follasen por ahí. Él viene de una familia con pasta, ¿no? —dijo O'Dell.

—No de tanto dinero como la de ella. Pero viene de una familia acaudalada de California, fue a Stanford, tiene un máster en Administración de Empresas por Yale, era un eficaz administrador de inversiones involucrado en un par de fondos, uno con base en Reino Unido y el otro en Mónaco.

—Esos tipos de los fondos de alto riesgo. Algunos ganaron cientos de millones —dijo O'Dell.

—Muchos de ellos ya no los ganan y algunos están en la cárcel. ¿Y Bobby? ¿Perdió hasta la camisa? —preguntó Stockman a Berger.

—Como muchos de estos inversores, contaba con que los precios del petróleo y las acciones de las compañías mineras siguieran subiendo mientras las financieras seguían cayendo. Eso es lo que me dijo.

—Y luego la pauta se invirtió en julio —dijo Stockman.

—Bobby lo describió como una masacre —declaró Berger—. No puede permitirse el tren de vida al que se acostumbró con la fortuna de los Starr, eso seguro.

—Así que ambos son más una fusión que un matrimonio —comentó O'Dell.

—No puedo dar fe de sus verdaderos sentimientos. Quién demonios sabe lo que una persona siente en realidad —dijo Berger sin rastro de emoción—. Parecía consternado cuando hablé con él, cuando estuve con él. Cuando Hannah no se presentó en el aeropuerto el día de Acción de Gracias, Bobby afirma que se asustó, llamó a la policía y la policía me llamó a mí. Según Bobby, temía que su esposa hubiera sido víctima de una acción violenta y declaró que en el pasado había sufrido problemas de acoso. Voló a Nueva York, nos citamos en la mansión, nos la mostró y entonces nos llevamos un cepillo dental de Hannah para conseguir su ADN en caso de que fuera necesario. Por si, llegado el caso, aparece un cadáver en algún lado.

—Los álbumes de fotos. —Benton seguía pensando en Lucy y preguntándose qué otros secretos guardaría—. ¿Por qué te los mostró Bobby?

—Pregunté por los clientes de Hannah, si alguno de ellos

podría haberla considerado un objetivo. Bobby afirmó no conocer a la mayor parte de los clientes de su difunto suegro, Rupe Starr. Bobby sugirió que nosotros...

—¿Quién es «nosotros»?

—Marino me acompañaba. Bobby sugirió que echáramos un vistazo a los álbumes de fotos porque Rupe tenía la costumbre de recibir a los nuevos clientes en la mansión, algo que era más una iniciación que una invitación. Si no ibas a cenar, no te aceptaba como cliente. Quería entablar relaciones con sus clientes y parece ser que lo conseguía.

—Viste una fotografía de Lucy de 1996 —siguió Benton, imaginándose cómo se sentía Berger—. ¿También la vio Marino?

—Reconocí a Lucy en la fotografía. Marino no estaba conmigo en la biblioteca cuando la descubrí. No la vio.

—¿Preguntaste a Bobby al respecto? —Benton no iba a preguntarle por qué no reveló la información a Marino.

Sospechaba la razón. Berger esperaba que Lucy le dijera la verdad, para no tener que encararse con ella. Era evidente que Lucy no lo había hecho.

—No le mostré la fotografía a Bobby, ni la mencioné —reconoció Berger—. En aquel entonces Bobby no conocía a Lucy; Hannah y Bobby llevaban juntos menos de dos años.

—Eso no significa que no conociera a Lucy —apuntó Benton—. Hannah podría haberle hablado de ella. Me sorprendería lo contrario. Jaime, cuando estabas en la biblioteca, ¿sacaste ese álbum en concreto de la estantería? Rupe Starr tendría varios álbumes de fotos.

—Tenía muchísimos. Bobby me dejó unos cuantos en la mesa.

—¿Crees posible que él quisiera que encontrases la fotografía de Lucy?

Benton tenía de nuevo uno de sus presentimientos. Algo en las entrañas le enviaba un mensaje.

—Dejó varios en la mesa y salió de la biblioteca —replicó Berger.

Un juego. Y uno cruel, si Bobby lo había hecho deliberadamente, pensó Benton. Si Bobby conocía la vida privada de
Jaime, sabría que le angustiaría descubrir que su compañera, su
experta en informática forense, había estado en la mansión Starr,
se había relacionado con esas personas sin decirle nada al respecto.

—Si no te importa que lo pregunte, ¿por qué permitiste que
Lucy se hiciera cargo de la parte de informática forense de esta
investigación, si tiene vínculos con la supuesta víctima? ¿En realidad, con toda la familia Starr? —inquirió Lanier.

Al principio, Berger no respondió. Después dijo:

—Esperaba que ella se explicase.

—¿Y cuál es la explicación? —preguntó Lanier.

—Todavía la estoy esperando.

—Bien. Bueno, pues podría ser un problema a largo plazo, si
esto acaba en juicio —advirtió Stockman.

—Ya lo considero un problema ahora. Un problema mucho
mayor de lo que estoy dispuesta a describir —replicó Berger
con expresión adusta.

—¿Dónde está Bobby ahora? —le preguntó Lanier en un
tono mucho más suave del que había utilizado hasta entonces.

—Parece que ha vuelto a la ciudad. Envía correos electrónicos a Hannah. Lo hace a diario.

—Eso es de locos —comentó O'Dell.

—Lo sea o no, es lo que ha estado haciendo. Lo sabemos porque, obviamente, tenemos acceso al correo de Hannah. Bobby le
escribió anoche diciendo que había oído hablar de ciertos avances en el caso y que volvía a Nueva York esta mañana temprano.
Supongo que ya estará aquí.

—A menos que ese tío sea un imbécil, debe de sospechar
que el correo de Hannah está vigilado. Lo que a su vez me hace
sospechar que lo hace por nosotros —dijo O'Dell.

—Eso es lo primero que he pensado —corroboró Lanier.

«Juegos», pensó Benton, y su inquietud aumentó.

—No sé lo que Bobby sospecha. Aparentemente, espera que
Hannah esté viva en alguna parte y que lea los correos que él

envía —dijo Berger—. Supongo que está al corriente de lo que se dijo en *El informe Crispin* de anoche, del cabello de Hannah hallado en un taxi. Y que ése es el motivo de su súbito regreso a la ciudad.

—Igual a oír que ella está muerta. Malditos periodistas —masculló Stockman—. Sólo piensan en los índices de audiencia y les importa un carajo los efectos en la gente, cuyas vidas destrozan —dijo a Benton—: ¿de verdad dijo eso de nosotros? Ya sabes, del FBI, de que los perfiles son anticuados.

Stockman se refería a Scarpetta y lo que había aparecido la noche anterior en el teletipo de la CNN y en toda la red.

—Creo que tergiversaron sus palabras. Creo que se refería a que los buenos viejos tiempos se han acabado y que nunca fueron tan buenos —replicó Benton sin inmutarse.

21

Eran pelos de la capa exterior, largos y ásperos, con cuatro bandas de blanco y negro a lo largo de un tallo acabado en punta.

—Puedes hacer la prueba de ADN si quieres confirmar la especie —decía Geffner por el manos libres—. Conozco un laboratorio en Pensilvania, Mitotyping Technologies, especializado en la determinación de especies de animales. Pero puedo decírtelo yo, por lo que veo. Lobo clásico. Lobo de la pradera, una subespecie del lobo gris.

—De acuerdo, si tú lo dices, no son de perro. Pero reconozco que para mí tienen pinta de pelo de pastor alemán —dijo Scarpetta desde una estación de trabajo donde veía las imágenes que Geffner descargaba.

Al otro lado del laboratorio, Lucy y Marino observaban lo que sucedía en los MacBook y, desde donde estaba sentada, Scarpetta podía ver los datos que se sumaban rápidamente a los gráficos y mapas.

—No encontrarás estos pelos en el pelaje exterior de un pastor alemán. —La voz de Geffner.

—¿Y los pelos grises, más finos, que estoy viendo? —preguntó Scarpetta.

—Estaban mezclados con los pelos provenientes de la capa exterior. No es más que pelaje interior. ¿Recuerdas la muñeca como de vudú que había pegada a la tarjeta? Estaba rellena de pelo, tanto del correspondiente a la capa de pelaje interior como a la exterior, mezclado con desechos, un poco de caca, hojas secas y cosas así. Lo que indica que el pelaje no se ha procesado, que proviene de su hábitat natural, quizá de la guarida del animal. No he examinado todo el pelo que habéis enviado, obviamente. Pero me da la impresión de que todo es pelo de lobo. Proveniente de las capas externa e interna del pelaje.

—¿Dónde puede conseguirse?

—Lo he investigado un poco y he descubierto varias posibilidades —respondió Geffner—. Reservas naturales, reservas de lobos, zoológicos. También se vende pelo de lobo en una conocida tienda de brujería de Salem, Massachusetts, llamada Hex.

—Está en la calle Essex, en el casco antiguo. He estado allí. Tiene velas y aceites preciosos. Nada de magia negra o maléfica.

—Algo no tiene que ser malo para usarse para hacer el mal —dijo Geffner—. Hex vende amuletos, pociones, y se puede comprar pelo de lobo en bolsitas de seda dorada. Se supone que protege y tiene propiedades curativas. Dudo que algo vendido así haya sido procesado, por lo que es posible que el pelo de lobo de la muñeca provenga de una tienda de magia.

Lucy miraba a Scarpetta desde el otro lado de la habitación, como si hubiese encontrado algo importante que Scarpetta tuviera que ver.

Como explicó Geffner:

—Los lobos tienen dos capas de pelaje. La interior es más suave, similar a la lana, tiene una función aislante, lo que yo llamo el relleno. Luego está la capa exterior, de pelos gruesos que protegen del agua y tienen la pigmentación que ves en la imagen que he enviado. Las especies se diferencian por el color. El lobo de la pradera no es nativo de esta zona. Se ve más en el Medio Oeste. Y, por lo general, no se encuentra pelo de lobo en los casos criminales. No aquí, en Nueva York.

—No creo que lo haya encontrado nunca, ni aquí ni en ninguna parte —dijo Scarpetta.

Lucy y Marino, con su atuendo protector, estaban de pie hablando, tensos. Scarpetta no oía lo que decían. Pasaba algo.

—Yo sí, por un motivo u otro. —La tranquila voz de tenor

de Geffner. Casi nada lo alteraba. Llevaba años persiguiendo a criminales con el microscopio—. La mierda en la casa de la gente. ¿Alguna vez has observado pelusa o borra por el microscopio? Es más interesante que la astronomía, todo un universo de información de qué entra y sale de la residencia de una persona. Pelo y pelaje de todo tipo.

Marino y Lucy miraban los gráficos que se desplazaban en las pantallas de los MacBook.

—Mierda —dijo Marino en voz alta, y sus gafas de seguridad miraron a Scarpetta—. ¿Doctora? Tienes que ver esto.

La voz de Geffner continuó:

—Algunas personas crían lobos o mayoritariamente híbridos, una combinación de lobo y perro. Pero ¿encontrar pelaje de lobo, puro y sin procesar, en una muñeca de vudú? Lo más probable es que esté relacionado con el motivo ritualista de la bomba. Todo lo que observo indica que es algo relacionado con la magia negra, aunque el simbolismo muestre discrepancias y sea algo contradictorio. Los lobos no son malos. Es todo lo demás lo que lo es: los explosivos, los petardos que podrían haberte herido, a ti o a otra persona; eso podría haberte lastimado de verdad.

—No sé qué habéis encontrado. —Scarpetta recordó a Geffner que por el momento sólo sabía que lo que Marino creía pelo de perro y ahora se había identificado como pelo de lobo se había recuperado de entre los restos de la bomba.

En el otro extremo del laboratorio, los mapas se desplegaban en uno de los MacBook. Mapas de calles. Fotografías, alzado y mapas topográficos.

—Es todo cuanto puedo decirte de los preliminares. —La voz de Geffner—. En cuanto al olor horrible, vaya si lo es. Alquitranado y también como de mierda, si disculpas mi vocabulario. ¿Te suena una planta llamada asa fétida?

—No preparo comida india, pero me resulta familiar. Una planta célebre por su olor repugnante.

Marino se acercó a Scarpetta entre crujidos de la bata y dijo:

—Ella lo llevaba encima todo el tiempo.

—¿Que llevaba qué?

—El reloj y uno de esos sensores.

La parte del rostro que asomaba entre la máscara y el gorro estaba colorada y sudorosa.

—Perdona —dijo Scarpetta a Geffner—. Lo siento, estoy haciendo veinte cosas a la vez. ¿Qué dices del diablo?

—Hay una razón de que también se la llame estiércol del diablo —repitió Geffner—. Y quizá te interese que parece que a los lobos les atrae el olor del asa fétida.

El sonido de pies calzados en papel. Lucy andaba por el suelo de baldosas blancas hacia una estación de trabajo, donde comprobó diferentes conexiones y desenchufó un gran monitor de pantalla plana. Se dirigió a otra estación de trabajo y desconectó ese monitor.

—A alguien le llevó un buen trabajo moler asa fétida y lo que parece asfalto para mezclarlo con un aceite claro, como aceite de pepita de uva, o de lino.

Lucy trasladó las pantallas donde Scarpetta estaba sentada y las dispuso sobre la mesa. Enchufó los monitores a un repetidor y las pantallas empezaron a iluminarse; las imágenes se desplazaron lentamente, después se definieron súbitamente. Lucy regresó a sus MacBook, junto a Marino, entre roces de papel. Ambos hablaban. Scarpetta distinguió las palabras «lento, joder» y «mal ordenado». Lucy estaba exasperada.

—Haré una cromatografía de gases y una espectrometría de masas. FTIR. Pero de momento, con el microscopio... —decía Geffner.

Aparecían gráficos, mapas, imágenes. Constantes vitales, fechas y horas. Movilidad y exposición a la luz ambiental. Scarpetta ojeó los datos del dispositivo BioGraph y miró el archivo que acababa de abrir en la pantalla que tenía delante. Imágenes del microscopio: cintas rizadas, plateadas, cubiertas de un sarpullido de óxido, y lo que parecían balas fragmentadas.

—Sin duda, limaduras de hierro —la voz de Geffner—, rápidamente identificables visualmente y con un imán; y con ellas aparecen mezcladas estas partículas gris mate, también pesadas. Tal vez plomo.

Las constantes vitales de Toni Darien, ubicación, clima, fechas y horas, captadas cada quince segundos. A las dos y doce minutos de la tarde del pasado martes 16 de diciembre, la temperatura ambiental era de 21 grados, la intensidad de la luz blanca ambiental era de 500 lux, típica de la iluminación interior; la pulsioximetría del 99 por ciento, el ritmo cardiaco 64 pulsaciones por minuto, avanzaba cinco pasos cada quince segundos y la ubicación era su apartamento de la Segunda Avenida. Toni estaba en casa, despierta y caminando. Suponiendo que fuera ella quien llevaba el dispositivo BioGraph. Scarpetta iba a suponerlo.

Geffner describió:

—Lo verificaré mediante espectroscopia de rayos X. Sin duda son fragmentos de cuarzo, suelen encontrarse en el asfalto molido; he aplicado una aguja de tungsteno caliente al material viscoso líquido-semisólido negro y marrón oscuro para ver si se ablandaba y así ha sido. Desprende el olor característico del asfalto/petróleo.

Lo que Scarpetta había olido al subir el paquete de FedEx. Asa fétida y asfalto. Miró los gráficos y los mapas que se deslizaban lentamente por la pantalla. Siguió el trayecto de Toni Darien que la acercaba a su muerte. A las dos y dieciséis minutos del 16 de diciembre, aceleró el paso y la temperatura ambiental bajó a 4 grados. Humedad del 85 por ciento, luz ambiental de 800 lux, viento del noreste. Había salido, hacía frío y estaba nublado, la pulsioximetría era del 99 por ciento y el ritmo cardiaco subía: 65, 67, 70, 85, a medida que pasaban los minutos y ella se dirigía al oeste por la calle 86 Este a un ritmo de treinta y tres pasos cada quince segundos. Toni corría.

Y Geffner explicaba:

—Veo lo que podría ser pimienta molida, sus propiedades físicas y su morfología son las características de la pimienta negra, blanca y roja. Lo verificaré mediante un análisis por CG/EM. Asa fétida, hierro, plomo, pimienta, asfalto. Los componentes de una poción que pretendía ser una maldición.

—O lo que Marino llama una bomba fétida —apuntó Scarpetta a Geffner mientras seguía a Toni Darien rumbo al oeste, por la calle 86 Este.

—Ritual de magia negra, pero no consigo encontrar nada que identifique específicamente a una secta o una religión en concreto —decía Geffner—. Ni palo mayombe ni santería, nada de lo que he visto me recuerda lo que asocio con rituales o brujería. Sólo sé que tu poción no iba a traerte fortuna alguna, lo que me lleva de vuelta a la contradicción. Se supone que los lobos son animales favorables, tienen grandes poderes para restaurar la paz y la armonía, también poderes curativos y dan suerte en la caza.

A las tres y cuatro minutos y treinta segundos, Toni cruzó la calle Sesenta y tres y siguió corriendo hacia el sur por Park Avenue. La intensidad de la luz ambiental era de menos de 700 lux, la humedad relativa del cien por cien. El cielo estaba más nublado y llovía. Su pulsioximetría era la misma, el ritmo cardiaco había subido a 140 pulsaciones por minuto. Grace Darien había dicho que a Toni no le gustaba correr con mal tiempo. Pero ahí estaba, corriendo un día de frío y lluvia. ¿Por qué? Scarpetta siguió observando los datos mientras Geffner hablaba.

—La única relación con la brujería que encuentro es que «lobo» en navajo es *mai-coh*, que significa «bruja». Una persona que puede transformarse en otra cosa o persona, si se pone una piel de lobo. Según el mito, las brujas o los hombres lobo cambiaban de aspecto para poder viajar sin llamar la atención. Y los pawnees utilizaban pieles y pelaje de lobo para proteger sus tesoros y en varias ceremonias mágicas. He ido investigando a medida que las cosas nos llevaban por este camino, no creas que soy un experto mundial en maleficios, supercherías y folclore.

—Supongo que la cuestión es si se trata de la misma persona que envió la felicitación musical. —Scarpetta pensaba en la antigua paciente de Benton, Dodie Hodge, mientras miraba el fluir de datos.

Pulsioximetría sin cambios, pero el ritmo cardiaco de Toni bajaba. En la esquina de Park Avenue con la calle 58 Este, dejó de correr. Ritmo cardiaco 132, 131, 130 y bajando. Caminaba bajo la lluvia por Park Avenue, en dirección sur. Eran las tres y once minutos de la tarde.

Geffner dijo:

—Creo que la cuestión es qué relación tendría la persona que elaboró tu bomba fétida con el homicidio de Toni Darien.

—¿Puedes repetir eso, por favor? —pidió Scarpetta mientras miraba la pantalla GPS grabada en el dispositivo BioGraph de Toni Darien a las tres y catorce minutos del martes pasado. Una flecha roja en un mapa topográfico que señalaba una dirección de Park Avenue.

La mansión de Hannah Starr.

—¿Qué has dicho de Toni Darien? —preguntó Scarpetta mientras miraba otras pantallas de GPS creyendo que malinterpretaba lo que veía, pero no era así.

La carrera de Toni Darien la había llevado a casa de los Starr. Por eso corría en un día frío y nublado. Iba a verse con alguien.

—Más pelo de lobo. Fragmentos de la capa exterior del pelaje —siguió Geffner.

Pulsioximetría 99 por ciento. Ritmo cardiaco 83 y bajando. Una instantánea del GPS tras otra mientras los minutos pasaban y el ritmo cardiaco de Toni descendía, hasta volver a los valores de reposo. El sonido de fundas de zapatos en las baldosas. Marino y Lucy se aproximaban a Scarpetta.

—¿Ves dónde está? —La mirada de Lucy era intensa tras las gafas protectoras. Quería asegurarse de que Scarpetta comprendía la trascendencia de los datos del GPS.

—No he terminado, ni mucho menos, los análisis del caso Darien. —La voz de Geffner irrumpió en el laboratorio—. Pero en las muestras que me enviaste ayer aparecen fragmentos de pelo de lobo de la capa externa, fragmentos microscópicos similares a los que vi cuando analicé el relleno de la muñeca de vudú. Blanco, negro, grueso. No hubiera podido identificarlo como pelo de lobo porque no está lo bastante conservado, pero se me pasó por la cabeza. Eso, o pelo de perro. Pero después de ver el contenido de tu bomba, creo que es eso. En realidad, estoy más que seguro.

Marino frunció el ceño y estaba muy inquieto cuando dijo:

—Estás diciendo que no es pelo de perro. ¿Es pelo de lobo, en los dos casos? ¿En el caso de Toni Darien y en el de la bomba?

—¿Marino? —Geffner parecía confuso—. ¿Eres tú?

—Estoy aquí, en el laboratorio, con la doctora. ¿De qué cojones hablas? ¿Estás seguro de que no has mezclado pruebas?

—Haré ver que no he oído eso. ¿El laboratorio de ADN que mencioné, doctora Scarpetta?

—Estoy de acuerdo. Debemos identificar la especie de lobo, asegurarnos de que es la misma, de que en ambos casos el pelaje corresponde a lobos de la pradera.

Le escuchó mientras miraba los datos. Temperatura ambiental de 3,5 grados, humedad relativa del 99 por ciento, ritmo cardiaco 77 pulsaciones. Dos minutos y quince segundos después, a las tres y diecisiete minutos, la temperatura era de 20 grados y la humedad del 30 por ciento. Toni Darien había entrado en la mansión de Hannah Starr.

La detective Bonnell aparcó frente a una mansión de piedra caliza que a Berger le recordó a Newport, Rhode Island, a los inmensos monumentos de una época en que las grandes fortunas provenían del carbón, el algodón, la plata y el acero, materias primas tangibles que ahora apenas existían.

—No lo comprendo. —Bonnell observaba la fachada de una residencia que ocupaba la mayor parte de una manzana urbana, a pocos minutos a pie del sur de Central Park—. ¿Ochenta millones de dólares? ¿Quién tiene tanto dinero?

La expresión de su rostro combinaba el asombro con el asco.

—Bobby ya no —replicó Berger—. Al menos, no que nosotros sepamos. Supongo que tendrá que venderla y nadie la comprará, a menos que sea un jeque de Dubai.

—O si Hannah aparece.

—Ella y la fortuna familiar desaparecieron hace tiempo, de un modo u otro.

Bonnell contempló la mansión, los coches y los peatones que pasaban ante ella. Lo miraba todo, excepto a Berger.

—Hace que piense que no vivimos en el mismo planeta que algunos. ¿Mi casa en Queens? No sabría lo que es vivir en un sitio donde no oyes a gilipollas gritando, bocinazos de coches y sirenas por la mañana, tarde y noche. La semana pasada vi una rata. Corrió por el suelo del cuarto de baño y desapareció detrás del retrete, y no pienso en otra cosa cada vez que entro ahí, no sé si me comprende. No creo que sea verdad que puedan subir por la taza del váter.

Berger se desabrochó el cinturón y llamó a Marino con su BlackBerry. No respondía, ni tampoco Lucy. Si seguían en el edificio ADN, o bien no tenían señal o bien no les estaba permitido entrar los móviles, lo que dependía del laboratorio o el espacio de trabajo en que se encontraran. El complejo de ciencias biológicas forenses de la oficina del forense jefe era probablemente el más grande y sofisticado del mundo. Marino y Lucy podían estar en cualquiera de sus laboratorios y Berger no estaba de humor para llamar a centralita y que los localizasen. Dejó a Marino otro mensaje:

«Estoy a punto de entrar en Park Ave para la entrevista, seguramente no podré responder al teléfono si me llama. Me intriga qué habréis encontrado en el laboratorio.»

Su voz sonaba fría, el tono impersonal y distante. Estaba enfadada con Marino y no sabía lo que sentía por Lucy, si dolor o ira, amor u odio, y algo más que era un poco como morirse. Lo que Berger sabía de morirse, claro está. Imaginaba que era como deslizarse por la pendiente de un acantilado, ir sujetándose aquí y allá hasta que perdías pie y de camino abajo te preguntabas a quién culpar. Berger culpaba a Lucy y se culpaba a sí misma. Negación, mirar al otro lado, quizá lo mismo que hacía Bobby al seguir escribiendo a Hannah a diario.

Berger sabía desde hacía tres semanas lo de las fotografías tomadas en 1996 en la misma mansión donde ahora se disponía a entrar con Bonnell, y su respuesta había sido mirar a otro lado y reanudar el paso, dejando atrás lo que se veía incapaz de manejar. Si alguien conocía la falsedad y sus bifurcaciones, ésa era Berger. Hablaba a diario con personas evasivas y nada realistas, pero de nada le había servido —tener conocimiento de algo nunca sirve si estás a punto de sufrir, de perderlo todo— y Berger había estado acelerando hasta esta mañana. Hasta que Bonnell la había localizado en las oficinas del FBI para facilitarle una información que consideraba que la fiscal querría saber.

—Voy a decir algo antes de entrar. No soy una persona débil, no soy una cobarde. Ver unas fotografías de hace doce años es una cosa. Lo que tú me has dicho es otra. Tenía razones para creer que Lucy conocía a Rupe Starr cuando estaba en la universidad, pero ninguna para suponer que se relacionó financieramente con Hannah en fecha tan reciente como hace seis meses. Ahora la historia ha cambiado y actuaremos en consecuencia. Quiero que escuches esto directamente de mí, porque no me conoces. Y ésta no es una buena forma de empezar.

—No pretendía hacer algo que se saliera de mi terreno. —Bonnell había repetido lo mismo varias veces—. Pero lo que Lucy encontró en la habitación de Warner Agee, en su ordenador, lo relaciona con mi caso porque se hizo pasar por mi testigo, Harvey Fahley. Y no sabemos hasta dónde va a llegar esto, en qué andan metidas todas esas personas, sobre todo por los vínculos con el crimen organizado y lo que me ha dicho del tipo francés con la enfermedad genética.

—No tienes que explicarte.

—No quería fisgonear, ni sentí curiosidad y abusé de mis privilegios o de mi posición como oficial de policía. Nunca hubiera contactado con el RTCC de no haberme preocupado legítimamente por la credibilidad de Lucy. Iba a tener que depender de ella y había oído ciertas historias. Antes fue paramilitar, ¿verdad? Y la despidieron del FBI o de la ATF. Que la ayudase en el caso de Hannah Starr no tenía nada que ver conmigo, pero ahora sí. Soy la detective a cargo del caso de Toni Darien.

—Lo comprendo. —Y Berger lo comprendía.

—Quiero asegurarme de que así sea —siguió Bonnell—. Usted es la fiscal del distrito, la responsable de la unidad de delitos sexuales. Yo llevo tan sólo un año en homicidios y nunca hemos trabajado juntas. No es una buena forma de empezar para mí. Pero no voy a aceptar un testigo sin más, sin hacer preguntas, sólo porque es alguien que usted conoce; una amiga. Lucy será mi testigo, por lo que yo debía hacer comprobaciones.

—Lucy no es mi amiga.

—Acabará testificando si el caso de Toni va a juicio. O si lo hace el de Hannah.

—No es sólo una amiga. Ambas lo sabemos —dijo Berger, y las emociones se agitaron en su interior—. Estoy segura de que aparecí en esa maldita pared de datos del RTCC para que todos lo vieran. Es más que una amiga. Sé que no eres tan ingenua.

—Los analistas, por respeto, no pusieron la información de Lucy en la pared. Ni nada acerca de usted. Estábamos en una estación de trabajo analizando datos y descubriendo vínculos. No pretendo meterme en sus asuntos. No me importa lo que la gente hace en privado a menos que sea ilegal y no esperaba que el RTCC encontrara lo que encontró de Finanzas Bay Bridge. Eso relaciona a Lucy directamente con Hannah. No digo que Lucy esté involucrada en un fraude.

—Vamos a averiguarlo.

—Si nos lo dice, o si lo sabe. —Bonnell se refería a Bobby—. Y puede que no lo sepa, por la misma razón que no lo sabía Lucy. Algunas personas con mucho dinero no conocen los detalles porque son otras personas las que invierten y administran por ellos. Eso es lo que sucedió con las víctimas de Bernie Madoff. Lo mismo. No lo sabían y no hicieron nada malo.

—Lucy no es del tipo que no se entera —dijo Berger, que también sabía que no era de las que olvidan.

Finanzas Bay Bridge era una inversora supuestamente especializada en operaciones de carteras tan diversas como madera, minería, extracción de petróleo e inversiones inmobiliarias, entre las que había pisos de lujo en primera línea del mar en el sur de Florida. Por lo que Berger sabía de la magnitud del fraude perpetrado mediante el esquema Ponzi en que se basaba la entidad, hecho público recientemente, era muy probable que las pérdidas de Lucy fuesen enormes. Pretendía averiguar cuanto pudiera de Bobby Fuller, no sólo de las finanzas de Hannah, sino también de su relación con Hap Judd, cuyas inclinaciones sexuales eran profundamente turbadoras y posiblemente peligrosas. Había llegado el momento de hablar con Bobby acerca de Hap y de otros asuntos, enfrentarlo al sinnúmero de vínculos con la esperanza de que pudiera iluminarla, y él parecía dispuesto. Cuando Berger lo había localizado en el móvil hacía menos de una hora, Bobby dijo que estaría encantado de hablar con Bonnell y con ella, siempre que no fuera en un lugar público. Como la última vez, tenían que verse en la mansión.

—Vamos —dijo Berger a Bonnell; ambas salieron del coche.

Hacía frío, mucho viento y unas nubes oscuras surcaban el cielo como era habitual cuando entraba un frente. Probablemente un sistema de altas presiones, y mañana el cielo estaría despejado, lo que Lucy llamaba luminosidad excesiva, pero el frío sería intenso. Siguieron el paseo que dejaba atrás la avenida. En la majestuosa entrada de la mansión ondeaba una bandera verde y blanca con el escudo de armas de los Starr, un león rampante y un casco con el lema «Vivre en espoir», vive con esperanza. Una ironía, pensó Berger. Esperanza era la única emoción que no sentía precisamente ahora.

Pulsó el botón de un interfono que rezaba «Starr» y «Residencia Privada». Hundió las manos en los bolsillos del abrigo y esperó con Bonnell en silencio, mientras el viento zarandeaba ruidosamente la bandera, conscientes de que eran observadas por cámaras de circuito cerrado y de que todo lo que dijeran sería escuchado. Un sonoro chasquido y la ornamentada puerta de caoba se abrió; vislumbraron una figura ataviada con un uniforme blanco y negro de ama de llaves entre los barrotes de la cancela de hierro forjado.

Nastya, supuso Berger, las dejó entrar sin preguntar quiénes eran porque lo sabía, las había observado por el monitor y las esperaba. Su estado legal de inmigrante había aparecido en todas las noticias y circulaban varias fotografías de ella, acompañadas de rumores acerca de los servicios que ofrecía a Bobby, además de prepararle la cena y hacerle la cama. El ama de llaves a quien la prensa apodaba Nasty, «chunga», tendría unos treinta y cinco años, pómulos pronunciados, piel aceitunada y unos magníficos ojos azules.

—Pasen, por favor.

Nastya se apartó para que entraran.

El vestíbulo era de mármol travertino con arcos abiertos y un techo artesonado de casi siete metros en cuyo centro destacaba una antigua araña de amatista y cristal de cuarzo ahumado. A un lado, una escalera de compleja barandilla de hierro se curvaba hacia las plantas superiores, y Nastya les dijo que la siguieran a la biblioteca. Berger recordó que estaba en la tercera planta, en la parte trasera de la mansión, una enorme sala interior donde Rupe Starr se había pasado la vida acumulando una biblioteca de libros antiguos digna de una universidad o un palacio.

—El señor Fuller se acostó muy tarde y se ha levantado muy temprano, y estamos muy alterados por lo que ha aparecido en las noticias. —Nastya se detuvo en la escalera y miró hacia atrás, a Berger—. ¿Es verdad?

El sonido de sus pies en la piedra al reemprender la marcha. Siguió hablando dándoles la espalda, con la cabeza levemente vuelta a un lado.

—Siempre me preocupa quién conduce los taxis. Te subes a uno sin saber nada y te vas con un extraño que puede llevarte a cualquier parte. ¿Puedo ofrecerles algo de beber? ¿Café, té, agua o algo más fuerte? Pueden beber en la biblioteca, siempre que no dejen el vaso cerca de los libros.

—No, gracias —respondió Berger.

En la tercera planta, siguieron un largo pasillo cubierto por una alfombra antigua de seda en diferentes tonalidades de rojo oscuro y rosa. Pasaron ante una serie de puertas cerradas de camino a la biblioteca, que olía más a moho de lo que Berger recordaba de su visita anterior, tres semanas antes. Las arañas de plata eran eléctricas, la iluminación tenue y la habitación estaba fría y falta de calor humano, como si nadie la hubiese habitado desde que Berger estuvo allí el día de Acción de Gracias. Los álbumes de cuero florentino que había ojeado seguían apilados en la mesa de la biblioteca, y delante vio la silla de costura donde se había sentado cuando descubrió las fotografías de Lucy. En una mesa más pequeña con base en forma de grifo había la copa vacía que, Berger recordaba, Bobby había dejado allí después de beber unos dedos de coñac para sosegarse. Tampoco nadie había dado cuerda al reloj que había junto a la chimenea.

—Recuérdeme su situación aquí —dijo Berger mientras ella y Bonnell se sentaban en un sofá de cuero—. Tiene un apartamento, ¿en qué planta?

—Cuarta planta, en la parte de atrás —respondió Nastya, mientras su mirada captaba los mismos detalles que había observado Berger. El reloj parado y la copa sucia—. No he estado aquí hasta hoy. Con el señor Fuller ausente...

—En Florida —dijo Berger.

—Me avisó de que vendría y volví a toda prisa. He estado en un hotel. El señor ha tenido la amabilidad de alojarme en uno cercano para que esté disponible si me necesita, pero sin tener que dormir sola en este sitio. Comprenderá por qué ahora mismo eso sería incómodo.

—¿Qué hotel? —inquirió Bonnell.

—El hotel Elysée. La familia Starr lo utiliza desde hace años cuando tiene invitados de fuera de la ciudad o socios de trabajo que no quiere alojar en la casa. Está a unos minutos a pie. Comprenderán por qué no quería quedarme aquí sola. Bueno, estas últimas semanas han sido muy estresantes. Lo que le ha pasado a Hannah y los periodistas, las furgonetas con sus cámaras. Nunca se sabe cuándo aparecerán y ahora es peor, por la mujer que dijo esas cosas anoche en la CNN. Todas las noches, no habla de otra cosa, molesta al señor Fuller, no para de pedirle entrevistas. La gente no tiene ningún respeto. El señor Fuller me ha dado tiempo libre, porque ¿por qué iba a querer quedarme aquí sola?

—Carley Crispin. ¿Molesta a Bobby Fuller? —preguntó Berger.

—No la aguanto, pero miro el programa porque quiero saber. Aunque ya no sé qué creer. Lo que dijo anoche fue terrible. Me eché a llorar del disgusto que tuve.

—¿Cómo molesta al señor Fuller? —quiso saber Bonnell—. Supongo que no es fácil contactar con él.

Nastya acercó una butaca y se sentó.

—Sólo sé que ella estuvo antes aquí. En un par de fiestas, hace tiempo. Cuando trabajaba para la Casa Blanca, ¿cómo se dice? Como secretaria de prensa. Yo no estaba aquí, fue antes de que me contrataran, pero sé del señor Starr y sus famosas cenas y fiestas. —Señaló los álbumes de fotos apilados en la mesa de la biblioteca—. Y hay muchos, muchos más en las estanterías. Treinta años de álbumes, ¿ustedes no los habrán visto todos? —preguntó, porque no había estado allí el día que fueron Berger y Marino.

Sólo Bobby había estado en la casa y Berger no había mirado todos los álbumes, sólo algunos. Tras descubrir las fotografías de 1996, había dejado de mirar.

—Tampoco me extraña que Carley Crispin haya cenado aquí —siguió Nastya con orgullo—. En un momento u otro, seguramente la mitad de los famosos del mundo han pasado por esta casa. Pero Hannah la conocía, o al menos se la habrían presentado. Odio lo tranquilo que ha estado esto. Desde la muerte del señor Starr, bueno, esos días son cosa del pasado. Y antes había tantas celebraciones, tanta emoción, tanta gente... El señor Fuller es menos sociable y casi nunca está.

El ama de llaves parecía de lo más cómoda, sentada en una biblioteca que no había ordenado ni limpiado en las últimas tres semanas. De no ser por el uniforme, podría haber sido la señora de la casa. Era interesante que llamase a Hannah Starr por el nombre de pila y que hablara de ella en pasado. Sin embargo, Bobby era el señor Fuller, y llegaba tarde. Eran las cuatro y veinte y no había señales de él. Berger se preguntó si estaría en casa, si finalmente había decidido no verse con ellas. La mansión estaba de lo más silenciosa, ni el distante sonido del tráfico penetraba por las paredes de caliza, y allí no había ventanas; aquel espacio era como un mausoleo o una cámara acorazada, quizá para proteger los libros singulares y las antigüedades de la exposición al sol y la humedad.

—Lo más terrible es cómo ella habla de Hannah, noche tras noche. —Nastya seguía hablando de Carley Crispin—. ¿Cómo puede hacer eso, cuando es alguien que has conocido?

—¿Tiene idea de cuándo estuvo aquí Carley por última vez? —preguntó Berger, sacando el teléfono.

—No lo sé.

—Ha dicho que molestaba al señor Fuller. —Bonnell volvió a ese tema—. ¿Lo conoce? ¿Quizás a través de Hannah?

—Yo sólo sé que ella ha llamado aquí.

—¿Cómo ha conseguido el número? —quiso saber Bonnell.

Berger quería llamar al móvil de Bobby Fuller para saber dónde estaba, pero en la biblioteca no había señal.

—No lo sé. Ya no contesto las llamadas. Me da miedo que sea un periodista. Ya saben lo que ahora puede llegar a descubrir esa gente. Nunca se sabe quién puede conseguir tu teléfono —respondió Nastya mientras su mirada se desplazaba por un cuadro enorme de veleros que parecía un Montague Dawson y llenaba un panel de caoba de la pared, entre librerías que iban del techo al suelo.

—¿Por qué Hannah pararía un taxi? ¿Cómo solía desplazarse cuando salía a cenar? —inquirió Bonnell.

—Conducía ella misma. —Nastya no despegaba la vista del cuadro—. Pero si iba a tomar unas copas, no. A veces, sus clientes o sus amigos la llevaban, o ella usaba una limusina. Pero ya se sabe, si vives en Nueva York, seas quien seas, te subes a un taxi si eso es lo que hace falta. Y ella lo hacía a veces, si lo decidía a última hora. Con todos sus coches, muchos muy antiguos y que nunca han pisado la calle. La colección del señor Starr. La habrán visto. ¿Se la enseñó el señor Fuller, cuando estuvieron aquí?

Berger no la había visto y no respondió.

—En el garaje del sótano —añadió Nastya.

Cuando Bobby Fuller había mostrado la mansión a Berger y Marino, no habían visto el sótano. Entonces una colección de coches antiguos no había parecido importante.

—A veces alguno se queda bloqueado dentro —dijo Nastya.

—¿Bloqueado?

—El Bentley, porque el señor Fuller había estado cambiando cosas de sitio ahí abajo. —La atención de Nastya regresó a la marina—. Está muy orgulloso de sus coches y pasa mucho tiempo con ellos.

—Hannah no pudo llevarse el Bentley a la cena porque otros coches le cerraban el paso —repitió Berger.

—También hacía mal tiempo. Y todos esos coches, la mayoría ni se pueden sacar. El Duesenberg. Bugatti. *Ferrai.* —Nastya no pronunció bien.

—Quizás esté confundida. Creía que Bobby no estaba en casa esa noche —dijo Berger.

22

Scarpetta estaba sentada en la estación de trabajo, sola en el laboratorio; Lucy y Marino se habían marchado poco antes para encontrar a Berger y Benton.

Continuó revisando lo que Geffner le enviaba y los datos que se desplazaban por los dos monitores; estudiaba fragmentos con múltiples capas de pintura, uno amarillo cromo, otro rojo de coche de carreras, y los datos que, minuto a minuto, llevaron la vida de Toni Darien a su fin.

—Los restos que recogiste en la herida de la cabeza de Toni Darien y sobre todo del cabello —dijo la voz de Geffner por el manos libres—. Hice una sección transversal de lo que estás viendo, pero aún no he podido montar las muestras en medio Meltmount, así que esto es una aproximación muy somera. ¿Tienes las imágenes?

—Las tengo.

Scarpetta observó los fragmentos de pintura y también las tablas, mapas y multitud de gráficos.

Miles de informes del BioGraph que no podía detener ni volver atrás ni adelantar, no tenía más opción que mirar los datos a medida que el programa de Lucy los mostraba. El proceso no era rápido ni fácil, además de ser confuso. El problema era Calígula. No tenían el software que se había desarrollado con el expreso propósito de agregar y manipular la galaxia de datos recogidos por los dispositivos BioGraph.

—El fragmento amarillo cromo es pintura de base de aceite, una melanina acrílica y resina alquídica, de un vehículo más antiguo —explicaba Geffner—. Y luego está el fragmento rojo. Es mucho más nuevo, pues los pigmentos son tintes de base orgánica y no metales pesados inorgánicos.

Scarpetta llevaba veintisiete minutos siguiendo a Toni Darien por la casa de Hannah Starr; los minutos de Toni Darien, desde las tres y veintiséis hasta las cuatro menos siete minutos de la tarde del pasado martes. Durante ese intervalo, la temperatura ambiental de la mansión de Park Avenue se había mantenido entre los 20 y los 22 grados mientras Toni se desplazaba por diferentes zonas de la casa, a un paso lento y esporádico, su ritmo cardiaco siempre por debajo de 60, como si estuviera relajada; quizá paseaba o charlaba con alguien. Entonces la temperatura empezó a bajar repentinamente. De 20 grados pasó a 18, 17 y cayendo, pero la movilidad siguió constante, de diez a veinte pasos cada quince segundos, un ritmo pausado. Había entrado en alguna estancia más fría de la mansión Starr.

—Es evidente que la pintura no se transfirió del arma, a menos que ésta estuviera pintada con pintura de automóvil —indicó Scarpetta a Geffner.

—Es más probable que se trate de una transferencia pasiva del objeto que la golpeó, o posiblemente del vehículo que transportó el cuerpo.

Dieciséis grados, 15, 14 y cayendo mientras Toni seguía desplazándose a un paso lento. Ocho pasos. Tres pasos. Diecisiete pasos. Ningún paso. Un paso. Cuatro pasos. Cada quince segundos. Temperatura 13 grados. Hacía frío. Su movilidad era constante. Andaba y se detenía, quizá charlaba, quizá miraba algo.

—No de la misma fuente, a menos que se trate de otra transferencia pasiva —apuntó Scarpetta—. El fragmento de pintura amarilla es de un vehículo más antiguo, el rojo de otro mucho más nuevo.

—Exacto. Los pigmentos de los fragmentos amarillo cromo son inorgánicos y contienen plomo —dijo Geffner—. Sé que voy a encontrar plomo aunque no he utilizado micro-FTIR ni pirólisis CG/EM. Los fragmentos que ves son fácilmente distinguibles en términos de cronología. La pintura más nueva tiene una capa superior protectora gruesa y una base fina con el pigmento orgánico rojo, y luego tres capas coloreadas de imprimación. El fragmento amarillo carece de capa superior protectora y tiene una base gruesa, luego la imprimación. ¿Un par de fragmentos negros? También son nuevos. Sólo el amarillo es antiguo.

Más gráficos y mapas que se desplazaban lentamente. Las cuatro menos un minuto de la tarde, hora de Toni Darien. Cuatro y un minuto. Cuatro y tres minutos. Pulsioximetría del 99 por ciento, ritmo cardiaco 66, de ocho a dieciséis pasos cada quince segundos, iluminación constante de 300 lux. La temperatura había caído por debajo de los 13 grados. Caminaba por un lugar frío y apenas iluminado. Sus constantes vitales indicaban que no estaba alterada en absoluto.

—¿Cuánto hace que no se utiliza plomo en la pintura? ¿Más de veinte años? —preguntó Scarpetta.

—Los pigmentos de metales pesados son de la década de los setenta, los ochenta o anteriores, son perjudiciales para el medio ambiente. Encaja con las fibras que recogiste de la herida, el cabello y varias zonas de su cuerpo. Fibras sintéticas monoacrílicas teñidas de negro; por ahora he observado al menos quince tipos distintos que asocio con fibras de desecho, material de baja calidad utilizado en las alfombrillas y el tapizado de los maleteros en los coches antiguos.

—¿Hay fibras de un vehículo actual?

—Por lo que he visto hasta ahora, hay muchas fibras como las que he mencionado.

—Lo que encaja con que la trasladaron en un coche, pero no en un taxi amarillo —dedujo Scarpetta.

Las cuatro y diez de la tarde. Hora de Toni Darien, y sucedió algo. Algo súbito, rápido y devastadoramente decisivo. En un margen de treinta segundos, pasó de dos pasos a ninguno y su movilidad se detuvo. No movía los brazos ni las piernas, ninguna parte del cuerpo, y su pulsioximetría había caído: 98 por ciento, después 97. El ritmo cardiaco bajó a 60 pulsaciones.

—Anticipo que lo mencionas por lo que ha aparecido en las noticias —dijo Geffner—. La antigüedad media de un taxi de Nueva York es de menos de cuatro años. Ya te imaginarás los kilómetros que llevan esos trastos. No es probable, en realidad es muy improbable, que el fragmento de pintura amarilla provenga de un taxi. Pertenece a un vehículo antiguo, no me preguntes cuál.

Las cuatro y dieciséis minutos. Hora de Toni Darien. Volvió a desplazarse, pero no andaba; el podómetro de su reloj registraba cero pasos. Se desplazaba sin andar, probablemente no estaba de pie. Alguien la movía. La pulsioximetría era del 95 por ciento, el ritmo cardiaco, 57. La temperatura ambiente y la iluminación eran las mismas. Estaba en la misma zona de la mansión y agonizaba.

—Otro rastro es óxido. Y partículas microscópicas como arena, piedras, arcillas, materia orgánica en descomposición, además de algunas partes y trozos de insecto. En otras palabras, porquería.

Scarpetta imaginó a Toni Darien atacada por la espalda, un único golpe contundente en la parte posterior izquierda de la cabeza. Se desplomó al instante, cayó al suelo. Ya no estaba consciente. A las cuatro y veinte de la tarde, la saturación de oxígeno en su sangre era del 94 por ciento y su ritmo cardiaco era de 55. Se desplazaba de nuevo. Había mucho movimiento, pero no daba ningún paso. No andaba. Alguien la movía.

—... Puedo enviarte imágenes de esto —decía Geffner, y Scarpetta apenas escuchaba—. Polen, fragmentos de cabello que muestran daños por insectos, materia fecal de insecto y, claro está, ácaros. Montones por todo el cuerpo, y dudo que vengan de Central Park. Quizá de aquello en que la transportaron. O de algún sitio con mucho polvo.

Los gráficos se desplazaban. Picos y descensos en las actigrafías. Movimiento constante cada quince segundos, minuto tras minuto. Alguien la movía de forma repetitiva, rítmica.

—... que son arácnidos microscópicos y esperaría encontrar un buen número de ellos en una vieja alfombra o en una habitación con mucho polvo. Los ácaros mueren si no tienen con qué alimentarse, como células epiteliales muertas, que es lo que buscan principalmente en el interior de las casas.

Cuatro y veintinueve minutos. Hora de Toni Darien. Pulsioximetría del 93 por ciento, ritmo cardiaco de 49 pulsaciones por minuto. Toni entraba en hipoxia, la baja saturación de oxígeno en sangre empezaba a afectar al cerebro que se hinchaba y sangraba por la lesión catastrófica. Picos en la actigrafía, su cuerpo se movía con un ritmo de ondas y líneas, una pauta repetitiva a lo largo de un periodo extenso medido en segundos, en minutos.

—... En otras palabras, polvo casero...

—Gracias. Tengo que colgar —dijo Scarpetta a Geffner, mientras colgaba el teléfono.

El laboratorio quedó en silencio. Los gráficos y los mapas se desplazaban en dos grandes pantallas planas. Scarpetta permaneció sentada, hipnotizada por el ritmo que continuaba aunque ahora era distinto, discontinuo, extremo a intervalos y después nada, y luego empezaba de nuevo. A las cinco de la tarde, hora de Toni Darien, su pulsioximetría era del 79 por ciento, su ritmo cardíaco 33. Estaba en coma. Un minuto después el actígrafo mostraba una línea recta, porque el movimiento había cesado. Cuatro minutos después no había movimiento alguno y la iluminación ambiente disminuyó súbitamente de trescientos lux a menos de uno. Alguien había apagado las luces. A las cinco y catorce minutos de la tarde, Toni Darien murió en la oscuridad.

Lucy abrió el maletero del coche de Marino mientras Benton y una mujer salían de un todoterreno negro y cruzaban rápidamente Park Avenue. Pasaban de las cinco de la tarde, había oscurecido, hacía frío y un viento racheado agitaba la bandera que dominaba la entrada de la mansión Starr.

—¿Novedades? —preguntó Benton, subiéndose el cuello del abrigo.

—Hemos dado una vuelta por si veíamos algo por las ventanas, para detectar cualquier tipo de actividad en el interior. De momento, nada —respondió Marino—. Lucy cree que hay un emisor de interferencias y creo que deberíamos entrar a saco, sin esperar a la ESU.

—¿Por qué? —preguntó a Lucy la silueta oscura de la mujer.

—¿Te conozco? —Lucy estaba tensa y desagradable, con los nervios de punta.

—Marty Lanier, FBI.

—He estado aquí antes —dijo Lucy mientras abría la cremallera de una bolsa y abría un cajón en la TruckVault que Marino se había instalado en el maletero—. Rupe odiaba los móviles y estaban prohibidos en su casa.

—Espionaje industrial... —empezó a sugerir Lanier.

Lucy la interrumpió.

—Los aborrecía, los consideraba de mala educación. Si estabas dentro e intentabas usar el teléfono o conectarte a Internet, no tenías señal. Rupe no se dedicaba al espionaje; le preocupaba que otros lo hicieran.

—Es probable que haya muchas zonas muertas ahí dentro —dijo Benton del edificio de caliza de altas ventanas y balcones de hierro forjado que recordaban los *hôtels particuliers*, las majestuosas viviendas privadas que Lucy asociaba con el corazón de París, con la Île Saint-Louis.

Lucy estaba familiarizada con el *hôtel* Chandonne habitado por la nobleza corrupta de la que descendía Jean-Baptiste. La mansión Starr era similar en estilo y escala; Bonnell y Berger se encontraban en alguna parte de su interior y Lucy haría cuanto fuera necesario para entrar y encontrarlas. A escondidas, introdujo en la bolsa un abrepuertas hidráulico y luego, a la vista de todos, metió el monocular de visión térmica que había regalado a Marino por su cumpleaños, básicamente una versión manual de la FLIR que tenía en su helicóptero.

—Por mucho que odie las consideraciones políticas... —dijo Lanier entonces.

—Es un punto de vista válido —terció Benton, su voz crispada por la impaciencia, ansioso y exhausto—. Echamos la puerta abajo y los encontramos sentados en la sala, tomando café. Mi mayor preocupación es si nos enfrentamos a la situación con rehenes y la empeoremos. No voy armado.

Esto último se lo dijo a Marino; lo dijo como una acusación.

—Ya sabes lo que tengo —dijo Marino a Lucy, una instrucción tácita.

La agente especial Lanier actuó como si no hubiese oído el intercambio de palabras ni viese que Lucy cogía una bolsa negra del tamaño de una raqueta de tenis, aunque tenía bordadas las letras Beretta CX4. Se la tendió a Benton, que se la colgó del hombro, y Lucy cerró el maletero. No sabían quién había en la mansión o en sus proximidades, pero esperaban a Jean-Baptiste Chandonne. Chandonne era o bien Bobby Fuller o bien otra persona, y no trabajaba solo, sino con otros que obedecían sus órdenes, que eran malvados y que caerían todo lo más bajo posible. Si Benton se encontraba con alguno de ellos, no iba a defenderse con los puños, sino con una carabina compacta que disparaba balas de nueve milímetros.

—Recomiendo que llamemos a la ESU y que traigan al equipo de asalto.

Lanier era cauta, no quería decir a la policía de Nueva York cómo debía hacer su trabajo.

Marino no le hizo el menor caso y miró fijamente la casa mientras preguntaba a Lucy:

—¿Y cuándo fue eso? ¿Cuándo estuviste aquí y viste el sistema de bloqueo?

—Hace un par de años. Rupe lo tenía, como mínimo, desde principios de los noventa. La clase de sistema de gran potencia que puede paralizar bandas de radiofrecuencia de entre veinte y tres mil megahercios. Las radios de la policía de Nueva York son de ochocientos megahercios y no valdrían ni una mierda ahí dentro, ni tampoco los teléfonos móviles. ¿Un pequeño consejo táctico? Estoy de acuerdo. —Miró a Lanier—. Trae aquí a los de la ESU, al equipo A, porque echar la puerta abajo no es la parte difícil. Lo difícil es qué haces si encuentras resistencia, porque no sabes qué coño está pasando ahí dentro. Si entras ahí por tu cuenta, puede que te vuelen el culo, o que te crucifiquen los tuyos. Tú eliges.

Lucy era la voz sosegada de la razón porque por dentro estaba gritando y no tenía ninguna intención de esperar.

—¿En qué frecuencia estás si veo a alguien? —preguntó a Marino.

—Tac I.

Lucy se dirigió rápidamente hacia Central Park South y al doblar la esquina echó a correr. En la parte posterior de la mansión había un sendero adoquinado que llevaba a la puerta de un garaje, de madera pintada de negro, que se abría hacia la izquierda; cerca había un poli uniformado que Lucy había visto antes. Examinaba los arbustos con una linterna, las cuatro plantas de la vivienda a oscuras, ni una ventana iluminada.

—Haremos lo siguiente —le dijo Lucy mientras abría la cremallera de la bolsa y sacaba el monocular de visión térmica—. Me quedaré aquí y comprobaré las ventanas, por si encuentro alguna fuente de calor. Será mejor que vayas delante. Piensan echar la puerta abajo.

—Nadie me ha llamado.

El policía se la quedó mirando, sus rasgos indistinguibles bajo la luz irregular de las farolas. Con educación, decía a la empollona informática de Berger que se fuera a la mierda.

—El equipo A está en camino y nadie va a llamarte. Puedes confirmarlo con Marino, está en Tac Ida. —Lucy encendió el monocular y lo enfocó a las ventanas, que adquirieron un tono verdoso por los infrarrojos mientras las cortinas parecían manchas de color blanco grisáceo—. Quizás irradie calor de los pasillos —dijo mientras el policía se alejaba.

El poli se largaba, desaparecía, rumbo a un allanamiento que no iba a suceder allí, sino en el preciso lugar que acababa de abandonar. Lucy sacó el abrepuertas hidráulico manual, que podía ejercer 700 bares de presión. Introdujo los extremos de las mordazas entre el lado izquierdo de la puerta del garaje y el marco, y empezó a accionar la bomba de pie; la madera se combó y luego se oyeron unos reventones cuando los goznes de hierro se doblaron y saltaron. Lucy recogió las herramientas y se abrió paso al interior, cerrando la puerta tras ella para que la brecha no fuese evidente desde la calle. Permaneció inmóvil en la oscuridad, escuchando, orientándose en el interior del nivel inferior del garaje de Rupe Starr. El monocular térmico no iba a ayudarla allí, lo único que hacía era detectar calor, por lo que extrajo su linterna SureFire y la encendió.

El sistema de alarma estaba desconectado, lo que indicaba que, cuando se habían presentado Bonnell y Berger, la persona que las dejó entrar no había activado de nuevo el sistema de seguridad. «Nastya, tal vez», pensó Lucy. La había conocido la última vez que estuvo allí y recordaba al ama de llaves como una mujer descuidada y engreída, contratada recientemente por Hannah, o quizás había sido elección de Bobby. Pero a Lucy le extrañó que una persona como Nastya de pronto formara parte de la vida de Rupe Starr. No era del tipo de Rupe y probablemente la decisión de contratarla no había sido suya, lo que hizo que Lucy se preguntara qué le habría sucedido en realidad. Asesinar a alguien con salmonela se le antojaba imposible, ni tampoco era probable que se hubiera producido un error diagnóstico, no en Atlanta, una ciudad célebre por sus Centros de Control y Prevención de las Enfermedades. Quizá Rupe había deseado su propia muerte porque Hannah y Bobby se estaban apropiando de su vida y él sabía lo que tenía por delante, que era quedarse sin nada, ser un viejo impotente a su merced. Era posible. La gente hacía esas cosas. Enfermaba de cáncer, tenía accidentes, tomaba un atajo hacia lo inevitable.

Depositó la bolsa en el suelo y sacó la pistola Glock de la funda del tobillo. El largo haz de la linterna táctica sondeó los alrededores, barrió las paredes de piedra encalada y las baldosas de terracota. Justo a la izquierda de la puerta del garaje había una zona para lavar coches y el agua goteaba lentamente del extremo de una manguera enrollada de manera descuidada; había toallas sucias por el suelo, un cubo de plástico volcado y al lado varios litros de lejía Clorox. También huellas de pisadas y de llantas, así como una carretilla y una pala, ambas cubiertas de cemento seco.

Lucy siguió las marcas de los neumáticos y las pisadas, diferentes zapatos, diferentes tallas, y un montón de polvo; quizás una zapatilla de deporte, quizás una bota, al menos dos personas distintas, pero tal vez más. Escuchó y escrutó con la linterna, consciente del aspecto que debería tener el sótano y advirtiendo lo que no encajaba, encontrando por todos lados indicios de actividad que ya nada tenía que ver con el mantenimiento de coches antiguos. El potente haz de luz recorrió una zona de trabajo con bancos, herramientas neumáticas, medidores, compresores de aire, cargadores de baterías, gatos, barriles de aceite y neumáticos, todos polvorientos y desordenados, como si los hubieran apartado y nadie los utilizara ni apreciase.

Nada que ver con los viejos tiempos, cuando se podía comer del suelo porque el garaje era el orgullo y la alegría de Rupe, eso y su biblioteca, las dos zonas comunicadas por una puerta oculta tras un cuadro de veleros. La luz se desplazó por la gruesa capa de polvo y las telarañas de un elevador que Rupe había instalado cuando las fosas de engrase dejaron de ser legales, se consideraron peligrosas por el monóxido de carbono que se acumulaba en el hueco cuando el motor estaba encendido. Antes no había un colchón junto a la pared, sin sábanas y cubierto de grandes manchas marrones, lo que parecía sangre. Lucy vio cabellos, largos, morenos, rubios, y detectó un olor o así lo creyó. Al lado había una caja de guantes quirúrgicos.

A unos diez pasos estaba la antigua fosa de engrase, cubierta con una lona de pintor que no solía estar ahí. El suelo que la rodeaba estaba repleto de huellas similares a las que Lucy había visto, así como de salpicaduras y manchas de cemento. Se agachó para levantar un extremo de la lona y debajo descubrió varios tableros de contrachapado; enfocó la linterna y en el fondo de la fosa vio una capa desigual de cemento de escasa profundidad, de apenas medio metro. Quienquiera que hubiese dispuesto el cemento húmedo no se había molestado en nivelarlo; la superficie era irregular y accidentada, con protuberancias y bultos, y Lucy, en todo momento muy consciente de su arma, creyó detectar de nuevo un olor.

Avanzando más rápido, subió la rampa sin despegar la espalda de la pared hasta el siguiente nivel, donde Rupe Starr había guardado sus coches. A medida que la rampa se curvaba, empezó a ver luz. Sus botas pisaban silenciosamente el suelo de baldosas italianas que solía mantenerse inmaculado y que ahora estaba polvoriento, marcado de rodadas y manchado de arena y sal. Oyó voces y se detuvo. Voces femeninas. Creyó distinguir la de Berger. Algo como «cerraban el paso» y otra voz que decía «bien, alguien lo hizo» y «en principio se nos dijo» y varias veces la frase: «evidentemente, no es verdad».

Después Berger preguntó: «¿Qué amigos? ¿Y por qué no lo dijo antes?»

A lo que siguió una voz con acento, apagada, una mujer que hablaba rápido, y Lucy pensó en Nastya y esperó a que hablase un hombre, Bobby Fuller. ¿Dónde estaba? El mensaje que Berger le había dejado a Marino mientras él y Lucy seguían en el laboratorio era que iba a ver a Bobby con Bonnell. Supuestamente, Bobby había regresado en avión de Fort Lauredale esa mañana por lo que había oído en las noticias del cabello de Hannah, y Berger le había pedido que se vieran porque tenía que hacerle unas preguntas. Él se había negado a verla en Hogan Place ni en ningún lugar público y había sugerido la casa, esta casa. ¿Dónde estaba Bobby? Lucy lo había comprobado, había hablado con la torre de control del aeropuerto de Westchester, había hablado con el mismo controlador maleducado de siempre.

Se llamaba Lech Peterek, era polaco y adusto, muy desagradable al teléfono porque él era así, no tenía nada que ver con quién o qué era Lucy. De hecho, al controlador le había costado ubicarla hasta que ella le recitó los números de identificación del aparato y, aun así, había sido impreciso. Dijo que no se había registrado ninguna llegada del sur de Florida, no el Gulfstream en que solían desplazarse Bobby Fuller y Hannah Starr; el Gulfstream de Rupe. Seguía en su hangar y allí estaba desde hacía semanas, el mismo hangar que utilizaba Lucy, porque era Rupe quien había negociado sus adquisiciones aeronáuticas. Era Rupe quien la había familiarizado con máquinas excepcionales como helicópteros Bell o Ferraris. A diferencia de Hannah, su hija, Rupe había sido bienintencionado y hasta el día de su muerte Lucy no se había sentido insegura sobre sus medios de vida ni se había imaginado que alguien hubiera querido arruinarla por pura maldad.

Llegó a lo alto de la rampa, manteniéndose junto a la pared en la semioscuridad. La única iluminación provenía de la zona próxima al rincón más alejado, de donde venían las voces, pero no alcanzaba a ver a nadie. Berger, y probablemente Bonnell y Nastya, estaban ocultas detrás de los vehículos y las gruesas columnas revestidas de caoba y envueltas en neopreno negro para que los preciosos coches no sufrieran abolladuras en las puertas. Lucy se acercó más, esperando detectar indicios de peligro o enojo, pero las voces sonaban tranquilas, concentradas en una conversación intensa, a intervalos controvertida.

—Bueno, alguien lo ha hecho. Es evidente. —Berger, sin lugar a dudas.

—Siempre hay gente que entra y sale. Reciben muchas visitas. Siempre lo han hecho. —El acento de nuevo.

—Ha dicho que eso se acabó con la muerte de Rupe Starr.

—Sí. No del todo. Aún vienen algunas personas. No lo sé. El señor Fuller es muy suyo. Él y sus amigos vienen aquí abajo. Yo no me meto.

—¿Tenemos que creer que no sabes quién entra y sale de aquí? La tercera voz tenía que ser la de Bonnell.

Los coches de Rupe Starr. Una colección tan meditada y sentimental como impresionante y singular. El Packard de 1940, como el que tenía el padre de Rupe. El Thunderbird de 1957, que había sido el sueño de Rupe cuando iba al instituto y conducía un Volkswagen Escarabajo. El Camaro de 1969, como el que tenía cuando se graduó en Harvard. El sedán Mercedes de 1970 que se había regalado cuando empezaron a irle bien las cosas en Wall Street. Lucy pasó ante el querido Duesenberg Speedster de 1933, el Ferrari 355 Spyder y el último coche que Rupe había adquirido antes de su muerte, un taxi Checker amarillo de 1979, porque le recordaba los buenos tiempos de Nueva York, había dicho.

Las nuevas adquisiciones de la colección, los Ferrari, los Porsche, el Lamborghini, eran recientes e influidas por Hannah y Bobby, como también el Bentley Azure blanco descapotable que estaba aparcado con el morro hacia la pared, con el Carrera GT rojo de Bobby cerrándole el paso. Berger, Bonnell y Nastya estaban junto al guardabarros trasero del Bentley, hablando de espaldas a Lucy, sin advertir su presencia, y ella gritó un saludo para no sorprenderlas mientras se acercaba al taxi Checker y reparaba en los restos de arena que había en las llantas, así como en las rodadas del suelo. Advirtió en voz alta que iba armada mientras seguía acercándose; se volvieron y Lucy reconoció la expresión de Berger porque la había visto antes. Miedo. Desconfianza y dolor.

—No lo hagas. Suelta el arma, por favor —dijo Berger, y era a Lucy a quien temía.

—¿Qué? —exclamó Lucy, perpleja, mientras advertía el movimiento de la mano derecha de Bonnell.

—Suelta el arma, por favor —dijo Berger, sin emoción alguna en la voz.

—Hemos intentado llamar, localizarte por radio. Con cuidado, tranquila —advirtió Lucy a Bonnell—. Aparta lentamente las manos del cuerpo. Mantenlas a la vista.

Berger le dijo:

—Nada de lo que hayas hecho justifica esto. Suelta el arma, por favor.

—Despacio. Tranquila. Voy a acercarme y vamos a hablar —advirtió Lucy mientras se aproximaba—. No sabéis lo que ha pasado. No hemos podido contactar con vosotras. ¡Hostia! —gritó a Bonnell—. ¡No vuelvas a mover la mano, joder!

Nastya farfulló algo en ruso y rompió a llorar.

Berger avanzó unos pasos e insistió:

—Dame el arma y hablaremos. Hablaremos de lo que quieras. Todo está bien, no importa lo que hayas hecho. Sea una cuestión de dinero, o Hannah.

—No he hecho nada. Escúchame.

—Todo va bien. Dame el arma. —Berger la miraba fijamente mientras Lucy no apartaba los ojos de Bonnell, para asegurarse de que no intentaba desenfundar el arma.

—Todo no va bien. Tú no sabes quién es. —Lucy se refería a Nastya—. Ni quiénes son ninguno de ellos. Toni vino aquí. No lo sabes porque no logramos comunicar contigo. El reloj que llevaba Toni tenía un GPS incorporado y nos llevó hasta esta casa. Vino aquí el martes y aquí murió. —Lucy miró de reojo el antiguo taxi Checker—. Y él, o ellos, la mantuvieron aquí cierto tiempo.

—Nadie ha estado aquí. —Nastya negaba con la cabeza y lloraba.

—Eres una puta mentirosa —replicó Lucy—. ¿Dónde está Bobby?

—Yo no sé nada. Sólo hago lo que me mandan —lloró Nastya.

—¿Dónde estaba Bobby el martes por la tarde? ¿Dónde estabais tú y Bobby? —preguntó Lucy.

—Yo no bajo aquí cuando enseñan los coches a la gente.

—¿Quién más estuvo aquí? —insistió Lucy, y Nastya no respondió—. ¿Quién estuvo aquí el martes por la tarde y todo el miércoles? ¿Quién salió de aquí ayer en coche a eso de las cuatro de la madrugada? Conducía eso. —Lucy indicó el taxi Checker con un gesto y dijo a Berger—: El cuerpo de Toni estuvo ahí dentro. No pudimos contactar contigo para decírtelo. Los fragmentos de pintura amarilla recogidos del cadáver son de algo viejo. Un coche antiguo pintado de ese color.

Berger dijo:

—Ya se ha hecho bastante daño. Lo arreglaremos de algún modo. Por favor, dame el arma, Lucy.

Lucy empezó a comprender a qué se refería Berger.

—No importa lo que hayas hecho, Lucy.

—No he hecho nada. —Lucy hablaba a Berger, pero con la vista puesta en Bonnell y Nastya.

—A mí no me importa. Lo superaremos —insistió Berger—. Pero tiene que acabar ya. Tú puedes hacer que acabe. Dame el arma.

—Hay unas cajas junto al Duesenberg —indicó Lucy—. Es el sistema que ha bloqueado vuestros teléfonos y la radio. Si echas un vistazo, las verás. Están a mi izquierda, junto a esa pared. Parecen una lavadora y una secadora pequeñas, con unas luces delante. Son los interruptores de diferentes radiofrecuencias. Rupe lo instaló y desde ahí puedes ver que está encendido. Todas las luces están en rojo porque se han bloqueado todas las frecuencias.

Nadie se movió ni nadie miró. Todos los ojos estaban fijos en Lucy, como si fuera a matarlas de un momento a otro, a hacerles lo que Berger se había metido en la cabeza que Lucy había hecho a Hannah. «Y estabas en casa esa noche, una lástima que no vieras nada.» Berger había repetido esa frase muchas veces durante las últimas semanas porque el loft de Lucy estaba en la calle Barrow, a Hannah se la había visto por última vez en esa calle, y Berger sabía de lo que Lucy era capaz y no confiaba en ella, la temía, pensaba que era una desconocida, un monstruo. Lucy no sabía qué decir para cambiar eso, para hacer que sus vidas retrocedieran a lo que habían sido antes, pero no iba a permitir que la destrucción avanzara. Ni un centímetro más. Iba a acabar con aquello.

—Acércate y mira, Jaime. Por favor. Acércate a las cajas y mira. Interruptores diseñados para diferentes frecuencias de megahercios.

Berger avanzó pero sin acercarse a ella, y Lucy no la miró. Estaba ocupada con las manos de Bonnell. Marino había mencionado que Bonnell no llevaba mucho tiempo en homicidios; Lucy notaba que era inexperta y no reconocía lo que pasaba porque no escuchaba su instinto, sino a su cabeza, y estaba muy nerviosa. Si Bonnell escuchara su instinto, notaría que Lucy estaba siendo agresiva porque Bonnell lo era, que no era Lucy quien había instigado lo que ahora era un enfrentamiento, una confrontación.

—Estoy junto a las cajas —dijo Berger desde la pared.

—Dale a todos los interruptores. —Lucy ni la miró, no iba a dejarse matar por una cabrona de la policía—. Las luces pasarán a verde, y tú y Bonnell veréis que os llegan un montón de mensajes al teléfono. Lo que os indicará que hemos intentado localizaros, que os digo la verdad.

El sonido de los interruptores al desconectarse.

Lucy indicó a Bonnell:

—Prueba con la radio. Marino está ahí fuera, en la calle. Si el equipo A aún no ha entrado por la fuerza en la casa, él y los otros siguen ahí fuera. Contacta por radio. Está en Tac Ida.

Le decía a Bonnell que, en lugar de utilizar el servicio de radio estándar y comunicar a través de la centralita, cambiase a la frecuencia Tac I. La policía se sacó la radio del cinturón, cambió la frecuencia y pulsó el botón de transmisión.

—Fumador, ¿me recibes?

—Te recibo, Los Ángeles. —La voz tensa de Marino—. ¿Situación?

—Estamos en el sótano con Piloto.

Bonnell no respondía a la pregunta de Marino. Marino había preguntado si estaba bien y ella respondía donde estaba, utilizando denominaciones personales que ambos se habrían asignado entre sí y a Lucy. Lucy era Piloto y Bonnell desconfiaba de ella. Bonnell no transmitía a Marino que ella o los demás estuvieran bien. Hacía lo contrario.

—¿Piloto está contigo? ¿Y Águila?

—Sí a ambos.

—¿Alguien más?

Bonnell miró a Nastya y respondió:

—Hazel.

Otra denominación que se acababa de inventar.

—Di a Marino que abrí la puerta del garaje —apuntó Lucy.

Bonnell lo transmitió mientras Berger regresaba mirando su BlackBerry, leyendo los mensajes a medida que los recibía con una rápida sucesión de campanillas. Llamadas anteriores, algunas de Marino, de Scarpetta. Y de Lucy, al menos cinco cuando comprendió que Berger iba de camino a la mansión sin saber lo que sucedía, sin tener información crucial. Lucy la había llamado sin parar, aterrorizada como nunca lo había estado en la vida.

—¿Y tu situación? —La voz de Marino preguntaba a Bonnell si todo iba bien.

—No estoy segura de quién hay dentro y hemos tenido problemas con la radio —replicó Bonnell.

—¿Cuándo vais a salir?

Lucy apuntó:

—Dile que entre por el garaje. Está abierto, que suba por la rampa hasta la planta superior del sótano.

Bonnell transmitió el mensaje y dijo a Lucy:

—Estoy bien.

Implicaba que no iba a sacar el arma, que no iba a cometer la gilipollez de dispararle.

Lucy bajó la Glock, pero no la devolvió a la funda tobillera. Se dirigió con Berger al taxi Checker amarillo y Lucy le mostró la suciedad en las ruedas y las rodadas del suelo, pero no tocaron nada. No abrieron las puertas del vehículo, aunque por las ventanas traseras observaron la moqueta negra, rota y podrida, la tapicería de tela negra llena de manchas y el asiento plegado. Había un abrigo en el suelo. Verde. Parecía una parka. El testigo, Harvey Fahley, dijo haber visto un taxi amarillo. Si no era aficionado a los coches, probablemente no habría notado que este taxi amarillo tenía treinta años de antigüedad y que llevaba la típica banda a cuadros blancos y negros ausente en los modelos actuales. Lo que alguien vería al pasar en coche a oscuras sería el color amarillo, el chasis de General Motors y la luz en la parte superior, que Fahley recordaba apagada, lo que indicaría que el taxi no estaba libre.

Lucy ofreció retazos de la información que Scarpetta le había dado por teléfono mientras ella y Marino se dirigían hacia ahí, temiendo que hubiese sucedido algo terrible. Berger y Bonnell no respondían a la radio de la policía ni al teléfono, ni podían saber que Toni Darien había hecho *jogging* hasta esa dirección el pasado martes, que probablemente había muerto en el sótano y que posiblemente no era la única víctima.

Lucy y Berger hablaron, examinaron y esperaron la llegada de Marino, y Lucy dijo que lo sentía hasta que Berger le dijo que dejara de decirlo. Ambas eran culpables de haberse guardado información que deberían haber discutido, ninguna había sido sincera, reconoció Berger mientras se dirigían a los bancos de trabajo, dos de ellos de plástico, con cajones y cubos. Desperdigadas por encima había herramientas y piezas variadas, adornos para el capó y válvulas, abrazaderas cromadas, pernos y tornillos. Una palanca de cambios suelta tenía el pomo de acero manchado de sangre, o quizá fuera óxido. No la tocaron, ni tampoco los carretes de alambre fino o lo que parecían diminutas placas base que Lucy identificó como módulos de grabación, y un cuaderno.

Era de tela negra con estrellas amarillas. Lucy lo abrió con el cañón de la pistola. Un libro de conjuros mágicos, recetas y pociones para maleficios, protección, éxito y buena fortuna, todos caligrafiados con una letra perfecta, en Gotham, tan precisa como la fuente tipográfica. En el banco también había unas bolsitas de seda dorada, algunas vacías del pelaje que habían contenido, largos pelos blancos y negros y mechones de pelo más corto. Lo que parecía pelo de lobo estaba diseminado por las superficies de trabajo y el suelo, que alguien había limpiado con una fregona o una mopa junto al Lamborghini Diablo VT color naranja metalizado. El capó estaba bajado y en el asiento del copiloto había un par de mitones de nailon Hestra color verde oliva con las palmas de piel, y Lucy imaginó a Toni Darien entrando en la mansión después de haber corrido hasta allí.

Imaginó a Toni cómoda con quienquiera que la hubiese recibido en la puerta, quienquiera que la condujo al sótano, donde la temperatura, como mucho, era de 13 grados. Quizá llevase el abrigo puesto mientras alguien le mostraba los coches y le impresionaría especialmente el Lamborghini. Probablemente se puso al volante y se sacó los guantes para sentir el tacto de la fibra de carbono y fantasear. Cuando salió, tuvo que ser entonces. Una pausa mientras se volvía y su acompañante agarró un objeto, tal vez la palanca de cambios, y la golpeó en la parte posterior de la cabeza.

—Después alguien la violó —dijo Berger.

—No caminaba y alguien la movía. Tía Kay dice que siguió durante una hora. Y, una vez muerta, empezó de nuevo. Parece que la dejó aquí, tal vez en ese colchón, para volver más tarde. Eso se prolongó durante un día y medio.

—Cuando él empezó a matar —Berger se refería a Jean-Baptiste—, lo hacía con su hermano, Jay. Jay era el guapo, tenía relaciones sexuales con las mujeres y después Jean-Baptiste las mataba a golpes. Nunca había sexo de por medio. Lo que le excitaba era matar.

—Jay sí tenía relaciones sexuales. Así que quizás encontró a otro Jay —observó Lucy.

—Tenemos que encontrar a Hap Judd ahora mismo.

—¿Cómo contactaste con Bobby? —preguntó Lucy mientras Marino y cuatro policías vestidos de SWAT aparecían en la rampa y se acercaban con las manos cerca de las armas.

—Después de la reunión en las oficinas del FBI, lo llamé al móvil.

—Entonces no estaba en casa, no en esta casa. A menos que hubiera apagado el sistema de bloqueo y después de hablar volviese a conectarlo.

—Hay una copa de coñac arriba, en la biblioteca. Quizá nos diga si él es Bobby.

Berger se refería a Jean-Baptiste Chandonne.

—¿Dónde está Benton? —preguntó Lucy a Marino, cuando llegó a su lado.

—Él y Marty se han ido a recoger a la doctora. —Los ojos de Marino miraban a todos lados, asimilaban lo que había en los bancos y en el suelo, observaban el taxi Checker—. Los de criminalística vienen hacia aquí para ver si averiguamos qué demonios ha pasado en este garaje, y la doctora trae al sabueso.

23

En la sala «de las salpicaduras de sangre», como la habían bautizado los empleados del edificio ADN, Scarpetta introdujo un hisopo en una botella de hexano. Dispuso un resto en una placa de Petri que había colocado en el suelo de baldosas de resina y pulsó el botón de encendido del LABRADOR, el analizador de restos enterrados y olores en descomposición.

La nariz electrónica, o sabueso mecánico, bien podría haber sido un perro-robot de la serie Los Supersónicos: una barra en forma de S con pequeños altavoces a ambos lados similares a unas orejas, la nariz una colmena metálica de doce sensores que detectaban diferentes señales químicas del mismo modo que el olfato canino identifica olores. El paquete de la batería tenía un asa que Scarpetta se pasó por el hombro, se acercó la barra a un lado del cuerpo y maniobró la nariz sobre la muestra que había en la placa de Petri. El LABRADOR respondió iluminando un gráfico de barras en la consola y con una señal acústica parecida a los rasgueos sintetizados de un arpa, una pauta armónica característica del hexano. La nariz electrónica estaba feliz. Había alertado de la presencia de un hidrocarburo alcano, un solvente simple, y había pasado la prueba. Ahora tenía por delante una tarea mucho más lúgubre.

Scarpetta partía de una premisa sencilla. Parecía que Toni Darien había sido asesinada en el interior de la mansión Starr y la pregunta era si hubo otras víctimas en el pasado, o si Toni era la única. Basándose en las temperaturas registradas en el Bio-Graph y en sus propios hallazgos, que indicaban que el cuerpo se había conservado en un lugar fresco y resguardado de los elementos, Scarpetta suponía que Toni estuvo en uno de los sótanos. El cuerpo había tenido que dejar moléculas de sustancias químicas y compuestos allá donde estuvo. Había dejado olores que el olfato humano no alcanzaba a detectar pero que el LABRADOR posiblemente detectaría, y Scarpetta lo desconectó y guardó en una bolsa de nailon negro. Apagó los focos del techo que por un instante le evocaron un plató de televisión, le recordaron a Carley Crispin. Scarpetta se puso el abrigo. Salió, bajó por la escalera de cristal al vestíbulo y se marchó del edificio. Pronto serían las ocho de la noche y el jardín de enfrente con sus bancos de granito estaba vacío, oscuro y azotado por el viento.

Dobló a la derecha en la Primera Avenida y siguió por la acera hasta el Centro Hospitalario Bellevue, de vuelta a su despacho, donde debía encontrarse con Benton. La puerta principal del edificio estaba cerrada, por lo que dobló de nuevo a la derecha y en la calle Treinta advirtió que la luz de una de las zonas de aparcamiento se reflejaba en la acera porque la puerta metálica estaba subida. Dentro había una furgoneta blanca con el motor en marcha y la puerta trasera abierta, pero sin nadie a la vista. Scarpetta abrió con su tarjeta la puerta interior de lo alto de la rampa y entró en la familiar combinación de baldosas blancas y azules. Oyó música; rock suave. Filene estaría de servicio. No era propio de ella dejar abierta la puerta del aparcamiento.

Scarpetta pasó ante la balanza de pie y se dirigió al despacho de la morgue, sin ver a nadie. La silla frente a la ventana de plexiglás estaba ladeada, la radio de Filene en el suelo; su chaqueta de SEGURIDAD OCME colgaba detrás de la puerta. Oyó pasos y un guardia uniformado de azul oscuro salió de la zona de las taquillas; posiblemente había ido al aseo.

—La puerta del aparcamiento está abierta —le dijo Scarpetta; no sabía cómo se llamaba ni lo había visto antes.

—Una entrega —respondió el hombre, y algo en él le resultó familiar.

—¿De dónde?

—Una mujer atropellada por un autobús, en Harlem.

Era esbelto pero fuerte, tenía las manos pálidas y surcadas de venas; mechones de cabello negro, finísimo, asomaban por la gorra, y unas gafas de cristal gris le cubrían los ojos. Tenía la cara bien afeitada, los dientes excesivamente blancos y rectos, posiblemente postizos, aunque era demasiado joven para eso, y parecía inquieto, excitado o nervioso, a Scarpetta se le ocurrió que quizá le incomodase trabajar en el depósito de cadáveres cuando ya era de noche. Quizá fuese un empleado temporal. A medida que la economía empeoraba, también lo hacía el personal y, cuando el presupuesto se recorta, resulta práctico usar más personal de media jornada, más externos; además, había muchos empleados de baja por gripe. Ideas fragmentadas le pasaron rápidamente por la cabeza al mismo tiempo que se le erizaba el cuero cabelludo y el pulso se aceleraba. Se le secó la boca y dio media vuelta para echar a correr cuando él la sujetó del brazo. Las bolsas de nailon que llevaba le resbalaron del hombro durante el forcejeo, y él la arrastró con una fuerza asombrosa hacia el aparcamiento donde la furgoneta blanca esperaba con el motor en marcha y la puerta trasera abierta.

Los sonidos que salían de su boca eran ininteligibles, demasiado primitivos para ser palabras o pensamientos, sólo explosiones de pánico de Scarpetta que intentaba escapar, zafarse de las bolsas que le colgaban del hombro, que golpeaba y forcejeaba mientras el hombre abría con brusquedad la puerta que ella había cruzado un momento antes y la hoja chocaba varias veces contra la pared con tal fuerza que parecía un mazo contra un bloque de hormigón. La larga bolsa que contenía el LABRADOR quedó atrapada horizontalmente en el marco de la puerta y Scarpetta creyó que ése era el motivo de que él la soltase, que cayera a sus pies, y la rampa se llenó de sangre que resbaló por la pendiente. Benton salió de detrás de la furgoneta blanca, armado con una carabina, y corrió hacia ella sin dejar de apuntar al hombre con el rifle, mientras Scarpetta se apartaba del cuerpo inmóvil.

La sangre manaba de una herida en la frente, una bala que había salido por la parte posterior del cráneo, y en el marco de la puerta había un chorro de sangre, a unos centímetros de donde poco antes había estado ella. Scarpetta sentía frío en la cara y el cuello húmedos; se limpió la sangre y los fragmentos de tejido cerebral de la piel y dejó las bolsas en el suelo de baldosas blancas mientras una mujer entraba en el aparcamiento sosteniendo una pistola con ambas manos, el cañón arriba. Bajó el arma al acercarse.

—Abatido —dijo la mujer, y Scarpetta pensó que quizás había disparado a alguien más—. Los refuerzos están en camino.

—Asegúrate de que todo está controlado ahí fuera. Yo comprobaré ahí dentro —indicó Benton a la mujer mientras pasaba por encima del cuerpo y la sangre en la rampa. Mientras lo barría todo con la mirada, preguntó a Scarpetta—: ¿Hay alguien más? ¿Sabes si hay alguien más ahí dentro?

—¿Cómo ha podido pasar esto? —dijo Scarpetta.

—No te separes de mí —respondió él.

Benton caminó delante, comprobando los pasillos, las oficinas del depósito, abriendo de una patada las puertas de los aseos de hombres y mujeres, sin dejar de preguntar a Scarpetta si se encontraba bien. Dijo que en la mansión Starr, en una habitación del sótano, habían encontrado ropa y gorras similares a las del personal de seguridad de la Oficina del jefe de Medicina Forense, eso era parte del plan. Benton repitió que era parte del plan venir aquí a por ella, y quizá que Berger fuese tras él lo había incitado a intentarlo. Él siempre sabía dónde estaba y dónde no estaba alguien, repetía Benton, no dejaba de hablar de él, y no dejaba de preguntar a Scarpetta si estaba herida, si estaba bien.

Marino había llamado a Benton en cuanto vio las ropas, en cuanto se temió su función, y cuando Lanier y Benton vieron al llegar la puerta del garaje abierta, se habían movilizado de inmediato. Estaban en la calle Treinta cuando Hap Judd apareció en la oscuridad y entró en el aparcamiento para subir a la furgoneta. Al verlos, echó a correr y Lanier fue tras él en el preciso instante en que Jean-Baptiste Chandonne salía del interior con Scarpetta.

Benton siguió el pasillo de azulejos blancos, comprobó la antesala, comprobó la sala principal de autopsias. Hap Judd iba armado y estaba muerto, dijo Benton. Bobby Fuller, que Benton creía que era Jean-Baptiste Chandonne, estaba muerto. Al final del pasillo, pasado el ascensor que sube los cuerpos para su identificación por parte de los familiares, vieron manchas de sangre en el suelo, luego un rastro sanguinolento. Una puerta llevaba a la escalera y allí, en el rellano, estaba Filene, y junto a ella un martillo ensangrentado, el tipo de martillo que se utiliza para montar ataúdes de pino. Parecía que habían arrastrado a la guardia de seguridad hasta allí. Scarpetta se acercó y le presionó los dedos a un lado del cuello.

—Llama a una ambulancia —dijo a Benton.

Palpó la herida en la parte posterior de la cabeza, en el lado derecho, donde la hinchazón estaba turbia y ensangrentada. Le levantó los párpados para comprobar las pupilas y la derecha estaba dilatada y fija. La respiración era irregular, el pulso rápido e irregular, y Scarpetta se temió una compresión en la parte inferior del tronco del encéfalo.

—Tengo que quedarme —advirtió a Benton mientras éste pedía ayuda—. Puede que vomite o tenga convulsiones. Necesito mantener sus vías respiratorias despejadas. Estoy aquí —dijo a Filene—. Te pondrás bien. La ayuda está en camino.

Seis días después

En la sala conmemorativa de la Dos de Harlem, habían colocado sillas y bancos junto a la máquina de Coca-Cola y la sala de armas, porque en la cocina no había sitio para que todos se sentaran. Scarpetta había traído demasiada comida.

Pappardelle, penne, macarrones y espaguetis de espinacas y huevo llenaban grandes cuencos en la mesa y los cazos con las salsas se calentaban en la cocina, un ragú con setas, otro con boloñesa y otro con Prosciutto di Parma. La sencilla salsa de tomate de invierno era para Marino, porque le gustaba así en la lasaña y así se lo había pedido, con doble de carne y ricota. Benton quería chuletas de ternera fritas con salsa marsala y Lucy había pedido su ensalada favorita con hinojo, mientras que Berger estaba encantada con el pollo al limón. Un fuerte aroma a parmigiano-reggiano, setas y ajo impregnaba el ambiente, y al teniente Al Lobo le preocupaba controlar a la multitud que esperaban.

—Vendrán todos los policías del distrito. O puede que todo Harlem —dijo, comprobando el pan—. Esto ya está listo.

—Tiene que sonar a hueco si le das golpecitos —indicó Scarpetta, limpiándose las manos en el delantal y echando un vistazo, mientras una oleada de fragante calor subía del horno.

—A mí me suena a hueco.

Lobo se chupó el dedo que había usado para comprobar el pan.

—Usa el mismo método para tantear las bombas —dijo Marino al entrar en la cocina, seguido de cerca por el bóxer *Mac* y el bulldog de Lucy, *Jet Ranger*, el ruido de sus uñas repiqueteando en las baldosas—. Les da unos golpecitos y, si no explotan, vuelve a casa temprano, para él es el pan de cada día. ¿Podemos darles algo? —Marino se refería a los perros.

—No —respondió Lucy en voz alta, desde la sala conmemorativa—. Nada de comida de personas.

Al otro lado de una puerta abierta, ella y Berger colgaban tiras de luces blancas en lo alto de la vitrina que contenía los efectos personales de Joe Vigiano, John D'Allara y Mike Curtin, los miembros de la Dos fallecidos el Once de Septiembre. Sus equipos recuperados de entre las ruinas, un surtido de esposas, llaves, pistoleras, cortaalambres, linternas, anillas y mosquetones para arneses Roco, fundidos y doblados, estaban expuestos en estantes; en el suelo había una sección de una viga de acero del World Trade Center. En las paredes revestidas de madera de arce habían colocado fotografías de los tres hombres y de otros miembros de la Dos fallecidos en servicio, y en la cesta de *Mac* había una colcha con la bandera estadounidense confeccionada por los alumnos de una escuela. La música navideña acompañaba el parloteo de las radios policiales. Scarpetta oyó pasos en la escalera.

Benton había salido con Bonnell a buscar la comida que quedaba por traer: una *mousse* helada de pistacho y chocolate, un bizcocho sin mantequilla, embutidos curados y quesos. Scarpetta se había pasado con el *antipasto* porque se conservaba bien y no hay nada como las sobras cuando los policías están sentados en sus dependencias o trabajando en el garaje, a la espera de una emergencia. Era la tarde del día de Navidad, frío y con algo de nieve, y Lobo y Ann Droiden habían venido de la comisaría sexta; todos se reunían en la Dos porque Scarpetta había decidido celebrar la festividad con todos aquellos que más habían hecho por ella últimamente.

Benton apareció en el umbral con una caja, el rostro enrojecido por el frío.

—L.A. aún está aparcando, ni los polis encuentran sitio por

aquí. ¿Dónde lo quieres? —preguntó mientras miraba la mesa y la encimera sin ver espacio libre.

Scarpetta movió varios cuencos.

—Aquí. Por ahora, la *mousse* va a la nevera. Y veo que has traído vino. Bueno, supongo que no ayudará en caso de emergencia. ¿Es legal traer vino aquí? —gritó a quienquiera que la escuchase en la sala conmemorativa, donde Lobo y Droiden estaban con Berger y Lucy.

—Sólo si tiene tapón de rosca o sale de un cartón —replicó Lobo.

—Todo lo que cueste más de cinco pavos es contrabando —añadió Droiden.

—¿Quién está de guardia? —preguntó Lucy—. Yo no, Jaime tampoco. Creo que *Mac* tiene que hacer sus necesidades.

—¿Vuelve a liberar gases? —dijo Lobo.

El bóxer pinto era viejo y artrítico, como *Jet Ranger*, ambos perros de rescate; Scarpetta encontró el paquete de golosinas que había preparado, galletas de espelta y mantequilla de cacahuete. Silbó y los perros corrieron a su lado, no llenos de vida, aunque tampoco habían perdido el entusiasmo. Les ordenó que se sentaran y después los recompensó.

—Ojalá fuera tan fácil con las personas —suspiró, sacándose el delantal—. Vamos, a *Mac* le irá bien un poco de ejercicio —dijo a Benton.

Benton cogió la correa, se pusieron los abrigos y Scarpetta guardó varias bolsas de plástico en el bolsillo. Bajaron con *Mac* por la escalera de madera, cruzaron el inmenso garaje lleno de vehículos y equipos de emergencia donde apenas había espacio para avanzar, y salieron por una puerta lateral. Cruzando la Décima Avenida, junto a la iglesia de Santa María, había un parque. Benton condujo a *Mac* hasta allí porque la hierba escasa y helada era mejor que la acera.

—Comprobación del estado: llevas dos días cocinando.

—Lo sé.

—No quiero mencionarlo ahí dentro, pero van a hablar del asunto toda la noche —añadió mientras *Mac* empezaba a olfatear, tirando de Benton hacia un árbol desnudo, después un arbusto—. Creo que debemos dejar que hablen y dentro de nada irnos a casa. Tenemos que estar a solas. No hemos estado a solas en toda la semana.

Tampoco habían dormido demasiado. Había llevado varios días excavar el sótano de la mansión Starr porque la nariz electrónica, el LABRADOR, se había aplicado a olfatear con la misma diligencia que *Mac* ahora, llevando a Scarpetta por todas partes, alertando de rastros de sangre en descomposición. En un principio se temió que hubiese muchos cadáveres en los dos niveles del sótano donde Rupe Starr había cuidado y guardado sus coches, pero no era así. Sólo Hannah estaba ahí abajo, bajo el cemento de la fosa de engrase, la causa de su muerte no muy distinta de la de Toni Darien, salvo que las heridas de Hannah eran más cuantiosas y pasionales. La habían golpeado dieciséis veces en la cabeza y en la cara, posiblemente con la misma arma utilizada con Toni, una palanca de cambios con un pomo de acero del tamaño y la forma de una bola de billar.

La palanca pertenecía a un vehículo construido artesanalmente, llamado Spyker, que Lucy dijo que Rupe había restaurado y vendido hacía unos cinco años. El ADN recuperado de la palanca tenía numerosas contribuciones, tres de ellas identificadas: Hannah, Toni y la persona que Scarpetta creía que las había matado a golpes, Jean-Baptiste Chandonne, alias Bobby Fuller, un hombre de negocios estadounidense tan ficticio como muchos de los otros alias de Chandonne. Scarpetta no había realizado la autopsia de Chandonne, pero la había presenciado, pues sentía que era importante para su futuro, como lo era para su pasado. El doctor Edison se había hecho cargo del caso y el examen fue como uno más de los realizados en la OCME de Nueva York; Scarpetta no pudo evitar pensar cuánto habría decepcionado eso a Chandonne.

No era más ni menos especial que nadie, tan sólo un cadáver sobre una mesa, únicamente con más huellas de las habituales de cirugía reconstructiva y estética. Las operaciones correctivas le habrían supuesto años de visitas al quirófano y largas convalecencias que debieron de ser una tortura. Scarpetta sólo alcanzaba a imaginar el suplicio de la depilación láser de todo el cuerpo y las coronas en todos los dientes. Aunque quizás a él le había complacido el resultado final, porque por mucho que lo examinó en el depósito, apenas encontró indicios de sus deformidades, sólo cicatrices quirúrgicas como vías ferroviarias que aparecieron al afeitarle la cabeza alrededor de los orificios de entrada y salida de la bala de nueve milímetros que Benton había disparado a la frente de Jean-Baptiste Chandonne.

Jean-Baptiste Chandonne estaba muerto y Scarpetta sabía que era él. El ADN no se equivocaba y ahora tenía la certeza de que nunca lo encontraría en un banco del parque ni en su depósito de cadáveres ni en una mansión ni en ninguna parte, nunca más. Hap Judd estaba muerto y, pese a lo bien que había coreografiado sus parafilias y sus crímenes, se las había arreglado para dejar un buen rastro de ADN: en el reloj BioGraph que Toni había empezado a llevar como parte del estudio de investigación financiado por Chandonne llamado Calígula, en que el padre gánster formado en el MIT la había involucrado; en la vagina de Toni, porque los guantes de látex no son tan infalibles como los condones; en la bufanda roja hallada alrededor de su cuello; en las toallitas de papel que Marino había recogido de la basura de Toni, cuando Hap creyó que borraba cualquier prueba de su presencia en el apartamento, y en dos libritos de crímenes reales que había en un cajón de la mesita de noche de Toni. La teoría era que había sido Hap Judd quien aparecía en las grabaciones de seguridad: su actuación final.

Se había puesto la parka de Toni y unas zapatillas de corredor similares a las de ella, pero se enfundó otros guantes porque Toni llevaba unos de esquiar, los mitones Hestra color verde oliva y habano que había dejado en el asiento delantero del Lamborghini, con un oxímetro inalámbrico para el dedo todavía dentro de uno de ellos. Hap entró en el edificio de Toni utilizando las llaves que había cogido del cadáver y que devolvió después; aunque Scarpetta nunca sabría con certeza lo que Hap tenía en mente, suponía que se trataba de una combinación de propósitos. Quería eliminar cualquier prueba de su relación con ella, y había muchas en el móvil y el portátil de Toni, ambos hallados en el piso de TriBeCa de Judd, junto con la cartera y otras pertenencias de la joven, entre ellas cargadores que sugerían que Toni había pasado cierto tiempo allí. Toni le había escrito cientos de mensajes de texto y él le había enviado por correo electrónico algunos de sus turbadores guiones, que ella guardó en su disco duro. Los mensajes de Judd dejaban claro que su relación debía mantenerse en secreto debido a su condición de famoso. Scarpetta dudaba que Toni llegara a imaginar que las fantasías sexuales de su famoso novio con ella eran tan grotescas como las que escribía y le gustaba leer.

Los individuos que podían dar más información de los Chandonne, su red y todo lo sucedido aún no habían caído en manos del FBI. Dodie Hodge y un Marine prófugo llamado Jerome Wild pronto estarían en la lista de los diez más buscados. Carley Crispin, que había dejado sus huellas dactilares en el BlackBerry de Scarpetta, había contratado a un abogado célebre, ya no aparecía en televisión y probablemente nunca lo haría, sin duda no en la CNN. Las amas de llaves Rosie y Nastya estaban siendo interrogadas y se decía que iban a exhumar a Rupe Starr, pero Scarpetta esperaba que no lo hicieran, porque no creía que fuera de utilidad, sino sólo más sensacionalismo en las noticias. Benton dijo que el elenco de personajes era largo, esos bellacos reclutados por Chandonne, y que llevaría cierto tiempo determinar quiénes eran reales, como Freddie Maestro, y quienes eran tan sólo otra forma y figura de Jean-Baptiste, como el filántropo francés Monsieur Lecoq.

—Buen chico —alabó Scarpetta a *Mac*, agradeciéndole profusamente su deposición.

La recogió con una bolsa de plástico y de nuevo cruzó con Benton la Décima Avenida, la luz del atardecer apenas visible. La nieve caía en pequeños copos que no cuajaban, pero al menos había algo blanco, en palabras de Benton, y era Navidad; y eso era una señal, añadió.

—¿De qué? ¿De limpiar tus pecados? —preguntó Scarpetta—. Y puedes darme esta mano. Simplemente no me des la otra.

Scarpetta le tendió la mano que no llevaba la bolsa de plástico. Benton llamó al interfono de la Dos.

—Si limpiásemos nuestro pecados, ¿qué es lo que quedaría? —inquirió Benton.

—Nada interesante —replicó ella mientras la puerta se abría—. En realidad, tengo la intención de cometer todos los pecados posibles cuando lleguemos a casa esta noche. Considéralo una advertencia, agente especial Wesley.

Arriba, todos se arremolinaron en la pequeña cocina porque Benton abría el vino y lo servía en vasos de plástico, un buen Chianti para quien se lo pudiera permitir. Marino sacó de la nevera refrescos para Lobo y Droiden y una cerveza sin alcohol para él, y ahora que había llegado Bonnell decidieron que era un buen momento para brindar. Pasaron a la sala conmemorativa; Scarpetta entró la última, cargada con una cesta de pan recién hecho.

—Una tradición familiar que me gustaría contaros, si me lo permitís. Pan del recuerdo. Mi madre solía cocerlo cuando yo era niña y se llama así porque cuando tomas un bocado, tienes que recordar algo importante. Puede ser de tu infancia. Puede ser de cualquier época o lugar. Así que se me ocurrió que podíamos brindar, comer un poco de pan y recordar lo que hemos pasado y lo que éramos, porque eso es también lo que somos.

—¿Seguro que está bien hacerlo aquí? —preguntó Bonnell—. No quiero faltar al respeto.

—¿Por estos tíos? —Lobo se refería a sus camaradas caídos, cuyos efectos personales no parecían tan desamparados bajo el fulgor de las luces blancas—. Ellos serían los primeros que nos querrían aquí, celebrando esto. Estoy tentado de servirles un plato. Recuerdo cuánto quería Joe a los animales. —Miró la fotografía de D'Allara mientras Marino acariciaba a *Mac*—. Aún guardamos en su taquilla su vara para atrapar serpientes.

—Creo que nunca he visto una serpiente en Manhattan —dijo Berger.

—Las ves a diario. Nos ganamos el sueldo con ellas —replicó Lucy.

—La gente las abandona en los parques —dijo Droiden—. Mascotas de pitón que ya no quieren. Una vez fue un caimán. Y entonces, ¿a quién llaman?

—A nosotros —dijeron todos.

Scarpetta pasó la cesta de pan y cada uno de los presentes arrancó un pedacito y se lo comió, mientras ella explicaba que el secreto del pan del recuerdo es que puede hacerse con lo que se quiera, sean granos sobrantes apenas molidos, patatas, queso o hierbas, porque la gente estaría mejor si prestase atención a lo que tiene y no lo desperdiciase. Los recuerdos son como lo que encuentras en la cocina, dijo, todas esas menudencias que encontramos en cajones y en armarios oscuros, fragmentos y trocitos que parecen superfluos o incluso malos, pero que en realidad son capaces de mejorar lo que uno hace.

—A los amigos —brindó, alzando el vaso.

Agradecimientos

Un agradecimiento muy especial a los siguientes asesores técnicos:

Doctora Staci Gruber, directora del Centro de Neuroimagen Cognitiva, Hospital McLean; profesora adjunta, Departamento de Psiquiatría, Facultad de Medicina de Harvard.

Barbara A. Butcher, jefa de personal y directora de investigaciones forenses, Oficina del jefe de Medicina Forense de la Ciudad de Nueva York.

Subcomisario jefe Paul J. Browne, Departamento de Policía de la Ciudad de Nueva York.

Nicholas Petraco, jefe técnico de criminalística, División de Investigaciones Forenses, Departamento de Policía de la Ciudad de Nueva York.

Teniente detective Mark Torre, agente al mando de la brigada de artificieros, Departamento de Policía de la Ciudad de Nueva York.

Doctor Louis Schlesinger, catedrático de psicología forense de la Facultad John Jay de Justicia Penal.

Doctora Marcella Fierro, antigua jefe de Medicina Forense de Virginia.

Ayudante del fiscal del distrito Lisa Friel, jefa de la Unidad de Delitos Sexuales, Oficina del Fiscal del Distrito del Condado de Nueva York.

Reverenda Lori Bruno, vidente y médium de Hex: Old World Witchery, Salem, Massachusetts.